BASTEI
LÜBBE

Über den Autor

Michael Peinkofer, Jahrgang 1969, studierte in München Germanistik, Geschichte und Kommunikationswissenschaft. Seit 1995 arbeitet er als freier Autor, Filmjournalist und Übersetzer. Unter diversen Pseudonymen hat er bereits zahlreiche Romane verschiedener Genres verfasst. Bekannt wurde er durch die Bestseller DIE BRUDERSCHAFT DER RUNEN (Bd. Nr. 15249) und DIE ERBEN DER SCHWARZEN FLAGGE (Bd. 15417). Nach DER SCHATTEN VON THOT (Bd. 15648) und DIE FLAMME VON PHAROS (Bd. 15838) ist dies das dritte Abenteuer um die Archäologin Sarah Kincaid. Michael Peinkofer lebt mit seiner Familie im Allgäu.

MICHAEL PEINKOFER

AM UFER DES STYX

HISTORISCHER ROMAN

Nach den Aufzeichnungen
von Lady Kincaid

BASTEI
LÜBBE

BASTEI LÜBBE TASCHENBUCH
Band 15 975

1. + 2. Auflage: März 2009

Vollständige Taschenbuchausgabe

Bastei Lübbe Taschenbücher in der Verlagsgruppe Lübbe

Originalausgabe

Die Veröffentlichung dieses Werkes erfolgt auf Vermittlung der
Autoren- und Verlagsagentur Peter Molden, Köln
Lektorat: Stefan Bauer
Zeichnungen: Daniel Ernle
Titelillustration: getty-images/Stephen Alvarez
Umschlaggestaltung: Kirstin Osenau
Satz: Urban SatzKonzept, Düsseldorf
Gesetzt aus der Garamond
Druck und Verarbeitung: CPI – Ebner & Spiegel, Ulm
Printed in Germany
ISBN: 978-3-404-15975-8

Für Alois und Hedwig,
die tapfersten Menschen, die ich kenne

PROLOG

Palast von Alexandria
Januar des Jahres 246 v. Chr.

Die Schreie waren leiser geworden.

Der Mann, der sie ausstieß, klammerte sich noch immer mit aller Macht an das Leben. Aber sein Atem wurde zusehends flacher, sodass seine Schreie sich mehr und mehr in gequältes Keuchen verwandelten.

Jenseits der Säulen, die das Schlafgemach nach Nordosten begrenzten, zeichnete sich das Hafenbecken von Alexandrien ab, über dem der große Leuchtturm thronte, als weithin sichtbares Zeichen ptolemäischer Macht. Doch diese Macht war gebrochen, und während im Hafen das geschäftige Treiben weiterging, während Ladungen gelöscht und abgefertigt wurden, während Seeleute, Handwerker, Sklaven und Huren ihrer Arbeit nachgingen, lag der Herrscher über dieses Zentrum des Handels und des Fortschritts, der Wissenschaft und der Kultur, aber auch der Niedertracht und des sittlichen Verfalls, im Sterben.

»A-Arsinoë«, hauchte Ptolemaios und streckte suchend seine knochigen, von goldenen Ringen geschmückten Hände aus. »Meine geliebte Frau und Schwester – wo ist sie?«

Die Männer, die das Bett ihres Herrschers umlagerten – in weite Umhänge gekleidete Generäle sowie Hofbeamte in langen, fließenden Gewändern –, tauschten betroffene Blicke. »D-die Königin ist nicht mehr am Leben«, erklärte einer von ihnen schließlich. »Sie ist Euch vorausgegangen, Herr, schon vor vielen Jahren.«

Ein erneutes Keuchen entfuhr dem König. Erkenntnis flackerte in Ptolemaios' blutunterlaufenen Augen, und ein Moment der Klarheit vertrieb die Schleier, die der nahe Tod über seinen Geist gebreitet hatte. »Sie hat … mir etwas hinterlassen«, stieß er mühsam hervor. »Eine Phiole … eine Phiole aus blauem Glas …«

»Eure Göttlichkeit haben bereits danach geschickt«, brachte der Hofbeamte vorsichtig in Erinnerung. »Ein Diener ist auf dem Weg, um die Phiole aus Euren Gemächern zu holen.«

»Muss … den Inhalt … trinken«, stieß Ptolemaios zwischen zwei heftigen Hustenanfällen hervor, die seinen gebrechlichen Körper schüttelten. »Das Vermächtnis Arsinoës rettet mein Leben, zum Wohle Ägyptens und zum Ruhm Alexandriens …«

Der Hofbeamte hob die Brauen. Nicht nur, weil mit dem leiblichen Neffen des sterbenden Königs bereits ein geeigneter Nachfolger feststand und also keine Notwendigkeit bestand, mit aller Macht am Alten festzuhalten; sondern auch, weil er sich fragte, weshalb ein Herrscher, der sich zu Lebzeiten nicht um das Gesetz geschert, seine eigene Schwester geehelicht und sich als Nachfolger von Osiris hatte verehren lassen, sich derart vor dem Tod fürchtete …

Ptolemaios hustete erneut. Blutiger Auswurf benetzte das weiße Laken und kündete vom baldigen Ende des Herrschers, doch der alte Mann klammerte sich weiter an die Hoffnung, dass sein Leben weitergehen und er bis in alle Ewigkeit regieren werde.

»Josephos«, hauchte er. »Mein guter Josephos …«

»Ja, Herr?«

Ein hagerer Mann, der einen Bart trug und dessen langes, ergrautes Haar von einem ledernen Stirnband zurückgehalten wurde, trat vor. In der einen Hand hielt er eine hölzerne Tafel, auf die ein Stück Papyrus gebreitet war, in der anderen eine Feder.

»Von allen meinen Hofschreibern und Gelehrten bist du mir immer der liebste gewesen.«

»Ich danke Euch, Herr.«

»Ich weiß, dass du mich dafür gehasst hast, dass ich dich nicht mehr zurückkehren ließ, nachdem du und deinesgleichen die Arbeit beendet und die Worte deines Gottes in die Sprache der Gelehrten übersetzt hatten ...«

Der Schreiber widersprach nicht. Zu früherer Zeit hätte solch beredtes Schweigen die Peitsche oder gar den Tod bedeutet. Doch in seinen letzten Stunden schien Ptolemaios Philadelphos milde gestimmt zu sein.

»Ich weiß, alter Freund«, sagte der König. »Deshalb wisse, dass ich dich aus meinen Diensten entlasse.«

»Herr?«

»Es steht dir frei, in deine Heimat und zu deinem Gott zurückzukehren, wenn du es wünschst. Vorher jedoch bitte ich dich um einen Gefallen.«

»Ja, Herr?«

»Ein letztes Mal betätige dich als mein Hofschreiber und zeichne für die Nachwelt auf, was du siehst.« In den von Furcht gezeichneten Augen des sterbenden Herrschers blitzte es. »Wunder werden sich ereignen, mein Freund. Wunder über Wunder, und meine Widersacher werden erkennen, dass es töricht war, sich gegen mich aufzulehnen. Antigonos, dieser nichtswürdige Emporkömmling, ist tot – aber ich habe nicht vor, ihm auf dem Weg in den dunklen Hades zu folgen. Niemals, hörst du? Niemals ...«

In einem störrischen Aufbäumen letzter Kraft hatte sich Ptolemaios auf seinem Lager halb aufgerichtet. Seine knochige Rechte hatte den Saum von Josephos' Gewand gefasst, und er blickte dem Schreiber so tief in die Augen, dass dieser den Wahnsinn darin erkennen konnte.

In diesem Moment erschien der Diener, den man geschickt hatte, ein seidenes Kissen in den Händen, auf dem eine unscheinbare Phiole aus blauem Glas lag.

Trotz seines geschwächten Zustands ließ Ptolemaios einen triumphierenden Laut vernehmen. »Ewiges Leben«, rief er, ehe er seinem Leibdiener befahl, die kleine, mit Wachs versiegelte Flasche zu entkorken und an seine Lippen zu setzen.

Die Flüssigkeit, die sich darin befand, benetzte seine Zunge und seinen Gaumen, und Ptolemaios trank in gierigen Schlucken. Kaum hatte er das Wenige, das sich nach all der Zeit noch in der Flasche befand, hinabgeschluckt, befiel ihn erneut ein schwerer Husten, der seine gebrechliche Gestalt erbeben ließ.

Die Hofbeamten und Generäle tauschten erneut vielsagende Blicke, während sie sich fragten, wie lange der Todeskampf ihres Herrschers, der über eine so lange und wechselvolle Zeitspanne regiert hatte, wohl noch andauern würde. Ein weiterer Diener trat hinzu, um Ptolemaios' kahles Haupt auf ein frisches Kissen zu betten – der Hustenanfall des Herrschers legte sich jedoch nicht. Keuchend und sich am ganzen Körper schüttelnd, rang er nach Atem. Seine goldberingte Hand fuhr an seine Kehle, während er in wilde Zuckungen verfiel und seine Augen fast aus den Höhlen treten wollten.

In diesem Augenblick begriffen die Hofschranzen des Ptolemaios, dass dies kein gewöhnlicher Hustenanfall war, sondern dass er mit dem Inhalt der Phiole zusammenhing, den der König getrunken hatte. Statt ihm ewiges Leben zu bescheren, wie Ptolemaios wohl gehofft hatte, schien das Serum sein Ableben nur noch zu beschleunigen.

Ptolemaios wand sich vor Schmerzen.

Sein Husten ging in ein Röcheln über, Blut rann ihm aus Mundwinkeln und Nase. Dabei schlug er wild mit den Armen um sich und versuchte, sich aus dem Bett zu erheben, sodass die Hofbeamten sich gemüßigt sahen, vorzutreten und ihn daran zu hindern.

»Arsinoë«, würgte er mit fiebrigem Blick hervor. »Arsinoë, was hast du nur getan ...?«

Sein Oberkörper fiel zurück auf das Laken, das sich blutig

unter ihm färbte, und indem er einen letzten, heiseren Schrei ausstieß, fand der Herrscher des Ptolemäerreiches vor den Augen seiner Untergebenen und Diener ein grässliches Ende.

So forderte das Wirken Arsinoës, die den Hof von Alexandrien über eine lange Zeit hinweg mit ihren Lügen und Intrigen vergiftet hatte, noch viele Jahre nach ihrem Tod ein letztes Opfer – und ein jüdischer Gelehrter mit Namen Josephus gehorchte der letzten Weisung seines Herrschers und schrieb alles auf, was sich an jenem Tag ereignet hatte, auf dass es der Nachwelt überliefert werde.

1. Buch
YORKSHIRE & LONDON

1.

Unbekannter Ort
September 1884

Eine Kammer, der Welt entrückt, die keine Fenster besaß und keine gewöhnliche Tür, sodass kein Laut von dem, was innerhalb jener vier Wände gesprochen wurde, nach außen drang.

Die beiden Personen, die sich in der Mitte des Raumes gegenübersaßen, waren sich der Brisanz des Augenblicks bewusst. Je mehr Zeit verstrich, je mehr von dem Geheimnis enthüllt wurde, das sie hüteten, desto wichtiger war es, die Kontrolle zu behalten. Im Verlauf des vergangenen Jahres jedoch war ihnen diese Kontrolle entglitten.

»Kaum zu glauben«, sagte die eine Person und blickte auf die Photographie, die vor ihr auf dem Schreibtisch lag und eine junge Frau mit langem schwarzem Haar zeigte, das sie – entgegen der landläufigen Mode – in der Mitte gescheitelt und offen trug.

»Wovon sprechen Sie?«

»Ich kann nicht glauben, dass dieses unscheinbare Frauenzimmer zwei unserer Agenten unschädlich gemacht haben soll.«

»Es mag Ihnen schwerfallen, dies anzuerkennen, aber genauso ist es gewesen. Bei allem, was Sie unternehmen, sollten Sie sich daher stets eines vergegenwärtigen.«

»Nämlich?«

»Dass was immer Sie auf dieser Photographie zu erkennen glauben, nur ein Teil der Wahrheit ist. Und dass diese Frau den besten Lehrer hatte, den man sich vorstellen kann.«

»Gardiner Kincaid?« Die andere Person sprach den Namen mit Verachtung aus. »Er hat unsere Organisation verraten.«

»Dennoch war er ein brillanter Forschergeist, ohne dessen Zutun wir nicht soviel innerhalb von so kurzer Zeit erreicht hätten. Und er hat seine Erbin viel gelehrt …«

»Wenn schon. Es gibt immer Mittel und Wege. Es existieren Waffen, gegen die auch Sarah Kincaid wehrlos ist.«

»Darf ich aus Ihren Worten folgern, dass Sie bereits einen festen Plan verfolgen?«

»In der Tat. Ich versichere Ihnen, dass ich nicht versagen werde, wie meine beiden Vorgänger es getan haben. Schon sehr bald wird Sarah Kincaid alles tun, was wir von ihr verlangen – und noch viel mehr. Und das Beste daran ist, dass sie es aus freien Stücken tun wird, genau wie der alte Gardiner. Als er merkte, in wessen Diensten er tatsächlich stand, war es bereits zu spät – Sarah wird es nicht anders ergehen.«

»Tatsächlich? Wie wollen Sie das erreichen?«

»Überlassen Sie das mir. Alles, was ich dazu brauche, ist freie Hand. Ich will in der Wahl meiner Mittel und Möglichkeiten ungebunden sein.«

»Der Wunsch wird Ihnen gerne gewährt – doch seien Sie auf der Hut. Nach allem, was geschehen ist, haben wir Grund zu der Annahme, dass es Verräter in unseren Reihen gibt. Nicht alle unsere Knechte dienen mit derselben Bereitwilligkeit …«

»Keine Sorge – diese Möglichkeit habe ich in Betracht gezogen.«

»Gestatten Sie mir eine Frage?«

»Natürlich.«

»Weshalb glauben Sie, dass Ihnen gelingen wird, was keinem Ihrer Vorgänger gelang?«

»Sehr einfach«, entgegnete die andere Person, und ein überlegenes Lächeln spielte dabei um ihre blassen Züge, »weil ich meinen Vorgängern einen entscheidenden Vorteil voraushabe: Ich bin eine Frau und weiß daher genau, wie Sarah Kincaid fühlt und denkt und folglich auch handelt. Sie werden sehen, Monsieur, dass Sie gut daran getan haben, Ihren erlauchten Kreis für mich zu öffnen ...«

Kincaid Manor, Yorkshire
16. September 1884

»Sarah?«

»Ja, Vater?«

»Bin überzeugt ... kein Zufall, dass hier ... war deine Bestimmung, ebenso wie die meine. Führe meine Mission fort ... suche weiter ... nach der Wahrheit ...«

»Das werde ich«, verspricht sie, was dem Sterbenden ein Gefühl tiefer Erleichterung zu verschaffen scheint. Seine schmerzverzerrten Züge entspannen sich, während er Luft holt, um seine letzten Worte auf Erden zu sprechen.

»Noch etwas, Sarah ...«

»Was, Vater?«

»Musst ... mir verzeihen ...«

»Das habe ich bereits getan.«

»Davon spreche ich nicht.« Er schüttelt den Kopf, Blut sickert über seine Lippen. »Kennst nicht ... die ganze Wahrheit ...«

»Welche Wahrheit? Worüber?«

»Über das ... was gewesen ist ... Du bist nicht ...«

Jäh reißt seine Rede ab.

Gardiner Kincaids glasige Augen weiten sich, sein Mund öffnet sich zu einem lautlosen Schrei, und er richtet sich halb auf – um sogleich wieder zurückzusinken und reglos liegen zu bleiben.

»Vater?«

Sie erhält keine Antwort mehr.

Stattdessen scheint sich ihre Umgebung aufzulösen. Der flackernde Schein der Fackel, der den Stollen beleuchtet hat, verlöscht und weicht teeriger Schwärze. Dunkelheit, die so vollkommen ist, dass keines Menschen Blick sie zu durchdringen vermag, umgibt sie, und plötzlich hat sie nicht mehr das Gefühl, eine erwachsene Frau zu sein, sondern ein hilfloses Kind.

Zu ihrer Trauer gesellt sich Furcht. Kalt und schneidend fährt sie in ihre Eingeweide, während sie sich angstvoll in der Finsternis umblickt – wissend, dass die Schwärze nicht leer ist, sondern dass zahllose Augen auf sie starren.

»Vater . . .?«

»Vater, hilf mir . . .!«

Ihr eigener Schrei riss Sarah Kincaid aus dem Schlaf.

Sie brauchte einige Augenblicke, um herauszufinden, dass sie sich weder in den düsteren Katakomben Alexandrias befand noch von Finsternis umgeben war. Es war nur ein Traum gewesen – jener Traum, der sie seit dem Tod ihres Vaters wieder und wieder verfolgte und dem sie nicht entfliehen konnte, ganz gleich, was sie unternahm.

Wahrscheinlich, sagte sie sich, war es ihr Schicksal, wieder und wieder jene traumatischen Ereignisse nachzuempfinden, die ihr Leben so grundlegend verändert hatten – und mit ihnen den Albtraum einer verlorenen Kindheit, an die sie sich nicht erinnern konnte.

»Alles in Ordnung?«

Es war *seine* Stimme, die Sarah vollends zu sich brachte und ihr klar machte, dass jene grausamen Dinge zwar geschehen waren, sie jedoch keineswegs mehr allein und hilflos war.

Kamal Ben Nara.

Während ihres letzten Aufenthalts in Ägypten hatte sie ihn kennen und lieben gelernt, als sie sich auf die Suche nach dem Buch von Thot begeben hatte. Als einheimischer Führer war Kamal zu Sarah und ihren Begleitern gestoßen, freilich ohne ihnen zu enthüllen, dass er in Wahrheit Oberhaupt eines Tuareg-Stammes war, dessen Aufgabe darin bestand, jenes sagenumwobene Buch und die darin enthaltenen Geheimnisse zu bewachen. Ereignisse, wie sie dramatischer nicht sein konnten und in deren Verlauf Sarahs enger Freund und Vertrauter Maurice du Gard den Tod gefunden hatte, führten Kamal und sie schließlich in den »Schatten von Thot«, einen rätselhaften Ort inmitten der Libyschen Wüste, wo sie dem Vermächtnis der ägyptischen Gottheit begegneten – und dafür um ein Haar mit dem Leben bezahlten.

Obwohl es für Kamal, dessen Mutter Britin gewesen war und der lange Zeit in London gelebt hatte, mit persönlichen Risiken verbunden war, nach England zurückzukehren, hatte er es Sarah zuliebe getan – und sie genoss es, seine Wärme und Nähe zu spüren. Sie brauchte sich im Bett nur herumzudrehen, um in seine dunklen Augen und seine milden Züge zu blicken, in denen sie stets Trost und Liebe fand.

»Hast du wieder geträumt?«, erkundigte sich Kamal besorgt. Das Mondlicht, das durch das hohe Fenster des Schlafzimmers fiel, beleuchtete sein Gesicht.

Sarah nickte widerstrebend. »Die Geister der Vergangenheit – ich werde sie nicht ganz los.«

»Das braucht Zeit«, erwiderte er leise. »Bei meinem Volk gibt es ein Sprichwort: Ein Herz kann nur hinter sich lassen, was es hinter sich lassen möchte.«

»Was meinst du damit?« Fragend schaute sie ihn an. »Glaub mir, ich möchte vergessen, was gewesen ist. Ich bete jeden Tag dafür.«

»Das glaube ich dir.« Er lächelte und strich ihr sanft eine Haarsträhne aus dem Gesicht. »Aber Wille und Herz gehen oftmals getrennte Wege.«

»Nicht in diesem Fall«, versicherte sie und beugte sich zu ihm, um ihn zärtlich auf den Mund zu küssen – und einmal mehr fand sie in seinen Armen das ersehnte Vergessen.

2.

Persönliches Tagebuch Sarah Kincaid

Die Tage vergehen wie im Flug.

Es ist, als wäre ich neu geboren, als wäre ich durch Kamal eine andere Person geworden. Nicht länger gilt mein einziges Interesse der archäologischen Wissenschaft und der Erforschung der Vergangenheit, nicht länger sind meine Gedanken verfinstert von den Schatten dessen, was einst gewesen ist.

Mein Vater und die dramatischen Geschehnisse in Ägypten werden mir immer gegenwärtig bleiben. Aber mit jedem Tag, der verstreicht und den ich in der Gesellschaft Kamals verbringe, glaube ich zu spüren, dass sie mehr und mehr die Gewalt über mich verlieren. Nur des Nachts sind sie noch lebendig, als würde die Dunkelheit sie dazu ermuntern, aus jenen finsteren Winkeln der Seele zu kriechen, in die das helle Sonnenlicht und Kamals hingebungsvolle Liebe sie vertrieben haben.

Ein Dreivierteljahr ist seit unserer Rückkehr verstrichen. Der schändliche Verrat Mortimer Laydons, der Tod meines treuen Freundes Maurice du Gard sowie jene unbekannte Macht, die mir und den Meinen nach dem Leben trachtete, sind in den Hintergrund getreten zugunsten einer Gegenwart, wie ich sie mir erfüllter und schöner nicht vorstellen kann. Meine innere Unrast und der Drang zur Suche sind in den Armen eines Mannes zum Erliegen gekommen, der mich fasziniert und bezaubert wie keiner vor ihm. Und dabei sind es nicht die äußeren Merkmale Kamals, die ihn von allen anderen Männern unterscheiden, denen ich in meinem Leben begegnet bin, sondern seine Klugheit, seine Weisheit und seine Geduld. Nicht nur aus seinen Worten, sondern auch aus jedem Blick, aus jeder kleinen

Geste scheinen Wohlwollen und Verständnis zu sprechen für das, was ich war, was ich bin und was ich jemals sein werde. Es ist, als würden wir einander nicht erst seit wenigen Monaten, sondern schon sehr viel länger kennen.

Jahre. Zeitalter. Äonen.

Ich vermag nicht genau zu benennen, was es ist, das uns verbindet, aber ich fühle, dass dieses Band stark ist und mit jedem Tag noch stärker wird ...

YORKSHIRE, ENGLAND
16. SEPTEMBER 1884

»Wer zuerst bei der alten Eiche ist, abgemacht?«

»Sarah, warte!«, rief Kamal – aber Sarah hatte ihrem Pferd bereits die Sporen gegeben.

Der rabenschwarze Hengst schoss davon, schlug seine Hufe in den weichen, von klammer Feuchte durchdrungenen Boden, der von Flecken hellgrünen und gelben Grases bedeckt war. In den Niederungen zwischen den Hügeln, die ihre kahlen, felsgekrönten Buckel aus der weiten Marschlandschaft reckten, sammelte sich Nebel. Weiße Schleier, aus denen knorrige Pappeln und Eichen ragten, die ihr Laub bereits abgeworfen hatten und sich dem grauen Himmel als karge Gerippe entgegenstreckten.

Schon als junges Mädchen hatte Sarah es geliebt, zu Pferd durch diese urwüchsige Landschaft zu jagen – sehr zum Leidwesen ihres Vaters, der dies stets mit großer Sorge um ihre körperliche Gesundheit beobachtet hatte. Aber damals wie heute hatte sie die Gefahr ignoriert und dem Ungestüm nachgegeben, das in ihrer Brust wohnte. Todesmutig lenkte sie ihr Tier auf eine der niederen Steinmauern zu, die das hügelige Gelände durchliefen und ein Grundstück vom anderen trennten, und mit einem weiten Sprung setzte der Rappe darüber hinweg.

Sarah konnte nicht anders und stieß einen grellen Schrei der Begeisterung aus, als das Pferd leichtfüßig landete und seinen wilden Galopp fortsetzte. Ein Blick über die Schulter zeigte ihr, dass Kamal ein gutes Stück zurücklag – sie würde das Rennen also wohl einmal mehr gewinnen.

Lachend trieb sie ihr Tier den Hang hinab, dem Baum entgegen, den sie als Ziel vereinbart hatten. Sie genoss es, den Wind in ihrem Gesicht zu spüren und sich das Haar von ihm zerzausen zu lassen, sich dabei frei und unabhängig zu fühlen. Alle Verpflichtungen, alle Beschränkungen, alle Erinnerungen schienen in diesen Augenblicken weit weg zu sein, und bisweilen kam es Sarah vor, als wäre sie niemals fort gewesen; als wäre sie immer noch das Mädchen, das in der rauen Wildnis Yorkshires zu Hause war, das den Wert ordentlich genähter Reithosen ungleich höher schätzte als den eines rüschenversetzten Kleides und das darauf brannte, seinen Vater auf die nächste abenteuerliche Exkursion in die Vergangenheit zu begleiten.

Die Wirklichkeit sah freilich anders aus, denn all dies lag lange zurück, und in dem Augenblick, als Sarah die alte Eiche erreichte und ihren Rappen zügelte, kehrte Ernüchterung ein. Schnaubend kam der Hengst zum Stehen, heißen Dampf aus seinen Nüstern blasend, und Sarah drehte das Tier herum, um nachzusehen, wo Kamal geblieben war.

Sie konnte ihn nicht entdecken. Der Nebel, der den alten Baum zunächst nur in zaghaften Schwaden umlagert hatte, war plötzlich dichter geworden, und eine weiße Wand schien Sarah und ihr Reittier auf allen Seiten zu umgeben.

Plötzlich war es still geworden. Als würde der Nebel nicht nur ihre Sicht, sondern auch ihr Hörvermögen dämpfen. Nichts war zu hören außer dem heiseren Atem des Hengstes. Die Hufschläge von Kamals Pferd waren verstummt, ebenso das leise Pfeifen des Windes.

»Kamal …?«

Sarah erschrak über den Klang ihrer Stimme, die sich im Nebel seltsam fremd und unheimlich anhörte. Sie war in Yorkshire aufgewachsen und vertraut mit dem Phänomen plötzlich aufkommenden Nebels, der bei fallenden Temperaturen aus den Moorlöchern kroch. Dennoch war ihr unwohl. Sie hatte den Nebel noch nie gemocht. Der Gedanke, nicht sehen zu können, was sich vielleicht nur wenige Yards von ihr entfernt befand, beunruhigte sie auf eine Weise, gegen die schwer anzukommen war.

Natürlich rief sie sich selbst zur Räson und sagte sich, dass es keinen Grund gäbe, beunruhigt zu sein, dass alles in Ordnung sei und ihre kindische Furcht jeder Grundlage entbehre – aber sie konnte nicht verhindern, dass sich ihrer ein leiser Schauder bemächtigte, der ihren Rücken hinabkroch und sie frösteln ließ.

»Kamal! Wo bist du?«, rief sie in die sie umgebenden Schleier, die mit jedem Augenblick noch dichter und undurchdringlicher zu werden schienen. Sarah erinnerte sich, dass sie sich einmal im Moor verirrt hatte, vor langer Zeit ...

Zu ihrem zwölften Geburtstag hatte ihr Vater ihr ein Pferd geschenkt – einen gutmütigen Schecken, auf dem sie sofort ausgeritten war. Den ganzen Nachmittag hatte sie damit zugebracht, ziellos in den Hügeln umherzureiten, ohne Rücksicht auf das arme Tier, das gegen Abend zu lahmen begonnen hatte. Nebel war aufgezogen, und Sarah hatte sich inmitten eines Labyrinths aus weißen Schleiern verloren, aus dem es kein Entrinnen gab.

Die Dunkelheit brach herein, und mit ihr kamen die unheimlichen Geräusche, die das Moor nächtens zu erzeugen pflegt. Plötzlich war auch der Schecke verschwunden, und Sarah war ganz allein. Am Fuß eines Felsblocks kauernd und jämmerlich frierend, hatte sie ausgeharrt und darauf gehofft, dass jemand nach ihr suchen und sie finden würde – und irgendwann, weit nach Mitternacht, war es soweit. Eine Laterne flammte in der verschwommenen Finsternis auf, und ihr Vater tauchte auf, einem rettenden Engel gleich. Ohne ein Wort des Vorwurfs oder des Tadels lud er das weinende Mädchen auf seine starken Arme und trug es davon, zurück in die wärmende Geborgenheit von Kincaid Manor – nach der sich Sarah auch in diesem Augenblick sehnte.

»Kamal ...?«

Ihre Stimme war unsicher geworden. Einen Augenblick lang erwog sie, zurückzureiten und nach Kamal zu suchen, aber damit hätte sie den einzigen Orientierungspunkt aufgegeben, der ihr geblieben war. Im Sattel wandte sich Sarah um und blickte an dem alten Baum empor, dessen knorrige, bizarr geformte Äste plötzlich wie die bleichen Gliedmaßen eines Skeletts aussahen.

Sarah schüttelte den Kopf und lachte bitter auf. Was für eine Närrin sie doch war! Es gab keinen Grund, sich zu ängstigen. Was immer sie fühlen mochte, es waren nur die Reflexionen der Vergangenheit, die Furcht eines zwölfjährigen Mädchens, das sich verlaufen hatte und das zurück zu seinem Vater wollte.

Energisch zwang sich Sarah dazu, ihre kindischen Ängste aufzugeben, indem sie sich sagte, dass der Baum keinesfalls anders aussehe als vorhin und dass der Nebel nichts weiter sei als Feuchtigkeit, die sich niederschlug. Es gelang ihr beinahe – als sie plötzlich Geräusche vernahm, Schritte jenseits der Nebelwand.

»Hallo?«, fragte sie zaghaft. »Kamal, bist du das?«

Auf ihren Ruf hin setzte das Geräusch für einen Moment aus. Dann jedoch kehrte es wieder: raschelnde Schritte im Gras.

»Kamal ...?«

Mit gehetzten Blicken schaute sich Sarah um. Es war unmöglich festzustellen, aus welcher Richtung das Rascheln drang. Bald kam es von dieser, dann von jener Seite, sodass Sarah das Gefühl hatte, jemand würde sie lauernd umkreisen. Und obwohl sie sich alle Mühe gab, ihre irrationale Furcht zu bekämpfen, fand diese auf verschlungenen Pfaden in ihr Herz zurück.

Auf dem Rücken des Pferdes sitzend, kam sie sich ausgeliefert und schutzlos vor, also stieg sie aus dem Sattel – kein Damensitz, wie es wohl angemessen gewesen wäre, sondern ein gewöhnlicher

Reitsattel, der auf dem unebenen Gelände größere Sicherheit bot und einen schnelleren Ritt ermöglichte. Der Hengst schnaubte und stampfte unruhig mit den Hufen. Sarah tätschelte seinen Hals, während sie in das undurchdringliche, milchige Weiß starrte, das sie umgab. Und plötzlich glaubte sie, darin etwas zu erkennen.

Eine Gestalt, auf eine unbestimmte Art menschlich und auch wieder nicht. Sie war von hünenhafter Größe und hatte langes Haar, das ihr bis zu den Schultern reichte – ihre Haltung und ihre Art, sich fortzubewegen, hatten jedoch etwas Unheimliches an sich.

Sarah spürte, wie sich ihr Pulsschlag beschleunigte, wie ihr das Herz bis zum Hals schlug. Der Anblick jener seltsamen Gestalt berührte etwas tief in ihr, Ängste und Erinnerungen, die sie auf dem Grund ihrer Seele vergraben hatte. Eine Aura unverhohlener Bedrohung ging von dem fremden Schemen aus, die auch der Rappe deutlich zu spüren schien. Unruhig schnaubte das Tier, und die schattenhafte Gestalt fuhr herum.

»Schhh«, sprach Sarah beruhigend auf den Hengst ein und bückte sich, um einen Stein vom Boden aufzulesen, der gerade so groß war, dass er in ihre Hand passte. Kurz entschlossen holte sie aus und warf den Stein von sich. Das klickende Geräusch, das er beim Aufschlag verursachte, ließ den Hünen aufhorchen.

Sarah hielt den Atem an.

Einen quälenden Augenblick stand der unheimliche Schatten unbewegt. Dann wandte er sich ab und entfernte sich langsam in die Richtung, aus der das Geräusch gekommen war.

Statt sich ein Aufatmen zu gönnen, bückte sich Sarah abermals und hob einen weiteren Stein auf, der diesmal ungleich größer war und eine scharfe Kante hatte. Ein schussbereiter Revolver aus dem Waffenschrank ihres Vaters wäre Sarah als Waffe lieber gewesen, aber es beruhigte sie schon, überhaupt etwas zu haben, womit sie sich ihrer Haut erwehren konnte. Weder wusste sie, wer der Fremde war, noch, was er hier trieb, aber sie fühlte die

Gefahr. Ihre schwitzenden Handflächen schlossen sich um den Stein, bereit, damit auf den Hünen einzuschlagen, falls er sie entdeckte und angriff – und schon einen Herzschlag später schien es soweit zu sein.

Als könnte er den Nebel mit Blicken durchdringen, wandte sich der Schattenmann in ihre Richtung.

Sarah musste einen Schrei unterdrücken. Sie rechnete damit, dass der Hüne im nächsten Moment vortreten und sich mit riesigen, schwieligen Pranken auf sie stürzen würde – aber nichts dergleichen geschah. Stattdessen war die Spukgestalt einen Augenblick später im Nebel verschwunden. Statt ihren stampfenden Schritten war plötzlich dumpfer Hufschlag zu vernehmen, und die Formen eines Reiters schälten sich aus den weißlichen Schwaden.

»Sarah? Bist du das ...?«

»Kamal!«

Sarahs Erleichterung darüber, die Stimme ihres Geliebten zu vernehmen, war grenzenlos. Mit einem Seufzen ließ sie den Stein fallen und wollte Kamal entgegeneilen. Ihre Knie waren jedoch noch weich und gaben nach, sodass sie gestürzt wäre, hätte Kamal sie nicht aufgefangen. Froh darüber, dass er sie gefunden hatte, fiel sie in seine Arme und schluchzte leise, nicht unähnlich dem Mädchen, das sich einst im Nebel verirrt hatte und von seinem Vater aufgelesen worden war ...

Kamal Ben Nara war über ihre Reaktion nicht wenig überrascht. Er hatte Sarah Kincaid in vielen, auch heiklen Situationen erlebt und mit ihr manche Todesgefahr überstanden. Stets hatte sie dabei jedoch einen kühlen Kopf bewahrt und war ihm niemals auch nur annähernd so furchtsam und verletzlich erschienen wie in diesem Augenblick ...

»Sarah«, sagte er, »es tut mir unendlich leid! Ich wollte dir bei unserem Wettrennen ein wenig Vorsprung geben, aber dann kam plötzlich dieser Nebel auf, und ich habe dich aus den Augen verloren. Wenn ich gewusst hätte, dass du dich so ängstigst ...«

»H-hast du ihn gesehen?«, erkundigte sie sich flüsternd.

»Ihn gesehen? Wen?«

»Den Hünen.«

»Welchen Hünen?«

»Da war jemand im Nebel. Ein großer Mann, ein Schatten. Er hat nach mir gesucht ...«

»Bist du sicher?«

Sie nickte, noch immer von Grauen geschüttelt.

»Nein, Sarah, ich habe niemanden gesehen. Hier draußen sind nur du und ich ...«

»Und dieser Fremde«, beharrte sie und löste sich aus Kamals Armen, um sich wachsam umzusehen – aber von dem hünenhaften Schemen, der ihr noch vor wenigen Augenblicken solche Furcht eingeflößt hatte, war weit und breit nichts mehr zu erkennen.

War er tatsächlich da gewesen?

Hatte Sarah ihn wirklich gesehen? Oder war er nur eine Projektion gewesen, eine Phantasmagorie, die ihre irrationale Furcht auf die weiße Nebelwand geworfen hatte? Nun, da der erste Schreck überwunden war und Sarah wieder Atem schöpfte, wusste sie es nicht mehr mit Bestimmtheit zu sagen. Sie fühlte sich an Paris erinnert, an die Gassen des Montmartre, wo sie ebenfalls das Gefühl gehabt hatte, von einer hünenhaften Gestalt verfolgt zu werden, damals vor – so schien es ihr – undenklich langer Zeit, als ihr Vater noch gelebt hatte und die Welt um sie herum in mancher Weise eine andere gewesen war. Was, wenn ihre alte Furcht ihr einen Streich gespielt und ihr etwas vorgegaukelt hatte, das es in Wahrheit gar nicht gab?

Noch vor nicht allzu langer Zeit hätte Sarah solch eine Möglichkeit weit von sich gewiesen und behauptet, dass einem wachen Verstande so etwas nicht passieren konnte. Aber die Dinge, die Sarah Kincaid seither gesehen und erlebt hatte, hatten sie gelehrt, dass es mitunter Dinge gab, die sich mit rationalen Mitteln nicht erschöpfend erklären ließen ...

»Alles in Ordnung?«, erkundigte sich Kamal. Er sah die Verwirrung in ihren Augen und schien ehrlich besorgt zu sein.

»Ich nehme es an«, entgegnete sie. »Es ist nur ... Ich war mir ganz sicher, dass da jemand war ...«

»Im Nebel erscheinen die Dinge oft anders als bei klarem Licht«, gab Kamal zu bedenken. »Ein Fels wird zum Riesen, ein Baum zur Schreckgestalt. Nicht von ungefähr ranken sich unzählige Geistergeschichten um dieses Moor.«

»Du hast Recht«, sagte Sarah und kam sich plötzlich dumm und töricht vor. »Ich habe mich einschüchtern lassen wie ein kleines Kind.«

»Vermutlich ist das der Grund«, meinte Kamal.

»Wovon sprichst du?«

»Tief in unserem Herzen«, erwiderte er, wobei ein Lächeln um seine Züge spielte, »sind wir alle noch Kinder. Unser Verstand mag reifen und unser Äußeres mag altern, aber tief in unserem Inneren wissen wir, wie jung und verletzlich wir noch immer sind.«

»Das ist wahr«, entgegnete sie, dankbar für sein Verständnis.

»Du musst die Vergangenheit hinter dir lassen, Sarah. Ich weiß, dass sie dich noch immer verfolgt, aber du darfst ihr nicht nachgeben. Irgendwann, das verspreche ich dir, wirst du erwachen und all diese Dinge hinter dir gelassen haben.«

»Meinst du?«

»*Inschallah*«, entgegnete Kamal leise.

Sarah nickte.

Wenn Gott es will.

Es war Kamals Antwort auf so viele Dinge, Ausdruck eines tief verwurzelten Glaubens auf der einen und einer Schicksalsergebenheit auf der anderen Seite, mit der sich Sarah nur zögernd anfreunden konnte. Zwar hatte auch sie die Erfahrung gemacht, dass der Mensch in seinen Entscheidungen keineswegs immer frei war und es Mächte gab, die ihn führten und lenkten, jedoch war sie zu sehr von der Erziehung ihres Vaters und vom Denken der modernen Zeit geprägt, als dass sie Kamals Überzeugung ganz hätte teilen können. Ein Teil von ihr klammerte sich noch immer an die Hoffnung, dass der Mensch zumindest teilweise Herr seines Handelns war. Nach wie vor sah sie für sich darin die einzige Aussicht, die Geister der Vergangenheit jemals wieder abzuschütteln.

»Da draußen ist niemand, Sarah«, sagte Kamal voller Überzeugung. »Es sind nur deine Ängste, die dich verfolgen, aber du musst dich nicht mehr fürchten. Das Buch von Thot wurde vernichtet, Meherets Erben sind nicht mehr. Meine Pflicht ist erloschen, ebenso wie die deine. Für deine Verfehlungen hast du Sühne geleistet, ebenso wie ich – nun wird es Zeit, nach vorn zu blicken.«

»Hilfst du mir dabei?«, fragte sie, während er ihre kalte Hand ergriff und sie zärtlich liebkoste.

»Das werde ich«, versicherte er. »Da ist nichts mehr, was dich ängstigen müsste. Es ist vorbei, hörst du? Ein für alle Mal.«

Sie erwiderte das Lächeln, das er ihr schenkte und an dem sie sich wärmte wie an einem hellen Sonnenstrahl. Dann stiegen sie wieder in die Sättel und ritten in langsamem Trab zurück nach Kincaid Manor. Noch einmal blickte sich Sarah im dichten Nebel um – aber der geheimnisvolle Schemen blieb verschwunden.

KINCAID MANOR
ABEND DES 16. SEPTEMBER 1884

Es war ein üppiges Mahl gewesen. Molly Hackett, die beleibte Köchin aus den Midlands, die auf dem Anwesen bedienstet war, solange Sarah zurückdenken konnte, hatte einmal mehr alle Register ihres Könnens gezogen und ein mehrgängiges Menü aufgetragen, das aus einer kräftigenden Brühe, in Minzsauce gesottenem Hammelfleisch und gebratenen Kartoffeln bestanden hatte.

Nach dem Essen zogen Sarah und Kamal sich in das Kaminzimmer zurück, in dessen offener Esse ein knisterndes, wärmendes Feuer loderte, das einen flackernden Schein auf die holzgetäfelten Wände warf. Ein breites Sofa aus dunklem Leder stand davor, auf dem Kamal Platz nahm, während sich Sarah am Spirituosenschränkchen zu schaffen machte. Ihr Vater hatte darin manch kostbaren Tropfen aufzubewahren gepflegt, allerdings hatte Sarah seit seinem Tod noch niemals Hand daran gelegt. An diesem Abend jedoch überwand sie ihre Scheu. Mit einer staubigen Flasche Scotch und zwei Gläsern aus glitzerndem Kristall kehrte sie zurück und setzte sich neben Kamal.

»Diesen Scotch«, erklärte sie, »hat mein Vater für einen besonderen Anlass aufbewahrt. Er wurde nicht müde zu erklären, dass dieser Tropfen fast zweihundert Jahre alt und im selben Jahr abgefüllt wäre, in dem sich das Massaker von Glencoe ereignete. Auf der ganzen Welt gibt es nur noch eine Hand voll Flaschen davon.«

»Und diesen wertvollen Tropfen willst du heute trinken?«, erkundigte sich Kamal mit hochgezogener Braue.

»Allerdings.«

»Aus welchem Grund?«

»Weil heute ein besonderer Anlass ist«, erklärte Sarah rundheraus. »Es ist der erste Tag vom Rest meines Lebens. Der Tag, an dem ich beschlossen habe, meine Vergangenheit endgültig hinter mir zu lassen und in die Zukunft zu blicken statt immer nur zurück.«

»Eine gute Entscheidung«, lobte Kamal lächelnd.

»Nicht wahr? Und ich verdanke sie ganz allein dir. Du hast mir die Kraft dazu gegeben. Du bist da, wenn ich dich brauche – selbst wenn ich im Nebel verloren zu gehen drohe. Ich liebe dich von ganzem Herzen, Kamal.«

»Und ich liebe dich«, erwiderte er. »Dennoch solltest du den Korken in der Flasche lassen.«

»Weshalb?«

»Weil ich nicht mit dir trinken werde«, erklärte er und deutete zur getäfelten Decke. »Allah verbietet es mir, schon vergessen?«

»Soll das heißen«, fragte sie, während sie Flasche und Gläser auf den Boden stellte, »dass du nicht bereit bist, eine Ausnahme zu machen? Nicht einmal für mich?«

»Nicht einmal für dich«, beharrte er.

Sarah lächelte – sie hatte keine andere Antwort erwartet. »In diesem Fall«, erklärte sie, zum Spaß die Beleidigte spielend, »werde ich dir meine Zuneigung wohl auf andere Weise vermitteln müssen.«

»*Inschallah*«, erwiderte er mit einer wahren Unschuldsmiene, während sie bereits näher rückte.

Sarahs Atem beschleunigte sich. In Erwartung der Leidenschaft, die sie gemeinsam erleben würden, beugte sie sich vor, bis ihr Gesicht dicht vor dem ihres Geliebten schwebte. Sie konnte seine Wärme spüren, seinen Atem. Sie wusste, auch er genoss diese Nähe, die Schauer freudiger Erwartung, die sie dabei durchrieselten. Sarah spürte, wie ihre Brüste sich strafften, und sie erbebte, als Kamal sanft seine Hand daran legte und sie zart zu liebkosen begann.

Sanft wie ein Wüstenwind strich er über sie hinweg, küsste ihren Hals, ihre Augen und ihre Stirn, ehe sich ihre Lippen begegneten. In gegenseitigem Verlangen rieben ihre Zungen aneinander, und mit zitternden Händen begann Sarah, die Verschnürung ihres Kleides zu lösen. Rauschend glitt der Stoff an ihr herab und enthüllte das Mieder und die Ansätze ihrer kleinen, wohlgeformten Brüste.

Sie ließ sich zurücksinken, während seine erfahrenen Hände sowohl sie als auch sich selbst von allem störenden Stoff befreiten. Sein Gesicht erschien über ihrem, und sie nahm es in beide

Hände und liebkoste es, während er langsam in sie eindrang. Sie schloss ihre Beine um ihn und zog ihn an sich. Sie genoss es, ihn in sich zu spüren, ihn ganz zu besitzen, sich für einen süßen Augenblick der Vorstellung hinzugeben, dass er ihr allein gehörte, auf immer und ewig.

An der Wand konnte sie ihre Schatten sehen, die flackernden Silhouetten zweier Menschen, die eins geworden waren. Von den Flügeln der Liebe getragen, fand Sarah Kincaid tatsächlich Vergessen, und ihre Hoffnung, die Schatten der Vergangenheit endgültig hinter sich lassen zu können, schien sich in diesem Moment zu erfüllen.

Der alte Sinnspruch ihres Vaters, demzufolge die Geschichte niemals ruhte, bewahrheitete sich jedoch einmal mehr.

Denn noch in dieser Nacht kehrten die Schatten zurück.

3.

Kincaid Manor, Yorkshire
Nacht zum 17. September 1884

»Aufmachen, Sofort! Öffnen Sie die Tür!«

Die heiseren Rufe und das dumpfe Hämmern der Fäuste, mit denen gegen die Pforte von Kincaid Manor geschlagen wurde, rissen Sarah aus dem Schlaf – und diesmal war sie sicher, dass es nicht bloß Geräusche aus einem Traum waren, die sie bis in den Wachzustand verfolgten.

Alarmiert richtete sie sich halb auf.

Ein erneuter schwerer Stoß gegen die Pforte.

»Öffnen Sie sofort die Tür, oder wir werden Gewalt anwenden«, gab jemand lautstark dazu bekannt.

Sarah spürte heißen Zorn in ihre Adern schießen. Wer zum Teufel war so dreist, zu nachtschlafender Zeit gegen die Pforte ihres Anwesens zu hämmern und in so ungebührlicher Weise Einlass zu begehren? Wütend fuhr sie aus dem Bett und schlüpfte in den Nachtrock, der an einem Haken an der Wand hing. Auch Kamal war erwacht, sein Blick verriet Verwirrung.

»Was in aller Welt ...?«, wollte er fragen, aber sie winkte ab, war schon auf dem Weg zur Tür.

Kamal beeilte sich, ihr zu folgen. Hastig schlüpfte er in Hemd und Hose und bekleidete sich notdürftig. Das wirre Haar strich er kurzerhand zurück. Sarah war bereits auf dem Weg nach unten. Eine Kerze in der Hand, die sie eilig entfacht hatte, huschte sie die breite, steinerne Treppe zur Eingangshalle hinab, an deren Fuß sie bereits erwartet wurde.

»Madam, ich weiß nicht, was dies zu bedeuten hat«, lispelte Trevor, der ältliche Hausdiener, verstört, dessen weißes Haar in alle Richtungen stand. Sein Nachthemd reichte ihm bis zu den Knöcheln und ließ ihn im flackernden Schein des Kerzenleuchters, den er vor sich her trug, wie ein Gespenst erscheinen. Auch aus Richtung Küche, wo die Kammern des Hausgesindes untergebracht waren, drang jetzt aufgeregtes Geschrei.

»Im Namen Ihrer Majestät, öffnen Sie die Tür«, ließ sich die energische Stimme erneut vernehmen, »oder wir werden sie gewaltsam öffnen!«

»Wer ist da?«, fragte Sarah laut und vernehmlich, sehr zum Entsetzen Trevors, dem anzusehen war, dass er sich am liebsten irgendwo verkrochen hätte.

»Inspector Lester vom Scotland Yard«, drang es zurück. »Wenn Sie nicht sofort öffnen, zwingen Sie uns, Gewalt anzuwenden.«

Trevor sandte Sarah einen fragenden Blick, worauf sie ihm zunickte. Natürlich hatte es keinen Sinn, den Gesetzesvertretern Ihrer Majestät den Einlass zu verwehren. Die Frage war viel eher, was die Herren um vier Uhr morgens fern von London vor der Pforte von Kincaid Manor zu suchen hatten ...

Zögernd, mit einem elenden Ausdruck im Gesicht, trat der Diener vor die Tür und entriegelte sie. Knarrend schwang das schwere Blatt auf, und die wutgeröteten Gesichtszüge eines Mannes erschienen, dessen Alter Sarah auf etwa vierzig Jahre schätzte. Das rote Haar, das unter dem schlanken Zylinderhut hervorstach, war mit Pomade geglättet. Die Blicke des unerwünschten Besuchers stachen umher wie Dolche, und über seinen schmalen, zornbebenden Lippen prangte ein perfekt getrimmtes Oberlippenbärtchen, das wohl Attribut eines Gentlemans sein sollte. Das Gebaren des Fremden war jedoch gegenteiliger Natur ...

»Inspector Lester?«, fragte Sarah spitz und trat forsch auf ihn zu.

»Allerdings. Und Sie sind ...«

»Lady Kincaid, die Herrin dieses Anwesens«, entgegnete sie barsch. »Sicher können Sie mir erklären, was Ihr seltsamer Auftritt zu nachtschlafender Stunde zu bedeuten hat, Inspector! Sie haben mein Gesinde und mich zu Tode erschreckt.«

»Das lag nicht in unserer Absicht«, erklärte Lester ohne erkennbares Bedauern. »Als wir allerdings von gewissen Sachverhalten erfuhren, mussten wir sofort handeln.«

»Tatsächlich?« Sarahs Augen verengten sich forschend. »Und von was für Sachverhalten, bitte sehr, ist hier die Rede?«

»Wir haben allen Grund zu der Annahme, dass sich unter Ihrem Dach ein gesuchter Mörder aufhält«, eröffnete der Inspektor rundheraus, hinter dem sich mehrere uniformierte und mit Fackeln bewehrte Constables drängten.

»Lächerlich«, beschied ihm Sarah, obwohl sie in diesem Augenblick das Gefühl hatte, als würde die heile Welt, die sie während der vergangenen Monate mühsam um sich errichtet hatte, zerspringen wie stumpf gewordenes Glas. Sie hörte das leise Ächzen, das Kamal von sich gab, und sah aus dem Augenwinkel, wie er langsam zurückwich.

»Sie da!«, zischte Lester, der ihn erst in diesem Moment zu bemerken schien. »Ist Ihr Name Kamal Jenkins?«

»Und wenn?«, kam es unsicher zurück.

»Ich nehme das als Bestätigung«, drang es gleichmütig zurück. »Kamal Jenkins – ich verhafte Sie hiermit wegen dringenden Mordverdachts.«

»Wegen Mordverdachts?«, fragte Sarah erschrocken. »Was genau wird ihm zur Last gelegt?«

»Er wird beschuldigt, in der Nacht vom 7. zum 8. April 1869 den königlichen Grenadier Samuel Tennant erstochen zu haben. Des Weiteren soll er den königlichen Grenadier Leonard Albright vorsätzlich und schwer am Körper verletzt und seiner Männlichkeit beraubt haben.«

Sarah sog scharf die Luft ein.

Bislang waren die beiden Soldaten für sie nur vage Phantome gewesen; sie standen für etwas, das vor langer Zeit geschehen war und das Kamal ihr einst gestanden hatte, in einer einsamen Wüstennacht am Lagerfeuer, als sie einander ihre tiefsten, verborgensten Geheimnisse offenbarten. Zum ersten Mal erfuhr sie nun die Namen der beiden Männer, und es versetzte ihr einen Schock, als sie begriff, dass die Vergangenheit dabei war, ihren Geliebten einzuholen ...

Erschrocken fuhr sie zu Kamal herum. An dem maßlosen Entsetzen in seinem Gesicht konnte sie erkennen, dass auch er nicht mehr damit gerechnet hatte, für jene vor so langer Zeit begangene Tat noch zur Rechenschaft gezogen zu werden. Zu der Furcht in seinen Augen gesellte sich jedoch etwas, womit Sarah nicht gerechnet hatte.

Anklage.

Unverhohlener Vorwurf, der niemand anders galt als ihr ...

»Wie konntest du nur?«, hauchte Kamal ihr zu, so leise, dass weder die Polizisten noch der Hausdiener es verstehen konnten.

»Was meinst du?«, fragte Sarah entsetzt.

»Niemand wusste es – außer dir. Du hast mich verraten!«

Sarahs Augen weiteten sich, ihre Stimme versagte beinahe. »D-das ist nicht wahr!«, stammelte sie. »Ich habe niemandem etwas verraten ...«

»Und ich habe es niemand anders gesagt«, entgegnete Kamal ebenso schlicht wie endgültig, während vier der Constables in die Halle eindrangen. Trevor, der ihnen protestierend den Weg versperrte, stießen sie kurzerhand beiseite. Dann hatten sie den sich heftig zur Wehr setzenden Kamal auch schon ergriffen.

»Lassen Sie ihn los!«, ereiferte sich Sarah und wollte ihrem Geliebten zu Hilfe eilen, ungeachtet der Tatsache, dass sie sich damit gegen das Gesetz stellte. Die Mündung des kurzläufigen Revolvers, die ihr plötzlich entgegenblickte, belehrte sie jedoch eines Besseren.

»Keine Bewegung«, mahnte Inspector Lester kalt. »Ich möchte kein Blutvergießen, aber ich werde tun, was immer notwendig ist, um diesen gefährlichen Kriminellen seiner gerechten Strafe zuzuführen.«

»Er ist kein Krimineller«, begehrte Sarah auf. »Sein Name ist Kamal Ben Nara, und in seinem Land ist er Häuptling über einen großen und stolzen Stamm.«

»Vielleicht«, beschied Lester ihr kühl und glättete eitel sein Bärtchen, während er die Waffe wieder unter dem Gehrock verschwinden ließ. »Hier in England jedoch ist er ein gesuchter Verbrecher, und genauso wird er auch behandelt. Gentlemen – legen Sie ihm die Handschellen an, und bringen Sie ihn hinaus zum Wagen.«

Durch die offene Eingangstür konnte Sarah jetzt die Kutsche sehen, die im Hof stand – ein von zwei Gaslaternen beleuchteter Gefängniswagen mit vergitterten Fenstern, der von zwei weiteren Constables bewacht wurde. Man war tatsächlich ausgezogen, um einen Schwerverbrecher dingfest zu machen ...

Unter den Blicken, die Kamal ihr sandte, während man ihm Hand- und Fußfesseln aus klirrendem Eisen anlegte, zuckte Sarah wie unter Peitschenhieben zusammen, soviel Enttäuschung lag darin. Fast schien es, als wären alle Liebe und Zuneigung, als wäre jede zarte Empfindung, die er für sie gehegt und die er sie noch vor wenigen Stunden auf so innige Weise hatte spüren lassen, mit einem Mal erloschen.

»Kamal«, sagte sie und streckte die Hand nach ihm aus, aber er wandte sich von ihr ab, und die Constables schleppten ihn nach draußen. Inspektor Lester blieb noch lange genug, um ihr einen Blick zuzuwerfen, der mehr enthielt als die Genugtuung darüber, einen in seinen Augen gefährlichen Kriminellen verhaftet zu haben. Da war auch Schadenfreude – und eine Spur Verachtung.

Indem er sich nur nachlässig an die Hutkrempe tippte, statt den Zylinder zu heben, wie es der Anstand geboten hätte, wandte er sich ab und folgte seinen Männern nach draußen. Sarah blieb zurück, zusammen mit ihrem alten Diener, der ihr ebenso ratlose wie schuldbewusste Blicke zuwarf.

»Es tut mir leid, Madam«, ächzte er hilflos. »Ich wusste nicht, was ich tun sollte.«

»Keine Sorge, Trevor. Du kannst nichts dafür«, beruhigte Sarah ihn tonlos, während sie fassungslos zuschaute, wie ihr Geliebter abgeführt wurde. Zu schnell war alles gegangen, zu groß ihr Entsetzen, nicht nur über Kamals Verhaftung, sondern auch darüber, dass er ihr offenbar die Schuld dafür gab ...

Durfte sie ihn so ziehen lassen?

Nein!

In einem jähen Entschluss stürzte sie hinaus, wo die Constables bereits dabei waren, Kamal in den Gefängniswagen zu bugsieren. Die Tür am Heck des hohen Gefährts war offen, unsanft stießen sie ihn hinein.

»Aufhören! Sofort aufhören!«, ereiferte sich Sarah. »Dazu haben Sie kein Recht!«

»Im Gegenteil, meine Teure – wir haben dazu jedes Recht«, beschied Lester ihr betont sachlich und zeigte ihr ein Blatt Papier. »Dieser Haftbefehl, ausgestellt vom Justizminister persönlich, ermächtigt mich, jede erforderliche Maßnahme zu treffen, um den mutmaßlichen Mörder zu fassen und in Gewahrsam zu nehmen.«

»Aber er ist kein Mörder!«, ereiferte sich Sarah, während ihr Tränen der Verzweiflung in die Augen stürzen wollten. Sie konnte nicht fassen, dass ihr das Glück, das sie für kurze Zeit verspürt hatte, so jäh entrissen werden sollte. »Jene Männer haben seine Frau und sein noch ungeborenes Kind getötet!«

»Dann hätte er sich an die Polizei wenden sollen.«

»Das hat er getan, aber man hat ihm nicht geglaubt.«

»Das gibt ihm noch lange nicht das Recht, Selbstjustiz zu üben. In seinem Land, bei seinem Stamm oder wie immer Sie es nennen mögen, mag das in Ordnung gehen – hier in England jedoch herrscht das Gesetz, und es ist meine Aufgabe, ihm Geltung zu verschaffen. So etwas nennt man Zivilisation.«

»Wenn Sie wüssten«, erwiderte Sarah mit mühsam zurückgehaltenem Zorn, »wie ich Menschen Ihres Schlages verabscheue. Wäre es mit Ihrer Bildung nur halb so weit her wie mit Ihrer Arroganz, so wüssten sie, dass Zivilisation nichts ist, worauf wir das Patent angemeldet haben. In Kamals Heimat wurden Wissenschaft und Kultur gepflegt, als sich unsere Vorfahren noch in Höhlen versteckten.«

»Das ist Ihre Ansicht«, konterte Lester kühl. »Da ich ein Gentleman bin, verbietet sich mir eine angemessene Antwort. Ich gebe jedoch zu bedenken, dass nicht ich Schuld an Ihrem Schmerz trage, sondern niemand anders als Sie selbst.«

»Wie bitte? Was soll das nun wieder bedeuten?«

»Ich bitte Sie!«, zischte der Inspektor, und seine Gesichtszüge wurden dabei puterrot. »Sie sind eine Lady aus gutem Hause und haben nichts Besseres zu tun, als sich dem nächstbesten Wilden an den Hals zu werfen wie eine billige ...«

Weiter kam Lester nicht. Die schallende Ohrfeige, die an seiner linken Wange explodierte, brachte ihn jäh zum Verstummen.

»Das war eine Tätlichkeit«, stellte er fest. »Gegen einen Justizbeamten. Das wird Folgen haben.«

»Das denke ich nicht«, entgegnete Sarah, die mit bebender Brust und geballten Fäusten vor ihm stand. »Ich habe einflussreiche Freunde. Auch bei Scotland Yard.«

»Dennoch stehen Sie nicht über dem Gesetz«, gab der Inspektor zu bedenken, während er seine schmerzende Wange rieb. »Sie können von Glück sagen, dass ich großmütig gelaunt bin, sonst würde ich Sie ebenfalls ergreifen und abführen lassen.«

»So sollte ich Ihnen für Ihren Großmut wohl dankbar sein«, stieß Sarah zornbebend und mit vor Sarkasmus triefender Stimme hervor.

»Von mir aus können Sie tun und lassen, was Sie wollen«, entgegnete Lester, während er sich umdrehte und auf sein Pferd zu trat, das einer der Constables für ihn am Zügel hielt. Der Gefängniswagen war verriegelt worden und bereit zur Abfahrt. »Es ändert nichts daran, dass Ihr farbiger Freund sich vor Gericht verantworten muss.«

»Ich werde dafür sorgen, dass er den besten Verteidiger bekommt, der sich finden lässt«, antwortete Sarah in hilflosem Trotz. »Ich werden Sir Jeffrey Hull engagieren, seines Zeichens Q. C.* und ehemaliger Anwalt des Temple Bar ...«

»Nur zu«, ermunterte Lester ungerührt, während er auf seinen Schecken stieg. »Es ändert nichts an der Sache.«

Damit nahm er die Zügel, drehte sein Pferd auf der Hinterhand herum und gab dem Kutscher des Gefängniswagens ein Zeichen. Die Peitsche knallte, und der Vierspänner setzte sich in Bewegung.

Sarah blieb nichts, als hilflos dabei zuzusehen.

Entsetzt schaute sie zu, wie die Constables ihre Pferde bestiegen und der Gefängniswagen zum Tor hinausrumpelte. Durch das vergitterte Fenster, das in die Hecktür der Kutsche eingelassen war, konnte Sarah Kamals Gesicht sehen. Alle Farbe und jede Empfindung waren daraus gewichen. Kamals Züge waren zur blassen, eisernen Maske erstarrt, nur seine Blicke verrieten Zorn.

»Ich habe dich nicht verraten«, rief sie, während sie der Kutsche nachsetzte, barfüßig wie ein Kind, das einem Zirkuswagen hinterherrannte. »Bitte, glaub mir, Kamal! Ich habe dich nicht verraten! Ich liebe dich! Ich würde niemals etwas tun, das dir ...«

Sie unterbrach sich, als sie im feuchten Morast, den die Pferdehufe und Fuhrwerksräder hinterließen, ausglitt und zu Boden

---

* Queen's counsel – königlicher Berater; Ehrentitel für verdiente Anwälte des Temple Bar

schlug. Bäuchlings landete sie im Schlamm, der ihr Gesicht und ihren Mantel besudelte. Sofort drang die Feuchtigkeit durch das Nachtgewand und ließ sie erbärmlich frieren. Am ganzen Körper zitternd, richtete sie sich halb auf – nur um zu sehen, wie die Kutsche mit ihrem Geliebten in Nacht und Nebel entschwand.

Noch einen Augenblick lang waren die Laternen der Kutsche und die Fackeln der Reiter zu sehen – dann waren auch sie verschwunden.

»Ich war es nicht«, flüsterte Sarah mit versagender Stimme. »Ich habe dich nicht verraten ...«

Und endlich brachen die Tränen der Verzweiflung sich Bahn.

In gezackten Rinnsalen rannen sie über ihr Gesicht, während sie im kalten Schlamm kauerte und ihre Hände in das feuchte Erdreich grub, bis sie vor Kälte schmerzten – und schlagartig spürte Sarah Kincaid, wie auch die Furcht zu ihr zurückkehrte.

4.

PERSÖNLICHES TAGEBUCH SARAH KINCAID
NACHTRAG

Ich kann es selbst kaum glauben. Nach Monaten vermeintlicher Ruhe, in denen ich alles darangesetzt habe, zu vergessen und die Vergangenheit hinter mir zu lassen, ist sie ebenso unerwartet wie grausam zurückgekehrt und in mein Leben eingebrochen. Dabei vermag ich noch immer nicht zu beurteilen, was schwerer wiegt – die Tatsache, dass mein Geliebter wegen Mordes verhaftet und nach London gebracht wurde, oder dass er mich für die Urheberin dieser schrecklichen Wendung hält.

Sosehr es mich verletzt, dass er solches von mir denkt, kann ich es ihm nicht verübeln. Die Erinnerung an jene Nacht, in der wir einander dem Gesetz der Wüste folgend unsere innigsten Geheimnisse anvertrauten, ist mir noch immer gegenwärtig. Rückblickend glaube ich, dass es jene Nacht war, in der ich, freilich noch ohne es zu ahnen, mein Herz an Kamal verlor. Denn ohne den genauen Grund dafür benennen zu können, fühlte ich, dass wir einander ähnlich sind, verwandte Seelen im Strom der Zeit ...

Sollte mich dieser Eindruck getrogen haben?

Der Blick, den Kamal mir durch die Gitterstäbe zugeworfen hat, will mir nicht aus dem Kopf gehen. Er verfolgt mich auf Schritt und Tritt, bis hinein in den Schlaf und in meine Träume. So viel unausgesprochene Anklage lag darin, so viel stummer Zorn. Ist seine Liebe zu mir tatsächlich erloschen? Habe ich für immer verloren, was ich gewonnen zu haben glaubte?

Ich will mich nicht kampflos in dieses Schicksal fügen, denn noch immer bin ich mir keiner Schuld bewusst. Weder habe ich jemandem von Kamals Geheimnis berichtet, noch habe ich etwas anderes getan, das sein Misstrauen rechtfertigt. Ich hoffe inständig, dass es mir gelingen wird, ihn von meiner Unschuld zu überzeugen – andernfalls wird sein Stolz ihm verbieten, meine Hilfe in Anspruch zu nehmen, und ohne eine ordentliche Vertretung vor Gericht scheint mir Kamals Verurteilung schon jetzt besiegelt.

Ich habe mich daher entschlossen, die Geborgenheit von Kincaid Manor einmal mehr zu verlassen und nach London zu reisen, um meinen alten Freund Jeffrey Hull um Hilfe zu ersuchen. Gleichzeitig muss ich herausfinden, woher Scotland Yard die Informationen hatte, die zu Kamals Verhaftung führten, denn nur so kann ich ihm meine Loyalität beweisen …

Scotland Yard
Whitehall Place, London
23. September 1884

Milton Fox hatte sich verändert. Die fein geschnittenen, von einer spitzen Nase beherrschten Gesichtszüge, in denen es ab und zu nervös zuckte, hatten noch immer etwas von dem Tier, dessen Namen er trug. Dennoch war Fox gesetzter geworden und hatte einige Pfunde zugelegt, was möglicherweise der Beförderung zum Superintendent zuzuschreiben war, die er infolge seiner Teilnahme an der Suche nach dem Buch von Thot erhalten hatte.

Zwar hatte die Expedition unter der Leitung Sarah Kincaids offiziell niemals stattgefunden und die Aufzeichnungen darüber wurden in den verborgensten Archiven von Horse Guard, dem Kriegsministerium, aufbewahrt. Da es jedoch auch darum gegangen war, einen leiblichen Neffen der Königin vom Mordverdacht zu befreien, war die Kunde der dramatischen Ereignisse, die sich zunächst in London und später in Ägypten abgespielt hatten, bis in den Palast von St. James gedrungen, was sich für einige der Beteiligten zu ihrem Vorteil ausgewirkt hatte.

Mit gravitätischer Miene und ineinander verschränkten Händen saß Fox hinter seinem großen Teakholzschreibtisch und überflog den Bericht, den er vor sich liegen hatte. Dabei ließ er immer wieder ein rügendes Zungenschnalzen vernehmen, das Sarah das Gefühl gab, ein kleines Mädchen zu sein, das von seinem Lehrer gescholten wurde.

Auf Fox' Aufforderung hatte sie in einem der beiden lederbezogenen Besuchersessel Platz genommen. Sir Jeffrey, der sie für die Dauer ihres Aufenthalts in London freundlicherweise in seinem Haus aufgenommen hatte, hatte es sich nicht nehmen lassen, sie zum Yard zu begleiten. So saß er neben ihr und wartete nicht weniger gespannt als sie auf das, was Milton Fox zu sagen haben würde.

»Sarah, Sarah«, ließ dieser sich endlich zu einem Kommentar herab und blickte auf. In seinen filigranen Zügen spiegelte sich Besorgnis. »Ich fürchte, Sie haben sich diesmal in arge Schwierigkeiten gebracht. Widerstand gegen die Staatsgewalt, Tätlichkeit gegen einen verdienten Justizbeamten, der lediglich seine Pflicht tat ...«

»Er ist ein Schwein«, erklärte Sarah unverblümt und zum Entsetzen nicht nur von Milton Fox.

»Meine Liebe«, ereiferte sich Sir Jeffrey und hob die buschigen, weißen Brauen. »Ich muss doch sehr bitten ...«

»Es ist wahr«, beharrte Sarah ungerührt. »Er war auf dem besten Weg dazu, mich eine Hure zu nennen. Ist es das, was Sie unter einem verdienten Beamten verstehen, Milton?«

»Natürlich nicht«, wehrte Fox ab. »Inspector Lester wird dafür eine offizielle Rüge erhalten und einen Vermerk in seiner Dienstakte. Aber das gibt Ihnen nicht das Recht zu einer Tätlichkeit.«

»Inspector Lester«, erwiderte Sarah trotzig, »hat mich in meiner Ehre gekränkt. Wäre ich ein Mann, würden wir diese Diskussion vermutlich nicht einmal führen.«

»Sie sind aber nun einmal, was Sie sind – und es ist eine Tatsache, dass Ihr Verhältnis zu Kamal ...«

»Ja?«, bohrte Sarah nach, als Fox errötend nach Worten rang.

»... nicht den landläufigen Vorstellungen von einer legitimen Verbindung entspricht«, wartete er schließlich mit einer Formulierung auf, die er für vertretbar hielt. »Gewisse Menschen könnten sich dadurch verletzt fühlen.«

»Gewisse Menschen?«, wollte Sarah wissen. »Wer zum Beispiel?«

»Meine Teure, muss ich Ihnen das wirklich erklären?« Unbeholfen wedelte Fox mit den Armen. »Sie sind eine Dame aus gutem Hause. Ihr Vater genoss in manchen Kreisen den Ruf eines Helden und hat Ihnen sein gesamtes Vermögen hinterlassen. Sie sind klug und gebildet und – wenn Sie mir die Bemerkung gestatten – überaus attraktiv.«

»Ich sehe nicht, was das eine mit dem anderen zu tun hat«, knurrte Sarah ungeduldig.

»Nun, ich könnte mir vorstellen, dass einige Menschen der Ansicht sind, dass eine Verbindung mit einem jungen Mann aus gutem britischen Hause Ihrem Stand ungleich angemessener wäre als ...«

»Als was?«, hakte Sarah nach, als Fox' Worte unter ihrem wütenden Blick versickerten wie Wasser im heißen Wüstensand. »Als ein ungebildeter Wilder? Denken Sie in Wahrheit auch so wie Lester?«

»Nun, ich ...« Fox errötete, während er auf seinem Sessel geräuschvoll hin und her rutschte. »Sehen Sie, Sarah, persönlich habe ich nichts gegen Kamal. Aber es lässt sich doch nicht leugnen, dass er anders ist als wir.«

»Das ist er«, räumte Sarah ein. »Aus diesem Grund sind wir alle noch am Leben, wenn ich Sie daran erinnern darf.«

»Natürlich, meine Teure ... Aber das ändert nichts daran, dass der gute Kamal einer anderen Welt angehört. Einer Kultur, die der unseren – das kann man mit Fug und Recht behaupten – tatsächlich weit unterlegen ist.«

Sarah seufzte.

Sie bebte innerlich vor Wut über soviel Borniertheit und Ignoranz. Aber obwohl sich alles in ihr dagegen empörte und ihre rebellische Natur sich am liebsten auf ein heftiges Wortgefecht eingelassen hätte, widersprach sie nicht mehr. Auch wenn Fox' Einstellung ihr nicht gefallen mochte und sie ihn im Grunde ihres Herzens für einen Idioten hielt – sie brauchte ihn, wenn sie Kamal helfen wollte ...

»Wussten Sie, Milton, dass Kamal nur zur Hälfte Tuareg ist?«, erkundigte sie sich stattdessen.

»Wie darf ich das verstehen?«

»Seine Mutter war Engländerin«, erklärte Sarah. »Er ist hier aufgewachsen, weswegen er nicht nur mit unserer Sprache, sondern auch mit unseren Gebräuchen sehr wohl vertraut ist.«

»Nun, das ... das wusste ich nicht.«

»Kamal bezeichnet England als seine eigentliche Heimat, Milton. Ich denke, das sagt sehr viel über ihn aus.«

»Gewiss ... Aber warum ist er dann nicht in England geblieben? Weshalb ist er nach Afrika zurückgekehrt, um in all diesem Schmutz und diesem Staub zu leben?«

»Weil er wie jeder von uns seine Wurzeln kennen wollte – und weil er die Nachfolge seines Vaters antreten musste, der ein großer Häuptling der Tuareg war.«

»Das klingt sehr schön, wie Sie das sagen – ich fürchte nur, es entspricht nicht ganz der Wahrheit«, entgegnete Fox. »Unseren Informationen zufolge hat Kamal das Land deshalb verlassen, weil Blut an seinen Händen klebte – das Blut zweier Soldaten in den Diensten der königlich britischen Armee.«

»Das Blut zweier Mörder«, verbesserte Sarah. »Diese Männer hatten zuvor Kamals Braut überfallen und brutal vergewaltigt. Nicht nur sie selbst starb an den Folgen, sondern auch das Kind, das sie in sich trug. Sein Kind.«

»Das mag Ihre Version der Geschehnisse sein«, konterte Fox,

»aber es gibt dafür nicht einen einzigen Beweis, ganz im Gegenteil. Ich habe mir die Akten kommen lassen. Der königliche Grenadier Samuel Tennant und der königliche Grenadier Leonard Albright wurden noch in der Nacht dieses angeblichen Mordes gefasst und wenig später vor Gericht gestellt. Kamal jedoch war der Einzige, der sie als Täter identifizierte. Alle anderen Zeugen …«

»Alle anderen Zeugen waren entweder bestochen oder ebenso borniert, wie die meisten Menschen in diesem Land es sind!«

»Sarah! Was fällt Ihnen ein?«

»Die Gerichtsverhandlung war eine abgekartete Sache. Kamals Braut war zur Hälfte Afrikanerin, genau wie er selbst. Es stand von Beginn an fest, dass zwei weiße königliche Grenadiere nicht eines Mischlings wegen im Gefängnis landen würden.«

»Meine Teure«, ließ sich nun auch Sir Jeffrey vernehmen, der bislang kaum etwas gesagt hatte, »bitte seien Sie vorsichtig mit dem, was Sie sagen! Sie zweifeln die Unabhängigkeit der Gerichte an …«

»Nicht grundsätzlich und nicht, solange Menschen mit heller Hautfarbe vor den Schranken dieser Gerichte stehen«, erwiderte Sarah. »In Kamals Fall jedoch konnte von einem fairen Prozess keine Rede sein. Er hat mir erzählt, dass einer der Zeugen hämisch grinste, als der Freispruch verlesen wurde.«

»Kein System ist vollkommen«, räumte Milton Fox ein. »Aber das gab Kamal nicht das Recht, diese Männer auf eigene Faust zu richten, nachdem ein königliches Gericht sie freigesprochen hatte.«

»Was genau soll er getan haben?«, wollte Sir Jeffrey wissen.

»Er wird beschuldigt, im April 1869 zunächst den königlichen Grenadier Samuel Tennant mit zwei Messerstichen ins Herz getötet zu haben. Anschließend verstümmelte er den königlichen Grenadier Leonard Albright, indem er ihn zu einem geschlechtslosen, elenden Krüppel machte. Albright schied aus dem Waffendienst aus und nahm sich ein halbes Jahr nach diesen fürchterlichen Ereignissen das Leben.«

»Grundgütiger«, murmelte Sir Jeffrey, und es war ihm anzusehen, wie sehr sich alles in ihm gegen solche Barbarei empörte.

»Wäre Ihr Entsetzen auch so groß«, fragte Sarah leise, »wenn Kamal ein Gentleman alter englischer Schule wäre? Wenn er die Mörder seiner Braut nicht nächtens mit einem Messer gerichtet hätte, sondern beim ersten Licht des Tages mit einer Pistolenkugel?«

Weder Sir Jeffrey noch Milton Fox erwiderten daraufhin etwas. Der betretene Blick, den die beiden tauschten, sprach jedoch Bände.

»Bei allem Respekt, meine Herren«, flüsterte Sarah, die einmal mehr mit Tränen des Zorns und der Verzweiflung zu kämpfen hatte, »Sie sind Heuchler und messen mit zweierlei Maß. Wollen Sie behaupten, dass Kamal unter solchen Voraussetzungen in diesem Land einen fairen Prozess bekommt?«

»Nun«, brummte Jeffrey Hull und strich sich ein wenig verlegen durch das spärliche Haar. »Möglicherweise hat unsere gemeinsame Freundin Recht, Milton. Vielleicht sind wir tatsächlich ein wenig voreingenommen gewesen ...«

»Das mag für Sie gelten, Sir Jeffrey, aber nicht für mich«, meinte Fox überzeugt. »Als Beamter von Scotland Yard ist Voreingenommenheit etwas, das ich mir nicht leisten kann. Ich bestreite nicht, dass bisweilen Fehler gemacht werden, und natürlich bin ich Kamal und seiner Sache zugetan. Jedoch bin ich als Teil des Justizapparates zur Neutralität verpflichtet. Ich kann ihm nicht helfen.«

»Das verstehe ich«, sagte Sarah und nickte.

»Allerdings«, fuhr der Superintendent fort, »werde ich dafür sorgen, dass Inspector Lesters Anzeige gegen Sie den langen Dienstweg nimmt – was nicht mehr und nicht weniger bedeutet, als dass Sie nie wieder etwas davon hören werden.«

»Das … ist sehr freundlich. Danke, Milton.«

»Ich wünschte, ich könnte mehr für Kamal und Sie tun, Sarah. Aber das ist nun einmal nicht möglich.«

»Können Sie uns stattdessen etwas über die Quelle Ihrer Informationen berichten?«, erkundigte sich Sir Jeffrey. »Wer hat Ihnen den entscheidenden Hinweis gegeben? Woher wussten Ihre Leute, wie Kamal sich jetzt nennt und wo er sich aufhält?«

»Tut mir leid, Sir Jeffrey – ich bin nicht befugt, Ihnen darüber Auskunft zu erteilen.«

»Zum Donnerwetter, Junge!«, polterte der königliche Berater drauflos, in einem seltenen Ausbruch jugendlichen Temperaments, der Sarah ein wenig an ihren Vater erinnerte. »Haben Sie noch nicht begriffen, worum es hier geht? Wenn Kamal die volle Härte des Gesetzes trifft, wird er entweder am Galgen enden oder für immer im Zuchthaus sitzen. Sie verdanken diesem Mann Ihr Leben, Milton, das sollten Sie nicht vergessen!«

»Das tue ich nicht«, versicherte Fox und rutschte einmal mehr auf seinem Sessel hin und her, während er sich wand wie ein – allerdings ziemlich beleibter – Aal. »Die Sache ist nur, dass die Vorschriften …«

»Vergessen Sie die Vorschriften nur dieses eine Mal, und tun Sie das, wozu Ihr Herz Ihnen rät. Sie sind ein wahrer Gentleman, mein junger Freund, das weiß ich, also handeln Sie auch entsprechend.«

»Aber ich … ich …« Fox' Züge verfärbten sich und wurden fleischig rot, Schweißperlen traten ihm auf die Stirn.

Sarah konnte nicht anders, als Sir Jeffrey höchsten Respekt zu zollen. Unerwartet, fast beiläufig hatte der königliche Berater Milton Fox unter Druck gesetzt und schien ihn noch dazu an seiner verwundbarsten Stelle getroffen zu haben – seiner Ehre. Sarah begann aufzugehen, weshalb dieser Mann einst den Ruf genossen hatte, einer der besten Anwälte des Temple Bar zu sein. Im heißen Wüstensand war davon nicht viel zu bemerken gewesen – auf seinem vertrauten Terrain jedoch war Sir Jeffrey trotz seines fortgeschrittenen Alters und seines unscheinbaren Äußeren ein gefährlicher Gegner ...

Es war deutlich zu sehen, wie Fox' mühsam errichtete, auf Korrektheit bedachte Fassade zu bröckeln begann. Einmal mehr zuckte es nervös in seinen Zügen, während er verstohlen zur Tür blickte, als wolle er sich vergewissern, dass sie auch wirklich geschlossen war.

»Die Information«, flüsterte er dann so leise, dass man ihn kaum verstehen konnte, »kam auf unkonventionellem Wege.«

»Was bedeutet das?«, wollte Sarah wissen.

»Sie war einfach da«, erklärte Fox rätselhaft. »Eines Tages fand Commander Devine ein anonymes Schreiben auf seinem Tisch, in dem er über jene Vorgänge in Kenntnis gesetzt wurde. Der Brief enthielt detaillierte Angaben über den Tathergang, außerdem wurden sowohl der aktuelle als auch der damalige Name des Täters genannt. Da wir verpflichtet sind, Hinweisen auf Kapitalverbrechen in jedem Falle nachzugehen, wurde Inspector Lester mit den Ermittlungen betraut – mit Erfolg, wie wir alle wissen.«

»In der Tat«, sagte Sarah tonlos.

»Ich möchte hinzufügen, dass ich bis vor Kurzem von diesem Fall nichts wusste. Aber selbst wenn es so gewesen wäre, wären mir die Hände gebunden gewesen. Weder hätte ich Sie warnen noch über den Stand der Ermittlungen in Kenntnis setzen dürfen.«

»Das ist mir klar«, räumte Sarah ein. »Und Sie wissen wirklich nicht, woher dieses Schreiben kam?«

»Ich bedaure. Der Brief war mechanisch geschrieben, seine Herkunft nicht zurückzuverfolgen.«

»Dürfen wir einen Blick darauf werfen?«, erkundigte sich Sir Jeffrey. »Möglicherweise erkennt das Auge eines altgedienten Juristen etwas, das bislang verborgen blieb.«

»Das ist leider nicht möglich.«

»Verstehe«, seufzte Sarah. »Die Vorschrift, richtig?«

»Auch, aber nicht ausschließlich. Selbst wenn ich in diesem Fall gewillt wäre, die Regeln zu Ihren Gunsten zu beugen, wäre es nutzlos, denn wir haben den Brief nicht mehr.«

»Was?« Sarah glaubte, nicht recht zu hören. »Sie nehmen einen Mann aufgrund eines anonymen Hinweises fest, der kurz darauf schon wieder verschwunden ist?«

»Ich muss feststellen, junger Freund, dass dies kein sehr gutes Licht auf diese Institution wirft«, rügte Sir Jeffrey. »Dabei genießt der Yard den Ruf höchster Zuverlässigkeit.«

»Und das völlig zu Recht«, beeilte sich Fox zu versichern. »Die Bestandsliste der Asservatenkammer wird mit größter Genauigkeit geführt. Dennoch scheint in diesem Fall ein peinlicher Fehler unterlaufen zu sein, eine unverzeihliche Nachlässigkeit ... Nennen Sie es, wie Sie wollen, in jedem Fall ist das Schreiben verschwunden.«

Sir Jeffrey hob die Augenbrauen. »Sie werden es uns sicher nicht verübeln, lieber Freund, wenn wir die Vorgänge im Zusammenhang mit Mr. Ben Naras Verhaftung etwas eigenartig finden.«

»Wie könnte ich?« Fox zuckte mit den Schultern. »Tatsächlich ist es inzwischen belanglos, ob das Schreiben noch existiert oder nicht. Kamal wurde verhaftet, und soweit ich es beurteilen kann, ist er in weiten Teilen geständig. Der Brief wird als Beweismittel also nicht mehr benötigt. Er ist obsolet geworden.«

Sarah biss sich auf die Lippen.

Für die Herren Gesetzeshüter mochte der Brief überflüssig geworden sein – Sarah hingegen hätte ihn gebraucht, um Kamal zu beweisen, dass nicht sie es gewesen war, die ihn bei der Polizei angeschwärzt hatte. Oder hätte er ihr in seiner Verbitterung gar unterstellt, jenes anonyme Schreiben verfasst und den Ermittlern von Scotland Yard zugespielt zu haben?

»Was werden Sie nun tun?«, erkundigte sich Fox ein wenig

unbeholfen. Das Schweigen, das für einige Augenblicke geherrscht hatte, schien ihm unangenehm.

»Nun«, entgegnete Sir Jeffrey, »soweit es mich betrifft, werde ich meinen Ruhestand unterbrechen und unserer gemeinsamen Freundin zuliebe Kamals Verteidigung übernehmen.«

»Was gibt es da zu verteidigen?« Fox lachte freudlos auf. »Wie ich schon sagte, hat Kamal bereits den größten Teil der ihm zur Last gelegten Verbrechen gestanden. Eine Verurteilung scheint mir daher so gut wie sicher.«

»Im Grunde haben wir nur zwei Möglichkeiten«, antwortete Sir Jeffrey bereitwillig. »Entweder, es gelingt uns zu beweisen, dass die beiden Opfer tatsächlich die Mörder von Mr. Ben Naras Frau waren, was sich im Hinblick auf die Beweggründe seiner Tat mildernd auswirken dürfte. Allerdings darf diese Chance in Anbetracht des Umstandes, dass die Ereignisse mehr als fünfzehn Jahre zurückliegen, wohl als überaus gering bewertet werden.«

»Oder?«

»Oder«, fuhr der königliche Berater mit der Gelassenheit eines Mannes fort, der schon viele Schlachten vor den Schranken des Gerichts geschlagen und nicht wenige davon siegreich für sich entschieden hatte, »wir plädieren auf Unzurechnungsfähigkeit. Das würde meinem Mandanten den Henkertod und wohl auch eine lebenslange Haft in Newgate ersparen und ihn stattdessen direkt nach Bedlam führen ...«

Während Fox angesichts dieser Argumentation nur bedächtig nickte, liefen Sarah eisige Schauer über den Rücken.

»Bedlam« war die geläufige Abkürzung für das Hospital St. Mary of Bethlehem – eine geschlossene Anstalt zur Verwahrung geisteskranker Menschen. Dort einzusitzen mochte immerhin noch besser sein, als am Galgen zu enden oder im berüchtigten Gefängnis Newgate ein karges, von der Welt vergessenes Dasein zu fristen. Was jedoch über die Anstalt und die dort angewandten Methoden erzählt wurde, war grässlich genug. Schaudernd dachte

Sarah an ihren Besuch der in der Nähe von Paris gelegenen Clinique St. James zurück, den sie einst zusammen mit Maurice du Gard getätigt hatte, vor, so schien es ihr zumindest, unendlich langer Zeit. Schon diese Einrichtung war in Sarahs Augen an Düsternis und Tristesse kaum zu überbieten gewesen – und dabei wurde sie in der medizinischen Fachwelt als eine der modernsten und fortschrittlichsten Anstalten Europas gerühmt.

Wie man es drehen und wenden mochte – die Aussichten, die sich Kamal boten, waren alles andere als rosig. Die Idylle, die sie während ihres Aufenthalts in Yorkshire genossen hatten, war brutal zerstört worden, der Traum von erfüllter Liebe, dem sie sich bereitwillig hingegeben hatten, hatte sich als Lüge erwiesen.

Dennoch war Sarah nicht gewillt aufzugeben.

Sie hatte hilflos mit ansehen müssen, wie ihr zwei Menschen, die sie über alles geliebt hatte, entrissen worden waren – noch einmal wollte und würde sie dies nicht ertragen.

Sie würde kämpfen.

Mit allen Mitteln.

5.

Persönliches Tagebuch Sarah Kincaid

Milton Fox hat Recht behalten. Aufgrund der eindeutigen Sachlage hat die Staatsanwaltschaft in Kamals Fall zur Eile gedrängt und dafür gesorgt, dass der Gerichtstermin bereits für Donnerstag nächster Woche angesetzt wurde.

Der Vergleich mit einem verängstigten Tier drängt sich mir auf; instinktiv spüre ich, dass ein Sturm bevorsteht, doch weder kann ich die Vorgänge begreifen noch etwas dagegen unternehmen. Ein Gefühl tiefer Machtlosigkeit erfüllt mich, dem ich entgegenzuwirken versuche, indem ich Sir Jeffrey meine Hilfe angeboten habe. Da ich mich in Rechtsdingen jedoch nicht auskenne, bin ich ihm wohl nur eine Last. Tag und Nacht brütet er über seinem Eröffnungsplädoyer, von dem wohl alles abhängen wird; gelingt es ihm nicht, vom Beginn der Verhandlung an Zweifel in die Herzen der Richter zu streuen, so ist Kamals Schicksal besiegelt.

Aussichten, dass mein Geliebter schadlos aus dieser Sache hervorgehen könnte, bestehen so gut wie keine; in der Sache selbst ist er geständig, es geht lediglich darum, das Tatmotiv zu beleuchten, das letztlich für das Strafmaß entscheidend sein wird. Die Staatsanwaltschaft wird behaupten, dass Kamal aus Habgier und anderen niederen Motiven heraus gehandelt hätte, während Sir Jeffrey die Vorgeschichte des Mordes zur Sprache bringen wird. Da die Gerichtsverhandlung damals mit einem Freispruch der späteren Opfer endete, sind die Chancen auf Erfolg auch hier verschwindend gering.

Je mehr ich darüber nachdenke, desto größer wird meine Verzweiflung. In Gedanken sehne ich mich zurück nach Kincaid Manor und den glücklichen, sorglosen Tagen, die wir dort verlebten – wis-

send, dass diese unwiderruflich vorüber sind. Die Frage, wem wir diese ungünstige Wendung des Schicksals zu verdanken haben, lässt mich nicht los, aber meine Versuche, mehr über den Urheber jenes anonymen Schreibens herauszufinden, das Scotland Yard auf Kamals Spur gebracht hat, verlaufen im Sand. Die einzige Hoffnung scheint mir darin zu bestehen, Kamal selbst zu befragen – obgleich mir klar ist, dass mein Geliebter alles andere als gewillt sein wird, mit mir zu sprechen. Denn noch immer hält er, zu meiner größten Betrübnis, keine andere als mich für die Urheberin seines Unglücks …

Zuchthaus von Newgate, London
25. September 1884

Sarahs Magen verkrampfte sich, als sich das eiserne Tor vor ihr öffnete. Es war nicht wirklich üblich, dass einer Zivilperson – noch dazu einer Frau – Zutritt zu den düsteren Gemäuern Newgates gewährt wurde. Milton Fox hatte – wohl aus schlechtem Gewissen – eine Ausnahmegenehmigung erwirkt.

Mit heiserem Krächzen schwangen die Torflügel auf, und Sarah durfte eintreten. In Begleitung eines Zuchthauswärters, dessen Uniform verschmutzt und abgetragen war, durchquerte sie den trostlosen, von hohen Mauern umgebenen Innenhof, und betrat das eigentliche Gefängnis – einen trutzigen Bau, dessen weiß gekalkte Fassade mit dem morgendlichen Nebel zu verschmelzen schien. Der Gestank, der ihr entgegenschlug, war betäubend, eine Mischung aus Fäulnis, Schweiß und Exkrementen. Gaslaternen erhellten den fensterlosen Korridor, niemand schien Geld dafür ausgeben zu wollen, das triste Dasein der Häftlinge mit Elektrizität zu erhellen.

»Hier entlang.« Die Stimme des Wärters verriet keine Regung, ebenso wenig wie seine groben, wie in Stein gemeißelten Züge und sein stumpfer Blick. Das schaurige Elend in seiner Umgebung schien er nicht mehr bewusst wahrzunehmen.

Anders die Besucherin.

Sarah schauderte beim Anblick der dunklen, engen Korridore, auf die die grau gestrichenen, mit jeweils einem kleinen Fenster versehenen Eisentüren der Gefängniszellen mündeten. Die Insassen, auf die Sarah im Vorbeigehen einen Blick erhaschte, sahen teils so blass und abgemagert aus, dass sie mehr tot als lebendig erschienen. Wurde einer von ihnen jedoch des ungewohnten Besuches gewahr, so blitzte es begehrlich in seinen Augen, und nicht selten wurden faulige Zähne zu einem lüsternen Grinsen gebleckt. Sofern es dabei blieb, zeigte der Wärter keine Reaktion – als einer der Zuchthäusler sich jedoch dazu verleiten ließ, an seine Zellentür zu hämmern und Sarah auf unflätige Weise anzusprechen, zückte der Wärter seinen hölzernen Knüppel und stieß ihn mit brutaler Gewalt in die Türöffnung. »Halt die Schnauze, Creed«, maulte er dazu, »oder willste zwei Tage ins Loch?«

»Nein, Sir«, drang es flehend zurück. »Bitte nicht ins Rattenloch! Bitte nicht!«

Ein Grinsen huschte über die verhärmten Züge des Wärters, in dem sich Gefallen an der eigenen Allmacht spiegelte und das Sarah ganz und gar nicht gefiel. Aber sie sah sich weder in der Position noch in der Stimmung, den Mann dafür zurechtzuweisen – der Gedanke allerdings, dass auch ihr Kamal so grob behandelt wurde, sorgte dafür, dass sich ihr Innerstes nur noch mehr verkrampfte.

»Ist es noch weit?«, erkundigte sie sich. Trotz der klammen Feuchtigkeit, die im Gefängnis herrschte, war ihr Schweiß auf die Stirn getreten. Angstschweiß, wie sie verblüfft feststellte …

Der Wärter brummte etwas Unverständliches. An der Kreuzung zweier Korridore gelangten sie zu einem Wachraum, in dem zwei weitere Uniformierte ihren Dienst versahen. Von dort aus folgten sie dem schmaleren Gang bis zu dessen Ende.

»Dort«, sagte der Wärter nur und deutete auf die Zellentür, die ganz am Ende des Korridors lag und vom Licht der Gaslaternen kaum noch erfasst wurde. Sarah bedankte sich mit einem Nicken (zu mehr war sie kaum in der Lage), dann trat sie zögernd auf die Zelle zu. Dass in den Öffnungen der umliegenden Türen lüstern leuchtende Augenpaare erschienen, nahm sie kaum zur Kenntnis.

»Kamal . . .?«

Bestürzt über den dumpfen, krächzenden Klang, den ihre Stimme angenommen hatte, biss sich Sarah auf die Lippen. Schweigend legte sie den Rest des Weges zurück, bis sie unmittelbar vor der Zellentür stand und durch das winzige Fenster blicken konnte.

Was sie sah, verstörte sie zutiefst.

Ein Raum, der gerade fünf Fuß im Quadrat messen mochte; eine Pritsche aus hartem Holz, die als Schlafstatt diente und gegen die Wand geklappt war; ein Loch im Boden, über dem der Gefangene seine Notduft verrichten sollte und das rings von Erbrochenem gesäumt war; und schließlich eine elend aussehende, abgerissene Gestalt, die das schmutzig weiße Gewand eines Zuchthäuslers trug und mit angezogenen Beinen auf dem Boden kauerte, das Gesicht zwischen die Knie gebettet.

»Kamal?«

Als er ihre Stimme hörte, hob er den Kopf und blickte auf, worauf sie abermals erschrak. Kamals Schädel war kahl geschoren – eine Vorsichtsmaßnahme, die man zum Schutz vor Läusen und anderem Ungeziefer bei allen Neuzugängen ergriff. Auch seinen Bart hatte man abrasiert, was seiner religiösen Überzeugung zufolge einer schrecklichen Erniedrigung gleichkam. Am grässlichsten jedoch war es für Sarah, die Verzweiflung in seinen Zügen zu sehen, die an diesem düsteren Ort, den niemals ein Sonnenstrahl erreichte, eine aschgraue Färbung angenommen hatten.

Wenn sie jedoch gehofft hatte, in Kamals Augen ein wenig

Freude oder zumindest ein kurzes Erkennen aufflackern zu sehen, so wurde sie bitter enttäuscht. Der Blick ihres Geliebten unterschied sich an Gleichgültigkeit in nichts von dem des Gefängniswärters und schien geradewegs durch sie hindurchzugehen.

»Kamal, ich bin es. Sarah ...«

Eine Antwort erhielt sie nicht, Kamals Blick reichte weiter in ungeahnte Ferne.

»Ich bin gekommen, um mit dir zu sprechen. Ich will dir helfen ...«

»Wie rücksichtsvoll von dir«, drang es tonlos zurück. »Aber ich brauche deine Hilfe nicht.«

Die Kälte und der abweisende Klang seiner Worte entsetzten sie, aber immerhin hatte er ihre Anwesenheit zur Kenntnis genommen. Das war ein Anfang ...

»Du glaubst noch immer, dass ich dich verraten hätte?«, erkundigte sie sich sanft.

»Ich weiß es«, verbesserte er, »denn niemand außer dir konnte all diese Dinge wissen.«

»Nicht ganz«, konterte sie. »Du weißt, dass wir seit jener Nacht am Lagerfeuer, die fast ein Jahr zurückliegt, nie mehr über jene Ereignisse gesprochen haben ...«

»Und?«

»Den Nachnamen deiner Mutter hast du mir nicht genannt«, eröffnete Sarah, »weder damals noch irgendwann später. Wie also soll ich den Constables davon erzählt haben können?«

»Das beweist überhaupt nichts. Du könntest dir die Information auch auf anderem Wege beschafft haben.«

»Vielleicht – aber wenn mir diese Möglichkeit offen stand, könnten sie dann nicht auch andere genutzt haben?«

Kamal antwortete nicht sofort, und zum ersten Mal hatte sie das Gefühl, dass sein Blick sie tatsächlich erfasste. »Was ich in jener Nacht sagte, habe ich dir unter dem Siegel der Verschwiegenheit anvertraut, Sarah. Vor dem Gesetz der Wüste.«

»Und ich habe mich an dieses Gesetz gehalten«, versicherte Sarah voller Nachdruck. »Ich habe Fremden gegenüber niemals auch nur ein Wort über das verloren, was du mir damals anvertraut hast, das musst du mir glauben, Kamal!«

»Wie konnte die Polizei dann davon wissen?«

»Das weiß ich nicht. Milton Fox sagte, ein anonymes Schreiben wäre bei Scotland Yard eingegangen, in dem alle Informationen standen.«

»Und wer hat dieses Schreiben verfasst?«

»Das weiß man nicht – und wird es wohl auch nicht mehr herausfinden. Denn unglücklicherweise«, – Sarah senkte schuldbewusst den Blick, weil ihr klar war, wie seltsam dies in Kamals Ohren klingen musste –, »ging der Brief schon kurz darauf verloren.«

»Er ging *verloren?* Das einzige Beweismittel, mit dem du mich vielleicht von deiner Unschuld hättest überzeugen können, existiert nicht mehr?«

Sie nickte nur – was hätte sie auch erwidern sollen? Was geschehen war, war nun einmal geschehen, und es stand nicht in ihrer Macht, etwas daran zu ändern.

Kamal lachte bitter auf. Dann erhob er sich langsam und trat an die Tür. Er humpelte dabei – die klamme Kälte schien seinen Knochen bereits zuzusetzen.

»Erwartest du wirklich«, fragte er, »dass ich dir das glaube?« In einer resignierenden Geste schüttelte er den Kopf. »Dabei hatte ich immer geglaubt, dass du anders wärst als diese bornierten Idioten. Dass dein Vater dich gelehrt hätte, dass der Wert eines Menschen an seinem Herzen gemessen wird und nicht an seiner Herkunft oder seiner Hautfarbe.«

»Wie du sehr wohl weißt«, versicherte Sarah, »ist dies auch meine Überzeugung.«

»Ist sie das?«

»Kein anderer Mensch auf dieser Welt kennt mich auch nur

annähernd so gut wie du, Kamal. Ich habe dir meine Ängste und Sehnsüchte offenbart, dich auf den Grund meines Herzens blicken lassen. Was hast du dort gesehen?«

»Was ich dort gesehen habe?« Er schüttelte den Kopf. »Um ehrlich zu sein, ich weiß es nicht. Alles ist verworren, ich weiß nicht mehr, was ich fühlen soll ...«

»Dann bemühe nicht dein Gefühl, sondern deinen Verstand«, konterte sie. »Wenn es mir darum gegangen wäre, dich an die Polizei zu verraten, warum hätte ich so lange damit warten sollen?«

»Wer weiß? Vielleicht, um einige Monate der Zerstreuung zu genießen ...«

»Wenn es so gewesen wäre«, schnaubte Sarah, bestürzt darüber, dass er ihr solches zutraute, »warum bin ich dann jetzt hier? Warum sollte ich es auf mich nehmen, diesen grässlichen Ort zu besuchen und mich nach deinem Wohlbefinden zu erkundigen? Warum alles daransetzen, die Urheber jenes anonymen Briefes ausfindig zu machen, der unser beider Glück so jäh zerstört hat? Warum alles Menschenmögliche unternehmen, um dich davor zu bewahren, für immer in diesen tristen Mauern zu bleiben und ein Dasein in ewiger Dunkelheit fristen zu müssen? Warum, Kamal? Warum?«

Entgegen ihrem Vorsatz, die Fassung zu wahren, war Sarah in Tränen ausgebrochen, nicht nur zu ihrer eigenen, sondern auch zu Kamals Bestürzung; eine Bestürzung, die die Gleichgültigkeit aus seinen Zügen vertrieb.

»Du bist alles, was ich habe, Kamal«, fügte Sarah flüsternd hinzu. »Meinen Vater habe ich verloren und auch Maurice, und schon der Gedanke, auch noch dich zu verlieren, bringt mich um den Verstand. Ich werde bei dir bleiben, ob du es willst oder nicht, denn du bist alles, das mir noch geblieben ist ...«

Noch während sie diese Worte sprach, versagte ihr die Stimme. Von Weinkrämpfen geschüttelt senkte sie das Haupt, gab sich für einen kurzen Augenblick der Hoffnung hin, dass dies nur ein schrecklicher Albtraum wäre, einer der vielen, die sie plagten, und aus dem sie jeden Augenblick aufschrecken würde. Aber die Kälte, die Schreie und der erbärmliche Gestank erinnerten sie daran, dass dies die Realität war. Die unerbittliche Wirklichkeit, aus der es kein Erwachen gab ...

»Sarah ...«

Sie zuckte zusammen und blickte auf. Es war Kamal, der ihren Namen ausgesprochen hatte, und zum ersten Mal glaubte sie, in seiner Miene nicht mehr nur Zorn und Verwirrung zu erkennen, sondern einen Hauch von menschlicher Wärme.

Obwohl seine Hand, mit der er sich am unteren Rand der Fensteröffnung festklammerte, grau und schmutzig war, ergriff Sarah sie und presste sie an ihre Wangen, benetzte sie mit ihren Tränen. »Bitte, Geliebter«, flüsterte sie dabei, »du musst mir glauben. Weder habe ich dich verraten, noch würde ich es jemals tun, eher würde ich sterben. Mein Herz gehört dir, auf immer und ewig.«

»So wie dir das meine«, erwiderte er.

Durch die kleine Öffnung im kalten Metall begegneten sich ihre Blicke, und während Sarah einmal mehr das Gefühl hatte, in den unergründlichen Tiefen seiner dunklen Augen zu versinken, unterzog er sie einer letzten Prüfung. Und so sehr er sich auch bemühte, durch die Fenster ihrer von Tränen geröteten Augen in ihr Innerstes zu blicken – er konnte dort keine Arglist erkennen.

»Bei meinem Volk gibt es eine Weisheit«, sagte er leise. »Nur der Narr folgt dem Pfad der Verblendung. Der Weise öffnet die Augen.«

»Und was siehst du?«, fragte sie flüsternd.

»Die Wahrheit«, erwiderte er schlicht. »Verzeih, dass ich an dir gezweifelt habe.«

»Um dir zu verzeihen, müsste ich dir gezürnt haben«, antwortete sie, »und das habe ich nicht. Vielleicht hätte ich an deiner Stelle ebenso gedacht wie du.«

»Nein«, meinte er überzeugt, »das hättest du nicht«, und durch die kleine Öffnung begegneten sich ihre Lippen in einem flüchtigen Kuss, der von den Insassen der angrenzenden Zellen, die an den Türen standen und neugierig gafften, mit derbem Gelächter quittiert wurde.

»Du hättest nicht kommen sollen«, raunte Kamal Sarah zu. »Dies ist kein Ort für dich.«

»Ebenso wenig wie für dich«, konterte sie. »Du gehörst nicht unter all diese Räuber, Mörder und Vergewaltiger.«

»Die Justiz ist anderer Ansicht.«

»Ich weiß.« Sarah nickte. »Deshalb besteht unsere einzige Chance darin, die Richter milde zu stimmen. Sir Jeffrey hat deinen Fall übernommen, erinnerst du dich an ihn?«

»Allerdings.« Kamal wirkte wenig erfreut. »Ein alter Löwe mit zahnlosem Maul und stumpfen Krallen.«

»Auf unser Abenteuer in Ägypten mag dies zutreffen«, räumte Sarah ein, »aber seit er deinen Fall übernommen hat, sind dem Löwen scharfe Zähne gewachsen. Sir Jeffrey genießt mein volles Vertrauen, Kamal. Wenn dir überhaupt jemand helfen kann, dann ist er es.«

»*Inschallah*«, erwiderte Kamal leise. »Wenn er dein Vertrauen hat, dann hat er selbstverständlich auch das meine. Ich fürchte nur, dass alle gegen uns sind.«

»So wie immer, nicht wahr?« Der Anflug eines Lächelns huschte über ihre von Tränen gezeichneten Züge. »Umso mehr müssen wir zusammenarbeiten. Ich brauche deine Unterstützung, Kamal.«

»Meine Unterstützung?« Sein Blick deutete auf das Eisen zwischen ihnen. »Wie darf ich das verstehen?«

»Du musst nachdenken, Kamal. Versuche dich zu erinnern.«

»Woran?«

»Dieser Brief, der Scotland Yard auf deine Spur gebracht hat – irgendwer muss ihn verfasst und abgeschickt haben. Jemand, der dich besser kennt, als du es ahnst – und der dir schaden will.«

»Wer könnte das sein?« Kamal zuckte mit den Achseln. »Ich kenne kaum jemanden in England, wie du weißt. Schon viel eher ...«

»Ja?«, fragte Sarah hoffnungsvoll.

»... könnte ich mir denken, dass es dabei um dich geht, Sarah.«

»Nein«, sagte sie ebenso schnell wie entschlossen.

»Dein Vater hat dir nicht nur Kincaid Manor hinterlassen, wie du weißt, sondern auch mächtige Feinde. Das Feuer des Re mag vernichtet sein, aber Meherets Erben ...«

»Sie sind nicht mehr«, flüsterte Sarah entsetzt, »das hast du selbst gesagt.«

»Es war meine begründete Hoffnung, dass wir die Bande zerschlagen hätten und Mortimer Laydons düstere Andeutungen nicht mehr gewesen wären als das Gefasel eines Mannes, der den Verstand verloren hat. Aber in den letzten Tagen und Stunden hatte ich viel Zeit zum Nachdenken, Sarah, und ich vermute, dass möglicherweise ...«

»Nein«, wiederholte sie entschieden, fast trotzig. »Nicht meine Vergangenheit hat uns eingeholt, sondern deine, Kamal. Ägypten hat nichts damit zu tun.«

»Woher willst du das wissen?«

»Ich weiß es, weil ...«

Sie stockte, auf der Suche nach einem passenden Argument. Natürlich hatte Kamal Recht, und wenn sie ehrlich zu sich selbst war, so musste sie sich eingestehen, dass auch sie schon an diese Möglichkeit gedacht hatte, wenn auch nur flüchtig. Die Konsequenzen, die sich daraus ergaben, waren zu beunruhigend ...

In diesem Moment ging die Besuchszeit zu Ende. Der Gefängniswärter, der Sarah hergeführt und sich, seiner groben Natur zum Trotz, für die Dauer des Gesprächs dezent im Hintergrund gehalten hatte, trat vor und räusperte sich hörbar.

»Du musst gehen«, stellte Kamal fest.

»Noch nicht.« Ihre Stimme klang fast flehend. »Ich habe doch eben erst zu dir gefunden …«

»Du musst, wenn du wiederkommen willst«, entgegnete er und strich zärtlich über ihre Stirn. »In der Zwischenzeit werde ich nachdenken und mich zu erinnern versuchen.«

»Bitte tu das«, erwiderte sie, und erneut hellte ein zaghaftes Lächeln ihre Miene auf. »Ich werde dich niemals im Stich lassen«, sagte sie zum Abschied.

»Schwörst du es?«, fragte er zurück.

»Ich schwöre es«, antwortete sie, und noch einmal trafen sich ihre Blicke für einen endlos scheinenden Augenblick, ehe sie sich umwandte und den Zellentrakt verließ.

Ihre Empfindungen dabei waren zwiespältiger Natur. Einerseits war sie erleichtert, dass Kamal ihr glaubte und sie nicht mehr für die Urheberin seines Unglücks hielt; andererseits war da die Furcht vor dem, was kommen mochte, denn an der Aussichtslosigkeit der Situation hatte sich nichts geändert; und schließlich auch die dumpfe Ahnung, dass Kamals Befürchtungen, das anonyme Schreiben betreffend, vielleicht zutreffen könnten …

Sarah verdrängte den Gedanken, aber die Düsternis in ihrem Herzen blieb, während sie dem Wärter durch die Gänge des Zuchthauses folgte, begleitet von heiserem Geschrei und bestialischem Gestank. Längst hatte sie die Orientierung verloren, wusste nicht einmal zu sagen, ob der Wärter sie auf demselben Weg hinausführte, über den sie hereingelangt waren, oder ob er einen anderen benutzte. Sie wollte ihn schon danach fragen, als ihr plötzlich eisige Kälte wie ein Messer in die Eingeweide fuhr.

Eine Ahnung von bevorstehendem Unheil, die sich schon einen Augenblick später erfüllte, als Sarah eine krächzende, nur zu bekannte Stimme vernahm.

»B-bist du das, mein Kind …?«

Wie vom Donner gerührt blieb sie stehen. Obwohl fast ein

Jahr vergangen war, seit sie diese Stimme zuletzt gehört hatte, hätte sie sie unter Tausenden heraus erkannt, so tief und unauslöschlich hatte sie sich in ihre Erinnerung eingebrannt.

»Bist du gekommen, um mich zu besuchen?«

Langsam, wie in Trance, wandte sich Sarah der Zelle zu, aus der die heisere Stimme drang. Ihr Klang allein verriet, dass ihr Besitzer nicht mehr Herr seines Verstandes war – umso mehr fürchtete sich Sarah davor, ihm zu begegnen.

Das Kichern, das ihr entgegenschlug, war so voller Häme und Bosheit, dass man es einer menschlichen Kehle kaum zugetraut hätte. Dennoch waren es Züge aus Fleisch und Blut, die aus der kleinen, rechteckigen Türöffnung starrten.

Sie waren abgemagert bis auf die Knochen und von Wahnsinn gezeichnet. Das Haupt war kahl geschoren, die Augen starrten mit fiebrigem Blick; dennoch erkannte Sarah in ihnen schaudernd ihre Nemesis, den Urgrund ihrer Albträume.

Mortimer Laydon!

»Was für eine Freude, dich zu sehen, mein Kind . . .«

Der Mörder ihres Vaters kicherte erneut, was für Sarah einem Schlag ins Gesicht gleichkam. Laydon hatte Gardiner Kincaid verraten und ihn feige aus dem Hinterhalt gemeuchelt, während er sich weiter als ihr väterlicher Freund und Pate ausgegeben hatte. Erst auf der Suche nach dem Buch von Thot hatte er sein wahres Gesicht offenbart, nachdem auch Sarah und Kamal seine Falschheit fast mit dem Leben bezahlt hätten. Einen denkwürdigen Augenblick lang hatte Sarah eine Pistole in der Hand gehalten und die Möglichkeit gehabt, Laydons frevlerischem Dasein ein Ende zu setzen. Sie hatte sich dagegen entschieden – was sie in diesem Moment fast bedauerte.

Da sie ihren Patenonkel in der geschlossenen Anstalt von Bedlam wähnte, hatte sie nicht damit gerechnet, ihm hier zu begegnen. Entsprechend schockierend war das Zusammentreffen für sie, wie ihren kreidebleichen Zügen unschwer zu entnehmen war.

»Du scheinst nicht sehr erfreut zu sein, mich zu sehen«, stellte Laydon fest und legte sein kahles Haupt schief, während er sie durch die Öffnung betrachtete. »Bist du am Ende gar nicht gekommen, um mich zu besuchen? Solltest du noch mehr Vertraute innerhalb dieser tristen Wände haben? Vielleicht einen heimlichen Geliebten …?«

Erneut begann er, hämisch zu kichern, und Sarah spürte, wie ihr blanker Zorn in die Adern strömte. Wie eine Furie schoss sie zur Zellentür, Hass loderte in ihren Augen.

»Was weißt du?«, zischte sie. »Los, sag es mir!«

Laydons Gelächter wurde nur noch bösartiger.

»Was denn? Du sprichst plötzlich mit mir?«

»Wenn du etwas von Kamal weißt, dann sag es! Jetzt! Hörst du?«

»Sarah. Meine gute Sarah.« Er schüttelte mitleidig den Kopf. »Aus deiner Reaktion schließe ich, dass dir erneut etwas widerfahren ist, das deine Welt bis in die Grundfesten erschüttert. Und genau wie all die vorherigen Male, wie beim alten Kincaid und bei deinem verkommenen französischen Freund, gibst du anderen die Schuld daran. Nicht im Traum würde es dir einfallen, dass du selbst der Anlass dafür bist …«

»Wage es nicht, meinen Vater und Maurice auch nur zu erwähnen«, konterte sie, bebend vor mühsam beherrschtem Zorn. »Beide könnten noch am Leben sein, wärst du nicht gewesen.«

»Denkst du das wirklich?«

»Ich weiß es. Ebenso, wie ich weiß, dass deinen Worten nicht zu trauen ist. Schon einmal hast du meinen Verstand und mein Herz damit vergiftet, genau wie bei meinem Vater. Aber anders als er bin ich rechtzeitig aufgewacht und habe dein wahres Wesen durchschaut.«

»Doch nur, weil ich mich dir offenbart habe. Hätte ich es nicht getan, so würdest du noch immer verzweifelt nach der Wahrheit suchen. Mit Blindheit bist du geschlagen, Sarah Kincaid, nicht nur, was deine Vergangenheit betrifft ...«

»Das geht dich nichts an«, schnaubte sie, verärgert darüber, dass er ihr innerstes Geheimnis kannte.

»Ich weiß vieles über dich, Sarah. Mehr, als du ahnst – und manch anderes, als dir lieb sein dürfte.« Erneut brach er in jenes gehässige Kichern aus, das vom Wahnsinn gezeichnet war und Sarah bis ins Mark traf.

»Was weißt du?«, erkundigte sie sich abermals, noch schärfer diesmal. »Sprich, oder ich ...«

»Willst du mir drohen? Nachdem du mir alles genommen hast?«

»Was dir widerfahren ist, hast du dir selbst zuzuschreiben. In deiner Gier nach Reichtum und Macht hast du dich mit Leuten eingelassen, von denen du dich besser ferngehalten hättest.«

»Genau wie du und wie dein Vater vor dir«, konterte Laydon gelassen. »Trotz allem, was war, hast du noch immer nicht begriffen, wie alt und mächtig jene Organisation ist und wie weit ihre Arme reichen – selbst bis hierher, in diese dunklen Mauern.«

»Was soll das heißen?«, erkundigte sich Sarah vorsichtig, jede Silbe betonend. Wiederholt hatte Mortimer Laydon sie manipuliert und hintergangen. Auch wenn er dem Wahnsinn verfallen sein mochte, war er noch immer gefährlich ...

»Sowohl in Alexandria als auch auf der Suche nach Thots Vermächtnis hast du ihre Pfade gekreuzt«, kam es höhnisch zurück, »aber noch immer hast du nicht erkannt, mit wem du es tatsächlich zu tun hast. Vielleicht hat sich Gardiner ja doch in dir geirrt, und du bist weit weniger brillant, als er immer angenommen hat ...«

Sarah bebte innerlich.

Laydon den Namen ihres Vaters aussprechen zu hören entfachte ihren Zorn nur noch mehr. Vergeblich versuchte sie sich zu beruhigen und sich einzureden, dass es nur das Gewäsch eines

Geisteskranken war. Die Worte des Mörders versetzten sie in Aufruhr, und das Gift, das er wie ehedem verspritzte, blieb nicht ohne Wirkung. Irrationale Furcht ergriff plötzlich von Sarah Besitz, und sie sagte sich, dass es besser war, diesen Ort so schnell wie möglich zu verlassen.

Ohne ein Wort des Grußes trat sie von der Zellentür zurück und wandte sich um, und in Begleitung des Gefängniswärters setzte sie den Weg nach draußen fort, verfolgt von Laydons geistlosem Geschrei.

»Es ist noch nicht vorbei! Wir werden uns wiedersehen, Sarah Kincaid«, rief er ihr nach, um sich sogleich erneut in hysterischem Gelächter zu ergehen, das von der niederen Gewölbedecke zurückgeworfen wurde und sich anhörte wie das Kreischen eines Affen. Einige der Häftlinge – vor allem wohl jene, die schon lange genug in dieser feuchten und dunklen Hölle einsaßen, um einen Teil ihres Verstandes eingebüßt zu haben – fielen in sein Geschrei mit ein, und so wurden Sarah und ihr Begleiter von einer Woge keifenden Gelächters erfasst und nach draußen gespült, zurück in den tristen Innenhof.

In düstere Gedanken versunken, durchquerte Sarah den Hof und das Tor und kehrte zu der Brougham-Kutsche zurück, die Sir Jeffrey ihr für die Dauer ihres Aufenthalts in London zur Verfügung gestellt hatte. Der Kutscher, ein beleibter Mann aus Sir Jeffreys Diensten, der einen etwas zu engen Rock trug, war ihr beim Einstieg behilflich. Erschöpft ließ sich Sarah auf die mit dunklem Samt bezogene Sitzbank fallen und blickte gedankenverloren nach draußen.

Mit einem Ruck fuhr die Kutsche an, und sowohl die einschüchternden Mauern von Newgate als auch die benachbarten Gebäude verschwanden hinter der Wand aus dichtem Nebel, der London in den Klauen hielt und nicht gewillt schien, sich jemals wieder zu lichten.

6.

Persönliches Tagebuch Sarah Kincaid

Mortimer Laydon.

Allein der Klang dieses Namens ist dazu angetan, mir kalte Schauer über den Rücken zu jagen, denn er erinnert mich zugleich an meine dunkelste Stunde und meine größte Verfehlung: jenen grausamen Augenblick, in dem mein Vater starb, niedergestreckt von der Klinge seines Mörders, und ich zu unerfahren und zu blind vor Schmerz und Trauer, um den wahren Täter zu erkennen.

Obwohl Laydons Worte mich verfolgen und ich immerzu seine knochigen, von Hass und Wahnsinn verzerrten Züge vor Augen habe, erscheinen meine eigenen Nöte und Ängste mir gering im Vergleich zu denen meines Geliebten, dem in diesen Tagen meine ganze Sorge gilt. Ich klammere mich an die Hoffnung, dass Sir Jeffreys Bemühungen vielleicht doch noch von Erfolg gekrönt sein werden und es einen Weg geben könnte, Kamal zu retten – doch je mehr Zeit verstreicht und je finsterer Sir Jeffreys Züge werden, desto mehr muss auch ich erkennen, dass uns nach menschlichem Ermessen keine Chance bleibt.

Was wir brauchen, ist ein Wunder …

Mayfair, London
Abend des 25. September 1884

Es war still im Speisezimmer. Nur das Ticken der großen Standuhr war zu hören, deren Pendel träge hin und her schwang und das Verstreichen der Zeit gleichmütig zur Kenntnis nahm.

Anders als Sarah.

Sie war Sir Jeffrey dankbar – nicht nur, weil er sie für die Dauer ihres Aufenthalts in London in seine Villa in Mayfair aufgenommen hatte, sondern auch, weil er sich nach Kräften bemühte, ihr nicht nur ein guter Anwalt, sondern auch ein väterlicher Freund zu sein. Die Abende allerdings hätte sie lieber in der Abgeschiedenheit ihres Zimmers verbracht, als in Gesellschaft Sir Jeffreys zu dinieren. Immerhin hatte der königliche Berater darauf verzichtet, auch noch Freunde oder Kollegen zum Essen einzuladen, wie es in seinen Kreisen üblich war, sodass Sarah zumindest nicht gezwungen war, belanglose Konversation zu betreiben, während sie mit Gedanken an ganz anderen Orten weilte. Aber auch so hätte sie die Einsamkeit ihres Zimmers vorgezogen. Da war so viel, worüber sie sich klar werden musste; Gefühle und Eindrücke, die es zu verwinden galt.

»Sollte am Roastbeef etwas auszusetzen sein?«, erkundigte sich Sir Jeffrey besorgt, der ihr am anderen Ende der langen Tafel gegenübersaß und wohl bemerkt hatte, dass Sarahs silberne Gabel ziellos im Essen stocherte und nur selten einen Bissen in ihren Mund beförderte. Natürlich war das Fleisch einwandfrei und von jener rosa Farbe, die dem Kenner wahre Gaumenfreuden verhieß, aber als Gentleman, der er war, wollte er ihr eine Brücke bauen.

»Nein, Sir Jeffrey«, entgegnete Sarah und schüttelte den Kopf. »Das Roastbeef schmeckt ausgezeichnet. Das Problem ist, dass ich keinen Hunger habe.«

»Das ist nur zu verständlich, meine Liebe. Dennoch sollten Sie etwas essen. Zwingen Sie sich dazu, wenn es sein muss. Es stehen uns anstrengende Tage, wenn nicht Wochen bevor.«

»Ich weiß, Sir Jeffrey, ich weiß«, versicherte Sarah und starrte auf ihren Teller.

»Bitte glauben Sie mir, teure Freundin, dass ich alles Menschenmögliche unternehmen werde, um Kamals Strafe so gering wie möglich ausfallen zu lassen. Das gesammelte Wissen eines langen Anwaltslebens steht Ihnen zu Gebote, ganz abgesehen davon, dass auch die Kammer des Temple Bar Ihnen jede nur denkbare Unterstützung zukommen lässt.«

»Das ist mir klar, Sir Jeffrey«, beteuerte Sarah und rang sich ein Lächeln ab, »und bitte denken Sie nicht von mir, dass ich Ihre Bemühungen nicht zu schätzen wüsste. Es ist nur ...«

»Laydon, nicht wahr?«

Sir Jeffreys Frage kam so unvermittelt, dass Sarah erschrocken aufblickte. Erneut genügte schon der Klang des Namens, um sie bis ins Mark erschaudern zu lassen.

»Dieser elende Tunichtgut«, wetterte Sir Jeffrey. »Dass Sie ihm auch begegnen mussten ...«

Im ersten Moment wollte Sarah widersprechen und versichern, was sie auch in ihr Tagebuch geschrieben hatte: dass sie jeden Gedanken an Laydon verdränge und ihre ganze Sorge Kamal gehöre.

Allerdings entsprach dies nicht der Wahrheit.

»Er schien etwas zu wissen«, sagte sie leise.

»Wer? Laydon?«

Sie nickte zaghaft.

»Wohl kaum. Dieser elende Verbrecher weiß doch kaum, was er selbst tut, geschweige denn, was um ihn herum vor sich geht.«

»Unterschätzen Sie ihn nicht, Sir Jeffrey. Ich kenne ihn besser als Sie ...«

»Das will ich gar nicht bestreiten, meine Teure. Und ich kann gut verstehen, dass Ihnen die Begegnung mit ihm zusetzt, nach allem, was er Ihnen und Ihrer Familie angetan hat. Aber Sie dürfen das, was gewesen ist, nicht mit der Gegenwart verwechseln. Mortimer Laydon stellt keine Gefahr mehr dar. Er wurde gefasst, und ein königliches Gericht hat ihn seiner Untaten überführt und für schuldig befunden. Er wird niemals wieder jemandem Schaden zufügen können – weder Ihnen noch sonst irgendwem.«

»Ihr Wort in Gottes Ohr, Sir Jeffrey«, entgegnete Sarah. »Aber das ist es auch nicht, was mich ängstigt.«

»Nein?«

»Ich habe mich einmal gegen Mortimer Laydon zur Wehr gesetzt und würde es wieder tun«, stellte Sarah klar. »Sorge bereitet mir das, was Laydon möglicherweise weiß.«

»Und das wäre?«, fragte der Q. C. unverhohlen skeptisch.

»Es hat mit etwas zu tun, das Kamal sagte«, erklärte Sarah. »Bei meinem Besuch heute Nachmittag äußerte er die Vermutung, dass es bei dieser Sache möglicherweise gar nicht um ihn gehe, sondern dass in Wahrheit jemand versuchen könnte, mir zu schaden.«

»Halten Sie das denn für möglich?«

»Zunächst habe ich den Gedanken weit von mir gewiesen, wohl weil ich glauben wollte, dass die Vergangenheit endgültig hinter mir liegt, dass sie abgeschlossen ist wie die Kapitel eines Buches, das man gelesen hat und zurück in den Schrank stellt. Die Begegnung mit Laydon hat mir jedoch gezeigt, dass es nicht so ist. Die Wunden sind noch immer vorhanden, Sir Jeffrey. Sie mögen oberflächlich verheilt sein, aber sie existieren noch.«

»Teure Freundin«, meinte der königliche Berater und senkte ehrerbietig das Haupt, »nach allem, was gewesen ist, würde es mich wundern, wenn es anders wäre. Allerdings bedeutet das nicht, dass Sie sich noch vor der Vergangenheit fürchten müssten. Was immer Laydon und diese Leute von Ihnen wollten, es liegt vernichtet und unter dem Sand der Wüste begraben.«

»Das ist wahr«, räumte Sarah ein, »und dennoch komme ich nicht zur Ruhe. Laydon fragte mich nach Kamal, gerade so, als wüsste er von seiner Inhaftierung. Ist das nicht seltsam?«

»Eigentlich nicht.« Sir Jeffrey schürzte die Lippen. »Obgleich die Häftlinge in Newgate in strenger Einzelhaft untergebracht sind, kennen sie Mittel und Wege, sich untereinander zu verständigen. Manche Dinge sprechen sich eben herum.«

»Das allein war es nicht.« Sarah schüttelte den Kopf. »Da war dieses Blitzen in Laydons Augen und dieses hinterhältige Lachen. Und zum Abschied rief er mir noch etwas hinterher.«

»Nämlich?«

»Dass es noch nicht vorbei wäre«, antwortete Sarah tonlos und schauderte abermals.

»Nun, ich gebe zu, das hört sich bedrohlich an«, gab Sir Jeffrey zu. »Allerdings glaube ich, dass diese Worte einem ebenso rachsüchtigen wie gestörten Geist entsprungen sind. Laydon ging es nur darum, Gift zu verspritzen – und wenn ich Sie mir ansehe, stelle ich mit Besorgnis fest, dass ihm dies gelungen ist.«

»Dessen bin ich mir durchaus bewusst, Sir Jeffrey«, versicherte Sarah nachdenklich. »Mir ist nur zu bewusst, wie gefährlich Mortimer Laydon ist – vielleicht habe ich gerade deshalb das Gefühl, dass er etwas vor mir verbirgt. Für einen kurzen Augenblick war da dieses Blitzen in seinen Augen, dieser seltsame Glanz ...«

»Der Glanz des Wahnsinns«, schnaubte Sir Jeffrey.

»Zweifellos«, räumte Sarah ein, »aber wenn das nicht alles ist? Wenn Laydon tatsächlich etwas weiß? Wenn tatsächlich *sie* es ist, die hinter allem steckt ...«

»›Sie‹? Von wem sprechen Sie, meine Teure?«

»Von wem wohl?« Sarah lachte freudlos auf. »Von jener unheimlichen Macht, mit der ich bereits zweimal konfrontiert wurde, zuerst in Alexandria und dann im Schatten von Thot. Von jener mysteriösen Organisation, in deren Diensten Mortimer Laydon stand ...«

»... und die möglicherweise nur in seinem Kopf existiert. Schließlich haben die Nachforschungen von Scotland Yard nicht einen einzigen brauchbaren Hinweis ergeben. Laydons Helfershelfer starben im Sand der libyschen Wüste, die *Egyptian League* ist aufgelöst und existiert nicht länger.«

»Ich spreche nicht von der Ägyptischen Liga, Sir Jeffrey. Laydon sagte damals, dass die wahre Organisation, für die er tätig sei, sehr viel größer und umfassender wäre als die Liga, und dass wir ihr niemals Einhalt gebieten könnten. Was, wenn ...«

»Sprechen Sie den Satz nicht zu Ende, mein Kind«, fuhr Sir Jeffrey ihr ungewohnt barsch ins Wort, »denken Sie ihn nicht einmal zu Ende, denn der Pfad, auf den Sie sich damit begeben, ist überaus gefährlich. Oder wollen Sie irgendwann enden wie Laydon?«

»N-nein«, gab Sarah zu.

»Der Weg zum Wahnsinn ist mit Gedanken wie diesen gepflastert«, fuhr der königliche Berater überzeugt fort. »Man vermutet eine ominöse Verschwörung und ist dabei, hinter jedem Vorkommnis, und wäre es noch so unbedeutend, einen verborgenen Hinweis zu vermuten. Man beginnt, die Welt mit anderen Augen zu betrachten, und noch ehe man begreift, was geschieht, ist man von Feinden umgeben. Während Sie noch überzeugt davon sind, das Richtige zu tun und für die gerechte Sache zu kämpfen, ist Ihr Verstand schon dabei, in jene kalten, lichtlosen Grüfte hinabzugleiten, aus denen es kein Zurück mehr gibt. Verstehen Sie, was ich Ihnen damit zu sagen versuche?«

»Ich denke schon, Sir Jeffrey«, erwiderte Sarah leise, »und ich danke Ihnen sehr für Ihre Offenheit. Glauben Sie mir, ich habe nicht vor, den Verstand zu verlieren.«

»Dann sagen Sie sich, dass das eine nichts mit dem anderen zu tun hat. Die Pläne der Aufrührer, wer immer sie gewesen sein mögen, wurden durchkreuzt, Laydon sitzt im Gefängnis. Das allein zählt – mit Kamal oder Ihnen hat das alles nicht das Geringste zu tun.«

»Denken Sie das wirklich?«

»Allerdings, werte Freundin«, sagte Sir Jeffrey und hob sein Glas, in dem sich noch ein Rest des leichten Roséweins befand, den sie zum Essen getrunken hatten. »Wollen wir darauf anstoßen?«

Sarah zögerte, während sie sich Sir Jeffreys Argumentation

noch einmal durch den Kopf gehen ließ – und zu dem Schluss kam, dass der Freund wohl Recht hatte. Mochte Mortimer Laydon Gift verspritzen, soviel er wollte: Es änderte nichts daran, dass seine Pläne vereitelt waren und er im Gefängnis saß, von wo er niemals wieder entkommen würde. Von diesem beruhigenden Gedanken geleitet, griff auch Sarah nach ihrem Weinglas und erhob es, sodass das Licht der Tafelkerzen durch den rosafarbenen Inhalt schimmerte.

»Auf Kamal«, sagte Sir Jeffrey ernst. »Auf dass wir der gerechten Sache zum Sieg verhelfen.«

»Auf Kamal«, wiederholte Sarah, und beide tranken.

Sarah genehmigte sich nur eine kleine Menge Wein. Da sie den ganzen Tag über kaum etwas gegessen hatte, zeigte der Alkohol dennoch Wirkung, und sie bemerkte, wie sich ein leichter Schwindel ihrer bemächtigte, begleitet von einem Gefühl der Wärme und von einer inneren Gelassenheit, die sie als wohltuend empfand.

»Ich danke Ihnen, Sir Jeffrey«, sagte sie deshalb und erhob sich. »Nicht nur für das Essen, sondern auch für Ihren Rat und Ihre Hilfe.«

»Wozu sind Freunde da?«, fragte der königliche Berater und stand ebenfalls auf. »Wünschen Sie sich schon zurückzuziehen?«

»Bitte verzeihen Sie, ich möchte nicht unhöflich erscheinen – aber es war ein langer Tag, und ich möchte morgen möglichst früh wieder zu Kamal.«

»Sind Sie sicher?«

Als Sarah die ehrliche Besorgnis im Gesicht des Freundes bemerkte, konnte sie nicht anders, als zu lächeln. »Es mag ein schwerer und in mancher Hinsicht anstrengender Tag gewesen sein«, gestand sie, »aber das bedeutet nicht, dass ich nicht alles tun werde, um Kamal vor dem Strick des Henkers zu bewahren. Ich habe ihm mein Wort gegeben, und daran werde ich mich halten.«

»Ich verstehe.« Sir Jeffrey nickte, und diesmal war er es, der verhalten lächelte. »Ihr Vater wäre stolz auf Sie.«

»Danke, Sir Jeffrey. Es bedeutet mir viel, dass Sie das sagen.«

»Es ist die Wahrheit. Die meisten Väter wünschen sich Söhne, die ihre Nachfolge antreten und sich ihres weltlichen Erbes als würdig erweisen. Gardiner jedoch wurde noch ungleich großzügiger beschenkt, denn an Mut, Unerschrockenheit und Loyalität stehen Sie ihm in nichts nach und vereinen zudem noch Klugheit und Schönheit in sich. Fürwahr eine seltene Verbindung.«

»Haben Sie vielen Dank«, entgegnete Sarah und beugte ein wenig beschämt das Haupt. Sie wartete, bis einer der Diener den Stuhl zurückgezogen hatte, dann trat sie vom Tisch zurück. »Gute Nacht, Sir Jeffrey.«

»Gute Nacht, Sarah. Schlafen Sie wohl – und unbehelligt von den Schatten der Vergangenheit.«

»Das wäre schön«, entgegnete sie. Dann wandte sie sich ab und verließ das Speisezimmer. Sie hörte noch das Seufzen, mit dem sich Sir Jeffrey wieder an der Tafel niederließ, und wie er seinen Diener nach Scotch und Tabak schickte.

Sie bedauerte es von Herzen, Jeffrey Hull, der nicht nur ihr, sondern auch schon ihrem Vater ein guter Freund gewesen war und zusammen mit diesem in Oxford studiert hatte, Sorge zu bereiten. Sie hätte ihn lieber aus einem erfreulicheren Anlass besucht oder ihn bei sich zu Hause in Kincaid Manor empfangen. Aber was geschehen war, war nun einmal geschehen; die Zeit ließ nicht zurückstellen, und sie arbeitete gegen sie ...

Sie steht am Ufer.

Obwohl sie nur ihr leichtes Nachtgewand trägt und bis zu den Knöcheln im kalten Wasser steht, das um ihre nackten Füße plätschert, friert sie nicht. Insgeheim weiß sie, dass sie nicht wirklich an diesem Ort weilt, dennoch lässt sie sich von der Majestät der kargen Landschaft fesseln: hohe Berge mit kahlen, schneebedeckten Gipfeln; Wälder, deren Bäume sich herbstlich verfärbt haben und aus denen einsame Felsentürme ragen.

Sarah weiß nicht zu sagen, ob es früher Morgen oder später Abend ist. Die Sonne, die als gelb leuchtende Scheibe über dem nahen Horizont steht, hat den Himmel in ein orangerotes, von Blau und Lila durchsetztes Farbenmeer verwandelt, durch das funkelnde Sterne blitzen. Ohne die Himmelsrichtungen zu kennen, ist es unmöglich festzustellen, ob das atemberaubende Schauspiel am Firmament den Ausklang des alten Tages markiert oder den Anbruch eines neuen, ob es für Ende oder Neubeginn steht.

Noch mehr Wind kommt auf. Er fährt in ihr Haar und zerrt an ihrem Nachthemd – und trägt Stimmen an ihr Ohr. Klagende Laute, die voller Schmerz und Trauer sind …

Auf der Suche nach dem Ursprung der Stimmen schaut sich Sarah um – und erkennt, dass sie am Ufer des Flusses keineswegs allein ist. Eine Prozession, die bald näher, bald weiter entfernt scheint, bewegt sich über das breite Kiesbett auf den Wasserlauf zu. Voran gehen vier Krieger – hünenhafte Gestalten, die mit langen Speeren bewaffnet sind und mit Rosshaar verzierte Helme tragen. Ihnen folgen sechs Männer, die eine Bahre mit einem Leichnam tragen. Daran schließt sich ein Zug von Trauernden an, die dem Toten das letzte Geleit geben.

Beklommen schaut Sarah zu, wie der Zug das Ufer erreicht und die Träger die Bahre abstellen. Einer der Krieger tritt vor und spricht einige Worte in einer fremden Sprache, die Sarah nicht verstehen kann. Dann stößt er in sein Horn, dessen Ton hohl und schaurig durch das Tal schallt. Augenblicklich scheint sich der Wind zu legen, und weißer Nebel entsteht über dem Wasser und kriecht in zähen Schwaden Richtung Ufer.

Die Trauernden haben sich indes um den Leichnam versammelt und bereiten ihn für seine letzte Reise vor. Von ihrem Platz aus kann

Sarah nicht erkennen, was genau sie tun, aber es wird deutlich, dass sie mit großem Ernst und ebensolcher Sorgfalt zu Werke gehen. Endlich haben sie ihre Arbeit beendet und treten zurück.

Völlige Stille tritt ein.

Die Klagelaute sind verstummt, selbst der Wind hat ausgesetzt. Der Nebel, der inzwischen das Ufer erreicht hat und immer dichter wird, scheint ihn vertrieben zu haben.

So plötzlich, wie sie aufgetaucht sind, ziehen sich die Trauernden wieder zurück. Schweigend wenden sie sich ab, verlassen das Ufer und sind schon kurz darauf im Nebel verschwunden. Die Bahre mit dem Leichnam haben sie zurückgelassen.

Ohne dass Sarah den Grund dafür benennen könnte, spürt sie plötzlich Neugier. Sie will sehen, wer der Tote ist, der einem alten Brauch gemäß ans Ufer des Jenseitsflusses gebracht wurde, um seine Fahrt ins Totenreich anzutreten. Vorsichtig setzt sie sich in Bewegung und hat das Gefühl, über die flachen Steine zu gleiten, die das Flussbett säumen – und erreicht kurz darauf die Bahre.

Der Tote ist ein Mann von vielleicht fünfunddreißig Jahren. Seine stolzen Züge wirken selbst im Tode noch anmutig und schön, sodass sich Sarah unwillkürlich fragt, wer er gewesen sein mag. Sein Mund ist halb geöffnet. Durch die Reihen seiner makellosen Zähne sieht Sarah im fahlen Dämmerlicht etwas blitzen – eine Münze zweifellos, die man dem Verstorbenen in den Mund gelegt hat, um den Fährmann für die Fahrt ins Totenreich zu bezahlen.

Sarah schaudert und weiß nicht, ob es an der Kälte liegt oder an der Gegenwart des Todes. Krampfhaft redet sie sich ein, dass die Geschichte vom Totenfluss Styx und vom Fährmann Charon nur einem alten Aberglauben entsprungen ist – als sie hinter sich plötzlich ein Plätschern hört.

Erschrocken fährt sie herum, erhascht durch die dichten Nebelschwaden einen Blick auf ein Boot, das sich über den Fluss nähert. Im Heck des Nachens steht eine groß gewachsene, hünenhafte Gestalt, die das Gefährt mit einer langen Stange antreibt. Im Zwielicht ist kaum mehr als die Silhouette zu erkennen, aber Sarah weiß dennoch, wen sie vor sich hat.

Charon!

Den Fährmann des Totenreichs ...

Blankes Entsetzen ergreift von ihr Besitz. Einen unterdrückten Schrei auf den Lippen, fährt sie herum und will die Flucht ergreifen – doch dazu kommt es nicht. Denn als Sarah einen zweiten Blick auf die selbst in der Leblosigkeit noch so edlen und anmutigen Züge des Toten wirft, erstarrt sie vor Entsetzen.

Der Tote ... ist Kamal!

»Kamal!«

Ihr eigener heiserer Schrei drang an Sarah Kincaids Bewusstsein und machte ihr endgültig klar, dass das, was sie gesehen hatte, nur ein Trugbild gewesen war, die Ausgeburt eines Nachtmahrs, der sie bis in den Schlaf hinein verfolgt hatte.

Dennoch konnte sie sich kaum beruhigen.

Aufrecht saß sie im Bett. Ihr Atem ging schnell und keuchend, ihr Nachthemd klebte tatsächlich kalt und klamm an ihr – nur dass es nicht der Nebel gewesen war, der es durchfeuchtet hatte, sondern ihr eigener Schweiß. Noch immer wurde sie von Grauen geschüttelt, auch wenn ihr Verstand sie längst zu beruhigen suchte und ihr klarmachte, dass nichts von dem, was sie gesehen hatte, wirklich gewesen war.

Warum aber, so fragte sie sich, hatte sich jener Traum dann so wirklich, so endgültig angefühlt? Wieso hatte sie das Gefühl gehabt, nicht nur die Trauer am eigenen Leib zu spüren, sondern den eisigen Hauch des Todes?

Sarah war es gewohnt, Träume zu haben.

Seit ihrer Kindheit wurde sie davon verfolgt, und seit dem Tod ihres Vaters schien es, als wären die Schleusen ihrer Seele geöffnet worden und als dränge all das, was tief in ihr verborgen gewesen war, mit Urgewalt ans Licht. Sarah hatte stets angenommen, dass diese Träume mit der Dunkelzeit zusammenhingen, jenem Abschnitt ihrer frühen Kindheit, an den sie sich nicht erinnern konnte, aber stets hatte sie in diesen Träumen nicht mehr wahrgenommen als verschwommene Schemen und flüchtige Eindrücke. Nie zuvor hatte sie einen Traum von solcher Deutlichkeit gehabt, und sie fragte sich, woran das liegen mochte. Zudem machte es sie nachdenklich, dass ihre Träume, die Dunkelzeit betreffend, in letzter Zeit weniger geworden waren, was sie bisher der Nähe und dem beruhigenden Einfluss Kamals zugeschrieben hatte.

Was also hatte es zu bedeuten, wenn sie nun mit größerer Intensität träumte als je zuvor? Wenn das, was ihr im Traum vor Augen stand, so real anmutete, dass es sie selbst im Wachen noch verfolgte?

War es mehr als ein Traum gewesen?

Hatte sie ... eine Vision gehabt?

Noch vor zwei Jahren hätte Sarah über einen solchen Gedanken nur gelacht und ihn als absurd verworfen. Sie hatte sich stets als rationales Wesen betrachtet, als Verstandesmensch, der den Prinzipien der Wissenschaft verpflichtet war. Die zurückliegenden Ereignisse und die Begegnungen mit Maurice du Gard und Kamal Ben Nara hatten sie jedoch ins Zweifeln gebracht. Denn so verschieden beide sein mochten – der Glaube an ein vorbestimmtes Schicksal und eine höhere Macht, die ihre Schritte lenkte, war ihnen gemeinsam.

Ihre Methoden freilich unterschieden sich ganz erheblich: Während du Gard den Opiumdrachen geritten und die Karten des Tarot benutzt hatte, um in die Zukunft zu blicken, glaubte Kamal mit der ganzen Kraft seines Herzens an die Weisheit und Allmacht von Allah.

Und Sarah?

Woran glaubte sie?

Anders als Kamal und du Gard konnte sie keine tiefere Bedeutung in ihren Träumen erkennen. Im Sterben hatte ihr Vater sie um Verzeihung gebeten, aber er war nicht mehr dazu gekommen, ihr die Hintergründe jener geheimnisvollen Geschehnisse zu erklären, die ihn nach Alexandrien geführt hatten; ebenso wenig wie du Gard, dessen letzte Worte Sarah und seiner Liebe zu ihr gegolten hatten. Beide hatten etwas über ihre Vergangenheit gewusst und dieses Wissen mit ins Grab genommen. Geblieben war nur Chaos.

Spuren, die sich im Nichts verloren.

Andeutungen, die keinen Sinn ergaben.

Ereignisse, die Sarah nicht zu deuten vermochte.

Träume, die sie ängstigten.

Noch immer sah sie Kamal auf jener Bahre liegen, von Nebelschwaden umwölkt und eine Münze unter der Zunge, die seine Passage über den Styx bezahlen sollte.

Von Unrast getrieben schwang sie sich aus dem Bett. Das kalte Parkett knarrte unter ihren Füßen. Sie huschte zum Fenster und zog den Vorhang einen Spaltbreit auf. Über den flachen Dächern und spitzen Kaminen Mayfairs hatte bereits die Dämmerung eingesetzt. Ein orangerotes, von zartem Lila durchzogenes Leuchten, das Sarah auf beunruhigende Weise an ihren Traum erinnerte, setzte den Himmel im Osten in Brand. Der neue Tag war angebrochen, und Sarah beschloss für sich, dass sie nicht länger warten konnte.

Sie musste zurück nach Newgate.

Zu Kamal ...

7.

Persönliches Tagebuch Sarah Kincaid
Nachtrag

In der Brougham-Kutsche Sir Jeffreys fuhr ich ein zweites Mal nach Newgate. Auf den Einfallstraßen herrschte reger Verkehr, und fast erschien es mir, als müsse unser Zweispänner sich mit aller Kraft gegen die Masse derer stemmen, die zu dieser frühen Stunde stadteinwärts strömten: Tagelöhner und Arbeiter, Handwerker und Händler; hohe Herren, die es vorzogen, außerhalb der Stadt zu nächtigen, am Morgen jedoch zu den Inns of Court oder zum Stock Exchange aufbrachen, um an den Schalthebeln der Macht zu wirken. Einige von ihnen reisten zu Pferde, die meisten zogen es jedoch vor, sich in Hansom-Kutschen der neuesten Bauart chauffieren zu lassen, mit denen sich auch eine Menge Eindruck schinden lässt und die mit klobigen, bis über den Rand beladenen Fuhrwerken um jeden Zoll Straße ringen. Öffentliche Kutschen, mit Fässern beladene Brauereifuhrwerke, von Ochsen gezogene Karren, die zu den Märkten in Covent Garden oder Billingsgate fuhren – sie alle schienen es kaum erwarten zu können, in die große Stadt zu gelangen.

Entsprechend langsam kamen wir voran, und die Fahrt nach Newgate erschien mir wie eine quälende Ewigkeit. Immer wieder fragte ich mich, was mein rätselhafter Traum wohl zu bedeuten hätte, und je näher wir den tristen Mauern von Newgate kamen, desto mehr wuchs meine Unruhe. Ich konnte es kaum erwarten, Kamal zu sehen und mich zu vergewissern, dass es ihm gut ging. Ich fühlte, dass Unheil bevorstand – zu Recht, wie ich schon bald erkennen sollte ...

Gefängnis von Newgate
Morgen des 26. September 1884

In rascher Folge hallten die Schritte Sarah Kincaids und ihres Begleiters von der niederen Gewölbedecke wider.

Es war derselbe Wärter, der sie auch am Vortag eskortiert hatte, sodass sich Sarah nicht mit langen Erklärungen hatte aufhalten müssen. Auf Vorzeigen des Schreibens hin, das Milton Fox beim Justizministerium für sie erwirkt hatte, gewährte man ihr abermals Zutritt zum Zellentrakt, der ihr an diesem Morgen beinahe noch trister und verkommener erschien als am Tag zuvor. Vergeblich versuchte Sarah, sich die verwirrende Reihenfolge der Treppen und Korridore einzuprägen, die sie auf ihrem Weg in die dunklen Innereien des Gefängnisses zurücklegten. Sie hatte den Eindruck, dass der Wärter sie erneut auf einem anderen Weg führte, sei es, um sie zu beeindrucken oder um sie gezielt zu verwirren.

Sie passierten einen Raum, der durch ein Eisengitter vom Korridor abgetrennt war. Dahinter hatte ein halbes Dutzend Männer Aufstellung genommen – bucklige, abgemagerte Gestalten, die so nackt waren, wie ihr Schöpfer sie geschaffen hatte. Die Köpfe hatte man ihnen geschoren, ihre blasse Haut war von unzähligen Blessuren und Narben übersät, die auf ein hartes, entbehrungsreiches Leben schließen ließen. Zwei uniformierte Gefängniswärter waren dabei, ein metallenes Behältnis in Stellung zu bringen, an dem ein Pumphebel sowie ein Schlauch befestigt waren. Und ehe die Gefangenen noch begriffen, wie ihnen geschah, waren die beiden Wärter schon dabei, sie mit einer rötlichen Chemikalie zu besprühen, die den Reaktionen der Männer nach wie Feuer auf der nackten Haut brennen musste.

»Neuzugänge, Ma'am«, erklärte der Wärter ungerührt. »Wenn se hier ankommen, wer'n se erst mal or'ntlich gewaschen und entlaust. Das is' notwendig, könnse mir glauben.«

Sarah erwiderte nichts. Sie zweifelte nicht daran, dass er sie hergeführt hatte, um sie zu brüskieren und dabei zuzusehen, wie sich ihre Züge angesichts der nackten Männlichkeit puterrot färbten. Sarah wurde tatsächlich rot im Gesicht, allerdings nicht vor Scham, sondern vor Zorn darüber, dass auch Kamal diese entwürdigende Zeremonie über sich hatte ergehen lassen müssen …

Endlich erreichten sie den Gang, an dessen Ende Kamals Zelle lag. Auf den letzten Yards hielt Sarah es nicht mehr aus. Sie beschleunigte ihren Schritt und begann zu laufen, überholte den Wärter, der mit einem unwilligen Knurren reagierte.

»Kamal?«, fragte sie, durch das Guckfenster spähend.

Er lag reglos auf der Pritsche, zur Wand gedreht, sodass er ihr den Rücken zukehrte. Die Decke, die er über sich gebreitet hatte, war ein von Motten zerfressener Fetzen.

»Kamal! Ich bin es, Sarah …«

Ihre Stimme bebte vor mühsam zurückgehaltener Sorge, die sich erst legte, als sich ihr Geliebter zu regen begann.

»Hast du nich' gehört?«, blaffte der Wärter in die Zelle. »Du sollst aufwachen!« Um seinen Worten Nachdruck zu verleihen, nahm er den hölzernen Schlagstock und drosch damit gegen die Tür. Das metallische Dröhnen ließ nicht nur Kamal hochfahren, sondern auch die Insassen der angrenzenden Zellen.

»Sir«, knurrte Sarah unwillig, »würde es Ihnen etwas ausmachen, keinen solchen Höllenlärm zu verursachen?«

»Sie wollten, dass er aufwacht, oder nich'?«, erwiderte der Wärter achselzuckend. »Nun is' er wach …«

Das ließ sich nicht bestreiten.

Kamal hatte sich aufgesetzt und rieb sich den Schlaf aus den Augen. Als er Sarah gewahrte, zuckte er zusammen.

»Guten Morgen«, grüßte sie freundlich.

»W-was tust du hier?«, erkundigte er sich, sprang von der Pritsche und trat an die Tür. »Es ist noch früh …«

»Ich weiß«, sagte sie nur. »Ich musste dich sehen.«

»Warum?« Er lächelte dünn. »Hattest du wieder einen deiner Träume? Musst du getröstet werden?«

»Natürlich nicht«, beeilte sie sich zu versichern – während sie sich einmal mehr darüber wunderte, wie gut er sie bereits nach diesen wenigen Monaten kannte.

»Egal«, meinte er, »ich bin froh, dass du hier bist. Wenn du vor meiner Zelle auftauchst, ist es, als würde helles Sonnenlicht in dieses elende Gemäuer dringen.«

»Deinen Charme hast du jedenfalls noch«, stellte sie fest und rang sich ebenfalls ein Lächeln ab, das jedoch sogleich wieder verschwand. »Hast du nachgedacht?«, wollte sie wissen.

»Allerdings.«

»Und?« Sarah verspürte jähe Hoffnung. »Hast du einen Verdacht, wer das Schreiben an den Yard geschickt haben könnte?«

»Nein«, gestand Kamal offen und zu Sarahs größter Enttäuschung. »Aber ich bin dennoch zu einem Entschluss gelangt.«

»Nämlich?«

»Ich möchte, dass du Sir Jeffrey von seinem Mandat entbindest.«

»Was?«

»Ich bin dankbar für seine Hilfe«, bekräftigte Kamal, »aber ich will sie nicht länger in Anspruch nehmen. Bestelle Sir Jeffrey schöne Grüße von mir. Richte ihm aus, dass ich ihm für seine Dienste dankbar bin, dass ich sie aber nicht länger benötige.«

»Nein? Wer wird dich dann verteidigen?«

»Niemand«, lautete die ebenso schlichte wie erschütternde Antwort.

»Niemand?« Sarahs Augen weiteten sich in grobem Unverständnis. »Aber wenn dich niemand verteidigt, hast du vor Gericht keine Chance. Du hast die Ereignisse von damals gestanden. Der Staatsanwalt wird alles daransetzen, dich an den Strick zu liefern.«

»Ich weiß, Sarah.«

»Dann weißt du auch, dass du ohne einen erfahrenen Verteidiger kaum Aussicht hast, dem Henker zu entgehen«, sagte Sarah mit brutaler Offenheit.

»Auch das ist mir klar.«

»Aber dann ... dann ...«, stammelte Sarah, ehe sie ganz verstummte. Ihr war klar, was Kamals Entscheidung zu bedeuten hatte, aber sie brachte es nicht übers Herz, es auszusprechen.

»Wie du schon sagtest, Sarah«, übernahm Kamal es an ihrer Stelle, »bin ich ein überführter Mörder. Da sich die Tat gegen zwei Angehörige des Militärs gerichtet hat, wird der Staatsanwalt ohne Frage für meine Hinrichtung plädieren. Verzichte ich auf meine Verteidigung, so wird das Gericht dem Antrag folgen. Tritt jedoch Sir Jeffrey als mein Anwalt vor die Schranken, werde ich vielleicht nur wegen Totschlags verurteilt und verbringe die nächsten zwanzig Jahre innerhalb dieser Mauern. Kannst du dir vorstellen, was das bedeutet?«

Wortlos starrte sie ihn an, war weder in der Lage zu verneinen noch zu bejahen.

»Ich bin ein Sohn der Wüste, Sarah. Ich liebe das endlose Meer der Dünen, den Wind in meinem Haar und den Sand zwischen den Zähnen. Hier jedoch gibt es nichts davon – nur Dunkelheit und Schmutz und einen langsamen Tod.«

»Du meinst ...«

»Lieber setzt der Strick des Henkers meinem Dasein ein rasches Ende, als dass ich hier eingesperrt bin. Ich würde es nicht ertragen, Sarah, und qualvoll zugrunde gehen.«

Sie starrte ihn noch immer an, und erneut trafen sich ihre Blicke für eine kleine Ewigkeit. Ein krampfhaftes Nicken war alles, was sie zustande brachte, während sie mit aller Macht die Tränen zurückhielt – zumindest sollte Kamal sie nicht weinen sehen. Als die Trauer zu obsiegen drohte, wandte sich Sarah ab.

»Sarah«, hauchte Kamal, der ihre Reaktion missdeutete. »Versuch bitte zu verstehen ...«

»Ich verstehe«, sagte sie nur, während ihr Tränen die Wangen hinunterliefen. »Ich verstehe durchaus. Es ist nur ...« Sie schüttelte den Kopf.

Dass Kamal den Tod am Strang der jahrelangen Kerkerhaft vorzog, konnte ihr Verstand tatsächlich nachvollziehen – ihr Herz jedoch sprach eine andere Sprache. Sarah wollte ihren Geliebten nicht verlieren und hielt mit aller Macht an ihm fest Aber welchen Sinn hatte es noch, um Kamals Leben zu kämpfen, wenn er es selbst nicht wollte? Welchen Sinn hatte *das alles?*

Da war sie wieder, die Frage nach dem Schicksal, nach einer ordnenden Macht inmitten des Chaos – und in ihrer Verzweiflung konnte Sarah nicht anders, als sie verneinen. Warum, fragte sie sich, blieben ihr jeweils nur flüchtige Augenblicke des Glücks? Weshalb war es ihr Schicksal, stets jene zu verlieren, die sie in ihr Herz geschlossen hatte? Trotz erwachte in ihr, der unbändige Wille, sich ihr Glück nicht noch einmal rauben zu lassen.

Ein ebenso wagemutiger wie verzweifelter Plan, den sie bislang als gefährlich und abwegig verworfen hatte, schien ihr plötzlich erwägenswert, und sie beschloss, alles daranzusetzen, ihn zu realisieren.

»Bringen Sie mich hinaus«, wies sie den Wärter an, »aber auf anderem Wege als gestern. Können Sie das?«

»Klar«, erwiderte der Wachmann und entblößte zwei Reihen gelber, ungepflegter Zähne. »Es gibt 'ne Menge Wege nach Newgate und mindestens noch ma' so viele raus – außer man hat was ausgefressen.«

Er lachte dröhnend über seinen eigenen Scherz und setzte sich schwerfällig in Bewegung. Sarah folgte ihm, ohne sich noch einmal zu Kamal umzuwenden. Zum einen sollte er ihre Tränen nicht sehen, zum anderen befürchtete sie, dass er erahnen könnte, was sie vorhatte. Es war wichtig, dass Kamal nichts von Sarahs Plänen erfuhr – wenn seine Befreiung scheitern sollte, war es besser, wenn er von nichts gewusst hatte.

»Sarah!«, rief er ihr hinterher. »Bitte, geh nicht! Bleib hier ...« –

aber sie ließ sich nicht beirren. Unverwandt folgte sie dem Gefängniswärter.

»Du hast es geschworen, weißt du noch? Du hast geschworen, bei mir zu bleiben«, hallte Kamals verzweifelter Ruf ihr nach. Doch obwohl alles in ihr sie dazu drängte umzukehren, blieb Sarah hart und reagierte auch diesmal nicht. Natürlich erinnerte sie sich an den Eid, den sie geleistet hatte – und eben weil sie vorhatte, ihn zu erfüllen, durfte sie nicht nachgeben.

Hätte Sarah Kincaid geahnt, dass sie damit wertvolle Augenblicke vergeudete, hätte sie sich anders entschieden.

In Gedanken führte Sarah Buch. Jede Zelle und jede Biegung, jede Treppe und jede Kreuzung wurden auf der Planskizze, die sie in ihrem Kopf anfertigte, genau vermerkt. Ihre Erfahrung als Archäologin kam ihr dabei zugute, denn es war manches Mal vorgekommen, dass ihr Vater und sie in versunkene Grabkammern und unterirdische Katakomben eingedrungen waren und es überlebensnotwendig gewesen war, sich den exakten Weg zu merken. Bei ihren bisherigen Gängen durch die finsteren, stinkenden Innereien des Gefängnisses war Sarah abgelenkt gewesen und entsprechend orientierungslos – nun jedoch verwandte sie ihre ganze Konzentration darauf, sich den Weg genau einzuprägen.

Den Weg in die Freiheit ...

Sie passierten manche Zelle, deren Insassen sie mit unflätigen Bemerkungen bedachten, die der Wärter augenblicklich mit dem Schlagstock ahndete. Im nächsten Moment erhielten sie Gesellschaft – vier Gefängniswärter kamen ihnen auf dem spärlich beleuchteten Gang entgegen. Schweigend gingen sie an ihnen vorbei, und vermutlich hätte Sarah sie in ihrer Konzentration nicht einmal bemerkt, hätte sie nicht plötzlich etwas empfunden.

Ein Gefühl von Bedrohung!

Dieselbe unheimliche Aura, die sie auch in Yorkshire verspürt hatte, als jener unheimliche Schemen sie im Nebel verfolgte! War er am Ende doch mehr gewesen als der wiederkehrende Schatten alter Ängste?

»Is' was, Ma'am?«, erkundigte sich der Gefängniswärter, als Sarah abrupt stehen blieb.

»Nein, nur ...« Sie zögerte, war sich nicht sicher, ob sie etwas sagen sollte. »Diese Männer, denen wir gerade begegnet sind – waren das auch Wachleute?«

»Scheint so.«

»Warum sagen Sie das? Kennen Sie sie nicht?«

»Nein, Ma'am – aber das hat nix zu sagen. Hier arbeiten viele Wachleute. Ist 'ne üble Beschäftigung, wissense. Kann nich' jeder machen ...«

»Verstehe«, sagte Sarah nachdenklich und wollte ihren Weg fortsetzen – aber sie konnte es nicht. Denn plötzlich waren all ihre Befürchtungen und dunklen Vorahnungen zurück. Einer Springflut gleich brachen sie in ihr Bewusstsein und schwemmten alle Vernunft hinfort.

»Zurück«, sagte sie nur. »Ich muss zurück.«

»Wohin?«

»Zu Mr. Ben Naras Zelle.«

»Aber ...«

Sarah hatte keine Zeit, sich mit Erklärungen aufzuhalten. Sie fuhr herum, und indem sie den Saum ihres Kleides mit den Händen raffte, um schneller laufen zu können, setzte sie den Gang hinab, dem Weg folgend, den sie sich eingeprägt hatte. Dass sie ihr Vorhaben, Kamal zu befreien, dadurch verraten könnte, war ihr gleichgültig. Der Drang, augenblicklich zu ihrem Geliebten zurückzukehren und nach ihm zu sehen, war so überwältigend, dass Sarah ihm nicht widerstehen konnte.

Erinnerungen an ihren Vater wurden wach. Auch damals war sie durch dunkle Labyrinthe geirrt, auf der verzweifelten Suche nach Gardiner Kincaid – um ihn schließlich in seinem eigenen

Blute liegend vorzufinden. Inständig hoffte sie, dass sie Kamal unversehrt in seiner Zelle antreffen und ihre Ängste sich lediglich als Reflexionen dunkler Erinnerungen erweisen würden – aber diese Hoffnung zerschlug sich schon kurz darauf.

»Kamal!«, rief Sarah schon von Weitem und zur Freude einiger Häftlinge, die mit derben Zoten antworteten. »Kamal . . .!«

Doch von ihrem Geliebten kam keine Reaktion.

Gefolgt von dem Gefängniswärter, der ihr keuchend auf den Fersen blieb, bog Sarah in den schmalen Korridor, an dessen Ende sich Kamals Zelle befand – und sah zu ihrem Entsetzen, dass die Tür weit offen stand. »Kamal . . .?«

Er lag rücklings auf dem Boden, allerdings nicht so, als ob er niedergeschlagen und zusammengebrochen wäre, sondern unnatürlich ausgestreckt und mit über der Brust gekreuzten Armen.

Auf seiner Stirn prangte ein Zeichen.

Drei Buchstaben, mit Ruß gemalt.

A, M und T . . .

»Kamal!«

Sarahs Stimme überschlug sich. Ohne den Wärter um Erlaubnis zu fragen, drang sie in die Zelle ein, fiel an der Seite ihres reglos daliegenden Geliebten nieder.

Seine Gesichtszüge waren stolz und würdevoll wie immer, weder die Entbehrung noch der Entzug des Sonnenlichts hatten daran etwas ändern können. Kamals Wangen waren grau, seine Augen geschlossen. Sein Mund hingegen stand halb offen, aber Sarah konnte keinen Atem feststellen . . .

»Kamal! Kamal . . .!«

Immerzu rief sie seinen Namen, während sie ihn an den Schultern packte und rüttelte – doch Kamal erwachte nicht. Sarahs Rufe erstarben auf ihren Lippen. Angstschweiß stieg ihr auf die Stirn, während sie panisch nach einem Lebenszeichen suchte. Mit zitternden Händen fühlte sie Kamals Puls, aber sie fand ihn nicht.

»Nein«, schluchzte Sarah flehend, »bitte nicht noch einmal …«

In ihrer Verzweiflung sank sie vornüber und legte ihren Kopf auf seine Brust, um daran zu horchen. Dabei umarmte sie ihn, als könnte sie ihn so im Leben halten. Tränen traten ihr in die Augen, während sie verzweifelt lauschte.

Plötzlich ein Herzschlag.

Er war schwach und verhalten, aber es war ein Lebenszeichen.

»K-Kamal …?«

Sarah horchte abermals und konnte tatsächlich einen zweiten Herzschlag vernehmen. Auch dieser war schwach und die Frequenz beängstigend niedrig. Zudem sah Sarah jetzt die winzigen Schweißperlen auf der Stirn ihres Geliebten. Sanft wischte sie darüber und fühlte heiße Haut unter ihren Händen.

Fieber, schoss es ihr durch den Kopf.

Kamal hatte Fieber …

»Einen Arzt!«, rief Sarah laut. »Wir brauchen einen Arzt! Es geht um Leben und Tod …«

Der tumbe Wachmann erwiderte etwas Unverständliches, dann hob er die Trillerpfeife, die er an einem kurzen Band um den Hals hängen hatte, und stieß mehrmals kurz hintereinander hinein. Das Trillern, das daraufhin durch das Gewölbe hallte, war so schrill und durchdringend, dass es gehört werden musste – und prompt wurde es beantwortet.

»Ich habe das Notsignal gegeben. Dr. Billings befindet sich bereits auf dem Weg.«

»Billings? Wer ist das?«

»Der Anstaltsarzt«, erwiderte der Wärter, worauf Sarah ein wenig Hoffnung schöpfte – auch wenn sie bezweifelte, dass ein Gefängnisdoktor Kamal würde helfen können. Was auch immer ihrem Geliebten widerfahren war, was auch immer ihn gefangen hielt, schien tiefer zu sein als jeder Schlaf und jede Ohnmacht.

»Es wird alles gut, Kamal«, sprach sie flüsternd auf ihn ein. »Hörst du? Es wird alles gut ...«

Zitternd tastete sie nach seiner rechten Hand, um sie zu ergreifen und ihm Trost zuzusprechen, wie er es oft bei ihr getan hatte. Dabei fiel ihr Blick auf seinen halb geöffneten Mund – und sie erkannte, dass seine Zunge seltsam nach oben gewölbt war, als würde sich etwas darunter befinden ...

Jäh wurde Sarah bewusst, dass sie diese Situation schon einmal durchlebt hatte – in ihrem Traum, der sich auf bizarre Weise zu bewahrheiten schien. Ein Schaudern, wie sie es zuvor noch nie verspürt hatte, ergriff von ihr Besitz. Mit zitternden Händen öffnete sie den Mund ihres bewusstlosen Geliebten und griff hinein.

Ihr Eindruck hatte sie nicht getrogen!

Tatsächlich lag etwas unter Kamals Zunge – allerdings war es kein Geldstück, wie Sarah befürchtet hatte, sondern ein kleines Stück Papier. Sarah nahm es zur Hand und entfaltete es – und sog scharf die Luft ein, als sie erkannte, was sich darauf befand.

Es war nur eine einfache Zeichnung, aber für denjenigen, der sie zu deuten wusste, kam sie einer Todesdrohung gleich: eine Ellipse, ringsum mit zahlreichen, strahlenförmigen Ornamenten versehen.

»Das Auge des Zyklopen«, entfuhr es Sarah atemlos, und sie ließ den Zettel fallen, als wäre er mit Gift getränkt.

Was dieses unscheinbare Zeichen, was dieser Fund bedeutete, war unmöglich auf einen Schlag zu erfassen. Nur eines war Sarah klar: dass Kamals Vermutung richtig gewesen war.

Jene ebenso unheimliche wie dunkle Macht, die schon zweimal in ihr Leben getreten war und die sowohl den Tod Maurice du Gards als auch den Mord an ihrem Vater zu verantworten hatte, war weder besiegt noch zerschlagen, sondern existierte noch immer.

Und sie hatte sich bitter gerächt ...

Sanitätsstation Newgate, London
Abend des 26. September 1884

»Ich weiß nicht«, sagte der Arzt zum ungezählten Mal, während er ratlos auf die reglosen Züge Kamal Ben Naras blickte.

»Was wissen Sie nicht, Doktor?«, erkundigte sich Sarah, deren Geduld allmählich am Ende war. Seit Stunden waren vier Mediziner damit beschäftigt, Kamal zu untersuchen. Sie wechselten vieldeutige Blicke und jonglierten mit lateinischen Termini wie Straßenjungen mit faulen Äpfeln – zu einem schlüssigen Ergebnis kamen sie jedoch nicht.

Norman Sykes, der Gefängnisdirektor, hatte untersagt, Kamal aus Newgate herauszuschaffen, solange keine eindeutige Diagnose über seinen Zustand vorlag. Daher war Sarah nichts anderes übrig geblieben, als einige Spezialisten von außerhalb zu Rate zu ziehen und sie zu bitten, nach Newgate zu kommen. Neben James Billings, dem Gefängnisarzt, dessen Nase entschieden zu rot war für Sarahs Geschmack und der sich in den Spelunken des Londoner East End wesentlich besser auszukennen schien als in der Anatomie seiner Patienten, waren dies Dr. Raymond Markin, ein ehemaliger Schiffsarzt der Royal Navy und Spezialist für Tropenerkrankungen, sowie Dr. Lionel Teague, ein Arzt aus Mayfair, der ein Freund Sir Jeffreys war und sich aus persönlicher Verbundenheit zu diesem sofort bereit erklärt hatte, zusammen mit Sir Jeffrey die Fahrt nach Newgate anzutreten.

Der vierte Mediziner im Bunde war Horace Cranston, ein hagerer Mann Anfang vierzig, der einen eleganten Gehrock trug und dessen blondes Haar streng gescheitelt war. Der säuberlich getrimmte Oberlippenbart, der blasse Teint und die filigranen, hochwangigen Züge vervollständigten das Bild des vollendeten Gentleman, hinter dessen grauen Augen Sarah ganz sicher keinen Irrenarzt vermutet hätte. Anders als seine Kollegen hatte sich Cranston nämlich nicht auf die Untersuchung körperlicher, sondern auf jene geistiger Gebrechen verlegt und gehörte zum medizinischen Mitarbeiterstab des Hospitals von St. Mary of Bethlehem, was Sarah ganz und gar nicht gefallen wollte. Dabei hätte sie dem Doktor – der eigentlich aus ganz anderem Grund nach Newgate gekommen war, sich auf Sykes' Bitte hin aber sofort bereit erklärt hatte, nach Kamal zu sehen – eigentlich dankbar sein sollen ...

»Wie ich schon sagte, Gentlemen«, ergriff Cranston in diesem Moment das Wort, »ich denke nicht, dass wir es hier in erster Linie mit einem physischen Phänomen zu tun haben. Die Ursachen scheinen mir vielmehr im Kopf des Patienten zu liegen.«

»In seinem Kopf?«, fragte Sarah. »Was wollen Sie damit sagen?«

»Nichts weiter. Nur dass der Grund für seinen Zustand in seinem Gehirn zu suchen sein dürfte.«

»Und? Was wollen Sie tun? Seinen Schädel öffnen?«

»Das könnte zur Lösung des Rätsels beitragen, in der Tat«, stimmte Cranston zu, der den Sarkasmus in Sarahs Stimme nicht im Geringsten bemerkt zu haben schien.

»Sie widerwärtiger Quacksalber!«, blaffte Sarah. »Wehe, Sie legen auch nur einen Finger an ihn!«

»Sarah, bitte«, griff Sir Jeffrey beschwichtigend ein. »Ich bin sicher, Dr. Cranston will nur das Beste für seine Patienten.«

»Und ich möchte betonen, dass Dr. Cranston nicht nur eine bedeutende Kapazität auf seinem Gebiet ist, sondern das Herz auch am rechten Fleck hat. Bei Bedarf nimmt er medizinische Beurteilungen in Newgate einsitzender Gefangener vor, sorgt gegebenenfalls für ihre Überstellung nach Bedlam und verhindert auf diese Weise ihre Hinrichtung. Auch heute war er aus diesem Grund gekommen.«

»Schön und gut, Direktor«, meinte Cranston sichtlich verlegen, »aber das gehört wohl kaum hierher.«

»Vielleicht nicht«, gab Sykes zu. »Ich möchte nur sichergehen, dass Lady Kincaid Sie im rechten Licht sieht.«

»I-ich habe möglicherweise vorschnell geurteilt«, räumte Sarah ein, »und wenn ich Sie gekränkt haben sollte, so bitte ich um Verzeihung. Es ist nur ... Sie debattieren nun seit vielen Stunden, meine Herren, jedoch ohne greifbares Ergebnis.«

»Das stimmt nicht ganz«, wandte Dr. Teague ein, ein untersetzter, ältlich wirkender Mann in Sir Jeffreys Alter. »Immerhin konnten wir zweifelsfrei feststellen, dass der gegenwärtige Zustand des Patienten nicht auf äußere Gewalteinwirkung zurückzuführen ist. Weder meine Kollegen noch ich selbst konnten bei der Untersuchung einen Hinweis entdecken, der in diese Richtung deutet.«

»Vielmehr«, fuhr Dr. Markin fort, dessen militärische Vergangenheit in seiner aufrechten Körperhaltung und seinem schneidigen Tonfall deutliche Spuren hinterlassen hatte, »scheint jener komatöse Zustand die Folge des hohen Fiebers zu sein, das den Patienten befallen hat, dessen Ursache wir bislang allerdings nicht feststellen konnten.«

»Ich dachte, Sie wären Spezialist für exotische Erkrankungen?«, wandte Sir Jeffrey ein.

»Das bin ich wohl – schließlich habe ich zwei nicht unbedeutende Arbeiten zum Thema verfasst. Ein Fall wie dieser ist mir allerdings noch nie zuvor untergekommen. Die Körperfunktionen des Patienten sind – wohl infolge des Fiebers – auf ein Mindestmaß herabgesetzt, scheinen jedoch auszureichen, um ihn am Leben zu halten.«

»Ist das nicht häufig so bei Patienten, die aufgrund hohen Fiebers das Bewusstsein verlieren?«, erkundigte sich Sarah.

»Bisweilen, ja«, räumte Markin ein. »Der Körper reduziert seine Tätigkeit, um für die Bekämpfung der Krankheit Kraft zu sparen. Allerdings geht in solchen Fällen eine Vorgeschichte voraus – eine Infektion durch einen Erreger beispielsweise oder eine Blutvergiftung. Beides ist hier auszuschließen, da Sie den Patienten noch wenige Minuten zuvor wohlauf und bei bester Gesundheit angetroffen hatten.«

»Das stimmt«, pflichtete Sarah bei. »Kamal machte auf mich einen völlig wachen und gesunden Eindruck. Sein Zustand muss mit etwas zusammenhängen, das ihm diese Fremden angetan haben ...«

»Da Sie davon sprechen.« Direktor Sykes räusperte sich, als wäre ihm unangenehm, was er zu sagen hatte. »Wir sind uns keineswegs sicher, dass es sich bei diesen Leuten tatsächlich um Fremde gehandelt hat, wie Sie annehmen.«

»Wie darf ich das verstehen?«

»Lady Kincaid« – Sykes lächelte verschämt – »mir ist klar, wie ungewohnt und belastend all dies für Sie sein muss. In Anbetracht dessen, was Sie mitgemacht haben, wäre es kaum verwunderlich, wenn Sie in allem und jedem einen Feind erkennen ...«

»Hören Sie, Direktor«, sagte Sarah energisch, »ich bin weder hysterisch noch habe ich den Verstand verloren. Aber ein Gefühl sagt mir, dass diese Männer etwas mit dem zu tun haben, was Kamal widerfahren ist.«

»Auch, wenn es sich um ganz gewöhnliche Gefängniswärter gehandelt hat?« Sykes schüttelte den Kopf. »In Newgate arbeiten viele Menschen, Lady Kincaid. Selbst ich kenne nicht alle von Angesicht. Es ist also gut möglich, dass Sie einem ganz gewöhnlichen Wachtrupp begegnet sind, der auf dem Weg zur Wachablösung war.«

»Das denke ich nicht«, widersprach Sarah. »Was sagt der Wärter, der mich begleitet hat?«

»Auch er ist sich nicht sicher, was diese angeblichen Eindringlinge betrifft.«

»Und die anderen Gefangenen?«

»Niemand hat etwas Verdächtiges bemerkt, das auf ein unbefugtes Eindringen in den Zellentrakt schließen ließe.«

»Und wer hat dann diese Buchstaben auf Kamals Stirn gezeichnet?«, fragte Sarah. »Wer hat ihm das Stück Papier in den Mund gelegt?«

»Seien wir ehrlich, Lady Kincaid – streng genommen könnte Mr. Ben Nara sich dies auch selbst zugefügt haben.«

»Unsinn«, beharrte Sarah schroff. »Diese Leute waren so wirklich wie Sie und ich ... und da war diese Aura! Ich konnte fühlen, dass ...« Sie unterbrach sich, als sie die verständnislosen Blicke bemerkte, mit denen nicht nur der Gefängnisdirektor, sondern auch die Ärzte und Sir Jeffrey sie bedachten. Sarah begriff, dass es besser war zu schweigen, wenn sie weiter ernst genommen werden wollte – und bekam von unerwarteter Seite Hilfe.

»Ich sehe keinen Grund, an Lady Kincaids Aussage zu zweifeln, Gentlemen«, sagte Dr. Cranston, der ihr offenbar nichts nachtrug. »Da wir zum einen festgestellt haben, dass der Zustand des Patienten nicht auf äußere Gewalteinwirkung zurückgeht, und wir zum anderen wissen, dass er sich binnen kürzester Zeit eingestellt hat, bleibt uns doch tatsächlich nur, eine gezielte Manipulation zu vermuten.«

»Wie darf ich das verstehen, Herr Kollege?« Dr. Teagues Frage klang spitz, fast pikiert. »Dieser Patient ist nicht nur einfach betäubt worden – seine Körperfunktionen wurden reduziert. Wollen Sie uns weismachen, jemand verfüge über die Möglichkeit, einen Menschen von einem Augenblick zum anderen in einen solchen Zustand zu versetzen?«

»Ich denke, dass so etwas durchaus möglich ist – vorausgesetzt, man wendet die geeigneten Mittel an.«

»Und diese wären?«, erkundigte sich Dr. Markin herausfordernd, der Cranstons Meinung ebenso wenig zu teilen schien wie sein Kollege.

»Gentlemen«, konterte der Arzt aus Bedlam, »Sie erinnern mich ein wenig an die Jäger auf einer Fuchsjagd.«

»Was soll das heißen?«, wollte Sarah wissen.

»Haben Sie je an einer Fuchsjagd teilgenommen?«

»Nein.« Sarah schüttelte den Kopf. »Ehrlich gesagt, habe ich nie verstanden, was die Leute an all diesem Hundegebell und

Tally-ho-Geschrei finden. Außerdem neige ich dazu, mit dem Fuchs zu fühlen.«

»Das unterscheidet uns«, entgegnete der Doktor. »Ich für meinen Teil bin ein leidenschaftlicher Jäger und sehe dem Saisonbeginn nächste Woche bereits voller Sehnsucht entgegen. Sie haben aber Recht, wenn Sie dem Fuchs eine zentrale Rolle zubilligen, denn ohne ihn gäbe es keinen Sport und kein gesellschaftliches Ereignis, richtig?«

»Richtig«, gab Sarah zu, »nur sehe ich nicht, was ...«

»Die meisten Menschen, die heute an Fuchsjagden teilnehmen, haben den wahren Sinn der Jagd aus den Augen verloren. Für sie geht es nur darum, sich in der freien Natur zu bewegen, ihre Pferde und ihre Reitkünste vorzuführen oder einfach nur gesehen zu werden – den Fuchs jedoch erachten sie als einen so selbstverständlichen Teil der Jagd, dass sie ihm keine Bedeutung mehr beimessen, obwohl er eigentlich deren Mittelpunkt ist. Nicht anders verhält es sich – so scheint es mir – mit dem menschlichen Gehirn. Zwar haben wir gerade erst damit begonnen, dieses faszinierende Areal des menschlichen Körpers zu ergründen, aber wir wissen, dass es sein zentrales Steuerorgan ist. Auch wenn es uns im Vergleich zu anderen Organen unscheinbar vorkommen mag, halte ich es dennoch für möglich, dass durch gezielte Manipulation am Gehirn binnen kürzester Zeit ein künstlicher Fieberzustand herbeigeführt werden kann.«

»Nonsens«, ereiferte sich Dr. Markin. »In meiner gesamten Zeit als Schiffsarzt der Royal Navy ist mir nie etwas Vergleichbares untergekommen – und ich habe ganz sicher mehr von der Welt gesehen als Sie, werter Kollege.«

»Das bestreite ich nicht«, versicherte Cranston gelassen. »Aber wenn wir davon ausgehen, dass nicht nur Blutkreislauf und Atmung sowie der Verdauungs- und Bewegungsapparat vom *cerebrum* gesteuert werden, sondern auch Funktionen wie das Ansteigen beziehungsweise Absinken der Körpertemperatur ...«

»Das ist eine willkürliche Theorie, die durch nichts untermauert werden kann«, wetterte Markin.

»Im Gegenteil, Herr Kollege. In Bedlam hatte ich wiederholt mit Patienten zu tun, deren Gehirnfunktion infolge von Kopfverletzungen aufgetretener Blutansammlungen beeinträchtigt waren. Unkontrollierte Fieberanfälle waren häufig die Folge.«

»Wir haben es hier aber weder mit einer Fieberattacke noch mit einer Kopfverletzung zu tun«, gab Dr. Teague zu bedenken.

»Richtig«, räumte Cranston ein, »aber das ändert nichts an der grundsätzlichen Richtigkeit meiner Theorie. Der Unterschied zu den von mir untersuchten Fällen besteht lediglich darin, dass der Fieberzustand nicht aufgrund von Gewalteinwirkung und des daraus resultierenden Schädeltraumas herbeigeführt wurde, sondern durch anderweitige Manipulation.«

»Ich verstehe«, sagte Sarah, der Cranstons Argumentationskette durchaus einleuchtete, obwohl – oder gerade weil? – sie nicht allzu viel von Medizin verstand. »Und wie könnte solch eine anderweitige Manipulation ausgesehen haben?«

»Gift«, sagte Cranston nur, woraufhin ein Raunen durch die Reihen seiner Kollegen ging. Niemand stimmte zu, aber anders als zuvor erntete der Arzt aus Bedlam auch keinen Widerspruch.

»Gift? Sie meinen, diese Leute haben Kamal ein Serum verabreicht?«

»Entweder das, oder sie haben ihn mit einem Krankheitserreger infiziert, der die äußeren Hirnregionen befallen hat und für jenes rätselhafte Fieber verantwortlich ist.«

»Cranston«, zischte Dr. Markin, »ist Ihnen überhaupt klar, was Sie da sagen? Lady Kincaid, die medizinische Forschung hat diesbezüglich in den letzten Jahren bedeutende Fortschritte erzielt, aber weder sind wir in der Lage, Dr. Cranstons Hypothese auf ihre Richtigkeit hin zu überprüfen, noch stünde es in unserer Macht, etwas dagegen zu unternehmen, wenn er Recht hätte.«

»Was schlagen Sie also vor, Doktor?«, fragte Sarah spitz. »Soll ich einer bequemeren Theorie anhängen? Ich denke nicht, dass Kamal damit gedient wäre.« Voller Bedauern und Mitleid glitt ihr Blick über den reglosen, mit einem Leintuch bedeckten Körper ihres Geliebten, der vor ihr auf der Bahre lag. Ein leises Schluchzen entrang sich ihrer Kehle, dann hatte sie sich wieder gefangen. »Ein solches Serum – oder ein solcher Erreger – hätte sehr schnell wirken müssen«, fuhr sie fort. »Die Täter hatten nur wenige Minuten Zeit.«

»In der Tat«, pflichtete Markin bei. »Dies ist ein weiterer Grund, aus dem ich Dr. Cranstons Theorie nicht folgen kann.«

»Warum nicht, Doktor?«, fragte Cranston. »Wir wissen von Giften, die innerhalb weniger Augenblicke zum Tod führen – warum also nicht auch zu einer massiven Beeinflussung cerebraler Tätigkeit?«

»Weil ein solcher Fall noch nie beschrieben wurde«, entgegnete Markin ein wenig hilflos.

»Das bedeutet nicht, dass es nicht möglich wäre, richtig?«, erkundigte sich Sarah und blickte forschend in die Runde. »Gentlemen, wenn einer von Ihnen mir eine bessere oder plausiblere Erklärung für das anzubieten hat, was Mr. Ben Nara widerfahren ist, so werde ich es mir gerne anhören. Andernfalls gehe ich davon aus, dass Dr. Cranstons Theorie diejenige ist, der ich meine Aufmerksamkeit schenken sollte.«

Die Ärzte blieben eine Antwort schuldig. Zwar bebte Markins Oberlippe in unverhohlener Entrüstung, jedoch schwieg er, und auch Billings und Teague schienen es vorzuziehen, peinlich berührt auf den Boden zu starren, als mit einer Gegenhypothese aufzuwarten.

»Das hätten wir also geklärt«, sagte Sarah und wandte sich wieder Cranston zu. »Um welche Sorte Gift hat es sich möglicherweise gehandelt? Haben Sie einen Verdacht, Doktor?«

»Nein«, gab Cranston unumwunden zu, »zumal ich mir, wie erwähnt, nicht sicher bin, ob es sich tatsächlich um ein Gift gehandelt hat. Natürlich könnte das hohe Fieber eine Art Abwehrreaktion auf eine schädliche Substanz sein – ebenso gut aber auch aus einer Infektion resultieren. Entsprechend ist völlig offen, was dem Patienten verabreicht wurde. Es könnte sich sowohl um ein aus Pflanzen gewonnenes Substrat gehandelt haben wie um ein tierisches Gift. Da ein solcher Fall, wie Dr. Markin bereits bemerkte, noch nie beschrieben wurde, tappen wir völlig im Dunkeln.«

»Sollte es sich allerdings tatsächlich um ein Gift gehandelt haben, gibt es mit großer Wahrscheinlichkeit ein Gegenmittel«, brachte sich Dr. Teague nochmals in das Gespräch ein.

»Das ist nicht gesagt«, widersprach Cranston. »Ich halte es für unverantwortlich, Lady Kincaid so etwas in Aussicht zu stellen.«

»Mir was in Aussicht zu stellen?« Sarah hob ihre schmalen Brauen. »Wovon genau sprechen Sie?«

»Ich spreche von der Theorie, dass es für jedes Gift, das in der Natur existiert, ein Gegengift gibt«, antwortete der Arzt aus Mayfair.

»Eine, wie ich hinzufügen möchte, äußerst fragwürdige Theorie, deren abschließender Beweis noch aussteht«, kritisierte Cranston.

»Einen endgültigen Beweis wird es niemals geben«, schnaubte Teague verächtlich, »dafür ist die Anzahl der in der Natur vorkommenden Gifte viel zu hoch. Dennoch gibt es gewisse Anhaltspunkte, die eine Richtigkeit der Theorie nahelegen ...«

»... und mindestens ebenso viele, die dagegen sprechen«, konterte Cranston.

»Das gehört nicht hierher.«

»Und ob es das tut ...«

Der Disput zwischen den Medizinern ging weiter, sodass Sarah tief Luft holen musste, um sich selbst zu beschwichtigen. Statt etwas zu Kamals Rettung zu unternehmen, war sie gezwungen, einem Wettstreit unter eitlen Pfauen beizuwohnen, die sich aufplusterten und Räder schlugen und dabei wertvolle Zeit vergeudeten. Für Sarahs Geschmack hatte dieser Jahrmarkt der Eitelkeiten schon viel zu lange gedauert.

Sie brauchte Ergebnisse …

»Gentlemen, als wie stabil würden Sie Kamals Zustand im Augenblick beschreiben?«, verschaffte sie sich energisch Gehör. Die beiden Männer unterbrachen daraufhin ihren Wortwechsel und schauten sie aus großen Augen an.

»Nun«, meinte Dr. Markin, nachdem er seine Überraschung darüber, von einer Frau unterbrochen worden zu sein, verwunden hatte, »da Herz, Kreislauf und Lunge ordnungsgemäß zu funktionieren scheinen, ist zumindest im Augenblick nicht von einer akuten Lebensgefahr auszugehen – vorausgesetzt, es gelingt, dem Patienten in ausreichender Menge Nahrung und, was noch wichtiger ist, Flüssigkeit zuzuführen.«

»Wie wollen Sie das bewerkstelligen?«, fragte Teague.

»Es gibt Mittel und Wege«, meinte Billings überzeugt. »In Newgate kommt es immer wieder vor, dass Häftlinge glauben, gegen die ihrer Ansicht nach unmenschlichen Haftbedingungen protestieren zu müssen, indem sie in den Hungerstreik treten. In diesem Fall bedienen wir uns einer sehr einfachen, aber effizienten Methode, die auch hier Anwendung finden könnte: Mittels einer aus zwei Glaszylindern bestehenden Vakuumpumpe sowie eines Schlauchs aus Kautschuk befördern wir einen nahrhaften Brei geradewegs in den Magen des Gefangenen, ohne dass er etwas dagegen unternehmen könnte.«

»Eine grässliche, entwürdigende Prozedur«, kam Sir Jeffrey nicht umhin einzuwenden.

Auch Sarah jagte die Vorstellung, ihr Geliebter müsste zwangsernährt werden, kalte Schauer über den Rücken. »Wenn es die einzige Methode ist, Kamal am Leben zu erhalten, dann wenden wir sie an«, sagte sie dennoch mit fester Stimme.

»Schön und gut, aber die Ernährung des Patienten ist keineswegs das einzige Problem«, wandte Dr. Cranston ein. »Sollte sein

Zustand, wie ich vermute, tatsächlich auf eine wodurch auch immer reduzierte Gehirntätigkeit zurückzuführen sein, ist er äußerst labil und kann sich kurzfristig ändern.«

»Wie kurzfristig«, wollte Sarah wissen, obwohl sie sich vor der Antwort fürchtete. »Wovon sprechen wir hier? Von Wochen? Tagen?«

»Möglicherweise – vielleicht auch nur von Stunden«, erwiderte Cranston, und Sarah entging nicht der strafende Blick, mit dem Sir Jeffrey ihn bedachte.

»In jedem Fall arbeitet die Zeit gegen uns, richtig?«, fragte Sarah, während sie sanft über Kamals Stirn strich und die Schweißperlen abwischte. Erneut dachte sie daran, dass sie noch vor wenigen Tagen in seinen Armen gelegen hatte, dass sie einander geliebt und gehofft hatten, dass die Nacht niemals zu Ende gehen und der neue Tag niemals anbrechen würde.

Eine Hoffnung, die sich jäh zerschlagen hatte ...

Erneut wollten ihr Tränen in die Augen treten, und diesmal konnte sie es nicht ganz verhindern. Ein einzelnes Rinnsal bahnte sich einen Weg über ihre rechte Wange, während sie die reglose Hand ihres Geliebten hielt und sich an den Schwur erinnerte, den sie geleistet hatte, das Versprechen, ihn niemals im Stich zu lassen.

»Niemals«, sagte sie leise.

So gering die Erfolgsaussichten sein mochten und so vage die Thesen, die Cranston und seine Kollegen aufgestellt hatten – etwas gab es doch, das Sarah in der Auffassung bestärkte, dass sie damit richtigliegen mochten. Denn auch wenn außer ihr kaum jemand an die Theorie der vier Eindringlinge glaubte – Sarah wusste, was sie gesehen und empfunden hatte, und hegte nicht den geringsten Zweifel daran, dass diese Leute die Urheber von Kamals Zustand waren, und sie gab sich keinen Illusionen hin, was den Grund ihres Handelns betraf. Wäre es jenen Leuten darum gegangen, Kamal zu töten, hätten sie dies ohne Schwierigkeit tun können. Aber er war noch am Leben, und das sicher nicht aus Zufall, sondern weil seine Peiniger es so gewollt hatten. Ganz offenbar verfolgten sie ein bestimmtes Ziel, und dieses Ziel betraf nicht etwa Kamal, sondern sie selbst …

Sarah erinnerte sich, wie sie sich mit Händen und Füßen gegen Kamals Vermutung gewehrt hatte, seine Verhaftung könnte auf das Betreiben jener ominösen Macht hin zustande gekommen sein, die er als »Meherets Erben« zu bezeichnen pflegte und die schon zweimal in Sarahs Leben getreten war und dort furchtbar gewütet hatte. Was geschehen war, trug deutlich die Handschrift der Organisation, die sich mit außerordentlicher Finesse darauf verstand, ihre eigenen Ziele zu denen anderer zu machen, Sarah Dinge tun zu lassen, die sie eigentlich nicht tun wollte – genau wie bei ihrem Vater. Wer immer im Verborgenen die Fäden zog, offenbarte sich einmal mehr als wahrer Meister der Manipulation und der Intrige – und Sarah hatte das untrügliche Gefühl, in seine Fänge geraten zu sein.

Ausgehend von dieser Erkenntnis, gab es nur zwei Möglichkeiten. Entweder sie wandte sich ab, überließ Kamal seinem Schicksal und vermied es auf diese Weise, erneut zum Spielball der Organisation zu werden, deren Gier nach Macht und Einfluss selbst jene Bonapartes noch in den Schatten stellte; oder aber sie begab sich auf die Suche nach einem Heilmittel für Kamal und spielte damit wider besseres Wissen erneut den Verschwörern in die Hände, zu welchem dunklen Zweck auch immer.

Sarah wusste nur zu gut, wozu Kamal ihr geraten hätte. Ihr Geliebter hätte es fraglos als unerträglich empfunden, dass sie sich seinetwegen erneut ihrer Nemesis aussetzte und damit jenem Albtraum, der sie seit dem Tod ihres Vaters verfolgte. Aber Kamal war nicht hier, um ihr zuzureden. Er schwebte irgendwo im Niemandsland zwischen Leben und Tod, und es war allein an Sarah zu entscheiden. Diese Entscheidung aber war längst getroffen, in dem Augenblick, als sie Kamal ihr Wort gegeben hatte.

Der Gedanke, dass sie sich auf gefährliches Terrain begab, dass womöglich noch größere Schrecken auf sie warten würden als jene, die hinter ihr lagen, dass sie dem unbekannten Feind damit zuarbeitete und vermutlich genau das tat, was er von ihr erwartete, dass sie damit vielleicht noch mehr Unheil heraufbeschwor – all das kam ihr in den Sinn, aber sie schob alle Bedenken beiseite. Keine Einwände, und wären sie noch so bedeutend, konnten ihre Liebe zu Kamal aufwiegen. Dieses Mal – und wäre es das einzige und letzte Mal in ihrem Leben – würde sie nur mit ihrem Herzen entscheiden.

Sarah war nicht nur Archäologin und Wissenschaftlerin, sondern auch eine Frau, und sie würde alles daransetzen, das Leben des Mannes zu retten, den sie liebte, ganz gleich, wie die Konsequenzen ausfallen mochten. In den vergangenen beiden Jahren hatte sie auf viel verzichtet und manchen Verlust erlitten – diesmal wollte sie nur an sich selbst denken und an ihr persönliches Glück ...

»Ich habe mich entschieden«, verkündete sie deshalb leise.

»Sie haben sich entschieden?« Sir Jeffrey schaute sie fragend an. »Gab es denn etwas zu entscheiden?«

»Allerdings«, bestätigte sie. »Ich werde alles daransetzen, Kamal zu retten, und mich auf die Suche nach dem Gegenmittel begeben.«

»Nach dem Gegenmittel?« Cranston machte große Augen. »Aber ich sagte Ihnen doch, dass ich nicht einmal weiß, ob überhaupt eines ...«

»Es existiert, vertrauen Sie mir«, unterbrach Sarah ihn mit fester Stimme. »Und es wartet darauf, entdeckt zu werden.«

»Wo?«, fragte Sir Jeffrey voller Verwunderung. Auch in den Mienen der übrigen Gentlemen war Erstaunen zu lesen.

»Das weiß ich nicht«, erwiderte Sarah wahrheitsgemäß, »aber ich werde es finden.«

»Meine Teure«, erkundigte Dr. Teague sich ein wenig gönnerhaft, »wenn Sie weder wissen, ob ein solches Gegenmittel tatsächlich existiert, noch, wo Sie danach suchen sollen – wie können Sie Ihrer Sache dann so sicher sein?«

»Indem ich jemanden frage, der mir Auskunft geben kann«, antwortete Sarah.

»Wer?«, fragte Sir Jeffrey, dessen bekümmertem Ausdruck anzumerken war, dass er die Antwort bereits zu ahnen schien.

»Die Gentlemen mögen es mir nachsehen«, entgegnete Sarah und blickte ernst in die Runde, »aber ich habe wohl den falschen Doktor befragt ...«

8.

Persönliches Tagebuch
Sarah Kincaid

Ist dies das Schicksal, das ich stets von Neuem durchleiden muss? Prometheus gleich, der, an die Felsen des Kaukasus geschmiedet, wieder und wieder dieselben Qualen durchlebt? Oder Sisyphos, der dazu verurteilt ist, die immergleichen Mühen auf sich zu nehmen, ohne Aussicht auf Erfolg oder auf Rast? Geht es mir ebenso? Muss ich meine Vergangenheit stets aufs Neue erleben?

Bei meiner letzten Begegnung mit Mortimer Laydon, die so unverhofft in den düsteren Gemäuern Newgates erfolgte, war ich nicht darauf gefasst, mit meiner Trauer und meinen Ängsten konfrontiert zu werden. Das Grauen packte mich erneut, und ich schwor mir insgeheim, dem Mann, der soviel Leid über mich und meine Familie gebracht hat, niemals wieder in die Augen zu sehen.

Ich habe meine Meinung geändert – nicht aus freien Stücken, sondern weil die Notwendigkeit mich dazu zwingt.

Noch vor wenigen Tagen hätte ich mir keine Macht vorstellen können, die stark genug gewesen wäre, mich dazu zu bringen, dem Mörder meines Vaters erneut gegenüberzutreten. Doch die Dinge haben sich geändert, und um Kamal zu retten, würde ich selbst einem Feuer speienden Drachen ins glühende Auge blicken. Wie gering die Erfolgsaussichten auch sein mögen, ich darf nichts unversucht lassen – selbst wenn es bedeutet, dass ich meinem Erzfeind erneut begegnen muss.

Einem mittelalterlichen Recken gleich, der mit Harnisch und Brünne gepanzert in die Schlacht zieht, versuche auch ich mich zu schützen für die bevorstehende Konfrontation. Doch so sehr ich mein Innerstes zu wappnen suche, ahne ich, dass es letzten Endes keinen Schutz geben wird vor Laydons Blicken und dem Gift seiner Worte.

Letztlich wird es seine Persönlichkeit sein, die gegen meine steht, sein Wahnsinn gegen meine Vernunft. Und obwohl ich weiß, dass ich aus dieser Schlacht nicht als Siegerin hervorgehen werde, darf ich den Kampf nicht scheuen. Denn meine Niederlage bedeutet Hoffnung für meinen geliebten Kamal ...

VERHÖRKAMMER 5
NEWGATE, LONDON
NACHT ZUM 27. SEPTEMBER 1884

»Und Sie sind sicher, werte Freundin, dass Sie das wirklich tun wollen?« Sir Jeffreys weiße Brauen hatten sich über seinen Augen zusammengezogen, seine sonore Stimme verriet ehrliche Besorgnis. »Ich möchte mir gar nicht ausmalen, was die erneute Begegnung mit diesem Verbrecher in Ihnen bewirken mag.«

»Wenn ich ehrlich bin, Sir Jeffrey, möchte ich mir das ebenfalls nicht ausmalen«, erwiderte Sarah, »und wenn es eine andere Möglichkeit gäbe, so würde ich sie ohne Zögern ergreifen, glauben Sie mir. Aber Mortimer Laydon scheint mir die einzige Person zu sein, die mir Auskunft geben kann, und diese Chance darf ich nicht ungenutzt lassen, verstehen Sie das?«

»Durchaus«, versicherte der königliche Berater, dem Sarah ihre Beweggründe im Verlauf der letzten Stunde ausführlich erläutert hatte, »aber ich sehe noch immer nicht, weshalb Sie persönlich mit ihm sprechen müssen. Lassen Sie mich die Verhandlung führen. Oder Dr. Cranston oder ...«

»Ich wäre gerne dazu bereit«, bekräftigte der Mediziner aus Bedlam, der als einziger seiner Kollegen geblieben war – die Doktoren Billings, Markin und Teague hatten sich mit Hinweis auf die bereits weit fortgeschrittene Uhrzeit verabschiedet.

»Das ist sehr freundlich von Ihnen, Gentlemen«, sagte Sarah, »und ich darf Ihnen versichern, dass ich Ihr Angebot nur zu gerne annehmen würde, denn mir graut bis ins Mark davor, diesem Menschen zu begegnen. Es gibt jedoch keine andere Möglichkeit, denn zum einen kenne ich Mortimer Laydon weitaus besser als Sie, und zum anderen habe ich Grund zu der Annahme, dass nur ich in der Lage sein werde, seine Andeutungen zu verstehen.«

»Andeutungen«, knurrte Direktor Sykes, »Ausgeburten eines kranken Geistes, nichts weiter. Sie täten gut daran, sich diesem Monstrum zumindest nicht allein zu stellen. Dr. Cranston wäre sicher bereit, Ihnen zu assistieren – zumal er Laydon besser kennt, als Sie denken.«

»Wie darf ich das verstehen?«

»Der werte Direktor will damit sagen, dass Laydon zu denjenigen Gefängnisinsassen gehörte, die von mir auf ihren Geisteszustand hin untersucht wurden.«

»Und?«

»Ohne Frage haben wir es mit einem Menschen zu tun, dessen Verstand sich – wie soll ich es wohl beschreiben? – in Auflösung befindet. Die Ursache dafür habe ich nicht feststellen können, aber Mortimer Laydon ist ohne Frage eine der dunkelsten und gefährlichsten Persönlichkeiten, mit denen ich je zu tun hatte.«

»Erzählen Sie uns etwas, das wir noch nicht wissen«, entgegnete Sir Jeffrey trocken. »Offen gestanden haben wir uns sehr darüber gewundert, dass Laydon hier in Newgate einsitzt.«

»Nicht mehr lange«, versicherte Sykes.

»Inwiefern?«, erkundigte sich Sarah.

»Wie Sie vielleicht wissen, wurde Laydon vom Gericht zu lebenslanger Unterbringung im Hospital St. Mary's of Bethlehem verurteilt. Schon kurz nach seiner Einweisung dort wurde er jedoch gewalttätig und verletzte einen Pfleger, sodass er nach Newgate verbracht und in Einzelhaft gesteckt wurde. Dank des beherzten Einsatzes von Dr. Cranston, der Laydon mehrfach auf seinen Geisteszustand hin untersucht und die Beurteilung des Gerichts bestätigt hat, können wir jedoch davon ausgehen, dass sich dies bald ändern wird. Laydons Rücküberstellung nach Bedlam ist nur noch eine Frage von Tagen.«

»Aber just bevor es soweit ist, präsentiert er sich mir noch als einzige Verbindung zu den Tätern«, sagte Sarah leise. Sie hatte mehr zu sich selbst gesprochen, Sykes hatte dennoch verstanden.

»Lady Kincaid«, erwiderte er, »ich versichere Ihnen, dass jeder Zusammenhang, den Sie hier vermuten mögen, völlig aus der Luft gegriffen ist. Niemand verfügt über die Macht, derlei Dinge zu beeinflussen – nicht einmal die Königin.«

»Natürlich.« Sarah lächelte unbestimmt.

»Wie steht es also?«, erkundigte sich Sykes. »Wollen Sie nicht lieber auf meinen Rat hören und sich von Dr. Cranston beistehen lassen? Er ist mit dem Fall durchaus vertraut ...«

»Glauben Sie mir, das würde ich nur zu gerne, Direktor«, versicherte Sarah. »Aber wenn ich eines ganz sicher weiß, dann, dass Laydon sich nicht auf so etwas einlassen wird. Wenn überhaupt, wird er nur mir enthüllen, was er weiß, und niemandem sonst. Ich muss ihm allein gegenübertreten.«

»Das verstehe ich nicht ...«

»Nein?« Sarah hob die Brauen. »Dann bedenken Sie Folgendes, Direktor: Mortimer Laydon ist ein kaltblütiger Mörder. Er hat meinen Vater getötet und den Menschen, der mir nach meinem Vater am nächsten stand. Und zuletzt hat er alles darangesetzt, auch mich zu vernichten. Dieser Mann hat meinen Tod gewollt, Sir, und er will ihn noch immer – und nur aus diesem Grund wird er sich auf ein Gespräch mit mir einlassen. Er will mich leiden sehen und mich vernichten, und es ist eine bittere Ironie des Schicksals, dass er gleichzeitig meine einzige Chance zu sein scheint, Kamal zu retten.«

Schweigen trat in der Kammer ein, in der es nach Moder und kaltem Schweiß roch und deren einzige Einrichtung aus einem schäbigen Tisch und zwei dazugehörigen Stühlen bestand. Erst jetzt schien den Männern aufzugehen, was Sarah tatsächlich zu tun im Begriff war und welche Opfer sie auf sich nehmen wollte, um ihrem Geliebten beizustehen.

»Dann sollten Sie sehr vorsichtig sein«, sagte Sykes schließlich leise, »denn Sie sind dabei, einen Pakt mit dem Teufel einzugehen.«

»Ich weiß, Direktor«, sagte Sarah nur.

In diesem Moment wurde von außen gegen die stählerne Tür der Verhörkammer geklopft. Cranston öffnete, und ein hohlwangiger Mann in der Uniform eines Gefängniswärters erschien.

»Der Gefangene ist jetzt zum Verhör bereit.«

Nicht nur Sykes, auch Dr. Cranston und Sir Jeffrey blickten Sarah noch einmal prüfend ins Gesicht, die sich Mühe gab, entschlossen zu wirken und ihre Furcht zu verbergen.

»Also gut«, sagte Sykes schließlich, »es ist Ihre Entscheidung. Führen Sie den Gefangenen herein.«

»Jawohl, Sir.«

Der Uniformierte verschwand, und während Sarah auf einer Seite des Verhörtisches Platz nahm, wandten ihre drei Begleiter sich zum Gehen – nicht ohne ihr jeder noch einen beredten Blick zuzuwerfen, der eine Mischung aus Unverständnis, Bewunderung und Bedauern enthielt. Sir Jeffrey war der Letzte, der die Kammer verließ. Auf der Schwelle blieb er stehen und wandte sich noch einmal um.

»Und Sie sind wirklich sicher ...?«

»Allerdings.« Sarah zwang sich zu einem Lächeln. »Gehen Sie nur, alter Freund.«

»Sehen Sie sich vor, Sarah. Selbst ein noch so gesunder Verstand vermag sich nur eine begrenzte Zeit dem Wahnsinn auszusetzen, ohne selbst dabei Schaden zu nehmen.«

»Ich weiß«, sagte Sarah mit belegter Stimme. Sie war sich des Risikos, das sie einging, durchaus bewusst. Dennoch gab es keinen anderen Weg.

Jeffrey Hull schien das einzusehen, denn er nickte und verließ die Kammer, deren braune Backsteinwände von einer Gaslaterne in fahles Licht getaucht wurden. Einen quälenden Augenblick lang blieb Sarah mit ihren Ängsten und Befürchtungen allein. Ihre Handflächen waren feucht, ihr Magen verkrampfte sich schmerzhaft. Dann näherten sich von draußen Schritte. Begleitet wurden sie vom hellen Klirren eiserner Fesseln. Die Tür aus grau gestrichenem Stahl wurde abermals geöffnet, und zwei uniformierte Wärter erschienen. Im Schlepp hatten sie den Mann, der Sarah in diesem Augenblick mehr denn je als ihre persönliche Nemesis, als ein fleischgewordener Albtraum erschien.

Mortimer Laydon schien in keiner Weise überrascht zu sein, sie zu sehen. Ein widerwärtiges Grinsen im Gesicht, ließ er sich auf den freien Stuhl fallen. Seine stechenden Augen waren auf Sarah gerichtet, während die Wärter darangingen, seine Hand- und Fußschellen in den dafür vorgesehenen Ösen im Boden zu verankern. Auf diese Weise wollte man Übergriffe von Seiten des Gefangenen ausschließen. Sarah wusste, dass diese Bemühungen geradezu lächerlich waren. Die Gefahr, die von Mortimer Laydon ausging, war nicht körperlicher Natur. Es waren seine Worte, die verletzten, und seine Gedanken, die vergifteten ...

Es kostete sie alle Überwindung, seinem Blick standzuhalten. So viel Wut und Aggression, so viel mühsam zurückgehaltener Wahnsinn lag darin, dass Sarah darunter erschauderte. Der Welle an Bosheit zu trotzen, die ihr von der anderen Seite des Tisches entgegenschwappte, ohne dass auch nur ein Wort gesprochen worden war, bereitete ihr seelische Qualen, aber sie hielt tapfer aus.

Endlich hatten die Wärter den Raum verlassen und die Tür hinter sich geschlossen, und Sarah war mit Laydon allein.

»Bravo«, sagte er, und seine Stimme triefte derart vor Hohn und Spott, dass es Sarah fast körperlich schmerzte. Sie starrte in seine ausgemergelten, hassverzerrten Züge und fragte sich, wie sie in diesem Mann jemals einen Freund hatte sehen können. Trotz der Bluttat, die er in Alexandria begangen, trotz der grausamen Morde, mit denen er das Londoner East End in Angst und Schrecken versetzt hatte, hatte sich Mortimer Laydon weiter als ihr Vertrauter ausgegeben, als ihr väterlicher Gönner und Pate. Erst im Schatten von Thot war offenbar geworden, dass er nicht nur der Mörder ihres Vaters war, sondern noch ungleich mehr …

»Lob aus deinem Mund?«, fragte sie kühl und konnte ihren Ekel kaum unterdrücken. »Wie überaus wenig schmeichelhaft für mich.«

»Nicht doch«, erwiderte er und erging sich einmal mehr in seinem heiseren, von Irrsinn gezeichneten Kichern, »wer wird denn so abweisend sein? Schließlich bin nicht ich es gewesen, der um diese Unterredung gebeten hat, sondern du – wobei ich dir im Hinblick auf die Örtlichkeit einen besseren Geschmack zugetraut hätte. Das letzte Mal hast du mich mit einem guten Claret bewirtet.«

»Das letzte Mal«, entgegnete sie und hatte Mühe, dabei ruhig zu bleiben, »wusste ich auch noch nicht, was für ein Scheusal du bist.«

»Jetzt weißt du es?«

»Allerdings.«

»Dann frage ich mich, weshalb wir hier sind. Was hat dich dazu gebracht, deine Meinung über mich zu ändern?«

»Ich habe meine Meinung keineswegs geändert«, stellte Sarah fest. »Ich halte dich noch immer für ein Monstrum in Menschengestalt, und ich verabscheue, was du getan hast …«

»Aber?«, fragte er dazwischen.

»Kein Aber«, beeilte sie sich zu versichern. Sie spürte, dass sie sich auf unsicheres Terrain begab. Wie es dazu kam, wusste Sarah nicht zu sagen, aber Laydon war schon wieder dabei, sie zu manipulieren, und einmal mehr kam sie sich von ihm bis ins Mark durchschaut vor. »Bei unserem letzten Treffen sagtest du, dass wir uns wiedersehen würden.«

»Und ich habe Recht behalten, nicht wahr?«

»In der Tat.« Sarah nickte. »Was machte dich so sicher?«

»Was wohl?« Wieder ein kehliges, seelenloses Kichern. »Meine Einsicht.«

»Welche Einsicht?«

»Die ich schon vor langer Zeit gewonnen habe. Die auch dein Vater hätte gewinnen können, wenn er nicht so ein verdammter Narr gewesen wäre. Und die auch du dir hättest zu eigen machen können, mein Kind.«

»Nenn mich nicht so. Das ist vorbei.«

»Ich bin immer noch dein Patenonkel, oder nicht?«

»Längst nicht mehr.« Sie schüttelte den Kopf. Der Gedanke, dass ihr Vater Laydon für wert befunden hatte, der Pate seines einzigen Kindes zu sein, widerte sie an.

»Derlei Bande reißen nicht«, wandte er ein.

»Du hast sie eigenhändig durchschnitten.«

»Und ob ich das habe.« Über seine aschfahlen, knochigen Züge legte sich ein diabolisches Grinsen. »Mit einem scharfen Messer.«

»Du bist widerwärtig.«

»Weißt du, was dein Vater sagte, nachdem ich ihm die Klinge in den Rücken gestoßen hatte?«

»Das ist mir gleichgültig«, erwiderte sie, konnte jedoch nicht verhindern, dass ihre Stimme dabei angegriffen und heiser klang. Am liebsten hätte sie hinzugefügt, dass sie es auch niemals erfahren wollte, aber sie durfte sich vor Laydon keine Schwäche leisten. Sie musste gefasst und gleichgültig wirken, als ob Laydons Worte sie nicht im Entferntesten berührten. Nur so hatte sie eine Chance, diese Unterredung mit heiler Seele zu überstehen ...

»Ich werde es dir trotzdem verraten«, entgegnete er genüsslich und senkte seine Stimme, als hätte er ihr ein Staatsgeheimnis anzuvertrauen. »Er sagte nichts. Kein einziger Laut drang aus seiner Kehle. Früher dachte ich, dass es der Schmerz gewesen wäre, der seine Lippen versiegelte, aber inzwischen weiß ich es besser. Ich hatte viel Zeit, darüber nachzudenken ...« Wieder kicherte er, heller Wahnsinn loderte in seinen Augen. »Heute weiß ich, dass es nicht der Schmerz war, der den guten Gardiner Kincaid verstummen ließ, sondern das Entsetzen – denn in diesem einen Augenblick erfasste sein beschränkter Geist, mit wem er sich eingelassen hatte. Begreifst du diese Ironie, Sarah? Verstehst du, was ich dir zu sagen versuche? Erst am Ende seines Lebens, als sich blanker Stahl durch seine Eingeweide fraß, wurde dem alten Narren klar, welch verhängnisvollen Fehler er begangen hatte.«

»Warum erzählst du mir das?«, wollte Sarah wissen, die mit aller Macht gegen die Tränen ankämpfte. Ausgerechnet von Gardiners Mörder an jene schmerzlichen Momente erinnert zu werden, kam einer seelischen Folter gleich.

»Warum wohl?«, fragte er mit Unschuldsmiene dagegen und brachte es fertig, auf eine Weise zu lächeln, die eine wehmütige Reminiszenz an den anderen, den alten Mortimer Laydon weckte, den Sarah geliebt und geachtet hatte, obgleich er nur eine Illusion gewesen war.

»Um mich zu quälen«, knurrte sie tonlos.

»Aber nicht doch! Wenn du das glaubst, so verkennst du meine Absichten! Mir ging es stets nur darum, dich zu beschützen und zu fördern, Sarah.«

»Wolltest du mich deshalb aus dem Weg räumen?«

»Diese Absicht hegte ich erst, nachdem offenbar geworden war, dass du nicht auf unsere Seite übertreten, sondern denselben verhängnisvollen Pfad beschreiten würdest, den auch dein Vater schon eingeschlagen hatte – und der ihn geradewegs in den Abgrund führte.«

»Der Abgrund bist du gewesen«, sagte Sarah voller Bitterkeit.

»Glaubst du das wirklich?« Laydon schnitt eine Grimasse, die seine faltigen Züge verzerrte und dafür sorgte, dass der Laternenschein groteske Schatten darauf warf. »Trifft denn die Kugel eine Schuld, wenn sie ins Herz des Feindes trifft?«

»Was willst du damit sagen?«

»Sehr einfach, Sarah«, zischte Laydon und beugte sich so weit über den Tisch, wie die Ketten um seine Gelenke es zuließen. »Dass sowohl dein Vater als auch ich nur unbedeutende Figuren in diesem Spiel gewesen sind. In deinen Händen jedoch liegt es, alles zu ändern. Wirf es nicht weg, sondern gehorche deinem Schicksal!«

»Ich mag es nicht, wenn du vom Schicksal sprichst. Stets meinst du nur dich selbst damit.«

»Das glaubst du nur, weil du noch nicht begriffen hast, was sich mir längst offenbart hat«, konterte Laydon mit vor Irrsinn flackerndem Blick. »Eine unvorstellbare Macht aus den Untiefen der Zeit. Nichts kann ihr widerstehen, und du bist ein Teil von ihr ...«

»Du redest wirres Zeug«, stellte Sarah fest. »Sag mir lieber, was du damit meintest, als du sagtest, es wäre noch nicht vorbei?«

»Was wohl? Dass die Organisation unbesiegt ist. Du magst ihr eine Niederlage zugefügt haben, aber sie existiert weiter, so, wie sie immer existiert hat, seit Anbeginn der Zeit.«

Sarah schürzte die Lippen. Zu gerne hätte sie alles, was Laydon von sich gab, als das Gefasel eines Wahnsinnigen abgetan, aber so einfach war es nicht. Auch ihr Vater hatte behauptet, dass die Wurzeln jener unheimlichen Macht weit in die Menschheitsgeschichte zurückreichten, bis an die Anfänge der Zivilisation ...

Laydon lachte höhnisch auf. »Du hast Mächte herausgefordert, die du nicht im Ansatz verstehst. Was hast du erwartet? Dass man dich in Ruhe lassen würde? Dass du ein einfaches Dasein fristen könntest, bedeutungslos und selbstvergessen? Dass es deine Bestimmung sein könnte, dein Liebesglück zu finden und schreiende Bälger in die Welt zu setzen? War es das, was du wolltest?«

»Vielleicht«, erwiderte sie leise, geschockt von der Erkenntnis, dass Laydon ihre verwundbare Stelle gefunden hatte. Im Geheimen hatte sie sich tatsächlich mit dem Gedanken befasst, die Vergangenheit endgültig ruhen zu lassen und zusammen mit Kamal die Freuden eines einfachen, friedlichen Lebens zu genießen ...

Laydon wollte sich ausschütten vor Lachen. Es war kein Gelächter der Heiterkeit, das Sarah entgegenschlug, sondern das böswillige Gemecker hasserfüllten Spotts. »War es denn so schön mit ihm? Hat der Mann aus der Wüste es der kleinen Sarah ordentlich besorgt? Hat er es besser gemacht als du Gard?«

»Du bist widerwärtig.«

»Bin ich das? Warum stehst du dann nicht auf und verlässt diesen Raum? Ich kann nicht, wie du siehst, aber dir steht es frei zu gehen. Also, warum kehrst du dem alten Mortimer nicht den Rücken und zeigst ihm, was du von seinen Reden hältst?«

»Das will ich dir sagen«, zischte sie und erdolchte ihn dabei mit ihren Blicken. »Ich bleibe, weil meine Liebe zu Kamal größer ist.«

»Größer als was? Als dein Stolz?«

»Als dein Hass«, konterte sie und brachte ihn damit für einen Moment zum Verstummen.

»Also hatte ich Recht«, flüsterte Laydon schließlich und verfiel einmal mehr in heiseres Kichern. »Du liebst deinen Wüstenprinzen von ganzem Herzen, und du hast wirklich gehofft, bis ans Ende deiner Tage mit ihm glücklich zu sein. Wie überaus rührselig! Und nun, da deine Hoffnung zu scheitern droht, hast du dich an mich gewandt und erbettelst meine Hilfe.«

»Ich bettle nicht«, stellte Sarah klar.

»Nein?« Laydons Augen verengten sich zu Schlitzen. »Worum genau geht es denn? Was haben sie deinem Geliebten angetan, dass du deine Scheu überwindest und dem Mörder deines Vaters gegenübertrittst? Haben sie ihn getötet?« Er schüttelte den Kopf. »Nein, das wäre zu einfach – und aus welchem Grund wärst du dann wohl hier? Also, was ist es wohl? Der gute Kamal weilt noch unter uns, das steht außer Frage, aber sein Leben schwebt in Gefahr. Nur deshalb bist du zu mir gekommen, nur dieser Beweggrund war stark genug. Du willst von mir wissen, wie du deinen Geliebten retten kannst, nicht wahr?«

Sarahs Lippen bebten. So, sagte sie sich, musste ein Recke fühlen, der unbewaffnet in die Schlacht ritt. Schild und Harnisch hatte man ihm genommen, sein Schwert war stumpf und rostig. Der Mut der Verzweiflung war die einzige Waffe, die ihm blieb ...

»In der Tat«, gab sie zu, »genauso ist es.«

»Schön.« Er nickte, während ein undeutbares Lächeln um seine Lippen spielte. Im selben Moment verlosch das unstete Flackern in seinen Augen, und für einen Augenblick schien sich sein Verstand zu klären. »Endlich sind wir also ehrlich zueinander.«

»Du willst ehrlich sein?« Sie schnaubte verächtlich. »Dann sage mir, wie ich Kamal helfen kann. Was haben die Buchstaben zu bedeuten, die auf seine Stirn gemalt waren?«

»Nein.« Laydon schüttelte entschieden den Kopf. »So wird dieses Spiel nicht gespielt.«

»Welches Spiel?«

»Das Spiel um die Macht. Um Leben oder Tod. Um alles oder nichts«, entgegnete Laydon.

»Ich bin an Spielen nicht interessiert.«

»Und doch hast du dich darauf eingelassen«, widersprach er mit listigem Grinsen, »sonst wärst du nicht hier. Oder hast du ernstlich angenommen, ich würde dir helfen, ohne dafür eine Gegenleistung zu erwarten?«

»Nein«, gestand sie ernüchtert, »wohl nicht. Aber das, wonach du dich sehnst, kann ich dir nicht geben.«

»Eine gute Frage. Wonach sehne ich mich wohl?«

»Nach der Freiheit«, glaubte Sarah zu wissen. »Aber dazu kann ich dir nicht verhelfen – nicht einmal dann, wenn ich wollte. Was du diesen jungen Frauen und meinem Vater angetan hast, hält dich für immer in eisernen Fesseln.«

»Und du glaubst, es ginge mir darum, diese Fesseln abzuwerfen?« Er schüttelte sein kahles Haupt und lachte wieder. »Wie schlecht du mich doch kennst. Um Freiheit ist es mir nie gegangen, Sarah, sondern um etwas, das noch ungleich wertvoller und seltener ist.«

»Und das wäre?«

»Wahrheit«, erwiderte er. »Sie und nichts anderes erwarte ich von dir als Gegenleistung.«

»Wahrheit in Bezug worauf?«

»Auf dich«, sagte Laydon schlicht. »Beantworte mir nur eine einzige, schlichte Frage wahrheitsgemäß, und ich gebe dir mein Versprechen, dass ich dir mit meinem ganzen Wissen helfen werde.«

»Du gibst mir dein Versprechen?« Sarah betonte das erste und das letzte Wort, Wörter, die in ihrem Kopf einfach nicht zusammenpassen wollten. Nach ihrer Erfahrung war Mortimer Laydons Ehrenwort in etwa soviel wert wie der getrocknete Pferdedung, den sie nächtens von den Straßen kratzten, um damit die Kamine anzufeuern.

»Was denn? Vertraust du mir nicht?«, fragte er, und diesmal hörte sich das Gelächter aus seiner Kehle an wie das eines Schwachsinnigen. »Woran mag das nur liegen?«

Sarah biss sich auf die Lippen.

Laydon wusste, dass sie ihm nicht über den Weg traute, und genau darin lag der Reiz für ihn. Er wollte, dass sie jene unsichtbare Grenze überschritt, die er gezogen hatte, und sie dazu bringen, Dinge zu tun, die sie nicht tun wollte. Es war seine Taktik.

Genau wie damals ...

»Wer garantiert mir, dass du Kamal tatsächlich helfen kannst?«, wollte sie wissen.

»Niemand – schon wieder wirst du mir vertrauen müssen. Aber bedenke wohl, Sarah: Nur eine einzige Antwort für die Möglichkeit, das Leben deines Geliebten zu retten. Ein geringer Preis, oder nicht?«

»In der Tat.«

»Wie steht es also? Haben wir eine Abmachung?«

Sarahs Brust hob und senkte sich in mühsam beherrschtem Zorn. Statt Laydon zurechtzuweisen und ihm zu sagen, dass er sich zum Teufel scheren solle, blieb ihr keine andere Wahl, als sich auf sein Spiel einzulassen. Sie war es, die etwas von ihm wollte, also bestimmte er die Regeln – und so sehr es ihr widerstrebte, ihr blieb nichts weiter übrig, als nachzugeben und sich zu fügen.

»Also schön«, sagte sie, während sich ihr Magen erneut zusammenkrampfte, als wolle er ihr sagen, dass sie im Begriff stand, einen entscheidenden Fehler zu begehen.

»Der Handel gilt also?«

»Er gilt. Stell deine Frage.«

»Bist du sicher?«

»Allerdings«, drängte Sarah, die das Gefühl hatte, dass der Schurke auf Zeit spielte – Zeit, die Kamal nicht hatte ... »Los jetzt, stell die verdammte Frage.«

»Nun gut. Du wirst sehen, sie ist sehr einfach. Sie lautet: Wer bist du?«

»Was soll das nun wieder?«

»Wir haben eine Abmachung«, brachte Laydon in Erinnerung, »schon vergessen? Beantworte mir diese eine Frage wahrheitsgemäß, und ich werde dir helfen.«

Sarah atmete tief ein, roch den Moder und die Fäulnis. Sie hatte keine Ahnung, was Laydon mit dieser Frage bezwecken wollte, hielt sie nur für einen weiteren Versuch, mit ihr zu spielen. Folglich wollte sie es möglichst rasch hinter sich bringen.

»Ich bin Sarah Kincaid«, antwortete sie, »die Tochter Gardiner Kincaids, den du umgebracht hast.«

»Falsche Antwort«, entgegnete Laydon schlicht. »Aber ich bin heute großmütig gelaunt, also gewähre ich dir einen weiteren Versuch.«

»Dir zu sagen, wer ich bin?«

»Genau das.«

»Ich sagte es dir gerade – ich bin die Tochter des Mannes, den du ermordet hast.«

»Und diese Antwort ist falsch!«, brüllte Laydon in einem wilden Wutausbruch, der Sarah zusammenfahren ließ. Jäh wurde ihr bewusst, dass sie einem gefährlichen Kriminellen gegenübersaß, einem Monstrum in Menschengestalt, dessen Innerstes wahre Abgründe offenbart hatte. »Das ist nicht die Antwort, nach der ich suche.«

»Tut mir leid, wenn dir die Wahrheit nicht gefällt«, beschied Sarah ihm ungerührt, »aber so ist es nun einmal.«

»Mein Kind«, flüsterte er in einer plötzlichen Stimmungswandlung, deren Ursprung nur ein kranker Verstand sein konnte. »Ist dir je der Gedanke gekommen, dass das, was du in all den Jahren für die Wahrheit gehalten hast, nicht zwingend auch die Wahrheit sein muss?«

»Nein!«, sagte sie energisch und hob gebietend den rechten Zeigefinger. »Du wirst das nicht tun! Du wirst keine Zweifel in mein Herz säen, hörst du?«

»Eine Saat kann nur gedeihen, wo sie auf fruchtbaren Boden trifft«, konterte Laydon gelassen, »und der Nährgrund des Zweifels ist die Ungewissheit. Gibt es denn Dinge, über die du dir im Unklaren bist, Sarah Kincaid?«

»Nein«, behauptete sie.

»Ich sehe deinen Trotz. Den Trotz eines kleinen Kindes. Bist du schon immer so gewesen, Sarah?«

Sarahs Atem ging keuchend, ihr Pulsschlag beschleunigte sich. Inzwischen hatte sie erkannt, worauf Laydon hinauswollte, und es gefiel ihr ganz und gar nicht ...

»Du weißt es nicht«, stellte er unerbittlich fest. »Ganz einfach deshalb, weil du dich an deine Kindheit nicht erinnern kannst, nicht wahr? Weil du nichts von dem weißt, was sich vor deinem achten Lebensjahr ereignet hat, richtig?«

»Was hat das denn hiermit zu tun?«, fragte sie, während sie sich unter seinen stechenden Blicken wand und das Gefühl hatte, als würde sie nackt und bloß vor ihm sitzen.

»Alles«, sagte er nur. »Die Dunkelzeit birgt manches Rätsel.«

»Was weißt du darüber?«, zischte Sarah. »Los, sag es mir!«

»Wolltest du nicht eigentlich wissen, wie du deinem geliebten Kamal helfen kannst?« Laydon schnalzte tadelnd mit der Zunge. »Wie rasch sich deine Interessen ändern ...«

»Du drehst mir das Wort im Mund herum.«

»Und du willst nicht hören, was ich sage. Noch immer bist du mir eine Antwort schuldig, Sarah: Wer bist du?«

»Ich habe es dir schon einmal gesagt, und ich sage es dir wieder«, erwiderte sie mit bebender, fast brüchiger Stimme. »Ich bin Sarah Kincaid, die Tochter von Lord ...«

»Blind bist du, Sarah Kincaid«, fiel Laydon ihr barsch ins Wort. »Zu blind und zu ängstlich, um das Offensichtliche zu erkennen.«

»Was meinst du damit?«

»Wer ist deine Mutter? Hast du sie je kennen gelernt?«

»Sie starb bei meiner Geburt, wie du weißt.«

»Hat dein Vater dir je von ihr erzählt? Hat er dir je gesagt, dass er etwas von ihrem Bildnis in dir wiederfindet?«

»Was tut das zur Sache?«

»Hat er es je gesagt?«, brüllte Laydon so laut, dass die Tür der Verhörkammer geöffnet wurde und die besorgten Gesichter der beiden Gefängniswärter erschienen. Mit einem Handzeichen gab Sarah ihnen zu verstehen, dass alles in Ordnung wäre – auch wenn sie es ganz und gar nicht so empfand. Ihre Hände waren schwitzig, jedoch eisig kalt; die Farbe war aus ihren Zügen gewichen.

Und sie fühlte Übelkeit, die wie ein giftiges Reptil aus ihrem Magen emporkroch …

»Nein«, antwortete sie und gab sich Mühe, dabei so würdevoll wie möglich zu klingen, »das hat er nicht. Aber das ändert nichts.«

»Woran ändert es nichts?«

»An der Tatsache, dass ich Gardiner Kincaids Tochter bin.«

»Und wenn ich dir sagte, dass es nicht so ist?«

»Ich würde dir nicht glauben.«

»Und wenn ich dir etwas enthüllen würde? Etwas, das Gardiner sein Leben lang wusste, das dir zu gestehen er jedoch niemals den Mut aufgebracht hat?«

»So etwas gibt es nicht.«

»Bist du dir da auch ganz sicher? Hat nicht die Suche nach deinem Vater dir manches über ihn offenbart, von dem du nichts wusstest? Geheimnisse, die er tief in seinem Inneren verwahrte, ohne dir jemals davon zu erzählen?«

Sarah schluckte, ihre Kehle fühlte sich an wie ausgedörrt. Tatsächlich hatte die Reise nach Alexandrien Dinge über ihren Vater ans Licht gebracht, von denen sie bis dahin nichts geahnt hatte. Informationen, die er seiner Tochter bewusst vorenthalten hatte – um sie zu schützen, wie er sagte.

Aber wer wusste mit Bestimmtheit zu sagen, ob es nicht noch mehr Heimlichkeiten gegeben hatte …?

»Wovon genau sprichst du?«, erkundigte sie sich vorsichtig – und biss sich auf die Lippen, als sie das triumphierende Grinsen sah, mit dem Mortimer Laydon ihre Frage quittierte.

»Du möchtest das Geheimnis ergründen?«, erkundigte er sich.

»Sonst hätte ich wohl kaum danach gefragt.«

»Hast du denn keine Angst vor dem, was ich dir enthüllen könnte?«

»Wieso sollte ich? Du hast mir bereits alles genommen, das

mir etwas bedeutet hat. Du bist nur noch ein Schatten, nicht mehr. Ich habe keine Angst vor dir.«

»Wirklich?« In Laydons Augen blitzte es gefährlich. »Wie einfältig und naiv du bist. Selbst hier an diesem Ort, trotz der Fesseln, die mich halten, habe ich noch immer die Macht, dich zu vernichten.«

»Wage es nur – ich werde die Wachen rufen und dich zurück in das finstere Loch stecken lassen, aus dem du gekrochen bist.«

»Um deine Welt zu erschüttern, brauche ich dich nicht einmal zu berühren, Sarah Kincaid. Schon deshalb solltest du mich fürchten – ebenso wie du die Wahrheit fürchten solltest.«

»Welche Wahrheit?«

»Die dir ein Leben lang vorenthalten wurde. Die dein Vater nie auszusprechen wagte, obgleich er sie gekannt hat. Die Wahrheit über deine Herkunft, Sarah Kincaid. Jene Wahrheit, die besagt, dass nicht Gardiner Kincaid dein leiblicher Vater ist.«

»Ach nein?«

»Nein«, bestätigte Laydon flüsternd, »sondern ich.«

»Was?« Sarah glaubte, nicht recht zu hören. »Du hast in der Tat schon viel Unsinn von dir gegeben, alter Mann – aber das ist das Absurdeste, was ich je aus deinem Mund ...«

»Gardiner Kincaid mag der Mann gewesen sein, der dich aufgezogen hat und den du deinen Vater nanntest«, fuhr Laydon ungerührt fort, »aber das ändert nichts daran, dass ich es war, den deine Mutter geliebt und der seinen Samen in ihren Schoß gepflanzt hat.«

»Nein«, sagte Sarah, während sich alles in ihr empörte. Ihre Übelkeit nahm noch zu, die Knie wurden weich und schwammig. »Das ist nicht wahr!«

Laydon lachte nur. »Gardiner hat immer gewusst, dass du nicht sein eigen Fleisch und Blut bist – auch wenn er wohl völlig ahnungslos war, was mich betraf. Aus diesem Grund hat er dir nie von deiner Mutter erzählt, mein Kind. Denn jedes Mal hätte er sich dadurch nur an seine größte, an seine bitterste Niederlage erinnert.«

»Lügner!«, rief Sarah und sprang auf. »Das hast du dir nur ausgedacht ...«

»Möglicherweise«, räumte Laydon grinsend ein, »dann brauchst du meinen Worten ja keine Bedeutung beizumessen. Aber ein Teil von dir hat immer gewusst, dass du nicht wirklich zu ihm gehörst, nicht wahr? Trotz der starken Bande zwischen euch waren da immer Zweifel, richtig? Blieb stets ein Hauch von Fremde ...«

»Bastard«, zischte Sarah und musste an sich halten, um nicht mit geballten Fäusten auf den Gefangenen einzudreschen, der gefesselt, aber keineswegs wehrlos vor ihr saß. »Unbegreiflicher, elender Bastard! Ich habe genug von deinen Lügen und deinem Gift!«

Wütend wandte sie sich ab und wollte die Verhörkammer verlassen – dass sie es nicht tat, lag an Laydon, der in wieherndes Gelächter verfiel. »Sieh an, Sarah Kincaid«, rief er ihr hinterher. »Ist dein Hass also doch größer als deine Liebe?«

Abrupt blieb sie stehen, starrte ihn aus großen Augen an.

»Gib es zu«, forderte Laydon sie auf. »Wir beide sind uns ähnlicher, als du zugeben willst.«

»Ist es dir nur darum gegangen?«, fragte sie. »Hast du mir diese Lügengeschichte nur erzählt, um mich zu provozieren?«

»Das wäre dir am liebsten, nicht wahr?«, fragte er dagegen und lachte gackernd. »Aber es war keine Lüge – du bist so wenig Gardiner Kincaids leibliche Tochter, wie ich ein unbescholtener Bürger bin. Aber wir beide sind Menschen voller Leidenschaft. Das haben wir gemeinsam, Sarah, ob es dir gefällt oder nicht.«

»Wir haben nicht das Geringste gemeinsam«, widersprach Sarah entrüstet. »Du bist ein gemeiner Mörder und hast wehrlose junge Frauen abgeschlachtet ...«

»Nicht zum Vergnügen, wie du weißt – jedenfalls nicht nur.«

»... und du hast meinen Vater getötet«, brachte Sarah ihren Satz unbeirrt zu Ende.

»Auch du wärst dazu fähig, du weißt es nur nicht. Du hast sie in dir, Sarah – dieselbe Leidenschaft, die auch mich erfüllt. Denselben Hang zur Dunkelheit. Dein Vater hat das immer gewusst. Deshalb – und nur deshalb – hat er dir einige Dinge vorenthalten. Er fürchtete, dass du deiner wahren Bestimmung folgen könntest.«

»Welcher Bestimmung?«, wollte Sarah wissen.

»Welche wohl?«, konterte Laydon, und erneut verzerrte latenter Wahnsinn seine ergrauten Züge. »Ich spreche davon, deinen Platz innerhalb der Organisation einzunehmen. Dein Vater hat immer geahnt, dass es eines Tages dazu kommen würde, und er tat sein Möglichstes, um es zu verhindern.«

»Du lügst«, sagte Sarah noch einmal, aber die Schärfe war ihren Worten genommen, sie waren welk und bedeutungslos. Sarahs Kiefer mahlten, und ihre Lippen bebten, während sie ihr Bewusstsein mit aller Kraft gegen die Zweifel abzuschotten suchte, die Laydon in ihr geweckt hatte – aber es gelang ihr nicht ganz.

Sollte der Mörder am Ende Recht haben? Sollte dies der wahre Grund dafür gewesen sein, dass ihr Vater ihr manche Dinge vorenthalten und lange Zeit nichts von Meherets Erben erzählt hatte?

Voller Beklemmung erinnerte sie sich daran, dass ihr Vater sie sterbend um Verzeihung gebeten hatte, dass er seine letzten Atemzüge hatte nutzen wollen, um ihr etwas zu gestehen. Seine Lippen hatten sich jedoch geschlossen, noch ehe er dazu gekommen war, und Sarah hatte sich manches Mal gefragt, was ihr Vater ihr hatte sagen wollen.

War es dies gewesen? Hatte er insgeheim etwas geahnt? Oder hatte er die ganze schreckliche Wahrheit gekannt?

»Nachdem du all das nun weißt«, riss Mortimer Laydons vor Ungeduld bebende Stimme Sarah in die Gegenwart zurück, »möchte ich dir noch einmal die Frage stellen, mit der alles begann: Wer bist du, Sarah Kincaid? Verrate es mir!«

Sarah, die zuletzt betroffen zu Boden gestarrt hatte, hob ihren Blick und schaute ihrem Erzfeind in die blitzenden Augen. »Ich weiß, was du jetzt hören willst«, antwortete sie leise, »aber ich werde die Worte nicht aussprechen. Selbst wenn alles wahr wäre, was du sagst – eher schneide ich mir eigenhändig die Zunge heraus, als dass ich ein Scheusal wie dich meinen Vater nenne.«

»Wie du willst.« Laydon zuckte mit den Achseln, dass die Ketten um seine Handgelenke klirrten. »Dann werde ich dir auch nicht helfen.«

Nach ihrem Wutausbruch hatte sich Sarah nicht mehr gesetzt. Fassungslos stand sie vor ihm, innerlich bebend und mit geballten Fäusten. Der Aufruhr, der in ihr herrschte, war unbeschreiblich, und widerwillig gestand sie sich ein, dass es Mortimer Laydon einmal mehr gelungen war, ihre Welt bis in die Grundfesten zu erschüttern.

Sie führte einen inneren Kampf, sagte sich, dass es nur hohle Worte wären, dass es Laydon nur darum ging, sie zu demütigen, dass sie um Kamals willen auf seine Forderung eingehen musste – aber sie brachte es dennoch nicht über sich.

Hatte Laydon Recht gehabt? War ihr Stolz tatsächlich größer als ihre Liebe? Gab es tatsächlich eine dunkle Seite in ihr, die sie noch nicht kennen gelernt hatte?

Erneut fühlte sie nagenden Zweifel, und sie wusste, dass sie das Gespräch beenden musste. Je länger sie sich in Laydons Gesellschaft befand, desto mehr lief sie Gefahr, von seinen Gedanken vergiftet zu werden. Sie musste versuchen, für Kamal anderweitig Hilfe zu beschaffen, ehe sie all ihrer Illusionen beraubt und ein Schatten ihrer selbst wurde, von Ängsten und Befürchtungen zerfressen. Laydon war auf dem besten Weg, sie dazu zu machen …

»Nun gut«, sagte sie deshalb leise, »ich werde dir deine Frage auf meine Weise beantworten: Ich bin, was ich bin. Nicht mehr und nicht weniger. Wenn dir das als Antwort genügt, dann erfülle jetzt deinen Teil der Abmachung. Wenn nicht, dann zum Henker mit dir.«

Da Sarah nicht erwartete, dass Laydon sich damit zufriedengeben würde, wandte sie sich auf dem Absatz um und ging erneut Richtung Tür, im festen Entschluss, sie diesmal zu durchschreiten. Auf der Schwelle jedoch rief Laydon sie zurück.

»Eines noch«, bat er sich aus.

»Dann aber rasch«, drängte sie. »Ich habe ohnehin schon zu viel Zeit vergeudet.«

»Ist dir nie der Gedanke gekommen, dass die Geschichte sich nur wiederholt?«, erkundigte sich Laydon. »Dass deinem Geliebten Kamal genau das zugestoßen ist, was dir vor so vielen Jahren widerfuhr?«

»D-du meinst ...?«

»Ein rätselhaftes Fieber hatte dich befallen, wie du weißt, das dich über Wochen in seinen Klauen hielt. Du hattest das Bewusstsein verloren, und der alte Gardiner glaubte dich bereits verloren. Du hast hoffentlich nicht vergessen, wer es damals war, der dich vom Fieber heilte ...«

»Und du glaubst, Kamal wäre vom selben Fieber befallen?«, erkundigte sich Sarah, Laydons Eigenlob geflissentlich übergehend.

»Es wäre möglich, oder nicht?«

Sarah konnte nicht anders, als zu nicken.

Warum nur, fragte sie sich, war sie noch nicht selbst auf diesen Gedanken gekommen? Wahrscheinlich, weil sich daraus eine Folgerung ergab, die Sarah noch ungleich mehr ängstigte als die Gegenwart Laydons und alles, was er ihr noch enthüllen mochte. Denn wenn das Fieber, das Sarah als junges Mädchen befallen hatte, und jenes, das Kamal in seinen Klauen hielt, desselben Ursprungs waren, so bedeutete dies nicht mehr und nicht weniger, als dass jene dunkle Macht, die nach ihrer bisherigen Überzeugung erstmals in Paris ihre Wege gekreuzt hatte, in Wahrheit bereits früher in ihr Leben getreten war.

Viel früher.

Und bereits damals hatte sie es verändert ...

»Angenommen, es wäre so«, flüsterte Sarah, schaudernd ob dieser erschreckenden Vorstellung, »was würde es für Kamal bedeuten? Kann er geheilt werden?«

»So wie du damals?«

Sie nickte.

»Lass es mich so ausdrücken, mein Kind. Wenn Kamal tatsächlich am Dunkelfieber leidet, so ist er so gut wie tot und befindet sich bereits auf dem Weg ins Jenseits. Willst du dies rückgängig machen, dann musst du dort suchen, wo Lebloses lebendig wird. Aber ich warne dich, denn die Reise führt dich geradewegs in die Finsternis.«

»Wo genau?«, fragte Sarah schnaubend. »Wo muss ich suchen?«

»Wo wohl?«, erwiderte Laydon, und in diesem Augenblick schien die Klarheit, die seinen von Irrsinn umwölkten Geist erhellt hatte, wieder nachzulassen. »Natürlich dort, wo alles angefangen hat«, murmelte er kaum verständlich. »Wo aus der Leblosigkeit Leben geschaffen wurde.«

»Was soll das nun wieder heißen?« Sarah hob die Brauen, argwöhnend, dass es Laydon einmal mehr nur darum ging, sie zu demütigen – doch es schien ihm ernst damit zu sein, denn sein gackerndes Gelächter blieb diesmal aus. »Wovon sprichst du? Vom Schöpfungsbericht?«

»Hat dich der alte Gardiner die Geheimnisse des Alten Testaments nicht zu deuten gelehrt? Der Tora? Der Bibel? Bist du mit dem Wort des Allmächtigen nicht vertraut?«

»Vertraut genug, um zu wissen, dass Frevler wie du es nicht in den Mund nehmen sollten«, konterte Sarah eisig.

»Im Buch Genesis steht geschrieben: ›Die Erde aber war wüst und wirr. Finsternis lag über der Urflut, und Gottes Geist schwebte über dem Wasser‹.«

»Und?«, fragte Sarah – doch die einzige Antwort, die sie erhielt, war schadenfrohes Gelächter. Laydons Blick schien nicht mehr ihr zu gelten, sondern in ungeahnte Ferne zu reichen. Was auch immer der Verbrecher sehen mochte, mit der Wirklichkeit schien es nichts mehr gemein zu haben. Das kreischende Gelächter kehrte wieder, und Laydons Geist sank zurück in jenen Dämmerzustand, aus dem Sarah ihn für kurze Zeit geweckt zu haben schien.

»Du hast den Verstand verloren«, stellte sie fest.

»Vielleicht – aber die Juden sind die Leute, denen man nicht von ungefähr die Schuld geben wird«, krächzte Laydon und lachte so ausladend und keifend, dass sich seine Stimme überschlug und er zu würgen begann. Dabei verdrehte er die Augen so, dass nur noch das Weiße zu sehen war.

Angewidert wandte sich Sarah ab. Sie konnte es nicht erwarten, die Mauern von Newgate hinter sich zu lassen und endlich wieder freie Luft zu atmen.

Erleichterung durchströmte sie, als sie die Kammer verließ und nicht länger in die vom Wahnsinn fiebrigen Augen des Mörders blicken musste. Und während sein röchelndes Gelächter hinter ihr zurückfiel, wurde ihr klar, dass jener hauchdünne Faden, der Mortimer Laydons Verstand bislang noch vor dem Absturz in ungeahnte Tiefen bewahrt hatte, wohl endgültig gerissen war.

9.

Persönliches Tagebuch Sarah Kincaid
Nachtrag

Zu sagen, dass ich innerlich aufgewühlt war, als ich das Gefängnis von Newgate verließ, wäre eine dreiste Untertreibung. Ich wusste, dass die Konfrontation mit Mortimer Laydon hart werden, dass der Schurke nichts unversucht lassen würde, um mir zu schaden, und nicht von ungefähr habe ich mich vor der Begegnung gefürchtet. Die Realität jedoch hat selbst meine ärgsten Befürchtungen noch weit übertroffen.

Meine Hoffnung war es, Laydon die ein oder andere Information zu entlocken, einen Hinweis darauf, was Kamal widerfahren war und was ich zu seiner Rettung unternehmen konnte. Was ich jedoch erhalten habe, ist eine Fülle an Andeutungen und Halbwahrheiten, an Lügen und Intrigen, garniert mit Furcht und Zweifel. Kryptisches Gerede, dessen Sinn – wenn es überhaupt einen hat – ich nicht erfasse; böswillige Beschuldigungen, die mich dennoch – aus welchem Grund auch immer – bis ins Mark erschüttert haben; dazu Wissen, das ich nie erstrebt habe und das ich nun dennoch bei mir trage – oder sind das alles nur Phantasmagorien gewesen, die Ausgeburten eines dem Wahnsinn verfallenen Verstandes?

Den ganzen Weg zurück nach Mayfair konnte ich an nichts anderes denken als an das, was Laydon gesagt hatte, und obwohl sich mein Innerstes entschieden dagegen wehrte, fragte ich mich, ob vielleicht wahr sein könnte, was der Schurke mir offenbart hatte.

Die Suche nach meinem Vater, die mich vor mehr als zwei Jahren zunächst nach Paris, von dort nach Malta und schließlich ins ferne Alexandrien führte, hatte mir gezeigt, dass er mir tatsächlich manches verheimlicht, dass es einen anderen Gardiner Kincaid gegeben hatte, der mir fremd gewesen war und den ich nie kennen gelernt hatte. Die Erkenntnis, dass mein Vater nicht immer ehrlich zu mir gewesen war, hat mein Vertrauen zu ihm tief erschüttert. Dennoch bin ich der festen Überzeugung, dass er mir etwas von solcher Tragweite niemals vorenthalten hätte.

Oder?

Sterbend hatte mein Vater versucht, mir etwas mitzuteilen, ebenso wie Maurice du Gard, als er auf den Planken der ›Egypt Star‹ sein Leben ließ. Beiden war es nicht vergönnt, jene letzten Sätze zu beenden, und ich habe mich oft gefragt, was sie mir hatten sagen wollen. Habe ich heute die Antwort auf diese Frage erhalten? Hatten beide mir mit ihrem letzten Atemzug mitteilen wollen, dass ich nicht das war, was ich bis zum heutigen Tag zu sein glaubte?

Die Möglichkeit lässt mich erschaudern, der Gedanke allein ist dazu angetan, mich in jene dunklen Gefilde zu treiben, an denen Laydon bereits weilt und von denen es kein Zurück gibt. Ich darf ihm nicht weiter nachgeben, sondern muss mich auf das Hier und Jetzt konzentrieren und darauf, Kamal zu retten.

Wie Dr. Billings mir mitteilte, ist sein Zustand nach wie vor stabil, aber das bedeutet nichts. Sollte Laydon Recht haben? Ist Kamal tatsächlich von jenem rätselhaften Phänomen betroffen, das auch mich in meiner Kindheit ereilte und dessentwegen ich mich an nichts erinnern kann? Und was bedeutet dies im Hinblick auf jene dunkle Organisation, die nach Macht und Herrschaft strebt und sich der Vergangenheit bedienen will, um ihre Ziele zu verwirklichen? Bin ich ihr bereits früher begegnet und erinnere mich nur nicht mehr daran?

Manches von dem, was mir der Einäugige sagte, als wir uns in der Bibliothek von Alexandria gegenüberstanden, und das ich damals für dreiste Lüge hielt, kommt mir wieder in Erinnerung. Ein »törichtes Ding« hatte er mich genannt und mir vorgeworfen, dass ich nichts verstanden hätte. War diesen Worten zu entnehmen, dass er mich bereits sehr viel länger kannte als ich ihn? Und hatte der einäugige

Hüne sich nicht Charon genannt, nach dem Totenschiffer der griechischen Mythologie?

Auf eine Weise, die ich nicht begreife, scheint sich manches zusammenzufügen, aber weder erschließt sich mir der tiefere Sinn, noch ahne ich, zu welchem Ende. Mit einer einzelnen Kerze, deren Flamme zaghaft flackert, versuche ich ein riesiges, in Dunkelheit verfallenes Labyrinth zu ergründen. Weder kenne ich den Weg heraus noch das Ziel – und doch weiß ich, dass ich beides finden muss, wenn mein Kamal nicht verloren sein soll.

Da Laydon vorerst meine einzige Verbindung zu jenen ist, die meinem Geliebten das angetan haben, bleibt mir keine Wahl, als seinen Hinweisen nachzugehen. Vielleicht, so hoffe und befürchte ich, verbirgt sich hinter dem Gerede des geistesgestörten Mörders ein Funke Wahrheit. Nach dieser Wahrheit zu suchen muss meine vorrangige Aufgabe sein, ganz gleich, was es für mich persönlich bedeuten oder welchen düsteren Geheimnissen ich dadurch auf die Spur kommen mag. Von einer Reise in die Finsternis hatte Laydon gesprochen; zumindest in dieser Hinsicht scheint er Recht zu behalten …

Mayfair, London
27. September 1884

»Wie geht es Ihnen?«

Sarah schreckte auf. In dem breiten Ledersessel sitzend, der die Mitte von Jeffrey Hulls kleiner, hauptsächlich Werken der Rechtswissenschaft gewidmeter Bibliothek einnahm, war sie tief in ihre Lektüre versunken gewesen.

»Sir Jeffrey!«, entfuhr es ihr. »Ich habe Sie gar nicht kommen gehört …«

»Das wundert mich nicht«, erklärte der Q. C. mit mildem Lächeln. »Sie hatten die Augen geschlossen, als ich eintrat.«

»Die Augen geschlossen? Wirklich?« Sarahs Überraschung war

echt. Wenn sie tatsächlich für einige Minuten eingenickt war, so hatte sie es nicht einmal bemerkt ...

»Wie viel Schlaf hatten Sie vergangene Nacht?«

»Nicht eine einzige Stunde«, bekannte Sarah müde.

»Ich verstehe.« Sir Jeffrey nickte. »Dennoch wird es Sie freuen zu hören, dass es gute Nachrichten gibt.«

»Tatsächlich?«

»Ich komme soeben vom Supreme Court«, gab der königliche Berater bekannt. »Aufgrund der jüngsten Entwicklungen habe ich eine vorläufige Aussetzung des Gerichtstermins erwirken können. Als Nächstes werde ich in Newgate einen Antrag auf vorübergehende Haftentlassung stellen. Vermutlich wird man darauf bestehen, Kamal weiter zu beaufsichtigen, aber wenn ich vorschlage, ihn hier in meinem Haus unterzubringen, so sollte das Wort eines verdienten Barristers* doch einiges Gewicht haben. Dann wäre Kamal hier bei uns, und Sie könnten immer bei ihm sein.«

»Das wäre wunderbar«, erwiderte Sarah. »Ich danke Ihnen für Ihre Bemühungen, Sir Jeffrey.«

»Und das ist alles?«

»Wie darf ich diese Frage verstehen?«

»Darf ich ehrlich sein, werte Freundin?«

»Ich bitte darum.« Sarah nickte.

»Offen gestanden, hatte ich erwartet, dass Sie ein wenig mehr Freude empfinden würden«, räumte Sir Jeffrey ein. »Stattdessen finde ich Sie völlig übermüdet in meiner Bibliothek. Was hat das zu bedeuten, Sarah? Welche Lektüre könnte so wichtig sein, dass sie Sie davon abhält, zu Bett zu gehen und sich einige Stunden dringend benötigten Schlafes zu g ...«

Er unterbrach sich, als Sarah das in Leder geschlagene Buch hochhielt, sodass er den goldgeprägten Titel lesen konnte. »Das Alte Testament. Die Bücher Mose«, las er mit einiger Verblüffung.

---

* vor Gericht agierender Anwalt

»Sind Sie überrascht?«

»Ein wenig«, gab der königliche Berater zu. »Sind Sie zu dem Schluss gekommen, dass nur noch der Allmächtige Kamal retten kann?«

»Zu diesem Schluss, lieber Freund, bin ich schon vor einiger Zeit gelangt«, erwiderte Sarah mit mattem Lächeln. »In diesem Fall jedoch geht es mir um einen möglichen Hinweis, der in diesen Zeilen versteckt sein könnte.«

»Um einen Hinweis? Von wem?«, erkundigte sich der königliche Berater, und seinem misstrauischen Tonfall war zu entnehmen, dass er die Antwort bereits erahnte.

»Laydon«, sagte Sarah nur.

»Laydon«, echote Sir Jeffrey wenig begeistert. »Sarah, haben Sie denn trotz allem, was dieser Mann Ihnen angetan hat, noch immer nicht begriffen, wie gefährlich er ist? Dass er völlig den Verstand verloren hat? Dass er keine Gelegenheit auslassen wird, sich an Ihnen zu rächen und Ihnen zu schaden?«

»Dessen bin ich mir durchaus bewusst«, versicherte Sarah. »Die Sache ist nur, dass ich über weite Teile unseres Gesprächs ganz und gar nicht den Eindruck hatte, es mit einem gestörten Menschen zu tun zu haben. Die meiste Zeit über war Laydon klaren Verstandes.«

»Und er empfahl Ihnen, die Bibel zu durchforsten?«

»In der Tat.«

»Wonach?«

»Nach einem Heilmittel für Kamal«, entgegnete Sarah schlicht.

»Ist das Ihr Ernst?« Sir Jeffreys Verblüffung war dabei, in Entrüstung umzuschlagen. »Nachdem Sie einige der versiertesten Mediziner des Empires zu Rate gezogen haben, wollen Sie ausgerechnet dem Urteil eines überführten Mörders vertrauen?«

»Ich weiß, wie seltsam das in Ihren Ohren klingen muss, aber ...«

»Nein, Sarah«, widersprach Hull streng, »›seltsam‹ ist nicht annähernd der treffende Ausdruck dafür. Laydon hat Ihren Vater getötet und mehrere junge Frauen bestialisch ermordet, was ihn wohl kaum zum Wunderheiler qualifiziert. Dennoch scheinen Sie seiner Meinung größere Bedeutung beizumessen als jener der Ärzte, die ich hinzuzog und die aus freundschaftlicher Verpflichtung zu mir keinen Augenblick gezögert haben, uns zu helfen.«

»Ich weiß, Sir Jeffrey, und bitte glauben Sie mir, dass ich Ihnen aus tiefster Seele dafür dankbar bin«, beschwichtigte Sarah. »Aber dies hier ist etwas, das ich mit Worten unmöglich erklären kann. Ein Gefühl, verstehen Sie?«

»Es fällt mir außerordentlich schwer, meine Teure, es fällt mir außerordentlich schwer«, knirschte Sir Jeffrey, den nur das Selbstverständnis des Gentlemans davon abzuhalten schien, Sarah lauthals zu schelten. »Ich hatte Sie ausdrücklich vor dieser Begegnung gewarnt, denn mir war klar, dass Laydon jede Gelegenheit nutzen würde, Ihre Gedanken zu verpesten.«

»Ich weiß Ihre Besorgnis zu schätzen«, versicherte Sarah. »Aber ich hatte keine andere Wahl, als mich Laydon noch einmal zu stellen.«

»Ist das der Grund dafür, dass Sie Newgate gestern Nacht wortlos verließen, ohne mit Direktor Sykes, Dr. Cranston oder mir auch nur ein Wort zu sprechen? Wollten Sie lieber Laydons Hinweisen nachgehen?« Die Kränkung im Tonfall des königlichen Beraters war unüberhörbar.

»Bitte nehmen Sie meine Entschuldigung dafür an, Sir Jeffrey. Weder wollte ich unhöflich erscheinen noch Ihre Kompetenz oder die der anderen Gentlemen in Frage stellen. Es gab nur zunächst einige Dinge, über die ich mir klar werden musste, ehe ich mit Dritten darüber sprechen wollte.«

»Tatsächlich? Und was, wenn es erlaubt ist zu fragen, sind das für Dinge gewesen?«

Sarah hielt Sir Jeffreys forschendem Blick stand. Sie wusste, dass er ihr nur helfen wollte, sowohl in seiner Eigenschaft als Privatmann als auch als Jurist. Dennoch gab es Geheimnisse, die sie auch ihm nicht ohne Weiteres anvertrauen wollte, schon weil sie fürchtete, er könnte an ihrem Verstand zweifeln ...

Sir Jeffrey bemerkte ihr Zögern, deshalb formulierte er seine Frage erneut, einfühlsamer und sanfter diesmal. »Sarah«, sagte er leise, »ich kann Sie nicht zwingen, mir zu vertrauen. Aber ich kann Ihnen versichern, dass Ihr Vater mir vertraut hat, und ...«

»Mein Vater, ja?« Sarah lächelte schwach.

»... und dass ich alles Menschenmögliche unternehmen werde, um Ihnen zu helfen«, fuhr er fort, ohne auf die Zwischenbemerkung zu reagieren. »Aber das kann ich nur, wenn Sie mir berichten, was zwischen Ihnen und Laydon vorgefallen ist. Was hat der Schurke zu Ihnen gesagt, dass ich Sie nach einer durchwachten Nacht beim Studium der Bibel finde, leichenblass und mit dunklen Rändern um die Augen? Ich mache mir große Sorgen um Sie, Sarah – nicht nur als Ihr Anwalt, sondern auch als Ihr väterlicher Freund.«

»Das ist sehr freundlich von Ihnen, Sir Jeffrey. Aber ich darf Ihnen versichern, dass ich weder den Verstand verloren habe, noch so übermüdet bin, dass ich nicht mehr weiß, was ich tue.«

»Dann beschwöre ich Sie, mir zu sagen, was dies hier soll. Warum glauben Sie, dass ausgerechnet Laydon weiß, wie Kamal gerettet werden kann?«

»Die Antwort ist sehr einfach, Sir Jeffrey«, antwortete Sarah leise und mit belegter Stimme. »Weil Laydon auch mich gerettet hat.«

»W-wie darf ich das verstehen?«

»Hat Vater Ihnen gegenüber je den Ausdruck ›tempora atra‹ verwendet?«

»›Tempora atra‹?« Die ohnehin schon faltige Stirn des königlichen Beraters zerknitterte sich noch mehr. »Nicht, dass ich mich erinnerte ...«

»Wussten Sie, dass ich als junges Mädchen krank war? Dass ich an einem rätselhaften Fieber litt und lange Zeit ohne Bewusstsein war?«

»Nein, Sarah, das wusste ich nicht«, versicherte Sir Jeffrey, dessen Zorn sich in ehrliche Bestürzung wandelte. »Nach Oxford hatten Gardiner und ich uns für eine Weile aus den Augen verloren.«

Sarah nickte. Obwohl es sie große Überwindung kostete, hatte sie beschlossen, Jeffrey Hull in ihr Geheimnis einzuweihen – in der dringenden Hoffnung, Kamal damit zu helfen ...

»Wie man mir erzählte«, fuhr sie leise fort, »trat jenes Fieber von einem Tag zum anderen auf. Die Ärzte waren ratlos, und so blieb meinem Vater nichts, als Tag und Nacht an meinem Bett auszuharren und um ein Wunder zu beten. Es erfolgte schließlich – in Gestalt von Mortimer Laydon.«

»Laydon?«, ächzte Sir Jeffrey.

»Allerdings. Kein anderer als er ist es gewesen, der mich vom Fieber geheilt hat, allerdings zu einem hohen Preis.«

»Nämlich?«

»Ich kann mich an nichts erinnern, was sich vor diesem Zeitpunkt ereignet hat«, antwortete Sarah wahrheitsgemäß. »Meine gesamte Kindheit liegt unter einem Schleier des Vergessens verborgen. Diese Zeitspanne pflegte mein Vater als ›tempora atra‹ zu bezeichnen – als Dunkelzeit.«

»I-ich verstehe«, erwiderte Sir Jeffrey erschüttert. »Und Sie denken, dass jenes rätselhafte Fieber und Kamals Zustand ...«

»Anfangs wollte ich es nicht wahrhaben, denn die Folgerungen, die sich daraus ergeben, machen mir Angst«, gestand Sarah offen. »Aber die Parallelen sind unübersehbar. Vieles spricht dafür, dass Kamal dasselbe widerfahren ist, was auch mir als Kind widerfuhr – und dass Laydon das Geheimnis der Heilung kennt.«

»Dann soll er es augenblicklich verraten«, platzte Sir Jeffrey heraus. »Ich werde umgehend Superintendent Fox verständigen.

Die Polizei kennt Mittel und Wege, um schweigsame Zeugen gesprächig zu machen. Ich werde ...«

»Nein«, sagte Sarah nur.

»Nein? Aber ...«

»Wie Sie schon sagten – Laydons Verstand ist mit Bosheit vergiftet. Was er nicht preisgeben will, das wird er auch nicht preisgeben. Alles, was ich tun kann, ist, nach seinen Regeln zu spielen und den Hinweisen nachzugehen, die er mir gibt.«

»Und er hat Ihnen geraten, in der Bibel nachzuschlagen?«, fragte Sir Jeffrey zweifelnd.

»Um genau zu sein, im Alten Testament«, bestätigte Sarah mit müdem Lächeln. »Im Buch Genesis.«

»Und Sie denken nicht, dass der Erzschurke Sie nur einmal mehr hinters Licht führen wollte? Vergessen Sie nicht, was er Ihnen angetan hat ...«

»Sir Jeffrey.« Jeder Anflug von Heiterkeit wich aus Sarahs Miene, ihre Brauen senkten sich. »Sie dürfen mir glauben, dass seit Alexandria kein einziger Tag verstrichen ist, an dem ich nicht an meinen Vater gedacht habe und an die Schrecken, die Mortimer Laydon über uns gebracht hat. Dennoch kann ich nicht von ihm lassen. Es mag nur ein Gefühl sein, aber ich kann mich des Eindrucks nicht erwehren, dass alles zusammenhängt.«

»Wovon genau sprechen Sie?«, fragte Hull und verschränkte die Arme vor der Brust, wie er es oft getan hatte, wenn er Zeugen vor Gericht berufen und sie befragt hatte. »Erklären Sie es mir bitte.«

»Wie Sie wollen.« Sarah begriff, dass es auf dem Weg, den sie eingeschlagen hatte, kein Zurück mehr gab. Sie hatte entschieden, Sir Jeffrey einzuweihen, also hieß es nun, auch damit fortzufahren ... »Vorletzte Nacht hatte ich einen seltsamen Traum«, eröffnete sie.

»Einen Traum«, echote Sir Jeffrey.

»Es war eine Szene aus der griechischen Mythologie: Ein

Leichenzug näherte sich dem Ufer des Flusses Styx, wo der Tote zurückgelassen und Charon, dem Fährmann zum Hades, übergeben wurde.«

»Und?« Sir Jeffrey schürzte die Lippen. »Verzeihen Sie meine Ignoranz, Sarah – aber für eine Archäologin scheint mir dies kein sehr ungewöhnlicher Traum zu sein.«

»Er ist noch nicht zu Ende«, stellte Sarah klar. »Als ich mich dem Ufer näherte und den Toten genauer in Augenschein nahm, sah ich, dass es kein anderer als Kamal war. Und wie die Verstorbenen im alten Griechenland hatte er eine Münze unter der Zunge als Tribut für den Fährmann.«

»Ist das Ihr Ernst?«

»Mein voller Ernst, Sir Jeffrey. Keine vier Stunden, nachdem ich aus diesem Traum erwachte, fand ich Kamal in seiner Zelle liegend, auf den ersten Blick leblos und mit einem Stück Papier unter der Zunge. Und nun frage ich Sie: Ist dies ein Zufall gewesen?«

»Wer weiß, Sarah? Als Wissenschaftlerin sollten Sie nicht ...«

»Ich bin dem Pfad der Wissenschaft mein Leben lang gefolgt, Sir Jeffrey, aber irgendwann musste ich erkennen, dass es zwischen Himmel und Erde Dinge gibt, die die Wissenschaft allein nicht erklären kann. Dies scheint mir ein solches Rätsel zu sein.«

»Nun – natürlich ist es Ihr gutes Recht, dies anzunehmen. Aber ich sehe nicht, worin der Zusammenhang ...«

»Charon ist nicht nur der Name des Totenschiffers der Antike«, fuhr Sarah in ihrer Erklärung fort, »sondern so nannte sich auch der Einäugige, der uns in Alexandrien nach dem Leben trachtete. Und schließlich war der Zettel in Kamals Mund mit dem Zeichen des Zyklopen versehen – dem Symbol jener verbrecherischen Organisation, in deren Diensten Laydon stand.«

»Aber ...«

»Wenn Sie mich fragen, wohin uns das bringt, so weiß ich darauf keine Antwort, Sir Jeffrey«, fuhr Sarah fort, »jedenfalls jetzt noch nicht. Mein Vater sagte, dass die Wurzeln jener Organisation bis an die Anfänge der Menschheit zurückreichen und dass große Namen mit ihr verbunden wären. Absolute Macht zu erlangen, scheint ein Ziel zu sein, das ihre Anhänger rücksichtslos verfolgen. Welche Rolle ich in ihren Plänen spiele, entzieht sich meiner Kenntnis. Aber ich weiß, dass Mortimer Laydon meine einzige Verbindung zu jenen Menschen ist und dass jeder einzelne Hinweis von ihm, und wäre er noch so unglaubwürdig, im Augenblick meine einzige Chance darstellt, Kamal zu helfen.«

Sir Jeffrey hatte aufmerksam zugehört. Wer das Mienenspiel des königlichen Beraters zu deuten wusste, der konnte deutlich sehen, dass sein Argwohn keineswegs gemildert war; aber Hull schien Sarahs Argumente immerhin zu respektieren. »Und das ist alles?«, erkundigte er sich schließlich, als ahnte er, dass Sarah ihm noch nicht die ganze Wahrheit enthüllt hatte.

»Das ist alles«, erwiderte sie – Sir Jeffrey auch noch den anderen schrecklichen Verdacht zu offenbaren, der tief in ihr nagte, dazu war sie noch nicht bereit.

»Also gut«, sagte der königliche Berater und nickte bedächtig. »Da Sie mir nun geschildert haben, was Sie bewegt, fällt es mir leichter, Ihre Handlungsweise nachzuvollziehen, Sarah – auch wenn ich Ihnen nicht in allen Punkten zustimmen kann.«

»Das ist mir klar, Sir Jeffrey«, entgegnete Sarah, »aber ich danke Ihnen für Ihr Verständnis.«

»Dennoch«, fuhr der Q. C. unbeirrt fort, »würde es mich interessieren, ob Sie schon etwas herausgefunden haben. Hat Ihnen die Bibel ein Geheimnis offenbart, das Ihnen bislang verschlossen war?«

»Nein, Sir Jeffrey«, gab Sarah ehrlich zu, »bislang nicht. Ich habe den gesamten Schöpfungsbericht studiert, habe vom Sündenfall gelesen, von der Arche Noah, vom Turmbau zu Babel und den Stammvätern Israels – aber entgegen Laydons Behauptung habe ich nichts gefunden, das Kamal auch nur ansatzweise helfen könnte.«

»In diesem Fall«, meinte der königliche Berater und gab sich ein wenig versöhnlicher, »würde ich Sie gerne ins Speisezimmer entführen. Von meiner Haushälterin Kathy weiß ich, dass Sie heute noch keinen Bissen gegessen haben. Ich habe mir daher erlaubt, eine leichte Mittagsmahlzeit zubereiten zu lassen.«

»Das ist sehr freundlich von Ihnen«, erwiderte Sarah, »aber ich habe keinen Hunger.«

»Ein Nein als Antwort lasse ich nicht gelten«, stellte Sir Jeffrey klar. »Sie müssen auf Ihre Gesundheit achten und bei Kräften bleiben, sonst können Sie Kamal nicht mehr helfen – und das ist es doch, was Sie wollen, oder nicht?«

»Mehr als alles andere«, gab Sarah zu.

»Dann kommen Sie mit und essen Sie«, bestimmte er ebenso väterlich wie endgültig, sodass Sarah nichts anderes übrig blieb, als seiner Aufforderung Folge zu leisten – zumal sie wusste, dass Sir Jeffrey Recht hatte. Wenn sie vor Schwäche und Übermüdung zusammenbrach, würde Kamal damit nicht gedient sein.

Seufzend schlug sie das in Leder geschlagene Buch zu und ließ es sinken, nicht ohne sich die betreffenden Seiten vorher eingeprägt zu haben. Dann folgte sie ihrem Gastgeber hinaus auf den Flur, an dessen Ende das Speisezimmer lag. Der Geruch von frisch zubereiteter Fleischsuppe, der von einer dampfenden Silberterrine aufstieg, erfüllte den Raum, und plötzlich wurde Sarah bewusst, wie hungrig sie tatsächlich war. Bereitwillig nahm sie Platz, worauf eines der Hausmädchen ihr einen Teller aus weißem Porzellan kredenzte und ihn mit würzig duftender Suppe füllte.

»Essen Sie«, forderte Sir Jeffrey sie vom gegenüberliegenden Ende der Tafel auf. »Sie werden sehen, wie gut es Ihnen tut.«

Sarah nickte und griff nach dem Löffel, tauchte ihn in die dampfende Brühe, auf der gelbe Fettaugen schwammen.

»Wissen Sie, was mir nicht aus dem Kopf will?«, fragte sie dabei.

»Was denn?«

»Laydons letzte Worte. Er sagte etwas, das keinen Sinn ergab, und trotzdem werde ich den Eindruck nicht los, dass es von Bedeutung gewesen sein könnte.«

»So? Und was sagte er?«

»Dass man den Juden nicht von ungefähr die Schuld geben würde«, zitierte Sarah den Schurken.

Sir Jeffrey gab einen verächtlichen Laut von sich. »Das Gefasel eines Schwachsinnigen«, meinte er überzeugt.

»Durchaus möglich«, rätselte Sarah. »Der Satz war völlig aus dem Zusammenhang gerissen und ergibt auf den ersten Blick keinen Sinn. Dennoch habe ich das Gefühl, dass Laydon mir damit etwas sagen wollte. Etwas, das eine Verbindung herstellt zwischen Kamals Zustand und dem Buch Genesis. Das Judentum scheint dabei eine Rolle zu spielen, aber ich sehe nicht, wie …?«

Sie unterbrach sich, als Sir Jeffrey sich plötzlich erhob und die Tafel ohne ein Wort der Entschuldigung oder des Bedauerns verließ, jeder guten Umgangsform zum Trotz. Sarah seufzte. Für sie stand fest, dass es ihre Beharrlichkeit gewesen war, die den königlichen Berater aus seinem eigenen Speisezimmer vertrieben hatte, und sie schalt sich selbst dafür, dass sie ihre Gedanken laut ausgesprochen hatte.

Endlich wollte sie sich einen Löffel Suppe gönnen, als Sir Jeffrey zurückkehrte, in der Hand eine Zeitung. »Ich hatte schon befürchtet, der gute Finnegan hätte sie zum Anfeuern des Kamins benutzt«, sagte er dazu und legte die Zeitung vor Sarah auf den Tisch. »Die vierte Seite«, sagte er nur. »Lesen Sie.«

Sarah war erstaunt. Anders, als sie erwartet hatte, konnte sie in den Zügen ihres Gastgebers weder Tadel noch Pikiertheit erkennen. Im Gegenteil, Sir Jeffrey war plötzlich sehr ernst geworden, der altväterliche Zug war aus seiner Miene verschwunden.

Bereitwillig kam Sarah seiner Aufforderung nach. Die Zeitung datierte vom 19. September, war also bereits eine Woche alt. Die Schlagzeile berichtete von Rekordgewinnen am Stock Exchange sowie von einem Führungswechsel an der Spitze der Admiralität. Gehorsam schlug Sarah die angegebene Seite auf und erstarrte, als sie die in schwarzen Blocklettern gehaltene Schlagzeile las:

DIE RÜCKKEHR DES GOLEM?
Prager Juden in Furcht vor Sagengestalt

Zweifelnd schaute Sarah auf und schickte Sir Jeffrey einen fragenden Blick. »Lesen Sie«, verlangte dieser noch einmal, und Sarah überflog den Artikel.

Die Geschichte des Golems ist altbekannt. Der Sage nach hat der geheimnisumwitterte Rabbi Löw im 16. Jahrhundert eine Kreatur aus Lehm geschaffen, die den Bewohnern der Prager Judenstadt dienen sollte. Da das menschliche Bestreben, aus Leblosigkeit Leben entstehen zu lassen, jedoch scheiterte und der Golem mehr und mehr zur Bedrohung wurde, blieb dem Rabbi schließlich nichts anderes übrig, als seine Schöpfung zu vernichten. Einige Stimmen jedoch behaupten, dass der Golem bis zum heutigen Tage existiere und tief unter der Stadt seine Bleibe hätte. Nichts als Legenden freilich, die jedoch dieser Tage neue Nahrung erhalten, denn die riesenhafte Kreatur soll in den vergangenen Wochen wiederholt in den Gassen der Josephsstadt gesichtet worden sein. Während die Polizei vor einem Rätsel steht und die Vertreter der katholischen Kirche versichern, dass ein solches Wesen nicht existiere, geht die Furcht um im Judenviertel. Denn wie der schriftkundige Rabbiner Mordechai Oppenheim zu berichten weiß, verheißt die Rückkehr des Golem das baldige Ende der Welt …

Nachdem sie mit der Lektüre geendet hatte, schwieg Sarah eine Weile. »Leben entstehen zu lassen«, echote sie dann nachdenklich, »nichts anderes bedeutet ›Genesis‹ übersetzt. Sollte es das gewesen sein, was Laydon meinte …?«

»Als ich Ihnen vorhin zuhörte, musste ich plötzlich an diesen Artikel denken«, sagte Sir Jeffrey. »Ich muss gestehen, dass ich, als ich ihn das erste Mal las, kein Wort davon geglaubt habe. Aber nach allem, was Sie mir erzählten …«

»… halten Sie es für möglich, dass Laydon darauf angespielt hat«, brachte Sarah den Satz zu Ende.

»Es erscheint mir noch immer unwahrscheinlich genug«, schränkte der königliche Berater ein. »Vielleicht hat Laydon auch nur auf irgendeine Weise Kenntnis von diesem Artikel bekommen und legt es nun darauf an, Sie in die Irre zu führen.«

»Kaum.« Sarah schüttelte den Kopf. »Direktor Sykes hat mir erklärt, dass die Gefangenen keine Zeitungen zu lesen bekommen.«

»Wie könnte er dann von solchen Dingen erfahren haben?«

»Das ist allerdings die Frage«, bekräftigte Sarah. »Entweder er wusste tatsächlich nichts davon und wir vermuten hier Zusammenhänge, die gar nicht existieren. Oder aber jemand hat Laydon instruiert, mir diese Anweisungen zu geben, weil dieser Jemand wusste, dass ich mich zuerst an ihn wenden würde.«

»Eine beängstigende Vorstellung«, stellte Sir Jeffrey fest.

»Damit haben Sie zweifellos Recht«, stimmte Sarah zu, »aber doch nicht halb so beängstigend wie die Aussicht, nichts für Kamal tun zu können und jener fremden Macht hilflos ausgeliefert zu sein.«

»Was also werden Sie tun?«

»Ich brauche mehr Informationen«, gab Sarah zur Antwort. »Können Sie für mich einen Termin in der Bibliothek des British Museum erwirken?«

»Natürlich, Sarah. Aber zuerst sollten Sie sich ausruhen – und vor allem etwas essen.«

»Dazu ist keine Zeit, Sir Jeffrey«, entgegnete Sarah, deren Forscherdrang nun vollends erwacht war. »Dieses Rätsel verlangt danach, entschlüsselt zu werden, und wenn es eine Möglichkeit bergen sollte, Kamal zu retten, dann muss ich sie finden ...«

10.

Persönliches Tagebuch
Sarah Kincaid

Kann dies Zufall sein? Bin ich tatsächlich der Lösung des Rätsels auf der Spur, das man mir aufgezwungen hat? Oder bin ich in meiner Verzweiflung einer Täuschung erlegen, die mich Zusammenhänge vermuten lässt, wo keine bestehen? Im einen Moment habe ich das Gefühl, auf der richtigen Fährte zu sein, während ich schon im nächsten Augenblick Zweifel hege. Rechtfertigen das Geschwätz eines geisteskranken Mannes und eine Sensationsmeldung in der Gazette einen nächtlichen Besuch in der Bibliothek?

Sir Jeffrey macht aus seinen Zweifeln kein Hehl, aber aus alter Freundschaft zu meinem Vater lässt er mich gewähren. Dank seiner guten Verbindungen zum Königshaus hat er dafür gesorgt, dass die Pforten der British Library nicht nur für mich geöffnet wurden, sondern auch offen bleiben, nachdem es dunkel geworden ist und die übrigen Besucher die Bibliothek längst verlassen haben. Im fahlen Schein einer Gaslampe setze ich meine verzweifelte Suche fort, während das Gift des Zweifels weiter an mir nagt. Hat Mortimer Laydon die Wahrheit gesagt, als er behauptete, mein Vater zu sein? Bin ich mein ganzes bisheriges Leben lang einer Lüge aufgesessen?

Ich habe das Gefühl, auf einer Eisscholle durch reißende Gewässer zu treiben, und erwarte jeden Augenblick, dass der unsichere Boden unter meinen Füßen zerbricht …

Bibliothek des British Museum
Gower Street, London
Später Abend des 27. September 1884

Die Stätte war Ehrfurcht gebietend. Über der weiten Rotunde des Lesesaals wölbte sich die riesige Kuppel, die zugleich Zentrum und Wahrzeichen des imposanten Gebäudes war, das Robert Smirke entworfen hatte und das seit fast vierzig Jahren nicht nur die bedeutendste Kunstschätzesammlung des gesamten Empire enthielt, sondern auch die wohl geballteste Fülle an Wissen. Der Grundstock der Bibliothek des British Museum ging auf die Bücherei Georgs III. zurück sowie auf die Sammlungen engagierter und wohlhabender Privatleute, die sich um die Forschung und Bildung im Reich verdient gemacht hatten. Sarah wusste, dass es eines der Lebensziele Gardiner Kincaids gewesen war, einst zu diesem erlauchten Kreis zu gehören und in einem Atemzug mit Robert Harley, dem Earl of Oxford, oder Sir Hans Sloane genannt zu werden. Zu Lebzeiten war es ihm nicht vergönnt gewesen, aber Sarah hatte vor, dem Museum eines Tages die Bibliothek von Kincaid Manor zu vermachen, und so dafür zu sorgen, dass dem alten Gardiner auf diese Weise noch jener Ruhm zuteil wurde, den er sich stets erhofft hatte.

Ihre Augen schmerzten. Immer häufiger blickte sie von den Büchern auf, die auf dem großen Eichenholztisch ausgebreitet lagen, und rieb sich die Nasenwurzel oder massierte sich die Schläfen. Die Buchstaben der oftmals alten und auf holzigem Papier gedruckten Texte verschwammen vor ihren Augen, aber sie zwang sich dazu, weiterzulesen und sich zu konzentrieren. Mit fahrigen Handbewegungen fertigte sie Notizen an, wenn ihr eine Information merkenswert erschien, und in mühsamer Kleinarbeit gelang es ihr, Wissen über das zu sammeln, was in den Gassen der Prager Judenstadt angeblich vor sich ging.

Obwohl es bereits später Abend war und der Glockenturm

von St. George's soeben elfmal geschlagen hatte, blieb Sarah weiter in ihre Bücher versunken. Die Zeit drängte, und viele Versuche, Kamal zu helfen und ein Heilmittel zu finden, blieben ihr nicht. Sie musste Gewissheit haben, ehe sie zu ihrer Suche aufbrach – und je später es wurde und je mehr Informationen sie zusammentrug, desto überzeugter war Sarah, auf der richtigen Spur zu sein.

Leider stand sie damit allein.

Sir Jeffrey, der ihr den Nachmittag über Gesellschaft geleistet hatte, weil er es als die feierliche Pflicht eines Gentleman zu betrachten schien, hatte sich bei Einbruch der Dunkelheit verabschiedet – freilich nicht ohne seinen kräftigen Kutscher als Bewacher zurückzulassen, der Sarah nach getaner Arbeit zurück nach Mayfair bringen sollte. Sarah bedauerte den armen Jonathan dafür, dass er sich ihretwegen die Nacht um die Ohren schlagen musste, während sein Dienstherr bereits im weichen Bett lag und den Schlaf der Gerechten hielt.

Was Letzteres betraf, so hatte sich Sarah jedoch gründlich in Jeffrey Hull geirrt ...

Urplötzlich gab es ein lautes Geräusch.

Aufgeschreckt fuhr Sarah hoch, nur um entsetzt festzustellen, dass die Erschöpfung sie übermannt hatte und sie eingeschlafen war, über aufgeschlagenen Büchern brütend und das Kinn auf die Faust gestützt. Ein Blick auf die Taschenuhr aus dem Nachlass ihres Vaters verriet ihr, dass ihr Schlaf tatsächlich nur wenige Minuten gewährt hatte, was sie erleichtert aufatmen ließ. Dann erinnerte sie sich an das Geräusch, das sie geweckt hatte, und unwillkürlich fragte sie sich, ob es echt gewesen oder nur im Traum vorgekommen war ...

»Jonathan?«, rief Sarah und blickte sich um. Außerhalb des blassgelben Scheins der Gaslampe war der Lesesaal jedoch in tiefste Dunkelheit getaucht, zudem waren Sarahs Augen vom Licht geblendet und sahen nichts als helle Flecke.

»Jonathan? Sind Sie das ...?«

Das Echo ihrer eigenen Stimme hallte aus dem hohen Rund der Kuppel wider – eine Antwort erhielt Sarah jedoch nicht.

Dafür konnte sie plötzlich das Geräusch von Schritten vernehmen. Plumpe, schwerfällige Schritte auf hartem Stein, die sich ihr schleppend näherten.

»Jonathan …?«

Sarah erschrak darüber, wie brüchig und elend ihre Stimme klang, und sie fühlte, wie eisige Schauder ihren Rücken hinabrieselten. Ohnehin war es empfindlich kalt in der hohen Halle; der Nebel, der um diese Jahreszeit durch Londons Straßen und Gassen kroch, schien auch vor dem Museum nicht Halt zu machen, sodass Sarah Schal und Mantel trug. Die Kälte, die sie in diesem Augenblick fühlte, rührte jedoch nicht von der späten Jahreszeit.

Es war die Aura der Bedrohung, die Sarah fühlte und die sie schaudern ließ …

»Jonathan …?«

Ihre Stimme klang fast flehend, denn mit jeder Sekunde, die verstrich, ging ihr deutlicher auf, dass es keineswegs der beleibte Kutscher war, der sich ihr näherte, sondern jemand anders.

Ein Feind …

Langsam, wie in Trance, stand Sarah auf, den Blick in das undurchdringliche Dunkel gerichtet, das sich jenseits des Lampenscheins erstreckte – und in dem sie plötzlich die Umrisse einer unheimlichen Gestalt zu erkennen glaubte. Hünenhaft groß war sie und trug einen langen Stab bei sich, auf den sie sich beim Gehen stützte, während ein weiter Kapuzenmantel sie umfloss und jeden ihrer Schritte mit einem grausigen Rauschen begleitete.

Sarah sog scharf die Luft ein und schlug die Hand vor den Mund, als sie erkannte, dass es dasselbe Schreckbild war, das sie auch schon im Moor von Yorkshire verfolgt hatte …

»W-wer sind Sie?«, hörte sie sich selbst fragen, obwohl ihr

ein schrecklicher Verdacht dämmerte. »Was wollen Sie von mir?«

Die Gestalt im Mantel gab noch immer keine Antwort, aber sie näherte sich weiter, und Sarah merkte, wie Furcht nach ihrem Herzen griff. Der Gedanke an Flucht kam ihr in den Sinn, aber wohin hätte sie sich wenden sollen? Ringsum herrschte Dunkelheit; solange sie an Ort und Stelle blieb, konnte sie den unheimlichen Besucher wenigstens sehen …

»Sarah«, sagte dieser jetzt, mit einer Stimme, die keineswegs unangenehm klang oder bedrohlich, sondern sogar sehr vertraut. »Sarah …!«

Sie hielt den Atem an, als der Fremde unmittelbar vor sie trat und seine Hand ausstreckte, um sie an der Schulter zu berühren. Vergeblich versuchte sie, einen Blick auf sein Gesicht zu erhaschen, das in den Schatten der Kapuze verborgen war.

»Sarah«, sagte er noch einmal und rüttelte sie. Dabei fiel die Kapuze herab, und der Lichtschein der Lampe erfasste die Züge der hünenhaften Gestalt.

»Charon …?«

Sarah rang nach Luft, als sie in ein entstelltes Gesicht blickte, aus dem ihr nur ein einzelnes Auge entgegenstarrte. Sie schrie laut und fuhr hoch – um sich zu ihrer größten Verblüffung am Tisch sitzend wiederzufinden, umgeben von Bergen aufgeschlagener, übereinandergeschichteter und aufeinandergestapelter Bücher …

»Sarah, was ist mit Ihnen?«, erkundigte sich die Stimme wieder, die, wie Sarah jetzt bemerkte, keineswegs einem einäugigen Riesen gehörte, sondern keinem anderen als Sir Jeffrey. Mit angespannter Miene hatte sich der königliche Berater über sie gebeugt und schaute besorgt auf sie herab. »Alles in Ordnung?«, erkundigte er sich.

»I-ich nehme es an«, erwiderte Sarah und schaute sich verwundert um. Erst ganz allmählich dämmerte ihr, was geschehen war, und ein Blick auf die Taschenuhr beseitigte die letzten Zweifel.

Halb zwölf.

Sie hatte tatsächlich geschlafen – allerdings nicht nur einige Augenblicke, wie ihr kurzer, aber lebhafter Traum ihr hatte weismachen wollen, sondern fast eine halbe Stunde. Wäre Sir Jeffrey nicht gekommen, hätte ihr vermeintlich kurzer Schlummer vermutlich die ganze Nacht gedauert. Und jener unheimliche Schemen war nichts weiter gewesen als ein Nachtmahr, der sie im Schlaf ereilt hatte – wenn auch so wirklichkeitsnah, dass Sarah noch immer schauderte.

»Sie sehen aus, als hätten Sie ein Gespenst gesehen, liebe Freundin«, sagte Sir Jeffrey nicht ohne Vorwurf.

»Ein wenig komme ich mir auch so vor«, gab Sarah zu.

»Das bestätigt mich in meiner Ansicht, dass Sie sich zu viel zumuten. Sie haben seit zwei Tagen kaum geschlafen und so gut wie nichts gegessen. Kamal hat keinen Nutzen davon, wenn Sie sich zugrunde richten.«

»Ich weiß, Sir Jeffrey. Ich weiß …«

»Haben Sie denn gefunden, wonach Sie suchten?«, ließ sich eine zweite Stimme vernehmen.

Erst jetzt bemerkte Sarah, dass Jeffrey Hull nicht allein gekommen war. Ein Mann, der wie er mit Gehrock und Zylinder bekleidet war, hatte schweigend im Hintergrund gewartet. Nun trat er in den Lichtschein der Lampe, ein undeutbares Lächeln im Gesicht.

»Tally-ho«, sagte er dazu.

»Dr. Cranston«, stellte Sarah verwundert fest. »Was führt Sie um diese späte Stunde hierher?«

»Um ehrlich zu sein, meine Neugier«, antwortete der Mediziner mit entwaffnender Offenheit.

»Ich habe Dr. Cranston vor dem Museum getroffen«, fügte Sir Jeffrey erklärend hinzu. »Er erkundigte sich nach Kamals Zustand, und ich erzählte ihm von Ihrer Begegnung mit Laydon und von Ihrer Vermutung, das Heilmittel betreffend.«

»Bemerkenswert, äußerst bemerkenswert«, kommentierte Cranston.

»Wovon sprechen Sie?«, fragte Sarah, die jetzt wieder hellwach war. Jede Schläfrigkeit war aus ihren Augen verschwunden.

»Ich spreche davon, dass Sie eine halbe Nacht durchwachen, um den Hinweisen eines geistesgestörten Mannes nachzugehen. Warum sind Sie nicht zu mir gekommen? Ich hätte Ihnen helfen können.«

»Wobei?«

»Bei der Suche nach der Wahrheit.«

»Wahrheit.« Sarah lachte bitter auf.

»Ist Ihnen nie der Gedanke gekommen, dass Laydon nur mit Ihnen spielen, dass die Sache mit dem Zeitungsartikel bloßer Zufall sein könnte? Etwas, das nur in Ihrem Kopf Sinn ergibt?«

»Durchaus«, räumte Sarah ein. »Aber vielleicht hat Sir Jeffrey vergessen, Ihnen zu sagen, dass Mortimer Laydon schon einmal einen Patienten von diesem rätselhaften Fieber geheilt hat.«

»So? Wann ist das gewesen?«

»Vor vielen Jahren.«

»Und da sind Sie sich wirklich sicher?«

»So sicher, wie ich nur sein kann«, entgegnete Sarah mit bedeutungsvollem Blick – mehr wollte sie darüber nicht sagen, und sie war Sir Jeffrey dankbar, dass er ihr Geheimnis nicht veruntreut hatte.

»Nun«, meinte Cranston, »das ändert sicher manches. Aber ich sehe noch immer nicht, was der Zeitungsartikel über diese Kreatur damit zu tun haben könnte.«

»Es ist ein weiterer Hinweis Laydons, dem ich nachgehe«, erklärte Sarah. »Er sagte etwas von Juden. Und davon, dass ich das Heilmittel dort finden würde, wo Leben aus der Leblosigkeit erwächst. Anfangs glaubte ich, er spielte damit auf die Bibel an, auf das Buch Genesis. Aber inzwischen bin ich zu der Ansicht gelangt, dass er einen real existierenden Ort gemeint hat.«

»Was bringt Sie darauf?«

»Wie gut kennen Sie Prag, Doktor?«, fragte Sarah dagegen. »Sind Sie schon einmal dort gewesen?«

»Bedauerlicherweise nicht.«

»In dem Zeitungsartikel, den Sir Jeffrey mir zeigte, ist vom Golem die Rede. Ist Ihnen der Name vertraut?«

»Leider muss ich schon wieder passen«, erwiderte Cranston mit verlegenem Lächeln. »Derlei Dinge fallen nicht in mein Ressort.«

»Um ehrlich zu sein, ging es mir noch vor einigen Stunden ähnlich wie Ihnen«, gab Sarah zu. »Ich wusste lediglich, dass der Golem eine jüdische Sagengestalt des Mittelalters ist.«

»Aber inzwischen«, vermutete Cranston mit Blick auf die unzähligen Bücher, die auf dem Tisch lagen, »hat sich dies geändert, richtig?«

»Richtig«, bestätigte Sarah. »Laydons Anspielungen und Sir Jeffreys Zeitungsbericht haben mich dazu bewogen, genauere Nachforschungen bezüglich des Golems und seiner Herkunft anzustellen.«

»Und zu welchem Ergebnis sind Sie gekommen?«

»Sind Sie ernstlich daran interessiert?«, erkundigte sich Sarah. »Oder geht es Ihnen nur darum, mir ein Hirngespinst auszureden?«

»Lassen Sie uns einen Handel abschließen«, schlug Cranston vor. »Ich werde mir alles anhören, was Sie zu sagen haben. Wenn es Ihnen gelingt, meine Zweifel auszuräumen, werde ich alles mir Mögliche unternehmen, um Ihnen und Kamal zu helfen.«

»Und wenn nicht?«

»Werde ich Ihnen ehrlich sagen, was ich von der ganzen Sache halte. Was Sie dann tun oder nicht tun, ist Ihnen überlassen.«

»Einverstanden«, stimmte Sarah zu. »Aber Sie sollten Platz

nehmen. Die Geschichte, die ich Ihnen zu erzählen habe, ist lang, und sie reicht bis ins 12. Jahrhundert zurück.«

»Wieso?«, erkundigte sich Sir Jeffrey, während der Doktor und er Sarahs Aufforderung nachkamen und sich zu ihr an den Lesetisch setzten. »Was ist damals geschehen?«

»Aus dieser Zeit«, erklärte Sarah, »stammt das erste schriftliche Zeugnis über den Golem – das Wort stammt übrigens aus dem Hebräischen und bedeutet soviel wie ›unfertig‹ oder ›ungeformt‹. Bedeutsamerweise erfolgt diese erste schriftliche Erwähnung in einem Anhang zum ›Buch der Schöpfung‹, der der Kabbala zuzuschreiben ist.«

»Der Kabbala?« Cranston machte aus seinem Unwissen abermals kein Hehl.

»Die Kabbala ist eine jüdische Geheimwissenschaft, die aus Zahlen und Buchstaben göttliche Botschaften herauszufinden versucht, die in den heiligen Schriften enthalten sein sollen. Anders angewendet, bietet sie freilich auch die Möglichkeit, Nachrichten auf eine Weise zu verschlüsseln, deren Sinn sich nur dem Eingeweihten erschließt.«

»Und weiter?«

»In diesem frühen Text, der uns leider nur in Bruchstücken erhalten ist, wurde angeblich eine Methode beschrieben, wie lebloser Materie Leben eingehaucht werden kann.«

»Die Genesis«, hauchte Sir Jeffrey.

»So ist es«, bestätigte Sarah. »Die Möglichkeit, es dem Schöpfer gleich zu tun und über das Leben verfügen zu können, ist ein alter Menschheitstraum, den auch unsere Vorfahren geträumt haben. In der jüdischen Tradition findet er sich in Form der Golem-Sage wieder. Die Gabe, Leben verleihen zu können, galt als Privileg, das nur besonders weisen und gerechten Männern zuteil wurde, und auch nicht zum Selbstzweck, sondern um einem höheren Ziel zu dienen.

Um das Jahr 1520«, fuhr Sarah in ihrem Bericht fort, wobei sie immer wieder in die Notizen blickte, die sie sich gemacht hatte, »wurde Judah Löw geboren. Im Prag der Habsburger wirkte er als Rabbiner, Philosoph und Gelehrter, und es wird erzählt, dass bisweilen sogar der Kaiser selbst bei ihm Rat suchte. Darüber hinaus war Löw jedoch auch in den Lehren der Kabbala bewandert, und wie es heißt, kannte er das darin enthaltene Geheimnis.«

»Die Erschaffung des Golems«, folgerte Sir Jeffrey.

»In der Tat. Nun muss man wissen, dass Prag zu jener Zeit das Zentrum jüdischen Geisteslebens in Europa gewesen ist. Noch im frühen Mittelalter gab es zwei Gemeinden, die schließlich zusammenwuchsen und die mit einer Mauer umgebene Judenstadt bildeten, eine eigenständige Siedlung, deren Bewohner von der übrigen Bevölkerung Prags durch die Jahrhunderte geschmäht und angefeindet wurden – bis Joseph II. gegen Ende des vorigen Jahrhunderts ein Toleranzedikt erließ. Ihm zu Ehren wurde das Viertel daraufhin in ›Josefov‹ umbenannt – die Josephsstadt. Zu Zeiten Rabbi Löws jedoch sah sich die jüdische Gemeinde massiven Anfeindungen ausgesetzt – unter anderem warf man den Rabbinern vor, in den Synagogen grausame Blutrituale zu vollziehen, und wollte beim Kaiser einen Erlass gegen sie erwirken.«

»Was ist dann geschehen?«, erkundigte sich Cranston, dessen Neugier offenbar geweckt war.

»In seiner Not besann sich Rabbi Löw auf die alten Schriften und das geheime Wissen der Kabbala. Wie es heißt, soll er Beistand erfleht und den Auftrag erhalten haben, ein menschliches Abbild aus Ton zu formen, das den Prager Juden hilfreich zur Seite stehen und sie gegen alle Beschuldigungen verteidigen werde. Löw tat, wie ihm geheißen. Nachdem er sich durch einwöchiges Gebet auf seine Aufgabe vorbereitet hatte, ging er zum Ufer der Moldau und formte dort einen Menschen aus Lehm, dem er auf wundersame Weise Leben verlieh – die Geburtsstunde des ›Golems‹, wie er schon bald genannt werden sollte.«

»Interessant«, erkannte der Doktor an.

»Obwohl der Golem in der Lage war, sich zu bewegen und den Befehlen seines Herrn zu gehorchen, war er kein wirklicher Mensch – weder war er in der Lage zu sprechen, noch selbständig zu denken. Tagsüber hielt Löw ihn verborgen, des Nachts jedoch erwachte der Golem zum Leben und half, die jüdische Gemeinde zu beschützen. Eines Tages jedoch musste der Rabbi erkennen, dass seine Kreatur sich der Kontrolle mehr und mehr entzog und zur Bedrohung für die Stadt geworden war, worauf er ihn eigenhändig wieder vernichtete.«

»Eine überaus fesselnde Geschichte.« Sir Jeffrey nickte.

»Allerdings«, stimmte Sarah zu, »und sie ist noch nicht zu Ende. Zahllose Erzählungen ranken sich um Rabbi Löw und den Golem – was Sie soeben hörten, ist nur ein kleiner Teil davon. Darüber hinaus existieren verschiedene Mythen und Prophezeiungen, die sich um die Rückkehr des Golems ranken. In den einen heißt es, der Golem werde wiederkommen, wenn den Bewohnern der Josephsstadt erneut Gefahr drohe. Andere glauben, dass er nie wirklich verschwunden ist. Und wieder andere sehen in der Rückkehr des Golems ein Zeichen für das baldige Ende der Welt.«

»Darüber stand etwas in der Zeitung«, erinnerte sich Sir Jeffrey.

»Richtig«, stimmte Sarah zu. »Ein Rabbiner mit Namen Mordechai Oppenheim äußerte diesen Verdacht. Interessanterweise war ein Mann namens David Oppenheim vor rund einhundert Jahren Oberrabbiner der Prager Gemeinde. Wie es heißt, verfügte er über die größte Sammlung alter hebräischer Schriften seiner Zeit, und es wird vermutet, dass viele davon aus dem Nachlass von Rabbi Löw stammten.«

»Sie glauben an einen Zusammenhang?«

»Nun«, überlegte Sarah, »die Übereinstimmung des Namens legt die Vermutung nahe, dass Mordechai Oppenheim ein Nachkomme eben jenes Gelehrten ist – und dass sich in seinem Besitz möglicherweise dieselben alten Schriften befinden, die schon

Rabbi Löw das Geheimnis der Schöpferkraft verrieten und somit die Erschaffung des Golems ermöglichten.«

»Kann sein«, räumte Sir Jeffrey ein. »Aber offen gestanden, verstehe ich noch nicht, was das alles mit Kamal und seinem bedauernswerten Zustand zu tun haben soll.«

»Nur noch einen Augenblick«, bat Sarah sich aus, »dazu komme ich gleich. Erinnern sich die Herren noch, in welchem Zustand ich Kamal vorfand, als ich zu seiner Zelle zurückkehrte?«

»Ich habe Ihren Bericht gelesen«, gab Cranston zur Antwort. »Sie fanden ihn auf dem Boden liegend, mit über der Brust gekreuzten Armen. Auf seine Stirn waren die Buchstaben A, M und T gezeichnet, in seinem Mund hatte er ein Stück Papier.«

»In der Tat«, stimmte Sarah zu und legte eine kurze Kunstpause ein, in der sie ihre beiden Zuhörer mit durchdringenden Blicken bedachte. »Wissen Sie, was die Überlieferung bezüglich des Rituals zu berichten weiß, mit dem der Golem zum Leben erweckt wurde?«, erkundigte sie sich dann.

»Sagen Sie es uns.«

»Der Sage nach vollführten der Rabbi und sein Diener eine ganze Reihe kultischer Handlungen. Im Wesentlichen waren es jedoch zwei Dinge, die die Figur aus Lehm in ein lebendes, atmendes Wesen verwandelt haben sollen: Zum einen wurde dem Golem ein Mal auf die Stirn gezeichnet, das sich aus den drei Buchstaben A, M und T zusammensetzte.«

»Nicht möglich!«, rief Sir Jeffrey aus.

»Und was bedeuten diese Buchstaben?«, wollte Cranston wissen.

»Es ist ein Kryptogramm«, erklärte Sarah, »eines jener Buchstabenrätsel, die sich im Mittelalter unglaublicher Beliebtheit erfreuten – übrigens nicht nur im Judentum. Sie spiegeln das tief verwurzelte Bedürfnis der damaligen Menschen wider, das wahre Wesen der Welt durchschauen und begreifen zu wollen.«

»Schön, und was bedeutet es?«, wollte Cranston wissen. »Konnten Sie das Rätsel entschlüsseln?«

»Ich denke, ja. Die Buchstaben stehen für das hebräische Wort *emeth*, welches ›Wahrheit‹ bedeutet – und Wahrheit war es auch, zu der mich Laydon ermahnte, als ich ihn befragte.«

»Unglaublich.« Sir Jeffrey schüttelte fassungslos den Kopf.

»Und was war das andere Ritual, das den Golem zum Leben erweckte?«, erkundigte sich Dr. Cranston. »Sie erwähnten zwei Dinge ...«

»Das ist richtig«, stimmte Sarah zu. »Neben dem Siegel auf der Stirn war auch ein so genannter ›Schem‹ von Bedeutung.«

»Ein Schem?« Sir Jeffrey hob die Brauen.

»Ein Stück Papier mit dem Namen Gottes darauf«, erwiderte Sarah. »Es wurde unter die Zunge des Golem gelegt.«

»Wie bei Kamal!«, wiederholte Cranston, der erstmals Anzeichen persönlicher Anteilnahme zeigte.

»In der Tat, Doktor«, erwiderte Sarah ernst. »Allerdings nicht mit dem Namen des Allmächtigen darauf, sondern mit dem Emblem jener Menschen, die schon wiederholt meine Wege gekreuzt und die meinen Vater auf dem Gewissen haben.«

»Und wer sind ›jene Menschen‹?«

Ein freudloses Lächeln glitt über Sarahs Züge. »Ich wünschte, ich könnte Ihnen diese Frage so einfach beantworten. Es handelt sich um eine Organisation, die sich der Rätsel der Vergangenheit bedienen will, um sich die Gegenwart untertan zu machen. Von meinem Vater weiß ich, dass die Wurzeln jener Vereinigung weit in die Vergangenheit reichen. Berühmte Persönlichkeiten von Alexander dem Großen über Julius Cäsar bis hin zu Bonaparte sollen ihr angehört haben.«

»Und Sie sind diesen Leuten bereits zuvor begegnet?«

Sarah nickte. »In Alexandrien, wo ich meinen Vater suchte, waren sie auf der Jagd nach der verschollenen Bibliothek. Und als ich im vergangenen Winter das Buch von Thot und das damit verbundene Geheimnis zu enträtseln suchte, musste ich erneut erkennen, dass sie mir auf der Spur waren – in Gestalt Mortimer

Laydons, der mein Vertrauen missbraucht und mich hintergangen hat.«

»Und dafür, beim Allmächtigen, bin ich Zeuge«, fügte Sir Jeffrey düster hinzu.

Cranston schaute zuerst Sarah, dann den königlichen Berater fragend an. »Ist Ihnen klar, was Sie da sagen?«, erkundigte er sich zweifelnd. »Sie sprechen von einer Verschwörung. Von einer Konspiration, die möglicherweise das gesamte Empire bedroht ...«

»In der Tat.«

»Warum haben Sie dann nicht Scotland Yard informiert?«

»Das haben wir, schon vor langer Zeit«, versicherte Sarah. »Aber soweit es den Yard betrifft, sind die Ermittlungen abgeschlossen und zu den Akten gelegt. Außerdem – wie wollen Sie einen Feind bekämpfen, der so gut wie nicht in Erscheinung tritt? Diese Leute arbeiten im Untergrund. Sie tragen Masken vor den Gesichtern und scheinen die Rätsel der Vergangenheit sehr viel besser zu kennen als mein Vater oder ich oder irgendjemand sonst, der sich damit befasst.«

»Hm.« Cranston brummte nachdenklich. »Ich muss zugeben, Lady Kincaid, dass sich unter diesen Voraussetzungen ein völlig neues Bild ergibt. Allmählich beginne ich zu verstehen, warum Sie so überzeugt davon waren, dass ausgerechnet Laydon Ihnen helfen könnte, und weshalb Sie Zusammenhänge vermuten, die anderen verborgen bleiben.«

»Dann wissen Sie auch, dass ich weder den Verstand verloren habe noch einem Phantom nachjage, Doktor. All diese Hinweise mögen nur demjenigen ersichtlich sein, der sie zu deuten weiß, aber sie sind zweifelsfrei vorhanden, und ich habe vor, ihnen nachzugehen.«

»Wo?«, fragte Sir Jeffrey verblüfft.

»In Prag natürlich«, antwortete Sarah ohne Zögern.

»Sie wollen eine so weite und anstrengende Reise auf sich nehmen?«

»Habe ich denn eine andere Wahl?«

»Sarah ...« Sir Jeffrey schürzte die Lippen, während er auf seinem Sitz umherrutschte und nach geeigneten Worten zu suchen schien. »Sie wissen, dass ich Sie sehr schätze, ebenso wie Ihren Vater. Aber in meinen Augen sind Sie dabei, einen schweren Fehler zu begehen. Was Sie als Indizien bezeichnen, könnten ebenso gut auch pure Zufälle sein.«

»Zufälle?« Sarah schüttelte den Kopf. »Sehen Sie denn nicht die Übereinstimmungen? Die Parallelen zwischen Kamal und dem Golem? In beiden Fällen geht es darum, zum Leben zu erwecken, was der Leblosigkeit verfallen scheint.«

»Wollen Sie mir im Ernst weismachen, Sie glaubten an all diese Dinge?«, fragte der Q. C. aufgebracht. »An eine Figur aus Lehm, die auf geheimnisvolle Weise zum Leben erweckt wird? An rätselhafte Prophezeiungen? An ein Monstrum, das in der Judenstadt umgeht? Sie sind Wissenschaftlerin, vergessen Sie das nicht!«

»Das vergesse ich keineswegs, Sir Jeffrey«, beschwichtigte Sarah. »Aber hinter jeder Sage verbirgt sich meiner Erfahrung nach ein wahrer Kern.«

»Ich möchte Ihre Erfahrung auch keineswegs in Frage stellen. Aber ich verstehe noch immer nicht, wie Sie sich Ihrer Sache so sicher sein können. Ist Ihre Bereitschaft, an einen dreihundert Jahre alten Mythos zu glauben, so groß? Oder ist es Ihre Verzweiflung, die Sie dazu treibt, sich an jeden noch so dünnen Strohhalm zu klammern?«

Sarah bedachte den königlichen Berater mit einem ebenso langen wie durchdringenden Blick. Sie wusste, dass er ihr wohlgesonnen war und sie nur davon abhalten wollte, eine in seinen Augen falsche Entscheidung zu treffen. Aber sowohl sein Tonfall als auch die Wahl seiner Worte hatten sie verletzt.

»Ich danke Ihnen für Ihre Offenheit, Sir Jeffrey«, erklärte sie steif, »und ich darf Ihnen versichern, dass ich alles – und ich meine alles – für Kamal tun würde, selbst wenn die Aussicht auf

Erfolg noch so gering wäre. In diesem Fall jedoch ist es weder mein Glaube noch meine Verzweiflung, die mich zum Handeln veranlasst.«

»Nein? Aber sagten Sie nicht eben ...?«

»Dass ich nach Prag reisen will, in der Tat«, bestätigte sie, »allerdings nicht, weil mich die Kraft des Mythos dorthin zieht, sondern weil ich sicher bin, dass man mich dort haben will. Wäre es anders gewesen, hätte man Kamal ermordet, statt ihn in jenen elenden Zustand zu versetzen. Auch hätten die Buchstaben auf seiner Stirn dann wohl anders gelautet.«

»Was bedeutet das nun wieder?«

»Entfernt man den ersten Buchstaben des hebräischen Wortes *emeth*, so bleibt das Wort *meth*, was nichts anderes als ›Tod‹ bedeutet – auf diese Weise wurde der Golem von Rabbi Löw unschädlich gemacht, nachdem er zur Bedrohung geworden war.«

»Sie glauben also, es handelte sich bei der Aufschrift auf seiner Stirn um eine Art Botschaft?«, fragte Dr. Cranston.

»In der Tat. Eine Aufforderung, nach Prag zu kommen und dort nach der Wahrheit zu suchen – wie immer sie auch aussehen mag.«

»Und wie fügt sich Laydon in dieses Mosaik?«

»Nach allem, was ich herausgefunden habe, bin ich nicht mehr der Ansicht, dass er mir aus freien Stücken geholfen hat – ich denke, man hat ihn dazu angestiftet. Die Organisation wusste, dass er nach Bedlam überstellt werden würde, ebenso wie sie wusste, dass ich mich zunächst an ihn wenden würde. Also benutzte sie ihn, um meine Aufmerksamkeit zu wecken und mir einen ersten Hinweis zu geben. Der Zeitungsartikel war Hinweis Nummer zwei.«

»Wollen Sie damit sagen, dass der Artikel nur aus diesem Grund in der *Times* erschienen ist?«, erkundigte sich Cranston. »Dass der Einfluss jener Leute so weit reicht?«

»Wie weit er tatsächlich reicht, wage ich nicht zu beurteilen«, erwiderte Sarah. »Aber dass die Organisation über große Macht verfügt, hat sie wiederholt bewiesen. Und wenn ich im Schatten von Thot eines gelernt habe, dann, dass ihr alles zuzutrauen ist.«

»Allmählich verstehe ich.« Die Einsicht, dass Gardiner Kincaids Tochter nicht absonderlichen Hirngespinsten verfallen, sondern nach wie vor Herrin ihrer Vernunft und ihres Verstandes war, beruhigte Jeffrey Hull sichtlich. »Eines jedoch sollten Sie bedenken, Sarah.«

»Nämlich?«

»Wenn all diese Informationen nur zu dem einen Zweck ausgestreut wurden, Sie nach Prag zu locken, dann sollten Sie damit rechnen, dass es sich bei diesem infamen Spiel um eine Falle handelt. Nach allem, was geschehen ist, hat die Organisation keinen Grund, Ihnen wohlgesonnen zu sein.«

»Dessen bin ich mir durchaus bewusst, Sir Jeffrey. Aber ich denke nicht, dass es unseren Feinden nur darum geht, sich an mir zu rächen – andernfalls wäre Kamal längst nicht mehr am Leben, und man hätte nicht solchen Aufwand betrieben, um mich zu ködern. Ganz offensichtlich will man etwas von mir, und Kamal dient dabei als Faustpfand. Mir ist klar, dass darin eine gewisse Gefahr liegt, und Sie dürfen mir glauben, dass ich nichts lieber täte, als zusammen mit Kamal nach Kincaid Manor zurückzukehren und diesen ganzen Albtraum möglichst rasch zu vergessen. Aber die Gefahr ist gleichzeitig auch Kamals Chance – und zwar die einzige, die er hat.«

»Ich verstehe.«

»Zudem«, fügte Sarah beschwichtigend hinzu, »glaube ich mich meinen Feinden gegenüber im Vorteil.«

»Aus welchem Grund?«

»Die Gegenseite ahnt nicht, dass ich ihren Plan durchschaue. Anders als im vergangenen Jahr bin ich vorbereitet – und ich habe ganz sicher nicht vor, mich zweimal mit demselben Trick ködern zu lassen. Die Spur führt nach Prag.«

»Wenn Sie gehen, werden Sie allein gehen müssen«, sagte Sir Jeffrey. »Die Reise nach Ägypten hat mir meine Grenzen aufgezeigt. Ich werde zu alt für derlei Dinge ...«

»Das verstehe ich.« Sarah nickte. »Grämen Sie sich deswegen nicht, lieber Freund. Sie haben mir bereits mehr geholfen, als ich Ihnen jemals vergelten kann.«

»Dennoch sollten Sie keinesfalls allein reisen«, wandte Sir Jeffrey ein.

»Das werde ich nicht – Kamal wird mich begleiten.«

»Sie ... wollen ihn mitnehmen?«, ächzte Cranston.

»Natürlich. Sollte es ein Heilmittel geben, so muss er es sofort bekommen. Die Zeit drängt, das waren Ihre Worte.«

»Dennoch ist eine solche Reise mit unzähligen Unwägbarkeiten und Strapazen verbunden. Für einen Patienten in Kamals Zustand können schon geringfügige Veränderungen fatale Folgen ...«

»Wenn er hierbleibt und nichts geschieht, wird er in jedem Fall sterben, oder nicht?«, fiel Sarah ihm ins Wort.

»Das ... nehme ich an«, kam der Doktor nicht umhin zuzugeben.

»Dann ist es entschieden«, erwiderte Sarah hart. »Sir Jeffrey – bitte sorgen Sie dafür, dass Kamals Haft umgehend ausgesetzt wird.«

»Man wird ihm nicht gestatten, das Land zu verlassen«, meinte Cranston überzeugt. »Immerhin steht er noch immer unter zweifachem Mordverdacht.«

»Der Doktor hat Recht«, pflichtete Sir Jeffrey bei. »Zumindest wird man darauf bestehen, dass ein von Amts wegen bestellter Begleiter an der Reise teilnimmt.«

»Ein Aufpasser, ja?«, fragte Sarah wenig begeistert.

»Ein Beobachter«, drückte Cranston es neutraler aus. »Zudem wäre es gut, einen Arzt dabeizuhaben, der sich um Kamal kümmern und gegebenenfalls den Fortschritt seiner Genesung verfolgen und unterstützen könnte.«

»Auch damit haben Sie sicher Recht«, gab Sarah zu, »aber ich sehe nicht, wie ich binnen kürzester Zeit ...«

»Ich wäre dazu bereit«, verkündete Cranston unerwartet.

»Sie würden ...?«

»Die Zustimmung des Gerichts vorausgesetzt, würde ich Sie auf Ihrer Reise begleiten, Sarah – sowohl als offizieller Beobachter als auch in meiner Eigenschaft als Arzt.«

»Eine vortreffliche Idee«, lobte Sir Jeffrey. »In Anbetracht von Dr. Cranstons makellosem Ruf und seinem Engagement in Newgate wird das Gericht gar nicht anders können, als unserem Antrag stattzugeben.«

»Natürlich vorausgesetzt, Sie stimmen ebenfalls zu, Lady Kincaid«, wandte sich Cranston an Sarah.

»Natürlich stimme ich zu«, versicherte Sarah, verwundert über diese glückliche Wendung. »Ich weiß gar nicht, wie ich Ihnen für Ihr freundliches Angebot danken soll ...«

»Sie brauchen mir nicht zu danken, Lady Kincaid«, erwiderte Cranston galant und mit gewinnendem Lächeln. »Es wäre mir ein tiefes Bedürfnis und eine Ehre, Sie bei Ihrer Suche zu unterstützen.«

»So ist Ihnen mein Dank doppelt gewiss«, entgegnete sie.

»Trefflich, trefflich«, triumphierte Sir Jeffrey. »Somit wäre dies also geklärt. Alles, was Sie nun noch brauchen, ist ein Vertrauter auf dem Festland, der alle notwendigen Vorbereitungen trifft.«

»Dafür habe ich schon jemanden im Auge«, versicherte Sarah, »und ich denke, dass er uns gerne behilflich sein wird.«

»Wann werden Sie aufbrechen?«

»So bald wie möglich«, antwortete Sarah. »Je eher wir mit der Suche nach einem Heilmittel für Kamal beginnen, desto besser.«

»Tally-ho«, sagte Cranston. »So sagt man, wenn es zur Jagd geht – und wenn ich richtig verstanden habe, sind wir im Begriff, uns auf eine solche zu begeben, habe ich Recht?«

»Allerdings, Doktor«, pflichtete Sarah bei, und ein grimmiges Grinsen spielte um ihre angespannten Gesichtszüge. »Allerdings …«

Kincaid Manor, Yorkshire
Nacht zum 2. Oktober 1884

Ein helles Klirren beförderte Trevor Gordon aus dem tiefen Schlaf, in den er gefallen war.

Der ältliche Steward, der schon seit vielen Jahren in den Diensten der Familie Kincaid stand, fungierte zu Zeiten, in denen die Herrin des Anwesens anderorts weilte, als Verwalter des Hauses.

Er hatte sich um die Einnahmen und Ausgaben zu kümmern und darum, dass die Ländereien auch in Absenz ihrer Besitzerin Gewinn abwarfen; er hatte dafür Sorge zu tragen, dass die Hausdiener, Stallknechte und Küchenmägde ihrer Arbeit nachgingen, dass das Anwesen gepflegt und die Tiere in den Stallungen versorgt wurden; und er war für die Sicherheit des Besitzes verantwortlich, solange sich Lady Kincaid im fernen London aufhielt.

In früheren Nächten hatte die Last dieser Verantwortung den alten Mann bisweilen kein Auge zutun lassen. In dieser Nacht jedoch – mochte es am Neumond liegen oder an der warmen Milch, die er vor dem Zubettgehen getrunken hatte – hatte er tief und fest geschlafen. Bis ihn besagtes Geräusch aus seinen Träumen riss, die von heißem Kaffee, frischem Schmalzgebäck und kandierten Äpfeln gehandelt hatten …

Alarmiert fuhr der Verwalter hoch.

Das Erste, was er wahrnahm, war ein frenetisches Knacken und Brausen, das von draußen zu kommen schien – im nächsten Moment erfasste sein vom Schlaf noch trunkener Blick das orangerote Flackern, das die dem Fenster gegenüberliegende Wand erhellte.

Feuer!

Mit einem schmerzhaften Stich im Herzen schoss der Verwalter aus dem Bett. In dem wollenen Nachthemd, das ihm bis zu den Knöcheln reichte, stürzte er zum Fenster, riss die Vorhänge auf und blickte hinaus – nur um zu sehen, dass das Nebengebäude, das die Stallungen und die Unterkünfte der Landarbeiter beherbergte, in Flammen stand!

Gelbe Feuerzungen schlugen aus dem Dachgebälk, der Heuboden brannte lichterloh. Mit einem Ausruf des Entsetzens fuhr Trevor vom Fenster zurück, riss die Tür seiner Kammer auf und schoss hinaus auf den Gang, so schnell seine alten, von der Kälte schmerzenden Knochen es zuließen. »Feuer! Feuer!«, wollte er rufen, aber seine vor Panik heisere Stimme versagte ihm den Dienst. Hals über Kopf hastete er den Korridor hinab, an der Küche vorbei zum Speisesaal, wo der kleine Gong aus Messing hing, mit dem man zum Dinner zu rufen pflegte. Mit zitternden Händen griff er nach dem Schlegel und hämmerte damit auf die Metallscheibe ein, die einen durchdringenden Ton von sich gab. Und endlich erlangte der alte Verwalter auch seine Stimme zurück.

»Feuer!«, brüllte er so laut, dass sich sein heiseres Organ überschlug. »Feuer . . .!«

Aus dem Ostflügel des Hauptgebäudes, wo sich die Kammern des Hausgesindes befanden, drangen entsetzte Rufe. Türen wurden aufgerissen, und Schritte erklangen, und Trevor eilte hinaus, um die Löscharbeiten zu organisieren. Eine Eimerkette musste geformt, Wasser vom nahen Brunnen herangetragen werden. Zwar kam für das Stallgebäude jede Hilfe zu spät, jedoch musste alles getan werden, um ein Übergreifen der Flammen auf das Haupthaus zu verhindern . . .

Er erreichte die großzügige, von eisernen Rüstungen gesäumte Eingangshalle. Durch die hohen Fenster, die zu beiden Seiten der Pforte in die steinerne Wand eingelassen waren, erhaschte er einen Blick auf die brennenden Stallungen. Die Silhouetten einiger Männer waren davor zu sehen, in denen Trevor den Kutscher und die Stallknechte zu erkennen glaubte. Herrenlose Pferde jagten umher – offenbar war es gelungen, zumindest sie aus den Flammen zu retten.

Der Verwalter wollte selbst nach draußen stürmen, um zu helfen – als er zwei Reiter gewahrte, die geradewegs aus der lodernden Feuersbrunst zu kommen schienen. Gegen den Flammenschein konnte er zwar nur ihre Silhouetten sehen, aber er erblickte die blanken Säbel, die in ihren Händen blitzten und im nächsten Moment mit tödlicher Wucht auf den Kutscher und seine Helfer niedergingen. Einer der Stallburschen wurde erschlagen, ein weiterer kurzerhand durchbohrt. Der Kutscher stand bis zuletzt auf den Beinen – auch dann noch, als der Stahl eines der Angreifer den Kopf bereits von seinen Schultern getrennt hatte. In schauriger Langsamkeit kippte der Torso nach vorn und blieb reglos liegen – und Trevor Gordon fragte sich, welcher dunkle Höllenschlund die Feuerreiter ausgespuckt haben mochte.

Die Augen weit aufgerissen und am ganzen Körper zitternd, fuhr er zurück, wollte nicht glauben, was er gesehen hatte. Plötzlich ein Klirren und entsetztes Geschrei aus Richtung Küche!

Eine hohe Stimme, die der Verwalter als die von Kelly erkannte, der irischen Magd, flehte kreischend um Gnade – um im nächsten Moment jäh zu verstummen. Blut war plötzlich auf dem Korridor, das über die Schwelle der Küchentür troff und sich rasch zu einem See vergrößerte.

»Allmächtiger«, entfuhr es dem alten Trevor, und während er noch darum betete, dass der Herr ihm ein ruhiges Herz und eine noch ruhigere Hand verleihen möge, war er bereits auf dem Weg zur Bibliothek, die sich auf der Rückseite des Haupthauses befand und über deren Kamin das schwere Martini-Henry-Gewehr hing, das Lord Kincaid auf mancher Reise begleitet hatte ...

Im festen Entschluss, sowohl den ihm anvertrauten Besitz als auch das Leben seiner Untergebenen zu verteidigen, hastete er den Gang hinab. Schon von Weitem erkannte er, dass die Tür zur Bibliothek weit offen stand, obwohl er persönlich dafür Sorge zu tragen pflegte, dass sie in Lady Kincaids Abwesenheit stets verschlossen war. Das Schloss war gewaltsam geöffnet worden, die Tür aus den Angeln gebrochen. Mit brutaler Gewalt hatte sich jemand Zugang verschafft, und der alte Trevor brannte darauf, diesen Jemand zu stellen und zur Rechenschaft zu ziehen.

Doch es kam anders.

Atemlos platzte der Verwalter durch die offene Tür. Der beißende Geruch von Petroleum schlug ihm entgegen, und von einem Augenblick zum anderen sah er sich mit einer erdrückenden Übermacht konfrontiert. Fünf Männer waren es, von Kopf bis Fuß schwarz gekleidet und mit ebenso schwarzen Tüchern um die Köpfe, die nur die Augenpartie freiließen. Mordlüsterne Blicke trafen Trevor und ließen seine Entschlossenheit verpuffen.

Wie angewurzelt blieb er stehen und starrte auf die Vermummten, die über den alten Mann im Nachthemd in spöttisches Gelächter verfielen. Plötzlich loderte ein Streichholz auf, und entsetzt musste Trevor erleben, wie das erste der bis zur hohen Decke mit Büchern gefüllten Regale in Brand gesteckt wurde. Mit einem dumpfen Knall fing es Feuer, und der Wissensschatz, auf den sowohl Lord Kincaid als auch seine Tochter solch große Stücke gehalten hatten, wurde ein Fraß blauer und gelber Flammen.

»Neeein!«, entfuhr es dem Verwalter.

Tränen schossen ihm in die Augen – die Vermummten jedoch lachten nur und schickten sich an, das nächste Regal anzustecken. Ein neuer Kanister Petroleum wurde geöffnet, der Inhalt über die Bücher ausgegossen – und schon ließ ein weiteres Streichholz das Wissen vergangener Jahrhunderte in Rauch aufgehen.

»Ihr elenden, verfluchten . . .«

Die knochigen Hände zu Fäusten geballt, wollte sich Trevor

auf die Angreifer stürzen, sich den Weg zum Kamin frei kämpfen und zu dem Gewehr, das dort hing – ein heller, durchdringender Knall brachte seinen Sturmlauf jedoch zu einem jähen Halt.

Wie vom Donner gerührt hielt der alte Hausverwalter inne.

Er spürte keinen Schmerz, aber er fühlte, dass sich etwas verändert hatte. Langsam, wie in Trance, blickte er an sich hinab und sah, wie sich das Weiß seines Nachthemds in Höhe seines Herzens rot verfärbte. Stoßweise pulsierte Blut aus der Wunde, die die Kugel eines der Vermummten geschlagen hatte.

Trevor blickte auf. Er schaute seinem Mörder, der den rauchenden Revolver noch in den Händen hielt, in die kalten Augen. Dann, mit einem heiseren Ächzen auf den Lippen, brach er zusammen.

In seinem eigenen Blut liegend, wälzte er sich herum, starrte zur hohen Zimmerdecke empor, an der die Glut der Vernichtung leckte. Dann fiel das nächste Streichholz – und das Letzte, was der Hausverwalter sah, waren die grellen Flammen, die über ihm zusammenschlugen, die Bibliothek erfassten und Kincaid Manor in ein loderndes Inferno verwandelten.

2. Buch

PRAG

1.

Reisetagebuch Sarah Kincaid
2. Oktober 1884

Am frühen Morgen, der einzigen Tageszeit, zu der der lärmende, qualmende und aus allen Poren stinkende Moloch London für kurze Zeit den Atem anzuhalten scheint, ehe er aufs Neue zu schreien, zu stampfen und zu dröhnen beginnt, haben wir die Stadt verlassen.

Der Antrag auf vorübergehende Haftentlassung für Kamal wurde in aller Eile gestellt, und wie Sir Jeffrey richtig vermutet hatte, hat das Gericht ihm stattgegeben. Zum einen ist dies fraglos dem Einfluss Jeffrey Hulls zuzuschreiben, der vor den Richtern des Supreme Court nach wie vor hohes Ansehen genießt und sich persönlich für die Rückkehr Kamals verbürgt hat; zum anderen aber auch der Tatsache, dass sich mit Horace Cranston ein Mediziner von untadeligem Ruf bereit erklärt hat, als offizieller Beobachter an der Reise teilzunehmen.

Um sorgfältige Vorbereitungen zu treffen, fehlte die Zeit. Der Entschluss, mich erneut auf Reisen zu begeben, war ebenso unvermittelt über mich hereingebrochen wie die Ereignisse, die dazu geführt hatten. Es genügte gerade, um das Notwendigste einzupacken und zu besorgen – darunter auch einen Colt Frontier 1878, jenes Modell, das schon mein Vater benutzte und das mir auf vorangegangenen Reisen stets ein zuverlässiger Begleiter gewesen ist. Sir Jeffreys Worten eingedenk, denen zufolge Prag eine Falle sein könnte, will ich zumindest die Möglichkeit haben, mich gegen etwaige Angreifer zu verteidigen.

Wichtiger scheint es mir jedoch, innerlich gewappnet zu sein gegen das, was mich im fernen Böhmen erwarten mag …

3. Oktober 1884

Bei stürmischer See und hohem Wellengang haben wir den Kanal überquert. Ich wage kaum, mir vorzustellen, was diese zusätzlichen Strapazen für meinen armen Kamal bedeuten mögen, und ich klammere mich an den Gedanken, dass es der einzige Weg ist, ihn zu retten. Zusätzlich zu dem abgekochten Wasser, das wir ihm fortwährend einzuflößen versuchen, wird ihm einmal pro Tag auf künstlichem Wege Nahrung zugeführt, in einer Prozedur, die mich jedes Mal erschaudern lässt. Wüsste ich nicht um Kamals robuste Natur und seinen eisernen Willen, so hätte ich vielleicht schon aufgegeben und ihn lieber in Frieden entschlafen lassen, als ihn all diesen Fährnissen auszusetzen. Aber als Sohn der Wüste kennt er den Kampf um das Überleben, und ich weiß, dass er alles tun würde, um zu mir zurückzukehren ...

Cranstons Hausdiener, der uns auf Wunsch seines Herren ein Stück des Wegs begleitete, hat uns in Dover verlassen. Wie schon auf früheren Reisen verzichte ich bewusst auf die Mitnahme einer Dienerschaft, auch wenn es weder meinem Geschlecht noch meinem Adelsstand angemessen sein mag. Man hat mich jedoch gelehrt, dass die oberste Pflicht des Dienstherren seinem Gesinde gegenüber die Fürsorge ist, und ich bringe es nicht über mich, das Leben auch nur eines meiner Bediensteten leichtfertig zu gefährden.

Von Calais aus fahren wir mit der Eisenbahn in Richtung der belgischen Grenze, deren dichte Tannenwälder bereits von Schnee bedeckt sind. Wir hoffen, Brüssel vor Einbruch der Dunkelheit zu erreichen und so noch heute den Zug zu besteigen, der uns nach Deutschland bringen wird ...

4. Oktober

Unsere Hoffnung hat sich nicht erfüllt. Nachdem wir in den Ardennen in einen Schneesturm gerieten und erst spät in der Nacht nach Brüssel gelangten, blieb uns nichts, als dort die Nacht zu verbringen – welche Auswirkungen dieses zusätzliche Maß an Unbill und Strapaze für den armen Kamal haben mag, wage ich mir nicht auszumalen, und ich bin froh darüber, Dr. Cranston bei mir zu haben, der sich nach Kräften um das Wohlergehen seines Patienten kümmert.

Obwohl sich der Doktor bemüht, auch mir ein aufmerksamer und um mein Wohl bemühter Begleiter zu sein, ertappe ich mich dabei, dass ich schmerzlich die Gesellschaft Maurice du Gards vermisse, der mir auf den letzten beiden Reisen zur Seite stand – und die französischen Zungen, die ich rings um mich parlieren höre, verstärken meine Wehmut noch. Immer wieder schwöre ich mir, alles dafür zu tun, dass mir nicht noch ein weiterer geliebter Mensch genommen wird …

6. Oktober

Wir haben die Grenze zum Deutschen Reich überquert. Einmal mehr bin ich meinem Vater dankbar dafür, dass er mir umfassenden Sprachunterricht zukommen ließ. Der deutschen Sprache mächtig zu sein, scheint eine unablässige Voraussetzung, dieses Land auf Schienen zu durchqueren. Eine unglaubliche Anzahl kleiner bis kleinster Bahnlinien bildet ein wirres Geflecht, das mir unmittelbarer Ausdruck der bewegten Geschichte dieses Landes zu sein scheint, das nach Jahrhunderten der Teilung und der inneren Zerrissenheit erst vor einigen Jahren zur Einheit fand – und auch diese wurde mit einem blutigen und verlustreichen Krieg ertrotzt.

Von Cöln aus fahren wir nach Coblenz. Ein Schlafwagen der

ISG, der auf dieser Strecke verkehrt, bietet angenehmen, bisher ungekannten Komfort, und ich bedaure einmal mehr, nicht auf der Strecke Paris–Wien gereist zu sein, die ungleich größere Annehmlichkeit bietet, auf der kurzfristig jedoch keine Reisemöglichkeit zu bekommen war.*

Von Coblenz führt die Fahrt nach Frankfurt, wo wir hoffen, baldmöglichst Anschluss nach Osten zu bekommen …

8. Oktober

Eisenach. Gotha. Erfurt. Jena.

Wie Perlen reihen sich die Kulturstädte im Herzen des Deutschen Reiches aneinander. Erinnerungen an die Fahrten werden wach, die ich einst zusammen mit meinem Vater unternahm. Um diese aufzufrischen, fehlt mir jedoch die Muße, denn das Ziel unserer Fahrt rückt näher, und ich gestehe, dass ich zunehmende Unruhe verspüre.

Kamals Zustand scheint nach wie vor unverändert – oder will Dr. Cranston mich nur nicht beunruhigen? Bisweilen glaube ich, in seiner Miene Zweifel zu erkennen, aber ich habe nicht den Mut, ihn danach zu fragen. Solange es Hoffnung gibt, möchte ich daran festhalten, gleich wie gering sie auch sein mag …

9. Oktober

In Leipzig haben wir den Expresszug bestiegen, der uns über Dresden nach Prag bringen soll. Die Landschaft, die an den Fensterscheiben unseres Abteils vorbeizieht, hat sich verändert, und es kommt mir vor, als ob sie geheimnisvoll, geradezu unheimlich geworden wäre.

---

* Internationale Schlafwagen-Gesellschaft

Ein Schatten scheint sich zu dieser späten Jahreszeit über die ausgedehnten Wälder gebreitet zu haben, der sich in grauen Wolken und zähem Nebel manifestiert. Nur hin und wieder sind Spuren von Zivilisation zu erkennen – einsame Gehöfte, die sich an die dunklen Hügel schmiegen, und hier und dort recken sich einsam die Ruinen einstmals stolzer Burgen in den wolkenverhangenen Himmel.

Immer wieder setzt Regen ein, und es kommt mir vor, als spiegelte die Tristesse des Wetters mein Innerstes wider. Stundenlang sitze ich an Kamals Seite und halte seine heiße, reglose Hand, wische ihm die Schweißperlen von der Stirn, während ich dem immergleichen Rattern des Zuges lausche. Und obwohl ein Teil von mir sich davor fürchtet, kann ich es kaum noch erwarten, Prag zu erreichen und endlich mit der Suche zu beginnen, die mir meinen Geliebten zurückbringen soll …

Masarykovo Nádraží, Prag
Abend des 9. Oktober 1884

Als wäre sie ein lebendiges Wesen, das der Strapaze des langen Weges Tribut zollte, ließ die schwarze Dampflok ein heiseres Schnauben vernehmen, als sie auf dem vordersten Gleis des Bahnhofs zum Stillstand kam. Zischender Dampf quoll aus den Ventilen und legte sich als weißer Dunst über den Bahnsteig, aus dem sich schon im nächsten Augenblick zahllose Gestalten lösten: Bahnarbeiter und Kontrolleure, Gepäckträger und Fremdenführer, fliegende Händler und Kutscher, Zeitungsjungen und Schuhputzer, Wartende und Schaulustige. Sie alle drängten sich unter der gläsernen, von eisernen Säulen getragenen Überdachung des Bahnsteigs, von der das laute Organ des Schaffners widerhallte, der den soeben eingefahrenen Expresszug bekannt gab.

Die Waggontüren wurden geöffnet. Dutzende Reisender ergossen sich auf den Bahnsteig und vermischten sich mit den dort

Wartenden zu einer unüberschaubaren Menschenmenge. Gepäckträger und Droschken wurden angemietet und Bahnbedienstete nach den Örtlichkeiten befragt; andere Reisende schlugen den Weg zur Bahnhofsgaststätte ein, von wo der würzige Duft von Gulasch und Pilsener drang und sich mit dem bitteren Geruch von Ruß und Dampf vermischte, während halbwüchsige Jungen um die Gunst der Neuankömmlinge buhlten und sie für dieses oder jenes Hotel zu begeistern suchten.

Inmitten dieses Durcheinanders stand Sarah Kincaid auf dem Bahnsteig und suchte in jenem Meer aus erleichterten und erschöpften, lachenden und misslaunigen, hungrigen und satten, schwitzenden und frierenden, schweigenden und lauthals plärrenden Gesichtern nach einem vertrauten Antlitz. Ein Dutzend Mal wurde sie unsanft angerempelt und erhielt dafür allenfalls halbherzige Entschuldigungen, bis sich das Gedränge auf dem Bahnsteig endlich lichtete und sie tatsächlich eine Miene ausmachen konnte, die ihr bekannt und vertraut war.

Sie gehörte einem Mann, der nur wenige Jahre älter war als sie selbst, dabei aber sehr gesetzt und gravitätisch wirkte, was zum einen an seiner korrekten, aus Mantel und Zylinder bestehenden Kleidung, zum anderen aber auch an der Nickelbrille liegen mochte, die auf seiner Nase saß und ihm ein oberlehrerhaftes Aussehen verlieh. Die Zeit, die seit ihrer letzten Begegnung verstrichen war, hatte ihn etwas kräftiger werden lassen, als Sarah ihn in Erinnerung hatte, das dunkle Haar jedoch stand noch immer wirr und kraus in alle Richtungen, als ob es sich jeder Bändigung durch Kamm oder Bürste absichtlich widersetzte.

Hätte man ihr noch vor wenigen Jahren gesagt, dass sie eines Tages erfreut und dankbar sein würde, diesem Mann zu begegnen, hätte Sarah darüber nur spöttisch gelacht – doch seit damals hatte sich vieles geändert, und die Tatsache, dass er sich tatsächlich zur telegraphisch mitgeteilten Ankunftszeit am Bahnsteig eingefunden hatte, um sie abzuholen, war ein weiterer Beweis dafür, dass Friedrich Hingis schon lange kein Gegner mehr war, sondern ein geschätzter Freund.

Erleichtert winkte Sarah ihm zu, und als der Schweizer sie gewahrte, kam er ihr eilig entgegen, ein breites Grinsen der Wiedersehensfreude im Gesicht. Dabei war deutlich zu erkennen, dass die Hand, die aus dem linken Ärmel seines Mantels lugte, seltsam starr und im Gegensatz zur Rechten von einem Handschuh aus schwarzem Leder überzogen war – das traurige Relikt der dunkelsten Stunde in Friedrich Hingis' Leben ...

»Friedrich«, sagte Sarah nur, während sie einander die Hände reichten und sich begrüßten. »Sie sind tatsächlich gekommen.«

»Natürlich, werte Freundin – was haben Sie erwartet?«

»Wie lange ist es her?«

»Zwei Jahre und vier Monate«, kam es wie aus der Pistole geschossen zurück. »Dennoch kommt es mir vor, als wäre unser gemeinsames Abenteuer eben erst zu Ende gegangen.«

»Geht mir nicht anders, lieber Freund«, entgegnete Sarah, und trotz ihrer inneren Anspannung brauchte sie sich das Lächeln, das flüchtig über ihre Züge huschte, nicht mühsam abzuringen. »Dennoch ist viel geschehen seit Alexandria.«

»Ich weiß.« Hingis wurde ernst. »Ich habe von du Gard gehört. Das alles tut mir wirklich leid ...«

»Danke. Ich weiß Ihr Mitgefühl zu schätzen.«

»Obwohl er und ich längst nicht immer einer Meinung gewesen sind, ist er dennoch ein treuer Kamerad gewesen – und ein guter Freund.«

»Das war er«, stimmte Sarah zu und konnte nicht verhindern, dass sie für einen Augenblick von stiller Trauer überwältigt wurde. Schon im nächsten Moment besann sie sich jedoch wieder auf die Gegenwart, und ihr wurde bewusst, dass sie keineswegs allein gekommen war.

»Verzeihen Sie, ich bin unhöflich«, sagte sie und wandte sich zu Cranston um, der höflich einige Schritt zurückgeblieben war und darauf wartete, vorgestellt zu werden. »Friedrich – Dr. Horace Cranston vom Hospital St. Mary of Bethlehem. Er hat sich freundlicherweise bereit erklärt, mich auf dieser Reise zu begleiten. Doktor – dies ist Dr. Friedrich Hingis von der Universität Genf, ein guter und wertvoller Freund.«

»Sehr erfreut, Dr. Hingis.«

»Es ist mir eine Ehre, Dr. Cranston.«

»Sie müssen wissen, dass Dr. Hingis und mein Vater einst erbitterte Rivalen gewesen sind, Gegner im akademischen Streit«, fügte Sarah erklärend hinzu. »Inzwischen jedoch ...«

»... bin ich zu der Einsicht gelangt, dass ich ein selbstgefälliger Ignorant gewesen bin«, fuhr Hingis an ihrer Stelle und in beiläufigem Plauderton fort. »Leider musste ich diese Erkenntnis mit dem Verlust meiner linken Hand bezahlen.«

Er sagte es ohne Bitterkeit in der Stimme, und Sarah konnte sich kaum mehr vorstellen, dass sie den Gelehrten, der in den Tiefen Alexandrias zu sich selbst gefunden hatte, einst aus tiefster Seele verabscheut hatte wie kaum einen anderen. In einem ersten Telegramm, das Sarah ihm von London aus geschickt hatte, hatte sie ihn eigentlich nur gebeten, auf dem Festland einige Vorbereitungen für sie zu treffen – dass Hingis es sich nicht hatte nehmen lassen, selbst nach Prag zu kommen, um ihr vor Ort bei ihrer Suche behilflich zu sein, zeigte einmal mehr, wie sehr er sich verändert hatte. Aus dem intriganten Bücherwurm war ein Ehrenmann geworden ...

»Ich weiß nicht, wie ich Ihnen danken soll, Friedrich. Als ich in Ihrem Antworttelegramm las, dass Sie persönlich nach Prag kommen würden, da konnte ich es kaum glauben.«

»Es ist mir eine Freude«, versicherte der Schweizer. »Außerdem war es für mich eine willkommene Gelegenheit, den Mauern des Campus einmal wieder zu entfliehen.«

»Nicht zu glauben.« Sie lächelte erneut. »Und das aus Ihrem Munde . . .«

»Als ich den Grund für Ihre Reise erfuhr, hätte mich keine Macht auf Erden mehr davon abhalten können, hierherzukommen und Ihnen beizustehen, teure Freundin. Ich bedaure wirklich sehr, was geschehen ist, und ich hoffe, dass wir das Heilmittel finden.«

»Ich hoffe es auch, Friedrich«, räumte Sarah ein, »aber ich wäre eine schlechte Freundin, wollte ich Ihnen verheimlichen, dass es auch gefährlich werden kann.«

»Gefährlich?« Hingis' Nase zuckte – ein Zeichen dafür, dass er nervös wurde.

»In der Tat – denn ich habe allen Grund zu der Annahme, dass jene Menschen, die Kamal vergiften ließen, dieselben sind, die auch meinen Vater ermordeten.«

»Sie belieben zu scherzen . . .«

»In solchen Dingen pflege ich grundsätzlich nicht zu scherzen«, versicherte Sarah ernst und mit fester Stimme. »Jene geheimnisvolle Macht, mit der wir es damals in Alexandrien zu tun hatten, scheint zurückgekehrt zu sein.«

»Nun«, erwiderte Hingis, der nur wenige Augenblicke brauchte, um seine Überraschung zu verwinden, »dann ist es nur folgerichtig, wenn auch wir wieder zusammentreffen, nicht wahr? Außerdem«, fügte er in leichterem Tonfall hinzu, »ist es eine willkommene Gelegenheit, um alte Erinnerungen aufzufrischen.«

»Ja«, entgegnete Sarah mit einem dünnen Lächeln. »Alte Erinnerungen . . .«

Sie wandte sich nach dem Waggon um, wo die Gepäckträger damit beschäftigt waren, sowohl ihren als auch Dr. Cranstons Reisekoffer auszuladen. Anschließend wurde die Bahre herausgetragen, auf die der bewusstlose Kamal geschnallt war. Sarah achtete darauf, dass die Männer mit äußerster Behutsamkeit zu Werke gingen und nirgendwo anstießen.

»Vor dem Bahnhof steht ein geeignetes Transportfahrzeug bereit«, erklärte Hingis, der sich erkennbare Mühe gab, sich seine Bestürzung über Kamals Zustand nicht zu sehr anmerken zu lassen. »Ich habe mir erlaubt, das örtliche Militär um Hilfe zu bitten und einen Lazarettwagen zu bestellen.«

»Das örtliche Militär?«, erkundigte sich Sarah staunend. »Sie haben hier Verbindungen?«

»Ich persönlich nicht«, entgegnete der Schweizer verschmitzt. »Bisweilen genügt es, Leute mit Verbindungen zu kennen ...«

Sie verließen den Bahnsteig und betraten die weite, von Verkaufsständen und Zeitungsbuden gesäumte Bahnhofshalle. Unwillkürlich fühlte sich Sarah an London erinnert, denn die Kuchenverkäufer, Blumenmädchen und Schuhputzerjungen schienen sich in nichts von denen zu unterscheiden, die in King's Cross um Kundschaft buhlten. Und ähnlich wie dort schien es auch jene zwielichtigen Gestalten zu geben, die sich in dunklen Nischen drängten und die ihren Lebensunterhalt damit verdienten, anderen Leuten ihre Habe aus der Tasche zu ziehen – und das im wörtlichen Sinn.

Es amüsierte Sarah ein wenig zu sehen, wie ihre männlichen Begleiter ohne Not in die Beschützerrolle schlüpften und sich zu ihren Seiten postierten wie eine Leibgarde. Derart bewehrt, passierte sie die Bahnhofshalle und trat durch die großen hölzernen Türen auf den Vorplatz, wo zahllose Kutschen und Droschken standen und auf Kundschaft warteten – darunter auch der Lazarettwagen.

Dr. Cranston überwachte das Aufladen der Bahre persönlich und bestand darauf, während der Fahrt bei seinem Patienten zu bleiben. Da der Wagen nicht mehr Platz bot, blieb Sarah nichts anderes übrig, als die einspännige Droschke zu besteigen, die Hingis angemietet hatte. Das Gefährt war einem englischen Hansom Cab nachempfunden, was bedeutete, dass der Kutscher hinter den Passagieren saß, die somit freie Sicht auf die Straße und die Umgebung hatten.

Auf Deutsch wies Hingis den Kutscher an, langsam zu fahren, damit der Lazarettwagen dem ansonsten wesentlich wendigeren und schnelleren Einspänner folgen konnte. Dann fuhr das Gefährt an und bog in die breite Straße ein, die stadteinwärts führte.

»Sind Sie schon einmal in Prag gewesen?«, erkundigte sich Hingis bei Sarah.

»Noch niemals.«

»Dann haben Sie etwas verpasst – es ist nämlich eine der schönsten Städte der Welt.«

»Sie sprechen aus Erfahrung?«

»Das will ich meinen. Habe ich Ihnen nie erzählt, dass ich im Zuge meiner Geschichtsstudien mehrere Jahre in Prag gelebt habe?«

Sarah schüttelte den Kopf. »Nicht, dass ich mich erinnere ...«

»Ich hätte Ihnen meine Unterstützung nicht angeboten, wenn ich nicht davon überzeugt gewesen wäre, Ihnen auch wirklich helfen zu können, Sarah«, versicherte Hingis und hob die Nachbildung seiner linken Hand, »schließlich bin ich hiermit oft genug mehr Hindernis denn Hilfe. Aber ich darf von mir behaupten, dass ich diese Stadt besser kenne als mancher gebürtige Prager, und ich habe mir erlaubt, einige Vorbereitungen zu treffen.«

»Und dafür bin ich Ihnen sehr dankbar«, versicherte Sarah. »Wo befindet sich das Hotel, in dem Sie uns untergebracht haben?«

»Kein Hotel«, wehrte der Schweizer ab. »Stattdessen werden Sie die Ehre haben, in der Stadtvilla der Gräfin von Czerny zu Gast zu sein.«

»Der Gräfin von Czerny?«

»Eine stadtbekannte Förderin von Kultur und Wissenschaft, die mir über einen meiner Kontakte empfohlen wurde«, erklärte der Schweizer. »Ihr vor einigen Jahren verstorbener Mann ist einer meiner Lehrer an der hiesigen Universität gewesen. Und – wenn ich mir diese Bemerkung erlauben darf – sie ist Ihnen in mancher Hinsicht ähnlich.«

»Mir ähnlich?« Sarah hob die Brauen. »Wie darf ich das verstehen?«

»Warten Sie es ab, liebe Freundin. Warten Sie es einfach ab . . .«

2.

Reisetagebuch Sarah Kincaid
Nachtrag

Ich muss gestehen, dass Friedrich Hingis' Bemerkung mich neugierig machte. Was meinte unser Schweizer Freund, als er sagte, die Gräfin Czerny wäre mir in mancher Hinsicht ähnlich?

Hatte sich seine Bemerkung auf äußere Merkmale bezogen? Oder würde ich nach all den Jahren, in denen ich mich in einer von Männern beherrschten Wissenschaftsdisziplin behauptet hatte, ausgerechnet auf dieser Reise auf eine Gleichgesinnte treffen? Auf eine Frau, die sich wie ich der Erforschung der Vergangenheit verschrieben hatte und sich dabei von den Beschränkungen, die die Gesellschaft ihrem Geschlecht auferlegen wollte, nicht abhalten ließ?

Ich ertappte mich dabei, dass mir die Vorstellung gefiel, und ich gestehe, dass ich ihr mehr Aufmerksamkeit schenkte, als es in Anbetracht der Lage angemessen gewesen wäre. Mein Geliebter schwebte in Lebensgefahr, und es stand mir nicht zu, an mein eigenes Wohl zu denken und an Dinge, die mir angenehm waren. Dennoch konnte ich es kaum erwarten, unsere Gastgeberin kennen zu lernen …

In dem leichten Einspänner ging es Richtung Stadt, deren hohe Kuppeln und mit unzähligen Erkern und Spitzen versehene Türme sich gegen den glutroten Horizont abzeichneten, begleitet von Myriaden dünner Rauchsäulen, die in den Abendhimmel stiegen und, sich lila und blau verfärbend, darin auflösten. Die Wolkendecke war aufgerissen, und es war, als wollte die Sonne die Neuankömmlinge mit ihren letzten Strahlen willkommen heißen.

Sie tauchte die Dächer und Türme in jenes goldene Licht, das der Stadt an der Moldau ihren Beinamen gegeben hatte.

Der Weg der Kutsche führte am Prager Königshof vorbei durch den angrenzenden Pulverturm, dessen gotischer Dekor in neuer Pracht erstrahlte, nachdem man ihn – wie Hingis erklärte – erst vor wenigen Jahren wieder angebracht hatte. Eine breite Prachtstraße schloss sich an, die sich hinter der Londoner Mall nicht zu verstecken brauchte: Große Stadthäuser und Paläste mit hohen Fenstern und reich verzierten, barocken Fassaden wechselten sich ab mit mittelalterlich anmutenden Fachwerkbauten, die von der langen und traditionsreichen Geschichte der Stadt kündeten. Schließlich endete die Straße und mündete auf einen weiten Platz, der von einem großen, rechteckigen Turm beherrscht wurde, an dessen Ecken vier weitere kleine Türme in den Himmel ragten. Fußgänger, Kutschen sowie eine von Pferden gezogene Bahn verkehrten auf dem Platz, dessen Betriebsamkeit Sarah erneut an die Hauptstadt des Empire erinnerte.

»Der Altstädter Ring«, kommentierte Hingis, der sich tatsächlich gut auszukennen schien und bereitwillig den Fremdenführer spielte. »Das eindrucksvolle Bauwerk dort zur Rechten ist die Teynkirche, unter deren spitzen Türmen die sterblichen Überreste Tycho Brahes begraben liegen, des berühmten dänischen Astronomen. Und jener Turm dort, der den Platz weithin überschaut, ist der des Altstädter Rathauses.«

»Und jenes eigentümliche Gebilde dort?«, erkundigte sich Sarah, als der Einspänner die Südseite des Gebäudes passierte, das sich in einer eigentümlichen Mischung aus gotischen und italienischen Ornamenten präsentierte.

»Die Rathausuhr«, erklärte Hingis, auf die eigentümliche, aus mehreren exzentrischen Kreisen bestehende und mit goldenen Ziffern, Himmelskörpern und Tierkreiszeichen versehene Vorrichtung deutend. »Ein Uhrmacher namens Hanuš soll sie um 1490 gebaut haben, worauf ihm die Stadtherren das Augenlicht nahmen, um ihn daran zu hindern, dass er jemals wieder ein solches Meisterwerk baue.«

»Wirklich?«, fragte Sarah und konnte sich eines Schauderns nicht enthalten, das freilich auch von dem kalten Wind rühren mochte, der um die Häuser strich. Abermals blickte sie an der eindrucksvollen Fassade empor – und erschrak, als sie ein Skelett erblickte, das auf der rechten Seite des riesigen Zifferblattes auf einem Vorsprung stand und das sich in diesem Moment bewegte!

Mit der einen Knochenhand zog es an einem Seil, mit der anderen hob es das Stundenglas und drehte es um. Zu einer früheren Tageszeit würde das Schauspiel – das sich, seit der Uhrmacher Jan Táborsk den Mechanismus im Jahr 1572 erneuert hatte, zu jeder vollen Stunde vollzog – Sarah nur anerkennendes Staunen entlockt haben. In diesem Augenblick jedoch, beleuchtet vom letzten Licht des Tages und vom fahlen Schein der Gaslaternen, die entlang der Straße entzündet worden waren, und umwölkt vom Nebel, der vom nahen Fluss emporkroch, erschien es ihr wie ein finsteres, dunkles Omen.

»Was haben Sie?«, erkundigte sich Hingis, während die Glocken im Turm zu schlagen begannen und ihr Klang von den umliegenden Kirchen beantwortet wurde, sodass er allseits wie ein Echo widerzuhallen schien. »Ist alles in Ordnung?«

»Natürlich«, erwiderte Sarah und schauderte abermals. »Alles in Ordnung, werter Freund ...«

Der Einspänner ließ den Platz hinter sich und bog in die Karlsgasse ein: eine breite, von prunkvollen Wohn- und Geschäftshäusern gesäumte Straße, die, in Widerspruch zu ihrem bescheidenen Namen, die Hauptverkehrsader der Altstadt zu sein schien. Reiter, Kutschen und Fuhrwerke drängten sich auch um diese späte Stunde noch auf dem Pflaster, zahllose Passanten bevölkerten die Bürgersteige, Kälte und Nebel zum Trotz.

»Jenes eindrucksvolle Gebäude«, erklärte Hingis und deutete nach der rechten Seite, wo sich inmitten einer imposanten romanischen Fassade eine Kirche erhob, »ist das Klementinum. Ursprünglich von Jesuiten gegründet, beherbergt es heute Teile der Prager Universität sowie deren umfassende Bibliothek. Ich darf behaupten, hier manche erleuchtende Stunde verbracht zu haben.«

Trotz ihrer inneren Anspannung konnte sich Sarah ein Lächeln nicht verkneifen. Friedrich Hingis, den einst so spröden und auf seine Laufbahn bedachten Gelehrten, als Fremdenführer zu erleben, war nicht nur ungewohnt, sondern zeigte ihn von einer völlig neuen Seite. So schwärmerisch romantisch, mit einer unüberhörbaren Neigung zur Sentimentalität, hatte Sarah den Schweizer noch nie zuvor erlebt. Von Herzen wünschte sie, sie hätte seine Empfindung teilen können, doch stattdessen ertappte sie sich dabei, dass sie diese Stadt trotz ihres Prunks und ihrer großen Vergangenheit als bedrohlich empfand.

Unwillkürlich schaute sie sich nach dem Lazarettwagen um. Im Gewirr, das auf der Karlsgasse herrschte, war der Zweispänner ein Stück zurückgefallen, doch Sarah konnte den hohen Kastenwagen deutlich erkennen. Halbwegs beruhigt wandte sie den Blick wieder nach vorn – um zu sehen, wie sich ein weiteres hohes Turmgebäude aus der hereinbrechenden Dunkelheit und dem dichter werdenden Nebel schälte. Eine riesige Toröffnung klaffte darin, die die Straße zu verschlingen schien wie das Maul eines gefräßigen Untiers; dahinter waren die geschwungenen, von Gaslaternen und steinernen Skulpturen gesäumten Formen einer Brücke im dräuenden Dunkel zu erkennen.

»Die Karlsbrücke«, erklärte Hingis wiederum. »Im Jahr 1357 wurde der erste Grundstein gelegt, seither überspannt sie den Fluss auf einer Länge von etwas über 1700 Fuß. Bis spät in das vorige Jahrhundert hinein stellte die Karlsbrücke die einzige Möglichkeit dar, die Moldau zu überqueren, ohne die Dienste einer Fähre in Anspruch nehmen zu müssen. Wie es heißt, soll der Mörtel der Brücke aus einer geheimen Mixtur bestehen, zu deren Bestandteilen – man höre und staune – auch rohe Eier gehört haben sollen. Kaum zu glauben, nicht wahr ...?«

Sarah hörte schon längst nicht mehr zu.

Als der Einspänner das Tor passierte und auf die Brücke hinausfuhr, die von den in Stein gehauenen Standbildern zahlreicher Heiliger gesäumt wurde, da hatte sie das Gefühl, die Pforte zu einem fremden Reich zu durchschreiten, zur Zukunft, die – wie Shakespeare es ausgedrückt hätte – wie ein fernes, unentdecktes Land vor ihr lag.

Den Blick starr auf die andere Seite des Flusses gerichtet, wo schemenhaft die Silhouette der Prager Burg zu erkennen war und die Gebäude der Kleinseite an den Hängen des Hradschin emporzuwachsen schienen, fragte sich Sarah, was sie dort erwarten mochte – und für einen kurzen Augenblick überkamen sie Zweifel an ihrer Mission.

Was, wenn Sir Jeffrey Recht gehabt hatte? Wenn ihre unsichtbaren Gegner ihr tatsächlich eine Falle gestellt hatten, in die sie nun blindlings lief? Hatte sie tatsächlich nur zu Kamals Wohl gehandelt? Oder waren es ihre eigene Neugier und ihre Eitelkeit, die sie an diesen Ort getrieben hatten?

Die Zweifel währten gerade so lange, wie die Kutsche brauchte, um den Fluss zu überqueren. Als der Brückenturm der gegenüberliegenden Seite in Sicht kam und der Einspänner das Tor durchfuhr, gewann Sarahs Vernunft wieder Oberhand über ihre irrationalen Ängste, und schon wenig später fragte sie sich, was in sie gefahren sein mochte. Einige Augenblicke lang hatte sie das Gefühl gehabt, dass die Überquerung des Flusses alles veränderte – geradeso, als wären die Wasser, die träge und dunkel unter der Brücke rauschten, jene des sagenumwobenen Flusses Styx und als gäbe es keinen Weg zurück ...

Hingis blieb die düstere Stimmung, in die seine Freundin verfallen war, nicht verborgen. »Es ist nicht mehr weit«, versuchte er sie aufzuheitern, während die Kutsche abermals barocke Stadthäuser und mittelalterliche Bauten passierte, deren Fassaden mit alten Zunft- und Wappenzeichen versehen waren. Die von Gaslaternen gesäumte Straße stieg steil bergan, sodass der Einspänner seine Fahrt verlangsamte. Irgendwann wies Hingis den Kutscher an, nach links abzubiegen, um schon kurz darauf anhalten zu lassen.

»Das Palais Czerny«, gab er nicht ohne Stolz bekannt, »das Ziel unserer Fahrt.«

Sarah wartete, bis der Kutscher abgestiegen war und ihr beim Verlassen des Gefährts behilflich sein konnte. Erst dann blickte sie an dem imposanten Stadthaus empor, dessen Fassade überzuquellen schien vor barockem Gepränge und dessen ebenso schmale wie hohe Fenster mit Vorhängen verdunkelt waren. Über dem breiten Portal war ein Wappen angebracht, das einen mittelalterlichen Kämpen zeigte, hoch zu Ross und in schwarzer Rüstung.

»Ich bin beeindruckt«, kam Sarah nicht umhin zuzugeben.

»Warten Sie, bis Sie es von innen sehen«, entgegnete Hingis lächelnd. »Die Familie Czerny ist für ihre private Kunstsammlung weithin berühmt.«

Noch ehe Sarah etwas erwidern konnte, wurde die eine Hälfte der hohen Eingangstür geöffnet, und ein schlanker Mann trat daraus hervor, dessen Erscheinung im besten Sinn als altmodisch zu bezeichnen war. Sein Haar war streng zurückgekämmt und im Nacken zu einem kleinen Zopf gebunden, bekleidet war er mit einer dunkelgrünen Livree und Kniebundhosen nach böhmischer Tracht. Die Gräfin Czerny, dachte Sarah, schien Wert auf Traditionen zu legen ...

»Guten Abend«, sagte der Diener in gutem Englisch, das nur einen leichten slawischen Akzent aufwies. »Willkommen in Prag, Lady Kincaid. Ich hoffe, Sie hatten eine angenehme Reise?«

»Danke«, erwiderte Sarah und deutete ein Nicken an – sie war mit den kontinentalen Gebräuchen nicht vertraut, aber kein englischer Diener – selbst wenn es sich um den Steward selbst handelte – hätte erwartet, eine ausführlichere Antwort zu bekommen.

»Mein Name ist Antonín«, stellte sich der Livrierte vor. »Wenn Sie mir bitte ins Haus folgen möchten. Die Gräfin erwartet Sie bereits.«

»Natürlich«, erwiderte Sarah, die nicht unhöflich erscheinen wollte, sich jedoch mit einem Blick die Straße hinab nach dem Verbleib des Lazarettwagens erkundigte.

»Ich versichere Ihnen, dass wir uns um Ihr Reisegepäck kümmern werden«, versprach der Diener und gab damit zu verstehen, dass er über die Natur von Sarahs Reise offenbar nicht näher informiert war. Diskretion schien eine weitere Eigenschaft der Gräfin zu sein.

Sarah schickte Hingis einen fragenden Blick, erntete ein ermunterndes Lächeln und beschloss, der Einladung zu folgen. Über die steilen Stufen des Eingangsportals ging es durch die hohe Pforte in den hell erleuchteten Empfangssaal, von dessen Decke ein glitzernder Kristalllüster hing. Anders als die gotisch anmutenden Hallen Kincaid Manors, die Sarah zwar vertraut waren, auf den unvorbereiteten Besucher jedoch dunkel und düster wirken mussten, waren die Wände in blendendes Weiß getaucht und die Decke mit prunkvollem Stuck überzogen. Goldumrahmte Gemälde zierten den Saal, die in dunklen, schweren Farben gehalten waren und Szenen der Prager Stadtgeschichte zeigten.

Zwei Hausmädchen eilten herbei, um Sarah und Hingis beim Ablegen ihrer Hüte und Mäntel zur Hand zu gehen. Sodann wurden sie von Antonín über eine ebenso breite wie steile Treppe in den ersten Stock geleitet. Ein kurzer Gang führte in ein geräumiges Empfangszimmer, dessen schiere Größe und barocker Prunk Sarah abermals tief beeindruckten. Gaslüster sorgten für helles Licht, der strenge Geruch von Bohnerwachs erfüllte die Luft.

Die hohen Fenster waren mit dunklem Samt verhüllt; die

Stirnseiten des Saals waren mit riesigen Tapisserien behangen, die Szenen einer Schlacht aus dem Dreißigjährigen Krieg zeigten. Rosetten aus Stuck verschönten die Decke, das Parkett war makellos poliert. Ein länglicher Tisch mit samtbezogenen Stühlen sowie ein eiserner Ofen, der wohlige Wärme verströmte, bildeten die einzige Einrichtung. Davor stand eine Frau, die etwa in Sarahs Alter sein mochte und die ihr auf eigenartige Weise zugleich fremd und vertraut erschien.

Ihre schlanke, aufrechte Gestalt und ihre stolze Haltung verrieten den Adel ebenso wie ihre blassen, hochwangigen Züge. Das schmale, von rotblondem Haar umrahmte Gesicht war von extravaganter, unnahbar wirkender Schönheit. Dünne Lippen formten einen kleinen Mund, unter dem sich eine entschlossen wirkende Kinnpartie wölbte. Die Nase war schmal und vielleicht ein wenig zu lang, doch die in geheimnisvollem Smaragdgrün blitzenden Augen ließen diesen nur scheinbaren Makel verblassen. Anders als Sarah, die in ein schlichtes dunkles Gewand gekleidet war, wie es auf Reisen praktisch war, trug die Frau ein spitzenverziertes Seidenkleid, dessen helles Beige den Teint seiner Trägerin noch blasser und nobler erscheinen ließ und dessen bauschende Form und großer Kragen fast königlich anmuteten. Dies und die Tatsache, dass die Frau auffälligen Goldschmuck trug, deuteten darauf hin, dass sie dieser Begegnung größere Bedeutung beizumessen schien, als Sarah bis zu diesem Zeitpunkt klar gewesen war.

»Die Gräfin von Czerny«, erklärte Antonín überflüssigerweise, worauf sich Friedrich Hingis tief verbeugte und Sarah, in Anerkennung des höheren und älteren Adelstitels der Gräfin, den Kopf senkte und einen Knicks andeutete.

»Lady Kincaid.« Lächelnd kam die Gräfin auf sie zu, die Hände ausgestreckt, um sie zu begrüßen. In England galt eine solche Geste als Zeichen großer Vertrautheit, was sie an diesem Ort bedeutete, wusste Sarah nicht zu sagen, aber sie war erleichtert darüber, dass ihre Gastgeberin der Etikette offenbar ähnlich geringe Bedeutung beizumessen schien wie sie selbst. »Es ist mir eine Freude, Sie in meinem Haus zu begrüßen.«

Die Gräfin hatte deutsch gesprochen, mit deutlichem slawischen Akzent. Da Sarah der tschechischen Sprache nicht mächtig war, schien die deutsche das Mittel der gemeinsamen Verständigung zu sein.

»Ich danke Ihnen, Gräfin«, erwiderte sie deshalb auf Deutsch, während sie einander bei den Händen fassten und sich tief in die Augen blickten. Einmal mehr hatte Sarah dabei das Gefühl, etwas Altvertrautes darin zu erkennen, obwohl sie sicher war, der Gräfin nie zuvor begegnet zu sein. War es das, was Hingis gemeint hatte, als er von Ähnlichkeit gesprochen hatte ...? »Obgleich ich nicht weiß, womit ich die unerwartete Ehre verdient habe, als Gast in Ihrem Haus aufgenommen zu werden«, fügte Sarah höflich hinzu.

»Sie sind zu bescheiden«, erwiderte die Gräfin lächelnd. »Ihr Ruf ist Ihnen vorausgeeilt, meine Liebe – und das nicht erst, seit unser Schweizer Freund« – sie begrüßte Hingis mit einem freundlichen Nicken, worauf sich dieser abermals verbeugte – »in Ihrem Namen bei mir vorgesprochen hat. Mein verstorbener Gatte hat die Arbeiten Ihres Vaters mit großem Interesse verfolgt. Und wie ich gehört habe, wandeln Sie auf seinen Spuren.«

»Gewissermaßen«, bestätigte Sarah. »Wenn auch nicht so freiwillig, wie ich es gerne möchte.«

»Ich habe von dieser schrecklichen Sache gehört«, erwiderte die Gräfin, »und ich versichere Ihnen, dass ich alles unternehmen werde, um Ihrem Aufenthalt in Prag zum Erfolg zu verhelfen.«

»Ich danke Ihnen, Gräfin. Sie sind zu freundlich.«

»Aber nicht doch. Ich weiß nicht, wie Sie es sehen – aber als Herr Hingis mir Ihre Zwangslage beschrieb, da stand mein Entschluss, Ihnen zu helfen, bereits fest, denn gewissermaßen sind wir Schwestern.«

»Schwestern?«

»Als Töchter derselben Väter, die da heißen Wissbegier und Trauer«, erläuterte die Gräfin. »Wie Sie habe auch ich einen geliebten Menschen verloren, der mir mehr als alles andere bedeutet und mir im Grunde nur zwei Dinge hinterlassen hat, nämlich seine Leidenschaft für die Vergangenheit und das Handwerkszeug, sich damit zu befassen. Sehen Sie sich um! Die Fluchten und Säle dieses Palais sind angefüllt mit den Relikten der Geschichte, die mein Mann gesammelt hat. Als er von mir ging, konnte ich nicht anders, als in seinem Sinne seine Arbeit fortzuführen und mich dem Studium der Vergangenheit zu widmen.«

»Sie ... sind Archäologin?«, erkundigte sich Sarah zweifelnd.

»Meine Liebe! Wie gerne würde ich diese Frage bejahen, doch anders als Ihnen war es mir nicht vergönnt, die Grenzen meiner Herkunft hinter mir zu lassen und ferne Länder zu bereisen in Begleitung eines Mannes, der mir zugleich Vater und Lehrer gewesen wäre. So blieb mir leider nur das Studium der Bücher. Aber auch in ihnen habe ich Trost und Hoffnung gefunden, wenn Sie verstehen.«

»Ich denke doch.« Sarah nickte.

»Die Familie Czerny«, erläuterte die Gräfin ungefragt, »gehört zu den ältesten und traditionsreichsten Adelsgeschlechtern Prags. Meine Vorväter waren dabei, als im Jahr 1257 das Stadtrecht verliehen wurde; sie waren zugegen, als die Universität gegründet wurde und der Kaiser auf dem Hradschin Einzug hielt; sie waren dabei, als Jan Hus als Ketzer verbrannt wurde, und mussten mit ansehen, wie seine Anhänger das Reich in einen blutigen Krieg stürzten; sie erlebten die segensreiche Regierungszeit Rudolfs II. und sahen die Freiheit Böhmens in der Schlacht am Weißen Berge untergehen, fochten gegen Sachsen und Franzosen. Doch all dies scheint unerheblich, seit mein Gatte nicht mehr unter den Lebenden weilt. Man beließ mir Titel und Besitz, doch anders als zu den Zeiten, da mein Mann an der Universität dozierte, bin ich dort nicht mehr gelitten. Vergessen sind die großzügigen Spenden, die meine Familie dem Wissenschaftsrat zukommen ließ, vorbei die Zeiten, in denen man Ludmilla von Czerny ihrer Klugheit und Belesenheit wegen lobte. Inzwischen«, fügte sie angewidert hinzu, »sind diese Speichellecker und Intriganten nur noch daran interessiert zu erfahren, wann ich erneut heiraten werde und wer dereinst all dies erben wird. Da es uns nicht vergönnt war, Kinder zu haben, gibt es hier Raum für allerhand Spekulationen, wie Sie sich vorstellen können.«

»Das kann ich allerdings«, bestätigte Sarah, überrascht nicht nur von der Offenheit ihrer Gastgeberein, sondern auch von ihrem Mut – und sie begann zu begreifen, was für Ähnlichkeiten Friedrich Hingis gemeint hatte.

Genau wie sie selbst schien auch Ludmilla von Czerny eine Frau zu sein, deren Interesse an der Welt weitaus größer und umfassender war, als die Gesellschaft es ihr zubilligen wollte. Zwar verliehen ihr Stand und ihr Besitz ihr gewisse Möglichkeiten, jedoch schien sie genau wie Sarah weit davon entfernt, dafür öffentliche Anerkennung zu finden. Diese Ungerechtigkeit ließ sie tatsächlich in gewisser Weise zu Schwestern werden, ganz sicher aber machte es sie zu Verbündeten, und Sarah gestand sich ein, dass sie sich ein wenig in dieser Frau erkannte. Sie fühlte mit ihr, als würde ihre Freundschaft schon seit Jahren bestehen – dabei waren sie einander eben erst begegnet ...

»Darf ich Sie zu einer Tasse Tee einladen?«, erkundigte sich die Gräfin, auf den Tisch deutend, auf dem ein silbernes Service bereitstand. »Mir ist natürlich bewusst«, fügte sie entschuldigend hinzu, »dass es nach britischen Maßstäben bereits entschieden zu spät dafür ist. Aber da mir die genaue Uhrzeit Ihres Eintreffens nicht bekannt war, war es mir leider nicht möglich, das Dinner rechtzeitig zubereiten zu lassen ...«

»Sie sind sehr freundlich«, entgegnete Sarah lächelnd. »Eine Tasse Tee wäre wunderbar.«

»Setzen Sie sich«, forderte die Gräfin sie und Hingis auf, während Antonín zwei Diener herbeiwinkte, die frischen Tee brachten und ihn in die zierlichen Tassen gossen. Als sie tranken, fiel Sarah das Schmuckstück auf, das die Gräfin am Zeigefinger ihrer rechten Hand trug. Es war ein goldener Siegelring, dessen ovaler Stempel ein außergewöhnliches Motiv zeigte.

Einen ägyptischen Obelisken ...

Dem unaufmerksamen Beobachter wäre der Ring angesichts der ausgeprägten Neigung, die die Gräfin zu extravagantem Goldschmuck zu verspüren schien, wohl gar nicht aufgefallen. Aber Sarah erinnerte sich, ein solches Schmuckstück schon einmal gesehen zu haben – an der Hand jenes Mannes, der möglicherweise einst den britischen Thron erben würde ...

»Wie ich sehe, bewundern Sie meinen Ring«, sagte die Gräfin, der Sarahs starrender Blick nicht verborgen blieb. »Haben Sie auch eine Vorliebe für wertvollen Tand?«

»Offen gestanden nein«, widersprach Sarah. »Ich konnte mit derlei Dingen noch nie viel anfangen. Ein interessantes Buch war mir immer lieber als Gold und Geschmeide ...«

»So haben wir also doch etwas gefunden, das uns unterscheidet«, meinte die Gräfin und lachte zurückhaltend.

»... dennoch«, fuhr Sarah unbeirrt fort, »glaube ich, dass es sich hierbei um ein besonderes Kleinod handelt.«

»Dies hier?« Die Gräfin schenkte dem Rücken ihrer rechten Hand einen despektierlichen Blick. »Nicht, dass ich wüsste. Ich fand diesen Ring im Nachlass meines Gatten, und wenn ich ehrlich sein soll, habe ich ihn nur aus sentimentalen Gründen ausgewählt.«

»Ich verstehe«, sagte Sarah nur.

»Erinnerungen sind etwas Sonderbares, nicht wahr«, fügte die Gräfin hinzu. »An manchen Tagen können sie uns Trost und Hoffnung auf eine bessere Zukunft verschaffen; an anderen stürzen sie uns in Abgründe, die wir zuvor kaum erahnten.«

»Das ist nur zu wahr.« Sarah nickte. »Der Ring stellt einen Obelisken dar, nicht wahr?«

»Allerdings. Das alte Ägypten und seine Geheimnisse haben mich von jeher fasziniert.«

»Genau wie mich«, bestätigte Sarah.

»Dennoch sind Sie – wenn ich den guten Herrn Hingis richtig verstanden habe – nicht Ihres Interesses an der Ägyptologie wegen nach Prag gereist. Zumal es Orte gäbe, die dafür sicher besser geeignet wären ...«

»Auch das ist richtig«, stimmte Sarah zu. »Ich bin nach Prag gekommen, weil ich Grund zu der Annahme habe, dass es bestimmte Informationen gibt, die ich hier – und nur hier – erhalten kann.«

»Und um was für Informationen handelt es sich, wenn es erlaubt ist zu fragen? Natürlich möchte ich nicht indiskret erscheinen, aber wenn ich Ihnen helfen soll, wäre es dienlich zu wissen, wonach genau Sie suchen. Herr Hingis machte nur einige Andeutungen bezüglich eines Heilmittels für Ihren erkrankten Gatten ...«

»Wir sind nicht verheiratet«, erklärte Sarah und streifte ihren Begleiter mit einem amüsierten Blick – offenbar hatte Hingis es für notwendig befunden, die schockierende Wahrheit ein wenig zu tarnen. Nachdem die Gräfin Czerny ihr gegenüber so offen und ehrlich gewesen war, sah Sarah allerdings keinen Grund, weiter an dieser Taktik festzuhalten. »Kamal ist der Mann, den ich liebe – und den ich keinesfalls verlieren möchte.«

»Sie haben mein ganzes Verständnis und meine ungeteilte Sympathie«, versicherte die Gräfin. »Aber was genau ist es, das Sie in unserer Stadt zu finden hoffen?«

Nachdenklich nippte Sarah an ihrer Teetasse. »Wenn ich Ihnen diese Frage beantworten könnte, Gräfin, wäre ich bereits einen großen Schritt weiter. Was das genaue Ziel meiner Reise betrifft, so tappe ich im Augenblick noch im Dunkeln.«

»Sie wissen also nicht, wonach Sie suchen?«

»Ehrlich gesagt – nein.«

»Und dennoch haben Sie die weite Reise auf sich genommen? Setzen Ihren erkrankten Geliebten den Strapazen einer so langen Fahrt aus?«

»Ich weiß, wie überaus ungewöhnlich sich das anhören muss«, räumte Sarah ein, »und ich kann es Ihnen nicht verdenken, wenn Sie mich für verrückt halten. Aber ich versichere Ihnen, dass es für meine Anwesenheit in dieser Stadt triftige Gründe gibt.«

»So habe ich keinen Anlass, an Ihren Worten zu zweifeln, werte Freundin«, erwiderte die Gräfin ohne Zögern. »Sagen Sie mir nur, wo Sie mit Ihrer Suche beginnen wollen, und ich werde dafür sorgen, dass Ihnen jede nur erdenkliche Hilfe zu Gebote steht.«

»In der Judenstadt«, sagte Sarah frei heraus.

»In der ...?« Die bleichen Züge der Gräfin verzerrten sich, sie schien den Namen nicht einmal aussprechen zu wollen. »Was wollen Sie denn an diesem fürchterlichen Ort?«

Anders als Sarah, die sich die ablehnende Reaktion der Gräfin nicht erklären konnte, schien Hingis den Grund dafür zu kennen. »Gräfin haben durchaus richtig gehört«, ergriff er das Wort, »und ich darf Ihnen versichern, dass ich bereits versucht habe, Lady Kincaid dieses Vorhaben auszureden. Aber sie ist überzeugt davon, dass nur dort jene verborgenen Hinweise zu finden sind, deretwegen sie nach Prag gekommen ist.«

»Nun gut.« Ludmilla von Czerny schien sich ein wenig zu beruhigen. »In diesem Fall haben wir wohl keine andere Wahl ...«

»Weshalb?«, erkundigte sich Sarah unbedarft. »Was ist denn so schlimm an jenem Ort?«

»Die Josephsstadt«, erklärte die Gräfin düster, »bildet eine eigene Siedlung innerhalb der Grenzen Prags. Längst wird sie nicht mehr nur von Juden bevölkert, sondern von Arbeitern, Tagelöhnern, Bettlern, Obdachlosen und allerlei lichtscheuem Gesindel, das sich in den Gassen herumtreibt. Von all dem Schmutz und

Unrat und dem Gestank, der über dem Viertel liegt, ganz zu schweigen.«

»Eine gewisse Ähnlichkeit zum Londoner East End lässt sich nicht leugnen«, fügte Hingis erklärend hinzu.

»Offensichtlich«, sagte Sarah leise.

»Schon am Tag ist ein Gang durch die Josephsstadt gefährlich«, fuhr die Gräfin entrüstet fort, »nach Einbruch der Dunkelheit kommt ein Besuch dort versuchtem Selbstmord gleich. Es vergeht keine Nacht, in der nicht irgendwer mit durchschnittener Kehle in der Gosse endet.«

»Wenn es dort so schlimm ist, wieso unternimmt man dann nichts dagegen?«, erkundigte sich Sarah. »Gibt es keine Polizei?«

»Natürlich«, schnarrte die Gräfin, »und es gab auch schon entsprechende Versuche – aber man könnte ebenso gut versuchen, die Flöhe vom Rücken eines räudigen Köters zu vertreiben. Es ist aussichtslos, verstehen Sie?«

»Durchaus«, versicherte Sarah. Der Vergleich, dessen sich die Gräfin bediente, war wenig damenhaft, dafür aber umso anschaulicher. Wie sie selbst schien auch Ludmilla von Czerny eine Freundin klarer Worte zu sein.

»In den unzähligen Gassen und Winkeln des Viertels versteckt sich mehr Gesindel, als man jemals von dort vertreiben könnte«, führte die Gräfin weiter aus. »Nicht nur das Verbrechen findet dort fruchtbaren Nährboden, sondern auch Seuchen aller Art. Nach der letzten Schätzung drängen sich zwischen zehn- und fünfzehntausend Menschen im Viertel, und weder gibt es dort ausreichend sanitäre Einrichtungen noch eine funktionierende Kanalisation – was das bedeutet, überlasse ich Ihrer Fantasie.«

»Danke«, sagte Sarah trocken.

»Allerdings«, fügte die Gräfin beruhigend hinzu, »gibt es Pläne, diesem Missstand ein für allemal ein Ende zu bereiten.«

»Tatsächlich?«, fragte Hingis.

»Die Judenstadt soll abgerissen und an ihrer Stelle ein neues

Viertel errichtet werden, mit neuen, großen Gebäuden, die den Anforderungen der modernen Zeit genügen.«

»Damit werden die Traditionen zerstört«, wandte Sarah ein.

»Und der Weg in die Zukunft geebnet«, konterte die Gräfin gelassen. »Ohne das Ende des Alten gibt es keinen Anfang des Neuen.«

»Da bin ich mir nicht so sicher.«

»Sie sind anderer Ansicht, Lady Kincaid?«

»Nun«, entgegnete Sarah, »meine Reisen haben mich gelehrt, dass die Vergangenheit bisweilen den Schlüssel zur Zukunft birgt. Und wenn ich ehrlich bin, so stützt sich meine ganze Hoffnung darauf, dass es auch diesmal so sein wird.«

»Sie spielen auf das gesuchte Heilmittel an?«

Sarah nickte. »Wenn es wahr ist, was ich vermute, so verbirgt sich an jenem von Ihnen so düster beschriebenen Ort genau das Wissen, das ich brauche, um das Leben meines Geliebten zu retten.«

»Und wenn nicht?«, fragte die Gräfin forschend.

»Daran wage ich im Augenblick nicht einmal zu denken«, antwortete Sarah leise und musste plötzlich gegen die Tränen der Verzweiflung ankämpfen, die ihr in die Augen treten wollten.

Hatte ihre Gastgeberin vielleicht Recht?

Hatte sie diese Fahrt zu voreilig angetreten? Sich von Trauer und Schmerz verblendet auf einen Kreuzzug begeben, der ebenso sinnlos wie töricht war und an dessen Ende nur das Verderben wartete? *Die Reise*, hatte Laydon sie gewarnt, *führt dich geradewegs in die Finsternis …*

Wären die Einwände von jemand anderem gekommen, hätte Sarah sie einfach überhört. Aus dem Munde jener Frau jedoch, die ihr auf so vielfache Weise ähnlich zu sein schien, wogen sie doppelt schwer. Sarah konnte sie nicht einfach übergehen, aber sie war diesem Pfad schon zu weit gefolgt, als dass sie noch hätte umkehren können.

»Es gibt keinen anderen Weg als diesen, Gräfin«, sagte sie tonlos. »Entweder ich finde an diesem Ort Hilfe für Kamal – oder es gibt keine.«

»Ich verstehe.« Ludmilla von Czerny nickte. Ihre blassen, unbewegten Züge verheimlichten, wie sie tatsächlich über Sarahs Entschluss dachte. »Gibt es denn einen ersten Hinweis? Einen Anhaltspunkt, wo Sie mit Ihrer Suche beginnen könnten?«

»In einer Londoner Zeitung«, erklärte Hingis an Sarahs Stelle, »war von einem Rabbiner mit Namen Oppenheim zu lesen. Mit ihm würde sich Lady Kincaid gerne unterhalten.«

»Oppenheim?« Die Gräfin hob eine ihrer schmalen, rötlichen Brauen.

»Ist er Ihnen bekannt?«

»Nicht persönlich. Aber in letzter Zeit machte er wiederholt von sich reden, weil er in der Josephsstadt ein Monstrum gesichtet haben will. Ein Wesen aus Lehm, wenn ich mich recht erinnere ...«

»Der Golem«, sagte Sarah leise.

»Sie wissen davon?«

»Nicht nur das – der Golem ist, wenn Sie so wollen, der eigentliche Anlass unserer Reise nach Prag.«

»Wie darf ich das verstehen?«

»Es ist schwer zu erklären«, erwiderte Sarah, »aber ich habe Grund zu der Annahme, dass jene geheimnisvollen Kräfte, die hinter dem Golem stehen, auch dazu beitragen könnten, Kamal das Leben zurückzugeben.«

»So glauben Sie, was jener Rabbiner behauptet?« Aus den smaragdgrünen Augen ihrer Gastgeberin sprach maßloses Erstaunen. »Sie halten diese Golem-Geschichte für mehr als ein bloßes Schreckgespenst?«

»Ich weiß nicht mehr, was ich glauben soll und was nicht, Gräfin«, gestand Sarah offen. »Zu oft wurde mein Weltbild in den vergangenen Monaten erschüttert, zu vieles, das ich sicher zu wissen glaubte, hat sich als Irrtum erwiesen. Wenn ich die Wahrheit erfahren will, so gibt es nur einen Weg ...«

»Ich verstehe.« Die Gräfin nickte. »Aber gestatten Sie, dass ich Ihnen eine Warnung mit auf den Weg gebe.«

»Natürlich.«

»Seien Sie vorsichtig! Bei allem, was Sie sagen, und noch mehr bei dem, was Sie hören. Diese Rabbiner sind seltsame Leute. Sie pflegen in Rätseln zu sprechen, und manch einer hat aus den Wirrungen ihrer Worte nicht mehr herausgefunden.«

»Ich danke Ihnen für die Warnung, Gräfin«, erwiderte Sarah. »Aber glauben Sie mir, ich habe nichts zu verlieren.«

»Da kann man nie sicher sein«, erwiderte die Gräfin rätselhaft. »Außerdem werden Sie einen ortskundigen Führer brauchen.«

»Wissen Sie jemanden?«, erkundigte sich Hingis.

»Ich denke, ja – einen jungen Mann, der wiederholt Übersetzungsdienste für mich vorgenommen hat. Er geht noch zur Schule, aber sein Interesse für die Geschichte und seine Kenntnis, das Judenviertel betreffend, sind außerordentlich. Darüber hinaus ist er absolut vertrauenswürdig. Ich werde Antonín nach ihm schicken.«

»Das ist sehr freundlich von Ihnen, Gräfin«, sagte Sarah. »Vielen Dank für Ihre Hilfe.«

»Sie brauchen mir nicht zu danken, Lady Kincaid. Ich betrachte es als meine persönliche Pflicht, Sie zu unterstützen. Gewissermaßen von Schwester zu Schwester ...«

3.

Reisetagebuch
Sarah Kincaid

Trotz der düsteren Warnungen, die sie am gestrigen Abend aussprach, hat Gräfin Czerny schon für heute Morgen ein Treffen mit dem von ihr empfohlenen Führer arrangiert. Dieser, ein junger Mann von vielleicht sechzehn Jahren, der auf den Namen Gustav hört und ein Prager Gymnasium besucht, scheint mir der ideale Begleiter zu sein, um sich im Labyrinth der Josephsstadt auf die Suche zu begeben. Nicht nur scheint er vertrauenswürdig und in der Sache kundig, sondern darüber hinaus auch für sein jugendliches Alter ungewöhnlich gelehrt und belesen. Und nicht nur, dass er unsere Sprache fließend beherrscht, er ist wie ich auch ein begeisterter Leser der Werke Dickens' und spielt mit dem Gedanken, einige von ihnen ins Deutsche zu übertragen.

Für den späten Nachmittag wurde ein Treffen mit Mordechai Oppenheim vereinbart, jenem Rabbiner, von dem ich in der Zeitung las und der so überaus überzeugt davon schien, dass der Golem zurückgekehrt wäre. Die Zeit bis dahin verbringe ich mit bangem Warten an Kamals Seite. Der Zustand meines Geliebten ist nach wie vor als stabil zu bezeichnen, auch wenn mir Dr. Cranstons wachsende Sorge nicht verborgen bleibt. Die Frage, wie lange Kamal den Strapazen des hohen Fiebers noch wird standhalten können, drängt sich immer mehr in den Vordergrund, und ich weiß, dass ich handeln muss.

Hinzu kommt noch eine weitere Sorge, aufgrund der ich Friedrich Hingis gebeten habe, einige Erkundigungen für mich einzuholen, in der Hoffnung, dass sich mein Verdacht als gegenstandslos erweist.

Der Worte der Gräfin eingedenk, werde ich meinen Revolver mitnehmen, um mich verteidigen zu können, falls es notwendig werden sollte. Ansonsten nehme ich nur das mit mir, was ich stets bei mir trage: Schreibzeug, ein Notizbuch, Streichhölzer sowie etwas Geld, um nötigenfalls verstockte Zungen zum Sprechen zu bringen ...

JOSEFOV, PRAG
NACHMITTAG DES 10. OKTOBER 1884

Es regnete in Strömen. War es den Sonnenstrahlen am Vorabend noch gelungen, vereinzelt durch das graue Wolkenband zu dringen, das sich über der Stadt zusammengezogen hatte – am darauf folgenden Tag hatten sie keine Chance mehr gegen die düster dräuende Übermacht, die sich in dichten Regenschauern entlud. Sturzbächen gleich, ergoss sich das Wasser über die Stadt, platschte auf die steilen Dächer und sammelte sich in den Kanälen und Gossen. Doch trotz des dichten grauen Schleiers, der sich über das jüdische Viertel gebreitet hatte, stellte Sarah zu ihrem Erschrecken fest, dass die Gräfin Czerny nicht übertrieben hatte.

Wer die Judenstadt betrat, der hatte tatsächlich das Gefühl, in eine andere, schlechtere Welt zu gelangen.

Die Droschke hatten Sarah und ihre Begleiter vor den Mauern des Viertels zurückgelassen, denn in der bedrückenden Enge wäre sie mehr hinderlich denn nützlich gewesen. Zwar gab es auch in der Josephsstadt beeindruckend große Bauten, die sich entlang der wenigen breiten Straßen erhoben – die ehemaligen Stadthäuser wohlhabender jüdischer Geschäftsleute ebenso wie das Rathaus sowie die Synagogen, die sich zwischen dem Friedhof im Westen und dem Moldaubogen im Norden erstreckten. Dazwischen jedoch drängten sich zahllose, teils Hunderte von Jahren alte Häuser, die vielfach ebenso elend und ärmlich aussahen wie die Gestalten, die darin wohnten. Nur die Tatsache, dass sie dicht aneinander gebaut waren, sodass eins das andere stützte, schien sie vor dem Einsturz zu bewahren. Ein dichtes Geflecht verwinkelter Dächer, deren Erker und Gauben wie Eiterbeulen wirkten und von denen zahllose Kamine aufragten, schien das gesamte Viertel zu überziehen.

Darunter, in den schmalen, oft nur wenige Fuß breiten Gassen, wetteiferten Not, Mangel und Elend miteinander.

Trotz der niederen Temperaturen und obwohl es unablässig regnete, sah Sarah halbnackte Kinder, die auf dem schmutzigen Straßenpflaster kauerten und aus deren dunkel umrandeten Augen pure Hoffnungslosigkeit sprach. Blinde und Krüppel lungerten an den Ecken und bettelten um milde Gaben, während aus Fenstern, die anstelle von Glas nur mottenzerfressene Vorhänge hatten, verzagte Laute drangen.

Es war fast unvorstellbar, dass es an einem Ort wie diesem so etwas wie ein alltägliches Leben geben mochte. Und dennoch gab es in den unteren Stockwerken der baufälligen Gebäude Gasthäuser, Läden und Handwerksstuben, boten Händler mit Handkarren Gemüse zum Kauf, dessen Geruch freilich erkennen ließ, dass hier nur das verschachert wurde, was andere weggeworfen hatten. Dazwischen drängten sich Menschen in meist schwarzer Kleidung, die Köpfe zwischen die Krägen ihrer schäbigen Mäntel und Jacken gezogen. Das Ausmaß von Schmutz und Unrat in den Gassen war überwältigend. Nicht selten konnte Sarah sehen, wie Eimer mit Exkrementen direkt auf die Straße geschüttet wurden. Trotz des strömenden Regens war der beißende Gestank, der wie eine Dunstglocke über dem Viertel hing, deutlich auszumachen. Wie sich ein heißer Sommertag hier auswirken würde, darüber wollte Sarah gar nicht nachdenken. Die hygienischen Verhältnisse waren katastrophal und übertrafen gar noch jene im Londoner East End, was Sarah bis zu diesem Zeitpunkt schlechterdings für unmöglich gehalten hatte.

»Die Gräfin hatte nur zu Recht«, stieß Hingis mit einer

Mischung aus Betroffenheit und Missbilligung hervor. »Wir hätten nicht hierherkommen sollen. Eine Lady sollte nicht an einem Ort wie diesem verkehren.«

»*Niemand* sollte an einem Ort wie diesem verkehren«, verbesserte Sarah und verließ für einen Augenblick den Schutz des Parapluies, um einige Geldstücke in den rostigen Becher zu werfen, den ein blinder Obdachloser mit zitternder Hand von sich streckte.

»Das sollten Sie nicht tun, Lady Kincaid«, wies Cranston sie zurecht, als sie wieder unter den Regenschirm zurückkehrte. »Über kurz oder lang werden Sie von Bettlern umlagert sein.«

»Wenn schon«, erwiderte Sarah. »Dieses Elend ist unerträglich.«

»Und Sie glauben, etwas dagegen zu tun, indem Sie ein paar Pence verschenken?«, erkundigte sich der Doktor. »Oder geht es Ihnen nur darum, Ihr Gewissen zu beruhigen, damit Sie heute Nacht wieder beruhigt auf seidenen Kissen ruhen können?«

»Sie sind abscheulich«, schnaubte Sarah – wobei ihre Wut allerdings mehr ihr selbst galt als dem Arzt. Insgeheim kam sie nicht umhin, sich einzugestehen, dass Cranstons Vorwurf berechtigt war.

Längst hatte sie inmitten des Labyrinths aus engen Gassen und verwinkelten Häusern die Orientierung verloren, als sich unmittelbar vor ihnen die Konturen eines großen steinernen Gebäudes aus dem Regen schälten. Die Fassade war mit einfachen, senkrecht verlaufenden, frühgotischen Ornamenten versehen. Umlaufen wurde der schlichte Bau von einem geschlossenen Peristyl.

»Die Altneusynagoge«, erklärte Gustav, während sie die Stufen zum Torbogen hinabstiegen und in die überdachte Eingangshalle traten, die nicht groß war, aber Schutz vor dem Regen bot. »Sie ist mehr als sechshundert Jahre alt.«

»Ich weiß«, entgegnete Sarah, während ihre Begleiter die Regenschirme schlossen und abstellten. »Hier war es, wo Rabbi Löw einst lehrte, nicht wahr?«

»Das stimmt.« Der Junge, der sich in der Geschichte des Viertels bestens auskannte, nickte eifrig. »Sein Grab befindet sich nicht weit von hier auf dem Friedhof. Sie können es besuchen, wenn Sie möchten.«

»Später vielleicht«, erwiderte Sarah. Es machte ihr Freude zu sehen, wie der junge Mann in seiner Rolle als Fremdenführer aufging, und hätten sich die Dinge anders verhalten, hätte sie sich gerne mehr Sehenswürdigkeiten von ihm zeigen lassen. Für Muße war jedoch keine Zeit …

»Genau fünf«, stellte Cranston mit Blick auf seine Taschenuhr fest. »Wir jedenfalls sind pünktlich.«

»Seien Sie nicht allzu stolz auf Ihre britische Pünktlichkeit – die Zeit auf Erden gehört Gott allein.«

Sarah und ihre Begleiter fuhren herum. Vor dem Hintergrund des rauschenden Regens hatten sie nicht bemerkt, wie sich die Pforte der Synagoge ein Stück geöffnet hatte und ein gerötetes, rundliches Gesicht erschienen war, das von grauem Haar und Bart umrahmt wurde und ihnen im nächsten Moment ein leises »*Schalom*« entbot.

»*Schalom*«, entgegnete Gustav und verbeugte sich. »Rabbi Oppenheim, dies sind Lady Kincaid und ihre Begleiter.«

»Das habe ich angenommen«, erwiderte der Rabbiner, der der englischen Sprache ebenso fließend mächtig war wie der Junge. Seine Stimme war von einer angenehmen Milde, auch wenn Sarah darin einen Hauch von Spott zu erkennen glaubte.

»*Schalom*, Rabbi Oppenheim«, sagte sie und senkte ehrerbietig das Haupt. »Danke, dass Sie uns empfangen. Es ist mir eine Ehre.«

»Es klingt ehrlich, wie Sie das sagen«, stellte Oppenheim fest und schien augenblicklich ein wenig wohlwollender gestimmt. »Gustav sagte mir, dass Sie mich zu sprechen wünschen.«

»Das ist richtig.«

»Und diese beiden Gentlemen?«

»Sind meine Begleiter. Dr. Friedrich Hingis von der Archäologischen Fakultät der Universität Genf ...«

»... sowie Dr. Horace Cranston, Spezialist für Gehirnmedizin«, sagte Cranston schnell, dem der Gedanke, von einer Dame vorgestellt zu werden, unerträglich schien.

»Hm«, machte der Rabbiner und schürzte in gespielter Ehrfurcht die Lippen. »So haben wir heute also gelehrte Häupter zu Gast im Haus des Herrn. Wie Gustav sagte, wollen Sie mit mir über den Golem sprechen ...«

»Das ist richtig.« Sarah nickte. »Ich würde Ihnen gern einige Fragen stellen, wenn Sie gestatten.«

»Glauben Sie denn an seine Existenz?«

»Wie bitte?«

»Vor einigen Wochen, Lady Kincaid, standen an dieser Stelle zwei Ihrer Landsleute, Reporter von der *London Times*.«

»Ich weiß«, bestätigte Sarah. »Ich habe den Artikel gelesen ...«

»Auch sie wollten wissen, was es mit dem Golem und seiner Rückkehr auf sich hätte, aber sie zeigten nicht eine Spur von Respekt oder Ehrfurcht und schienen nur auf der Suche nach einer guten Schlagzeile zu sein. Deshalb wiederhole ich an dieser Stelle meine Frage an Sie, Lady Kincaid: Glauben Sie an die Existenz des Golem?«

»Ich denke, das hängt ganz von Ihren Antworten ab«, entgegnete Sarah wortgewandt. »In jedem Fall aber hat mich die Erfahrung gelehrt, dass es manches gibt, wofür der rationale Verstand nicht auf Anhieb eine Erklärung findet.«

»Nun gut«, meinte der Rabbiner und stieß die Pforte zur Synagoge vollends auf. Dabei wurde die schwarze Robe sichtbar, die er als Zeichen seines Amtes trug. »Mit diesen Worten, Mylady, haben Sie die Tür zu Gottes Haus geöffnet. Treten Sie ein.«

Sarah nickte dankbar und kam der Aufforderung nach. Als Hingis ihr jedoch folgen wollte, ging Oppenheim dazwischen. »Nur Lady Kincaid und der Junge«, stellte er klar.

»Aber wir sind ihre Begleiter«, wandte Cranston energisch ein. »Es kommt nicht in Frage, dass ...«

»Bitte, Doktor«, fiel Sarah ihm ins Wort und gab ihm mit einem eindringlichen Blick zu verstehen, dass sie auch allein zurechtkommen würde. Cranston ließ daraufhin ein geräuschvolles Schnauben vernehmen, und seine hagere Gestalt straffte sich.

»Wie Sie wollen«, meinte er nur. »Dann viel Glück auf der Jagd. Tally-ho.«

Sie nickte und folgte dem Rabbiner, und nachdem auch der junge Gustav die Schwelle übertreten hatte, schloss und verriegelte Oppenheim die Tür. Kerzenschein und das Licht bronzener Öllampen erhellten den Raum, der sich vor ihnen erstreckte und dessen hohes, gotisches Gewölbe von zwei achteckigen Säulen getragen wurde. Aus dunklem Holz gearbeitetes Gestühl säumte die Wände, die Mitte der Halle wurde von einem Rednerpult eingenommen, das von einem prachtvollen schmiedeeisernen Gitter umgeben war. Jenseits der Säulen, unter einem kunstvoll gearbeiteten Tympanon, befand sich das eigentliche Herz der Synagoge: der Thoraschrein, in dem die heiligen Schriftrollen aufbewahrt wurden.

»Dieser Ort«, sagte Oppenheim leise, »hat allen Anfechtungen widerstanden, denen mein Volk in den vergangenen Jahrhunderten ausgesetzt war. Oft genug hat er Zuflucht und Schutz gewährt, und bedeutsame Dinge sind hier geschehen.«

»Ich weiß«, sagte Sarah nur und beugte das Haupt in Respekt und Ehrfurcht – eine Geste, die dem Rabbiner zu gefallen schien.

»Und Sie sind tatsächlich eine englische Lady?«, erkundigte er sich in offener Verwunderung. »Ehrlich gesagt, sind Sie nicht ganz das, was ich erwartet hatte ...«

»Was hatten Sie denn erwartet?«

»Um die Wahrheit zu sagen, weiß ich das auch nicht. Allerdings erschien mir die Vorstellung, dass eine junge Britin adeliger Herkunft ausgerechnet an diesen Ort kommen würde, so abwegig, dass ich nicht anders konnte, als diesem Treffen zuzustimmen. Gewissermaßen haben Sie es also meiner Neugier zu verdanken, dass Sie hier sind.«

»Ich bin Ihrer Neugier sehr dankbar«, versicherte Sarah lächelnd, der die schlichte Art und der hintergründige Humor des Rabbiners gefielen. »Und ich bin froh, dass Sie sich die Zeit für ein Gespräch genommen haben.«

»Wie Sie sich denken können, kommt es nicht oft vor, dass jemand von außerhalb uns hier besucht, und in Ihrem Fall erschien es mir gleich aus drei Gründen abwegig: Sie sind eine Frau, Sie sind von Adel – und nicht zu vergessen Christin, wenn ich nicht irre.«

»Sie irren nicht«, gab Sarah zu. »Aber mein Vater lehrte mich einst, dass die Menschen auf unterschiedliche Weise nach Gott suchen mögen, aber dass sie alle seine Kinder sind.«

»Ein weises Wort.« Der Rabbiner nickte. »Ihr Vater scheint ein kluger Mann zu sein.«

»Er *war* ein kluger Mann«, verbesserte Sarah.

»Verzeihen Sie.« Oppenheim blickte ihr prüfend ins Gesicht und schien den Schmerz darin zu erkennen. Rasch wechselte er deshalb das Thema. »Sie sind also des Golems wegen gekommen?«

»In der Tat.«

»Was wollen Sie darüber wissen?«

»Möglichst alles.«

»Dann werde ich Ihnen von den Ursprüngen der Sage erzählen. Von der Geschichte der Prager Juden, die so vieles erdulden mussten. Und von dem Diener aus Lehm, der ihnen geschickt wurde, um sie von einem schrecklichen Verdacht zu befreien ...«

»Das alles weiß ich bereits, Rabbi Oppenheim«, wandte Sarah ein. »Sie müssen wissen, dass ich mich nicht unvorbereitet auf diese Reise begeben habe. Ich habe recherchiert und eine ganze Reihe von Informationen über den Golem und seine Herkunft gefunden.«

»Umso mehr wundert es mich, dass Sie die weite Reise auf sich genommen haben«, entgegnete Oppenheim.

»Ich bin hier, Rabbi, weil ich gehofft hatte, dass Sie mir noch mehr darüber sagen könnten.«

»Mehr? Wie darf ich das verstehen?«

»Ich spreche von jenem Wissen, das nicht in den Büchern steht«, erwiderte Sarah leise. »Wissen, das von Generation zu Generation weitergegeben wurde und vom Geheimnis des Lebens selbst berichtet.«

»Vom Geheimnis des Lebens?« Der Rabbiner bedachte Gustav, der den Wortwechsel atemlos und mit großen Augen verfolgte, mit einem Seitenblick. Einen Moment lang schien er zu erwägen, den Jungen wegzuschicken, entschied sich dann aber dagegen. »Sie sprechen große Worte aus, Lady Kincaid.«

»Ich weiß, Rabbi.«

»Was bringt Sie auf den Gedanken, dass ich etwas über derlei Dinge wissen könnte?«

»Aus meinen Nachforschungen weiß ich, dass ein gewisser David Oppenheim im 17. Jahrhundert Oberrabbiner von Prag gewesen ist«, antwortete Sarah. »Wie es heißt, war er im Besitz zahlreicher kostbarer alter Schriften, unter anderem aus dem Nachlass Rabbi Löws. Und man muss kein Hellseher sein, um zu vermuten, dass jener David Oppenheim Ihr Ahne gewesen ist – und dass er Ihrer Familie zumindest einen Teil jener Schriften hinterlassen hat.«

Oppenheim antwortete nicht sofort. Die Betroffenheit war seinen bärtigen Gesichtszügen anzusehen, gleichwohl war unmöglich zu erahnen, was er dachte.

»Erstaunlich«, sagte er schließlich. »Das alles ist sehr erstaunlich ...«

»Wie darf ich das verstehen?«

»Lady Kincaid – Sie müssen wissen, dass mit dem Schicksal jener alten Schriftrollen eine Weissagung verknüpft ist.«

»Eine Weissagung?«

»Allerdings. In all den Jahrhunderten, in denen sich diese Bücher nun in unserem Besitz befinden, hieß es stets, dass eines Tages jemand kommen und sich nach ihrem Verbleib erkundigen werde. Möglicherweise – und dieser Gedanke erschreckt mich zutiefst – sind Sie dieser Jemand.«

»Weshalb finden Sie diesen Gedanken so erschreckend?«, erkundigte sich Sarah. »Weil ich eine Frau bin? Oder nicht jüdischen Glaubens?«

»Nein«, antwortete der Rabbiner mit düsterer Stimme, »sondern weil ...« Er unterbrach sich und dachte einen Augenblick nach, schien sich dann anders zu besinnen. »Aus welchem Grund suchen Sie das Geheimnis des Golems zu ergründen?«, wollte er stattdessen wissen.

»Wie darf ich diese Frage verstehen?«

»Suchen Sie Ruhm für sich selbst? Wollen Sie Unsterblichkeit erlangen? Wollen Sie Gottes Schöpfung nachahmen? Oder ihr gar trotzen?«

Die Augen des Rabbiners hatten sich zu Schlitzen verengt, und die Art und Weise, wie er seine Worte betonte und ihnen damit zusätzliches Gewicht verlieh, zeigte ihr, wie ernst es ihm war. Unwillkürlich fühlte sie sich daran erinnert, dass ihr eine ähnliche Frage schon einmal gestellt worden war, an einem anderen Ort und zu früherer Zeit. Der sie ihr gestellt hatte, war ihr nicht weniger klug und weise erschienen als der alte Rabbiner ...

»Der Mann, den ich liebe, liegt im Sterben«, erklärte sie direkt und ohne Vorbereitung. »Ein rätselhaftes Fieber hat von ihm Besitz ergriffen, gegen das keiner der konsultierten Ärzte ein Heilmittel kennt. Nur um seinetwillen bin ich gekommen.«

»Ich verstehe«, erwiderte der Rabbiner, nunmehr wieder sanft und einfühlsam. »Dennoch begreife ich nicht, warum Ihre Suche Sie ausgerechnet hierher geführt hat ...«

»Jener Zustand, der meinen Geliebten gefangen hält, wurde künstlich herbeigeführt«, erwiderte Sarah. »Ein Gift, ein Trank oder was auch immer wurde ihm verabreicht. Ich vermag es nicht schlüssig zu erklären, aber es gibt Parallelen.«

»Parallelen?« Oppenheim hob die ergrauten Brauen.

»Zu der Art und Weise, wie der Sage nach der Golem zum Leben erweckt wurde«, erklärte Sarah. »Darüber hinaus bin ich zu der ernüchternden Einsicht gelangt, dass es gewisse Kreise gibt, die offenbar ein massives Interesse daran haben, dass ich mich auf diese Reise begebe.«

»Wie darf ich das verstehen? Sie sprechen in Rätseln ...«

Sarah seufzte. Wie sollte sie etwas erklären, das sie ja selbst kaum verstand? Wie etwas begreiflich machen, das sich ihrem eigenen Erfassen entzog? »Es ist schwer in Worte zu fassen«, räumte sie ein. »Jemand wollte, dass ich hierherkomme. Man gab mir Hinweise, denen ich folgen sollte, und sie haben mich an diesen Ort geführt. Zu Ihnen.«

»Zu mir?« Der Rabbiner schaute sie fragend an, die Zweifel in seinen Blicken waren unübersehbar.

»Ich weiß, wie seltsam sich das alles anhören muss, und es steht Ihnen frei, mich für verrückt zu halten«, sagte Sarah. »Für eine Frau von Adel, die über dem Studium ihrer Bücher den Verstand verloren und eine ebenso weite wie sinnlose Reise auf sich genommen hat, um ihren Phantasmagorien nachzujagen. Aber es ändert nichts daran, dass ich hier bin und nach Antworten suche – denn diese Antworten sind alles, was meinen armen Kamal noch retten kann.«

»Kamal? Ist das sein Name?«

»Ja, Rabbi.«

»So ist er kein Christ, sondern ein Anhänger Mohammeds?«

»Auch das ist wahr.«

Oppenheim nickte, und ein zufriedenes Lächeln glitt über seine faltigen Züge. »So weiß ich jetzt, dass es nicht nur hohle Worte waren, als Sie eingangs von Gottes Kindern sprachen.«

»Sicher nicht«, beteuerte Sarah. »Noch vor einiger Zeit habe ich anders darüber gedacht, aber inzwischen glaube ich, dass wir alle Kinder eines höheren Schicksals sind. Ich habe lange versucht, dieses Schicksal zu leugnen und mit dem Verstand nach Antworten gesucht, aber irgendwann musste ich erkennen, dass es Weisheiten gibt, die jenseits menschlichen Begreifens liegen. Aus diesem Grund bin ich hier, Rabbi Oppenheim. Auf der Suche nach Antworten bin ich dem Schicksal gefolgt, und es hat mich hergeführt.«

Erneut blieb der Rabbiner eine Erwiderung schuldig. Eine endlos scheinende Weile lang blickte er Sarah prüfend ins Gesicht, ehe er sich zu einem bedächtigen Nicken entschloss. »Lady Kincaid«, sagte er schließlich leise, »ich weiß weder, was all das bedeutet, noch, was ich davon halten soll. Aber etwas in Ihren Worten und in Ihrer Art zu sprechen bewegt mich dazu, Ihnen zu vertrauen. Aus diesem Grund möchte ich Ihnen etwas zeigen, das bislang nur wenige Augen erblickt haben. Bitte folgen Sie mir.«

Er wandte sich um und setzte sich in Bewegung, gefolgt von Sarah, die gespannt war, was der Rabbiner ihr zeigen würde. Der junge Gustav stand einen Augenblick unschlüssig da, aber da ihm niemand zurückzubleiben gebot, schloss er sich an. Durch eine Tür verließen sie die Synagoge und gelangten erneut in die Wandelhalle, die das Haus umlief. Durch mehrere von Kerzenschein beleuchtete Kammern gelangten sie zu einer Tür, die Oppenheim mit einem großen, rostigen Schlüssel öffnete, den er unter seinem Gewand hervorzog.

Knarrend schwang das morsche Blatt auf und gab den Blick auf eine hölzerne Treppenkonstruktion frei, die steil nach oben führte. Im Grunde war es mehr eine Leiter als eine Treppe, die zudem wenig vertrauenerweckend aussah. Oppenheim griff dennoch ohne Zögern nach den schmalen Holmen und kletterte behände hinauf.

Sarah und Gustav tauschten einen Blick. Errötend und mit einem verlegenen Räuspern gab ihr der Jüngling zu verstehen, dass er sich keineswegs vordrängen, aber freilich – aus Gründen der Diskretion – auch nicht unter ihr klettern wolle.

Sarah musste lächeln. »Lass dir gesagt sein, Gustav Meyrink«, beschied sie ihm, »dass du in deinen jungen Jahren bereits mehr Gentleman bist als manch anderer im reifen Alter.«

Ihr Begleiter errötete daraufhin nur noch mehr und beeilte sich, dem Rabbiner hinterherzusteigen. Ein wenig argwöhnisch blickte Sarah an der Leiter empor, die durch eine quadratische Luke in absolute Dunkelheit führte. Dann begann auch sie die waghalsige Kletterpartie.

Die Sprossen der Leiter knarrten unter jedem einzelnen Tritt, hielten der Beanspruchung jedoch stand. Kälte und der Geruch von altem Holz drangen von oben herab, und plötzlich flammte flackerndes Kerzenlicht auf. Erst jetzt konnte Sarah erkennen, wo sie sich befanden: in einem schmalen, nur etwa zwei Fuß breiten Schacht, dessen steil nach oben verlaufende Schräge vermuten ließ, dass er sich unmittelbar unter dem Dach der Synagoge befand. Zur Linken wurde er von tönernen Dachziegeln begrenzt, gegen die der prasselnde Regen trommelte, zur Rechten von der hölzernen Schalung, die oberhalb der Sparren angebracht war. Sarah bezweifelte, dass man die Existenz des Schachts vom Inneren der Synagoge aus erahnte: Es war ein Hohlraum, ein doppelter Boden gewissermaßen, von der Art, wie die Illusionisten in den Theatern und Varietés sie bei ihren Darbietungen benutzten.

Sarah atmete auf, als die Leiter endete.

Gustavs helfende Hand reckte sich ihr entgegen, und durch

eine weitere Luke gelangte sie in eine Kammer, die sich im obersten Winkel des Daches befinden musste. Beiderseits ragten die Schrägen auf und trafen sich in etwa sechs Fuß Höhe, sodass man nur in der Mitte aufrecht stehen konnte. Der Boden war mit geschwärzten Dielen beschlagen. Nach den Längsseiten verlor sich die Kammer in Dunkelheit, der Schein der Kerze, die Rabbi Oppenheim entfacht hatte, reichte nicht aus, sie ganz zu beleuchten.

»Wissen Sie, was für ein Ort dies ist, Lady Kincaid?«, erkundigte sich der Rabbiner, dessen Züge im Kerzenschein noch um vieles älter und geheimnisvoller wirkten.

»Eine geheime Kammer, möchte ich annehmen«, antwortete Sarah.

»Das ist richtig. Wie es heißt, soll Rabbi Löw an diesem Ort den Golem versteckt haben – tagsüber, wenn er schlief und ein leichtes Opfer für seine Feinde gewesen wäre.«

»Der Golem«, echote Sarah und blickte sich staunend um. Jede Diele, jeder einzelne Dachbalken schien aus jeder Pore den Geist der Vergangenheit zu atmen ...

»Niemand weiß, ob es wirklich so gewesen ist«, schränkte der Rabbiner ein, »aber in der Tat hat sich dieser Ort über die Jahrhunderte als gutes und verlässliches Versteck bewährt. So auch in diesem Fall.«

Die Kerze in der Hand, wandte er sich um und ging einige gebückte Schritte, bis der flackernde Schein eine große, eisenbeschlagene Truhe erfasste, die im hintersten Winkel der Dachkammer stand. Die Außenseiten waren mit allerlei Schnitzereien und jüdischen Symbolen versehen, auf dem Deckel prangte ein Davidsstern, in dessen Mitte ein seltsam geformter, spitz zulaufender Hut zu sehen war.

»Das Zeichen der Prager Gemeinde«, erklärte Gustav, während Oppenheim erneut unter sein Gewand griff und einen weiteren rostigen Schlüssel hervorholte.

»Was hat es mit dem Hut auf sich?«, wollte Sarah wissen.

»Im 14. Jahrhundert gab es einen Erlass, demzufolge alle Mitglieder der jüdischen Gemeinde gezwungen wurden, ihn zu tragen. Sie sollten auf den ersten Blick als Juden zu erkennen sein.«

»Ich hätte es nicht besser erklären können«, erkannte Rabbi Oppenheim an, während er das Schloss öffnete und den Deckel der Truhe aufstieß. »Die Seele des Menschen«, meinte er schließlich, »birgt Abgründe, die dunkler sind als jede Nacht und kälter als der Tod.«

Er ließ den Deckel zur anderen Seite fallen, worauf eine dichte Staubwolke aufstob und sie alle zum Husten brachte. Als sich der Staub jedoch legte, konnte Sarah erkennen, was sich im Inneren der Truhe befand – und ließ vor Freude einen halblauten Schrei vernehmen.

Es waren Schriftrollen.

Bücher, die nach jüdischer Tradition gerollt und mit wächsernen Siegeln versehen worden waren, die sie vor dem Zahn der Zeit bewahren sollten. Mit Erfolg, wie es den Anschein hatte.

»Ihr Scharfsinn hat Sie nicht getrogen, Lady Kincaid«, stellte Oppenheim dazu fest. »Ich befinde mich tatsächlich im Besitz wenn auch nicht aller, so doch einiger Schriften, die einst dem ehrwürdigen Judah Löw gehörten.«

»Wovon handeln sie?«, wollte Sarah wissen.

»Die Schriften sind ohne Ausnahme in Hebräisch gehalten. Einige davon sind gedruckt, die meisten jedoch handschriftlicher Natur, wobei es sich selbstverständlich nicht mehr um die Originale handelt. Im Lauf der Jahrhunderte wurden sie immer wieder abgeschrieben und erneuert.«

»Der Jahrhunderte?«

Oppenheim lächelte. »Einige dieser Schriften wurden vor mehr als dreitausend Jahren verfasst, Lady Kincaid. Vergessen Sie nicht, dass Sie es mit dem ältesten Gottesglauben dieser Welt zu tun haben.«

»Warum haben Sie mich hergeführt, Rabbi? Wieso zeigen Sie mir, einer Fremden, etwas, das so kostbar und wertvoll ist?«

»Weil ich erkannt habe, dass Sie eine Suchende sind, Lady Kincaid. Und weil sich hier« – er deutete auf die Schriftrollen, die dicht nebeneinander in der Truhe lagen – »vielleicht ein paar Antworten befinden. Sind Sie des Hebräischen mächtig?«

»Ich bedaure.« Sarah schüttelte den Kopf.

»So werde ich Ihnen erzählen, wovon diese Schrift berichtet.« Ohne Zögern griff er mitten hinein und zog eine der zahllosen Rollen hervor, was bewies, dass er mit dem Inhalt der Truhe besser vertraut war, als der Staub und der entlegene Standort es vermuten ließen.

»Was ist das?«, erkundigte sich Sarah.

»Ein uraltes Dokument. Im Jahr 246 Ihrer vorchristlichen Zeitrechnung wurde es von einem jüdischen Gelehrten namens Josephos verfasst, der sich zu dieser Zeit am Hof von Ptolemaios II. aufhielt.«

»In Alexandria?« Sarah wurde hellhörig.

»So ist es. Nach allem, was wir wissen, muss Josephos ein Mann vieler Talente gewesen sein. Er unterrichtete an der Bibliothek und soll zu jenen Gelehrten gehört haben, die die Lehren der Thora ins Griechische übersetzten.«

»Die Septuaginta«, sagte Sarah.

»Sind Sie mit den damaligen Vorgängen vertraut?«

»Allerdings«, bestätigte sie, während eine Unzahl von Erinnerungen in ihr Bewusstsein schwappte – und längst nicht alle davon waren willkommen ... »Um den in Alexandria ansässigen Juden entgegenzukommen, die des Hebräischen oder Aramäischen häufig nicht mehr mächtig waren, ließ Ptolemaios II. das Alte Testament ins Griechische übertragen. Zu diesem Zweck warb er siebzig – einige Quellen sprechen auch von zweiundsiebzig – jüdische Gelehrte an, die das Werk, der Überlieferung des Aristeas zufolge, an zweiundsiebzig Tagen übersetzten.«

»Das alles ist richtig. Wie kommt es, dass Sie sich so gut mit diesen Dingen auskennen?«

»Ich bin in Alexandria gewesen«, erwiderte Sarah nur – was sonst hätte sie auch erwidern sollen? Hinzufügen, dass sie sich zusammen mit ihrem Vater auf die Suche nach der verschollenen Bibliothek begeben hatte? Dass es eben jene Septuaginta gewesen war, die ihnen den entscheidenden Hinweis gegeben hatte? Dass sie Gardiner Kincaids Tod in den Tiefen Alexandrias nicht vergessen konnte?

Der Rabbiner schien erneut ihren Schmerz zu fühlen, denn er fragte nicht weiter nach. »Wenn Sie mit der Geschichte des Ptolemäerreiches vertraut sind«, fuhr er stattdessen fort, »dann wissen Sie sicher auch, was im Jahr 246 geschah.«

»Wenn ich mich recht entsinne, starb Ptolemaios in diesem Jahr ...«

»Auch das entspricht den Tatsachen. Auf dem Sterbebett war Ptolemaios II. von seinen Beratern und Vertrauten umgeben, darunter auch Josephos, dem man nach Beendigung seiner Übersetzungarbeit die Rückkehr nach Jerusalem verwehrt hatte. Als Ptolemaios' persönlicher Geschichtsschreiber und Chronist war er in Alexandrien geblieben und zeichnete dessen Regierungszeit auf.«

»Tatsächlich?« Verwundert hob Sarah die Brauen. »Über eine solche Chronik ist mir nichts bekannt ...«

»Weil sie im Lauf der Jahrtausende verloren ging. Nur diese eine Rolle blieb erhalten – sie schildert in allen Einzelheiten die letzten Stunden in Ptolemaios' Leben.«

»Was genau steht in der Rolle?«, hakte Sarah nach, die sich noch immer nicht vorstellen konnte, was all das mit dem Golem oder mit den Antworten zu tun haben sollte, nach denen sie suchte.

»Josephos schreibt, dass Ptolemaios in seinen letzten Stunden von seltsamer Zuversicht beseelt war. Sein Rivale Antigonos war zu diesem Zeitpunkt bereits tot, aber Ptolemaios schien nicht gewillt, ihm ins Jenseits zu folgen. Mit aller Gewalt hielt er am Leben fest, und wie es heißt, ruhte seine Hoffnung auf dem Inhalt einer Phiole, die ihm seine Schwester und Gattin Arsinoë hinterlassen hatte.«

»Arsinoë«, echote Sarah tonlos.

Auch dieser Name war ihr schon untergekommen. War es bloßer Zufall, dass ihr all diese Personen und Orte erneut begegneten, oder verbarg sich mehr dahinter ...?

»Mit den Worten *bíos aiónios* soll er die Phiole angesetzt und sie bis auf den Grund geleert haben. *Bíos aiónios* ist Griechisch und bedeutet ...«

»... ewiges Leben«, übersetzte Sarah.

»In der Tat. Doch Josephos' Schilderung zufolge brachte der Inhalt der Phiole Ptolemaios keineswegs das Leben, sondern ein qualvolles Ende. Wie es heißt, starb er in der Überzeugung, dass Arsinoë ihn hintergangen und vergiftet hatte.«

»Und?«, fragte Sarah.

»Obwohl Ptolemaios in seinem Testament verfügt hatte, dass Josephos frei wäre und in seine Heimat zurückkehren dürfe, blieb dieser noch eine Weile in Alexandrien, um dem Geheimnis der Phiole nachzuspüren. Danach verlieren sich seine Spuren, bis sie sich viele Jahre später in Athen wiederfinden, wo Josephos, als Redner auf der Agora auftauchte. Und eben aus Athen, wo Josephos, anderen Quellen zufolge, im Jahr 289 hochbetagt aus dem Leben schied, brachten jüdische Kaufleute im 12. Jahrhundert eine geheimnisvolle Substanz nach Europa, die sie als *hydor bíou* bezeichneten.«

»Als ›Wasser des Lebens‹«, übersetzte Sarah.

»Und aus eben jener Zeit stammt auch die erste schriftliche Erwähnung des Golems in einem deutschen Begleittext der Kabbala«, fuhr Rabbi Oppenheim nickend fort.

»Sie vermuten einen Zusammenhang?«, fragte Sarah verblüfft.

»Was wissen Sie über das Ritual, mit dem der Golem zum Leben erweckt wird?«, fragte der Rabbiner dagegen.

»Nur das, was in der einschlägigen Literatur zu finden ist – dass Rabbi Löw dem Golem ein Mal auf die Stirn zeichnete, um ihm Leben zu verleihen. Und einen Zettel unter seine Zunge legte, auf dem der Name Gottes stand ...«

»Ein Schem«, stimmte Oppenheim zu. »Und natürlich ist auch von allerlei Zauberformeln und alchimistischem Hokuspokus die Rede. Manche Quellen schreiben Löw gar Zauberkräfte zu. Natürlich entspricht dies nicht den Tatsachen, Lady Kincaid. Judah Löw war kein Zauberer, sondern lediglich ein frommer Mann – dazu einer, der die Geheimnisse der Geschichte kannte und sie sich zunutze machen konnte. Denn anders als die Überlieferung berichtet, wurde der Golem keineswegs mit Wasser aus der Moldau geformt, sondern mit eben jener Flüssigkeit, die einige Jahrhunderte zuvor aus Griechenland nach Mitteleuropa gebracht worden war.«

»Dem Wasser des Lebens«, folgerte Sarah.

»Genauso ist es.«

»Sind Sie sicher?«

»So sicher, wie ich nur sein kann, Lady Kincaid. Wenn Sie nach schriftlichen Beweisen suchen, so werden Sie nichts darüber finden, denn jenes geheime Wissen wurde mündlich tradiert und von jedem Oberrabbiner der Gemeinde an seinen Nachfolger weitergegeben.«

Sarah nickte nachdenklich, während sie all diese neuen Informationen zu ordnen suchte. Alexandrien, der Gelehrte Josephos, das alte Griechenland ... Hatte sie im Traum nicht einer Begräbniszeremonie im antiken Hellas beigewohnt? Und hatte Kamal in diesem Traum nicht eine Münze unter der Zunge gehabt, wie es damals in Griechenland Sitte gewesen war ...?

»Aber wie«, fragte sie, »hängt all dies zusammen? Was hat es mit Josephos zu tun? Und was mit dem Todestrank, der Ptolemaios verabreicht wurde?«

»Das weiß ich nicht mit Bestimmtheit«, gab der Rabbiner zu. »Aber zieht man all dies in Betracht, so könnte man zu dem Schluss gelangen, dass es ehedem zwei wundertätige Elixiere gab – das eine in der Lage, Leben zu schenken, das andere dazu angetan, es zu nehmen.«

»Und Sie meinen, dass Ptolemaios getäuscht wurde? Dass Arsinoë ihm das falsche Elixier hinterließ?«

»Wenn Sie mit der Geschichte vertraut sind, dann wissen Sie, dass Arsinoë II. kein frommer Mensch gewesen ist. Der Überlieferung zufolge war sie eine gefährliche Intrigantin, deren Zügellosigkeit und Untugend beim Volk verschrien waren. Schließlich scheute sie sich nicht, das Bett mit dem eigenen Bruder zu teilen.«

»War das bei den Ägyptern nicht allgemein üblich?«, wandte Gustav vorsichtig ein.

»Zu dieser Zeit nicht mehr«, erklärte Sarah. »Die Ptolemäer waren die Nachfolger Alexanders in Ägypten, folglich war ihr Weltbild griechisch geprägt, und die Griechen verabscheuten jede Form von Inzest. Andererseits starb Arsinoë bereits viele Jahre vor Ptolemaios. Welchen Grund sollte sie gehabt haben, ihm über ihren Tod hinaus so etwas anzutun?«

»Wie ich schon sagte – die Seele des Menschen birgt manche Abgründe.«

»Rabbi«, sagte Sarah, und musste dabei alle Macht aufwenden, um sich zur Ruhe zu zwingen, »versuchen Sie, mir mit alldem zu sagen, dass Sie ... dass Sie sich im Besitz jenes lebensspendenden Elixiers befinden? Dass Sie deswegen so von der Existenz des Golems überzeugt sind, weil Sie selbst es waren, der ihn ins Leben zurückgeholt hat?«

»Lady Kincaid«, erwiderte der Rabbiner mit feucht glänzenden Augen, »ich wünschte von Herzen, es wäre so. Wäre mir die

Macht meines berühmten Vorgängers gegeben, so könnte ich etwas zum Wohl meines Volkes beitragen, statt zur Untätigkeit verdammt zu sein. Denn wie schon vor mehr als dreihundert Jahren sind die Söhne Israels in diesen Tagen erneut in Bedrängnis. Das Viertel soll abgerissen und dem Erdboden gleichgemacht werden ...«

»Ich habe davon gehört«, bestätigte Sarah.

»Zu gerne wäre ich deshalb der, der das Geheimnis entschlüsselt und den alten Beschützer unseres Volkes zurückgebracht hat, Lady Kincaid – aber ich bin es nicht. An Glauben und Entschlossenheit mangelt es mir nicht, aber ich entbehre das geheimnisvolle Wasser. Der letzte Rest, der sich im Besitz unserer Gemeinde befand, wurde vor etwa neunzehn Jahren aus unserem Besitz gestohlen.«

»Es wurde gestohlen?«

»Allerdings – nachdem es sich genau dreihundert Jahre lang in unserem Besitz befunden hatte, von dem Tag an, da Judah Löw die Kreatur aus Lehm ins Leben rief.«

»Dreihundert Jahre?« Sarah begann zu rechnen – und kam, indem sie die Zahl 319 vom aktuellen Jahr 1884 abzog, auf 1565 ... »Ich hatte angenommen, das Jahr des Golems wäre 1580 gewesen«, wandte sie ein.

»Was bringt Sie darauf?«

»Nun, ausgehend von den Ereignissen, die zur Erschaffung des Golems führten, kann man darauf schließen, dass sie sich im Adar 5340 zutrugen, nach unserer Zeitrechnung im März 1580 ...«

Oppenheim lachte leise. »Erwarten Sie, dass die Autoren Ihrer Bücher die ganze Wahrheit kennen? Dass sie in den Geheimnissen der Kabbalistik bewandert sind? Der Buchstabenmystik? Des Sephiroth?«

»Nein«, räumte Sarah ein, »das wohl nicht. Aber eine Abweichung um ganze fünfzehn Jahre ...«

»Für den Gott Jakobs nur ein Augenzwinkern«, gab der Rabbiner zu bedenken. »Es gibt viele Geschichten, die sich um die Entstehung, die Taten und das Vergehen des Golems ranken, Lady Kincaid – die Wahrheit liegt irgendwo dazwischen. Es ist wahr, dass der Golem im Jahr 1580 erstmals in Erscheinung trat – geformt wurde die Kreatur jedoch schon viele Jahre zuvor, verborgen vor den Augen der Welt.«

»I-ich verstehe«, erwiderte Sarah zögernd. »Und Sie sind sich wirklich ganz sicher, was das Jahr 1565 betrifft?«

»Warum fragen Sie das?«

»Weil dieses Jahr noch aus einem anderen Grund von Wichtigkeit ist«, erläuterte Sarah bereitwillig.

»Tatsächlich? Was ist damals geschehen?«

»Im Jahr 1565 unternahm der osmanische Heerführer Dragut Rais den Versuch, mit einer Kriegsflotte in den westlichen Mittelmeerraum vorzustoßen und die Insel Malta zu erobern. Malta befand sich zur damaligen Zeit im Besitz der Ritter des Johanniterordens, die sich Rais erbittert zur Wehr setzten und denen es schließlich gelang, die Invasion zurückzuschlagen.«

»Und?«, fragte der Rabbiner.

»Soviel zum offiziellen Teil der Geschichte – nun liegt es an Ihnen, der mündlichen Überlieferung zu folgen.«

»Nur zu.«

»Nur wenige wissen«, fuhr Sarah fort, »dass sich ein uraltes Artefakt aus antiker Zeit im Besitz von Dragut Rais befand, ein so genannter Codicubus.«

»Ein was?«, fragte Gustav, der dem Gespräch verwundert beiwohnte und nicht zu wissen schien, was er von alldem halten sollte.

»Ein würfelförmiges Behältnis aus Metall, das dazu vorgesehen ist, geheime Botschaften und Informationen über Jahrhunderte hinweg zu bewahren«, erklärte Sarah. »Angeblich soll es einst Alexander dem Großen gehört haben.«

»Interessant«, erkannte Oppenheim an. »Woher wissen Sie das alles?«

»Ich weiß es, weil ich diesen Codicubus einst selbst in meinen Händen hielt – und weil jene Menschen, die in seinen Besitz gelangen wollten, dieselben sind, die Kamal dies angetan haben.«

»Der Zustand Ihres Geliebten ... wurde künstlich herbeigeführt?«

»Alles spricht dafür«, bestätigte Sarah, »denn das Symbol jener Menschen ist das Eine Auge, das sich auch auf einer der sechs Seiten des Würfels befindet – und das ich auf einem Zettel fand, der unter Kamals Zunge gelegt war.«

»Wie der Schem«, ächzte der Rabbiner, und ihm war anzusehen, wie ihn dabei schauderte.

»Darüber hinaus hatte mein Geliebter ein Mal auf der Stirn, das sich aus drei Buchstaben zusammensetzte: A, M und T. Sicher kommen Ihnen diese Buchstaben bekannt vor.«

»*Emeth*«, flüsterte Oppenheim. »Genau wie beim Golem ...«

»Verstehen Sie jetzt, warum ich hier bin, Rabbi?«, erkundigte sich Sarah und schaute den Alten fragend an. »Warum ich so überzeugt davon bin, dass ich ausgerechnet hier das finden könnte, was meinen armen Kamal vor einem zu frühen und willkürlichen Ende bewahrt?«

»Allerdings, Lady Kincaid – und ich nehme es als weitere Bestätigung dafür, dass Sie diejenige sind, von der in der Weissagung die Rede ist. Von weit her sind Sie gekommen, um nach dem Golem und seinem Wesen zu forschen – genauso heißt es in der Prophezeiung. Allerdings sollten Sie sehr vorsichtig sein ...«

»Das ist schon das zweite Mal, dass Sie etwas Derartiges andeuten. Wovon genau sprechen Sie, Rabbi?«

Einen Augenblick lang schien Oppenheim antworten zu wollen, entschied sich aber anders. Beharrliches Kopfschütteln war die einzige Reaktion, die Sarah auf ihre Frage erntete. Unwillkürlich fühlte sie sich an die Warnung der Gräfin Czerny erinnert. *Rabbiner*, hatte sie gesagt, *sind seltsame Leute. Sie pflegen in Rätseln zu sprechen, und mancher hat aus den Wirrungen ihrer Worte nicht mehr herausgefunden ...*

Sarah hatte genug von verschwommenen Hinweisen. Sie hatte es satt, sich blindlings durch die Irrgärten zu tasten, die andere um sie errichteten – entsprechend schroff waren ihre Worte. »Mit Andeutungen kann ich nichts anfangen«, stellte sie klar. »Was Sie sagen, bestärkt mich nur in meinem Vorhaben, den Golem zu suchen und zu finden.«

»S-Sie wollen den Golem suchen?«

»In der Tat. Eingangs haben Sie mich gefragt, ob ich an den Golem glaube. Um die Wahrheit zu sagen, bin ich bereit, so ziemlich alles zu tun und alles zu glauben, was nötig ist, um Kamal zu retten. Finde ich den Golem, so finde ich womöglich auch das Wasser, das ihn zum Leben erweckt hat – und das meinen Geliebten womöglich retten könnte. Verstehen Sie das?«

»Ich denke, ja ...«

»Wissen Sie, wo sich der Golem gegenwärtig aufhält?«

Der Rabbi schüttelte den Kopf. »Nein, Lady Kincaid.«

»Aber Sie sagten, Sie hätten ihn selbst gesehen.«

»Durch Zufall, vor einigen Wochen. Mein Freund Daniel, der Milchmann, hatte mich in sein Haus eingeladen, und ich kehrte erst zu fortgeschrittener Stunde zurück. Im bleichen Mondlicht erblickte ich eine riesige, hünenhafte Gestalt, die sich mit ungelenken Schritten fortbewegte ...«

»Der Golem«, folgerte Sarah.

»Wie die alten Schriften ihn beschreiben.«

»Wohin ist er gegangen?«

»Das weiß ich nicht.«

»Sind Sie ihm denn nicht gefolgt?«

»Lady Kincaid, ich bin Gottes Diener und kein Übermensch«, gestand der Rabbiner verlegen ein. »Anfangs konnte ich meine

Glieder aus Furcht nicht bewegen. Als sie mir endlich wieder gehorchten, war der Golem verschwunden. Gerüchten zufolge, hält er sich tief unter der Stadt verborgen, in einem Zimmer ohne Zugang.«

»Ein Zimmer ohne Zugang?«, erkundigte sich Gustav atemlos.

»Wie es heißt, kann nur der es finden, der es finden soll«, bestätigte der Rabbiner.

»Sie sprechen von Gerüchten«, sagte Sarah. »Haben denn auch noch andere den Golem gesehen?«

»Gewiss, Lady Kincaid – und es werden immer mehr. Denn wie ich schon sagte, der Golem ist zurückgekehrt, um das Ende der Welt anzukündigen.«

»Das Ende der Welt? Sie meinen die Apokalypse?« Sarah hob die Brauen. »Ist das nicht ein wenig hoch gegriffen? Letztendlich ist es doch nur eine von vielen Geschichten ...«

»Für uns nicht, Lady Kincaid«, versicherte der Rabbiner mit düsterem Blick. »Wenn der Golem zurückgekehrt ist, so muss dies bedeuten, dass auch das Böse zurückgekehrt ist – und dieses Böse bedroht unsere Gemeinde ebenso, wie es Sie bedroht und Ihren geliebten Kamal. Ich weiß nicht, ob ...«

Er brach plötzlich ab, als von draußen Schreie zu hören waren, so laut und durchdringend, dass sie selbst durch den Regen und die doppelte Wandung des Dachs zu vernehmen waren. Eine sich überschlagende Stimme rief etwas in einer fremden Sprache, die Sarah nicht verstand – ein Wort jedoch war deutlich herauszuhören.

Golem ...

»Was ist da draußen los?«, wollte sie wissen.

»Der Golem«, erwiderte der Rabbi flüsternd. »Er wurde wieder gesichtet. Ganz in der Nähe ...«

Sarah verlor keinen weiteren Augenblick. Auf dem Absatz fuhr sie herum, wollte durch die Luke steigen, um an der Leiter hinabzuklettern. Die knochige Hand des Rabbiners hielt sie jedoch zurück.

»Lassen Sie mich los«, verlangte sie. »Ich muss diese Kreatur finden und herausbekommen, was es mit ihr auf sich hat.«

»Nur noch eines«, sagte Oppenheim.

»Was?«

»Ich bin Ihnen noch eine Antwort schuldig, Lady Kincaid. In der Weissagung heißt es, dass jene, die das Geheimnis des Golems zu ergründen sucht ...«

»Ja?«, drängte sie.

»... dabei den Tod finden wird«, entgegnete der Rabbiner mit einem Tonfall, der zugleich unendliches Bedauern und grässliche Endgültigkeit enthielt. Sarah fühlte, wie sich eine neue, noch leise Furcht ihrer bemächtigte, die sie zuvor noch nicht empfunden hatte.

»Wenn schon«, sagte sie dennoch. »Jeder folgt seinem eigenen Schicksal, nicht wahr?«

Damit riss sie sich los und wandte sich um, stieg die morsche Leiter hinab durch die steile Schräge. Die Sprossen knarrten erneut unter ihren Tritten, und sie war froh, als sie ihren Fuß wieder auf den steinernen Boden der Wandelhalle setzte. Durch die von Kerzen beleuchteten Kammern kehrte sie zur Eingangshalle zurück, in der Erwartung, dort auf ihre Gefährten zu treffen – doch weder Friedrich Hingis noch Horace Cranston waren zur Stelle.

»Friedrich?«, rief Sarah deshalb laut. »Doktor ...?«

Keine Reaktion.

»Friedrich, wo bist du? Dr. Cranston, sind Sie da?«

Erneut erhielt Sarah keine Antwort außer dem Prasseln des Regens, der unvermindert heftig niederging und die Gasse vor der Synagoge halb unter Wasser gesetzt hatte.

Suchend blickte Sarah hinaus in die Dunkelheit, die inzwischen hereingebrochen war, aber im trostlosen, von glitzernden

Regenfäden durchzogenen Grau waren gerade noch die Umrisse der angrenzenden Gebäude zu erkennen – von ihren Gefährten fehlte jede Spur.

»Friedrich?«, rief sie dennoch noch einmal. »Dr. Cranston ...?« – um im nächsten Augenblick scharf Luft zu holen.

Denn nur wenige Yards von ihr entfernt, auf der anderen Seite der Gasse, gewahrte sie einen klobigen Schatten, der dort reglos kauerte und unverwandt auf sie starrte.

Der Golem!

4.

Reisetagebuch Sarah Kincaid
Nachtrag

Ich war allein.

Von meinen Gefährten verlassen, stand ich unter dem Torbogen der Synagoge und sah mich jenem rätselhaften, sagenumwobenen Wesen gegenüber, von dem Rabbi Oppenheim mir berichtet hatte und von dem mich in diesem Augenblick nur acht Schritte durch eine beinahe undurchsichtige Regenwand trennten. Und ohne, dass ich es verhindern konnte, krochen jene alten Ängste in mir empor, die ich längst überwunden glaubte …

Sarah traute ihren Augen nicht.

Zuerst glaubte sie, einer Täuschung erlegen zu sein, denn als sie erneut versuchte, den schwarzgrauen Schemen zu erfassen, schien er sich ihrem Blick zu entziehen. Plötzlich jedoch regte sich etwas im Halbdunkel der Mauernische, und jeder Zweifel war dahin.

Blankes Grauen ergriff Besitz von Sarah, als sich die Gestalt zu ihrer vollen, hünenhaften Größe erhob. Um sich vor dem Regen zu schützen, trug sie einen weiten Umhang, der sich mit Regenwasser vollgesogen hatte und dessen Kapuze die Gesichtszüge der Kreatur verhüllte. Dennoch war Sarah überzeugt davon, es mit jenem sagenumwobenen Wesen zu tun zu haben, von dem Rabbi Oppenheim ihr berichtet hatte – auch wenn ihr Verstand sich heftig gegen diese Einsicht wehrte.

Für einige Sekunden war Sarah unfähig, sich zu bewegen. Dann gewann sie jedoch die Fassung zurück und handelte. Mit zitternden Händen griff sie unter ihren Mantel, um den Colt Frontier zu fassen, den sie im Holster trug – schon lange nicht mehr jenes Modell, das sie einst von ihrem Vater geerbt und auf der Jagd nach dem Buch von Thot verloren hatte, sondern eine nahezu neuwertige Waffe desselben Typs, die sie bei einem Londoner Büchsenmacher erstanden hatte. Kühl und schwer fügte sich der Perlmuttgriff in ihre Rechte und vermittelte ihr ein Gefühl von Sicherheit, das allerdings trügerisch war.

Doch Sarah kam nicht dazu, den Revolver zu ziehen – denn in diesem Moment bewegte sich der hünenhafte Schatten. Sein Umhang flatterte, als er sich abwandte und die Gasse hinunterging, ohne Sarah auch nur eines weiteren Blickes zu würdigen. Es war, als hätte er sie taxiert und für sich beschlossen, dass weder sie noch die Waffe in ihrer Hand eine Bedrohung für ihn darstellten.

Was für ein seltsames Wesen war das?

Sarah musste es herausfinden. Sie konnte nicht bleiben und auf die Rückkehr ihrer Begleiter warten, sondern musste die Gelegenheit, die sich ihr bot, beim Schopfe packen. Auch wenn es bedeutete, alle Warnungen in den Wind zu schlagen, die die Gräfin Czerny ihr im Hinblick auf die Josephsstadt und die dort herrschenden Zustände mit auf den Weg gegeben hatte.

Sarah fühlte ihr Herz bis zum Halse schlagen. Übelkeit stieg in ihr empor, aber sie zwang sich dazu, den Schutz der Eingangshalle zu verlassen, und huschte hinaus in den Regen, dem Schreckgespenst hinterher. Ein gutes Stück voraus konnte sie seine hünenhafte Silhouette erkennen. Mit ausgreifenden Schritten, dennoch aber träge und irgendwie wankend, ging der Golem in der Mitte der menschenleeren Gasse, als gäbe es keine Nacht und keinen Regen.

Der Schein der wenigen noch funktionsfähigen Gaslaternen kämpfte vergeblich gegen die Dunkelheit und die dichten Regenschleier an; wirkungslos verpuffte er und sorgte lediglich für stumpfe, fahlgelbe Flecke im tristen Schwarzgrau, die weder Licht noch Trost spendeten. Den Kopf zwischen die Schultern gezogen, als könne sie sich so vor dem prasselnden Regen schützen, eilte Sarah durch eine Reihe von Gassen. Anfangs huschte sie noch von einem Mauervorsprung zum nächsten, um sich vor Entdeckung zu schützen. Aber die tumbe Kreatur schritt nur stumm geradeaus, ohne sich jemals umzublicken, sodass Sarah auch diese Vorsichtsmaßnahme schon bald unterließ.

Als sie das Vordach eines Ladengeschäfts passierte, das inzwischen geschlossen hatte und dessen Tür und Fenster vergittert waren, sah sie im Halbdunkel zwei abgerissene Gestalten darunter kauern: junge Frauen in schäbigen Umhängen, die sich ängstlich aneinanderschmiegten und Sarah mit panischen Blicken bedachten. Sie hastete weiter, und in verwinkelten Nischen und unter schmalen Torbogen gewahrte sie noch mehr Menschen, die ohne Obdach waren und vor dem Regen Zuflucht suchten – und auch in ihren bleichen Mienen stand ohne Ausnahme blanker Schrecken zu lesen.

Sarah zweifelte nicht daran, dass die Begegnung mit dem Golem dies bewirkt hatte, und sie begriff, dass diese Leute in der sagenumwobenen Kreatur keineswegs einen Helfer sahen, sondern dass sie ihn wie der Rabbiner als schlechtes Omen für die Prager Gemeinde zu betrachten schienen. Anders als vor dreihundert Jahren verbreitete der Lehmmann Angst und Schrecken. Aber weshalb hatte man ihn dann ins Leben gerufen? Welche finsteren Ziele verbargen sich hinter der Rückkehr des Golems?

Sarah hegte keinen Zweifel daran, dass es Zusammenhänge gab. Es konnte kein Zufall sein, dass das Jahr 1565 sowohl das Auftauchen des Codicubus als auch das des Golems markierte. Was fehlte, war das Bindeglied. Möglicherweise bestand es in ebenjenem »Wasser des Lebens«, von dem Oppenheim gesprochen hatte.

Sarah war dem Rabbiner dankbar für seine Auskünfte. Noch

während sie dem Golem durch die Gassen folgte, versuchte sie, all die neuen Erkenntnisse, die sie gewonnen hatte, zu ordnen und in einen Zusammenhang zu bringen, was ihr jedoch nur teilweise gelang. Noch waren zu viele Fragen offen, als dass die vielen Teile des Mosaiks ein sinnvolles Ganzes ergeben hätten, aber Sarah war wild entschlossen, das Rätsel zu lösen, mit derselben Akribie und Beharrlichkeit, mit der ein Archäologe die Scherben einer antiken Vase zusammenzusetzen pflegte ...

Ein gutes Stück vor ihr schickte die riesige Gestalt sich an, in eine Nebengasse einzubiegen – und in diesem Moment wandte sie sich zum ersten Mal um.

Sarah war nicht mehr darauf gefasst gewesen, dennoch reagierte sie blitzschnell. Geistesgegenwärtig suchte sie hinter einer Reihe alter, mit Regenwasser gefüllter Holzfässer Zuflucht, die irgendwann abgestellt und dann ihrem Schicksal überlassen worden waren. Der prüfende Blick, der aus dem Dunkel der Kapuze die Gasse taxierte, verfehlte sie. Sarah atmete auf. Als sie ihr Versteck jedoch wieder verlassen wollte, schoss eine dürre, knochige Hand hervor und packte sie am Arm.

»Wohin so eilig, schönes Kind ...?«

Ein erstickter Schrei entfuhr ihrer Kehle, als sie merkte, dass sie nicht allein war. Im undurchdringlichen Dunkel, das zwischen den Fässern herrschte, kauerte eine schäbige Gestalt, die sich dort häuslich eingerichtet zu haben schien. Unter einem Stück Ölzeug hockend, das sie zwischen den Fässern gespannt hatte, war sie vor dem Regen geschützt und schien wie eine Spinne in ihrem Netz nur darauf zu lauern, dass sich ein ahnungsloses Opfer in ihre Nähe verirrte ...

»Was denn? Willst du nicht bei mir bleiben?«

Das hässlich krächzende Organ, von dem unmöglich zu sagen war, ob es einem Mann oder einer Frau gehörte, verfiel in schadenfrohes Gekicher, und für einen kurzen Augenblick glaubte Sarah, ein schmales Gesicht zu erkennen, das von wenigen Haarsträhnen umrahmt wurde, die von einem ansonsten kahlen Haupt fielen. Große, dunkel umrandete Augen, in denen Mordlust flackerte, starrten aus der Dunkelheit, und Sarah tat das Einzige, was ihr in den Sinn kam – sie schlug zu.

Ihre zur Faust geballte Rechte drosch auf den Arm ein, der sie jedoch weiter wie ein Schraubstock umklammert hielt und mit aller Kraft versuchte, sie ins Dunkel zu zerren. Das Kichern wurde lauter, und plötzlich zuckte eine zweite Hand aus der Dunkelheit, packte Sarah an der Kehle und drückte zu.

»Komm nur, Schätzchen. Komm nur …«

Ob ihr Peiniger männlich oder weiblich war, wusste Sarah noch immer nicht zu sagen. Fraglos war es jedoch die Stimme eines Menschen, dessen Verzweiflung groß genug war, um einen kaltblütigen Mord zu begehen. Vergeblich versuchte sie, die Hand von ihrer Kehle zu entfernen – erneut erntete sie dafür nur höhnisches Gelächter.

Dann entsann sie sich des Revolvers …

Mit ihrer freien Hand versuchte sie, unter den Mantel zu greifen, aber infolge des Regens war der Stoff durchnässt und schwer. Der Straßenräuber, wer er auch immer sein mochte, kicherte nur noch lauter und verstärkte seinen Griff, worauf Sarah vollends keine Luft mehr bekam. Ihre Bewegungen wurden hastig und ungenau, erfolglos versuchte sie, den Griff der Waffe zu erreichen.

Schon begann sie, dunkle Flecke vor den Augen zu sehen. Ihre Lungen schmerzten, und ihre Kräfte drohten nachzulassen. Das Gelächter ihres Peinigers lag ihr in den Ohren, und für einige endlos scheinende Sekunden befürchtete sie, es wäre das letzte Geräusch, das sie auf Erden zu hören bekam – als ihre zitternde Rechte endlich das Holster fand, den Griff der Waffe packte und sie herausriss.

Das Kichern verstummte jäh und ging in ein entsetztes Keuchen über, gleichzeitig löste sich der Griff um Sarahs Kehle. Heiser schnappte sie nach Luft und spürte, wie die Lebensgeister augenblicklich zurückkehrten – auch wenn sie weiterhin kaum etwas anderes erkennen konnte als pulsierende Flecke, die wild durcheinanderkreisten.

»Fort! Verschwinde!«, zischte sie und zielte mit dem Lauf des Revolvers dorthin, wo sie ihren Gegner vermutete. Daraufhin verschwand auch die zweite Knochenhand, und mit einem entsetzten Wimmern zog sich etwas zwischen die Fässer zurück, das – wie Sarah trotz ihres noch beeinträchtigten Sehvermögens zu erkennen glaubte – keine Beine besaß, sondern sich auf seine Arme gestützt fortbewegte.

Das Ansinnen, dem gemeinen Räuber eine Kugel hinterherzuschicken, verpuffte schlagartig.

Erschüttert raffte sich Sarah auf die Beine und taumelte zurück, stieß mit dem Rücken gegen eine Hauswand. Daran gelehnt, blieb sie schwer atmend stehen, im strömenden Regen, bis auf die Haut durchnässt. Gehetzt blickte sie sich um und nahm dankbar zur Kenntnis, dass ihre Sicht sich wieder besserte. Den Colt hielt sie weiterhin schussbereit und mit beiden Händen umklammert.

Erst als sich ringsum nichts mehr regte und sie sicher sein konnte, keinem weiteren Angriff ausgesetzt zu sein, fiel ihr der Grund ihrer nächtlichen Exkursion wieder ein. Sich noch einmal um ihre Achse drehend, um sicherzustellen, dass ihr niemand folgte, setzte sie ihren Weg durch die Gasse fort. Vom Golem war jedoch weit und breit nichts mehr zu sehen.

Sarah erinnerte sich, dass die geheimnisvolle Kreatur zuletzt in eine Seitengasse hatte abbiegen wollen, also entschied sie sich für diese Richtung. Die Gasse, eine kurze, nur wenige Fuß breite Passage, führte unter steinernen Bogen hindurch auf einen von Unrat übersäten Hinterhof. Auf der gegenüberliegenden Seite gab es einen weiteren Durchgang, den Sarah benutzte und der wiederum auf eine, allerdings etwas breitere Gasse mündete.

Bis hierher schien offenkundig, welchen Weg der Golem eingeschlagen hatte. Aber wohin hatte er sich dann gewandt?

Sarah blickte zuerst in die eine, dann in die andere Richtung. Passanten, die sie fragen konnte, gab es nicht, sie würde sich also auf ihr Gespür verlassen müssen. Die Worte des Rabbiners kamen ihr in den Sinn, der von einem »Zimmer ohne Zugang« gesprochen hatte, in dem sich der Golem verbarg und das nicht gefunden werden konnte, sofern es nicht gefunden werden *wollte* ...

Sie biss sich auf die Lippen und schalt sich eine Närrin dafür, dass sie das Ziel aus den Augen verloren und eine einmalige Gelegenheit vergeben hatte ...

... als ihr etwas auffiel.

Je mehr ihre Augen sich an das spärliche Licht gewöhnten, desto deutlicher glaubte sie, auf der linken Seite der Gasse, jenseits von Dunkelheit und Regenschleiern, eine Mauer zu erkennen. Sarah ging einige Schritte, um sich Gewissheit zu verschaffen.

Tatsächlich.

Die Mauer war etwa mannshoch, der Putz an vielen Stellen abgeblättert, sodass sie einen schäbigen Eindruck machte. Jenseits davon waren keine Häuser zu erkennen. Wahrscheinlich handelte es sich also nicht um einen weiteren Hinterhof. Schon viel eher – Sarah erinnerte sich an die Worte des jungen Gustav Meyrink – waren es die Mauern des jüdischen Friedhofs, vor denen sie stand.

Ob sich der Golem dorthin zurückgezogen hatte?

Es schien Sarah die richtige Wahl zu sein. Die Arme vor der Brust verschränkt und die Hand mit dem Revolver unter dem Mantel, damit die Waffe durch das Regenwasser keinen Schaden nahm, folgte sie dem Verlauf der Mauer, bis sie an ein Tor aus rostigen Eisenstäben gelangte. Normalerweise hätte es um diese späte Stunde fraglos geschlossen sein müssen, aber einer der beiden Torflügel stand weit offen, und auf dem aus gestampfter Erde bestehenden Weg, der in den Friedhof führte, konnte Sarah Abdrücke im Boden erkennen, die nicht nur von überdurchschnittlicher Größe waren, sondern auch so frisch, dass der Regen sie noch nicht verwischt hatte.

Ein triumphierendes Lächeln glitt über ihre Züge. Sie hatte die Fährte des Golems wieder gefunden …

Sarah durchschritt das Tor und betrat den alten Friedhof, der sich im dichten Regen als Meer verschieden geformter, schmaler und breiter, hoher und niedriger, schmuckloser und mit Ornamenten geschmückter, jedoch stets alter und brüchiger Grabsteine präsentierte, das sich von einem dunklen Horizont zum anderen erstreckte. Vorsichtig setzte sie einen Fuß vor den anderen und hätte viel darum gegeben, eine Laterne zur Hand zu haben. Außerhalb des Friedhofs hatte die Straßenbeleuchtung zumindest noch für spärliches Licht gesorgt, innerhalb der Friedhofsmauern jedoch herrschte beinahe völlige Finsternis.

Sarah musste warten, bis sich ihre Augen an die Dunkelheit gewöhnt hatten, um überhaupt noch etwas erkennen zu können. Dann folgte sie rasch der Spur. Eile war geboten, denn schon war der Regen dabei, die Abdrücke wieder zu beseitigen. Vornüber gebeugt, damit sie trotz der schlechten Sichtverhältnisse die Spur nicht aus den Augen verlor, huschte Sarah über den nächtlichen Friedhof. Mehrmals hielt sie inne, wenn der Regen die Fährte unleserlich gemacht hatte, aber es gelang ihr jedes Mal, sie wiederzufinden und weiterzuverfolgen.

Und unvermittelt änderte sich die Spur.

Statt zielstrebig einen Fuß vor den anderen zu setzen, wie er es zuvor getan hatte, schien der Vermummte stehen geblieben zu sein und, der Tiefe der Abdrücke nach zu urteilen, für einen Augenblick verharrt zu haben. Sarah richtete sich auf – und erstarrte, als sie in der Dunkelheit die Umrisse eines großen Grabsteins erkannte.

Sie erinnerte sich an die Schwefelhölzer in ihrer Manteltasche. Vorausgesetzt, sie waren vom Regen noch nicht völlig durchnässt, würden sie zumindest einen Augenblick lang für Helligkeit sorgen. Sarah holsterte den Revolver, kramte einige der kleinen Holzstäbchen hervor und versuchte ihr Glück – mit Erfolg.

Blaue Funken stoben, und Sarah hielt eine kleine Flamme in Händen, die immerhin genügend Licht verbreitete, um den Grabstein und die Inschrift darauf aus der Dunkelheit zu reißen.

Das Grabmal war aufwendig gearbeitet, was darauf hindeutete, dass hier eine bedeutende Persönlichkeit liegen musste. Auch die kleinen Steine, die jemand als Zeichen der Wertschätzung darauf platziert hatte, legten diesen Schluss nahe. Obgleich Sarah die hebräischen Schriftzeichen auf dem Stein nicht zu entziffern vermochte, glaubte sie zu erahnen, wessen Grab dies war, nämlich das von Judah Löw, jenem Rabbiner, der der Überlieferung nach vor mehr als dreihundert Jahren den Golem zum Leben erweckt hatte.

War die Kreatur hierhergekommen, um einen Augenblick am Grab ihres ursprünglichen Schöpfers zu verharren?

In diesem Augenblick verlosch das Streichholz, und Sarah war wieder von Dunkelheit umgeben. Ein leiser Schauder durchrieselte sie, und trotz der gebotenen Eile konnte sie nicht anders, als sich rasch zu bücken, einen Stein vom Boden aufzulesen und ihn ebenfalls auf den Grabstein zu legen. Und dabei inständig zu hoffen, dass das Wunder des Golem auch Kamal würde helfen können.

Ein knackendes Geräusch riss sie jäh aus ihren Gedanken.

»Wer ist da?«

Blitzschnell fuhr sie herum, die Hand wieder am Griff der Waffe. Um ein weiteres Streichholz zu entfachen, blieb keine Zeit. Atemlos und mit pochendem Herzen stand Sarah in der Dunkelheit, sah die Grabsteine, die sich im Regen als drohende Schemen abzeichneten – und erstmals, seit sie den alten Friedhof betreten hatte, spürte sie Angst.

»Ist da jemand?«

Sarah schluckte, ihr Mund fühlte sich trocken an. Gehetzt blickte sie hierhin und dorthin, erwartete fast, dass sich ein hünenhafter Schatten auf sie stürzen würde, aber nichts dergleichen geschah. Dafür flammte in der Dunkelheit plötzlich Licht auf.

Sarah zuckte zusammen, als sie in etwa fünfzig Yards Entfernung einen gelblichen Schein gewahrte, der matt durch den Regen drang: das Licht einer Petroleumlampe, das durch die quadratischen Fenster einer Hütte fiel, die am Rand des Friedhofs stand.

Das Haus des Friedhofswächters ...

Unvermittelt wurde das Licht gedämpft, jedoch nicht, weil die Laterne gelöscht worden wäre, sondern weil sich ein großer Schatten davor schob und sie für einen Moment verfinsterte.

Der Golem!

Sarah verzichtete darauf, ein weiteres Streichholz anzustecken. Im Laufschritt, so schnell der unebene und durchweichte Boden es zuließ, eilte sie den Weg hinab auf die Hütte zu. Der unheimliche Schatten war bereits wieder verschwunden, aber Sarah war sicher, nun endlich gefunden zu haben, wonach sie suchte. Ihre Furcht war in den Hintergrund getreten zugunsten des Forschergeists, der einmal mehr von ihr Besitz ergriffen hatte und noch beflügelt wurde von der Hoffnung, Kamal zu retten ...

Atemlos rannte Sarah durch den strömenden Regen. Angesichts der niedrigen Temperaturen hätte sie erbärmlich frieren müssen, aber sie nahm weder die Kälte noch ihre durchnässten Kleider wirklich wahr. Noch im Laufen zückte sie den Revolver. Im nächsten Moment erreichte sie die gedrungene, an die Mauer des Friedhofs gebaute Hütte.

Rasch huschte Sarah unter den Dachüberstand. Mit dem Rücken an die Wand gepresst, näherte sie sich einem der Fenster und warf einen vorsichtigen Blick hinein.

Ein einfach gezimmerter Tisch, auf dem die Laterne stand, dazu zwei Stühle. Auf dem Boden eine Truhe mit einer verbeulten Blechschüssel darauf, gegenüber eine karge Pritsche. Und schließlich ein gusseiserner Ofen, dessen blechernes Abzugsrohr nach oben und durch die Decke führte.

Von dem Hünen war weit und breit nichts zu sehen.

Hielt er sich bewusst verborgen?

Ahnte er, dass sie ihm folgte?

Um ihre Nervosität zu bekämpfen, zwang sich Sarah, ruhig und gleichmäßig zu atmen. Sich unter das Fenster duckend, schlich sie weiter zum Eingang. Die Tür war nur angelehnt, wohltuende Wärme drang von innen heraus …

Einen Augenblick lang zögerte Sarah, dann fasste sie sich ein Herz. Es klickte leise, als sie den Spannhahn des Revolvers zurückzog, um notfalls sofort das Feuer eröffnen zu können – dann trat sie gegen die Tür.

Geräuschvoll schlug das morsche Blatt auf und gab den Weg frei. Sarah musste den Kopf einziehen, um den niederen Türsturz zu passieren, dann stand sie in der Hütte. Mit dem Lauf der Waffe taxierte sie alle vier Ecken der schäbigen Bleibe, bis sie sichergehen konnte, dass sich tatsächlich niemand darin aufhielt. Aber wo, in aller Welt, war der Hüne geblieben? Hatte sie nicht noch vor wenigen Augenblicken seinen Schatten gesehen?

Verwundert blickte sich Sarah um, nahm die schmucklosen Wände und die brüchigen Dielen in Augenschein, die unter jedem ihrer Schritte ächzten. Ihr Blick blieb an einer Wasserlache haften, die sich vor der Truhe auf dem Boden gebildet hatte. Ihr erster Gedanke war, dass das Dach wohl undicht wäre und es sich um Regenwasser handelte, doch ein Blick hinauf zur Decke bestätigte diese Vermutung nicht. Obwohl die Hütte uralt sein mochte, erfüllten die Schindeln pflichtbewusst ihren Dienst. Woher also kam das Wasser?

Sarah ging dem naheliegendsten Gedanken nach und schaute sich die Blechschüssel an, die auf der Truhe stand und deren weißes Emaille an einigen Stellen abgeplatzt war. Das Innere der Schüssel war nass, was darauf schließen ließ, dass sich das Wasser auf dem Boden eben noch darin befunden hatte – wie aber war es auf die Dielen gelangt?

Im Grunde gab es nur eine Antwort – jemand hatte die Truhe geöffnet und die Schüssel dabei zum Überlaufen gebracht.

Mit einer Hand griff Sarah nach dem Deckel und versuchte, ihn anzuheben, doch er rührte sich keinen Fingerbreit. Notgedrungen steckte sie den Revolver weg und versuchte es mit beiden Händen, aber der Deckel der Truhe ließ sich noch immer nicht bewegen. Da kein Riegel oder etwas Ähnliches daran zu erkennen war, musste dies bedeuten, dass es einen verborgenen Mechanismus gab!

Fieberhaft überprüfte Sarah zunächst den Deckel selbst und dann die Wände der Truhe, konnte jedoch nichts Verdächtiges daran entdecken. Nachdem sie vergeblich gesucht hatte und sich schon eine Närrin schelten wollte, dass ihr ein derartig abwegiger Gedanke gekommen war, fiel ihr Blick abermals auf die Schüssel – und in einem letzten, halbherzigen Versuch zog sie daran.

Das Ergebnis war frappierend.

Das Blechgefäß, das nicht etwa auf der Truhe abgestellt war, wie es auf den ersten Blick den Anschein hatte, sondern darauf befestigt war, kippte mit einem ratschenden, mechanischen Geräusch nach vorn – und im nächsten Moment klappte, begleitet vom Rattern eines verborgenen Kettenzugs, der Deckel der Truhe auf. Verblüfft wich Sarah einen Schritt zurück, ehe sie sich neugierig vorbeugte, um einen Blick ins Innere des geheimnisvollen Kastens zu werfen. Dabei erlebte sie eine weitere Überraschung.

Weder hatte die Truhe einen Boden, noch war sie das, was sie zu sein vorgab – vielmehr bildete sie den Zugang zu einem rechteckigen Schacht, der lotrecht in unergründliches Dunkel führte und aus dem übel riechende Dämpfe quollen, die Sarah die Nase rümpfen ließen.

Dorthin also war der Hüne verschwunden!

Einen Augenblick erwog Sarah, Hilfe zu holen. Aber an wen hätte sie sich zu dieser Stunde und bei solchem Hundewetter wenden sollen? Sie hätte einiges darum gegeben, Hingis oder Cranston bei sich zu haben, aber ihre Gefährten waren nun einmal nicht zur Stelle, und so lag es an ihr, sich auf das Wagnis einzulassen und das unbekannte Terrain zu erkunden …

Kurzentschlossen zückte sie ihren Revolver. Dann ging sie zum Tisch und griff nach der Laterne. Dergestalt ausgerüstet, stieg sie in die Truhe und folgte der Leiter in die unergründliche Tiefe.

Mit jeder Sprosse, die sie hinabstieg, nahm der Gestank zu. Gleichzeitig vernahm Sarah ein fernes Rauschen. Sie erreichte den Grund des Schachtes, der an die fünf Yards tief sein mochte und dessen Wände mit morschen Holzdielen verkleidet waren. Unten gab es einen schmalen Stollen, der, soweit Sarah es beurteilen konnte, unter der Ummauerung des Friedhofs hindurchführte.

Die Laterne in der einen, die Waffe in der anderen Hand, folgte Sarah dem Gang, der etwa drei Fuß breit war und gerade hoch genug, dass sie aufrecht darin stehen konnte. Wie der vermummte Hüne sich hindurchgezwängt haben mochte, war Sarah ein Rätsel. An einem der Holzbalken, die in regelmäßigen Abständen die Decke stützten, fand sie einen Fetzen schwarzer Wolle: ein Stück seines Umhangs, zweifellos, und ein weiteres Indiz, dass er diesen Weg genommen hatte.

Sarah hielt den Atem an. Der übel riechende Odem, der die Luft tränkte, nahm zu, je weiter sie in den Stollen eindrang, und auch das Rauschen wurde lauter. Wie weit sie dem Gang gefolgt war, als er schließlich in eine große, steingemauerte Röhre mündete, war unmöglich zu sagen, aber Sarah schätzte, dass sie sich längst nicht mehr unter dem Gebiet der alten Josephsstadt befand. Denn der etwa eineinhalb Yards breite, stinkende Fluss, der zu ihren Füßen verlief, war ohne Frage ein Abwasserkanal!

»Das also ist des Rätsels Lösung«, entfuhr es ihr. »Ich befinde mich in der Kanalisation …«

Obwohl sie nur geflüstert hatte, hallte ihre Stimme dutzendfach von dem Gewölbe wider, geisterte als wisperndes Echo umher, bis sie schließlich in den Tiefen der Röhre verhallte. Den grob gehauenen Steinen nach zu urteilen, aus denen der etwa mannshohe und ebenso breite Tunnel zusammengefügt war, existierte er schon seit langer Zeit. Der Stollen hingegen, der vom Friedhof herüberführte, schien erst sehr viel später angelegt worden zu sein, und Sarah bezweifelte auch, dass er ein offizieller Bestandteil der Prager Kanalisation war. Dem schlechten Zustand der Röhre nach zu urteilen, die von Rissen durchzogen war und von deren Decke Moosfetzen und Ranken von Wurzelwerk hingen, lag die letzte Wartung des Tunnels schon lange zurück. Eine gute Voraussetzung für jemanden, der hier unten ungestört sein wollte ...

Erneut dachte Sarah an die Worte des Rabbiners und an das Versteck, von dem er gesprochen hatte. Ein »Zimmer ohne Zugang«, hatte er es genannt. »Nun«, knurrte Sarah, »offenbar habe ich den Zugang gefunden.«

Dem Gestank zum Trotz folgte sie der Fließrichtung des Abwassers und gelangte so in eine noch größere Röhre, in der sich der Inhalt mehrerer Kanäle sammelte. Entsprechend nahm das Rauschen zu, und der Gestank wurde so unerträglich, dass Sarah ihren durchnässten Schal vors Gesicht schlug, um die Luft ein wenig zu filtern. Die Laterne vorhaltend, ging sie weiter und musste sich hüten, auf dem schmalen, von Schmutz und Schlick übersäten Vorsprung nicht auszugleiten. In der Finsternis sah sie gelbe Augen funkeln, deren Besitzer quiekend davonstoben, als der Lichtkreis der Laterne sie erreichte: Ratten, die diesen düsteren Ort wohl zu Tausenden bevölkerten.

Der Gedanke gefiel Sarah nicht, aber sie zwang sich dazu, weiter einen Fuß vor den anderen zu setzen und dem Tunnel zu folgen. Unvermittelt nahm sie wahr, dass sich zum Rauschen des Wassers ein weiteres Geräusch gesellt hatte, das nicht recht an diesen Ort passen wollte: ein dumpfes, metallisches Hämmern, als ob ein Schmied am Amboss arbeitete.

Der durchdringende Klang kam noch tiefer aus der Röhre, sodass Sarah wohl oder übel weitergehen musste, wenn sie seinen Ursprung ergründen wollte. Wohl war ihr längst nicht mehr dabei. Zwar war sie nach wie vor entschlossen weiterzugehen, jedoch hatte sie sich selten so verloren und einsam gefühlt wie in diesem Augenblick. Weder wusste sie, wo sie sich befand, noch wohin die Reise führte. Sie umfasste weiter fest die Waffe in ihrer Rechten, aber sie kam sich dabei vor wie ein Ertrinkender, der sich an einen Strohhalm klammerte. Wenn sie sich in diesem unterirdischen Labyrinth verirrte, würde der Colt Frontier ihr herzlich wenig nützen ...

Dass Sarah sich keineswegs verirrt hatte, wurde ihr bewusst, als sie der Röhre um eine enge Biegung folgte – denn dort befand sich eine Öffnung, die offenbar nachträglich in die Wölbung der Tunnelwand gehauen worden war. Der Stollen, der sich anschloss und dessen Ende im Laternenschein nicht zu sehen war, ähnelte in der Bauweise dem, durch den Sarah in die Kanalisation gelangt war; und das Gitter, das ihn normalerweise verschloss, stand ein Stück weit offen.

Ihre Neugier drängte sie, sogleich einzutreten und den Stollen zu erkunden; ihre Vorsicht jedoch, die nach Shakespeares Worten der bessere Teil der Tapferkeit war, hielt sie zurück.

War sie dabei, sich in eine Falle zu begeben?

Sir Jeffreys warnende Worte klangen ihr noch in den Ohren, ebenso wie die der Gräfin. Zwar vermutete Sarah, dass der Hüne nicht gesehen hatte, wie sie ihm über den Friedhof folgte, allerdings blieb ein Rest an Zweifel. Zweifel jedoch würden Kamal nicht die Rettung bringen, sondern nur Mut und Entschlossenheit – also fasste sie sich ein Herz, stieß das Gitter auf und schlüpfte hinein.

Der Gang war niedrig, die Luft darin abgestanden und so übel riechend, dass es Sarah fast den Magen umdrehte. Dennoch folgte sie ihm unverzagt, den Revolver weiter schussbereit in der Hand.

Über eine Reihe von Stufen führte der Stollen steil in die Tiefe. Hier bestanden die Wände nicht mehr aus morschem Holz, sondern aus massivem Gestein, und je tiefer Sarah gelangte, desto kühler wurde es und desto besser die Luft. Der Stollen beschrieb eine Biegung, und plötzlich konnte Sarah sein Ende erkennen, von dem ihr schwacher, flackernder Lichtschein entgegendrang.

Abermals beschleunigte sich ihr Pulsschlag, ihre Handfläche um die Griffschalen des Colts wurde feucht. Sarah hielt den Atem an. Würde sich das Geheimnis dieses düsteren Ortes nun endlich lüften?

Lautlos schlich sie weiter. In ihrem schwarzen Mantel, der schwer und durchnässt an ihr hing, unterschied sie sich kaum von ihrem Schatten, den der Schein der Petroleumlaterne an die Stollenwand warf. Endlich erreichte sie das Endes des Ganges, der allem Anschein nach in eine Art Höhle oder Kammer überging.

Vorsichtig verlangsamte Sarah ihren Schritt und warf einen ersten Blick hinein.

Der Raum, den eine Laune der Natur vor undenklicher Zeit geschaffen haben mochte, war von länglicher Form. Zwei Fackeln, die zu beiden Seiten des Eingangs in rostigen Wandhalterungen steckten, waren der Ursprung des flackernden Lichts.

Offenbar handelte es sich um eine Art Opferhöhle oder Tempel, vielleicht auch um ein geheimes Labor – anders ließen sich die steinernen Tische, die entlang der Wände in den Fels gehauen waren, nicht erklären. Allerlei Gegenstände lagen darauf verstreut, die einem Alchimisten zur Ehre gereicht hätten, dazwischen stapelten sich in altes Leder gebundene Bücher und Landkarten. Die Decke der unterirdischen Kammer war glatt behauen, ebenso wie der Boden, in dessen Mitte ein nur zu bekanntes Zeichen prangte.

Das Symbol des Einen Auges!

Sarah kam nicht dazu, über diese Entdeckung bestürzt zu sein, denn ein Geräusch, das von der gegenüberliegenden Seite des Labors drang, ließ sie aufhorchen. Den Colt in der Hand, fuhr sie herum, nur um festzustellen, dass es am anderen Ende der länglich geformten Kammer einen niederen Durchgang gab, der in einen Nebenraum zu führen schien. Von dort war das Geräusch gekommen, das sich in diesem Augenblick wiederholte.

Ein Scharren, dann ein dumpfes Schnauben oder Stöhnen. Jemand schien sich in dieser Kammer aufzuhalten ...

Sarah beschloss nachzusehen.

Die Laterne stellte sie auf dem Boden ab, sodass ihr Schein in den Nebenraum fiel. Dann fasste sie den Revolver mit beiden Händen und bewegte sich vorsichtig auf den Durchgang zu. Halb rechnete sie damit, dass ihr ein schwarz vermummter Hüne daraus entgegenstürzen würde, aber einmal mehr wurde sie in ihren Erwartungen getäuscht. Denn was sie hinter dem Durchgang vorfand, war keineswegs ein Riese, sondern ein – noch dazu nicht gerade aufgeschossener – Schweizer, den sie nur zu gut kannte ...

»Friedrich!«, entfuhr es ihr entsetzt, als sie den Freund erblickte. Hingis' Beine waren gefesselt, ebenso wie seine Arme, die man ihm auf den Rücken gebunden hatte. Im Mund hatte er einen Knebel, der ihn am Sprechen hinderte, die Nickelbrille saß schief und verbogen auf seiner Nase.

Seine Reaktion, als er Sarah erblickte, war zwiespältig. In seinen Blicken spiegelte sich Hoffnung, aus seinem Rachen jedoch drangen unartikulierte Laute, die sich nach blankem Entsetzen anhörten.

»Was ist passiert?«, wollte Sarah wissen und stürzte zu ihm. »Du warst plötzlich verschwunden ...«

Sie befreite ihn von dem Knebel und wollte auch seine Hand- und Fußfesseln lösen, der Schweizer jedoch ließ es nicht dazu kommen. »Sie müssen fliehen, Sarah«, zischte er heiser, »dies ist eine Falle, und ich bin nichts weiter als der Kö ...«

Er kam nicht mehr dazu, das letzte Wort auszusprechen.

Noch ehe er geendet hatte, ließ sich ein hässlich ratterndes Geräusch vernehmen – und unmittelbar hinter Sarah fiel ein Gitter aus massiven Eisenstäben aus der Decke des Durchgangs und krachte geräuschvoll zu Boden.

»Nein!«

Sarah, der in diesem Moment dämmerte, dass sie einen verhängnisvollen Fehler begangen hatte, fuhr herum. In einer spontanen, aber herzlich sinnlosen Geste packte sie das rostige Eisen und versuchte, es anzuheben – vergeblich. Sie saß in der Falle wie eine Maus, die man mit einem Stück Speck geködert hatte, und sie schalt sich eine Närrin, dass sie darauf hereingefallen war.

»Das war es, was ich Ihnen sagen wollte«, meinte Hingis zerknirscht, während Sarah nun doch daranging, ihn von seinen Fesseln zu befreien. »Kurz nachdem Sie in die Synagoge gegangen waren, tauchte er plötzlich auf. Cranston und ich beschlossen, ihm zu folgen, aber er war schlauer als wir. Im Gewirr der Gassen verloren wir einander. Ich weiß noch, dass ich Cranstons Namen rief und einen dunklen Schatten an der Wand sah, dann wurde es plötzlich dunkel um mich.«

»Man hat Sie bewusstlos geschlagen?«

»Keineswegs«, empörte sich der Gelehrte, »in einen Sack hat er mich gesteckt wie einen ungezogenen Knaben und schnurstracks hierher geschleppt.«

»Wer?«, wollte Sarah wissen. »Von wem sprechen Sie?«

Im selben Moment waren aus dem Stollen jenseits des Labors Schritte zu hören. Schwere Schritte, die sich knirschend über nackten Stein bewegten und näher kamen.

»Wer?«, fragte Sarah noch einmal.

Hingis hob seine verstümmelte Linke. »Sie würden es mir doch nicht glauben«, flüsterte er mit glasigem Blick.

Sarah fuhr herum und wandte sich dem Gitter zu. Die Kammer war nicht hoch genug, um ganz aufrecht darin stehen zu können, deshalb kauerte sie vor den Eisenstäben, den Colt schussbereit in den Händen, während sich die schwerfälligen Schritte weiter näherten. Ein Schatten war plötzlich an der Wand zu sehen, die Silhouette einer riesenhaften, gebückt gehenden Gestalt, die einen weiten Umhang trug und deren Gang schleppend und träge war.

»Der Golem«, entfuhr es Sarah – und im nächsten Moment betrat der Hüne das Labor.

5.

Sarah hielt den Atem an, während sich die riesenhafte Gestalt, die nun erstmals richtig zu sehen war, humpelnd auf sie zu bewegte. Noch immer ließ die Kapuze keine Gesichtszüge erkennen, aber selten zuvor in ihrem Leben hatte Sarah jemanden gesehen, der sich mit derartiger Schwerfälligkeit fortbewegte. Demnach sprach rohe, ungebändigte Kraft aus jedem der Schritte.

»Wer sind Sie, und was wollen Sie?«, verlangte sie mit vorgehaltener Waffe zu wissen, als sich der Hüne näherte.

»Sollte nicht ich diese Frage stellen?«, drang es aus der Kapuze zurück. Die Stimme hörte sich dumpf und unheimlich an, als ob sie aus großer Tiefe dränge – oder aus ferner Vergangenheit … »Schließlich sind Sie es, die widerrechtlich in mein Reich eingedrungen ist.«

»Nachdem Sie mich hergelockt hatten«, konterte Sarah ungerührt. »Und nachdem Sie einen Freund von mir entführt hatten.«

»Von Ihrem Freund wussten Sie nichts. Ihnen ging es nur darum, Wissen zu erwerben. Das Geheimnis des Golems zu lüften …« Die Stimme des Riesen ging in hohl klingendes Gelächter über.

»Was ist daran so komisch?«, wollte Sarah wissen.

»Was bringt Sie darauf, dass ausgerechnet Sie, Lady Kincaid, würdig sein könnten, dieses Geheimnis zu ergründen?«

»Sie kennen meinen Namen?«

»Ich weiß, wer Sie sind – und ich kenne den Grund für Ihre Anwesenheit in Prag …«

»Wer sind Sie?«, fragte Sarah abermals. »Nehmen Sie die Kapuze ab, sofort!«

»Und Sie glauben, dadurch könnten Sie erkennen, wer ich bin?«

»Runter damit, los«, verlangte Sarah streng und zog den Spannhahn des Colts zurück, um zu verdeutlichen, dass sie zum Äußersten entschlossen war.

»Wie Sie wünschen«, entgegnete der Hüne, fasste die Kapuze mit der behandschuhten Rechten und schlug sie zurück.

Was darunter zum Vorschein kam, erschreckte Sarah – denn der namenlose Riese hatte kein menschliches Gesicht. Leblose, steinerne Züge waren es, die ihr entgegenstarrten, das Antlitz einer lebensgroßen tönernen Figur.

»Der Golem«, entfuhr es ihr abermals. »Also ist es wahr ...«

Das Gelächter setzte sich fort, und in diesem Moment ging Sarah auf, dass dort, wo sich Stirn und Mund des Lehmwesens befanden, zwei dunkle Öffnungen klafften. Der Hüne griff sich mit beiden Händen ans Haupt und demaskierte sich abermals – und was diesmal zum Vorschein kam, entsetzte Sarah beinahe noch mehr als der Anblick des vermeintlichen Golems. Denn der Hüne, der ihr auf der anderen Seite des Gitters gegenüberstand, hatte nicht zwei Augen, sondern nur eines, das sich in der Mitte seiner hohen Stirn befand und ihm ein schauriges Aussehen verlieh.

»Sie sind kein Golem«, zischte Sarah, während sie zurückwich, bis sie gegen die Rückwand der Kammer stieß. »Sie sind ein Zyklop ...«

»Das versuchte ich dir zu sagen«, meinte Hingis tonlos.

»Nun, Lady Kincaid?«, erkundigte sich der Einäugige. »Was sagen Sie jetzt?«

Sarah wusste nichts zu erwidern. Ihr Verstand hatte Mühe, mit ihrem Entsetzen Schritt zu halten, und nur mit zäher Langsamkeit dämmerte ihr die Erkenntnis, dass sie einem Irrtum erlegen war. Ihre bisherige Annahme, der zufolge es sich bei dem Einäugigen, dem sie in den Tiefen Alexandrias begegnet war, um einen Einzelgänger gehandelt hatte, um eine skurrile Laune der Natur, war offensichtlich falsch gewesen. Natürlich, sagte sich Sarah und schalt sich selbst eine Närrin. Denn in erster Linie war es die Theorie Mortimer Laydons gewesen – eine weitere Lüge aus dem Mund des Verräters …

»Was ist denn?«, erkundigte sich der Zyklop, während Sarah weiter unverwandt auf ihn starrte. Im Vergleich zu jenem aus Alexandria schien dieser Einäugige noch ungleich größer und kräftiger zu sein, ein wahrer Koloss, den man nicht von ungefähr für den wiedergekehrten Golem halten konnte. »Hat Ihnen mein Anblick die Sprache verschlagen?«

»Keineswegs«, widersprach Sarah mit einer Spur von Trotz. »Ich versuche nur zu verstehen …«

»Was versuchen Sie zu verstehen, Lady Kincaid? Warum es mich gibt? Was ich an diesem Ort zu schaffen habe? Warum Sie nun schon zum wiederholten Mal einem von meiner Art begegnen?«

»Etwas in der Art«, gestand sie mit bebender Stimme.

»Hat Charon es Ihnen nicht gesagt? Sollte er vergessen haben zu erwähnen, dass es noch mehr von unserer Art gibt? Dass wir einst die Mittler waren zwischen Göttern und Menschen?«

»Nein«, räumte Sarah ein, »er hat mir durchaus von diesen Dingen erzählt …«

»Aber Sie haben ihm nicht geglaubt, nicht wahr? Lieber haben Sie seinem Mörder Gehör geschenkt.«

»Zu diesem Zeitpunkt konnte ich noch nicht wissen, dass Mortimer Laydon ein Verräter war.«

»Wirklich nicht?« Das eine Auge schloss sich in stillem Vorwurf. »Hätten Sie auf Ihr Herz gehört, hätten Sie die Wahrheit schon viel früher erkannt.«

»Das ist nicht wahr«, widersprach Sarah heftig, nicht zuletzt deshalb, weil dieser Vorwurf eine wunde Stelle traf. Wie oft hatte sie sich im Nachhinein gefragt, ob sie den Tod ihres Vaters hätte verhindern können …

»Warum haben Sie uns gefangen?«, erkundigte sich Hingis, der sich vollends von seinen Fesseln befreit hatte und zum Gitter kroch. Infolge der straff gebundenen Stricke waren seine Beine so schlecht durchblutet, dass sie ihm nur zögernd gehorchten.

»Weil es einige Dinge gibt, die ich Ihnen mitteilen muss«, erwiderte der Zyklop leise.

»Das ist alles?« Sarah schnaubte verächtlich. »Und deshalb halten Sie uns gefangen?«

»Es schien mir der einfachste Weg zu sein.«

»Für Sie vielleicht.« Sarah nickte grimmig. »Sie haben dabei nur eine Kleinigkeit vergessen – nämlich, dass ich noch immer meine Waffe habe.« Demonstrativ hob sie den schussbereiten Revolver, um ihn in Erinnerung zu bringen. Der Einäugige jedoch lachte nur.

»Was ist daran so erheiternd?«

»Sie, Lady Kincaid, denn Sie haben den Ernst der Lage noch immer nicht begriffen. Wenn Sie mich erschießen, was wäre gewonnen? Ich würde zusammenbrechen und verbluten, und Sie wären gezwungen, den Rest Ihrer Tage in diesem Käfig zu verbringen. Glauben Sie mir, hier unten würde Ihre Schreie niemand hören.«

»Man würde nach uns suchen«, entgegnete Sarah voller Überzeugung.

»Hier?« Ein freudloses Grinsen huschte über die unheimlichen Züge des Zyklopen. »Wohl kaum. Zudem – wer sollte Ihnen verraten, wie Sie Ihren geliebten Kamal retten können, wenn Sie mich erschießen?«

»Sie wissen von Kamal?«, erkundigte sich Hingis verwundert.

»Natürlich weiß er es«, knurrte Sarah wütend. »Er weiß alles, denn er gehört zu denen, die Kamal vergiftet haben. Was wissen Sie über Kamal? Sagen Sie es mir!«

»Sie sind auf der richtigen Spur, Lady Kincaid«, antwortete der Hüne bereitwillig. »Hinter allen Mythen der Vorzeit steckt ein realer Kern – ich selbst bin der beste Beweis dafür. Oder hätten Sie geglaubt, dass die Zyklopen der antiken Überlieferung tatsächlich existierten und dass es sie noch immer gibt?«

»Das stimmt nicht ganz«, wandte Hingis ein. »Die Zyklopen der homerischen Sage waren Riesen, die auf entlegenen Inseln lebten. Auf seiner Irrfahrt begegnete der griechische Held Odysseus einem von ihnen und blendete ihn.«

»Übertreibungen, in die Welt gesetzt von jenen, die uns um unsere Stärke beneideten. Verfolgt und gejagt wurden wir, bis nur noch wenige von uns übrig waren. Hoch in den Bergen, am entlegensten Ort dieser Welt, mussten wir uns verbergen, um zu überleben.«

»Eine schöne Geschichte«, erwiderte Sarah kalt. »Aber weder erklärt sie, warum Sie uns gefangen haben, noch, was Sie eigentlich von uns wollen.«

»Ich will Ihnen helfen«, erklärte der Einäugige.

»Ich glaube Ihnen nicht.«

»Das sollten Sie aber – denn ich bin der einzige Freund, der Ihnen geblieben ist.«

»Ich weiß inzwischen, dass Sie und Ihresgleichen nicht für den Tod meines Vaters verantwortlich sind«, entgegnete Sarah. »Aber nicht der Mörder meines Vaters zu sein lässt Sie nicht zwangsläufig zu meinem Verbündeten werden, geschweige denn zu einem Freund.«

»Sie lassen sich von meinem Äußeren blenden«, stellte der Hüne fest. »Ich muss zugeben, dass ich das nicht erwartet hätte. Nicht von Ihnen, Lady Kincaid.«

»Was erwarten Sie denn?«, sprang Hingis Sarah bei. »Freundschaft ist ein Privileg, das verdient sein will.«

»Und Sie glauben, dass mir dieses Verdienst nicht zustünde, Dr. Hingis? Dass ich nichts riskiere, indem ich hier mit Ihnen spreche? Dass Sie keinen Grund hätten, mir zu vertrauen?«

»Geben Sie uns einen Grund«, verlangte Sarah. »Lassen Sie uns frei, dann hören wir uns an, was Sie zu sagen haben.«

Eine endlos scheinende Weile lang starrte das Auge auf sie, ohne dass Sarah zu sagen vermochte, was hinter der Stirn des Zyklopen vor sich ging. »Nein«, gab er schließlich bekannt, »das werde ich nicht tun. Stattdessen werde ich Ihnen – als Zeichen meines Vertrauens – verraten, was es mit dem *hydor bíou* auf sich hat.«

»Dem Wasser des Lebens?«, schnappte Sarah. »Es existiert also wirklich?«

»Das wissen Sie doch genau. Andernfalls wären Sie nicht hier.«

»Also ist es wahr? Laydon hat mich damals geheilt, indem er das Wasser des Lebens benutzte?«

»Ja und nein.«

»Was genau bedeutet das? Sie werden sich etwas genauer ausdrücken müssen, denn um mein Vertrauen zu gewinnen, bedarf es mehr als dunkler Andeutungen!«

»Die Antworten, Lady Kincaid, haben Sie schon längst erhalten – Sie wissen es nur noch nicht.«

»Was bedeutet das nun wieder?«

»Sie sind, genau wie Ihr Vater, auf den Spuren Alexanders des Großen gewandelt. Sie wissen, dass er sich auf die Suche nach dem Feuer des Re begeben hat, und Sie wissen auch, dass er in den Diensten jener stand, die auch meine Herren sind.«

»So sagte man mir«, bestätigte Sarah ungeduldig. »Aber was hat das mit dem Wasser des Lebens zu tun?«

»Als die Götter vor undenklich langer Zeit auf die Erde kamen, brachten sie uns die Mysterien des Kosmos: drei Geheimnisse, zu deren Hütern sie uns erkoren, die Auserwählten, die mit dem Einen Auge gezeichnet sind.«

»Was waren das für Geheimnisse?«, wollte Sarah wissen.

»Geheimnisse von großer, von erschreckender Macht, zu überwältigend, als dass sie in die Hände von Menschen gelangen durften. Zum einen das Mysterium des Lichts, das in der Lage ist, ungeahnte Energie und Zerstörungskraft zu entfesseln ...«

»Das Feuer des Re«, flüsterte Sarah, der in diesem Moment klar wurde, dass sie zumindest eines dieser Geheimnisse bereits gelüftet hatte.

»... zum anderen«, fuhr der Zyklop fort, »das Geheimnis der Schöpfung, verborgen im Wasser des Lebens. Wissen Sie, was das bedeutet, Lady Kincaid? Das Geheimnis der Schöpfung zu kennen bedeutet, den Schlüssel zur Unsterblichkeit zu besitzen!«

»Unsterblichkeit«, echote Hingis, in dessen Augen ein seltsamer Glanz getreten war.

»Und das dritte Geheimnis?«, erkundigte sich Sarah unbeeindruckt. »Worin besteht das dritte Mysterium?«

»Ihnen dies zu enthüllen, ist mir nicht gestattet. Möglicherweise werden Sie es eines Tages selbst herausfinden. Bis dahin jedoch sollten Sie sich auf das beschränken, was Ihrem Geliebten das Leben retten kann.«

»Ich verstehe.« Sarah nickte widerwillig. »Und was genau ist das? Wo finde ich dieses Wasser des Lebens?«

»Viele haben es vor Ihnen gesucht, unter ihnen auch Alexander. In jungen Jahren, als sein Vater Philip im Sterben lag, niedergestreckt von der Klinge eines Verräters, da ersuchte Alexander die Götter um Beistand. Und obwohl sein Flehen niemals hätte erhört werden dürfen, versprach einer jener Götter ihm Hilfe.«

»Aus welchem Grund?«, wollte Sarah wissen.

»Weil«, entgegnete der Zyklop mit düsterer Stimme, »jene Gottheit sich abgewandt hatte vom Pfad der Tugend und danach strebte, sich zum Herrscher über die Welt aufzuschwingen. Und dies sollte geschehen, indem er den Sterblichen die kosmischen Geheimnisse anvertraute.«

»Prometheus«, flüsterte Hingis atemlos. »Er stahl den Göttern das Geheimnis des Feuers und gab es den Menschen ...«

»Jedes Volk dieser Erde hat seine Version von diesem Mythos, Doktor«, erklärte der Einäugige, »doch hinter all diesen Geschichten verbirgt sich derselbe wahre Kern. Schon zuvor hatte jener Abtrünnige versucht, den Menschen die Geheimnisse der Macht zu vererben, aber die übrigen Götter waren auf der Hut. Es gelang ihnen, das Komplott zu vereiteln, und sie standen vor der Wahl, den Abtrünnigen zum Tod zu verurteilen oder ihn am Leben zu lassen. Sie entschieden sich für Letzteres – und wurden für ihre Güte hart bestraft. Denn der Verräter ließ nichts unversucht, um seine Pläne weiter zu verfolgen. Er begann, eine ergebene Anhängerschaft um sich zu scharen, die sich »Bruderschaft des Einen Auges« nannte. Heftiger Streit setzte daraufhin unter den Unsterblichen ein, und sie entzweiten sich und führten Krieg gegeneinander. Das Buch von Thot, das das Geheimnis des Feuers enthielt, wurde an einen sicheren Ort gebracht, wo es die Jahrtausende überdauerte. Das Geheimnis der Unsterblichkeit jedoch wurde Alexander anvertraut, der dafür feierlich erklärte, in den Dienst der Bruderschaft treten und in ihrem Namen ein Großreich gründen zu wollen. Doch das Wasser des Lebens verfehlte seine Wirkung. Philip starb, und Alexander nutzte zwar die Macht, die ihm die Organisation verlieh, wandte sich jedoch später von ihren Lehren ab und beschritt eigene Wege.«

»Ich weiß«, räumte Sarah ein, die nun den einen oder anderen Zusammenhang zu durchschauen begann. »Aber weshalb hat das Wasser des Lebens seine Wirkung verfehlt?«

»Dies«, erwiderte der Zyklop und versuchte ein Lächeln, was seltsam aussah, angesichts seiner missgestalteten Gesichtszüge, »ist bis zum heutigen Tag ein Geheimnis, Lady Kincaid. Aber wenn es stimmt, was man vermutet, so werden Sie dieses Geheimnis lüften, aufgrund Ihrer Natur und Ihrer Berufung.«

»Nun sprechen Sie wieder in Rätseln«, rügte Sarah. »Ich verstehe nicht ein einziges Wort von dem, was Sie sagen.«

»Vielleicht«, konterte der Zyklop und griff unter die weiten Falten seines Umhangs, »wird das hier helfen, einige Ihrer Fragen zu beantworten.«

Sarah, die damit rechnete, dass der Einäugige eine Waffe zog, riss den Revolver, den sie langsam hatte sinken lassen, wieder in den Anschlag – nur um zu erkennen, dass es keineswegs eine Waffe war, die der Zyklop hervorholte, sondern ein würfelförmiger, metallener Gegenstand, dessen Anblick sie allerdings kaum weniger bestürzte.

»Ein Codicubus!«, entfuhr es Hingis und ihr fast gleichzeitig, als sie das eigentümliche Gebilde gewahrten. Die Kantenlänge des Würfels betrug an die vier Inches; fünf der sechs Seiten waren mit griechischen Buchstaben versehen, nämlich jenen des Alexandersiegels, wie Sarah inzwischen wusste, auf der sechsten Seite prangte das Emblem des Einen Auges, das sie hassen und fürchten gelernt hatte ...

»Ganz recht«, bestätigte der Zyklop.

»Was befindet sich in seinem Inneren?«

»Bevor ich Ihnen dies offenbare, möchte ich Sie warnen, Lady Kincaid.«

»Inwiefern?«

»Sie sind von Verrätern umgeben.«

»Tatsächlich?«, fragte Sarah und sandte Friedrich Hingis einen entsetzten Blick zu – der allerdings nur gespielt war. »Erwarten Sie von mir, dass ich das glaube?«, blaffte sie den Einäugigen daraufhin an. »Dass ich Menschen, denen ich mein Leben verdanke, den Rücken kehre, um einer halbseidenen Andeutung willen? Dass ich darin mehr als einen weiteren Versuch sehe, Zweifel in mein Herz zu streuen und mich zu manipulieren?«

»Lady Kincaid, Sie missverstehen meine Absichten.«

»Was gibt es da misszuverstehen? Sie suchen nach einem weiteren Druckmittel, um mich zu beeinflussen – aber das brauchen Sie nicht. Sie und Ihresgleichen können sich Ihre Intrigen diesmal sparen, denn um Kamal zu retten, würde ich alles tun, hören Sie? Alles! Sagen Sie das Ihren Leuten und dieser verbrecherischen Bruderschaft, deren Namen ich nun endlich erfahren habe!«

Wenn Sarah erwartet hatte, dass ihr Gegenüber damit zufrieden sein würde, so hatte sie sich gründlich geirrt, denn der Zyklop verfiel über ihre Worte in blankes Entsetzen. »So etwas dürfen Sie nicht sagen«, beschwor er sie, »nicht einmal denken dürfen Sie es!«

»Warum nicht?«

»Weil Sie damit alles riskieren und vielleicht alles verlieren würden, wofür so viele ein Leben lang gekämpft haben.«

»Aber das ist es doch, was Sie wollen, oder nicht? Dass ich mich dem Willen der Organisation füge.«

»Nein, Lady Kincaid, Sie irren sich ...«

Verwundert hatte sich Friedrich Hingis gefragt, woher Sarah Kincaid den Schneid nahm, ihrem unheimlichen Häscher gegenüber so forsch aufzutreten. Die Antwort erhielt er, als er den Schatten bemerkte, der auf der anderen Seite des Labors in gebückter Haltung von einem steinernen Tisch zum nächsten huschte und in dem er zu seiner Erleichterung Dr. Cranston erkannte! Auch Sarah schien den Freund entdeckt zu haben, denn sie unternahm alles, um die Aufmerksamkeit ihres Bewachers auf sich zu lenken – anders als Hingis, der einen Augenblick zu lange an dem Einäugigen vorbeistarrte.

»Was bei allen ...?«

Alarmiert fuhr der Hüne herum, sah Cranston im Laufschritt und mit geballten Fäusten auf sich zukommen. Abwehrbereit riss er die Pranken hoch, um den Mediziner, den er um fast einen Yard überragte, mit einem vernichtenden Hieb zu Boden zu schmettern.

Da erhob der Colt Frontier seine lärmende Stimme.

Reaktionsschnell hatte Sarah gezielt und den Abzug betätigt. Der schwere Revolver zuckte in ihren Händen und schickte eine Kugel auf Reisen, die sich in die rechte Schulter des Hünen bohrte. Ein dünner Blutfaden schoss hervor, der Einäugige zuckte zusammen. Im nächsten Moment hatte Cranston ihn erreicht.

»Tally-ho!«, brüllte der Arzt, wohl um sich selbst Mut zu machen, warf sich mit der ganzen Wucht seines Anlaufs auf den verwundeten Hünen – und ging mit ihm zusammen nieder.

Sarah unterließ es, ein zweites Mal zu feuern, denn schon im nächsten Moment war nicht mehr zu erkennen, was von dem sich am Boden wälzenden Knäuel zu wem gehörte, und die Gefahr, versehentlich Cranston zu treffen, war zu groß.

Der Doktor jedoch hatte nicht vor, sich mit dem Hünen auf einen direkten Schlagabtausch einzulassen, denn trotz der Schulterwunde war der Einäugige noch immer ein furchtbarer Gegner. Kaum hatte er den Hünen zu Fall gebracht, wälzte sich Cranston außer Reichweite des wütend um sich schlagenden Hünen, kam wieder auf die Beine und schnappte sich die Petroleumlampe, die noch immer dort auf dem Boden stand, wo Sarah sie zuvor abgestellt hatte. Wie ein antiker Diskuswerfer drehte er sich um die eigene Achse und schleuderte die Lampe seinem Gegner entgegen.

Das Auge auf der Stirn des Zyklopen weitete sich entsetzt, als die Laterne unmittelbar vor ihm aufschlug. Das Glas zersprang mit hellem Klirren, das Petroleum spritzte nach allen Seiten – und einen Lidschlag später standen nicht nur der vom Öl benetzte Boden und der Umhang des Hünen in Flammen, sondern auch seine Stiefel und Beine.

Das Geschrei des Riesen ging in grelles Kreischen über. Wie besessen schlug er auf das Feuer ein, das an ihm emporloderte. Dadurch fächelte er den Flammen jedoch nur Luft zu. In wilder Gier fraßen sie sich am Stoff seines Umhangs hinauf, leckten bereits nach seinem Nacken. Vergeblich versuchte er, sich des Umhangs zu entledigen, und sprang einer lebendigen Fackel gleich in der Höhle umher.

Cranston hatte unterdessen keine Zeit verloren. Seinen brennenden Gegner keines weiteren Blickes würdigend, war er zum Zellengitter geeilt und hatte die Winde betätigt, die seitlich in die Felswand eingelassen war. Ein verborgener Mechanismus rasselte, und endlich hob sich das Gitter.

»Heraus mit Ihnen!«, rief der Arzt überflüssigerweise, denn Sarah und Hingis waren schon bereit zur Flucht. Kaum war der Spalt zwischen Gitter und Boden breit genug, zwängten sie sich hindurch – und befanden sich im nächsten Moment auf freiem Fuß.

Sarahs erster Instinkt war es, dem Einäugigen zu helfen, der schreiend und lichterloh brennend umhertorkelte. Cranston und Hingis jedoch hielten sie zurück. »Nur fort von hier«, schärften sie ihr ein, und Sarah gehorchte – bis ihr Blick auf den am Boden liegenden Codicubus fiel. *Vielleicht*, hatte der Zyklop gesagt, *wird das hier helfen, einige Ihrer Fragen zu beantworten* ...

Kurzentschlossen riss sie sich von ihren Gefährten los, eilte die wenigen Schritte zu dem herrenlosen Artefakt und nahm es an sich.

»Sarah Kincaid!«, ließ in diesem Augenblick der sterbende Hüne seine furchtbar kreischende Stimme vernehmen. »Sarah Kincaid ...!«

Wie angewurzelt blieb Sarah stehen, starrte entsetzt auf den Riesen, der unter schrecklichem Gebrüll zusammenbrach. Abermals wollte sie helfen, aber ihre männlichen Begleiter packten sie und zogen sie fort, hinaus aus dem Labor und durch den langen und schmalen Stollen zurück in die Kanalisation.

Die Schreie des Zyklopen fielen hinter ihnen zurück.

Keiner von ihnen sah, wie sich der Einäugige in wilder Panik auf dem Boden wälzte und die Flammen erstickte; wie er in der schwelenden Glut seiner eigenen Kleider und umgeben vom

Gestank versengter Haare und verbrannter Haut liegen blieb; wie sein mächtiger Brustkorb sich unter heftigen Atemzügen hob und senkte.

Und wie sich eine von Feuer und Ruß geschwärzte Rechte schließlich in den nackten Steinboden krallte und eine riesige, von Brandwunden entstellte Gestalt sich wankend und schwerfällig erhob ...

6.

Reisetagebuch
Sarah Kincaid

Früh am Morgen habe ich in der Nikolauskirche die Heilige Messe besucht, in der Hoffnung, dort etwas Trost und innere Ruhe zu finden – ohne Erfolg.

Nur ungern gestehe ich es mir ein, aber die Ereignisse der vergangenen Nacht haben einen tiefen Eindruck bei mir hinterlassen. Nicht nur, weil wir gefangen wurden und unserem Häscher nur mit knapper Not entkommen konnten; nicht nur, weil ich tausend Ängste ausgestanden habe und noch auf Schritt und Tritt die Schreie des sterbenden Hünen höre – sondern auch, weil ich mich immerzu frage, ob ich den Informationen vertrauen kann, die er mir gab.

In manchen Augenblicken bin ich geneigt, seinen Worten Glauben zu schenken, dann wieder überkommen mich Zweifel. Was, so frage ich mich, hat es auf sich mit jenen rätselhaften Geschichten von göttlichen Mysterien und kosmischen Geheimnissen? Ist dies der Schlüssel zur Lösung des Rätsels? Der Mosaikstein, der alles miteinander verbindet?

Manches davon scheint – wenn auch auf merkwürdige Art und Weise – durchaus Sinn zu ergeben. Alexandria, die versunkene Bibliothek, Thots Schatten, das Feuer des Re ... im Nachhinein betrachtet, scheint tatsächlich ein Zusammenhang zu bestehen. War ich, ohne es zu ahnen, dabei, die drei größten Geheimnisse der Menschheitsgeschichte zu entschlüsseln? Das Wesen des Kosmos selbst zu erforschen? Und hat – und dieser Gedanke erschreckt mich – auch schon mein Vater diesen Weg beschritten? Bin ich ihm unwissentlich auf diesem Pfad gefolgt, und war es das, was er mir zuletzt sagen wollte?

Es sind dieselben Namen, die immer wiederkehren. Dieselben Persönlichkeiten der Geschichte, deren Schicksal untrennbar mit dem Einen Auge verbunden scheint.

Alexander.

Arsinoë.

Ptolemaios.

In welcher Beziehung standen sie zueinander? Was ist es, das sie alle miteinander verbindet und das ihre Schicksale einander ähnlich gemacht hat? Was ist die Wahrheit hinter all den Mythen, von denen der Zyklop mir berichtete? Wo liegt der Ursprung dieser seltsamen Menschen, die von der Schöpfung mit nur einem Auge bedacht wurden? Wie konnten sie über die Jahrhunderte unbemerkt bleiben? Und was hat es mit dem Codicubus auf sich? Welche Hinweise mag er enthalten?

So viele Fragen mich auch quälen, bin ich erleichtert darüber, noch am Leben zu sein. Was geschehen wäre, hätte Dr. Cranston uns nicht gefunden, wage ich mir nicht vorzustellen. Nachdem Friedrich Hingis und er bei der Verfolgung des Zyklopen getrennt wurden, hat er auf eigene Faust weitergesucht und ist dabei durch Zufall auf den alten Friedhof geraten, wo er auf die Stiefelabdrücke einer Frau stieß, die ganz offensichtlich allein unterwegs gewesen war. Da ihm dies verdächtig erschien, folgte er der Fährte, die ihn in die Hütte des Friedhofswärters führte und schließlich zu uns.

Natürlich sind Friedrich und ich voll des Lobes für unseren Begleiter, und ich schäme mich fast dafür, dass ich ihm zu Beginn so abweisend begegnet bin. Es scheint mir festzustehen, dass unsere Mission ohne Cranstons Hilfe ein ebenso frühes wie unerwartetes Ende genommen hätte und für Kamal damit jede Hoffnung erloschen wäre. So jedoch haben wir eine zweite Chance erhalten, und ich brenne mehr noch als zuvor darauf, das Rätsel zu lösen, das uns zu umgeben scheint …

Palais Czerny
Kleinseite, Prag
11. Oktober 1884

Sarah Kincaid unterbrach ihren Vortrag, als jemand sanft gegen die Tür des Krankenzimmers klopfte.

»Ja, bitte?«

Die Tür wurde geöffnet, und Horace Cranstons ebenso schmale wie besorgte Züge erschienen. »Verzeihen Sie, Lady Kincaid«, sagte er nur, »aber es ist soweit. Die Gräfin lässt bitten.«

»Danke, Doktor.« Sarah ließ das kleine, in Leder geschlagene Reisetagebuch sinken, dessen letzten Eintrag sie laut vorgelesen hatte, während sie an Kamals Lager saß und seine Hand hielt. Zwar hatte Cranston ihr gesagt, dass es überaus zweifelhaft war, ob Kamal etwas mitbekam von dem, was sich um ihn herum ereignete, aber Sarah war dennoch überzeugt davon. Was Kamal und sie verbunden hatte, war so stark, dass es unmöglich erloschen sein konnte. Mit ihrer Stimme wollte sie ihm zeigen, dass sie für ihn da war und auf ihn wartete, einem Leuchtfeuer gleich, das den Matrosen auch bei stürmischer See den Weg nach Hause wies. Und selbst wenn Cranston Recht gehabt hätte und Kamal tatsächlich nichts von seiner Umgebung wahrnahm, so hätte Sarah nicht davon abgelassen. Denn an der Seite ihres bewusstlosen Geliebten zu sitzen, seine Hand zu halten und mit leiser Stimme auf ihn einzureden, gab ihr das Gefühl, wenigstens etwas für ihn zu tun.

»Wie geht es unserem Patienten?«, wollte Cranston wissen und trat ein. »Alles unverändert?«

»Ich denke, ja«, erwiderte Sarah. Sie klappte das Buch zu und steckte es ein. Dann strich sie Kamal zum ungezählten Mal über die hitzige Stirn und betrachtete seine edlen, ebenmäßigen Züge. »Er sieht aus, als würde er schlafen.«

»Im Grunde tut er das auch«, stimmte der Doktor zu. »Man

geht davon aus, dass die Körperfunktionen im Schlaf ähnlich reduziert werden wie bei einer Bewusstlosigkeit.«

»Mit dem Unterschied, dass gewöhnlicher Schlaf nach einigen Stunden endet«, fügte Sarah hinzu.

»Bestenfalls.« Laydon lächelte, um sogleich wieder ernst zu werden. »Wissen Sie, dass ich Sie für überaus mutig und tapfer halte, Lady Kincaid?«

»Danke«, entgegnete Sarah, »aber diese Attribute kommen doch wohl eher Ihnen zu. Sie waren es, der uns gerettet hat.«

»Zufall. Wäre ich nicht auf Ihre Spur gestoßen ...«

»Das meine ich nicht. Sie haben Ihr Leben eingesetzt, um Friedrich und mich zu retten – einen größeren Freundschaftsdienst gibt es nicht. Ich bin sehr froh, Sie dabeizuhaben.«

»Danke, Lady Kincaid.«

»Sarah«, verbesserte sie.

»Horace«, stellte er sich mit jovialem Grinsen vor, das sie mit einem schwachen Lächeln beantwortete. Dann beugte sie sich vor, um Kamal zarte Küsse auf Stirn und Augen zu hauchen. Anschließend erhob sie sich und wandte sich zum Gehen.

»Seien Sie unbesorgt«, sagte Cranston, »ich werde in der Zwischenzeit hierbleiben. Sollte sich etwas verändern, so werde ich umgehend nach Ihnen rufen lassen.«

»Danke, Horace.«

»Tally-ho«, erwiderte er mit ermunterndem Lächeln, und sie konnte kaum anders, als es zu erwidern.

Mit einem letzten Blick in Kamals Richtung verließ sie das Krankenzimmer, und über die steile Treppe gelangte sie hinunter in die geräumige Eingangshalle, wo nicht nur Friedrich Hingis, sondern auch Ludmilla, Gräfin von Czerny, sie bereits erwarteten.

Nachdem ihre Gastgeberin von den dramatischen Ereignissen und der Gefangennahme Sarahs und Hingis' erfahren hatte, war sie nur mit viel Mühe und Überredungskunst davon abzubringen gewesen, die Polizei zu alarmieren. Zum einen, so hatte Sarah argumentiert, genossen die Prager Ordnungshüter nicht gerade einen untadeligen Ruf, sodass äußerst zweifelhaft war, ob bei den Ermittlungen viel herauskommen würde; zum anderen würden sie eine Menge Fragen stellen und damit letztlich nur den Erfolg des Unternehmens gefährden.

Nur zögernd hatte sich die Gräfin schließlich bereit erklärt, auf eine Anzeige zu verzichten – im Gegenzug allerdings bestand sie darauf, Sarah von nun an persönlich mit Rat und Tat zur Seite zu stehen. Dazu gehörte auch, dass sie einen Termin am Klementinum erwirkt hatte, wo Sarah unbegrenzten Zutritt zu einer der ältesten Universitätsbibliotheken Europas erhalten sollte.

»Sind Sie bereit zur Abfahrt?«, erkundigte sich die Gräfin, die bereits fertig angekleidet in der Halle stand und nur auf Sarah gewartet zu haben schien. Wie am Abend ihrer ersten Begegnung trug sie ein beigefarbenes, mit reichen Spitzen versehenes Kleid, das nach britischen Geschmacksbegriffen weder der Jahreszeit noch dem Anlass besonders angemessen war. Vielmehr schien jene extravagante, antiquiert wirkende und doch sehr selbstbewusst zur Schau getragene Kleidung Ausdruck des Lebensgefühls der Gräfin zu sein, die sich zwischen Tradition und Moderne, zwischen Wirklichkeit und Anspruch gefangen sah – und das wiederum war etwas, das Sarah sehr gut nachvollziehen konnte.

»Bereit«, bestätigte sie und ließ sich von Antonín in den Mantel helfen, den die Gräfin ihr dankenswerterweise zur Verfügung gestellt hatte. Sarahs eigene Kleidung war nach dem nächtlichen Ausflug in die Kanalisation schon des penetranten Geruches wegen nicht mehr zu gebrauchen gewesen.

»Dann lassen Sie uns fahren«, meinte die Gräfin. »Ich habe bereits anschirren lassen, der Dekan erwartet uns.«

»Danke, Gräfin. Ich schätze wirklich sehr, was Sie für mich tun.«

»Ich weiß, meine Liebe«, entgegnete Czerny mit einem breiten

Lächeln, das ihre noblen Gesichtszüge in zwei Hälften zu teilen schien. »Ich weiß ...«

Ein Diener öffnete die Tür, und sie traten hinaus auf die Straße, wo Friedrich Hingis bereits vor einer riesigen schwarzen Kutsche wartete, die mit dem goldumrahmten Emblem des Schwarzen Ritters gekennzeichnet war, dem Wappen der Familie Czerny. Gezogen wurde das Gefährt, dessen hoher, geschlossener Aufbau und schwere Ausführung den britischen Hackney-Kutschen vergleichbar war, von vier schwarzen Rossen, die ungeduldig mit den Hufen scharrten.

»Glauben Sie nicht, dass ich Wert auf diesen Prunk lege, meine Teure«, raunte die Gräfin Sarah zu, »aber wenn mir die Tradition des Adelsstandes schon zum Nachteil gereicht, so will ich andererseits wenigstens etwas davon haben.«

An der Logik dieser Argumentation ließ sich nicht rütteln, und so bestiegen Sarah und Ludmilla von Czerny das Gefährt über die kleine Treppe, die der Kutscher vor ihnen ausklappte. Das dunkel gehaltene Innere der Kutsche war mit bequemen, samtbeschlagenen Sitzen versehen, auf denen die Damen und Hingis Platz nahmen, wobei der Schweizer dem Gesetz der Höflichkeit folgend jene Bank besetzte, die gegen die Fahrtrichtung blickte. Schon im nächsten Moment fuhr die Kutsche an. Begleitet vom Klappern der Hufe, rollte sie an den Stadthäusern und Palästen vorbei die steile Straße zum Fluss hinab.

»Nun, Doktor?«, erkundigte sich Gräfin Czerny bei Hingis. »Sind Ihre Bemühungen von Erfolg gekrönt gewesen?«

»Bedauerlicherweise nicht«, entgegnete dieser. »Dem Schmied, den ich konsultiert habe, ist es leider nicht gelungen, den Codicubus zu öffnen, ebenso wenig wie dem Schlosser und dem Entfesselungskünstler vom Varieté.«

»Das war zu erwarten«, sagte Sarah nur, die darüber nicht sonderlich überrascht war.

»Dennoch mussten wir es zumindest versuchen«, verteidigte

Hingis seine fruchtlosen Bemühungen. »Die Informationen, die in dem Würfel verborgen sind, könnten uns möglicherweise ein gutes Stück weiterbringen.«

»Vielleicht«, räumte Sarah ein, »vielleicht auch nicht. Möglicherweise handelt es sich nur um ein weiteres Täuschungsmanöver.«

»Oder um einen weiteren Hinweis auf der Suche nach einem Heilmittel für Kamal«, wandte Hingis ein.

»Darf ich Ihnen meine Hilfe anbieten?«, erkundigte sich die Gräfin höflich. »Mein Mann hatte ausgezeichnete Verbindungen zu zahlreichen Gelehrten. Sicher ist einer darunter, der ...«

»Das ist sehr freundlich von Ihnen, Gräfin«, wehrte Sarah ab, »aber in diesem Fall kann uns niemand helfen.«

»Weshalb nicht?«

»Weil es auf der ganzen Welt nur einen einzigen Ort gibt, an dem sich das Behältnis öffnen lässt – über einer dafür vorgesehenen Stele, die sich auf einer kleinen Insel im Mittelmeer befindet.«

»Sind Sie da auch ganz sicher?«

»Allerdings«, bestätigte Sarah.

»Ich verstehe«, erwiderte die Gräfin und schien angestrengt nachzudenken. »Vielleicht, wenn Sie mich das Artefakt einmal betrachten ließen ...«

»Nein«, sagte Sarah entschieden und strenger, als sie es beabsichtigt hatte. »Verzeihen Sie, Gräfin«, fügte sie deshalb hinzu, als sie den irritierten Ausdruck im Gesicht ihrer Gastgeberin bemerkte, »es liegt mir fern, Ihnen zu misstrauen. Aber einen Codicubus zu besitzen, ist kein Privileg, sondern eine Bürde. Einige Menschen wurden seinetwegen grausam ermordet, andere sind daran fast zerbrochen. Je weniger Sie darüber wissen, desto besser ist es für Sie, glauben Sie mir.«

»Natürlich glaube ich Ihnen, werte Freundin«, versicherte die Gräfin, wobei ihren bleichen Zügen nicht zu entnehmen war, ob sie es tatsächlich so meinte. »Also wird Ihnen wohl kaum etwas anderes übrig bleiben, als die weite Reise zum Mittelmeer anzutreten, um den Behälter dort zu öffnen.«

»Dazu haben wir keine Zeit«, verneinte Sarah. »Dr. Cranston ist sich nicht sicher, was Kamals Zustand betrifft. Noch scheint er vergleichsweise stabil zu sein, aber dies kann sich jeden Tag ändern, zu jeder Stunde. Wir können es uns nicht leisten, die weite Reise auf uns zu nehmen und dabei wertvolle Zeit zu verlieren – und dann womöglich festzustellen, dass wir einer Täuschung erlegen sind. Lieber halte ich mich an das, was wir haben.«

»Ein guter Vorsatz«, erkannte die Gräfin nickend an, »und was haben wir bislang?«

»Wir werden sehen«, gab Sarah ausweichend zur Antwort.

Die Kutsche hatte inzwischen die Brücke überquert, deren beide Türme trutzig über den Ufern aufragten und sich in die tief hängenden Wolken zu bohren schienen. An der Kirche von St. Franziskus mit ihrem hohen Portal und ihrer schimmernden, weithin sichtbaren Kuppel vorbei, erreichte der Vierspänner das Klementinum.

»Überaus beeindruckend«, war Sarahs Kommentar, als sie die barock gestaltete, mehrstöckige Fassade passierten, die sich um mehrere Innenhöfe schloss und deren Vorderseite von der Kirche St. Salvator beherrscht wurde.

»Das Klementinum wurde Mitte des 16. Jahrhunderts von Jesuiten gegründet«, erklärte die Gräfin. »Kaiser Ferdinand rief sie zu Hilfe im Kampf gegen ketzerische Umtriebe – und die Jesuiten ließen nichts unversucht, um entlaufene Schafe zur Herde zurückzutreiben, das können Sie mir glauben. Von einer kurzen Unterbrechung abgesehen, währte ihre Macht in Prag etwas über zweihundert Jahre.«

»Fast glaube ich, aus Ihren Worten ein wenig Bewunderung herauszuhören, Gräfin«, stellte Hingis fest.

»Warum auch nicht? Zwei Jahrhunderte sind eine lange Zeit.«

»Zugegeben«, räumte der Schweizer ein. »Aber es ist doch erwiesen, dass sich die jesuitische Macht in Prag äußerst repressiver Mittel bediente. Nicht von ungefähr war die Stadt Ausgangspunkt des Dreißigjährigen Krieges.«

»Vielleicht, Doktor. Aber das verringert nicht das historische Verdienst, nicht wahr?« Der Satz war mit derartiger Endgültigkeit formuliert, dass es einem Affront gleichgekommen wäre, abermals zu widersprechen. Um seiner guten Erziehung willen und weil sie in der Schuld ihrer Gastgeberin standen, verzichtete Friedrich Hingis auf eine weitere Erwiderung, aber es war ihm anzusehen, wie wenig sich das Freiheitsverständnis des Eidgenossen mit den gräflichen Ansichten vertrug.

Wenn Ludmilla von Czerny es bemerkte, so ließ sie sich ihre Begeisterung davon nicht nehmen. »Von der Prager Burg einmal abgesehen«, dozierte sie weiter, »ist das Klementinum das größte Gebäude der Stadt. Neben Hörsälen und Bibliotheken verfügt es sogar über eine eigene Sternwarte. Seit mehr als hundert Jahren beherbergt es die Universitätsbibliothek und damit eine der ältesten Büchereien Europas.«

»Dann sind wir ja am rechten Ort«, sagte Sarah, als die Kutsche das Haupttor passierte und in den Vorhof einfuhr. »Wollen wir hoffen, dass wir finden, wonach wir suchen.«

»Glauben Sie, dass dieser Einäugige die Wahrheit gesagt hat? Dass es dieses ›Wasser des Lebens‹ tatsächlich gibt?«

»Was ich glaube, spielt keine Rolle. Allein die Übereinstimmung zwischen den Worten des Zyklopen und dem, was Rabbi Oppenheim mir mitteilte, lässt mich hoffen, dass es noch mehr darüber herauszufinden gibt.«

»Und wenn es genau das ist, was die Gegenseite von Ihnen erwartet?«, erkundigte sich die Gräfin und sprach damit Sarahs größte Besorgnis aus.

»Dann werde ich vorerst genau das tun«, erwiderte sie dennoch mit fester Stimme. »Mein Vater lehrte mich, dass Mythen und Mysterien dazu da sind, entschlüsselt zu werden, und genau das werde ich tun.«

»So wie Sie es beim Golem getan haben?«

»In der Tat.«

Die Kutsche kam zum Stillstand, und zwei livrierte Diener eilten herbei, um die Stiegen herunterzuklappen und den Damen beim Ausstieg behilflich zu sein.

»Warum teilen Sie dem Rabbiner und seinem jungen Freund dann nicht mit, was Sie herausgefunden haben? Warum lassen Sie sie weiterhin in dem Glauben, dass eine Gestalt aus alten Sagen in der Judenstadt ihr Unwesen treibe?«

»Weil, Gräfin, sie mir die Wahrheit doch nicht glauben würden«, erwiderte Sarah leise, »und weil ein Traum, dessen Erinnerung allmählich verblasst, weniger schmerzhaft ist als eine zerstörte Illusion.«

Die Czerny hob verwundert die Brauen. »Ist es Ihre Überzeugung als Wissenschaftlerin, die Sie so sprechen lässt?«

»Nein«, antwortete Sarah leise. »Meine Erfahrung.«

Die Tür der Kutsche wurde geöffnet, worauf die Insassen ausstiegen. Ein wichtig aussehender Mann mit ergrautem Haar, der ein Monokel trug und seinen Kinnbart zu einem dreieckigen Spitz gestutzt hatte, kam vom Haupthaus herüber, ein breites Lächeln im Gesicht.

»Professor Leopold Bogary«, raunte die Gräfin ihren Begleitern zu, »der Bibliotheksverwalter – und ein Speichellecker, wie er im Buche steht. Nach außen mimt er den ergebenen Freund, dabei hat er seit Jahren gegen meinen Mann intrigiert. Und er hat sich dagegen ausgesprochen, dass eine Frau am geisteswissenschaftlichen Seminar dozieren darf.«

»Mit Verlaub, Gräfin«, erkundigte sich Hingis trocken, »warum geben wir uns dann mit diesem Ignoranten ab?«

»Sehr einfach«, erwiderte die Gräfin, während sich ein ebenso zuckersüßes wie unnahbares Lächeln auf ihre bleichen Züge schlich, »weil er nicht nur falsch, sondern auch nützlich ist ... Mein lieber Leopold«, fuhr sie mit lauter Stimme fort, ohne ihren Tonfall auch nur im Ansatz zu ändern, »wie überaus freundlich von Ihnen, uns zu empfangen.«

»Aber nicht doch, Gräfin«, entgegnete Bogary händeringend, ehe er sich wild gestikulierend verbeugte und einen Handkuss offerierte. »Es ist mir eine Freude.«

»Genau wie mir, mein lieber Leopold, genau wie mir. Gestatten Sie, dass ich Ihnen meine gute Freundin Lady Kincaid vorstelle. Lady Kincaid – Professor Bogary.«

»Sehr erfreut, Ihre Bekanntschaft zu machen, Professor«, entgegnete Sarah artig, worauf Bogary das Monokel abnahm und seine Augen zu schmalen Schlitzen verengte, ehe er es wieder einsetzte. »Eine Frau«, stellte er wenig geistreich fest. »Noch dazu Britin ...«

»Ihr Scharfsinn ist einmal mehr kaum zu übertreffen, mein lieber Leopold«, erkannte Czerny lächelnd an.

»Aber Ihr Bote sprach von einem Spezialisten, einer anerkannten ausländischen Kapazität ...«

»Lady Kincaid ist beides – sowohl eine Meisterin auf dem Gebiet der angewandten Archäologie als auch eine in Fachkreisen anerkannte und angesehene Wissenschaftlerin«, versicherte die Gräfin.

»In der Tat«, fügte Hingis hinzu. »Ich selbst war zugegen, als sie vor zwei Jahren auf dem Symposion des internationalen Forschungskreises für Archäologie an der Pariser Sorbonne auftrat ...«

Sarah verkniff sich ein Grinsen. Was der Schweizer sagte, stimmte zwar. Allerdings hatte er geflissentlich verschwiegen, dass er selbst es gewesen war, der jenes Symposion für sie zu einem einzigen Debakel hatte werden lassen – aus denselben Gründen, die auch Bogary zu bewegen schienen.

Borniertheit und Arroganz ...

Abermals rückte der Bibliotheksvorsteher sein Monokel zurecht und betrachtete Sarah vom Scheitel bis zur Sohle. Was er sah, schien ihm nicht zu gefallen. »Nun gut«, meinte er dennoch nach einer Weile, »wenn die Sorbonne in der Lage ist, sich derart großzügig zu zeigen, können wir es uns wohl auch leisten. Sie erhalten die Erlaubnis, die Bibliothek aufzusuchen und dort zu recherchieren.«

»Danke, Professor«, sagte Sarah mit freundlichem Nicken. Sie hatte gelernt, dass es besser war, Ewiggestrige vom Schlage Bogarys schlichtweg zu ignorieren – was allerdings nur funktionierte, so lange deren eingeschränkte Weltsicht ihr nicht den Weg versperrte ...

Zusammen gingen die beiden Frauen zum Eingangsportal, Hingis folgte ihnen in respektvollem Abstand.

»Verstehen Sie jetzt, was ich vorhin meinte?«, flüsterte die Gräfin Sarah dabei zu.

»Allerdings«, entgegnete diese. »Allerdings ...«

Universitätsbibliothek
Klementinum, Prag

Wie so oft, wenn sie sich in einer Bibliothek aufhielt und sich zwischen Büchern und Schriftrollen, zwischen Codices und alten Pergamenten auf die Jagd nach der Vergangenheit begab, vergaß Sarah die Zeit und alles andere um sich herum. Auf einem großen Tisch, der sich in der Mitte des mit dunklem Holz getäfelten Lesesaals befand, lagen Dutzende von Büchern und Folianten ausgebreitet; Forschungsliteratur nicht nur in englischer, sondern auch in deutscher Sprache, dazu alte lateinische Handschriften.

Zusammen mit Friedrich Hingis und der Gräfin von Czerny, die tatsächlich über einiges historisches Wissen verfügte und sowohl des Lateinischen als auch des Altgriechischen mächtig war, ging Sarah jedem nur denkbaren Hinweis nach. Die Methode, der sie sich dabei bediente, war denkbar einfach. Man begann mit einem konkreten Hinweis, mit einer Spur, die man hatte, und suchte nach einem schriftlichen Beleg dafür. Anschließend forschte man nach dessen Quellen und so weiter und so weiter. Das Geflecht an sich immer weiter verzweigenden Informationen, das sich dabei ergab, bildete schließlich die Grundlage zum Verifizieren der eigenen Theorien, und je tiefer Sarah in die Materie eintauchte und je mehr Informationen sie gewann, desto überzeugter war sie davon, dass jenes ominöse Heilmittel, von dem nicht nur der Rabbiner, sondern auch der Einäugige gesprochen hatte, tatsächlich existierte.

Den ganzen Nachmittag und den Abend über bis tief in die Nacht hinein brüteten Sarah und ihre Gefährten über handgeschriebenen Kommentaren und gedruckten Abhandlungen; sie lasen die Werke lateinischer Klassiker ebenso wie deren moderne Reflexionen; vertieften sich in mittelalterliche Mystik, alchimistische Anleitungen und philosophische Denkschriften, die alle um dasselbe Thema kreisten: die alles beherrschende Frage, wie sich der Mensch die Schöpfung zu eigen machen, wie er ihre Geheimnisse enträtseln und selbst zum Herrn über Leben und Tod werden könnte.

Sarah hatte sich nie zuvor mit dieser Materie befasst; umso überraschter war sie darüber, den Grundgedanken in zahllosen Werken des Abend- wie des Morgenlandes manifestiert zu sehen. Ob im sumerischen Epos von Gilgamesch, in der griechischen Sagenwelt oder im mittelalterlichen Heldenlied; ob in der homerischen Odyssee oder den Ovidschen Metamorphosen; ob nun im Golem der jüdischen Überlieferung oder in der christlichen Gralslegende; ob in ägyptischen Totenbüchern oder in den Regularien, die alchimistische Quacksalber im 16. Jahrhundert verfasst hatten: Der Gedanke, das Mysterium des Daseins zu enträtseln und sich, sei es durch Magie, Technik oder göttliche Hilfe, zum Herren der Schöpfung aufzuschwingen, schien in allen Kulturen manifestiert zu sein. So sehr sich die einzelnen Werke im Detail voneinander unterscheiden mochten – ihnen allen war derselbe alte Menschheitstraum zu eigen: das Ende des Lebens nicht mehr als gegeben hinnehmen zu müssen.

Unsterblichkeit lautete das eine Schlagwort, das, wenngleich unausgesprochen, als ebenso verheißungsvolles wie anmaßendes Echo durch die Texte geisterte; Genesis, also die Kraft, aus Leblosigkeit Leben zu schaffen, das andere. Und hin und wieder wurde auch das Mittel genannt, das all dies bewerkstelligen sollte.

Hydor bíou.

Aqua vitae.

L'eau de la vie.

Water of life.

Die Bezeichnungen in den verschiedenen Sprachen mochten unterschiedlich sein, gemeint war jedoch stets dasselbe.

Das Wasser des Lebens ...

»Und Sie sind sicher«, wandte Friedrich Hingis ein, als sie zum ungezählten Mal ihre Lektüre unterbrachen, um sich über das Gelesene auszutauschen, »dass jenes wundersame Elixier tatsächlich existierte? Vielleicht haben alle diese Textstellen nur einen metaphorischen Gehalt, schließlich wird Wasser in fast allen Kulturen spirituelle, lebensspendende Bedeutung beigemessen.«

»Richtig«, räumte Sarah ein, »und haben Sie schon einmal darüber nachgedacht, weshalb das so ist?«

»Nun, ich nehme an, weil ohne Wasser kein Leben existieren kann, nicht wahr? Weil es von grundlegender Bedeutung für das Leben auf diesem Planeten ist.«

»Zugegeben«, räumte Sarah erneut ein. »Aber was, wenn sich noch eine andere, konkretere Wahrheit hinter all diesen Geschichten verbirgt? Der Mann, der mich diese Wissenschaft lehrte, pflegte zu behaupten, dass jeder Mythos einen realen Kern besitzt – und meinen bisherigen Erfahrungen gemäß hatte er damit nur zu Recht.«

»Vom wem sprechen Sie?«, erkundigte sich die Gräfin Czerny. »Von Ihrem Vater?«

Sarah nickte, und ein Schatten legte sich für einen Moment über ihr Gesicht. »Von meinem Vater«, bestätigte sie leise und konnte sich nicht dagegen wehren, dass für einen kurzen Moment nicht Gardiner Kincaids gütige, von schlohweißem Haar umrahmten Züge vor ihrem geistigen Auge auftauchten, sondern Mortimer Laydons hassverzerrte Fratze.

»Sie meinen also ...?«, holte Friedrich Hingis sie ins Hier und Jetzt zurück.

»Ich bin *überzeugt* davon«, verbesserte ihn Sarah, »dass dieser reale Kern auch hier besteht. Dass er der Urgrund ist, auf dem all diese Texte wurzeln. Denken wir nur an die Zyklopen. Oder den Golem. In beiden Fällen haben wir es mit mythischen Gestalten zu tun, die, wie sich zeigte, sehr reale Entsprechungen haben.«

»Nur zu wahr«, kam Hingis nicht umhin zuzugeben.

»Nehmen wir an, Ihre Theorie wäre zutreffend«, meinte die Gräfin. »Wo wollen wir mit der Suche beginnen? Wie können wir das Wahre vom Unwahren trennen? Wie den wirklichen Kern von dem, was im Lauf der Jahrtausende ausgeschmückt und hinzugefügt wurde?«

»In dieser mittelalterlichen Handschrift hier«, Sarah deutete auf einen alten Folianten, der aufgeschlagen vor ihr lag, »habe ich einen sehr interessanten Hinweis entdeckt. Es handelt sich um eine auf Latein verfasste Klosterchronik aus dem späten zwölften Jahrhundert.«

»Wie sind Sie darauf gekommen, gerade dort zu suchen?«, fragte Hingis.

Sarah lächelte. »In einer Abhandlung über mittelalterliche Alchimie und jüdische Kabbalistik habe ich einen Hinweis darauf entdeckt. Glücklicherweise befindet sich eine Abschrift dieser Chronik im Besitz der Bibliothek. Die Mönche des Klosters, in dem das Original verfasst wurde, waren dafür bekannt, geheime Wissenschaften zu betreiben. Nicht von ungefähr wurde ihnen im Zuge der Inquisition der Prozess gemacht. Der Konvent wurde geschlossen, und nicht wenige Mönche endeten auf dem Scheiterhaufen.«

»Und die Chronik überstand all diese Wirren?«, fragte die Gräfin ungläubig.

»In der Tat. Allerdings wurde jeder Hinweis auf die Lokalität des Klosters mit akribischer Sorgfalt gelöscht, sodass wir heute nicht mehr wissen, wo sich dieser Konvent befunden hat. Einige vermuten ihn in Böhmen, was erklären würde, weshalb das Klementinum eine Abschrift der Chronik besitzt, andere in Norditalien.«

»Hm«, machte Hingis. »Und was genau haben Sie nun herausgefunden?«

»Ein Mönch mit Namen Athanasius hat im Jahr 1191 eine Reise ins ferne Griechenland unternommen, angeblich, um die byzantinischen Glaubensbrüder in den Klöstern des Nordostens zu besuchen. Die Chronik äußert jedoch den Verdacht, dass jener Mönch mit einer geheimen Mission betraut war, die zum Ziel hatte, *materiae mirandae* zu beschaffen …«

»Wundersame Grundstoffe«, übersetzte Hingis, »zweifellos zum Herstellen alchimistischer Mixturen.«

»Das denke ich auch«, stimmte Sarah zu.

»Dennoch ist es nur ein vager Hinweis«, wandte die Gräfin Czerny ein. »Worin besteht der Zusammenhang zum ›Wasser des Lebens‹?«

»Von Rabbi Oppenheim wissen wir, dass das Wasser von jüdischen Kaufleuten aus Athen nach Westeuropa gebracht wurde«, erläuterte Sarah. »Zudem findet es in der griechischen Mythologie mehrfach Erwähnung. Der antike Held Herakles beispielsweise soll durch mit Zauberkraft behaftetes Wasser zu Tode gekommen sein.«

»Zu Tode«, echote die Gräfin. »Wie passt das zusammen?«

»Vergessen wir nicht, dass es laut dem Rabbiner zwei Elixiere gibt – eines, das Leben schenkt, und ein anderes, das es nimmt«, erklärte Sarah. »Auch der gute Ptolemaios wusste davon ein Liedchen zu singen.«

»Wo Sie gerade davon sprechen«, hakte Hingis ein. »Ich habe versucht, andere Belege für die angebliche Vergiftung Ptolemaios II. zu finden. Es gibt keine. Kein anderer Geschichtsschreiber als jener Josephos berichtet von diesem Vorfall.«

»Weil er als Einziger dabei zugegen war«, erwiderte Sarah.

»Aber warum hat er seine Informationen dann nicht anderen Schreibern zugänglich gemacht, so wie es damals üblich war?«

»Vielleicht, weil er es nicht wollte?«, hielt Sarah dagegen. »Laut Rabbiner Oppenheim hat sich Josephos selbst auf die Suche nach dem Wasser des Lebens begeben – und es angeblich auch gefunden.«

»Wo?«, wollte die Gräfin wissen.

»Angeblich in Griechenland. Jedenfalls gelangte es von dort in westliche Breiten. Und wir erinnern uns, dass auch Alexander das Lebenswasser einst gesucht hat, um seinen zu Tode verwundeten Vater Philip zu retten.«

»Und?«, fragte Hingis.

»Das antike Pella, die einstige Hauptstadt Makedoniens, wo Alexander seine Kindheit und Jugend verbrachte, ist nur rund achtzig Meilen von den Klöstern entfernt, die der Mönch Athanasius auf seiner Geheimmission besuchte.«

»Zufall?«, fragte die Gräfin.

»Zu viele Zufälle für meinen Geschmack«, erwiderte Sarah. »Der Sage nach stammte das Wasser, mit dem Herakles vergiftet wurde, aus dem Acheron.«

»Dem Acheron?«

»Die griechische Unterwelt wurde der Sage nach von fünf Flüssen durchzogen: Acheron, Lethe, Kokytos und Phlegethon, die wiederum alle in den fünften Fluss mündeten, den Styx. Wer starb, wurde am Ufer des Acheron zurückgelassen, und Charon, dem Fährmann der Toten, übergeben, auf dass er ihn ans andere Ufer übersetze. Sterblichen war für gewöhnlich der Zutritt zur Unterwelt verwehrt. Einige Helden wie Odysseus, Orpheus oder Perseus haben es dennoch gewagt und sind wohlbehalten zurückgekehrt.«

»Womit wir wieder bei den Sagen wären«, folgerte Hingis. »Der Kreis der Argumentation hat sich geschlossen, leider ohne dass wir ihn anhand nachprüfbarer Fakten auf ein solides Fundament hätten stellen können. Was wir haben, sind nur Vermutungen.«

»Bislang«, räumte Sarah ein. »Aber was, wenn sich auch hinter diesen Sagen ein wahrer Kern verbirgt?«

»Wie darf ich das verstehen, liebe Freundin?«

Der zweifelnde Ton in Friedrich Hingis' Stimme blieb Sarah nicht verborgen, ebenso wenig wie der skeptische Blick der Gräfin Czerny. Entsprechend ließ sie sich mit ihrer Antwort einen Augenblick Zeit und legte sich alle Argumente noch einmal zurecht. »Nun«, erwiderte sie schließlich, »wenn Sagengestalten wie die Zyklopen oder der Golem reale Wurzeln haben, so wäre es doch denkbar, dass Geschichten wie die von Perseus oder jene von Orpheus in der Unterwelt ebenfalls auf historische Ereignisse zurückgehen. Auf Dinge, die sich tatsächlich zugetragen haben.«

»Ist das Ihr Ernst?« Ein Hauch von Amüsiertheit war in den Zügen der Gräfin zu erkennen.

»Lady Kincaid pflegt derlei Dinge grundsätzlich ernst zu meinen«, stellte Hingis klar. Noch vor zwei Jahren hätte er vermutlich lauthals losgelacht, aber die Begegnung mit Gardiner Kincaid hatte ihn gelehrt, dass keine Frage zu kühn war, als dass ein wacher Geist sie nicht stellen durfte, und dass es sich stets lohnte, den Ausführungen von Gardiners Tochter aufmerksam zu lauschen ...

»Und ob es mir ernst damit ist«, bekräftigte Sarah. »Was, wenn es all diese Rettungen aus dem Totenreich tatsächlich gegeben hat? Wenn sie sich in Wahrheit nur ein wenig anders zugetragen haben?«

»Inwiefern?«

»Es könnte doch sein, dass all diese Menschen, die der Überlieferung nach aus der Unterwelt gerettet wurden, in Wahrheit nicht wirklich tot waren, sondern lediglich in eine Art Stasis verfallen ... Jedenfalls in einen Zustand, den die Menschen der Antike nicht von dem eines Toten unterscheiden konnten.«

»Sie meinen ... in eine Art Scheintod?«

»Koma, Scheintod, nennen Sie es, wie Sie wollen. Wichtig ist, was diese Menschen möglicherweise in diesen Zustand versetzt hat – und vor allem auch das, was sie wieder daraus erlöst hat.«

»Ich verstehe, worauf Sie hinauswollen.« Hingis nickte. »Das Wasser des Lebens. Und Sie vermuten, dass Kamal ...«

»Es eine Vermutung zu nennen wäre zu viel behauptet«, schränkte Sarah ein. »Es ist nur eine Hoffnung, an die ich mich klammere, ein schwacher Trost.«

Hingis nickte, und seine glatte Stirn legte sich in Falten, während er angestrengt nachzudenken schien. »Wollen Sie meine ehrliche Meinung wissen?«, fragte er nach einer Weile.

»Hätte ich Ihnen sonst davon erzählt?«

»Nun gut.« Der Schweizer Gelehrte straffte sich, und für einen kurzen Moment nahmen seine Züge wieder jenen oberlehrerhaften Ausdruck an, dessentwegen ihn Sarah früher so verabscheut hatte. Inzwischen wusste sie, dass Hingis ihn nur benutzte, um seine Unsicherheit zu überspielen. »Glauben Sie mir, liebe Freundin, ich habe mich daran gewöhnt, in Ihrer Begleitung allerhand seltsame Dinge zu erfahren. Dass ich jemals in die Nähe des Alexandergrabes gelangen würde, hätte ich niemals auch nur zu träumen gewagt, dennoch ist es wahr geworden. Nun allerdings plagen mich ernste Zweifel. Was geschehen ist – und damit meine ich nicht nur das, was dem armen Kamal widerfahren ist, sondern auch das, was sich gestern Nacht zugetragen hat – ist fraglos ein wenig zu viel für Sie gewesen, und so ist es kein Wunder, dass Sie allenthalben nach Hinweisen suchen, die Ihren Geliebten retten und ihn ins Reich der Lebenden zurückholen könnten.«

»Ich verstehe«, sagte Sarah leise und senkte den Blick, während sie sich gleichzeitig selbst eine Närrin schalt. Wie hatte sie erwarten können, dass jemand ihre abenteuerlichen Theorien auch nur im Ansatz teilte? Vielleicht hatte Hingis ja Recht, und ihr Wunsch, Kamal zu retten, überwog bei weitem jede Vernunft ...

»Allerdings«, unterbrach der Schweizer ihren Gedankengang, »kenne ich außer Ihnen niemanden, der unter dem Eindruck all dieser Ereignisse in der Lage wäre, auch nur annähernd so brillante Überlegungen anzustellen.«

»Was?« Sarah blickte auf. Auch die Gräfin Czerny schien überrascht.

»Wer weiß?«, fragte Hingis achselzuckend. »Vielleicht haben Sie ja Recht. Möglicherweise ist jenen Gestalten, die wir aus der mythischen Überlieferung kennen, tatsächlich ein ähnliches Schicksal widerfahren wie dem armen Kamal. Vielleicht wurde Ihnen ein Gift verabreicht, das sie in einen totenähnlichen Zustand versetzt hat, bis eine Art Antidot sie wieder ins Leben zurückgeholt hat.«

»Genau das meine ich«, stimmte Sarah zu. »Die Ärzte haben mir bestätigt, dass es möglicherweise auch für Kamal ein Gegenmittel gibt. Allerdings konnten sie mir nicht sagen, aus welchen Ingredienzen es zu bestehen hätte oder wo es zu finden wäre.«

»In Griechenland«, folgerte die Gräfin Czerny.

»Es wäre immerhin möglich«, bekräftigte Sarah.

»Aber wo genau? Gibt es einen Anhaltspunkt?«

»Einen.« Sarah nickte. »Der einzige Hinweis auf die Herkunft der geheimnisvollen Elixiere findet sich in der Sage von Herakles.«

»Das Wasser des Acheron«, erinnerte sich Hingis.

»So ist es. Im Gegensatz zum Styx ist der Acheron ein real existierender Fluss, der auf dem Berge Tomaros entspringt und der durch Epiros gen Westen fließt, dem Meer entgegen.« Sarah nahm einen historischen Atlanten zur Hilfe, den sie aufgeschlagen auf dem Tisch liegen hatte. »Wenn Sie sich nun eine Linie denken zwischen der makedonischen Hauptstadt Pella im Osten, zwischen den Metéora-Klöstern und diesem See, der vom Acheron auf seinem Weg zum Meer durchflossen wird, so werden Sie feststellen, dass sich alle drei annähernd auf einer Achse befinden.«

»Allmächtiger«, entfuhr es Hingis, als er auf die Karte blickte.

»Sie haben Recht«, stellte auch die Gräfin fest.

»An jenem See«, wusste Sarah weiter zu berichten, »befand sich in alter Zeit das Nekromanteion von Ephyra.«

»Das Totenorakel«, flüsterte Hingis.

»In der Tat.«

»Was hatte es damit auf sich?«, wollte die Gräfin wissen, und ein wenig verlegen fügte sie hinzu: »Die Geschichte des klassischen Griechenland war nie mein bevorzugtes Betätigungsfeld. Die Mysterien des Alten Ägypten haben es mir ungleich mehr angetan ...«

»Der Überlieferung nach war Ephyra eine Stadt am nördlichen Ufer des Sees von Acherousia«, erläuterte Sarah bereitwillig. »Tatsächlich befinden sich dort die Überreste einer antiken Siedlung, die allerdings noch nicht hinreichend erforscht wurden.«

»Ich verstehe.« Die Gräfin nickte.

»Allerhand wunderliche Dinge werden über das Nekromanteion berichtet«, fügte Friedrich Hingis hinzu. »Manche, die das Orakel besuchten, hatten dort angeblich Visionen vom Jenseits und von den Menschen, die sie verloren hatten.«

»Wie ist das möglich?«

»Nun«, führte Sarah weiter aus, »es gibt antike Quellen, die dort den Eingang zur Unterwelt vermuten, was bedeuten würde, dass das Orakel eine Art Pforte zwischen dieser Welt und dem Jenseits gewesen ist. Andere vermuten den Eingang zum Hades weiter nordöstlich, an den oberen Flussläufen. Welche Version zutrifft, entzieht sich meiner Kenntnis. Aber nehmen wir an, dass sich hinter diesen Überlieferungen ein wahrer Kern verbirgt, so muss ich so rasch wie möglich nach Ephyra.«

»Um was zu tun?«

»Um dem Fluss Acheron von seinem Ursprung am Berge Tomaros bis zum See Acherousia zu folgen und den Eingang zum Hades zu suchen«, gab Sarah bekannt. »Oder zumindest das, was die alten Griechen dafür hielten – denn dort vermute ich das Wasser des Lebens.«

»Den Eingang zum Hades?«, echote Hingis staunend. »Sie wollen sich auf Odysseus' und Perseus' Spuren begeben?«

»Genau das«, bestätigte Sarah.

»Wie darf ich das verstehen, meine Teure?«, erkundigte sich die Gräfin Czerny zweifelnd. »Erwarten Sie tatsächlich, den Jenseitsschatten zu begegnen?«

»Das wohl nicht«, räumte Sarah ein. »Dennoch muss es irgendetwas geben – eine Höhle, einen unterirdischen Fluss, eine geologische Anomalie – das real existiert und all diese Mythen inspiriert hat. Dorthin muss ich, wenn ich Kamal retten will. Das ist meine tiefe Überzeugung.«

»Ich bewundere Ihren Scharfsinn und Ihre Entschlossenheit«, versicherte die Gräfin. »Schon deshalb, weil ich selbst nicht dazu fähig wäre.«

»Sie sind zu bescheiden.«

»Durchaus nicht. Dennoch muss ich zur Vorsicht mahnen.«

»Aus welchem Grund?«

»Was Sie Epiros nennen, mag einst zum antiken Hellas gehört haben – mit der Eroberung Konstantinopels durch die Türken wurde es jedoch Teil des Osmanischen Reiches und ist es bis heute geblieben. Zwar konnten der Süden Griechenlands sowie ein beträchtlicher Teil Thessaliens im Zuge des Unabhängigkeitskrieges das türkische Joch abschütteln, Epiros und Makedonien jedoch befinden sich nach wie vor unter osmanischer Verwaltung. Und obschon ihn manche Gebrechen plagen, scheint der kranke Mann vom Bosporus noch längst nicht zum Abzug gewillt. Entsprechend ist das Grenzland zwischen beiden Territorien eine äußerst gefährliche, von Unruhen erschütterte Gegend. Die Zeitungen berichten allenthalben darüber.«

»Ich bin mit den politischen Gegebenheiten vor Ort durchaus vertraut, Gräfin, und ich weiß Ihre Besorgnis sehr zu schätzen«, versicherte Sarah. »Dennoch steht mein Entschluss fest. Ich muss diesen Hinweisen nachgehen.«

»Selbst wenn es Sie das Leben kostet?«

»Kamal oder ich – wo ist der Unterschied?«, erwiderte Sarah die Frage. »Finde ich kein Heilmittel, so ist sein Ende besiegelt und das meine ebenso. Einen Menschen, der mir am Herzen lag und der mir mehr bedeutete als alles andere, habe ich bereits verloren, Gräfin. Noch einmal werde ich es nicht zulassen.«

»Sarah, ich ...«, begann Hingis sichtlich verlegen – mit einer Handbewegung brachte sie ihn zum Schweigen und ersparte es ihm, nach einer Erklärung suchen zu müssen.

»Ich weiß, was Sie sagen wollen, Friedrich«, versicherte sie, »und sicher haben Sie Recht. Es ist ein Wagnis, auf das ich mich einlasse, noch dazu eines, dessen Ausgang völlig offen ist. Weder kann noch werde ich erwarten, dass Sie sich daran beteiligen. Ohnehin haben Sie schon weit mehr für mich getan, als ich erwarten durfte.«

»Wie denn?«, fragte Ludmilla von Czerny verblüfft. »Wollen Sie die Reise etwa allein antreten?«

»In Begleitung einiger Träger und eines ortskundigen Führers – warum nicht?«, hielt Sarah dagegen.

»Weil es nicht in Frage kommt«, antwortete Hingis energisch. »Ich weiß Ihre Bescheidenheit zu schätzen, liebe Freundin, aber ich kann nicht hinnehmen, dass ich in Ihren Plänen offenbar keine Rolle spiele. Natürlich werde ich Sie begleiten, wenn Sie erlauben.«

»Das ist sehr edelmütig von Ihnen, mein bester Friedrich – aber ich erlaube es nicht.«

»Nein? Warum nicht?«

»Weil ich bereits zu viele gute Freunde verloren habe. Wenn Ihnen auf dieser Expedition etwas zustieße, würde ich mir das niemals verzeihen.«

»In diesem Fall«, entgegnete der Schweizer leichthin, »wird es Sie erleichtern zu erfahren, dass ich vorhabe, diesmal am Stück zu bleiben – und das dürfen Sie wörtlich nehmen. Etwas anderes wäre es natürlich, wenn Sie mich nicht dabei haben *wollen*, weil ein Krüppel in Ihren Augen mehr ein Hindernis denn einen Nutzen darstellt ...«

»Aber nein«, beeilte sich Sarah zu versichern, die den pikierten Unterton in Hingis' Worten bemerkt hatte, »es geht mir nur um Ihre Sicherheit. Sie dabei zu haben wäre mir ein großer Trost und eine unersetzliche Hilfe.«

»So können Sie auf mich zählen«, erwiderte Hingis schlicht und deutete eine Verbeugung an – für einen Gentleman seines Schlages war damit alles gesagt.

»Ebenso wie auf mich«, versicherte die Gräfin lächelnd.

»Sie ... Sie wollen die Expedition ebenfalls begleiten?«

»Warum nicht, meine Liebe? Wie ich Ihnen schon sagte, habe ich mich mein Leben lang danach gesehnt, dieser Stadt den Rücken zu kehren und die weite Welt zu erkunden. Zwar geht meine Kühnheit nicht so weit, Ihnen bis ans Ziel Ihrer Reise zu folgen – wenn Sie jedoch erlauben, werde ich Sie auf einem Stück des Weges begleiten. Zumal mir Mittel und Wege offen stehen, die Ihnen wohl verschlossen sein dürften.«

»Das wäre wunderbar«, sagte Sarah. »Wieder einmal weiß ich nicht, wie ich Ihnen danken soll, Gräfin.«

»Aber nicht doch.« Das Lächeln der Gräfin wurde noch breiter. »Schwestern helfen einander, nicht wahr?«

»Das ist richtig.« Sarah nickte. »Allerdings weiß ich nicht, ob ...«

Sie unterbrach sich, als die Tür zum Lesesaal plötzlich geöffnet wurde und Professor Bogary erschien, einen jungen Burschen im Schlepp, den Sarah bei genauerem Hinsehen als einen von Gräfin Czernys Bediensteten erkannte. Das Gesicht des jungen Mannes war purpurrot, seine Brust hob und senkte sich unter schnellen Atemzügen – und an dem furchtsamen Ausdruck in seinem Gesicht konnte Sarah erkennen, dass etwas vorgefallen sein musste.

»Guten Abend, Durchlaucht«, stieß er keuchend hervor, während er sich tief vor seiner Herrin verbeugte. »Bitte verzeihen Sie mein ungefragtes Eindringen. Dr. Cranston schickt mich ...«

»Kamal!« Alarmiert schoss Sarah von ihrem Sitzplatz hoch, denn ihr war klar, dass die Nachricht nur ihren Geliebten betreffen konnte. »Was ist mit ihm?«

»Der Doktor sagt, Sie sollen sofort kommen«, eröffnete der Bote stockend. »Es ist überaus dringend ...«

7.

Reisetagebuch von Sarah Kincaid
Nachtrag

Nun ist eingetreten, was ich insgeheim schon die ganze Zeit befürchtet habe: Kamals Zustand hat sich dramatisch verschlechtert. Sein Puls ist unregelmäßig und kaum noch zu fühlen. Gelingt es mir nicht bald, Hilfe zu beschaffen, so befürchte ich das Ärgste …

Palais Czerny
Kleinseite, Prag
Morgen des 12. Oktober 1884

Die ganze Nacht über war sie nicht von seiner Seite gewichen. Mit Entsetzen hatte sie den Worten Dr. Cranstons gelauscht, jedoch ohne wirklich zu begreifen, was er ihr sagte. Von steigenden Körpertemperaturen war die Rede gewesen und von nachlassenden Reflexen, die es vielleicht schon bald unmöglich machen würden, dem Patienten die Flüssigkeit und Nahrung zuzuführen, die er zum Überleben so dringend benötigte. Dazu machten die Folgen der künstlichen Nahrungszuführung sich bemerkbar. Der Patient sei schwach und anfällig für Infektionen aller Art …

»Du darfst nicht gehen, hörst du? Du musst bei mir bleiben …«

Zum ungezählten Mal formten ihre Lippen diese Worte, die im Lauf der Nacht zu einer Art Beschwörungsformel geworden waren. Immer dann, wenn ihre Verzweiflung und ihre Trauer übermächtig zu werden drohten, wandte Sarah sie an, und tatsächlich gelang es ihr, ihre Gefühle damit einigermaßen in Schach zu halten. Ihre Wangen freilich waren fahl und ausgezehrt und ihre Augen von Tränen gerötet.

Immer wieder griff sie nach dem Glas mit abgekochtem Wasser, das auf dem Nachtkästchen stand, und versuchte, ihm etwas davon in den halb geöffneten Mund zu träufeln. Mit Glück würde ihn dies noch einige Tage, vielleicht auch noch ein oder zwei Wochen am Leben erhalten – heilen würde es ihn jedoch nicht.

Denn es war das falsche Wasser ...

Obwohl – oder gerade weil? – sich Kamals Zustand verschlechtert hatte, war Sarah nach wie vor gewillt, die Reise anzutreten und sich auf die Suche nach dem Heilmittel zu begeben. Dass sie Kamal nicht mitnehmen konnte, stand außer Frage, und es würde ihr das Herz brechen, sich von ihm zu trennen. Wenn sie es jedoch nicht tat, so war ihm auch die letzte Aussicht auf Rettung genommen.

Sie beugte sich über ihn, liebkoste seine hitzige Stirn. »Ich werde Hilfe holen, Geliebter«, flüsterte sie ihm ins Ohr. »Ich werde nach einem Heilmittel für dich suchen und dich aus der Dunkelheit befreien, ganz gleich, was ich dafür auf mich nehmen oder mit welchen Mächten ich dafür paktieren muss. Ich werde dich retten, Geliebter, hörst du? Ich werde dich retten, das schwöre ich!«

Sie richtete sich halb auf, um zu sehen, ob ihre Worte irgendeine Wirkung hinterließen. Aber Kamals Züge, die nicht mehr jung und kraftvoll wirkten wie noch vor einigen Tagen, sondern ausgezehrt und eingefallen, zeigten keine Reaktion.

Wahrscheinlich konnte er sie nicht einmal hören.

Aber deshalb war ihr Schwur nicht weniger wahrhaftig ...

Erneut wollten Tränen in ihre Augen treten, als die Tür zum Krankenzimmer geöffnet wurde. Eilig wischte sich Sarah über die Augen, da sie annahm, dass es Cranston wäre oder Hingis, und sie wollte sich ihnen nicht so schwach und verletzlich zeigen.

Aber Sarah irrte sich – es war keiner ihrer männlichen Begleiter, der die Kammer betrat, sich mit leisen Schritten zu ihr gesellte und ihr beruhigend die Hand auf die Schulter legte, sondern keine andere als die Gräfin Czerny.

»Ich weiß, was Sie durchmachen«, sagte sie leise. »Auch ich habe am Totenbett meines Mannes gewacht, viele Tage und viele Nächte lang. Man hadert mit dem Schicksal und fragt sich, warum einem alles genommen wurde.«

»Noch habe ich keinen Grund, mit dem Schicksal zu hadern, Gräfin«, erwiderte Sarah tapfer, »denn noch besteht Hoffnung – und dies ist auch nicht das Lager eines Toten.«

»Natürlich nicht«, sagte die Gräfin schnell, wenn auch offenbar nur, um Sarah zu beruhigen. »Sie haben also weiterhin vor, Ihren Plan zu verfolgen?«

»Jetzt noch mehr als zuvor.«

Die Gräfin nickte nachdenklich, dann setzte sie sich zu Sarah auf die Kante des Krankenbetts. Sekundenlang blickten die beiden Frauen einander tief in die Augen, ohne dass zu erkennen gewesen wäre, was die eine über die andere dachte.

»Sie sind eine erstaunliche Frau, Lady Kincaid.«

»Sie auch, Gräfin.«

»Nie zuvor habe ich jemanden gesehen, der von einem solch unbeugsamen Willen erfüllt gewesen wäre.«

»Das ist keine Unbeugsamkeit«, verbesserte Sarah mit verlegenem Lächeln, »sondern Verzweiflung.«

»Sie wirken aber nicht verzweifelt.«

»Vielleicht nur deshalb, weil ich gelernt habe, meine wahren Empfindungen zu verbergen.«

»Genau wie ich.«

»Nun«, erwiderte Sarah leise, »dann scheinen wir ja tatsächlich so etwas wie Schwestern zu sein, nicht wahr?«

Die Gräfin nickte. Erneut begegneten sich ihre Blicke, und für einen Augenblick schien die Zeit ringsum stillzustehen.

»Wenn Sie mich in den Salon begleiten möchten«, sagte Ludmilla von Czerny schließlich. »Die Herren Cranston und Hingis haben sich dort eingefunden, um sich mit uns zu besprechen.«

»Ich komme«, versprach Sarah. Noch einmal bedachte sie Kamal mit einem liebevollen Blick, strich ihm sanft über die Wange und das bärtige Kinn, ehe sie sich erhob und der Gräfin nach draußen folgte.

Auf Anraten Dr. Cranstons blieben die Samtvorhänge des Krankenzimmers geschlossen, sodass dort beruhigendes Halbdunkel herrschte, das der Mediziner als dem Patienten zuträglich erachtete; als Sarah das Zimmer verließ, wurde sie vom hellen Licht geblendet, das durch die hohen Fenster des Korridors fiel. Zwar hatte sie mitbekommen, dass der neue Tag angebrochen war, sich jedoch nicht weiter darum geschert. Jetzt erst sah sie, dass es offenbar spät in der Nacht zu schneien begonnen hatte und dass sowohl die Straßen als auch die Dächer der umliegenden Häuser von einer weißen Schicht bedeckt waren.

Die Gräfin Czerny geleitete sie persönlich in den Salon, dessen Kamin in Anbetracht des Wintereinbruchs schon am frühen Morgen angeheizt worden war. Ein Feuer knisterte in der von grauem Stuck umrahmten Öffnung, vor der ein niedriger Holztisch mit elegant geschwungenen Beinen stand. Auf diesem war eine Landkarte ausgebreitet. Umlagert wurde er von samtbezogenen Polstersesseln, von denen zwei besetzt waren. Die beiden Männer, die darin saßen, unterbrachen ihre Unterhaltung und erhoben sich, als Sarah und die Gräfin den Raum betraten.

»Grüezi.«

»Guten Morgen, Friedrich. Auch Ihnen einen guten Morgen, Doktor.«

»Sarah«, erwiderte Cranston den Gruß mit höflichem Nicken und besorgtem Blick. »Wie fühlen Sie sich?«

»Danke, gut«, log Sarah – in Wahrheit fühlte sie sich elend und ausgezehrt, nicht nur der durchwachten Nacht, sondern auch der Übelkeit wegen, die sie an diesem Morgen traktierte.

»Ich werde sofort nach Kamal sehen«, versprach der Arzt. »Vorher jedoch gibt es einige Dinge, über die wir sprechen sollten. Die Gräfin und Dr. Hingis haben mir berichtet, dass Sie in der Bibliothek fündig geworden sind ...«

»Nun ja«, schränkte Sarah ein, während die Gräfin und sie sich setzten. Daraufhin nahmen auch Cranston und Hingis wieder Platz. »Zumindest gibt es einen Hinweis, dem nachzugehen sich lohnen würde.«

»Auch nachdem der Zustand des Patienten sich verschlechtert hat?«

»*Gerade* nachdem der Zustand des Patienten sich verschlechtert hat«, bekräftigte Sarah. »Weder Sie noch einer der anderen Ärzte konnten Kamal heilen. Das Wasser des Lebens ist seine letzte Chance.«

»Sie brauchen mich nicht zu überzeugen, Lady Kincaid. Würde ich Ihnen nicht blind vertrauen, so hätte ich mich niemals zu dieser Reise bereit erklärt. Ich wusste ja, was Sie vorhaben.«

»Aber?«, fragte Sarah.

»Aber in Anbetracht der jüngsten Ereignisse«, fuhr Friedrich Hingis an Cranstons Stelle fort, »sollten wir anders disponieren. In seinem Zustand kann Kamal die Reise unmöglich mitmachen ...«

»Das ist wahr«, räumte sie ein.

»... gleichzeitig verlieren wir aber unnötig Zeit, wenn wir ihn hier in Prag zurücklassen«, fuhr Cranston fort, um mit Blick auf Gräfin Czerny hinzuzufügen: »Obgleich ich mir keinen Ort der Welt vorstellen könnte, an dem unser Patient besser aufgehoben wäre.«

»Ich danke Ihnen, Doktor.« Die Gräfin nickte.

»Was also schlagen Sie vor?«, wollte Sarah wissen.

»Nicht ich«, verbesserte Cranston. »Die Gräfin hat diesen Vorschlag unterbreitet, der unser Vorhaben in meinen Augen überhaupt erst realisierbar macht.«

»Ich verstehe«, sagte Sarah. »Und um was für einen Vorschlag handelt es sich dabei?«

»Welche Reiseroute beabsichtigen Sie zu wählen?«, erkundigte sich die Gräfin.

»Die kürzeste«, erwiderte Sarah kurzerhand. »Von Prag nach Wien, von dort nach Venedig und mit dem Schiff weiter nach Griechenland.«

»Das habe ich mir gedacht. Ihnen sollte aber klar sein, dass eine winterliche Alpenüberquerung sowie eine anschließende Schiffspassage mit unwägbaren Strapazen verbunden ist, die unser Patient mit einiger Sicherheit nicht überstehen würde.«

»Dessen bin ich mir bewusst, Gräfin«, räumte Sarah ein. »Aus diesem Grund hatte ich vorgehabt, Kamal in Ihrer Obhut zurückzulassen, wenn Sie es gestatten.«

»Ich gestatte es natürlich – aber ich denke, es gibt noch eine andere Möglichkeit. Wieso nehmen Sie nicht die Landroute und benutzen jenen Zug, der seit seiner offiziellen Jungfernfahrt im Oktober vergangenen Jahres fortwährend für Schlagzeilen sorgt und einen Geschwindigkeitsrekord nach dem anderen bricht?«

»Sie sprechen vom Orient-Express«, vermutete Sarah.

»Allerdings.« Die Gräfin nickte. »Hinter diesem zugegebenermaßen etwas schwelgerischen Namen verbirgt sich eine Reisemöglichkeit, die die Bezeichnung ›fortschrittlich‹ tatsächlich verdient hat. Unter günstigen Voraussetzungen bewältigt der Zug die Distanz zwischen Paris und Konstantinopel in nur rund achtzig Stunden.«

»Das ist beachtlich«, erkannte Sarah an, der die langwierige und für Kamal so strapaziöse Reise quer durch das Deutsche Reich noch in lebhafter Erinnerung war. »Deshalb habe ich schon im Zuge meiner Anreise versucht, Plätze auf der Strecke Paris–Wien zu bekommen, was allerdings kurzfristig völlig unmöglich war.«

»Nicht für mich«, erwiderte die Gräfin unbescheiden. »Ich habe mir erlaubt, für einen raschen und reibungslosen Reiseablauf zu sorgen, der gewährleistet, dass Ihr teurer Kamal die Passage nicht nur mitmachen kann, sondern ihm unterwegs auch nicht mehr Unbill widerfährt, als es hier im Palais der Fall wäre.«

»Wie?«, wollte Sarah wissen.

»Ich habe einen Waggon der *Compagnie Internationale des Wagons-Lits* gemietet, in dem sowohl Ihr Kamal als auch wir übrigen Reisenden aufs trefflichste untergebracht sein werden.«

»Sie meinen einen Schlafwagen?«, fragte Sarah nach.

»In der Tat«, bekräftigte Cranston, »und zwar nicht jene überkommenen Modelle, die auf den anderen Strecken verkehren und in denen anzureisen wir das zweifelhafte Vergnügen hatten, sondern das Modernste vom Modernen.«

»Alles Nötige ist bereits veranlasst«, fügte die Gräfin hinzu. »Ein Wagen der CIWL wird noch im Lauf des Tages für uns bereitgestellt und schon heute Nacht den Prager Bahnhof verlassen. Das Ziel ist Wien, wo der Waggon abgekoppelt und an den Orient-Express angehängt wird. In Budapest, wo der Zug schon wenig später eintreffen wird, wird unser Waggon erneut abgehängt werden und dem Zug nach Belgrad angegliedert.«

»In Semlin, einem kleinen Vorort im Norden der serbischen Hauptstadt, endet die Schienenstrecke«, führte Cranston weiter aus, »deshalb ist unsere gemeinsame Exkursion dort zu Ende. Die Gräfin und ich werden in Belgrad bleiben, während Dr. Hingis und Sie die Reise fortsetzen werden. Über Nisch, Vranja und Usküb gelangen Sie nach Saloniki.«

»Und Kamal?«, wollte Sarah wissen.

»Die Gräfin und Dr. Cranston haben sich bereit erklärt, für die Dauer unserer Abwesenheit in Belgrad für ihn zu sorgen«, erklärte Hingis.

»Es scheint mir der einzig gangbare Weg zu sein«, fügte die Gräfin rasch hinzu. »Die Wagen der CIWL bieten die Möglichkeit, Kamal ein gutes Stück näher an das Heilmittel heranzubringen – ihn jedoch den Strapazen einer Schiffspassage auszusetzen, halte ich nicht für verantwortbar.«

»Von der Warte des Mediziners aus kann ich dem nur zustimmen«, pflichtete Dr. Cranston bei. »Ohnehin ist es erstaunlich, dass der Patient noch am Leben ist.«

»Er ist stark«, stellte Sarah fest.

»In der Tat. Aber dies kann und darf nicht darüber hinwegtäuschen, dass er sich in einer äußerst instabilen Phase befindet. Schon geringe Veränderungen können katastrophale Auswirkungen haben.«

»Ich denke, es wäre ein brauchbarer Kompromiss«, bekräftigte die Gräfin. »Kamal wäre seiner Heilung in jedem Fall näher als Prag.«

»Das ist wahr«, stimmte Sarah zu und warf einen Blick auf die Karte. »Von Saloniki aus könnten wir uns Pferde oder Kamele nehmen und die Reise Richtung Westen fortsetzen, auf den Spuren Alexanders.«

»Und Herakles'«, fügte Hingis grinsend hinzu. »Was einem antiken Halbgott recht war, soll mir nur billig sein.«

»Tally-ho«, meinte Cranston trocken.

»Wir müssten uns allerdings beeilen«, überlegte Sarah. »Wenn die Bergpässe geschlossen sind ...«

»Ich habe nicht behauptet, dass der Plan ohne Risiken wäre«, sagte die Gräfin Czerny, »aber ich denke, er stellt eine gute Alternative dar. Wie steht es also? Wollen Sie das Wagnis eingehen und sich gemeinsam mit uns auf das Abenteuer begeben? Ich muss gestehen, dass ich nicht sehr große Erfahrung darin habe ...«

»Das macht nichts.« Sarah schüttelte den Kopf. »Ich danke Ihnen Gräfin, für alles, was Sie für uns getan haben und noch tun wollen – und ich nehme das Angebot dankbar an, auch wenn mir nicht klar ist, weshalb Sie um einer Fremden willen solche Mühen auf sich nehmen.«

»Es sind keine Mühen«, versicherte die Gräfin, »ebenso wenig, wie Sie eine Fremde sind, Sarah. Außerdem habe ich jahrelang auf eine Gelegenheit wie diese gewartet. Endlich kann ich diesen Mauern entfliehen und das tun, wonach mir schon immer der Sinn stand. Endlich bin ich dabei, die Fesseln abzuschütteln, die diese Gesellschaft mir auferlegt hat, und ein freier Mensch zu werden – und das verdanke ich ganz allein Ihnen. Also bitte danken Sie mir nicht zu sehr, denn in Wahrheit bin ich es, die zu danken hat.«

»Sie beschämen mich, Gräfin.«

»Ludmilla«, verbesserte sie. Sie reichten einander die Hände, und die Gräfin besiegelte das Bündnis, indem sie sich zu Sarah beugte und sie küsste, nicht etwa auf die Wange, sondern auf ihre Lippen. Die Berührung war warm und feucht, jedoch nicht unangenehm, sodass Sarah sich nicht zurückzog, auch wenn ihr etwas an diesem Kuss überaus seltsam erschien – denn für einen kurzen Augenblick war ihr, als wären es tatsächlich die Lippen ihrer Schwester, die sie sanft und zärtlich berührten.

Sie trennten sich voneinander, und unvermittelt brach Ludmilla von Czerny in ausgelassenes Gelächter aus. Sie klatschte laut in die Hände, woraufhin einer der livrierten Diener erschien, ein Tablett mit vier kleinen Gläsern darauf in den Händen, in denen eine durchsichtige Flüssigkeit schwappte. »Slibovitz«, erklärte sie, während sie sich erhob, »ein Lebenswasser ganz anderer Art. Lassen Sie uns auf unseren Entschluss anstoßen – und auf den Beginn unseres gemeinsamen Abenteuers.«

»Auf den Beginn unseres Abenteuers«, echoten Cranston und Hingis wie aus einem Munde, während sie nach den Gläsern griffen.

»Und auf Sarah«, fügte Ludmilla hinzu. »Auf dass sie finde, wonach sie sucht.«

»Auf dass sie finde, wonach sie sucht«, echote es erneut.

»Zum Wohl«, sagte die Gräfin.

»*Cheers*«, erwiderte Sarah.

Dann wurden die Gläser geleert.

Sarah roch den intensiven Geschmack überreifer Zwetschgen und die beißende Schärfe des Alkohols und fühlte plötzlichen Widerwillen. Ohne dass sie eine Erklärung dafür hatte, sträubte sich alles in ihr, den Schnaps zu trinken. Unschlüssig behielt sie das kleine Glas in den Händen.

»Nanu?«, erkundigte sich Hingis, der seines bereits geleert hatte und dessen Wangen sich daraufhin röteten. »Sie zögern? Wenn ich mich recht entsinne, waren Sie einem guten Tropfen noch niemals abgeneigt ...«

»Das ist wahr«, entgegnete Sarah, deren innerer Widerstand immer noch wuchs, »aber in diesem Fall würde ich gerne davon Abstand nehmen. Bitte sehen Sie es mir nach, Ludmilla.«

»Aber natürlich.« Die Gräfin lächelte und streckte die Hand aus. »Wenn Sie erlauben, so werde ich an Ihrer Stelle trinken.«

Sarah gab ihr das Glas, worauf sie es ebenfalls leerte, ohne dass ihre blassen Züge sich auch nur im Ansatz verfärbten. Nur das Blitzen ihrer smaragdgrünen Augen schien ein wenig zuzunehmen.

»In Ordnung«, meinte Cranston daraufhin, »ich denke, jeder hat genug zu tun. Ich werde nach dem Patienten sehen und anschließend meine Reisevorbereitungen treffen.«

»Ebenso wie ich«, stimmte Sarah zu. »Außerdem gibt es noch einige Besorgungen, die ich vor unserer Abreise zu machen habe.«

»Tun Sie das«, sagte die Gräfin. »Antonín wird unterdessen stehenden Fußes zum Bahnhof zurückkehren, die Reservierung des Waggons bestätigen und das Finanzielle regeln. Schließlich haben wir keine Zeit zu verlieren, nicht wahr? Ich schlage vor, dass wir uns hier im Salon wieder treffen – in drei Stunden?«

»Abgemacht«, sagte Sarah, und da auch Hingis und Cranston zustimmend nickten, war alles gesagt.

Sarah Kincaid und die beiden Männer verabschiedeten sich,

um jeder den eigenen Geschäften nachzugehen, die Gräfin blieb zurück. Kaum hatten ihre neuen Verbündeten den Salon jedoch verlassen, verschwand das milde, zuvorkommende Lächeln aus Ludmilla von Czernys Zügen, als hätte es dort nie einen Platz gehabt.

Die Gräfin setzte sich wieder und starrte gedankenverloren in die Flammen das Feuers, das im offenen Kamin loderte – auch dann noch, als sich mit einem leise schabenden Geräusch eines der Wandpaneele beiseiteschob und ein bislang verborgener Durchgang sichtbar wurde. Die riesige, in einen Umhang gehüllte Gestalt, die daraus hervortrat und sich zu ihr gesellte, würdigte die Gräfin keines Blickes.

»Und?«, erkundigte sich der Hüne.

»Kein Zweifel«, erwiderte die Gräfin und gönnte sich ein leises, höhnisches Lachen. »Nun gehört er uns.«

Der Hüne blickte auf sie herab, und endlich bequemte sich die Gräfin dazu, an ihm emporzublicken – in ein Gesicht, aus dessen hoher Stirn nur ein einzelnes Auge starrte.

8.

Reisetagebuch
Sarah Kincaid

Ich erinnere mich, in den Zeitungen vom Orient-Express gelesen zu haben – von einem ›außergewöhnlichen Spectaculum‹ war die Rede gewesen, von einem ›Wunderwerk moderner Technik‹. Nach allem, was ich sehe und erlebe, kann ich dem nur beipflichten.

Schon bei der Anreise nach Prag haben uns die Schlafwagen der CIWL – oder ISG, wie sie hier in Österreich-Ungarn genannt wird – überaus wertvolle Dienste geleistet; im Vergleich zu denen, die auf der Orientstrecke eingesetzt werden, muten jene Waggons jedoch wie vorsintflutliche Gebilde an. Stahl, Glas und Teakholz bilden eine Einheit, die nicht nur schön anzusehen, sondern auch überaus zweckdienlich ist, und die Atmosphäre an Bord lässt sich nur mit der auf einem Ball oder einem festlichen Empfang vergleichen. Nach den Ereignissen von Prag kommt es mir vor, als wären wir der rauen Wirklichkeit entrückt, so sehr scheint sich alles an Bord um das Wohlergehen der Reisenden und ihre Zerstreuung zu drehen. Dabei brauche ich nur in die ausgezehrten, von Krankheit gezeichneten Züge Kamals zu blicken, um zu wissen, dass diese Reise nicht bloßer Verlustierung dient.

Der Zug selbst besteht aus insgesamt sechs Waggons, die, wie man mir mitteilte, der klassischen Aufteilung des Orient-Express entsprechen. Der Lok – einem kraftstrotzenden, pechschwarzen Arbeitstier, das aus jeder Pore seines stählernen Körpers Dampf zu atmen scheint – folgt ein geräumiger Kohlentender, dem wiederum ein erster Gepäckwagen angeschlossen ist, der der Bevorratung des Proviants und der Getränke dient sowie die Unterkünfte des Personals beherbergt. Diesem schließt sich ein erster Schlafwagen an, einer jener riesi-

gen, geräumigen Waggons, in deren überaus bequemen Abteilen insgesamt zwanzig Menschen Platz finden und an dessen Enden nach Geschlechtern getrennte Waschgelegenheiten eingerichtet sind. Die Abteile selbst sind hübsch eingerichtet und geräumig, mit Bänken, die sich bei Bedarf zur Schlafstatt umfunktionieren lassen.

Den Mittelpunkt und gleichzeitig das Prunkstück des Zuges bildet der Speisewagen: ein mit ledernen Gobelins und genuesischem Samt beschlagener, rollender Salon, in dessen winziger Küche ein französischer Koch Spezereien der erlesensten Sorte zuzubereiten pflegt; sogar an eine kleine Bibliothek und ein Boudoir für die mitreisenden Damen wurde gedacht, wobei ich mich in erstgenannter ungleich mehr zu Hause fühle. Dem Speisewagen ist ein zweiter Schlafwagen angegliedert; diesem folgt der Waggon der Gräfin, in dem wir dank Ludmilla von Czernys Freigebigkeit alle so überaus komfortabel reisen. Den Abschluss des Zuges bildet wiederum ein Gepäckwagen, in dem jedoch nicht nur die sperrigen, auf der Reise nicht benötigten Effekten der Fahrgäste verstaut sind, sondern wo es – ein nahezu unvorstellbarer Luxus – auch Duschkabinen mit heißem Wasser gibt, die es dem Reisenden ermöglichen, sich in regelmäßigen Abständen zu erfrischen.

Derart luxuriös untergebracht, kommen wir zügig voran.

Wien haben wir bereits hinter uns gelassen und fahren Budapest entgegen, vorbei an schneebedeckten Bäumen und von Raureif bestäubten Niederungen. Während draußen schneidende Kälte herrscht, sind die Wagen angenehm temperiert. Der Duft von Kaffee und frischem Backwerk liegt in der Luft und vermengt sich mit den Gerüchen von Wachs und Leder, die allgegenwärtig scheinen.

Fast bedaure ich es, nicht bis an den Zielort Stambul reisen zu können, zusammen mit meinem Geliebten Kamal. Ich stelle mir vor, dass es unsere Hochzeitsreise wäre, von der wir so oft im Scherz gesprochen haben, und jäh überkommt mich Trauer. Denn es ist eine Reise ganz anderer Art, die wir angetreten haben, und während im Speisewagen Champagner in Strömen fließt und Coq au vin serviert wird, zerrinnt uns die Zeit unter den Händen …

Orient-Express
Mittag des 14. Oktober 1884

Die Schrift, mit der Sarah Kincaid die Seiten ihres Tagebuchs beschrieben hatte, wirkte ein wenig ungelenk im Vergleich zu den Einträgen vorangegangener Tage. Zwar entsprachen die vierachsigen, auf modernen Drehgestellen montierten Wagen der CIWL dem jüngsten Stand der Technik, die Gleise hingegen, über die der Zug ratterte und die zum Netz der k.u.k-privilegierten Österreichischen Staatsbahngesellschaft gehörten, schon sehr viel weniger. Und so durchlief immer dann, wenn eine Schiene an die nächste stieß, eine Erschütterung die Wagen, die sich in Sarahs Schriftbild niederschlug.

Noch einmal überflog sie ihren Eintrag, dann schlug sie das Buch zu und legte es auf den kleinen Tisch, der unterhalb des Fensters angebracht war und sich im Bedarfsfall abklappen ließ – zu den Landkarten, die dort lagen, und dem geheimnisvoll anmutenden, würfelförmigen Gegenstand.

Dem Codicubus …

Zum ungezählten Mal griff Sarah nach dem Würfel und drehte ihn in den Händen, betrachtete ihn von allen Seiten. Sie hatte geglaubt, dass jener Kubus, der sie damals nach Alexandrien geführt hatte, einzigartig gewesen wäre und es auf der Welt keinen zweiten gab, aber offenbar hatte sie sich geirrt. Das Gebilde in ihrer Hand, das selbst die Kunstfertigkeit eines Artisten nicht zu öffnen vermocht hatte, war der beste Beweis dafür.

Andererseits unterschied sich der Würfel in nichts von dem, der ihr damals in Paris übergeben worden war: Die Seiten waren von leichtem Rost überzogen, der der Stabilität des Gebildes allerdings nicht abträglich war, und genau wie bei jenem anderen Würfel waren die Buchstaben des Alexandersiegels sowie das Zeichen des Einen Auges eingraviert. In der Tat glichen sich beide Kuben so sehr, dass sich ein kühner Gedanke Sarahs bemächtigte.

War es möglich, fragte sie sich, dass es in Wirklichkeit gar keinen zweiten Würfel gab? Dass sie in Wahrheit wieder jenes Artefakt in ihren Händen hielt, das ihr Vater ihr hinterlassen und dessen Besitz so viele Menschen mit einem grausamen Tod bezahlt hatten?

Sarah schauderte.

Tatsächlich hatte sie nur beobachtet, wie der Inhalt des Codicubus, die geheimen *Pinakes** aus Alexandrien, zerstört worden war. Sie hatte stets nur angenommen, dass dem Würfel dasselbe Schicksal widerfahren war, einen Beweis dafür gab es nicht.

Was aber bedeutete es, wenn der Kubus wirklich nach so langer Zeit zu ihr zurückgekehrt sein sollte? Welche Schlussfolgerungen ergaben sich daraus? Nicht mehr und nicht weniger, als dass jener Einäugige, der ihr den Würfel abgenommen hatte, und jener, der ihn ihr zurückgegeben hatte, einander gekannt haben mussten. Wie viele von ihnen mochte es geben? Und standen sie tatsächlich, wie sie immer wieder behaupteten, auf Sarahs Seite? Aber weshalb stellten sie ihr dann nach und verbreiteten Angst und Schrecken?

Mit Grausen dachte Sarah nicht nur an ihr dramatisches Erlebnis in der Prager Kanalisation zurück, sondern auch an jene hünenhafte Gestalt, deren Umrisse sie im dichten Nebel Yorkshires gesehen hatte vor, so erschien es ihr zumindest, undenklich langer Zeit. Inzwischen war sie überzeugt davon, dass es sich auch bei jener unheimlichen Kreatur um einen Zyklopen gehandelt hatte, um einen Agenten des Einen Auges, das sie in all der Zeit, in der sie sich sicher und geborgen wähnte, nie aus dem Blick verloren hatte ...

Ein höfliches Klopfen an die Tür ihres Abteils ließ sie aufhorchen. »Ja, bitte?«

---

* antike Bibliotheksverzeichnisse

»Ich bin es. Friedrich«, drang es durch das mit Intarsien versehene und glanzlackierte Blatt.

»Immer herein«, erwiderte Sarah und stellte den Kubus zurück auf den Tisch.

Die schmale Tür wurde geöffnet, und der Schweizer erschien, das Haar wirr wie eh und je. Während Sarah ein Zweierabteil zu ihrer alleinigen Verfügung hatte, mussten Hingis und Cranston sich eine Kabine teilen. Zusammen mit ihrer Zofe bewohnte Gräfin Czerny ein geräumiges Viererabteil, während die beiden Diener, die sie auf der Reise begleiteten, ebenfalls in einer Doppelkabine nächtigten.

Das fünfte und letzte Abteil des Waggons war Kamal vorbehalten; die breite Liege war zum Krankenbett umfunktioniert worden, an dem zu jeder Zeit jemand Wache hielt, um notfalls sogleich Sarah oder Dr. Cranston zu verständigen.

»Mahlzeit«, grüßte Hingis rustikal. Aus den dunklen Soßenspritzern auf seinem weißen Hemd sowie aus der Mischung von Fleischgeruch und Tabakqualm, die mit ihm in die Kabine schwappte, folgerte Sarah, dass er geradewegs aus dem Speisewagen kam. »Wo bleiben Sie denn? Wir haben Sie beim Mittagessen vermisst.«

»Das bezweifle ich«, erwiderte Sarah und rang sich ein karges Lächeln ab. »Im Augenblick ist meine Gegenwart bei Tisch nicht sehr erbaulich, fürchte ich«, fuhr sie fort und deutete auf die Bücher und Landkarten auf dem Tisch. »Ich ziehe es vor, mich auf die Mission vorzubereiten.«

»Genau darüber würde ich gerne mit Ihnen sprechen«, erwiderte Hingis beflissen und schien plötzlich nervös. »Gestatten Sie, dass ich vollends eintrete?«

»Natürlich«, bestätigte Sarah und wies ihm den Platz am anderen Ende der langen Sitzbank an. »Setzen Sie sich.«

»Danke.« Sich nach beiden Seiten umblickend, vergewisserte sich der Schweizer, dass niemand auf dem Gang war und ihn beobachtete, dann erst betrat er die Kabine. Die Tür schloss er sorgfältig hinter sich, ehe er Platz nahm.

»Darf ich Sie etwas fragen, Sarah?«, erkundigte er sich. »Ich erwarte weder, dass Sie mir Ihr Innerstes offenbaren, noch möchte ich jemals annehmen, dass Sie ...«

»Was wollen Sie wissen?«, kam Sarah auf den Punkt. Sie hatten keine Zeit für höfliches Geplänkel.

»Haben Sie Angst?«, wollte der Schweizer unvermittelt wissen und schien erleichtert, endlich ausgesprochen zu haben, was ihn beschäftigte.

»Wie darf ich das verstehen?«

»Ich möchte nur eine Antwort, das ist alles.«

Ihr Blick verriet Verunsicherung ebenso wie leise Wut. Was, in aller Welt, sollte der Unsinn? Um zu verbergen, wie sehr Hingis' Frage sie in Unruhe versetzte, wandte sie den Blick ab und starrte zum Fenster hinaus, an dem Telegraphenmasten und entlaubte Bäume vorüberwischten. »Natürlich habe ich Angst«, gestand sie. »Das Leben meines Geliebten hängt am seidenen Faden. Gelegentlich gibt es Momente, in denen ich Hoffnung schöpfe und das Gefühl habe, dass alles gut werden könnte. Aber dann blicke ich in Dr. Cranstons Gesicht und sehe die Sorge darin, und Ernüchterung kehrt ein.« Sie seufzte und wandte den Blick erneut, schaute ihren Begleiter durchdringend an. »Ich habe tatsächlich Angst, Friedrich«, sagte sie mit entwaffnender Ehrlichkeit. »Angst zu versagen – so wie damals in Alexandrien.«

»Sie haben damals nicht versagt, Sarah. Sie wurden hintergangen, von einem Menschen, dem Sie vertrauten.«

»In der Tat.« Sie schnaubte. »Und wissen Sie, was jener Mensch mir mitteilte, als ich ihn im Gefängnis besuchte?«

»Was?«

»Er sagte, dass mich diese Reise geradewegs in die Finsternis führen würde«, antwortete Sarah düster. »Und bisweilen habe ich den Eindruck, er hatte Recht damit.«

»Ebenso wie ich«, stimmte Hingis zu, während sich tiefe Falten auf seiner Stirn bildeten und sich die Brauen über den Rändern der Nickelbrille sorgenvoll zusammenzogen.

»Was wollen Sie damit sagen?«

»Nun«, meinte der Gelehrte und wetzte unruhig auf der Bank hin und her, während er nach den passenden Worten zu suchen schien, »nach allem, was in Prag geschehen ist, werde ich den Eindruck nicht los, dass sich hinter diesen scheinbaren Zufällen und Zusammenhängen, diesem Gewirr aus geheimnisvollen Andeutungen und versteckten Hinweisen, tatsächlich etwas verbergen könnte. Etwas Großes, Sarah. Etwas sehr Großes, gegen das die versunkene Bibliothek von Alexandria so bedeutungslos ist wie eine Hand voll Staub.«

»Worauf genau wollen Sie hinaus?«

»Unsterblichkeit«, antwortete Hingis mit einem Wort. »Darum – und nur darum – geht es. All diese Texte, die wir untersuchten, unabhängig davon, zu welcher Zeit oder in welcher Sprache sie verfasst worden waren, handelten davon, die Grenzen zwischen Leben und Tod willentlich zu verwischen oder sie gar zu überschreiten – ein Menschheitstraum so alt wie die Geschichte selbst.«

»Damit haben Sie zweifellos Recht«, gab Sarah zu. »Aber ich sehe nicht, was dies mit uns ...«

»Wir alle«, fuhr Hingis fort, »und dabei nehme ich weder Sie noch mich noch Dr. Cranston aus, waren so darauf bedacht, Kamal zu helfen, dass wir darüber andere wichtige Fragestellungen aus dem Auge verloren haben.«

»Andere wichtige Fragestellungen?« Sarah schaute ihn verwundert an. »Friedrich, mein Geliebter liegt im Sterben. Was könnte wichtiger sein, als ...«

»Wir alle wollen Kamal helfen«, versicherte der Schweizer, »aber wir waren so sehr damit beschäftigt, uns zu fragen, ob wir es könnten, dass wir nicht mehr darüber nachgedacht haben, ob wir es auch tun *sollten*.«

»Wie darf ich das nun wieder verstehen?«

»Sarah«, sagte Hingis, und erneut fiel es ihm sichtlich schwer, die Worte auszusprechen. »Ich weiß, dass Ihnen Kamal mehr bedeutet als Ihr eigenes Leben, und ich weiß auch, dass Sie glauben, an ihm wiedergutmachen zu müssen, was Sie an Ihrem Vater versäumt haben ...«

»Das ist nicht wahr!«

»Natürlich ist es wahr, das wissen Sie so gut wie ich. Obwohl Sie nichts für den Tod Ihres Vaters konnten, geben Sie sich noch immer die Schuld daran, und Sie haben sich geschworen, dass sich so etwas niemals wiederholen wird.«

Erneut wollte Sarah widersprechen. Sie unterließ es jedoch und dachte einen Augenblick lang über Hingis' Worte nach – mit dem Ergebnis, dass sie ihm zumindest teilweise Recht geben musste. »Vielleicht«, gestand sie deshalb widerstrebend ein.

»Aus diesem Grund«, fuhr ihr Begleiter fort, »haben Sie den Blick für das Wesentliche aus den Augen verloren, für das große Ganze.«

»Tatsächlich?« Sarah hob die Brauen. »Und was ist das große Ganze, wenn es erlaubt ist zu fragen?«

»Wenn Sie nur einige Sekunden lang ehrlich zu sich selbst wären und die Augen öffnen würden, statt sie vor der Wirklichkeit zu verschließen, so bräuchten Sie diese Frage nicht zu stellen«, konterte Hingis. »Aber vermutlich kennen Sie die Antwort ebenso gut wie ich, auch wenn Sie sie nicht wahrhaben wollen.«

»Schweigen Sie!«, fuhr Sarah ihn an. »Kein weiteres Wort!«

»Warum nicht? Weil ich die Wahrheit sage? Weil ich Ihnen einen Spiegel vorhalte und Ihnen nicht gefällt, was Sie darin sehen? Weil Sie tief in Ihrem Herzen ganz genau wissen, dass Sie drauf und dran sind, ebenjenen Fehler zu wiederholen, der Ihnen schon in Alexandrien zum Verhängnis wurde?«

»Welchen Fehler?«

»Um einen geliebten Menschen zu retten, lassen Sie sich auf

ein gefährliches Spiel ein. Sie folgen den Hinweisen und versuchen, sie in Ihrem Sinn zu deuten – dabei ist offensichtlich, wer Ihnen diese Hinweise gegeben hat. Als wir gefangen waren und uns in der Gewalt des Zyklopen befanden, da sagten Sie etwas, das mich nachdenklich stimmte – nämlich, dass es völlig gleichgültig wäre, was Ihre Feinde von Ihnen verlangen oder welche Ziele sie verfolgen würden, da Ihre einzige Absicht darin bestünde, Ihren Geliebten zu retten.«

»Und?«

»Anfangs dachte ich, Sie hätten diese Worte nur gewählt, um unseren Häscher damit zu provozieren. Inzwischen jedoch bin ich davon überzeugt, dass Sie es ernst gemeint haben, und diese Vorstellung, Sarah, ängstigt mich beinahe noch mehr als alles andere. Denn es bedeutet, dass Sie sich dem Feind ergeben haben und willenlos alles tun, was er von Ihnen verlangt – und dass Ihnen die Folgen Ihres Handelns, so unabsehbar sie auch sein mögen, völlig gleichgültig sind.«

»Was für Folgen?«

»Kommen Sie, Sarah.« Hingis schüttelte den Kopf. »Sagen Sie mir nicht, dass Sie noch nicht darüber nachgedacht hätten. Sie wissen, dass es die Bruderschaft war, die Ihren Kamal vergiften ließ, und Ihnen war von Beginn an klar, dass alle Fährten, auf die Sie in der Folge gestoßen sind, sorgfältig gelegt waren. Selbst der Golem hat sich als Täuschung herausgestellt, als ein Mittel, um Sie zu ködern.«

»Und?«

»Ihre Feinde wollen etwas von Ihnen, Sarah, das ist offensichtlich. Und ich nehme an, dass es mit dem Wasser des Lebens zusammenhängt. Wir wissen beide, dass diese Leute keine Skrupel haben, Sarah, und dass ihre Gier nach Macht und Wissen unersättlich ist. Haben Sie je daran gedacht, dass es ihnen darum gehen könnte, das Geheimnis der Unsterblichkeit zu entschlüsseln? Dass es das ist, was sie von Ihnen erwarten, und dass Sie dabei sind, das vielleicht größte Mysterium des Kosmos an eine Bande von Verbrechern auszuliefern?«

»Und das sagen ausgerechnet Sie?«, fragte Sarah dagegen.

»Was soll das nun heißen?«

»Ich erinnere mich noch gut an Alexandria.« Sarah lachte freudlos auf. »Keine Mühe und kein finanzieller Aufwand war Ihnen zu groß für eine archäologische Sensation. Sie wollten eine Entdeckung, wollten unbedingt die verschollene Bibliothek finden – selbst dann noch, als Sie längst wussten, dass es mehrere interessierte Parteien gab und es dabei um ungleich mehr ging als den Ruhm der Wissenschaft.«

»Das ist wahr«, gab Hingis unumwunden zu. »So bin ich tatsächlich gewesen – aber das ist vorbei. Ich habe mich verändert«, sagte er mit Blick auf die Prothese an seinem linken Arm. »Der Verlust hat mich verändert«, fügte er leiser hinzu.

»Genau wie mich«, erwiderte Sarah, jetzt wieder ruhig und beherrscht. »Und aus diesem Grund könnte ich es nicht ertragen, noch einmal einen geliebten Menschen zu verlieren. Können Sie das verstehen, Friedrich?«

Ihr Blick war ebenso stechend wie entwaffnend, sodass der Schweizer kaum anders konnte, als bedächtig zu nicken.

»Gut«, sagte sie. »Was alles andere betrifft, so haben Sie Recht mit Ihren Einwänden.«

»Sie – geben mir Recht?«

»Natürlich. Unsere Feinde sind in der Tat dabei, uns zu manipulieren wie damals in Alexandrien, und ich zweifle nicht daran, dass sie ebenfalls genau wie damals über jeden unserer Schritte informiert sind.«

»Aber warum spielen Sie das Spiel dann mit?«, ächzte Hingis fassungslos.

»Aus zwei Gründen. Erstens scheint es mir die einzige Hoffnung für Kamal zu sein – und zweitens gibt es einen bemerkenswerten Unterschied zu Alexandria.«

»Nämlich?«

»Diesmal sind wir vorgewarnt«, erwiderte Sarah, wobei ein ebenso freudloses wie verwegenes Grinsen über ihre Züge huschte. »Und ich bin nicht ganz unvorbereitet, das können Sie mir glauben. Bei allem, was wir tun, müssen wir überaus wachsam und vorsichtig sein – Sie, mein Freund, nicht weniger als ich.«

»Oh, Sarah.« Der Schweizer gab ein erleichtertes Pfeifen von sich, das sich wie ein mit kochendem Wasser gefüllter Teekessel anhörte, der vom Feuer genommen wird. »Und ich dachte schon, Sie hätten sich der Wirklichkeit mit allen Sinnen verschlossen ...«

»Wie Sie sehen, stehe ich noch immer mit beiden Beinen fest auf dem Boden.«

»Offensichtlich.« Hingis nickte. »Aber warum sind Sie mich vorhin derart unversöhnlich angegangen?«

»Vielleicht, weil ich wissen wollte, wie weit Sie gehen würden, um Ihre Überzeugung zu vertreten«, erwiderte Sarah.

»Und? Bin ich Ihnen weit genug gegangen?«

»Allerdings.« Sie nickte. »Ich fand bestätigt, was ich schon vorher ahnte: Sie haben ein gutes und tapferes Herz.«

»Genau wie Sie«, gab Hingis das Kompliment zurück.

»Glauben Sie das wirklich?« Sarah schüttelte den Kopf. »Sie hatten mich vorhin gefragt, ob ich Angst habe. Ich will Ihnen die Wahrheit sagen, Friedrich: In diesen Tagen macht mir nahezu alles Angst. Ich fürchte mich vor der Zukunft, aber noch mehr vor der Vergangenheit. Ich habe Angst vor dem, was geschehen könnte, und mich erschreckt, was bereits gewesen ist. Und ich habe Angst, die einzige Familie zu verlieren, die mir geblieben ist.«

»Das kann ich gut verstehen«, versicherte der Gelehrte noch einmal. »Und – wenn es zu einer Entscheidung kommen sollte? Wenn unsere Feinde sich das Mysterium des Lebens anzueignen drohen und Sie abwägen müssen zwischen dem Wohle Kamals und dem der übrigen Menschheit?«

»Das verhüte Gott«, sagte Sarah und wurde bleich.

»Amen«, erwiderte Hingis, erhob sich von der Bank und wandte sich zum Gehen. »Eines noch«, meinte er, als seine Hand bereits auf der Messingklinke lag. »Nehmen wir an, Ihre Theorie würde sich bestätigen und all diese Sagen hätten tatsächlich einen realen Hintergrund: Der Fluss existiert tatsächlich, ebenso wie der Fährmann Charon, der die Toten zur anderen Seite bringt ...«

»Ja?«

»... aber was verbirgt sich hinter dem mehrköpfigen Höllenhund Kerberos, der angeblich am Eingang der Unterwelt Wache hält und dafür sorgt, dass niemand eintreten darf, geschweige denn den Hades verlassen? Hat auch er eine wirkliche Entsprechung?«

»Ich weiß es nicht, Friedrich«, antwortete Sarah ebenso leise wie wahrheitsgemäß. »Aber wir werden es wohl bald herausfinden ...«

9.

Reisetagebuch
Sarah Kincaid

Schlechte Nachrichten.

Infolge eines Gleisschadens wurde der Zug zum Anhalten gezwungen. Was uns zunächst als eine Formalität vermittelt wurde, die zu beheben nur wenig Zeit in Anspruch nehmen würde, stellte sich schließlich als beträchtliches Problem heraus, das bereits seit mehr als zehn Stunden andauert – annähernd ein halber Tag, an dem wir zum Nichtstun verdammt sind, während Kamals Zustand sich zusehends verschlechtert. Laut Dr. Cranston wird es immer schwieriger, ihm Flüssigkeit zuzuführen, sodass die Gefahr eines Kollaps besteht, dessen Folgen ohne Zweifel tödlich wären.

Obwohl ich weiß, dass es keinen Sinn hat, hadere ich mit dem Schicksal ebenso wie mit den Betreibern des Schienennetzes. Von meinen Reisebegleitern abgesehen, stehe ich mit meiner Kritik jedoch allein, denn die Kondukteure der CIWL haben rasch reagiert und zur Beschwichtigung der Reisenden auf Kosten der Gesellschaft flaschenweise Schaumwein ausgegeben, der dafür gesorgt hat, dass sich zum einen die Zahl der Beschwerden in Grenzen hält und zum anderen eine Heiterkeit um sich greift, die mir kaum erträglich scheint.

Während ich abwechselnd an Kamals Lager wache und die Karten studiere, dringt das ausgelassene Gelächter der anderen Fahrgäste an mein Ohr, begleitet vom aufdringlichen Gefiedel einer Musikantengruppe, die kurz nach der Grenze den Zug bestiegen hat. Ich höre sie klatschen und singen und wünschte mir nur, teilhaben zu können an ihrer ausgelassenen Fröhlichkeit (…)

Inzwischen ist es nach Mitternacht. Im Licht zahlloser Fackeln und Laternen haben Gleisarbeiter bis spät in die Nacht an der Beseitigung der Schäden gearbeitet, deren Ursache nach wie vor unbekannt ist. Einige Reisende munkeln etwas von einem geplanten Überfall, aber ich vermute, dass derlei Theorien mehr dem Alkohol geschuldet sind denn tatsächlichen Befürchtungen.

Endlich ist es still geworden. Die ungarischen Musikanten haben den Zug verlassen, und infolge der Zecherei, die den ganzen Nachmittag und den Abend über angedauert und der sich mancher Gentleman und nicht wenige vornehme Damen angeschlossen haben, sind die Passagiere früher zu Bett gegangen. Jene Ruhe, die ich tagsüber schmerzlich vermisst habe, ist endlich eingekehrt.

ORIENT-EXPRESS
NACHT ZUM 15. OKTOBER 1884

Mit einiger Zufriedenheit setzte Sarah Kincaid einen Punkt hinter das letzte Wort, das sie geschrieben hatte, ehe auch sie sich erhob, um sich zu Bett zu begeben. Der Schlafwagendiener, dessen Aufgabe es war, die Liegebetten aufzuklappen und die Jalousien zu schließen sowie frische Handtücher zu besorgen, war längst hier gewesen, sodass das Abteil zu einer komfortablen Schlafkammer umgewandelt war.

Auf der Bettkante sitzend, hatte Sarah den Abend damit verbracht, Bücher zu wälzen und Landkarten zu studieren, um so das hässliche Gefühl, wertvolle Zeit zu vergeuden, zumindest ansatzweise zu kompensieren. Das Kartenmaterial, das ihr zur Verfügung stand, war allerdings mehr als spärlich; obschon in Europa gelegen, galt der Balkan nach wie vor als weitgehend unergründetes, in mancher Hinsicht gar unzivilisiertes Land, in dem die Gewalt und die Gesetzlosigkeit gediehen und blutige Auseinandersetzungen zwischen rivalisierenden Banden oder auch zwischen Rebellen und türkischen Besatzern an der Tagesordnung waren.

Zwar war die an Griechenland grenzende Provinz Sancak Tirhala vor drei Jahren aus dem osmanischen Reichsbund gelöst und dem Königreich angegliedert worden, jedoch galt das raue Gebirgsland noch immer als unbefriedet. Banden von Gesetzlosen, die sich als Freiheitskämpfer tarnten, zogen nach dem Zusammenbruch der osmanischen Ordnung marodierend umher, und die türkische Seite schien sich mit dem Wegfall der Gebiete nicht arrangieren zu wollen. Immer wieder kam es von beiden Seiten der Grenze zu Übergriffen, gab es Gerüchte über eine neuerliche osmanische Invasion. Jener Landstrich, der vom Fluss Acheron durchzogen wurde, lag genau inmitten jenes unsicheren und noch immer umkämpften Gebiets.

Sarah war überzeugt davon, dass es in den Archiven des Sultanats von Konstantinopel zuverlässigeres und aktuelleres Kartenmaterial gab, aber weder hatte sie die Zeit noch die nötigen Verbindungen, um sich dieses zu verschaffen. Wohl oder übel würde sie sich auf das Wagnis einlassen müssen, auch wenn sie sich dabei auf unbekanntes Terrain begab. Umso wichtiger war es, einen ortskundigen Führer zu haben, der die Gegend und ihre Eigenheiten kannte. Sarah hatte ein Schreiben aufgesetzt, das sie von Budapest aus nach Saloniki telegraphieren wollte, damit Führer, Träger sowie Reit- und Lasttiere bereitstanden, wenn sie dort eintrafen.

Soweit sich das sagen ließ, war alles vorbereitet. Wie jeden Abend wollte Sarah noch nach Kamal sehen, ehe sie sich zu Bett begab – womöglich war es ihre letzte Gelegenheit, ausgiebig Schlaf zu bekommen, ehe sie den Zug in Budapest verließen.

Sie erhob sich von der Bettkante und legte ihr Tagebuch beiseite. Durch die schmale Tür trat sie hinaus auf den Gang, der spärlich beleuchtet war und erfüllt vom immergleichen Rattern der Räder, die über die Gleise rollten. Der Gang war menschenleer. Die anderen Mitglieder der Reisegesellschaft hatten sich im

Hinblick auf die womöglich anstrengenden Tage, die vor ihnen lagen, wohl längst zur Ruhe begeben.

Gerade wollte Sarah Kamals Kabine aufsuchen, als aus der entgegengesetzten Richtung ein heiseres Schnauben drang. Sarah wandte sich um. Das Geräusch war eindeutig aus der Herrentoilette gedrungen, die an einem Ende des Waggons lag – die sanitären Einrichtungen für Damen befanden sich am anderen.

»Friedrich, sind Sie das?«, erkundigte sich Sarah halblaut, als sich das Geräusch wiederholte. »Dr. Cranston ...?«

Eine Antwort erhielt sie nicht. Dafür war im nächsten Moment jenes metallische Klirren zu hören, das sie bereits zweimal zuvor vernommen hatte: das erste Mal, als sie sich in den Nebeln Yorkshires verirrt und von jener unheimlichen Gestalt verfolgt worden war. Das zweite Mal auf den Korridoren von Newgate, kurz bevor sie Kamal bewusstlos in seiner Zelle gefunden hatte ...

Sarah sog scharf die Luft ein, und ihre Nackenhaare sträubten sich, während ein eisiger Schauder ihren Rücken hinabrann. Panik ergriff von ihr Besitz. Im nächsten Moment regte sich etwas am Ende des Ganges.

Ein Schatten war an der Wand zu sehen, der zu beängstigender Größe anwuchs. Aus dem Halbdunkel löste sich eine vermummte Gestalt, die einen Umhang trug und mit kraftvollen Schritten den Gang heraufkam, begleitet von jenem unheimlichen Klirren.

»Nein«, entfuhr es Sarah entsetzt, während sie durch die noch immer offene Tür in ihre Kammer zurückwich. »Nein ...«

Unaufhaltsam wie eine Naturgewalt kam der Hüne auf sie zu. Den von der Kapuze bedeckten Kopf musste er zwischen die Schultern ziehen, um ihn sich nicht an der Deckenbeleuchtung und der holzverkleideten Verstrebung zu stoßen. Als der Schein einer der Glühbirnen das Innere der Kapuze für einen Moment erhellte, konnte Sarah das lange, ausdruckslose Gesicht und das eine Auge auf der Stirn sehen. Todesangst ergriff von ihr Besitz.

Sie fuhr auf dem Absatz herum und stürzte in ihr Abteil zurück, griff nach der Tasche, in der sie den Revolver ihres Vaters aufbewahrte. Aber die Zeit reichte nicht aus, um den Griff des Colt Frontier zu packen und ihn hervorzuziehen – denn in diesem Augenblick erreichte der Koloss die Kabine und zwängte sich durch den schmalen Zugang ins Abteil.

»Das würde ich nicht tun«, sagte er leise, und eine kräftige Pranke schob sich unter dem Umhang hervor, die eine gefährlich aussehende Waffe umklammert hielt: eine Klinge, die eine sichelförmige Biegung aufwies und deren Ende mörderisch zugespitzt war. Sarah wusste nur zu gut, was eine solche Waffe vermochte, und das nicht nur, weil sie sie selbst schon zu spüren bekommen hatte. Eine solche Klinge war es gewesen, die Friedrich Hingis' linke Hand von seinem Arm getrennt hatte ...

Sarah gab ihre Suche nach der Waffe auf und zog ihre Hand lieber aus der Tasche, solange sie noch eine hatte.

»So ist es gut«, lobte der Zyklop. An seiner Stimme erkannte Sarah, dass es nicht jener war, der sie in Prag gefangen hatte. Damit, sagte sie sich, sind es nun schon drei ...

»Wenn du schreist oder um Hilfe rufst, bist du tot«, stellte der Einäugige klar.

»Was wollen Sie?«, fragte Sarah.

»Was wohl? Den Würfel«, kam es im Brustton der Selbstverständlichkeit zurück.

»Den Codicubus?«

»Ganz recht.«

»Aber ... jemand *von Ihrer Art* hat ihn mir gegeben.«

»Ich weiß«, lautete die Antwort, die keine Emotion erkennen ließ. »Ich bin hier, um das Werk des Verräters ungeschehen zu machen.«

»Des Verräters?«, fragte Sarah verblüfft. Hatte der Zyklop in Prag also die Wahrheit gesagt? Oder war dies nur ein weiterer Versuch, sie in Verwirrung zu stürzen und zu manipulieren ...?

»Wo ist er?«, drängte der Einäugige und trat vor, die Sichelklinge erhoben, worauf Sarah zurückwich, bis sie gegen das unter dem Fenster angebrachte Tischchen stieß. »Verrate es mir augenblicklich.«

»Ich weiß es nicht«, behauptete Sarah kurzentschlossen. Das war zwar offenkundig gelogen, aber sie wollte Zeit gewinnen.

»Tu das nicht«, sagte der Zyklop, und seine Gesichtszüge, von denen im Schein der Kabinenbeleuchtung nur die untere Hälfte zu sehen war, verzerrten sich zu einem brutalen Grinsen. »Du solltest kein falsches Spiel mit mir treiben.«

»D-das habe ich nicht vor«, versicherte Sarah stammelnd, während ihre bebenden Hände den Tisch in ihrem Rücken abtasteten, auf der Suche nach ...

»Andere mögen auf deine Lügen hereinfallen, falsche Prophetin, aber nicht ich. Sage mir, wo du den Schatz versteckt hast, oder ich schwöre bei dem Einen Auge, das mich gezeichnet hat, dass ich dich ausweiden werde wie ein Tier.«

... dem Tintenfass, das sie dort abgestellt hatte. Endlich fand sie es, öffnete mit zitternden Fingern den Verschluss – und statt dem Hünen zu antworten, schleuderte sie ihm das Behältnis entgegen, geradewegs ins Dunkel der Kapuze.

Die Schwerthand des Zyklopen zuckte empor, aber das Tintenfass war zu klein und aus zu kurzer Distanz geworfen, als dass er es hätte abwehren können. Es traf ihn mitten im Gesicht, wo es seinen schwarzen Inhalt verspritzte.

Der Zyklop gab einen wütenden Laut von sich, als ihm Tinte ins Auge spritzte und ihm für einen Augenblick die Sicht nahm – einen Augenblick, den Sarah für sich nutzte. Ohne auch nur eine Sekunde zu verlieren, sprang sie seitlich auf das bereits fertig zurechtgemachte Bett, und mit zwei, drei großen Schritten war sie an dem Hünen vorbei, der mit der Klinge blindlings um sich hieb. Die Sichel verfehlte sie um Haaresbreite – im nächsten Moment war Sarah an ihrem Häscher vorbei und stand wieder auf dem Gang.

»Warte, du ...!«

Rascher, als ihr lieb sein konnte, hatte der Zyklop seine Sehfähigkeit zurückgewonnen. Wutschnaubend warf er sich herum und nahm die Verfolgung auf, dabei ziellos um sich dreschend. Die Jalousien auf der einen und die Gobelins auf der anderen Seite des Ganges schlitzte er dabei auf.

Sarah blieb nur die Flucht. Hals über Kopf rannte sie in Fahrtrichtung durch den schmalen Korridor. Es blieb keine Zeit, an eine der Türen zu klopfen und ihre Reisegefährten zu alarmieren. Lauthals wollte sie um Hilfe schreien, aber nicht mehr als ein heiseres Krächzen entrang sich ihrer Kehle, als wäre dies nicht die Wirklichkeit, sondern ein entsetzlicher Albtraum, der sie quälte.

Sie hörte die stampfenden Schritte ihres Verfolgers, der ihr wutschnaubend auf den Fersen blieb, gesenkten Hauptes wie ein wilder Stier, während purer Hass aus seinem einen Auge schlug – und er kam rasch näher!

An der Damentoilette vorbei erreichte Sarah das Ende des Waggons und die metallene, mit einem Glasfenster versehene Tür. Panisch rüttelte sie daran, ohne dass ihre Bemühungen von Erfolg gekrönt gewesen wären. Erst als sie die Verriegelung löste, ließ sich der Durchgang öffnen – und das keinen Augenblick zu früh.

Sarah hörte das hässliche Sirren in ihrem Nacken und duckte sich instinktiv. Sie konnte den kalten Atem der Klinge spüren, die sie nur um Haaresbreite verfehlte, die Glasscheibe traf und klirrend zu Bruch gehen ließ.

Rasiermesserscharfe Splitter regneten auf Sarah herab, während sie in gebückter Haltung nach draußen huschte und sich auf der Wagenplattform wiederfand. Wind zerrte plötzlich an ihr, und eisige Kälte schlug ihr entgegen, die Luft war von Ruß und Rauch erfüllt. Gleichzeitig schwoll das Rattern der Räder, das drinnen nur gedämpft zu hören gewesen war, zu infernalischem Getöse an.

Ein hüfthohes Eisengeländer umgab die Plattform, die an den

benachbarten Schlafwagen grenzte. Rasch zog sich Sarah daran auf die Beine und wollte über die Verriegelung hinwegsetzen, um sich auf den nächsten Wagen zu flüchten – als dessen Tür plötzlich von innen geöffnet wurde.

Durch das Glas erheischte Sarah einen Blick auf eine riesige, mit einem dunklen Kapuzenmantel bekleidete Gestalt, die im nächsten Augenblick auf die freie Plattform trat. Da sie die Kapuze zurückgeschlagen hatte, konnte Sarah das Antlitz des Hünen sehen. Ein gellender Schrei entrang sich ihrer Kehle – denn das Gesicht mit dem einen Auge war von Brandwunden entstellt.

Der Zyklop aus Prag!

Er hatte überlebt und war zurückgekehrt ...

Eine zweite Sichel tauchte auf, die im fahlen Mondlicht glänzte. Sarah, der jede Möglichkeit zur Flucht genommen schien, blieb nicht einmal mehr die Zeit, die Augen zu schließen. Dem Blatt einer Guillotine gleich fiel die Klinge auf sie herab – doch sie erreichte Sarah nie. Stattdessen gab es ein metallisches Geräusch und grelle Funken stoben durch die Nacht – und Sarah begriff, dass der Entstellte ihr soeben das Leben gerettet hatte.

Denn während sie über das Auftauchen des zweiten Zyklopen noch entsetzt gewesen war, hatte ihr ursprünglicher Verfolger zu ihr aufgeschlossen und sie mit einem einzigen Schwertstreich töten wollen – was ihm fraglos auch gelungen wäre, hätte der andere Einäugige den mörderischen Hieb nicht mit der eigenen Waffe geblockt.

»Rasch, nach oben!«, zischte er Sarah zu und deutete auf die Stufen, die an der Außenseite eines der beiden Stahlpfosten emporführten, welche die Überdachung der Plattform trugen.

Sarahs Zögern währte nur einen Augenblick. Dann gehorchte sie, und indem sie sich reaktionsschnell unter einem neuerlichen Hieb ihres Verfolgers hinwegduckte, erreichte sie den Pfosten und kletterte daran hinauf, während unter ihr ein Duell auf Leben und Tod entbrannte.

Sich auf den Plattformen der beiden Wagen gegenüberstehend, unter denen mit mörderischer Geschwindigkeit die Schwellen der Gleise vorüberwischten, lieferten sich die beiden Hünen einen Schlagabtausch mit ihren mörderischen Waffen. Funken flogen durch die Nacht, wenn die Klingen aufeinander oder auf die Trägerpfosten trafen. Indem er von einem Wagen zum anderen sprang, überraschte Sarahs Retter seinen Gegner schließlich und drängte ihn ins Innere des Waggons zurück.

Sarah hatte bereits das gewölbte Dach erreicht. War es zwischen den Wagen noch vergleichsweise windstill gewesen, traf der Fahrtwind sie jetzt mit voller Wucht, zudem blies ihr der rußgeschwängerte Rauch aus dem Schlot der Lokomotive entgegen und brachte sie zum Husten. Panisch blickte sich Sarah um, sah zu beiden Seiten der Schienen Bäume vorüberwischen, die ihre entlaubten Äste und Zweige dem bleichen Mond entgegenstreckten.

Die Furcht, den Halt zu verlieren und vom Dach zu stürzen, befiel sie, zumal es abgesehen von einigen Lüftungsöffnungen und kleinen Kaminen nichts gab, woran sie sich auf dem glatten, nach beiden Seiten abschüssigen Blech hätte festklammern können. Doch ihre Panik trieb sie weiter an und brachte sie dazu, das Dach vollends zu erklimmen, während unter ihr der Kampf auf Leben und Tod andauerte.

Auf allen vieren kroch sie vorwärts, am ganzen Körper zitternd und Tränen im Gesicht, die ihr der Fahrtwind und der beißende Rauch in die Augen trieben, zu beiden Seiten nichts als gähnende Leere und Dunkelheit, die mit beängstigender Geschwindigkeit an ihr vorbeiraste. Noch vor kurzer Zeit war Sarah die Reisegeschwindigkeit des Zuges unerträglich langsam erschienen, und sie hätte viel dafür gegeben, seine Fahrt zu beschleunigen – jetzt kam ihr das Tempo geradezu mörderisch vor …

Die eisige Kälte machte ihr zusätzlich zu schaffen. Vorsichtig streckte sie ihre klammen Finger nach dem erstbesten Lüftungspylonen aus, der sich vor ihr auf dem Dach erhob – als eine Unregelmäßigkeit im Schienenstrang dafür sorgte, dass eine Erschütterung den Zug durchlief! Sarahs Hand griff ins Leere, und sie verlor das Gleichgewicht, kippte nach der abschüssigen Seite. Vergeblich suchte sie nach einem Halt. Die ohrenbetäubend ratternde Kluft hätte sie fraglos verschlungen, wäre nicht just in diesem Moment eine Hand zur Stelle gewesen, die sie am Arm packte und festhielt.

Sarahs Beine baumelten schon über dem Abgrund, als ein Ruck ihren Körper durchlief und sie begriff, dass sie gerettet war. Sie warf sich herum und schaute in Gesichtszüge, deren Haut fleischig rot und von grässlichen Schwielen durchzogen war – das eine Auge darin blickte dennoch mit unerklärlicher Milde.

»Festhalten«, rief der Zyklop, »ich ziehe Sie herauf . . .!«

Das brauchte Sarah nicht zweimal gesagt zu werden. Mit aller Kraft klammerte sie sich an der Hand ihres Helfers fest, der ihr damit schon zum zweiten Mal innerhalb kürzester Zeit das Leben rettete – und das, obwohl sie ihm so zugesetzt hatte . . .

Sie atmete auf, als sie den Scheitel des walzenförmigen Daches erreichte und sich an einem der kleinen Schlote festhalten konnte, die zumindest ein wenig Sicherheit versprachen. Verwirrt wollte sie ihren Retter fragen, was all dies zu bedeuten hätte – als hinter ihm plötzlich eine zweite hünenhafte Gestalt emporwuchs, die das Dach ebenfalls erklommen hatte, aufrecht auf zwei Beinen stehend, während der Fahrtwind an ihr zerrte.

»Vorsicht!«, schrie Sarah aus Leibeskräften, und ihr Helfer reagierte – wenn auch in allerletzter Sekunde.

Denn schon stach die Klinge des Anderen in einem mörderischen Hieb herab. Blitzschnell warf Sarahs Retter sich herum und parierte den Hieb mit der eigenen Klinge, und während Sarah sich zitternd und auf allen vieren kriechend zum nächsten Halt schleppte, dem Ende des Zuges entgegen, entbrannte erneut ein tödliches Duell.

Der Anblick der beiden Hünen, die einander mit ihren Klingen begegneten, aufrecht stehend und von blauem Mondlicht beleuchtet, war ebenso unwirklich wie atemberaubend. Mit einer Mischung aus Faszination und Entsetzen wohnte Sarah dem Kampf bei, der nicht nur über das Schicksal ihres Retters, sondern auch über ihr eigenes entschied …

Erneut stoben Funken, als die archaischen Waffen aufeinandertrafen, jeder Hieb mit derartiger Wucht geführt, dass er einen gewöhnlichen Sterblichen zu Boden geschmettert hätte. Die beiden Einäugigen jedoch schienen sich weder in ihrer Körperkraft noch in ihrem Kampfgeschick nachzustehen. Gelang es einem, dem anderen einen Vorteil abzutrotzen, so schlug das Kampfglück schon im nächsten Moment wieder um. Mit wuchtigen Hieben drangen die Kontrahenten aufeinander ein, die sich beide ihrer Umhänge entledigt hatten, um dem Fahrtwind weniger Widerstand zu bieten. Dadurch sah Sarah erstmals, was sie unter ihren Kutten trugen: aus Lederplatten zusammengefügte Rüstungen, die nicht weniger archaisch wirkten als die Waffen, mit denen sie fochten.

Zwei hünenhafte Schatten, umgeben von tiefer Schwärze und beißendem Rauch, den das blaue Mondlicht gespenstisch leuchten ließ, trugen einen Kampf aus, der vor Tausenden von Jahren seinen Anfang genommen haben mochte – und der vor Sarahs Augen sein dramatisches Ende zu finden drohte, als ihr Beschützer einem Hieb auswich und dadurch das Gleichgewicht verlor.

Ein entsetzter Schrei entfuhr Sarahs Kehle, als sie sah, wie der andere sich nach vorn warf, um die Blöße seines Gegners schonungslos zu nutzen und ihm die Klinge in die für einen Augenblick ungeschützte Seite zu stoßen. Sarah wollte aufspringen, um ihrem Retter zur Hilfe zu eilen, aber die Ereignisse überschlugen sich.

Denn noch während der Angreifer zur letzten, tödlichen Attacke ausholte, wirbelte der andere Kämpfer, scheinbar allen Gesetzen der Schwerkraft trotzend, herum. Den Verlust seines Gleichgewichts hatte er nur vorgetäuscht, um seinen Kontrahenten zum Ausfall zu zwingen. Jetzt ging er zur Gegenattacke über.

Der erste Hieb traf die Handgelenke des Zyklopen und durchtrennte sie scheinbar mühelos. Die Waffe wehte im Fahrtwind davon, während der Hüne auf die blutigen Stümpfe an seinen Armen starrte. Zeit, darüber entsetzt zu sein, blieb ihm jedoch nicht, denn erbarmungslos zuckte die Sichelklinge seines Gegners ein zweites Mal heran.

Von Entsetzen geschüttelt, sah Sarah, wie zuerst das Haupt des Zyklopen davonflog und sein kopfloser Torso dann zur Seite kippte, vom Dach rutschte und irgendwo in der Dunkelheit verschwand. Der Sieger des Duells blieb noch einen Augenblick stehen, beließ die blutige Klinge in der Position, in der sie dem Gegner den tödlichen Streich versetzt hatte, dann erst steckte er sie in die gebogene Scheide, die an seinem Gürtel hing, und gesellte sich wieder zu Sarah.

»Geht es Ihnen gut?«, erkundigte er sich.

Sarah nickte. Was hätte sie auch erwidern sollen? Sie war am Leben, allerdings hatte sich das Abendbrot entschieden, wieder den Weg durch die Speiseröhre anzutreten. Auf dem Wagendach kauernd, konnte sie nicht anders, als sich zu übergeben, so sehr hatte sie aufgebracht, was sie gesehen hatte. Dann nahm sie die Hand, die sich ihr helfend entgegenstreckte, und folgte ihrem hünenhaften Retter zurück zur Leiter, die sie mit zitternden Knien hinabstieg.

»Sie ... haben mir das Leben gerettet!«, rief sie gegen das Rattern der Räder an, als sie endlich wieder in der Lage war zu sprechen.

»Ich habe Ihnen gesagt, dass ich auf Ihrer Seite stehe, oder?«

»Aber ich war es, die Ihnen dies angetan hat«, erwiderte sie, auf die schrecklichen Narben in seinem Gesicht deutend.

»Und haben Sie erkannt, dass dies ein Irrtum war?«, erkundigte sich der Hüne schwer atmend.

»Allerdings ...«

»Mehr wollte ich nicht«, erklärte er schlicht.

»Und jener andere Zyklop ...?«

»Ein Verblendeter«, sagte der Einäugige nur. »Aber nicht alle von uns dienen der Finsternis. Einige achten die alten Gesetze, doch sie müssen auf der Hut sein.«

»Die alten Gesetze? Ich verstehe nicht ...«

»Das werden Sie, denn Sie wissen das alles. Sie haben es nur vergessen.«

»Vergessen? Wie ...?«

Sarah kam nicht dazu, ihre Frage zu Ende zu formulieren – denn in diesem Augenblick war ein peitschender Knall zu hören, und etwas zischte heiß und schwer an ihr vorbei, um Funken sprühend gegen die Wand des angrenzenden Wagens zu schlagen und als kreischender Querschläger zu enden.

Eine Kugel!

Erschrocken fuhr Sarah herum, denn der Schuss war aus dem Inneren des Waggons gekommen. »Nicht schießen!«, schrie sie gegen die eisige Kälte und den Fahrtwind und breitete die Arme aus, um sich nun ihrerseits schützend vor ihren Retter zu stellen – der jedoch schon einen Herzschlag später nicht mehr da war.

Aus den Augenwinkeln nahm Sarah eine Bewegung wahr, eine dunkle Gestalt, die seitlich von der Waggonplattform sprang und in der Dunkelheit verschwand. Zurück blieb nur der Umhang des Hünen. Sarah blickte auf, und durch die Reste des geborstenen Glases, die im Türrahmen steckten, sah sie eine in helles Beige gekleidete Frau, die eine noch rauchende Derringer-Pistole in ihrer Rechten hielt.

Die Gräfin Czerny ...

10.

Durch die beschädigte Tür gelangte Sarah zurück in den Waggon, am ganzen Körper zitternd, nicht nur der Kälte wegen, sondern auch unter dem Eindruck der dramatischen Ereignisse.

Das Gesicht der Gräfin, die noch immer mit erhobener Waffe auf dem Korridor stand, verriet keinerlei Regung. In ihren grünen Augen jedoch sah Sarah etwas blitzen, das ihr nicht gefallen wollte.

»Sind Sie wohlauf?«, erkundigte sich Ludmilla.

»I-ich denke ja.« Sarah nickte und bedachte die Taschenpistole mit einem staunenden Blick. »Ich wusste nicht, dass ...«

»Dass ich eine Waffe bei mir trage? Dass ich in der Lage bin, mich zu verteidigen?« Die Gräfin lachte freudlos auf. »Bedauernswerterweise ist dies eine der Lektionen, die ich schon sehr früh in meinem Leben lernen musste.«

»Genau wie ich«, stimmte Sarah zu. »Dennoch wäre es in diesem Fall nicht nötig gewesen einzugreifen.«

»Wie darf ich das verstehen? Dieser einäugige Unhold hat Sie bedroht, oder etwa nicht?«

»Durchaus nicht«, wehrte Sarah ab. »Er hat mir das Leben gerettet, nachdem einer seiner Artgenossen mich überfallen und angegriffen hat.«

»Wie ist das möglich?«

»Das weiß ich nicht.« Sarah, deren Kleid und Gesicht von Ruß geschwärzt waren, schüttelte den Kopf. »Ich nehme an, dass beide heute Nachmittag während des Zwangsaufenthalts an Bord des Zuges gekommen sind. Vermutlich haben sie sich in den Gepäckwagen versteckt.«

»Vermutlich«, bestätigte die Gräfin und ließ den Derringer zögernd sinken. »Und was wollte der Zyklop von Ihnen?«

»Den Codicubus«, antwortete Sarah rundheraus.

»Und hat er ihn bekommen?«

»Nein.«

»Natürlich nicht.« Die Gräfin nickte. »Etwas, das sich im Besitz Alexanders des Großen befand, gibt man nicht so einfach aus den Händen, richtig?«

»Richtig«, stimmte Sarah zu, und eine Pause eisigen Schweigens trat ein, in der sich die beiden Frauen gegenseitig taxierten und hinter die Fassade zu blicken suchten, die die jeweils andere um sich errichtet hatte.

»Wie bedauerlich«, sagte Sarah.

»Was ist bedauerlich?«

»Nach allem, was ich über Sie erfahren hatte, hatte ich gehofft, dass wir tatsächlich Freundinnen werden könnten. Dass wir tatsächlich so etwas wie Schwestern im Geiste wären ...«

»Und?«

»Daraus wird nun wohl nichts werden«, stellte Sarah ernüchtert fest, »denn eines weiß ich ganz sicher: Dass ich Ihnen gegenüber nie erwähnt habe, in wessen Besitz sich der Codicubus einst befand.«

»Und das bedeutet?«

»Sie haben sich verraten«, konstatierte Sarah, ohne mit der Wimper zu zucken. »Das und nichts weniger bedeutet es.«

»Erstaunlich«, entgegnete Ludmilla von Czerny, während sie mit einer beiläufig wirkenden Bewegung die Pistole wieder in den Anschlag nahm. Erst einer der beiden Läufe hatte seine Ladung ausgespuckt, der andere war vermutlich schussbereit geladen ...

»Was ist erstaunlich?«, fragte Sarah. »Dass ich endlich die Wahrheit erkenne?«

»Nein«, konterte die Gräfin, über deren blasse Gesichtszüge sich ein triumphierendes Grinsen legte, »dass Sie so lange dazu gebraucht haben. Man hatte mir gesagt, Sie wären überaus klug – aber unter einem begabten Verstand stelle ich mir etwas anderes vor.«

»Ihre Sache«, knurrte Sarah.

»Nachdem wir also unsere Provenienzen geklärt haben und nunmehr mit offenen Karten spielen können, würde ich meine Frage von vorhin gerne präzisieren – und ich würde Ihnen raten, mir wahrheitsgetreu zu antworten. Also: Wo ist der Codicubus?«

»Das weiß ich nicht«, behauptete Sarah.

»Was soll das heißen?«

»Er befindet sich nicht in meinem Besitz, und deshalb weiß ich auch nicht, wo er sich befindet.«

»Sie sind eine Lügnerin. Sie selbst haben gesagt, dass der Abtrünnige Ihnen das Artefakt gegeben hat ...«

Der Abtrünnige, echote es in Sarahs Kopf. Also hatte der Zyklop die Wahrheit gesagt ...

»Das hat er«, räumte sie ein, »aber es war mir nicht möglich, den Würfel zu öffnen, also habe ich ihn zurückgegeben.«

»Zurückgegeben? An wen?«

Nun war es Sarah, die grinste, und anders als zuvor bei der Gräfin gesellte sich bei ihr noch eine Portion Dreistigkeit hinzu. »An denjenigen, den Sie vor wenigen Augenblicken mit Ihrer Bleispritze in die Flucht geschlagen haben«, gab sie kaltschnäuzig zur Antwort.

»Das ist eine glatte Lüge!«

»Durchsuchen Sie mein Abteil, wenn Sie mir nicht glauben«, entgegnete Sarah. »Aber«, fügte sie mit Blick auf die offen stehende Tür ihrer Kabine zu, »vermutlich haben Sie das ja längst getan, oder?«

Ein Blick in die zorngeröteten Züge ihres Gegenübers genügte, um Sarahs Vermutung zu bestätigen. Während sie auf dem Waggondach um ihr Leben gebangt hatte, hatte die Gräfin ihr Abteil durchwühlt, dabei jedoch nicht das gefunden, wonach sie gesucht hatte ...

»Waren Sie von Anfang an auf deren Seite?«, wollte Sarah wissen. »Oder haben Sie sich irgendwann entschlossen, die Fronten zu wechseln?«

»Du weißt nichts! Nichts weißt du!«, zischte die Gräfin, dabei abrupt in die vertraute Anrede verfallend. »Weder kennst du deine Kräfte, noch ahnst du, mit wem du dich eingelassen hast.«

»Etwas in der Art hat man mir bereits einmal gesagt«, erwiderte Sarah trotzig. »Aber um der Wahrheit die Ehre zu geben – es ist mir gleichgültig geworden. Das ist der Grund dafür, dass ich mich auf Ihr Schmierentheater eingelassen habe.«

»Du hast dich darauf eingelassen?« Die Gräfin lachte höhnisch. »Wie immer hat es etwas zutiefst Anrührendes, wenn der Schwanz mit dem Hund zu wedeln versucht. Du vermessenes Ding! Jeder deiner Schritte war vorbestimmt, von dem Augenblick an, da du nach Yorkshire zurückgekehrt bist. Hast du ernstlich geglaubt, dich vor uns verstecken zu können? Dass es einen Ort auf dieser Welt geben würde, an dem das Eine Auge dich nicht sieht?«

»Nein«, gestand Sarah erschüttert ein, »das ist mir in dem Moment klar geworden, als ich im Nebel jener düsteren Gestalt begegnete. Anfangs hielt ich sie für eine Täuschung, für ein bloßes Hirngespinst – aber schon kurz darauf war mir klar, was es zu bedeuten hatte.«

»Alles, was darauf folgte«, enthüllte die Gräfin mit genüsslicher Langsamkeit, als wollte sie das Gift in jedem einzelnen ihrer Worte wirken lassen, »war sorgfältig und von langer Hand geplant. Kamals Verhaftung, seine Inhaftierung in Newgate ...«

»Wie konnten Sie von seiner Vergangenheit wissen?«

»Das Eine Auge sieht und weiß alles. Das Netz unserer Informanten ist eng gestrickt, und es reicht in eingeweihte Kreise. Das alles hat zu unserem Plan gehört – von dem rätselhaften Fieber, das deinen Geliebten befiel, bis zu deiner Suche nach dem Heilmittel.«

»Und Laydon?«, fragte Sarah.

»Laydon?« Die Gräfin zuckte mit den schmalen Schultern. »Er war mein Vorgänger – ein Mann, dessen Fähigkeiten und dessen Selbsteinschätzung weit auseinandergehen, worüber er wohl den Verstand verloren hat. Dennoch war er nützlich, denn mir war klar, dass du ihn als Erstes um Rat fragen würdest.«

»War er eingeweiht?«

»Natürlich nicht. Wir haben ihm gerade genug gesagt, um dich auf die richtige Spur zu bringen. Welchem Zweck all dies diente, entzog sich seiner Kenntnis. Und ich bezweifle, dass er in der Lage gewesen wäre, es zu begreifen. Laydon war nur eine Figur in unserem Spiel – genau wie du.«

»Täuschen Sie sich nicht«, sagte Sarah nur.

»Willst du behaupten, du hättest unser Komplott durchschaut?« Die Gräfin schüttelte den Kopf. »Das ein oder andere magst du geahnt haben, aber wie schon dem alten Gardiner Kincaid fehlt auch dir der Blick für das große Ganze. Bereitwillig bist du unseren Hinweisen gefolgt und nach Prag gekommen, auf der Jagd nach einem Phantom. Zu diesem Zeitpunkt wärst du bereit gewesen, uns alles zu glauben – schließlich ging es um das Leben deines Geliebten Kamal, nicht wahr?«

»In der Tat.« Sarah nickte.

»Vermutlich«, fuhr die Gräfin fort, »hätte sich nichts an diesem Zustand geändert, wäre die Rolle des Golems nicht von einem Agenten gespielt worden, der uns Treue vorgaukelte, in Wahrheit jedoch der Irrlehre verfallen ist. Indem er dir den Codicubus gab, hat er Sand ins Getriebe unseres Plans gestreut, und wir mussten neu taktieren. Fortan hatte unser Interesse nicht nur dem Wasser des Lebens zu gelten, sondern auch dem Codicubus.«

»Ich verstehe«, sagte Sarah nur. »Deshalb also der Überfall, richtig? Und deshalb auch die beschädigten Gleise und die unterbrochene Fahrt ...«

»Wir mussten ein wenig Zeit gewinnen, um die Dinge in unserem Sinn zu ordnen«, bestätigte die Gräfin.

»Und nun sind sie geordnet?«

»Was den Codicubus betrifft, bedauerlicherweise nicht. Obwohl wir auch dieses Problem schon bald behoben haben werden. Was deine Suche angeht, so hat sich nichts geändert.«

»Glauben Sie das wirklich?«, fragte Sarah dagegen. »Sie unterschätzen mich, Gräfin. Sie unterschätzen mich wirklich sehr.«

»In welcher Hinsicht?«

»In jeder Hinsicht.«

»Willst du behaupten, du hättest mich durchschaut? Dass du geahnt hättest, auf wessen Seite ich in Wirklichkeit stehe?« Sie warf den Kopf in den Nacken und stieß keifendes Gelächter aus. »Wie leicht du zu durchschauen bist, Sarah Kincaid.«

»Warum?«

»Wäre es so, wie du sagst, so hättest du gewiss nicht seelenruhig abgewartet und unser Spiel mitgespielt. Du hättest mich zur Rede gestellt und von mir wissen wollen, was wir deinem geliebten Kamal angetan haben und wie man ihn retten könnte.«

»Kaum«, widersprach Sarah.

»Ach nein?«

»Zum einen«, erklärte sie, »wäre von einer Fanatikerin Ihres Schlages zu erwarten gewesen, dass Sie lieber sterben als mir auch nur ein Sterbenswort verraten würden. Zum anderen musste ich nach allem, was ich in Erfahrung gebracht hatte, davon ausgehen, dass ich mich durchaus auf dem richtigen Weg befand. Dass Sie das Heilmittel nicht haben, sondern dass es im Gegenteil das ist, was ich für Sie finden soll, war mir von Beginn an klar. Was also, meine Liebe, hätte ich Sie wohl fragen sollen?«

Nun war es Sarah, deren Worte Gift verspritzten, und es waren die Züge ihrer Gegnerin, in denen es Wirkung zeigte. »*Touché*«, sagte die Gräfin, »das hatte ich nicht bedacht. Ich beginne zu begreifen, weshalb du so gefährlich bist, wie man behauptet ...«

»Wer behauptet das?«, wollte Sarah wissen.

»... aber dennoch warst du auf diese Wendung nicht vorbereitet«, beharrte die Gräfin, ohne auf die Frage einzugehen.

»Mit Verlaub, Gnädigste – das ist nicht ganz richtig«, ließ sich plötzlich eine in schönstem Schwyzerdütsch parlierende Stimme vernehmen, die wie Musik in Sarahs Ohren klang. Lautlos und ohne dass die Gräfin es bemerkt hatte, war Friedrich Hingis aus der Tiefe des Korridors aufgetaucht, in seiner Rechten einen Revolver der noch jungen Marke Webley.

»Lassen Sie die Waffe fallen«, sagte er leise, »oder ich sehe mich gezwungen, den Abzug zu betätigen.«

Wenn die Gräfin überrascht war, so zeigte sie es nicht. »Herr Hingis«, sagte sie entrüstet und wandte sich langsam zu ihm um, »ich muss gestehen, dass ich derlei Überraschungen nicht schätze. Zumal ich dachte, dass ich Ihre Kabinentür sorgfältig abgeschlossen hätte ...«

»Das haben Sie«, bestätigte der Schweizer ungerührt. »Allerdings haben Sie übersehen, dass es ein Fenster gibt, dessen Glas sich zerschlagen lässt, und ein Wagendach, über das man klettern kann – wenn auch mit einiger Not und unter Lebensgefahr.«

Der Schein der Deckenlampe fiel auf sein arg in Unordnung geratenes Äußeres, das seine Worte bestätigte: Hingis' Hosen waren zerschlissen, sein Hemd verschmutzt, vom Ruß in seinem Gesicht und einigen Blessuren, die er davongetragen hatte, ganz zu schweigen.

»Ha«, machte die Gräfin verächtlich. »Sie beide passen wahrlich gut zusammen.«

»Durchaus«, entgegnete Hingis mit einigem Stolz und strich sich das wirre Haar aus dem Gesicht. »Und nun händigen Sie mir bitte Ihre Waffe aus, Gräfin. Ich kann nicht dulden, dass Sie Lady Kincaid weiter bedrohen.«

»Sieh an.« Ludmilla von Czerny schürzte verächtlich die Lippen. »Der Bücherwurm zeigt Zähne. Wer hätte das gedacht?«

»Offen gestanden«, antwortete der Schweizer mit Blick auf die Waffe in seiner Hand, »sind mir derlei Gerätschaften verhasst, aber meine letzte Reise in Lady Kincaids Gesellschaft hat mich gelehrt, dass man es unterwegs mit aller Art Geschmeiß zu tun bekommen kann, sodass man zu jeder Zeit wehrhaft sein sollte.«

»Sie vergreifen sich im Ton, Hingis«, zischte die Gräfin.

»Das denke ich nicht, Gnädigste«, beschied er ihr kühl. »Und nun lassen Sie die Waffe fallen.«

»Dasselbe könnte ich von Ihnen verlangen.«

»Mit Verlaub – Sie können uns nicht beide gleichzeitig erschießen. Was auch immer Sie unternehmen, Sie wären in jedem Fall unterlegen.«

In den Zügen der Gräfin, die bis auf die vor Zorn gerötete Wangenpartie leichenblass war, ging ein unschwer zu deutendes Mienenspiel vor sich. Es war ihr anzusehen, wie wenig sie diese Wendung begrüßte, gleichzeitig schien ihr der Revolver in Hingis' rechter Hand jedoch einigen Respekt einzuflößen.

»Schön«, sagte sie schließlich und gab sich Mühe, dabei so würdevoll wie möglich zu wirken. »Sie gewinnen.«

Sie bückte sich und legte die Waffe vor sich auf den Boden.

»Treten Sie zurück«, verlangte Hingis, worauf Sarah sich sofort zu ihr gesellte und den Derringer an sich nahm.

»Wie bist du darauf gekommen?«, wollte die Gräfin wissen, als sie nun gleich in zwei schussbereite Mündungen blickte.

»Wollen Sie das wirklich wissen?«

»Natürlich.« Sie hatte ihre Fassung zurückgewonnen, und ein überlegenes Lächeln spielte um ihre Züge. »Es interessiert mich, einen Einblick in die Gedanken meiner geschätzten Schwester zu erhalten.«

Sarah fand die Bemerkung ebenso unpassend wie anmaßend, überging sie jedoch geflissentlich. »Der Ring«, sagte sie, auf Ludmillas Hand deutend, wo der Siegelring ihres verstorbenen Ehemannes steckte. »Es fiel mir einigermaßen schwer zu glauben, dass eine so starke und selbstbewusste Frau wie Sie Wert auf solchen Tand legen sollte. Und beinahe noch unglaublicher kam es mir vor, dass Sie nichts von seiner Bedeutung wissen wollten, wo Sie mir doch kurz zuvor versicherten, dass Sie sich wie ich dem Studium der Vergangenheit verschrieben hätten und dass die ägyptische Geschichte Ihr besonderes Steckenpferd sei.«

»Ist das so?«, fragte die Gräfin ruhig. »Und wenn du dich nun irrst?«

»Wollen Sie behaupten, Sie wüssten nicht, dass dies das Emblem der ›Ägyptischen Liga‹ ist? Einer Gruppierung, die inzwischen verboten wurde, weil ihr erklärtes Ziel darin bestand, zunächst das britische Königshaus und später auch das Parlament zu entmachten und sich selbst an die Spitze des Empire zu stellen?«

»Mein Mann ist Mitglied vieler akademischer Vereinigungen gewesen«, konterte die Gräfin. »Das ist kein Beweis.«

»Da mir klar war, dass Sie etwas Derartiges behaupten würden«, fuhr Sarah fort, »habe ich darauf verzichtet, Sie mit diesen Vorwürfen zu konfrontieren. Stattdessen habe ich Nachforschungen anstellen lassen, Ihren verstorbenen Gatten betreffend.«

»An dieser Stelle«, übernahm Hingis, »komme ich wohl ins Spiel. Lady Kincaid beauftragte mich, einige Erkundigungen einzuholen.«

»Worüber?«, fragte die Gräfin.

»Über die Bedingungen, unter denen der bemitleidenswerte Graf von Czerny aus dem Leben geschieden ist«, entgegnete der Schweizer trocken. »Bedauerlicherweise war es mir zunächst nicht möglich, entsprechende Hinweise zu finden. Jemand hatte sich sehr viel Mühe gegeben, alle betreffenden Unterlagen verschwinden zu lassen. Dann gelang es mir jedoch, den Arzt ausfindig zu machen, der die Todesurkunde ausgestellt hatte, einen gewissen Dr. Svoboda, und ich fand heraus, dass er dem Absinth in wesentlich beträchtlicherem Umfange zugeneigt ist als dem Stabe des Äskulap.«

»Und?«, fragte die Gräfin, deren Augen sich zu schmalen Schlitzen verengt hatten. Sie schien zu ahnen, was folgen würde.

»Nachdem ich ihn auf einige Gläschen eingeladen hatte, begann der gute Doktor zu plaudern – mehr als für ihn und für andere gut ist, nehme ich an. So sagte er mir, dass es dem Grafen von Czerny bis zum Tage vor seinem Tod an nichts gefehlt und er sich im Gegenteil bester Gesundheit erfreut hätte und dass sein Ableben äußerst überraschend eingetroffen wäre. All das hätte meinen Argwohn vielleicht noch nicht erregt, aber als Svoboda mir dann noch berichtete, dass er eine Obduzierung ansetzen wollte, die allerdings von Ihnen persönlich verhindert worden sei, da wurde mir klar, dass Sie etwas zu verbergen haben, Gnädigste.«

»Von diesem Moment an«, sagte Sarah leise, »ahnte ich die Wahrheit – obgleich ich noch immer hoffte, mich zu irren. Ich wünschte es mir von Herzen, da ich glaubte, in Ihnen eine Verbündete, eine Gesinnungsgenossin gefunden zu haben, vielleicht sogar eine Freundin. Aber diese Hoffnung hat sich zerschlagen.«

»Du ... du hast mir also etwas vorgespielt?«, erkundigte sich Ludmilla von Czerny und konnte ihre Verblüffung nicht länger verbergen. »Die ganze Zeit über?«

»Die ganze Zeit«, bestätigte Sarah. »Niemand außer Dr. Hingis wusste etwas davon, nicht einmal meinem Tagebuch habe ich die Wahrheit anvertraut, aus Furcht, es könnte gelesen werden und mich verraten.«

»Aber ... warum?«

»Was wäre die Alternative gewesen?«, fragte Sarah dagegen. »Hätte ich zu erkennen gegeben, dass ich Sie durchschaue, wäre aus einer falschen Verbündeten eine offene Feindin geworden, mit unabsehbaren Folgen. Ich hätte eine bekannte Größe gegen eine unbekannte getauscht und die Gleichung damit nur unnötig verkompliziert.«

»War ich denn so leicht zu durchschauen?«

»Ich wusste nicht, welche Position Sie innerhalb der Organisation bekleiden – an die Möglichkeit, dass Sie Laydons Nachfolger sein könnten, dachte ich nicht«, gab Sarah zu. »Aber mir war klar, dass umso weniger Gefahr von Ihnen ausgeht, je mehr ich zum Schein das tue, was Sie von mir verlangen.«

»Und das wäre?«

»Das Wasser des Lebens beschaffen«, erwiderte Sarah mit fester Stimme. »Das ist es doch, was Sie unbedingt wollen, oder?«

»Mehr als alles andere«, bestätigte die Gräfin.

»Aus welchem Grund? Was vermag es, dass Sie dafür solchen Aufwand treiben?«

»Das weißt du doch längst.«

»Unsterblichkeit?« Sarah kam es fast lächerlich vor, das Wort auszusprechen. »Ist es das, wonach es Sie und Ihre Verbrecherbande gelüstet? Dann haben Sie ebenso den Verstand verloren wie Laydon.«

»Du weißt nicht, was du sagst. Du hast nicht die blasseste Ahnung, und du bist unwürdig, deinen Namen und deinen Titel zu tragen.«

»Was soll das heißen?«

»Vielleicht«, zischte die Gräfin, »habe ich dich tatsächlich unterschätzt. Vielleicht hat der alte Gardiner dir einige Kniffe beigebracht. Aber was dir noch immer fehlt, ist der Überblick. Wie ein kleines Kind irrst du umher und freust dich über alles, was du findest. Doch wer einen Schluck Wasser trinkt, der ahnt noch lange nichts von der Größe und Weite des Ozeans.«

»Sehr poetisch, wirklich«, knurrte Sarah.

»Glaubst du denn, du würdest damit durchkommen? Dass ich nicht daran gedacht hätte, dass so etwas passieren, dass du den Plan durchschauen könntest? Dass wir uns auf diesen Fall nicht vorbereitet hätten? Auch ich bin von nobler Herkunft, Sarah Kincaid, und mein Lehrer ist nicht weniger gerissen gewesen als der deine.«

»Was wollen Sie damit sagen?«

»Dass du eine Schlacht gewonnen hast, aber dass andere den Krieg gewinnen werden«, fauchte die Gräfin. »Du vergisst, dass sich dein über alles geliebter Wüstenprinz in unserer Gewalt befindet.«

»Durchaus nicht«, erwiderte Sarah, deren Züge zu einer unbewegten Maske geworden waren, die nicht erkennen ließ, was dahinter vor sich ging. »Aber Sie werden ihm nichts antun, solange ich das Wasser des Lebens nicht für Sie gefunden habe. Denn Sie wissen nur zu genau, dass ich all das nur seinetwegen auf mich nehme.«

»Das ist wahr«, räumte Ludmilla ein. »Deinem Geliebten nichts anzutun heißt allerdings nicht, dass wir ergeben auf deine Rückkehr warten werden.«

»Was bedeutet das?«

»Das bedeutet, dass wir unseren Teil der Abmachung ändern und Kamal für die Dauer deiner Expedition an einem geheimen Ort unterbringen werden. Alle Pläne, ihn zu befreien, dürften damit hinfällig sein.«

»Nein«, sagte Sarah erschrocken. »Das dürfen Sie nicht! Kamal ist geschwächt, er wird eine weitere Reise nicht überstehen.«

»Dr. Cranston wird sich gut um ihn kümmern, davon bin ich überzeugt«, konterte die Gräfin.

»Cranston ist ein Ehrenmann«, meinte Sarah überzeugt. »Er wird sich niemals dazu hergeben, etwas zu tun, das das Leben seines Patienten gefährden könnte.«

»O doch, das wird er«, sagte jemand, der hinter ihr stand. Alarmiert fuhr Sarah herum – nur um den Arzt zu erblicken, der in der Tür des Krankenabteils stand, seinerseits einen Revolver im Anschlag, den er auf Hingis und sie gerichtet hielt.

»Cranston!«, entfuhr es ihr entsetzt.

»Ich bedaure, Lady Kincaid«, sagte der Mediziner mit einem Grinsen, das seine Worte Lüge strafte. »Aber ich fürchte, die Gräfin von Czerny ist Ihnen trotz mancher vermeintlichen Ähnlichkeit ein ganzes Stück voraus.«

»Sie ... elender Verräter«, stieß Hingis voller Abscheu hervor.

»Verrat ist ein hässliches Wort«, meinte Cranston und schnalzte mitleidig mit der Zunge. »Nennen wir es eine List – genau wie bei der Jagd, nicht wahr? Tally-ho.«

»Schwein«, war alles, was Sarah dazu einfiel. Jäh wurde ihr klar, weshalb der Doktor so überaus bereitwillig seine Hilfe angeboten und sich als Reisebegleiter geradezu aufgedrängt hatte: Er hatte zum Plan gehört, von Anfang an ...

»Sie haben mein Vertrauen missbraucht«, zischte sie in hilfloser Wut. »Sie haben Kamal all das absichtlich angetan ...«

»Und nun? Wollen Sie mich erschießen?« Amüsiert blickte der Arzt auf die Waffen, die sie alle in ihren Händen hielten. »Wir können natürlich abdrücken und ein Massaker anrichten, was in Anbetracht der Lage allerdings ziemlich unsinnig wäre. Oder wir benehmen uns wie zivilisierte Menschen und erkennen an, dass eine Pattsituation entstanden ist – wenngleich die Vorteile nun wieder auf Seiten der Gräfin liegen dürften.«

»Vielen Dank, Doktor.« Ludmilla von Czerny nickte. »Also, wie steht es, Schwester? Willst du ein Blutbad anrichten und deinen Kamal dem sicheren Tod überantworten? Oder wirst du dich weiter an die Regeln des Spiels halten?«

In Sarahs Innerem tobte ein Konflikt.

Ein Teil von ihr, der in hellem Zorn entbrannt war, hätte am liebsten abgedrückt, um Cranston für seine Heuchelei und Grausamkeit und die Gräfin für ihre Intrigen zu bestrafen. Ihre Vernunft hielt sie jedoch zurück, denn es wäre ein ebenso sinnloses wie selbstmörderisches Unterfangen gewesen. Ihr eigenes Schicksal war ihr gleichgültig, aber dessen eingedenk, was der alte Gardiner sie gelehrt hatte, ermahnte sie sich, dass sie auch Verantwortung für andere trug. Für Friedrich Hingis, den Freund, der sie bis hierher begleitet und in unverbrüchlicher Treue zu ihr gestanden hatte; und natürlich für Kamal, dessen Ende besiegelt war, wenn sie jetzt ihrer Wut und ihrer Aggression freien Lauf ließ.

Der Widerstreit, den Sarah in ihrem Inneren austrug, währte nur wenige Augenblicke. Dann ließ sie resignierend den Derringer sinken. Hingis tat es ihr gleich, und auch Cranston ließ den Armeerevolver wieder verschwinden.

»Gräme dich nicht«, beschied die Gräfin ihr mit einiger Häme, »du trägst selbst Schuld daran. Hättest du dich der Bruderschaft unterworfen, als Zeit dazu war ...«

»Niemals«, zischte Sarah.

»Dann musst du bereit sein, die Folgen zu tragen – genau wie der gute Gardiner.«

»Hören Sie auf, seinen Namen im Munde zu führen«, blaffte Sarah. »Was wissen Sie schon von ihm?«

»Genug, um zu verstehen, dass er ein Narr gewesen ist. Statt uns zu folgen und dem Einen Auge zu Macht und Ansehen zu verhelfen, hat er sich entschlossen, sich gegen uns zu stellen.«

»Ein weiser Entschluss«, meinte Sarah überzeugt.

»Allerdings einer, der ihn das Leben kostete und nahezu alles auslöschte, was von ihm auf dieser Welt geblieben ist.«

»Was wollen Sie damit sagen?«

»Gestatte, dass ich dir etwas zeige«, sagte die Gräfin und nickte Cranston zu, der daraufhin etwas aus seiner Kabine holte und es Sarah reichte. Es waren die verkohlten Überreste eines Buchs.

Der lederne Einband war verbrannt, das Papier an allen drei Seiten geschwärzt. Sarah, die nicht wusste, was sie damit anfangen sollte, schlug das Buch auf. Das trockene Papier knirschte, das verbrannte Leder brach, und der bittere Odem kalten Rauchs stieg von den Seiten auf, die lediglich zum Rücken hin noch weiß und leserlich waren. Unwillentlich überflog Sarah einige Zeilen – und erstarrte.

Sie kannte dieses Buch, ebenso wie sie den Mann gekannt hatte, der es geschrieben hatte ...

»›Die vergessenen Bibliotheken Assyriens‹«, nannte sie den Titel des so übel zugerichteten Werks.

»So ist es«, stimmte Ludmilla von Czerny zu, »verfasst von keinem anderen als Gardiner Kincaid persönlich. Angeblich gibt es kaum eine Universitätsbibliothek, in der das Buch nicht zu finden ist. Gleichwohl handelt es sich bei diesem hier um ein besonderes Exemplar, wie du fraglos feststellen kannst ...«

Einen Augenblick lang wusste Sarah mit diesem Hinweis nichts anzufangen – dann überkam sie eine schreckliche Vermutung.

Mit Händen, die schlagartig zu zittern begannen, schlug sie die ersten Seiten des Buchs auf, suchte mit fliegenden Blicken nach etwas, das sie im nächsten Moment zu ihrem größten Entsetzen tatsächlich fand. Es war der Stempel des Familiensiegels der Kincaids, was nicht mehr und nicht weniger bedeutete, als dass dieses fast völlig zerstörte Buch der Bibliothek von Kincaid Manor entstammte ...

»Nein«, sagte Sarah leise. »Das ist nicht wahr ...«

»Kincaid Manor existiert nicht mehr«, verkündete die Gräfin mit eisiger Kälte. »Alles, was noch übrig ist, sind schwelende Mauerreste.«

Das Bild des heimatlichen Anwesens tauchte vor Sarahs geistigem Auge auf, wie es zerstört in Trümmern lag – dennoch galt ihr erster Gedanke nicht dem materiellen Besitz.

»Was ist mit meinen Bediensteten?«, erkundigte sie sich. »Der gute Trevor Gordon ...?«

»Tot«, stellte die Gräfin ungerührt klar. »Wer Widerstand leistete, wurde unschädlich gemacht. Unglücklicherweise hat sich dein gesamtes Gesinde als äußerst renitent erwiesen.«

»Ich verstehe«, sagte Sarah und konnte nicht dagegen ankämpfen, dass ihr Tränen in die Augen stiegen. »Dafür werden Sie sich irgendwann verantworten müssen«, schluchzte sie, »ebenso wie für das, was Sie Kamal angetan haben. Wenn nicht in diesem Leben, dann vor dem höchsten Richter.«

»Wer weiß das schon?«, sagte die Gräfin eisig und zuckte mit den Achseln. »Hier auf Erden ist jeder sein eigener Richter, nicht wahr?«

»Was ist mit der Bibliothek geschehen?«, erkundigte sich Sarah, auf die verkohlten Seiten in ihren Händen starrend.

»Ein Fraß der Flammen«, lautete die lapidare Antwort. »Es ist das Schicksal aller großen Bibliotheken, weißt du nicht mehr?«

Sie lachte laut, und ihre helle, fast kreischende Stimme schlug wie eine Flutwelle über Sarah zusammen und drohte sie zu ertränken.

Kincaid Manor war alles gewesen, was ihr geblieben war: das Vermächtnis jenes Mannes, den sie über alles geliebt hatte und dem sie alles verdankte. Auch wenn sie inzwischen nicht einmal mehr mit Bestimmtheit wusste, ob sie Gardiner Kincaid überhaupt ihren Vater nennen durfte, hatte der Gedanke an die ehrwürdigen Mauern und das Wissen, das darin gesammelt war, sie stets mit Zuversicht erfüllt und ihr Trost gegeben. Nun hatte man ihr auch das genommen ...

»Warum?«, fragte sie nur und schämte sich der Tränen nicht, die ihr inzwischen ungehemmt über die Wangen liefen. Auch die Berührung Hingis', der zu ihr getreten war und ihr beruhigend die Hand auf die Schulter legte, konnte sie nicht beschwichtigen.

»Um dir zu zeigen, mit wem du es zu tun hast«, sagte die Gräfin von Czerny mit einem Zischen, das dem einer Natter ähnelte. »Es gibt keinen Ort mehr, an dem du dich sicher fühlen könntest, keine Zuflucht und kein Entrinnen. Entweder du arbeitest mit uns zusammen, oder du wirst auch noch das Letzte auf Erden verlieren, das dir etwas bedeutet.«

»Kamal«, flüsterte sie.

»Ganz recht. Du siehst also, auch wir haben uns abgesichert, und es bleibt dir nichts, als mit uns zu kooperieren – oder du wirst das Schicksal des alten Gardiner erleiden und dein Leben in Bedeutungslosigkeit verlieren, verlöschen wie eine Kerze im Wind.«

»Das ist mir gleichgültig.« Sarah straffte sich, hielt sich mit aller Macht aufrecht, um ihrer Widersacherin nicht auch noch diesen Triumph zu gönnen. »Alles, was ich will, ist Kamal. Ich gebe Ihnen mein Wort, dass ich nichts unternehmen werde, was ...«

»Hältst du mich wirklich für so dumm?«

»Ich möchte nur nicht, dass Kamal etwas zustößt«, versicherte Sarah, »und eine weitere Reise würde ihn nur zusätzlich schwächen.«

»Wenn schon«, sagte die Gräfin nur.

»Bitte«, sagte Sarah flehend, »es ist nicht notwendig, dass Sie ihn vor mir verbergen. Sie haben mein Wort, dass ich nichts unternehmen werde, das Ihnen oder Ihren Plänen zum Nachteil gereichen könnte. Zeigen Sie Gnade, dieses eine Mal ...«

Und zu Friedrich Hingis' erkennbarem Entsetzen ließ sich Sarah vor ihrer Feindin auf die Knie nieder und senkte demütig das Haupt.

»Sarah!«, zischte der Schweizer fassungslos. Genau das war eingetreten, was er insgeheim befürchtet hatte ...

»Da siehst du's«, spottete die Gräfin genüsslich, die den Einwurf des Gelehrten missdeutete, »nicht einmal Dr. Hingis schenkt dir Glauben. Das Spiel geht also weiter, und zwar nach unseren Regeln.«

»Nein, bitte nicht ...«

»Von Saloniki aus wirst du zu einer Expedition aufbrechen,

um das Wasser des Lebens zu finden und zu uns zu bringen. Dein guter Kamal wird unterdessen an einem unbekannten Ort verweilen, unerreichbar für dich. Hast du verstanden?«

»Warum das alles?«, fragte Sarah, die sich wieder auf die Beine erhob, innerlich bebend vor ohnmächtigem Zorn. »Und warum ausgerechnet ich?«

Ludmilla von Czernys Antwort war ein weiteres Rätsel.

»Wie wenig du doch weißt«, sagte sie leise, »und wie sehr du dich überschätzt ...«

3. Buch

HELLAS

1.

Reisetagebuch Sarah Kincaid
Nachtrag

Die Entscheidung ist gefallen. Das Versteckspiel, das mir ohnehin nicht leichtgefallen ist, hat ein Ende. Vielleicht sollte ich darüber erleichtert sein, aber ich bin es nicht. Denn obwohl ich jeden Schritt sorgfältig geplant und wie bei einem Schachspiel versucht habe, den nächsten Zug meines Gegners vorherzusehen, habe ich das Gefühl, dass ich erneut übervorteilt wurde. Nicht etwa, weil meine Überlegungen grundsätzlich falsch gewesen wären, sondern weil ich, ausgehend von meinen eigenen Fähigkeiten und Möglichkeiten, nicht in der Lage gewesen bin, die Bosheit und Entschlossenheit meines Gegners auch nur annähernd einzuschätzen.

Anders als damals, als Mortimer Laydon im Hintergrund die Fäden zog und ich nicht das Geringste ahnte, war ich diesmal auf den Verrat vorbereitet. Ich ahnte zumindest, dass meine vermeintliche Schwester im Geiste nicht die Verbündete war, die sie zu sein vorgab, und ich nutzte die Chancen, die sich aus dieser Vermutung ergaben. Indem ich den Hinweisen folgte, die man für mich auslegte, und mir zugleich immer wieder bewusst machte, dass manches davon nur ein Köder sein mochte, um mich zu locken und das tun zu lassen, was meine Feinde wollten, wähnte ich mich in trügerischer Sicherheit – ein Selbstbetrug, aus dem ich nur allzu jäh erwacht bin und für den ich mich im Nachhinein nur schelten kann.

Hatte ich tatsächlich geglaubt, einer Organisation die Stirn bieten zu können, die schon seit Tausenden von Jahren ihr Unwesen treibt? In deren Ränken sich Männer wie Alexander, Cäsar und Napoleon und nicht zuletzt auch Gardiner Kincaid verfangen haben? Wie hatte ich annehmen können, dass sich meine Verschlagenheit und Raffinesse auch nur annähernd mit der jener Leute messen könnte?

Mein Plan, die Hinweise der Bruderschaft zu benutzen, um das Heilmittel für Kamal zu finden und ihn dann – wie ich gehofft hatte – mit Cranstons Hilfe aus den Fängen seiner Häscher zu befreien, hat sich zerschlagen. Mehr noch, ich sehe mich einer unüberwindlichen Übermacht ausgesetzt, mit Friedrich Hingis als dem letzten Verbündeten, der mir geblieben ist. Ich beginne zu ahnen, wie König Leonidas und die Seinen sich gefühlt haben müssen, in jenem schicksalhaften Jahr 480, auf der Höhe der Thermopylen, am Vorabend jener Schlacht, deren Ausgang wohlbekannt ist …

16. Oktober 1884

Wir haben Budapest hinter uns gelassen, wo der Waggon der Gräfin abermals abgekoppelt und an den Zug Richtung Süden angehängt wurde – auf diese Weise bekommt Kamals gepeinigter Körper noch einen Tag Aufschub. In Semlin allerdings wird der komfortable Teil unserer Fahrt zu Ende sein, denn in Ermangelung einer Brücke über die Donau müssen alle Reisenden die Bahn verlassen und mit der Fähre übersetzen, um in Belgrad einen neuen Zug zu besteigen.

Die Stimmung an Bord ist angespannt. Die Gräfin und ich gehen einander aus dem Weg, mit Cranston spreche ich nur, was medizinisch notwendig ist. Nur Friedrich steht mir treu zur Seite, aber wir müssen uns vorsehen, denn im Waggon der Gräfin haben die Wände Ohren …

17. Oktober 1884

Belgrad liegt hinter uns, der wilde Balkan breitet sich vor uns aus, mit Klüften und Schluchten, die teils schon von Schnee bedeckt sind.

Hatte ich den Zustand der ungarischen Gleise bemängelt, so werde ich nun eines Besseren belehrt; die Schienen hier sind alt und teils in solch beklagenswertem Zustand, dass der Zug nur langsam vorwärts kommt. Gerüchte über bewaffnete Überfälle, die in dieser Gegend an der Tagesordnung seien, machen die Runde, aber eigenartigerweise bin ich mir ganz sicher, dass uns aus dieser Richtung keine Gefahr droht.

Der Wagen, in dem wir reisen, ist ein Schlafwagen der ersten Generation, zweiachsig und mit denen des Orient-Express nicht zu vergleichen. Aufgrund der beengteren Platzverhältnisse muss ich mir das Abteil mit Ludmilla von Czernys Zofe teilen, die von den Umtrieben ihrer Herrin jedoch nichts zu ahnen scheint. Gleichwohl bin ich wachsam und trage bei Tag wie bei Nacht den Revolver bei mir.

Über Nisch und Vanja führt unsere Fahrt über die Grenze des Osmanischen Reichs. Die türkischen Beamten sind berüchtigt dafür, ihren Dienst nach Vorschrift und mit quälender Langsamkeit zu betreiben, sodass ich um unser Fortkommen fürchte. Mit Geld kann das Problem gelöst werden, aber freilich darf keine Frau den Versuch unternehmen, einen Effendi * *zu bestechen.*

Ich fürchte also, dass meinem tapferen Friedrich diese undankbare Aufgabe zukommen wird …

20. Oktober 1884

Die Grenze passiert …

Einmal mehr bin ich erschüttert zu erleben, wie das Osmanische Großreich in allen Fugen ächzt, niedergedrückt von der Last eines korrupten Beamtenapparates, und einmal mehr nimmt mich das geflügelte Wort vom »kranken Mann vom Bosporus«, das in der westlichen Presse gepflegt wird, nicht Wunder.

---

* osman. Beamter

In Usküb wurde unser Wagen erneut umgehängt, sodass wir uns nun auf der Zielgeraden befinden, Saloniki entgegen. Das steinige, zerklüftete Land zeigt sich zu dieser späten Jahreszeit kahl und trostlos. Siedlungen gibt es kaum, und wenn, so bestehen sie aus wenig mehr als kleinen Dörfern oder Gehöften, deren Bewohner ebenso karg und ärmlich aussehen wie die Landschaft selbst. Es fällt mir recht schwer zu glauben, dass wir uns Griechenland nähern, der Wiege der europäischen Kultur, und doch winkt am Ende dieser Passage die weite, blaue Fläche der Ägäis wie ein ferner Preis, den es zu erringen gilt.

24. Oktober 1884
Nachtrag

In den späten Abendstunden haben wir Saloniki erreicht, eine Hafenstadt, wie sie im Buche steht. Unzählig sind die Häuser, die rings um das ovale Hafenbecken an den Berghängen emporzuwachsen scheinen, überragt von den Türmen der Kirchen und Minarette, die zu gleichen Teilen in den kalten, blauen Himmel ragen und von der wechselvollen Vergangenheit der Stadt unter ihren verschiedenen Herren zeugen. Im Hafen liegen Schiffe aus aller Herren Länder vor Anker: Frachter aus Piräus, Alexandria, Venedig oder noch ferneren Orten; Passagierschiffe, die nach Konstantinopel fahren und durch den Bosporus ins Schwarze Meer, bis an die ferne Krim; aber auch stählerne Kriegsfregatten, mit denen der kranke Mann vom Bosporus sein im Niedergang begriffenes Reich zusammenzuhalten sucht.

Obwohl wir uns noch innerhalb der osmanischen Grenzen befinden, glaube ich die Unruhe zu spüren, die sich dieser Gegend bemächtigt hat. Die Flamme der Revolte, die in Athen entzündet und seither immer weiter nach Norden getragen wurde, scheint auch hier dankbare Nahrung zu finden, und die Herrschaft der türkischen Besatzer scheint ebenso brüchig wie die Mauer, die vor mehr als vier-

hundert Jahren um die Stadt gezogen wurde und von der kaum noch etwas übrig ist, von dem großen, weißen Turm abgesehen, der wie ein einsamer Wächter über das Hafenbecken blickt.

Unser Führer trägt den bezeichnenden Namen Perikles. Ein Grieche von vielleicht dreißig Jahren, der mir in der Sache kundig und halbwegs vertrauenswürdig erscheint, schon deshalb, weil die Czerny ihn offenbar nicht leiden mag. Die Träger, die sie schon von Prag aus bestellt hat, habe ich allesamt abgelehnt und mit Perikles' Hilfe eigene Leute ausgesucht. Das Letzte, was ich möchte, ist ein Spion in meinen Reihen.

Der Tag unseres Aufbruchs wurde festgesetzt, es ist der 26. Oktober. Der schwerste Augenblick dieser Reise steht mir damit unmittelbar bevor – der Abschied von Kamal ...

HOTEL ATHOS, SALONIKI
SPÄTER NACHMITTAG DES 25. OKTOBER 1884

»Kamal?«

Wie so oft in den Tagen und Wochen, die seit jenem schicksalhaften Tag in Newgate verstrichen waren, beugte sich Sarah über ihren Geliebten, um ihn auf Stirn und Augen zu küssen und ihn so ihrer Zuneigung zu versichern. Wie an all den anderen Tagen wusste sie auch diesmal nicht, ob er sie hören konnte – aber nie zuvor hatte sie es so inständig gehofft wie in diesem Augenblick ...

»Verstehst du, was ich sage, Geliebter?«, flüsterte Sarah, sodass wenn überhaupt nur Kamal sie hören konnte, nicht aber Cranston, der auf der anderen Seite des Hotelzimmers stand und sie mit Argusaugen taxierte. Ein echter Gentleman hätte sich dem Fenster zugewandt und ihnen diesen letzten privaten Augenblick gelassen, ehe sich ihre Wege vielleicht für immer trennten. Der Arzt aus Bedlam jedoch war weit davon entfernt, ein Gentleman zu sein, wie Sarah festgestellt hatte. Nicht genug damit, dass er sie unverwandt anstarrte – ein gehässiges Grinsen hatte sich zudem auf seine hageren Züge gelegt.

Sarah versuchte, es zu ignorieren und sich diesen letzten Moment der Zweisamkeit um keinen Preis nehmen zu lassen. Die Zornesfalte auf ihrer Stirn verschwand und wich einem milden Lächeln, als sie das Antlitz ihres Geliebten betrachtete. Irrte sie sich, oder sah Kamal besser aus als an den Tagen zuvor? Vielleicht, sagte sie sich, bekam ihm die Seeluft.

Kamals Züge wirkten entspannter und weniger gerötet, und sie hatte das Gefühl, seinen Puls wieder deutlicher fühlen zu können. Liebevoll betrachtete sie sein ebenmäßiges Gesicht, streichelte seine Wangen und die feuchte Stirn, ehe sie ihn abermals küsste.

»Ich muss jetzt gehen, Geliebter«, flüsterte sie, »aber ich werde dich niemals, niemals verlassen, hörst du? Was auch immer geschieht, ich liebe dich, und ich verspreche dir, dass ich zurückkehren werde. Ich werde das Heilmittel gegen dein Fieber finden, und du wirst gerettet werden. Vertrau mir, mein geliebter Kamal …«

Gespannt, fast erwartungsvoll blickte sie auf seine reglose Miene, aber natürlich erfolgte keine Reaktion. Wenn Sarah ehrlich war, so hatte sie sich zumindest ein kleines Zeichen erhofft: ein beschleunigter Pulsschlag, ein Zucken im Augenwinkel, eine sich lösende Schweißperle oder was auch immer. Nicht so sehr, weil sie wissen wollte, ob Kamal sie verstanden hatte, sondern weil sie sich insgeheim fragte, ob er ihr verziehen hatte.

Denn zumindest daran konnte inzwischen nicht mehr der geringste Zweifel bestehen: Sie und niemand sonst war der Grund dafür, dass Kamal sich in diesem jammervollen Zustand befand. Nur um ihretwillen war er vergiftet worden, und um ihretwillen würde er nun eine weitere Reise auf sich nehmen müssen, deren Strapazen er vielleicht nicht überlebte. Vielleicht – und diese

Möglichkeit erschien ihr beängstigend real – würden sie einander niemals wiedersehen ...

»Du musst durchhalten, hörst du?«, sprach sie auf ihn ein. »Du musst durchhalten und auf meine Rückkehr warten, und wenn es nötig ist, dass ich mein Leben gebe, um das deine zu retten, so werde ich auch das tun. Hast du verstanden, mein Geliebter?«

Erneut bedachte sie sein regloses Gesicht mit einem erwartungsvollen Blick. Tränen traten ihr in die Augen, als ihr die Endgültigkeit des Moments bewusst wurde, und sie beugte sich über Kamal und küsste ihn auf den halb geöffneten Mund. Und für einen kurzen Augenblick – oder war es nur Selbstbetrug, nur eine flüchtige Illusion? – kam es ihr so vor, als würde er ihre Zärtlichkeit erwidern.

»Leb wohl, Geliebter«, hauchte sie. Dann erhob sie sich von seinem Lager, auf dessen Rand sie sich niedergelassen hatte.

»Was denn?«, erkundigte sich Cranston mit unüberhörbarer Häme. »Weshalb so betrübt? Sie werden den guten Kamal doch schon bald wiedersehen, nicht wahr?«

Sarah atmete tief aus und ein. Erst als sie die Tränen abgewischt und sich wieder einigermaßen unter Kontrolle hatte, wandte sie sich dem verräterischen Arzt zu. »In der Tat«, bestätigte sie und gab sich Mühe, ihre Stimme dabei so fest und entschlossen wie nur irgend möglich klingen zu lassen, »und ich warne Sie, Doktor. Wenn es Kamal bis dahin an irgendetwas fehlen oder ihm bis zu meiner Rückkehr etwas zustoßen sollte, so werde ich Sie und niemanden sonst dafür verantwortlich machen.«

»Und das bedeutet?«, fragte Cranston gleichmütig. »Wollen Sie mich verklagen lassen? Womöglich durch Jeffrey Hull, diesen senilen Trottel?«

»Nein«, widersprach Sarah leise, während sie ihn mit Blicken durchbohrte. »Wenn Kamal etwas zustößt, dann werde ich Sie töten.«

Cranston zuckte mit den Achseln und gab sich unbeeindruckt.

Der Kloß, der seinen Hals hinauf- und hinabwanderte, war allerdings deutlich zu sehen. »Was denken Sie von mir?«, fragte er leichthin. »Ich habe schließlich einen Eid geleistet.«

»Ich auch.« Sarah nickte. »Gerade eben.«

Damit ließ sie ihn stehen und wollte das Krankenzimmer verlassen. Sie hatte die Türklinke schon in der Hand und stand auf der Schwelle, als er sie noch einmal zurückrief.

»Sarah?« Aus seiner Stimme sprach die alte Arroganz.

»Lady Kincaid«, verbesserte sie.

»Gute Jagd«, sagte er grinsend und winkte ihr zu wie ein Reitersmann hoch zu Pferde. »Tally-ho.«

»Wieso tun Sie das?«, erkundigte sie sich.

»Wovon sprechen Sie?«

»Direktor Sykes hatte Sie als Ehrenmann geschildert. Als jemanden, dem sein gesellschaftliches Engagement mindestens ebenso wichtig ist wie seine wissenschaftliche Reputation.«

»Klingt für mich nach einem ausgemachten Idioten«, stellte Cranston fest und versuchte sich an einem weiteren Grinsen, das ihm allerdings nicht recht gelingen wollte.

»Was hat man Ihnen geboten, damit Sie alles verraten, was Ihnen einst wichtig gewesen ist?«, fragte Sarah. »Ansehen? Geld?«

»Beides«, lautete die entwaffnende Antwort, »und zwar mehr davon, als Sie sich vorstellen können. Die Ambitionen dieser Leute gehen weit, Sarah, sehr weit. Es war unklug von Ihnen, sie sich zum Feind zu machen. Klüger wäre es gewesen, beizeiten zu kooperieren.«

»So wie Sie?«, fragte Sarah spöttisch.

»Allerdings.«

Sie schüttelte den Kopf. »Sie betrügen sich selbst, Doktor. Die Belohnung, die man Ihnen versprochen hat, werden Sie niemals erhalten. Eine Weile lang, solange Sie nützlich sind, wird man Ihre Dienste in Anspruch nehmen. Aber irgendwann, und dieser Tag ist nicht fern, wird man Ihrer überdrüssig werden und sich Ihrer entledigen, genau wie man es mit Laydon gemacht hat.«

»Mit Verlaub, daran sind Sie nicht ganz unschuldig gewesen«, wandte Cranston ein.

»In der Tat«, sagte sie nur und verließ das Zimmer. Im angrenzenden Raum, einem im orientalischen Stil eingerichteten Salon, wurde sie bereits erwartet. Ludmilla von Czerny und Friedrich Hingis saßen auf glänzenden Seidenkissen, jeder eine Teetasse mit dampfendem Inhalt in den Händen.

Es drehte Sarah den Magen um, Freund und Feind so eng beieinander zu sehen. Wut schoss ihr in die Adern, und sie konnte nicht verhindern, dass sie Hingis gegenüber spontanes Misstrauen empfand. Sofort rief sie sich jedoch zur Ordnung. Genau das war es vermutlich, was die Gräfin bezwecken wollte ...

»Tee?«, fragte Ludmilla von Czerny mit provozierendem Augenaufschlag. »Wie ich feststellen musste, ist man in diesem Teil der Welt längst nicht so unzivilisiert, wie ich stets vermutet habe. Die Segnungen eines ordentlichen Getränks sind hier wohlbekannt.«

»Nein danke«, erwiderte Sarah ebenso ruhig wie distanziert.

»Der Tee ist wirklich gut«, versicherte auch Hingis, der in kleinen Schlucken an seiner Tasse nippte.

»Es ist nicht der Tee, der mir nicht schmeckt, sondern die Gesellschaft«, erwiderte Sarah mit einem Blick in Richtung der Gräfin, der soviel Gift enthielt, dass man alle Ratten der Prager Kanalisation damit hätte zur Ruhe betten können.

Es gehörte zu den Regeln dieses seltsamen Spiels, dass man äußerlich die Form wahrte und auf zivilisierte Weise miteinander verkehrte – bis zu einem gewissen Grad war man paradoxerweise ja verbündet und kämpfte für dasselbe Ziel, wenn auch aus ganz unterschiedlichen Gründen –, aber Sarah sah keinen Grund, die Vertraulichkeit auf die Spitze zu treiben.

Beide wollten sie das Wasser des Lebens: Sarah, um Kamal zu

heilen und Wiedergutmachung zu üben in mehr als einer Hinsicht; die Gräfin wollte das Elixier für ihre sinistren Auftraggeber, die nach wie vor im Hintergrund blieben und deren wahre Identität und Absichten Sarah nicht im Ansatz erahnen konnte. Was bezweckte die Bruderschaft des Einen Auges mit jener geheimnisvollen Substanz, nach der schon in antiker Zeit gesucht worden war? Wollten auch sie der Schöpfung ins Handwerk pfuschen, indem sie sich göttliche Fähigkeiten anmaßten und wie weiland Prometheus mit dem Feuer spielten ...?

»Ich muss gestehen, meine Liebe, dass ich deinen Aufzug ziemlich lächerlich finde«, kommentierte Ludmilla, während sie an einem Stück Sesamgebäck knabberte, das sie in ihre Tasse getaucht hatte. Die Gräfin trug wie immer ein weites Kleid, bei dem die hellen, lichten Töne bei Weitem überwogen, in, so schien es, krassem Kontrast zu ihrem verdorbenen Charakter.

Sarah hingegen hatte bereits jene Kleider angelegt, die sie auch auf der Expedition tragen würde und die sich auf vorangegangenen Reisen als nützlich erwiesen hatten: eng anliegende, sandfarbene Reithosen, die in kniehohen, ledernen Stiefeln steckten, dazu eine Bluse aus gebleichter Baumwolle, über der sie eine Weste aus weichem Ziegenleder trug, in deren Taschen allerlei nützliche Gegenstände untergebracht waren. Um den Hals hatte sie ein gemustertes Tuch, wie die Wüstensöhne es benutzten und das sowohl vor der stechenden Sonne als auch vor eisigem Wind Schutz bot. Ihr langes Haar hatte Sarah streng zurückgekämmt und hochgesteckt, damit es ihr beim Reiten nicht hinderlich war.

»Er dient seinem Zweck«, erwiderte sie nur.

Auch Hingis war zum Abmarsch bereit. Seiner konservativen Art entsprechend, hatte er sich für einen khakifarbenen Tropenanzug entschieden, mit dem er in den Straßen der Stadt nicht wenig auffiel, denn die türkische Mode mit ihren bunten Kleidern aus Brokat und Seide war vorherrschend. Gewissermaßen als Zugeständnis daran hatte sich der Schweizer entschieden, einen Fes aus rotem Filz zu tragen, der in Anbetracht des wirren Haars, das darunter hervorquoll, allerdings ein wenig deplaciert wirkte.

»Wir werden uns noch heute an der Sammelstelle einfinden«, erklärte Sarah. »Ein Stück außerhalb der Stadt gibt es eine alte Karawanserei, wo unser Führer auf uns wartet. Bei Tagesanbruch brechen wir auf.«

»Genau wie wir«, entgegnete die Gräfin gelassen und trank einen weiteren Schluck Tee.

»Wie werden Sie wissen, wann wir zurück sind?«

»Wir werden es wissen, keine Sorge. Kehrt einfach hierher zurück. Aber wagt es nicht, ohne das Elixier wieder aufzutauchen. Solltest du dich irren und deine Theorien sich als falsch herausstellen, so wird der gute Kamal sterben, vergiss das nicht.«

»Keine Sorge«, schnaubte Sarah. »Erinnern Sie sich lieber an Ihren Teil der Abmachung. Denn wenn Kamal bis zu meiner Rückkehr ein Unheil widerfährt, können Sie Ihr kostbares Elixier aus der hiesigen Kloake schlürfen.«

»Eine unappetitliche Vorstellung.«

»In der Tat.«

»Hoffen wir, dass es nicht dazu kommt.« Die Gräfin lächelte ungerührt. »Für beide Seiten.«

Sarah erwiderte nichts darauf. Sie hatte das Geplänkel satt und wollte endlich aufbrechen, um ihre Suche so rasch wie möglich hinter sich zu bringen und zu Kamal zurückzukehren. Ihn in der Obhut ihrer Feinde zurückzulassen brach ihr das Herz, aber sie hatte keine andere Wahl. Zumindest vorerst nicht ...

»Sieh an. Da steht sie und schweigt, Gardiner Kincaids kluge, ach so gefährliche Tochter.«

»Wer hat das behauptet?«

»Manche«, entgegnete Czerny ausweichend. »Aber mir war von Beginn an klar, dass man nur den passenden Schlüssel finden muss, um dich gefügig zu machen. Ein Instrument spielt jedwede Melodie – sofern man es versteht, sie ihm zu entlocken.«

»Sie sind sich Ihrer Sache sehr sicher, nicht wahr?«

»Warum auch nicht? So wie ich es sehe, befindest du dich einmal mehr in unserer Gewalt. Und das, obwohl du glaubtest, jede nur erdenkliche Vorsichtsmaßnahme getroffen zu haben, nicht wahr?«

Zu gerne hätte Sarah widersprochen, aber sie konnte es nicht, denn jedes einzelne Wort entsprach der Wahrheit.

»Sie werden damit nicht durchkommen«, sagte sie, aber es klang längst nicht so überzeugend, wie sie es beabsichtigt hatte – eher nach hilflosem Trotz.

»Wer sollte uns aufhalten, Schwester? Auf dem gesamten Erdball gibt es nur eine Hand voll Menschen, die von unserer Existenz wissen, und die meisten davon stehen in unseren Diensten. Der alte Gardiner ist tot, und du – mit Verlaub – hast dich als eine weit weniger ernst zu nehmende Gegnerin erwiesen, als einige befürchtet hatten. Aber du tätest gut daran, deinen Ärger und deinen Zorn zurückzuhalten und dich auf deinen Auftrag zu konzentrieren. Dein Hass wird Kamal nicht ins Leben zurückbringen – nur das Wasser des Lebens vermag es. Also geh und finde es, zum Nutzen für uns alle.«

Zu den letzten Worten legte sich ein Grinsen über ihre Züge, das so selbstgefällig und zugleich voller Verachtung war, dass Sarah sich unwillkürlich fragte, was sie getan hatte, um sich den Zorn dieser Frau zuzuziehen, die unter anderen Bedingungen, zu einer anderen Zeit, vielleicht eine Vertraute, eine Freundin hätte sein können. Doch dies zu ergründen – dafür war jetzt nicht die Zeit. Wichtigere, dringliche Aufgaben standen bevor, die keinen Aufschub duldeten ...

»Dies hier«, führte die Gräfin weiter aus und gab Hingis eine kleine, ledergebundene Mappe, »ist ein Passierschein, der Ihnen freies Geleit zusichert, solange Sie sich auf osmanischem Gebiet befinden. Unsere Organisation verfügt über hinreichend Mittel, um so etwas durchzusetzen.«

»Davon bin ich überzeugt«, sagte Sarah. »Ich frage mich, was der Fetzen wert sein wird, wenn wir griechischen Rebellen begegnen.«

»Das werdet ihr herausfinden, oder?«

»In der Tat.«

Ein letztes Mal trafen sich die Blicke der beiden Frauen, und die Luft um sie herum schien zu gefrieren.

»Auf bald«, sagte Ludmilla von Czerny nur.

Sarah blieb eine Antwort schuldig.

Sie wartete, bis Hingis seine Tasse geleert und sich schwerfällig von seinem Kissen erhoben hatte, dann wandten sich beide zum Gehen. Sie verließen die Zimmerflucht, die die Gräfin angemietet hatte, und kehrten in ihre eigenen Kammern zurück. Ihr Reisegepäck war bereits abgeholt und zur Karawanserei gebracht worden, es ging lediglich noch darum, die letzten privaten Gegenstände einzusammeln, die man unterwegs nicht entbehren wollte – in Sarahs Fall ihr Tagebuch sowie der Sam-Browne-Gürtel mit ihren Waffen.

Dass die Gräfin sie ihr nicht abgenommen hatte, legte nahe, dass auch ihr bewusst war, wie gefährlich und mit wie vielen Unwägbarkeiten verbunden diese Expedition sein würde, von deren erfolgreichem Ausgang alles abhing.

2.

Reisetagebuch Sarah Kincaid
26. Oktober 1884

Die Expedition hat begonnen. Früh am Morgen haben wir Saloniki in westlicher Richtung verlassen. Außer aus Perikles, unserem Führer, besteht unser Zug aus vier walachischen Maultiertreibern, die nicht nur für den Transport unseres Gepäcks und die Versorgung der Tiere, sondern auch für den Auf- und Abbau der Zelte und des Lagers verantwortlich sind, sowie aus einem Koch – einem alten Griechen namens Alexis, der uns von Perikles empfohlen wurde und der in der Lage ist, einem einfachen Eisenkessel wahre Wohlgerüche zu entlocken. An Bewaffnung führen wir mehrere Hinterlader-Gewehre mit uns, dazu zwei Revolver. Die Pferde, auf denen wir reiten, sind brave, ausdauernde Tiere, während das Gepäck auf Mauleseln verstaut wurde, die hier so alltäglich sind wie die Handkarren der fliegenden Händler in den Straßen Londons.

Die Landschaft ist von geradezu atemberaubender Schönheit. Von Osten kommend, durchqueren wir ein von zahlreichen Flussläufen durchzogenes, fast lieblich zu benennendes Land, das im Norden vom gewaltigen Massiv des Pindos-Gebirges und im Süden von den schroffen Felsen des Olympos begrenzt wird, der den alten Griechen als Heimat und Sitz der Götter galt. Zypressen und Olivenbäume gedeihen wild auf urwüchsigen Wiesen, auf denen Herden von Ziegen grasen: ein Bild des Friedens, von dem ich mir wünschte, Kamal könnte es sehen.

Wie sehr ich ihn vermisse!

Nie zuvor in meinem Leben habe ich mich innerlich so zerrissen gefühlt und habe den Beginn einer Erkundung zugleich so gefürchtet und so herbeigesehnt. Mir ist bewusst, dass – wenn überhaupt – nur der Erfolg unserer Mission Kamal retten kann. Gleichzeitig ist mir jedoch klar, dass Friedrich Hingis nur zu Recht hatte und das Wasser des Lebens in den Händen ruchloser Verbrecher ein unkalkulierbares Risiko darstellt. Während sich mein Herz nichts sehnlicher wünscht, als Kamal zu heilen und ihn ins Leben zurückzuholen, rät mir mein Verstand zur Vorsicht. Stärker noch als beide jedoch ist die Neugier, die mich in diesen Tagen antreibt und die das Geheimnis ergründen will, das sich um jene geheimnisvolle Flüssigkeit rankt. Über die Konsequenzen kann und will ich mir zu diesem Zeitpunkt noch keine Gedanken machen, obschon mein Gewissen mich dazu drängt …

27. OKTOBER 1884

Nachdem uns das Wetter in den letzten Tagen halbwegs wohlwollend gesonnen war, hat es heute Morgen heftig zu regnen begonnen. Unser Ritt wird dadurch nicht nur unbequem, sondern auch beschwerlich, denn der Regen lässt Bäche und Flüsse anschwellen und sorgt dafür, dass die meist unbefestigten Straßen in einen beklagenswerten Zustand geraten.

Um unsere Ausrüstung zu schonen, ziehen wir es vor, in den Herbergen zu nächtigen, von denen es hier so viele gibt. Gelegenheit, uns von den Strapazen des tagelangen Ritts zu erholen, erhalten wir jedoch kaum. Unbarmherzig treibt unser Führer uns zur Eile an, denn mit jedem Tag, der verstreicht, steigt das Risiko des Wintereinbruchs in den Bergen, was zur Folge hätte, dass die Pässe geschlossen werden und es kein Durchkommen mehr gibt.

Was dies bedeuten würde, mag ich mir gar nicht ausmalen, und ich bete, dass uns das Wetter gewogen bleibt …

Wir haben Siátista erreicht, eine einstmals türkische Siedlung, die durch den Handel mit Pelzen zu Wohlstand gelangt ist.

Auf Perikles' Anraten haben Friedrich und ich uns in der Stadt mit warmer Kleidung versorgt. Zwar zeigt sich der Herbst in Thessalien nicht so grimmig wie im fernen London und wartet trotz der niederen Nachttemperaturen mit mildem Tageswetter auf; auf den Passhöhen jedoch, die wir überqueren müssen, herrscht empfindliche Kälte. Die Jacke, die ich erstanden habe, ist innen mit wärmendem Zobel gefüttert, während die Außenhaut aus Rossleder besteht, dessen zähe Beschaffenheit den Anforderungen der Expedition gewachsen scheint. Friedrich hat sich für einen Mantel aus Bärenfell entschieden, der ihn beinahe so breit wie hoch erscheinen lässt und sich mit dem Fes auf seinem Kopf zu einem reichlich seltsamen Bild komplettiert.

Siátista ist gleichzeitig der letzte Außenposten von dem, was meine britischen Landsleute als die zivilisierte Welt bezeichnen würden: Große Kürschnermanufakturen, in denen die Pelze verarbeitet werden, sowie prunkvolle Herrenhäuser im osmanischen Stil prägen das Stadtbild; südlich und westlich davon erstreckt sich raue, gebirgige Wildnis, die nur von winzigen Dörfern oder vereinzelten Klöstern unterbrochen wird, deren Bewohner die Einsamkeit schätzen.

Dieses urwüchsige Grenzland zwischen dem Reich der Osmanen und dem erst vor wenigen Jahren unabhängig gewordenen Thessalien, in dem nach wie vor Scharmützel zwischen türkischen Soldaten und griechischen Freischärlern an der Tagesordnung sind, ist unser Ziel. Denn auf der anderen Seite dieser rund einhundert Meilen Unwägbarkeit und Gefahr verläuft der Acheron …

KATARA-PASS, PINDOS-GEBIRGE
30. OKTOBER 1884

Steil hinauf wand sich die schmale Straße, die von den Tälern Makedoniens an den Hängen des Pindos emporführte. Schroffer, grauer Fels erhob sich jäh aus der grünen Landschaft und türmte sich zu ungeahnten Höhen, deren Gipfel weiß gefärbt waren. Die Wälder unterhalb der schneebedeckten Höhen trugen sämtliche Schattierungen von Rot und Braun, durchbrochen vom Immergrün der Nadelbäume und von spärlicher Phrygana, die selbst auf diesen steilen Felshängen und auf kahlen Hügelkuppen gedieh.

Bislang hatten Sarah und ihre Begleiter das große Gebirge stets zur ihrer Rechten gehabt – nun jedoch, da sie das Bergdorf Metsovon hinter sich gelassen hatten, sahen sie das Massiv als riesigen, schier unüberwindlichen Wall vor sich aufragen, auf dessen andere Seite sie mussten. Den einzigen um diese Jahreszeit noch gangbaren Weg bildete der Pass von Katara, zu dem der Weg in engen Serpentinen emporführte. Während zur einen Seite der Straße der Fels fast senkrecht anstieg, boten sich zur anderen immer wieder atemberaubende Aussichten auf ebenso enge wie tiefe Täler, deren Grund von üppiger Vegetation bedeckt war und über denen majestätisch die Adler kreisten.

Nachdem sie mehrere Nächte unter freiem Himmel verbracht und in den durchnässten Zelten erbärmlich gefroren hatten, hatte Metsovon zumindest wieder ein festes Dach über dem Kopf geboten, eine Annehmlichkeit, in deren Genuss Sarah und ihre Begleiter nun eine ganze Weile nicht mehr gelangen würden. Der Regen, der die kleine Karawane einige Tage lang begleitet hatte, hatte ausgesetzt, gleichwohl war der Himmel von dunklen, tief hängenden Wolken bedeckt, die sich angesichts der stetig sinkenden Temperaturen aber jederzeit in heftigen Schneefällen entladen konnten. Die Zeit drängte daher, und die Karawane gönnte sich nur so viel Rast, wie unbedingt nötig war.

Vorsichtig lenkte Sarah, die in der Kolonne unmittelbar hinter Perikles ritt, ihr Pferd, einen ebenso braven wie ausdauernden Schecken, über die schmale Straße. Loses Geröll und Unebenheiten waren eine Gefahrenquelle, Schlangen eine andere. Als ein durchdringendes, schauriges Heulen erklang, warf das Tier sein Haupt zurück und wieherte erschrocken auf.

»Was war das?«, erkundigte sich Hingis, der hinter Sarah ritt, den Fes auf dem Kopf und den Pelzmantel wie einen Umhang um die Schultern gelegt, um sich vor dem kalten, unberechenbaren Wind zu schützen.

»Nur ein Wolf«, rief Perikles über die Schulter zurück im Brustton der Selbstverständlichkeit. In den vergangenen Tagen hatten sie ihren Führer als zuverlässigen, durch und durch bodenständigen Zeitgenossen kennen gelernt, der, wie er nicht müde wurde zu erzählen, aus dem Dörfchen Vergina stammte, wo er eine Frau und sieben Kinder hatte. Der kräftige und eher untersetzte Mann, in dessen sonnengebräuntem Gesicht ein wahres Ungetüm von Nase wucherte, war Makedone von Geburt, wie so viele seiner Landsleute jedoch von den osmanischen Sitten geprägt, was sich schon in seiner Kleidung niederschlug: Zu derben Reitstiefeln aus Wildleder trug er türkische Pluderhosen und die obligatorische Schärpe um die Hüften, in der eine orientalisch anmutende, gekrümmte Klinge sowie ein Revolver steckten. Darüber fiel ein in Blautönen gestreiftes Hemd, das nach griechischer Mode geschnitten war, sowie eine wärmende Weste aus Lammfell. Die Kopfbedeckung bildete ein Fes, um den ein weißer Turban gewickelt war. Die Träger und der Koch waren ähnlich gekleidet und belegten damit, wie sehr türkische Sitten und Gewohnheiten das griechische Leben in den vergangenen mehr als vierhundert Jahren geprägt hatten.

»Wolf?«, echote der Schweizer nicht eben erfreut.

»*Evet*, im Pindos gibt es jede Menge davon, Sie nicht wussten?«, erkundigte sich Perikles, der die englische Sprache leidlich beherrschte und sie hin und wieder mit einem Brocken Dimotiki* oder Türkisch versetzte.

»Nein«, gestand Hingis säuerlich, »das wusste ich tatsächlich nicht ...«

»Sie sind ungefährlich«, suchte der Führer ihn zu beruhigen. »Bären noch viel schlimmer.«

»Bären?«, ächzte Hingis.

»*Nai*«, bestätigte Perikles, während er argwöhnisch an den umliegenden Felsen emporblickte und sein Pferd zügelte. »Auch ihretwegen ich mich nicht sorge ...«

»Sondern?«, wollte Sarah wissen und lenkte ihr Pferd neben das seine. »Haben Sie etwas entdeckt?«

»Schhh«, machte der Führer und presste die Hand auf den Mund, um ihr zu bedeuten, dass sie schweigen sollte. Dann legte er den Kopf in den Nacken wie ein Tier, das Witterung aufnahm, und lauschte angestrengt in den Wind. »Nichts zu hören«, stellte er dann fest. »*Tamam.*«

Sarah blickte sich nach den anderen um, die ihre Reittiere ebenfalls angehalten hatten, einschließlich der Maulesel, die das Gepäck trugen. In den Gesichtern der Träger stand Betroffenheit zu lesen, vielleicht auch ein wenig Angst ...

»Was befürchten Sie?«, fragte Sarah leise.

»Klephten«, entgegnete Perikles knapp. »Oder Türken. Da ist kein Unterschied.«

»Klephten?«, fragte Sarah.

»So nennen sich griechische Kämpfer, die sich in Bergen verstecken. Haben Süden befreit, aber wollen mehr. Türken nicht bereit zu geben.«

»Das alte Lied.« Sarah nickte. »Aber was haben wir damit zu tun?«

Der Blick, den der sonst so unbeschwert wirkende Makedone

---

* griech. Umgangssprache

ihr sandte, war düster. »Türken halten Pass besetzt«, stellte er klar, »Klephten manchmal angreifen. Wenn kämpfen, besser nicht kommen dazwischen, sonst *thánatos.*«

»Ich verstehe«, sagte Sarah, deren Kenntnisse in Altgriechisch ausreichten, um zumindest dieses eine Wort zu verstehen.

Sie wusste nicht viel über den Freiheitskampf der Griechen, außer dass er bereits vor mehr als sechzig Jahren begonnen hatte und von beiden Seiten mit grausamer Härte geführt wurde. Im Jahr 1821 hatte der Erzbischof von Patras die Revolte angezettelt, zu deren Beginn in der Stadt Tripoli zahllose Türken von griechischen Rebellen massakriert worden waren. Die osmanischen Machthaber revanchierten sich grausam und ließen ein Jahr später in Chios Zehntausende von Griechen töten, als abschreckendes Beispiel für alle Aufrührer – was die Flamme des Widerstands jedoch nur nährte, zumal die Hellenen von da an Hilfe aus dem Ausland erhielten.

Im Oktober 1827 war es dann in der Bucht von Navarino zu einer Seeschlacht gekommen, bei der französische, russische und auch britische Schiffe gegen die zahlenmäßig weit überlegene Flotte des türkischen Statthalters Ibrahim Pascha standen und dennoch den Sieg davontrugen. Der Peloponnes und Teile Mittelgriechenlands waren daraufhin aus dem Reichsverbund ausgelöst und unabhängig geworden, womit jedoch ein zähes Ringen um die nördlichen Grenzen der neu gegründeten Nation eingesetzt hatte, das bis zum gegenwärtigen Zeitpunkt anhielt und noch keinen eindeutigen Sieger hervorgebracht hatte. Etwas jedoch schien sich über diesen wie über jeden anderen Konflikt sagen zu lassen, in dem es um politische Macht und abstrakte ideologische Ziele ging.

Die Ideale waren das erste Opfer, das auf dem Schlachtfeld gebracht wurde ...

»Anführer der Klephten soll ein Mann mit Namen Anasthatos sein«, erklärte Perikles weiter. »Man erzählt viele Geschichten über ihn, aber nur wenige ihn je gesehen – und ich nicht will dazugehören.«

»Ich ebenfalls nicht«, erklärte Sarah, die kein Verlangen danach verspürte, die Bekanntschaft eines Gesetzlosen zu machen. Ärger hatte sie auch so schon genug.

Die Karawane setzte ihren Weg fort. Je weiter sie hinaufgelangten, desto kälter wurde es, und trotz ihrer pelzgefütterten Jacke begann Sarah erbärmlich zu frieren. Es war kurz nach Mittag, als es zu schneien anfing. Kleine Flocken fielen lautlos herab, überdeckten die Straße und die angrenzenden Bäume mit einer weißen Schicht, die jedes Geräusch dämpfte und die wilde, zerklüftete Landschaft weniger bedrohlich aussehen ließ – was jedoch ein gefährlicher Trugschluss gewesen wäre.

Am Nachmittag erreichten sie die Passhöhe. Felsen und Bäume waren schneebedeckt, ebenso wie die Dächer der gedrungenen, grob gemauerten Gebäude, die die Straße säumten. Der Weg selbst jedoch war frei, wie Perikles erleichtert anmerkte. Sarah sah es mit einem lachenden und einem weinenden Auge, denn natürlich fragte sie sich, wie sie unter diesen Bedingungen wieder zurückgelangen sollte …

Wie ihr Führer angekündigt hatte, wurde der Pass, der sich in unmittelbarer Nähe der Grenze befand, von türkischen Soldaten kontrolliert. Wohin sie auch blickte, sah Sarah in dunkelblaue Uniformen gekleidete Kämpfer, zu deren Erscheinungsbild der rote Fes ebenso gehörte wie die obligatorische Schärpe. Die kurzen Jacken der Offiziere waren goldbetresst und mit arabesken Mustern bestickt, die auf das Traditionsbewusstsein der Osmanen schließen ließen, ebenso wie die Oberlippenbärte, die in den Gesichtern der Soldaten sprossen.

Wie Sarah nicht anders erwartet hatte, wurden sie angehalten und kontrolliert. Mit vorgehaltenem Remington-Gewehr und aufgepflanztem Bajonett wurden die Reisenden aufgefordert, aus den Sätteln zu steigen, und ein ganzer Pulk von Soldaten ging daran, das Gepäck zu durchsuchen. Was ihnen dabei brauchbar erschien, beschlagnahmten sie kurzerhand – unter anderem wärmende Strümpfe aus Schweizer Herstellung sowie einen Behälter mit Petroleum. Obwohl sie vermutlich beides gut hätten brauchen können, ließ Sarah die Türken gewähren. Noch ungleich wichtiger war, dass sie den Pass möglichst rasch hinter sich ließen ...

Der Hauptmann der Truppe sprach kein Englisch. Mit Perikles als Übersetzer ließ Sarah ihn wissen, dass sie eine ebenso reiche wie exzentrische Britin wäre, die sich in den Kopf gesetzt hätte, die antiken Stätten zu besuchen. Vermutlich fügte ihr Führer noch etwas hinzu, denn der Hauptmann, dessen Blick zuvor noch voller Argwohn gewesen war, wirkte plötzlich gelöst, ja sogar heiter. Lachend nahm er den Passierschein in Empfang und prüfte ihn, dann wies er seine Leute an, den Weg freizugeben.

Einigermaßen verwundert stieg Sarah wieder in den Sattel, sehr zum Amüsement der Soldaten, die offenbar noch nie eine Frau auf einem Pferd gesehen hatten, noch dazu im Männersitz reitend. Sarah ließ auch das über sich ergehen – Hauptsache, sie konnten ihre Reise fortsetzen und gelangten möglichst rasch auf die andere Seite.

Ein schmaler Hohlweg führte in einer engen Kurve von der Passhöhe herab. Der Schneefall wurde noch dichter, sodass die Sicht nur noch an die dreißig Yards betrug.

»*Kakó*«, meinte Perikles besorgt. »Wir hätten auf der Passhöhe bleiben und dort übernachten sollen.«

»In Gesellschaft der Soldaten?«, fragte Sarah, die sich Angenehmeres vorstellen konnte, als unter einer Meute von Kerlen zu nächtigen, die seit Wochen, womöglich Monaten keine Frau mehr zu Gesicht bekommen hatten. »Nein, danke.«

»Sie klug gehandelt«, anerkannte der Makedone.

»Inwiefern?«

»Nicht versuchen, Hauptmann zu bestechen. Sein kein Effendi, sondern Offizier. Mann von Ehre. Niemals beleidigen.«

Sarah begriff, worauf ihr Führer hinauswollte. Offenbar gab es zumindest unter den osmanischen Militärs noch einige, die treu zum Reich und zu ihrem Sultan standen. »Was haben Sie dem Hauptmann eigentlich vorhin gesagt?«, wollte sie wissen. »Er schien plötzlich sehr amüsiert zu sein ...«

»Nicht wichtig«, wehrte Perikles ab.

»Und ob es wichtig ist«, beharrte Sarah streng und zügelte ihr Pferd, um klarzumachen, dass sie es ernst meinte. »Ich möchte es wissen, hörst du?«

»Wirklich?« Auch Perikles hielt sein Pferd an, seinem Mienenspiel war jedoch zu entnehmen, dass er nicht mit der Wahrheit herauswollte.

»Allerdings.«

»*Endáxei* – aber müssen versprechen, armen Perikles nicht zu schelten.«

»Wieso sollte ich dich schelten?«

»Weil haben gesagt, dass ...« Er blickte sich zu Hingis um, schien es jedoch nicht über sich zu bringen, es laut auszusprechen. Stattdessen winkte er Sarah zu sich heran, um ihr etwas ins Ohr zu flüstern. Sie tat ihm den Gefallen, beugte sich im Sattel zu ihm hinüber, lauschte – und erlebte eine Überraschung.

»Du ... du hast ihm gesagt, dass Dr. Hingis und ich verheiratet wären?«, fragte sie mit großen Augen. »Und dass er unter meinem Pantoffel stünde?«

»Ungefähr«, stimmte der Führer kleinlaut zu.

»Das ... das ist ungeheuerlich«, platzte es aus Sarah heraus. »Wie kannst du behaupten, dass ...«

»Sarah«, ließ sich Hingis plötzlich vernehmen.

»Was?«, schnaubte sie.

»Ich glaube, Perikles hat gut daran getan, zu einer kleinen Notlüge zu greifen – denn ich verspüre kein Verlangen danach, zu enden wie diese hier.«

Er deutete zur gegenüberliegenden Seite der Straße, worauf

Sarah den Blick wandte und scharf die Luft einsog. Am Wegesrand standen vier Bäume – an denen vier leblose Körper hingen.

Der Kleidung nach waren es Griechen; Widerstandskämpfer, die man gefasst und hingerichtet hatte. Dem Zustand der Leichen nach zu urteilen, hingen sie schon einige Tage dort, denn ihre Haut war seltsam weißlich und gefroren.

Man hatte darauf verzichtet, den Männern die Augen zu verbinden oder ihnen Säcke über die Köpfe zu stülpen, und so blickte Sarah in die leblosen, in namenlosem Schrecken erstarrten Mienen, die in stillem Vorwurf auf sie herabzustarren schienen.

»Das ist barbarisch«, ereiferte sie sich, »zivilisierter Menschen absolut unwürdig.«

»*Nai*«, gab Perikles zu. »Sein Krieg in den Bergen.«

»Offensichtlich.« Sarah nickte, wandte sich vom Bild des Grauens ab und ließ ihr Pferd wieder antraben.

»Dann Sie mir nicht mehr böse?«, fragte der Führer und schloss rasch zu ihr auf.

»Warum sollte ich?«

»Weil Dinge gesagt, die nicht stimmen.«

»Nein«, entgegnete Sarah tonlos, »aber womöglich hast du uns allen damit das Leben gerettet ...«

Ohne sich noch einmal nach den Gehenkten umzublicken, ließ sie die Zügel schnalzen und setzte den Ritt fort, noch immer schockiert über das, was sie gesehen hatte. Eine abstrakte Auseinandersetzung, die sie bislang nur aus Zeitungsberichten gekannt hatte, war plötzlich sehr konkret geworden, hatte ein Gesicht bekommen – im wörtlichen Sinn, und das gleich vierfach.

Den ganzen Nachmittag über, während sie auf der schmalen Passstraße Richtung Westen ritten, sah Sarah die starren, leblosen Mienen der Rebellen vor sich, die von den türkischen Besatzern hingerichtet worden waren, und obwohl sie nicht an diesem Konflikt beteiligt war und seinem Ausgang bislang eher gleichgültig gegenübergestanden hatte, ertappte sie sich dabei, wie ihre Sympathien sich zugunsten der griechischen Seite verlagerten.

Des Schnees wegen, der nun auch auf der Straße liegen blieb, kam die Karawane vorübergehend nur noch langsam voran; je weiter hinab sie jedoch gelangte, desto wärmer wurde es, und schließlich ging der Schneefall in Regen über. Die Dunkelheit brach herein, und in einem verfallenen Bauernhaus, das etwa fünfzig Yards von der Straße entfernt auf einer Lichtung stand, suchten die Reisenden Unterschlupf für die Nacht.

Sarah nahm an, dass das Gebäude schon seit langer Zeit leer stand. Fenster und Türen gab es längst nicht mehr; die Wände waren brüchig, die Dielen morsch und das Dach teilweise eingestürzt. Dennoch fanden die Reisenden eine geräumige Kammer, deren Überdachung noch intakt war und die hinreichend Schutz vor dem strömenden Regen bot. Hingis und Perikles waren der Ansicht, dass dies Sarahs Quartier werden sollte, während sie selbst mit einer weniger trockenen Bleibe vorliebnehmen wollten. Sarah jedoch lehnte dies entschieden ab. Sie wollte keine Sonderbehandlung und war bereit, jedes Ungemach mit ihren Kameraden zu teilen. Folglich wurde die Kammer zum Gemeinschaftsquartier erkoren, in dem sowohl Sarah als auch ihre Begleiter ihre Schlafdecken ausrollten und in dessen baufälligem, aber noch funktionsfähigem Kamin ein Feuer entzündet wurde. Alexis, der Koch, verstand sich darauf, über den Flammen eine wohlschmeckende Mahlzeit zuzubereiten, die in der Hauptsache aus weißen Bohnen und Olivenöl bestand, aber nicht nur wärmte und sättigte, sondern auch vorzüglich schmeckte.

Sarah überließ es Perikles, die Wachen einzuteilen. Je zwei Mann würden eine Schicht übernehmen, wobei jeweils nur ein Maultiertreiber eingesetzt wurde. Offenbar traute der Makedone den aus der Walachei stammenden Männern, die untereinander in einem eigentümlichen Dialekt parlierten, nicht sehr viel zu. Als er Sarah einmal mehr in seiner Planung aussparen wollte, bestand sie wiederum darauf, genau wie jeder andere eingeteilt zu werden.

»Können Sie das?«, fragte der Führer unumwunden skeptisch.

»Vertrau mir«, entgegnete Sarah mit Blick auf den Sam Browne, an dem nicht nur ihre Feldflasche befestigt war, sondern auch ein Bowie-Messer amerikanischer Fertigung sowie das Holster mit dem Colt Frontier hing. »Ich bin durchaus in der Lage, mich zu verteidigen.«

»Ich zweifle nicht, Sie können schießen«, räumte Perikles ein, während er seine eigene Waffe lud – eine etwas altertümlich wirkende Pistole mit arabischen Ornamenten, die er anschließend wieder in seine Schärpe steckte. »Aber schon einmal geschossen auf Menschen?«

»Allerdings«, bestätigte Sarah leise, denn sie war nicht eben stolz darauf. »Das habe ich.«

»Sie seltsame Frau.«

Sarah musste lachen. »Um der Wahrheit die Ehre zu geben, habe ich schon schmeichelhaftere Komplimente bekommen«, erwiderte sie. »Aber zur Not nehme ich auch dieses.«

»Warum das alles tun?«, erkundigte sich der Führer. »Warum nehmen das hier auf sich?«

»Um den Mann zu retten, den ich liebe«, erklärte Sarah ohne Zögern. »Können Sie das verstehen?«

»*Nai*«, bestätigte der Führer und klopfte sich an die Brust. »Ich Grieche. Griechen immer verstehen die Liebe, vor allem die Frauen. Denken Elektra, denken Penelope! Gewartet zwanzig lange Jahre auf Rückkehr von Odysseus!«

»Das ist wahr.« Sarah nickte.

»Auch Ihr Geliebter auf Irrfahrt?«

»Gewissermaßen«, bestätigte Sarah wehmütig. Ohne es zu ahnen, hatte Perikles den Nagel auf den Kopf getroffen. Aber nicht nur Kamal war auf einer fernen Odyssee gefangen, die ihn daran hinderte, nach Hause zurückzukehren, sondern auch sie selbst – und inmitten der eisigen Kälte und des Sturmes, der inzwischen draußen tobte und heulenden Wind durch die Ruine des alten Bauernhauses schickte, kam es Sarah plötzlich unwahrscheinlich vor, dass sie einander jemals wieder begegnen würden.

Die Aussichten waren gering …

PINDOS-GEBIRGE, EPIRUS
31. OKTOBER 1884

Die Dämmerung hatte gerade erst eingesetzt, als Sarah geweckt wurde – entsprechend schläfrig war sie, denn sie hatte die Wachschicht nach Mitternacht übernommen und war erst vor wenigen Stunden von Alexis abgelöst worden.

Das Erste, was sie sah, als sie die Augen aufschlug, war das Gesicht von Perikles, der über ihr stand und ihr zu schweigen gebot, und an den tiefen Furchen, die sich auf seiner Stirn gebildet hatten, erkannte Sarah sofort, dass etwas nicht stimmte.

Jäh schoss sie von ihrem Lager hoch und war schlagartig hellwach. Im Halbdunkel der Kammer sah sie Hingis kauern. Zu Sarahs Bestürzung war der Schweizer dabei, die Gewehre zu laden.

»Was …?«, wollte sie flüsternd fragen, aber Perikles legte nur den Finger auf den Mund und bedeutete ihr, mit ihm zu kommen.

Vorsichtig, damit keine der morschen Dielen unter ihren Tritten brach, schlichen sie zur Vorderseite des Gebäudes, vorbei an den Treibern, die bei den Tieren standen und sie beruhigend tätschelten, damit sie keinen Laut von sich gaben. Das Feuer im Kamin war längst erloschen. Eisige Kälte herrschte innerhalb der brüchigen Mauern, und heulender Wind trieb hier und dort einzelne Schneeflocken herein. Offenbar hatte es in der Nacht bis ins Tal geschneit ...

Sarah fühlte, wie sich ihr Pulsschlag beschleunigte, während sie Perikles hinterherschlich, gefolgt von Hingis, der die geladenen Gewehre schleppte. Bang fragte sich Sarah, was vorgefallen sein mochte, als sie auf Alexis trafen. Der Koch hatte sich unter einem der glaslosen Fenster verschanzt, das in die Vorderseite des Bauernhauses eingelassen war und damit zur Straße blickte. Mit einem warnenden Blick gab er seinen Gefährten zu verstehen, dass sie vorsichtig sein sollten, und Sarah glaubte, in seinen Augen Furcht zu erkennen.

Mehr noch, nackte Todesangst ...

In gebückter Haltung, damit sie von draußen nicht gesehen werden konnten, näherten sie sich dem Fenster und ließen sich links und rechts davon nieder. Dann erst riskierte Sarah einen vorsichtigen Blick hinaus.

Wie sie feststellte, hatte sie mit ihrer Vermutung Recht gehabt. Die Temperaturen waren abermals gefallen, sodass die peitschenden Regenschauer gegen Morgen in Schnee umgeschlagen waren. Eine zwei Hand breit dicke Schicht bedeckte sowohl die Lichtung als auch die Straße, die in einiger Entfernung verlief, um sich ein gutes Stück talwärts zwischen verschneiten Bäumen und Felsen zu verlieren. Davor jedoch gewahrte Sarah einige schemenhafte Gestalten.

Da sie helle Umhänge trugen, waren sie vor dem weißen Hintergrund und im fahlen Licht des Morgens nicht sofort zu entdecken, was durchaus beabsichtigt schien. Bewaffnet waren die Männer – Sarah zählte fünf – mit klobigen Vorderladern, deren Läufe mit Leder umwickelt waren, um sie vor Regen und Schnee zu schützen.

Die Frage, wer die Männer waren, erübrigte sich. Sarah hegte keinen Zweifel daran, dass es Klephten waren, jene unerschrockenen Kämpfer, die die Unabhängigkeit Griechenlands auf dem

Schlachtfeld errungen hatten und auch jetzt noch dabei waren, einen zermürbenden Kleinkrieg gegen die Türken zu führen, um ihnen noch mehr Gebiete und weitere Zugeständnisse abzutrotzen.

Unwillkürlich dachte Sarah an die Gehenkten, die sie am Straßenrand gesehen hatten, und sie konnte nicht anders, als diesen Leuten Respekt zu zollen, die unter Einsatz ihres Lebens für ihre Sache kämpften. Flüsternd wollte sie sich bei Perikles erkundigen, weshalb sie sich vor den Freischärlern versteckten, als sich draußen etwas regte.

Offenbar hatten die fünf Männer nur die Vorhut eines größeren Verbandes gebildet, denn unvermittelt drangen aus dem verschneiten Dickicht noch weitere weiß gekleidete Gestalten, einige davon zu Pferd, einige zu Fuß. In ihrer Mitte führten sie zwei elend aussehende Männer, die gefesselt waren und die sie hinter sich her zerrten. An den dunkelblauen Uniformen erkannte Sarah sofort, dass es sich um türkische Soldaten handeln musste.

Gefangene …

Der Zug, der insgesamt aus zehn oder zwölf Mann bestehen mochte, hielt an, und man zwang die beiden Türken, sich in den Schnee zu knien. Ein hochgeschossener Klephte, der der Anführer des Trupps zu sein schien, schwang sich aus dem Sattel, trat vor die Gefangenen und wechselte einige Worte mit ihnen. Was gesprochen wurde, war aufgrund der Distanz und des heulenden Windes nicht zu verstehen.

Das Gespräch endete jäh. Unvermittelt griff der Anführer der Widerstandskämpfer an seinen Gürtel und zückte den Krummdolch, der dort steckte – dann ging alles blitzschnell.

Entsetzt sah Sarah den einen Türken niedersinken. Die Klinge des Anführers hieb ein zweites Mal zu, und auch der zweite Gefangene kippte nach hinten, von einer Blutfontäne begleitet, die niederspritzte und den Schnee ringsum grellrot färbte. Kurzerhand hatte der Klephte seinen Feinden die Kehlen durchschnitten. Ohne Zögern und – wie es schien – auch ohne Reue.

Abrupt wandte er sich ab, die beiden tödlich Verwundeten, von denen der eine noch in wilden Krämpfen zuckte, keines Blickes mehr würdigend. Er würde sie liegen lassen, als Warnung an seine Feinde – so wie es die Türken oben am Pass mit den Rebellen getan hatten.

Sarah begriff, dass dies die Regeln dieses grausamen Spiels waren, die Logik des Schreckens. Und ihr wurde klar, dass sich die verfeindeten Parteien in diesem Konflikt nicht nach Gut und Böse kategorisieren ließen, sondern sich an Grausamkeit und Entschlossenheit in nichts nachstanden. Am liebsten hätte sie ihr Entsetzen und ihren Zorn über diese Gräueltat laut hinausgeschrien, aber dies hätte ihrer aller Ende bedeutet, da die Freischärler gewiss keine Zeugen am Leben lassen würden. Also zwang sie sich mit aller Macht, zu schweigen – und nahm erleichtert zur Kenntnis, dass die Klephten weiterzogen.

Die Reiter stiegen wieder in die Sättel und wollten aufbrechen, als abermals etwas Unerwartetes geschah.

Mit vier schussbereit geladenen Hinterladern im Arm kauerte Friedrich Hingis auf dem Boden – eine Belastung, der die morschen Dielen nicht länger standhielten. Mit hässlichem Knacken gab zunächst eine, dann noch eine zweite Diele nach, und der Schweizer brach ein. Zwar beschränkte sich die Tiefe des Sturzes auf ein halbes Yard, jedoch war der Schrecken so groß, dass Hingis ein spitzer Schrei entfuhr, der den Klephten nicht verborgen blieb.

Alarmiert fuhren sie herum und blickten in Richtung des Hauses. Augenblicklich gingen Sarah und ihre Gefährten in Deckung. Der Argwohn der Widerstandskämpfer jedoch war geweckt.

»Verdammt«, zischte Perikles.

Man konnte hören, wie der Anführer der Klephten einigen seiner Leute etwas zurief, dann kehrte Stille ein.

»Was geschieht dort draußen?«, erkundigte sich Sarah flüsternd, worauf Perikles einen vorsichtigen Blick über die Brüstung wagte.

»Sie kommen zum Haus«, erstattete er Bericht.

»Wie viele?«

»Zwei.«

Sarah wog ihre Chancen ab. Mit zweien der Kerle fertig zu werden würde kein Problem darstellen. Aber dann wären die anderen gewarnt, und ein zäher Kampf würde einsetzen, der nicht nur zahlreiche Menschenleben fordern, sondern auch Zeit in Anspruch nehmen würde; Zeit, die immer knapper wurde ...

Hingis, der noch in seinem Loch im Boden stand, gab die Gewehre weiter. Sein Blick war schuldbewusst, denn ihm war klar, dass sie nur seinetwegen in diese hässliche Situation geraten waren. Dennoch gab es von niemandem ein Wort des Vorwurfs.

Sarah nahm die Waffe entgegen, die er ihr reichte, während sie weiter fieberhaft überlegte, was zu tun war. Sollten sie abwarten? Die beiden Späher noch näher herankommen lassen?

Nein.

Die einzige Möglichkeit, die Sache möglichst rasch zu beenden, bestand darin, ohne Vorwarnung und mit aller Härte zuzuschlagen, auch wenn sich Sarah selbst dafür hasste. Ohne es zu wollen, war sie von einem Augenblick zum anderen zur Partei in diesem mörderischen Konflikt geworden ...

»Was wir sollen tun?«, erkundigte sich Perikles drängend. »Soldaten nicht mehr fern ...«

»Wir werden ihnen zuvorkommen«, ordnete Sarah an, deren Miene zur reglosen Maske geworden war. »Friedrich – Sie übernehmen die beiden Späher. Wir anderen werden unser Feuer auf die Klephten konzentrieren und versuchen, so viele wie möglich von ihnen zu treffen.«

»Aber bei all dem Wind und der weiten Distanz ...«, wandte Hingis ein – Sarahs Blick jedoch brachte ihn zum Schweigen.

»Haben Sie einen besseren Vorschlag?«, erkundigte sie sich.

Der Schweizer schüttelte den Kopf.

»Also machen wir es so«, flüsterte Sarah, während sie in gebückter Haltung zum nächsten Fenster huschte. »Ich versuche, den Anführer zu treffen. Vielleicht ergreifen die anderen dann die Flucht.«

»Und wenn nicht?«, fragte Perikles.

»Dann ist die Expedition hier zu Ende«, orakelte Sarah düster.

Sie nahmen die Gewehre in den Anschlag und gingen in Stellung, hoffend, dass sie nicht vorzeitig entdeckt würden.

»Auf drei«, gab Sarah das Kommando, während sie über den langen Lauf die weiß gekleidete Gestalt anvisierte, die aufrecht auf dem Pferd saß. Sarah kam sich elend dabei vor, ohne Vorwarnung auf einen Menschen zu schießen, aber wenn es nötig war, um Kamal zu retten, dann würde sie es tun ...

»Eins.«

Die Spannhähne wurden zurückgezogen.

»Zwei.«

Die Gefährten hielten den Atem an, zielten auf die Widerstandskämpfer, die von dem Hinterhalt nichts ahnten. Zum Äußersten entschlossen, wollte Sarah auch die letzte Zahl nennen, als draußen plötzlich Tumult entstand.

Einer der Klephten, die vorn an der Straße Wache hielten, stieß einen heiseren Ruf aus, worauf hektische Betriebsamkeit unter den Männern ausbrach. Die beiden Späher, die der Anführer zum Bauernhaus geschickt hatte, machten auf dem Absatz kehrt und rannten zurück, während ihre Kameraden bereits zu laufen begannen, dem nahen Wald entgegen. Das Pferd des Anführers bäumte sich wiehernd auf, dann schoss es ebenfalls davon, die Straße hinab Richtung Tal. Im nächsten Moment erkannte Sarah den Grund dafür, denn plötzlich war gedämpfter Hufschlag zu hören, und eine Schwadron blau uniformierter

Reiter jagte in gestrecktem Galopp die Passstraße herab, gekrümmte Säbel über den Köpfen schwingend.

Osmanische Kavallerie!

Sofort schwärmten die Reiter aus, sprengten quer über die Lichtung und nahmen die Verfolgung der Rebellen auf. Schnee stob unter den Hufen ihrer Pferde davon, aus deren Nüstern heißer Dampf quoll. Zwei Widerstandskämpfer, die den schützenden Wald nicht mehr rechtzeitig erreichten, wurden enthauptet, als die Reiter sie einholten und in vollem Galopp die Säbel kreisen ließen. Aus dem Wald waren Schüsse zu hören, ein Kavallerist stürzte getroffen aus dem Sattel. Dann hatten die Verfolger das verschneite Dickicht erreicht und setzten den Rebellen hinterher. Der Schusslärm und das Geschrei der Männer verklangen im eisigen Wind.

Fast hätte man alles für einen Spuk halten können, der sich auf der Lichtung abgespielt hatte – wären da nicht fünf leblose Körper gewesen, die im Schnee lagen und Zeugnis von den grausigen Ereignissen ablegten, die sich soeben zugetragen hatten ...

»Das war eng«, kommentierte Hingis und brachte Sarah damit erst richtig zu Bewusstsein, dass sie der brenzligen Situation entronnen waren.

Noch einige Augenblicke lang verharrten sie, um sich zu vergewissern, dass keine der beiden Parteien zurückkehrte. Als es jedoch ruhig blieb, zogen sie sich zurück, rafften in aller Eile ihr Gepäck zusammen, sattelten die Pferde und brachen auf.

Es lag noch ein weiter Weg vor ihnen, und alle brannten darauf, die Grenzregion hinter sich zu lassen.

3.

Reisetagebuch Sarah Kincaid
31. Oktober 1884

Nach dem dramatischen Zwischenfall am frühen Morgen haben wir die Passstraße verlassen und den Weg nach Iaina eingeschlagen, der osmanisch geprägten Hauptstadt von Epiros. Je weiter wir uns vom Grenzland entfernen, desto mehr kommt mir das, was geschehen ist, wie ein böser Albtraum vor. Gleichwohl weiß ich, dass es die grausame Wirklichkeit war, die uns ereilte und der wir uns auf dem Rückweg über den Pass noch einmal werden stellen müssen …

So erleichtert ich darüber bin, dass es nicht zur Konfrontation mit den Klephten gekommen ist, gibt es bohrende Fragen, die mich beschäftigen: Hätte ich den Abzug wirklich betätigt? Hätte ich einen hinterhältigen Mord begangen, um sicherzustellen, dass die Mission weitergeht? Was bin ich noch bereit, dafür zu tun? Welche Opfer würde ich um Kamals willen bringen?

Ich rechne es Friedrich Hingis hoch an, dass nicht er es ist, der mir diese Fragen stellt, aber natürlich weiß ich, dass er ebenso denkt. Habe ich anfangs noch versucht, alle moralischen Bedenken hintanzustellen, hat der Zwischenfall in den Bergen dafür gesorgt, dass sie nun umso lauter ihre Stimme erheben.

Wie weit darf ich gehen, um meinen geliebten Kamal zu retten? Darf ich das Leben eines anderen Menschen dafür opfern? Darf ich das Wohl anderer dafür riskieren? Darf ich dafür jene Werte verraten, zu denen ich erzogen wurde und die mir bislang als unverrückbar erschienen? Darf ich dafür zulassen, dass eine Bande ruchloser Verbrecher in den Besitz des vielleicht kostbarsten Geheimnisses der Menschheitsgeschichte gelangt?

Je mehr ich über diesen Fragen grüble, desto weniger gefällt mir die Antwort, denn sie ist ebenso kurz wie erschöpfend.

Sie lautet: Nein ...

2. November 1884

In Iaina haben wir die Pferde gewechselt und frische Vorräte gefasst. Nicht ohne Grund haben die Türken diese Stadt zur Kapitale erhoben: Unmittelbar am Ufer des Sees von Pamvotis gelegen, verfügt sie über eine schmale Landzunge, die ins Wasser hinausreicht und auf der schon zu mittelalterlicher Zeit eine Festung errichtet wurde. Zu drei Seiten von Wasser umgeben, ist sie leicht zu verteidigen und wird auch heute noch als Militärstützpunkt genutzt.

Aus gutem Grund ...

Perikles, der als Einziger von uns in der Stadt gewesen ist, berichtet von allgemeiner Unruhe, die dort herrscht. Die gesamte Garnison ist auf den Beinen, was den Unruhen in den Bergen zuzuschreiben sein dürfte. Ich bin erleichtert, dass wir uns von der unsicheren Grenzregion entfernen und dem Tal des Flusses Luros folgen, der parallel zur Grenze gen Süden verläuft und dabei den Tomaros passiert, jenen Berg, an dessen steilen Hängen der Acheron entspringt ...

3. November 1884

Fast kommt es mir wie ein Wunder vor, dass wir das Tal des Luros ohne Zwischenfälle passieren konnten. Nur zweimal sind wir türkischen Patrouillen begegnet, die unseren Durchgangsschein jedoch anerkannt haben und uns ohne Behelligung ziehen ließen.

Gegen Mittag haben wir den Tomaros erreicht, den wir auf einer schmalen Gebirgsstraße umrunden. Glücklicherweise fällt kein Schnee, aber der Wind, der von den weiß überzogenen Berghängen herabweht, ist eisig kalt. Die westlichen Ausläufer des Berges sind dicht bewaldet; aus den Tälern, die sich zwischen den Höhenzügen erstrecken, ragen schroffe Felsen, die sich zu bizarren Formationen türmen. Inmitten dieser urwüchsigen Wildnis entspringt der Fluss, der seit Jahrtausenden die Phantasie der Menschen beflügelt und dessentwegen wir diese weite und gefährliche Reise auf uns genommen haben.

Der Acheron …

Tal des Acheron
4. November 1884

Das Erste, was Sarah von dem sagenumwobenen Fluss wahrnahm, dessen Bett sich im Lauf von Jahrmillionen durch das felsige Land gegraben hatte, war ein fernes Rauschen.

Am frühen Morgen waren sie aufgebrochen und hatten ihr Lager am Fuß des Tomaros verlassen, um dem Tal Richtung Südwesten zu folgen. Unweit eines Dorfes namens Trikastro waren sie nach Nordwesten abgebogen und einem schmalen Pfad gefolgt, der durch dunkle Wälder führte und sich schließlich so verengte, dass es zu Pferd kein Weiterkommen mehr gab. Von da an waren Sarah und ihre Gefährten nur noch langsam vorangekommen, durch dichten Wald, der nicht nur aus Kiefern und Pinien bestand, sondern auch aus grauen Felsnadeln.

Je weiter es durch den Wald ging, desto lauter wurde das Rauschen, und zu Sarahs innerer Unruhe gesellte sich erneut die Neugier. Hingis, der unmittelbar hinter ihr ging und sein Pferd am Zügel führte, schien es nicht anders zu gehen. Sarah glaubte in seinen Augen dieselbe Wissbegier zu erkennen, die sie auch schon in Alexandrien bemerkt hatte. Schließlich steigerte sich das Rauschen und wurde zu frenetischem Tosen. Der Wald lichtete sich, und wenige Augenblicke später standen Sarah und ihre Gefährten vor einem steilen Abbruch.

Fast senkrecht fiel die Felswand ab. Zehn bis fünfzehn Yards tiefer schoss, zu beiden Seiten von massivem Fels gesäumt, türkisfarbenes Gebirgswasser dahin. Bald sammelte es sich in kleinen Becken, die es ins Gestein gehöhlt hatte, bald bildete es schäumende Strudel oder fiel über Katarakte, bald verschwand es ganz zwischen den Felswänden der Schlucht, die oft nur wenige Yards voneinander entfernt waren, um ein Stück stromabwärts wieder aufzutauchen und dann erneut zu verschwinden.

»*Stená Achéronia* wir diesen Abschnitt des Flusses nennen«, kommentierte Perikles, »die Engen des Acheron.«

Schwer atmend vom beschwerlichen Aufstieg standen sie am Rand der Schlucht und blickten auf das Naturschauspiel. Selbst die Maultiertreiber, die sich sonst eher im Hintergrund hielten, drängten nach vorn, um die Quelle des mächtigen Rauschens zu sehen.

»Unglaublich«, kommentierte Hingis und deutete in den Abgrund, in dem es schäumte und brodelte. »Das Wasser hat sich derart tief zwischen die Felsen gegraben, dass es mitunter kaum zu sehen ist.«

»In der Tat«, bestätigte Sarah. »Deshalb glaubten in der Antike auch viele, dass diese Schlucht den Eingang zum Hades bildete.«

»Der bewacht wurde vom Kerberos«, fügte Hingis hinzu, »einem dreiköpfigen, Schwefel atmenden Höllenhund mit tödlichem Schlangenschwanz, mörderischen Fängen und giftigem Geifer.«

»*Arketá*, Doktor«, winkte Perikles ab. »So genau ich wollte gar nicht wissen.«

»Keine Sorge«, versicherte Sarah, »es ist nur eine Sage.«

»Ach ja?«, fragte Hingis und schickte ihr einen herausfordernden Seitenblick. »Wer hat denn behauptet, dass sich hinter jeder Sage ein wahrer Kern verbirgt? Trifft Ihre Theorie nun zu oder nicht?«

»Das werden wir sehr bald herausfinden«, erwiderte Sarah entschlossen und ging zurück zu ihrem Pferd, um das Seil zu holen, das am Sattelknauf befestigt war.

»Was haben vor?«, wollte Perikles wissen.

»Ich werde mich in die Schlucht abseilen und mir das aus der Nähe ansehen«, verkündete Sarah.

»Kommen nicht in Frage«, lehnte der Führer rundheraus ab. »Nicht unnötig Leben riskieren. Dort unten nichts ist.«

»Also auch nichts, das mir gefährlich werden könnte, richtig?«, fragte Sarah, während sie bereits dabei war, das eine Ende des Seils um einen nahen Baum zu knoten. Aus einer ihrer Satteltaschen beförderte sie eine kleine, gläserne Flasche zutage, die mit einem Korken verschlossen war und die sie dazu benutzen wollte, eine Wasserprobe zu entnehmen. Nur, um ganz sicher zu gehen …

»Sein keine gute Idee«, beharrte Perikles.

»Vielleicht nicht«, räumte Sarah ein. »Aber ich muss dorthinunter. Ich muss wissen, was es mit diesen Höhlen auf sich hat. Und ich will wissen, ob sich das Wasser dort von gewöhnlichem Gebirgsquellwasser unterscheidet.«

»Dann gehen jemand anderer«, schlug der Makedone vor.

»Bedauerlicherweise kann ich nicht«, sagte Hingis mit Blick auf seine Prothese.

»Sie sind entschuldigt«, versicherte Sarah mit nachsichtigem Lächeln. »Sie haben ohnehin schon weit mehr getan, als ich jemals erwarten konnte.«

»*Endáxei*«, knurrte Perikles, »dann ich werde gehen.«

»Das musst du nicht.«

»Möchte es aber. Bin für Ihre Sicherheit verantwortlich, Lady Kincaid, dafür Sie mich bezahlen.«

»Aber ich …«

»Ich bestehe darauf, Sarah«, sagte nun auch Hingis. »Mir ist nicht wohl bei dem Gedanken, Sie in diese Kluft steigen zu sehen.«

Sarah zögerte und schaute von einem zum anderen. »Also schön«, erklärte sie sich schließlich bereit.

»Bleiben hier?«

Sie nickte.

»Sehr gut. Perikles Sie wird nicht enttäuschen«, versicherte der Führer und ging nun seinerseits daran, sich auf den Abstieg vorzubereiten. Mit ledernen Handschuhen versehen sowie mit einer Laterne und dem Probenfläschchen am Gürtel begab er sich schließlich auf die waghalsige Kletterpartie, die ihn über die Abbruchkante und dann steil in die Tiefe führte.

Eine Weile lang konnten Sarah und ihre Gefährten ihn noch von oben sehen, dann verschwand er unter einem Felsvorsprung. Kurz darauf ließ der Zug am Seil nach, was bedeuten musste, dass Perikles den Grund der Schlucht erreicht hatte. In banger Erwartung fragte sich Sarah, was er dort finden mochte ...

Sie versuchte, sich durch Zuruf mit ihm zu verständigen, aber das Rauschen des Flusses machte dies unmöglich. Es blieb ihr also nur, abzuwarten, bis der Führer zurückkehrte.

Eine geschlagene Stunde verging, sodass Sarah und Hingis sich allmählich Sorgen machten. Dann aber straffte sich das Seil plötzlich wieder, und die vertraute Gestalt des Makedonen löste sich aus dem nebligen Dunst, der über dem Flussbett lag. Behände kletterte Perikles am Seil herauf. Hingis streckte ihm seine unversehrte Hand entgegen, und schon kurz darauf wälzte sich der Makedone über die Abbruchkante.

Sein Atem ging heftig, seine Kleidung war durchnässt, aber bis auf einige Schrammen, die er sich am schroffen Gestein zugezogen zu haben schien, war der Führer unversehrt, wie Sarah erleichtert feststellte.

»Und?«, erkundigte sie sich gespannt, nachdem er wieder ein wenig zu Atem gekommen war.

»Nichts.« Er schüttelte den Kopf. »Dunkle Röhren, durch die das Wasser schießt.«

»Und Sie haben keine ... Besonderheit bemerkt?«

Erneutes Kopfschütteln. »Auf der einen Seite Wasser fließt hinein, auf der anderen wieder hinaus. Das alles.«

»Ich verstehe«, sagte Sarah und konnte ihre Enttäuschung nicht ganz verbergen. »Und das Wasser selbst?«

Wortlos reichte er ihr das Probefläschchen, das sich eisig kalt anfühlte und in dem eine trübe Flüssigkeit schwappte: Gebirgswasser, das Sand und andere winzige Teilchen mitführte.

»Es sieht ganz gewöhnlich aus«, stellte Hingis fest.

»In der Tat«, bestätigte Sarah gepresst. Mittels der Ausrüstung, die sie dabei hatte, würde sie das Wasser abends im Lager noch eingehender überprüfen, aber sie bezweifelte, dass dabei mehr herauskommen würde, als man auf den ersten Blick erkennen konnte – nämlich dass dies ganz gewöhnliches Wasser war.

Aus einem gewöhnlichen Fluss ...

»Zufrieden?«, erkundigte sich Perikles, dessen Blicke zwischen Sarah und Hingis hin und her pendelten und der sichtlich nicht wusste, was er von der Sache halten sollte. Wahrscheinlich, sagte sie sich, hielt er sie für zwei verrückte Nordeuropäer, die irgendwelchen Hirngespinsten nachjagten – und womöglich hatte er sogar Recht damit ...

»Leider nicht«, erwiderte sie. »Wir werden weitersuchen müssen. Ein Stück westlich von hier befinden sich die ›Quellen des Acheron‹, Süßwasserquellen, deren Ursprung man ebenfalls im Hades vermutete.«

»Und glauben, dass ...?«

»Ich *hoffe*«, drückte Sarah es vorsichtiger aus, »dass unsere Hinweise uns nicht getrogen haben und wir etwas finden werden, das meine Theorie rechtfertigt.«

»Und – wenn irren?«

Sarah biss sich auf die Lippen. »So weit sind wir noch nicht«, antwortete sie dann ausweichend, wandte sich ab und ging zu ihrem Pferd zurück. Dabei bemerkte sie, wie die Treiber in ihrer eigenwilligen Sprache untereinander tuschelten. Innerhalb von Augenblicken entspann sich ein heftiger Disput, der die Männer zu entzweien schien und der erst endete, als Perikles ein heiseres Machtwort plärrte.

»Was haben die Männer?«, wollte Sarah wissen.

»Sind unruhig«, erklärte der Führer, während er sich ein trockenes Hemd überzog. »Haben Angst.«

»Weswegen?«

»Klephten«, sagte er nur.

»So weit im Landesinneren?« Sarah hob die Brauen. »Reicht der Arm des Widerstandes denn so weit?«

»Manchmal.« Perikles zuckte mit den Schultern. »Kommen über die Grenze, töten türkische Soldaten und verschwinden wieder.«

»Wir sind aber keine türkischen Soldaten.«

»*Hayir.*« Perikles schüttelte den Kopf und wollte weiter zu seinem Pferd. Sarah jedoch ließ ihn nicht an sich vorbei.

»Warum haben die Männer dann Angst?«, wollte sie wissen.

»Weil Walachen sind, deshalb«, sagte er verächtlich und schlug sich vor die Brust. »Haben nicht griechischen *tharros*, keinen Mut.«

»Und das ist der einzige Grund?«

»Allerdings«, sagte der Führer auf Englisch, und seiner verkniffenen Miene war anzumerken, dass er nicht mehr darüber sagen wollte. Noch einen Augenblick zögerte Sarah, dann trat sie zur Seite und ließ ihn passieren, obgleich offensichtlich war, dass er ihr etwas verschwieg.

Sie setzten ihren Weg fort, durch üppigen Laubwald, dessen Blätter sich rotbraun verfärbt hatten, weiter dem Verlauf des Flusses folgend, der zwischen den steil abfallenden Felsen dahinschoss und bisweilen fast von ihnen verschluckt wurde. Nur mehr ein fernes, unheimliches Gurgeln war dann zu hören, und es war offensichtlich, weshalb die alten Griechen ausgerechnet diesem Fluss die Eigenschaft zugeschrieben hatten, in den finsteren Hades zu führen.

Als es zu dämmern begann, schlugen sie ihr Nachtlager auf, unweit des Flusses auf einer kleinen Lichtung. Der Missmut der Maultiertreiber wurde offensichtlich, denn der Aufbau der Zelte nahm mehr Zeit in Anspruch als sonst. Dass Perikles seine Leute zur Eile antrieb und ihnen die Entlohnung zu kürzen drohte, änderte daran nichts. Sarah konnte die Unruhe der Männer deutlich fühlen, und ihr war klar, dass es nicht nur die Furcht davor war, erneut zwischen die Fronten zu geraten, die die Treiber in Atem hielt, sondern etwas, das weit jenseits davon lag …

Sie nutzte die Zeit bis zum Abendessen, um in ihrem Zelt die Wasserprobe zu untersuchen, die Perikles besorgt hatte. Eine der Kisten, die die Maultiere trugen, enthielt, eingebettet in Sägespäne, damit sie beim Transport nicht zerbrachen, Reagenzgläser und chemische Substanzen, die eine Reihe grundlegender Analysen erlaubten. Jedoch gelang es Sarah weder, Mineralien in besonderer Konzentration nachzuweisen, noch gab es sonstige Auffälligkeiten.

Es war, wonach es aussah.

Gewöhnliches Wasser.

Nicht mehr, nicht weniger.

Ein wenig frustriert verließ Sarah ihr Zelt und setzte sich ans Feuer, um etwas von dem Eintopf zu essen, den Alexis der Koch zubereitet hatte und der nach Kümmel und Koriander roch. Es dauerte nicht lange, bis sich Perikles zu ihr gesellte, einen sichtlich verärgerten Ausdruck im Gesicht.

»Etwas nicht in Ordnung?«, erkundigte sich Sarah.

»Sie nicht gehorchen«, beschwerte sich der Führer entnervt. »Fürchten sich noch immer.«

»Wovor?«, erkundigte sich Sarah. Doch wie zuvor blieb Perikles eine Antwort schuldig und begnügte sich damit, den dampfenden Eintopf in sich hineinzulöffeln. Sarah ließ nicht locker. »Kannst oder willst du es mir nicht sagen?«, erkundigte sie sich.

»Nicht müssen wissen«, beschied ihr der Führer mit vollem Mund. »*Endáxei.*«

»Nichts ist in Ordnung«, widersprach Sarah energisch. »Als Leiterin dieser Expedition habe ich ein Recht darauf zu erfahren, was hier vor sich geht. Also immer heraus mit der Sprache: Wovor haben die Treiber Angst?«

»Vor dem Fluss«, erwiderte Perikles so leise, dass man ihn kaum verstehen konnte.

»Vor dem Fluss?« Sarah hob die Brauen.

»Haben gehört, dass Fluss der Toten, nun haben Angst.«

»Ich verstehe.«

»Nur alter Aberglaube, nichts weiter«, versicherte der Makedone, als wollte er Sarah damit beruhigen. Die Art und Weise, wie er ihren Blick mied und es vorzog, geradeaus in die Flammen zu starren, ließ jedoch darauf schließen, dass er es viel nötiger gehabt hätte, beruhigt zu werden. »Expedition seltsam«, sagte er nur.

»Wie meinst du das?«

»Seltsame Vorzeichen, seltsame Reise.« Für einen kurzen Moment wandte er den Blick vom Feuer und schaute Sarah an. »Seltsame Frau«, fügte er dann hinzu.

»Das sagtest du bereits.« Sie nickte. »Aber was meinst du, wenn du von seltsamen Vorzeichen sprichst?«

»Perikles weiß es nicht.« Er schüttelte den Kopf und blickte wieder in die Flammen. »Nur ein Gefühl. Aber sagen, dass etwas anders ist auf dieser Reise. Schon viele Ausländer geführt, auch *ingilizé*. Aber noch nie ...«

»Ich höre?«, hakte Sarah nach.

»Noch nie gefühlt so eigenartig«, erwiderte der Führer nach kurzem Nachdenken. »Als ob ...«

»Ja?«

Perikles zögerte, dann wandte er erneut das Haupt und schickte Sarah einen undeutbaren Blick. »Als ob etwas tun, das verboten ist, und alte Götter uns dafür bestrafen«, sagte er dann. »Verstehen, was ich meine?«

»Nein«, behauptete Sarah steif.

»Wonach sucht Lady Kincaid wirklich?«, fragte Perikles und schaute sie herausfordernd an. »Was wahrer Grund dieser Reise?«

»Ich habe es dir schon gesagt – ich suche ein Mittel, um den Mann zu heilen, den ich liebe.«

»Liebe *tamam.*« Er nickte. »Aber bisweilen, sie macht die Menschen blind. Es Regeln gibt, die nicht verletzt werden dürfen. Gleichgewicht, das nicht gestört werden darf, sonst Götter zürnen.«

»Du glaubst noch an die alten Götter?«, fragte Sarah skeptisch.

»Sind noch immer hier«, erwiderte der Makedone und machte eine ausgreifende Handbewegung, die den Wald, den nahen Fluss und selbst die Berge einzuschließen schien. »Gehören zu diesem Land, auch wenn nicht mehr an sie glauben. Sie verstehen?«

»Durchaus«, versicherte Sarah, während sie sich sagte, dass der gute Perikles den walachischen Führern in Sachen Aberglauben in nichts nachstand. Warum aber, fragte sie sich, konnte sie seine Einwände dann nicht einfach beiseitewischen, sie als das Geschwätz eines Einheimischen abtun, für den die Aufregungen der letzten Tage offenbar ein wenig zu viel gewesen waren …?

Als es im nahen Gebüsch raschelte, griffen sowohl Sarah als auch der Führer sofort zu den Waffen. Die in ein dickes Bärenfell gehüllte Gestalt, die aus dem Dunkel trat, stellte sich jedoch als Friedrich Hingis heraus, der die erste Wache übernommen hatte und nun zurückkam, um sich ablösen zu lassen.

Während Perikles bereitwillig ging und seine Schicht antrat, ließ sich Hingis am Feuer nieder, um sich zu wärmen. Zwar war es längst nicht so kalt wie in den Bergen, sodass man tagsüber auf wärmendes Fell verzichten konnte; des Nachts jedoch sanken die Temperaturen empfindlich ab, und feuchte Kälte kroch aus dem Flussbett empor, um sich als klammer Nebel niederzuschlagen.

Wortlos griff Hingis nach einem der Teller aus emailliertem Blech, die Alexis bereitgestellt hatte, und holte sich eine Portion von dem Eintopf, der im Kessel über dem Feuer blubberte.

»Nicht schlecht«, kommentierte er, nachdem er davon gekostet hatte. »Was vielleicht fehlt, ist etwas Käse.«

»Nächstens sollten Sie unbedingt welchen von zu Hause mitnehmen«, schlug Sarah vor und lächelte.

»Das nächste Mal«, bestätigte Hingis.

Vorausgesetzt, dachte Sarah, es würde ein nächstes Mal geben ...

»Was haben Sie?«, erkundigte sich der Schweizer, der die Anspannung in ihrem Gesicht zu bemerken schien.

»Nichts.« Sie schüttelte den Kopf.

»Sarah.« Er ließ den Löffel sinken und schaute sie durchdringend an. »Ich kenne Sie inzwischen zu gut und zu lange, als dass Sie mir etwas vormachen könnten. Ich sehe Ihnen an, dass Sie sich Sorgen machen. Ist es wegen Kamal?«

»Ja«, bestätigte Sarah. »Und nein.«

»Wie darf ich das verstehen?«

»Ich hatte gerade ein aufschlussreiches Gespräch mit Perikles. Er sagt, unsere Treiber würden sich vor dem Acheron fürchten.«

»Etwas in der Art habe ich mir gedacht. In den letzten Tagen wurden sie zunehmend unruhiger ...«

»Auch Perikles hat Angst. Er sorgt sich, dass unsere Mission das Gleichgewicht des Kosmos stören und dass die Götter der Alten Welt uns zürnen könnten.«

»An derlei Hokuspokus werden Sie doch wohl nicht glauben?«

»Wollen Sie wissen, was ich tatsächlich glaube?«

»Aber ja.«

»Ich denke, dass der gute Perikles auf diese Weise dieselben Bedenken zum Ausdruck bringt, die auch Sie bereits geäußert haben, wissen Sie noch?«

»Gewiss.« Hingis nickte.

»Diese Menschen mögen einfach und von schlichter Natur sein, aber vielleicht haben sie sich gerade dadurch ein Gespür bewahrt, das mir längst abhandengekommen ist.«

»Ich weiß, was Sie meinen«, bestätigte Hingis, und einmal mehr ging Sarah auf, wie sehr sich der Schweizer verändert hatte. Denn der Friedrich Hingis, dem sie vor mehr als zweieinhalb Jahren an der Pariser Sorbonne begegnet war und der Gardiner Kincaids Theorien in der Luft zerrissen hatte, hätte keine Gelegenheit ausgelassen, um darauf zu verweisen, dass er von Beginn an Recht gehabt hatte und sie Unrecht ...

Eine Weile lang starrte Sarah nachdenklich ins Feuer, von dem angenehme Wärme ausging, während sie im Rücken trotz der mit Pelz gefütterten Jacke zu frieren begann. Dann wandte sie den Blick und schaute Hingis fragend an. »Denken Sie, dass wir uns auf verlorener Mission befinden, Friedrich?«, fragte sie. »Vielleicht gar auf einer *verbotenen* Mission?«

Die Tatsache, dass sich Hingis mit der Erwiderung Zeit ließ, belegte, dass er die Frage ebenfalls schon erwogen, jedoch noch keine schlüssige Antwort darauf gefunden hatte.

»Lassen Sie es mich folgendermaßen ausdrücken, Sarah«, sagte er schließlich. »Seit die Bruderschaft des Einen Auges Ihre Pfade gekreuzt hat, haben Sie Geheimnisse entschlüsselt, die nicht ohne Grund über Jahrtausende hinweg vor den Augen der Menschheit verborgen waren. Ich weiß nicht, was diese Verbrecher bezwecken, aber wo das Wasser des Lebens gewesen ist, war stets auch das Elixier des Todes nicht fern. Möglicherweise kann das eine aus dem anderen gewonnen werden, und mir graut vor dem Gedanken, was die Bruderschaft damit anstellen könnte. Ich bin Ihr Freund, Sarah, und ich werde Sie nach Kräften unterstützen – aber sollte ich den Eindruck gewinnen, dass diese Sache außer Kontrolle gerät, so werde ich alles daransetzen, das Elixier zu vernichten.«

»Ist das der Grund, weshalb Sie unbedingt an dieser Expedition teilnehmen wollten? Der wahre Grund, meine ich?«

»Wie ich schon sagte, Sarah, bin ich Ihr Freund. Aber Alexandrien hat mich gelehrt, dass es bisweilen nicht genügt, jemandem ein zuverlässiger Kamerad und treuer Gefährte zu sein. Manchmal muss man den Seinen auch als Gewissen dienen.«

»Und Sie wollen mein Gewissen sein?«, fragte Sarah.

»So, wie Ihr Vater das meine gewesen ist«, bestätigte Hingis lächelnd. »Ich zahle lediglich eine Schuld zurück. Aber bis es so weit ist, werde ich alles daransetzen, dass Sie und Kamal zusammen ...«

Er unterbrach sich, als es erneut im Gebüsch raschelte. Die Hand am Griff des Colt, blickte Sarah in die Richtung, aus der das Geräusch gedrungen war, doch infolge der grellen Flammen, in die sie gestarrt hatte, konnte sie kaum etwas anderes erkennen als helle und dunkle Flecke.

»Perikles?«, fragte sie halblaut.

Nicht nur, dass sie keine Antwort erhielt – es war plötzlich völlig still. Auch die gedämpften Stimmen der Treiber, die sich stets ein wenig abseits bei den Tieren aufhielten, waren verstummt, ebenso wie das Schnauben der Pferde. Nur noch das Rauschen des Flusses war zu vernehmen.

»Perikles?«, fragte Sarah noch einmal, während sie bereits ihre Waffe zog und den Hebel spannte. Auch Hingis griff nach seinem Gewehr, das er einhändig in den Anschlag nahm. »Bist du das ...?«

Das Rascheln wiederholte sich, und tatsächlich teilte sich das

Gebüsch, und der Makedone trat hervor – allerdings ganz anders, als Sarah und Hingis es erwartet hatten. Perikles' Züge waren kreidebleich, die Hände hielt er zum Himmel gereckt. Noch mehr Gestalten drangen aus dem Dickicht, die alle den roten Fes und die blaue Uniform der türkischen Armee trugen und die ihn mit vorgehaltenen Gewehren in Schach hielten!

»Was hat das zu bedeuten?«, ereiferte sich Sarah und sprang auf. Hingis, der sich ebenfalls erhob, ermahnte sie zur Ruhe.

Noch mehr Uniformierte drängten auf die Lichtung. Auch die Treiber waren, wie sich zeigte, überrumpelt und entwaffnet worden, noch ehe sie auch nur einen Funken Widerstand hatten leisten können. Und schließlich wurde auch Alexis auf die Lichtung getrieben, der offenbar versucht hatte, sich im Unterholz zu verbergen.

Der Anführer der Soldaten, ein schlanker Offizier mit harten Gesichtszügen, der einen knielangen, mit orientalischen Ornamenten bestickten Mantel trug, rief Sarah und Hingis etwas zu. Zwar verstanden beide nicht, was er sagte, der Tonfall war jedoch unmissverständlich.

Die beiden tauschten einen langen Blick, dann ließen sie die Waffen sinken. Sich zu widersetzen wäre angesichts der Übermacht des Gegners reiner Selbstmord gewesen.

Sofort eilten zwei Soldaten herbei, die ihnen die Waffen abnahmen und sie mit vorgehaltenen Karabinern zu den anderen trieben.

»*Kakó*«, bemerkte Perikles mit trübsinnigem Blick.

»Wer sind die?«, wollte Hingis wissen.

»Eine Grenzpatrouille. Sie halten mich für einen Kollaborateur und Sie für ausländische Spione.«

»Das ist lächerlich«, echauffierte sich jetzt auch der sonst so beherrschte Schweizer und wollte in seinen Mantel greifen, um den Passierschein hervorzuziehen. Ein halbes Dutzend Gewehrläufe, die in den Anschlag gerissen und auf ihn angelegt wurden, hinderten ihn jedoch daran. »Perikles«, sagte Hingis mit bebender Stimme. »Wärst du so freundlich, es den Herren zu erklären …?«

Ihr Führer sagte einige Worte auf Türkisch, worauf der Offizier vor Hingis trat und seine Taschen eigenhändig durchsuchte. Dabei stieß er auf das lederne Mäppchen, welches das in Saloniki ausgestellte Dokument enthielt. Er zog es hervor, schlug es auf und betrachtete es mit breitem Grinsen.

»Was ist?«, wollte Sarah wissen.

Der Hauptmann sandte ihr einen geringschätzigen Blick zu, dabei zwirbelte er seinen üppigen Bart. Dann klappte er den Ausweis wieder zu – und warf ihn kurzerhand ins Feuer.

»Nein!«, rief Hingis entsetzt. »Das dürfen Sie nicht! Sie …«

Erneut waren es die Karabiner der Soldaten, die ihn jäh zum Schweigen brachten.

»Wie es aussieht«, kommentierte Sarah mit einem bedauernden Blick in die Flammen, »ist unser Passierschein gerade für ungültig erklärt worden.«

Der Hauptmann sprach einige Worte, die Perikles pflichtschuldig übersetzte: »Sagt, dass er Schein nicht anerkennt und wir alle verhaftet sind. Will uns mitnehmen nach Iaina, um zu überprüfen.«

»Für diesen Unsinn haben wir keine Zeit«, wehrte Sarah ab. »Sagen Sie ihm, dass er sich irrt. Wir sind keine Spione.«

Perikles übersetzte, aber natürlich gab sich der Türke wenig beeindruckt. Er sagte dasselbe wie schon zuvor, nur lauter und eindringlicher.

»Er bleibt dabei. Wir alle verhaftet.«

»Mit welcher Begründung? Weil wir Spione sind?«

»Lady Kincaid, Mann wie er braucht keine Begründung. Herrscht ganz allein hier draußen. Recht des Stärkeren.«

»Ich verstehe.« Sarah biss sich auf die Lippen. Sie konnten nicht nach Iaina zurück. Allein dieser Umweg würde sie weitere drei Tage kosten, von der Zeit, die sie in türkischer Kerkerhaft verbringen würden, ganz zu schweigen. Sarah wollte nicht umkehren, nun, da sie vielleicht so kurz vor dem Ziel waren …

»Frag ihn, was er haben will«, wies sie Perikles an.

»Ich soll fragen, was …?« Er schaute sie verunsichert an. »Aber Lady Kincaid, ich Ihnen sagte, dass …«

»Ich weiß«, sagte sie energisch. »Los, frag ihn.«

Zögernd wandte sich der Makedone dem Hauptmann zu und übersetzte. Die dunklen Brauen des Offiziers zogen sich daraufhin eng zusammen. Die Brust stolzgeschwellt und die Hände im Rücken verschränkt, trat er vor Sarah und taxierte sie durch halb geschlossene Lider. Dann stellte er eine einzelne, kurze Frage.

»Er will wissen, was Sie haben«, dolmetschte Perikles zu seiner eigenen Verwunderung.

»Sagen Sie ihm, er bekommt einhundert britische Pfund«, antwortete Sarah eisig, dem Blick des Hauptmanns trotzend. »Das ist mehr als genug.«

Perikles übersetzte erneut, worauf sich die Augen des Offiziers noch weiter verengten. Kurzerhand griff seine behandschuhte Rechte in die Taschen von Sarahs Jacke und Weste und durchsuchte sie. Sarah duldete die unerwünschte Berührung, ohne mit der Wimper zu zucken – angesichts der schussbereiten Gewehre, die auf sie gerichtet waren, blieb ihr ohnehin nichts anderes übrig. Als der Hauptmann seine Hand wieder zurückzog, hielt er darin eine goldene Kette, an der eine Taschenuhr baumelte.

Gardiner Kincaids Chronometer!

Sarah bemühte sich, sich die Bestürzung nicht anmerken zu lassen. Die Uhr war der letzte weltliche Besitz, der ihr vom alten Gardiner geblieben war. Kincaid Manor war vernichtet und mit ihm alle Wissensschätze und Artefakte. Geblieben war nur dieses eine Stück – aber wenn es half, Kamal zu retten, würde sich Sarah auch davon trennen …

»Haben wir einen Handel?«, erkundigte sie sich. Sie war sicher, dass die Frage auch ohne Übersetzung verstanden wurde.

Der Offizier betrachtete die Uhr von allen Seiten, zog sie auf und horchte daran. Mit einem zufriedenen Nicken ließ er sie daraufhin in der Tasche seines Uniformmantels verschwinden und murmelte etwas.

»Sagt, dass für baldige Freilassung einsetzen, aber mitnehmen trotzdem«, übersetzte Perikles.

»Das war nicht unsere Abmachung!«, schnaubte Sarah und ballte die Fäuste. Angesichts des Zorns, der jäh in ihre Adern schoss, vergaß sie für einen Moment die Gewehre.

»Nicht ihre Abmachung«, verbesserte Perikles mit einem Tonfall, der besagte, dass er nichts anderes erwartet hatte, »aber seine. Hatte Sie gewarnt, Lady Kincaid ...«

»Aber ich will nicht nach Iaina!«, blaffte Sarah laut. »Ich befinde mich auf einer dringenden Mission und habe keine Zeit für derlei Unfug. Ich bin britische Staatsbürgerin und habe nichts zu schaffen mit diesem unseligen Krieg. Los doch, sag das diesem geldgierigen Betrüger!«

Perikles sandte ihr einen zweifelnden Blick, als wolle er sich vergewissern, ob sie es tatsächlich ernst meinte. Erst dann machte er sich an die Übersetzung. Dass er sich dabei eng an den Wortlaut hielt, den Sarah ihm aufgegeben hatte, war den immer größer werdenden Augen und den sich zunehmend rötenden Zügen des Hauptmanns deutlich zu entnehmen. Abrupt wandte er sich ab, und statt sich auf einen Wortstreit einzulassen, gab er eine Reihe heiserer Befehle an seine Untergebenen, die diese sofort ausführten.

»*Kakó*«, rief Perikles dabei immerzu. »*Kakó* ...«

Während einige der Soldaten die Gefangenen in Schach hielten, traten die anderen heran, um sie mit groben Stricken zu fesseln. Als Sarah und Hingis sich lautstark beschwerten, wurden ihnen Knebel umgelegt. Sarah würgte, als ihr ein Stück morsches

Holz in den Mund gestopft und mit einem schmutzigen Tuch festgebunden wurde. Dann verstummte sie – und alles, was auf der Lichtung noch zu hören war, war das Prasseln des Feuers und das selbstgefällige Lachen des Offiziers, der im Licht der Flammen seine neue Taschenuhr in Augenschein nahm und sich an ihrem goldenen Glanz erfreute.

4.

Reisetagebuch Sarah Kincaid
Nachtrag

Ich erinnere mich noch genau an den Tag, an dem mein Leben eine neue Richtung einschlagen sollte.

Nachdem ich ihn einige Jahre lang auf seinen Forschungsreisen rund um den Globus begleitet hatte, beschloss Gardiner Kincaid, dass es für mich an der Zeit wäre, eine – wie er es nannte – standesgemäße Erziehung zu bekommen und in all den Dingen unterwiesen zu werden, die von einer jungen Frau aus gutem Hause erwartet werden. In der unausweichlichen Folge dieses Entschlusses meldete er mich an Kingsleys Schule für höhere Töchter in London an.

Aus meinem tiefsten Inneren heraus sträubte ich mich dagegen. Weder wollte ich in England bleiben noch Dinge erlernen, die mir bei einem Leben, wie es mir vorschwebte und das sich an fernen, entlegenen Orten abspielen würde, doch nicht von Nutzen sein würden. Hatte mir der alte Gardiner bis dahin nahezu jeden Wunsch erfüllt, so blieb er dieses Mal unnachgiebig in der festen Überzeugung, zu meinem Besten zu handeln.

Die Worte, die er dazu sprach, klingen mir angesichts der jüngsten Ereignisse wieder im Ohr: »Sarah«, sagte er, »irgendwann wirst auch du erkennen, dass es bisweilen besser ist, sich zu fügen, als sich aufzulehnen. Ein Ast, der sich anmaßt, sich gegen den Wind zu stemmen, wird brechen – eine biegsame Weide hingegen wird auch dem heftigsten Sturm widerstehen.«

Bisweilen wünschte ich mir, ich hätte diesen Ratschlag öfter in meinem Leben berücksichtigt …

Die Soldaten hatten sich nicht die Mühe gemacht, ein eigenes Lager aufzuschlagen, sondern kurzerhand das der Expedition benutzt. Während der Hauptmann und sein Sergeant in den Zelten Unterschlupf fanden, die zuvor Sarah Kincaid und Friedrich Hingis bewohnt hatten, mussten die Gefangenen im Freien nächtigen wie die einfachen Soldaten. Während Letztere jedoch wenigstens noch Wolldecken hatten, um sich vor der Kälte der Nacht zu schützen, begannen die Gefangenen schon bald, erbärmlich zu frieren, und das einzige Mittel gegen die Kälte schien darin zu bestehen, sich eng aneinanderzudrängen, wie die Schafe im fernen Yorkshire es in Nebelnächten zu tun pflegten.

Da der Knebel ihn am Sprechen hinderte, entschuldigte sich Friedrich Hingis mit einem peinlich berührten Blick, als er sich näher an Sarah schmiegte. Mit einem Nicken bedeutete Sarah ihm, sich darüber nicht den Kopf zu zerbrechen. Vermutlich würde keiner von ihnen die kommende Nacht überleben, wenn sie nicht auf die ein oder andere Umgangsform verzichteten ...

Nur zwei Soldaten bewachten das Lager. Die übrigen saßen am Feuer, würfelten um die Wette und taten sich an Alexis' Eintopf gütlich, und allmählich begann Sarah zu dämmern, weshalb sie verhaftet worden waren. Vermutlich war es nie darum gegangen, sie der Spionage zu überführen, sondern lediglich einen Vorwand dafür zu finden, ihren Proviant und ihre Habe zu beschlagnahmen.

Soviel zur vielgerühmten Ehre, dachte sie verdrießlich, während sie merkte, wie die Feuchtigkeit des Bodens an ihr emporkroch, geradewegs unter ihre Kleider und in die Knochen.

Im flackernden Lichtschein, der vom Feuer herüberdrang, betrachtete sie zum ungezählten Mal ihre aneinandergefesselten Handgelenke. Sie versuchte, die Stricke zu lockern, indem sie die Handflächen gegeneinander drehte – vergeblich. Zumindest in dieser Hinsicht verstanden die Soldaten ihr Handwerk.

Was würde nun geschehen?

Wahrscheinlich würden sie ins Gefängnis der Festung von

laina geworfen. Schon in Alexandria hatte Sarah die Segnungen osmanischer Kerkerhaft genossen, und sie verspürte kein Verlangen danach, diese Erfahrung zu wiederholen. Möglicherweise würde man ihrem Ansinnen, ein Schreiben an die britische Botschaft in Konstantinopel aufzusetzen, irgendwann stattgeben, und vielleicht würde man nach einiger Zeit sogar bereit sein, ihre Gefährten und sie wieder auf freien Fuß zu setzen. Eines jedoch stand mit an Sicherheit grenzender Wahrscheinlichkeit fest.

Kamal würde dann nicht mehr am Leben sein ...

Verzweiflung ergriff von Sarah Besitz und trieb ihr Tränen in die Augen. Doch ihre Trauer galt nicht nur Kamal, sondern auch jenen, die sie auf dieser Expedition begleiteten. Sie hatte es satt, dass Menschen ihretwegen leiden mussten, und sie verwünschte die Gräfin und die verbrecherische Bruderschaft dafür, dass sie ihr erneut diese Rolle aufgezwungen hatten. Aber weder Sarahs Verzweiflung noch ihr hilfloser Zorn vermochten etwas daran zu ändern, dass sie gefangen und ihr im wahrsten Sinn des Wortes die Hände gebunden waren.

In Gedanken sah sie Kamal reglos auf seinem Lager ruhen, und sie erinnerte sich an das Versprechen, das sie ihm gegeben hatte. Wie es aussah, würde sie es wohl nicht erfüllen können. Vielleicht war es ihr Schicksal, jene, die sie liebte, zu enttäuschen und zu verletzen.

Sarah war so in Gedanken versunken, dass sie nicht bemerkte, wie jemand vor sie getreten war. Erst jetzt blickte sie an den schmutzigen Stiefeln und der dunklen Uniform empor in die bärtigen Gesichtszüge eines türkischen Sergeanten.

Breitbeinig hatte sich der Unteroffizier vor ihr aufgebaut und sprach einige Worte. Auch ohne Perikles' Hilfe konnte Sarah hören, dass sie voller Spott und Anzüglichkeit waren.

Was genau der Kerl sagte, blieb ihr verborgen, die Reaktion seiner Untergebenen, die am Feuer saßen und jedes Wort mit derbem Gelächter quittierten, sprach jedoch Bände. Sarah versuchte, ihn zu ignorieren, aber der Sergeant hatte nicht vor, es dabei bewenden zu lassen.

Unerwartet griff er nach seinem Säbel. Die Klinge blitzte im Widerschein des Feuers, und im nächsten Moment hatte Sarah den rasiermesserscharfen Stahl an ihrer Kehle. Hingis neben ihr ließ ein protestierendes »Mhmmm« vernehmen. Zu mehr war er in Anbetracht der Fesseln und des Knebels nicht in der Lage.

Ohne mit der Wimper zu zucken, blickte Sarah dem Unteroffizier ins Gesicht. Was hatte sie noch zu verlieren? Was hatte man ihr noch nicht genommen? Fast sehnte sie sich danach, dass der Sergeant zustoßen und ihrer Qual ein Ende setzen würde. Doch dieser dachte gar nicht daran. Mehr Freude schien es ihm zu bereiten, Sarahs Gesicht und Haar mit der Klinge zu befühlen und schließlich, zur hellen Freude seiner Leute, die Riegel an ihrem Mantel einen nach dem anderen zu durchtrennen.

Eisige Blitze schlugen aus Sarahs Augen. Hätten ihre Blicke zu töten vermocht, der Sergeant wäre zu Boden gesunken. Er trieb jedoch weiterhin ungerührt sein frevlerisches Spiel. Geschickt drehte er die Klinge so, dass sie die Knöpfe am Ausschnitt ihrer Bluse abschnitt. Weiße Haut und der Ansatz ihrer Brüste wurden sichtbar, was dem Soldaten ein lüsternes Keuchen entlockte.

Sarah bebte innerlich vor Zorn, aber weder konnte sie sich abwenden noch sich erheben. Auch an Gegenwehr war nicht zu denken, nicht einmal beschimpfen konnte sie ihren Peiniger. Sie war den Launen des Uniformierten hilflos ausgeliefert.

Dem Sergeanten war dies nur zu bewusst. Mit leuchtenden Augen und einem widerwärtigen Grinsen im Gesicht wollte er sein Werk fortsetzen, als plötzlich jemand hinter ihn trat und ihn auf die Schulter tippte. Mit einer unausgesprochenen Frage auf den Lippen wandte er sich um – und stand seinem Hauptmann gegenüber, der wider Erwarten noch nicht schlief und sein Zelt verlassen hatte.

Der Wortwechsel zwischen den beiden war ebenso kurz wie

prägnant. Im nächsten Moment landete die behandschuhte Rechte des Offiziers im Gesicht des Untergebenen und machte aus seiner Nase einen fleischigen Klumpen. Bedauern lag im Gesicht des Hauptmanns, als er auf Sarah herabblickte. Seinen sich am Boden windenden Landsmann würdigte er keines Blickes mehr.

Er wollte sich abwenden, um ins Zelt zurückzukehren, als er wie vom Donner gerührt stehen blieb.

Einen Augenblick lang wankte er, dann brach er, zu Sarahs hellem Entsetzen, unmittelbar vor ihr zusammen. Aus seiner Brust ragte der Griff eines Wurfmessers.

Einen endlos scheinenden Augenblick lang herrschte völlige Stille auf der Lichtung – dann geschah alles gleichzeitig.

Sobald die Soldaten begriffen, was ihrem Anführer widerfahren war, sprangen sie auf und gaben plärrend Alarm. Schüsse fielen, und einige von ihnen sanken getroffen zu Boden. Ein weiterer Soldat wurde angeschossen und strauchelte, stürzte in das Lagerfeuer, um sich, einer lebenden Feuerwalze gleich, über den Boden zu rollen, am ganzen Körper brennend und erbärmlich schreiend.

Die Soldaten griffen zu ihren Gewehren und begannen, wild um sich zu schießen, geradewegs in das Dickicht, in dem sie den noch immer unsichtbaren Feind vermuteten. Der Sergeant, der sich wieder auf die Beine gerappelt hatte, seinen Säbel in den Händen, suchte sie mit heiseren Rufen zur Räson zu bringen, aber er verstummte jäh, und Sarah sah das hässliche Loch, das in seiner Stirn klaffte und von dem ein dünner Blutfaden über seine finsteren Züge rann. Mit einem Ausdruck schieren Unglaubens im Gesicht brach der Mann zusammen, den leeren Blick auf Sarah gerichtet. Die Waffe, mit der er sie noch vor wenigen Augenblicken traktiert hatte, landete nur einen Yard von ihr entfernt auf dem Boden. Und Sarah begriff, dass dies ihre Rettung sein konnte.

Während ringsum laut geschrien und drauflos geschossen wurde, während tödliches Blei die Luft erfüllte und beißender

Pulvergeruch aufstieg, versuchte Sarah, an den herrenlosen Säbel heranzukommen. Obwohl ihre Gelenke steif vor Kälte waren und jeder Muskel in ihrem Körper schmerzte, streckte sie sich, so weit sie nur konnte – und bekam den Knauf der Waffe zu fassen.

Sie versuchte den Säbel an sich heranzuziehen, als ohrenbetäubendes Geschrei erklang. Das die Lichtung umgebende Dickicht teilte sich, und mehrere Männer brachen daraus hervor, die wollene Tuniken und Tücher vor den Gesichtern trugen, um ihre Identität zu verbergen. Bewaffnet waren sie mit Mameluckensäbeln, Messern und altertümlichen Pistolen, mit denen sie auf die Soldaten eindrangen.

Sarah war es einerlei, ob es sich um griechische Klephten handelte oder um ganz gewöhnliche Räuber. Trotz des blutigen Scharmützels, das auf der Lichtung entbrannte, versuchte sie, sich wieder auf den Säbel zu konzentrieren, und tatsächlich gelang es ihr, den Griff zu fassen und die Waffe zu sich heranzuziehen. Kurzerhand durchtrennte sie damit Perikles' Fesseln, der ihr die Handgelenke hinhielt. Dann ging alles blitzschnell. Der Makedone entledigte sich auch seiner Fußfesseln und des Knebels und ging daran, Sarah zu befreien, die sich wiederum um Hingis und Alexis kümmerte, während Perikles die Treiber losband. Im Chaos, das auf der Lichtung ausgebrochen war, scherte sich niemand darum – die Türken hatten andere Probleme.

Sarah sah, wie einer von ihnen, ein blutjunger Kerl, in dessen Gesicht kaum ein Bart spross, mit durchschnittener Kehle niedersank. Ein anderer durchbohrte einen der Angreifer mit dem Bajonett, ehe ihn ein Säbelstreich blutüberströmt hintenüber fallen ließ. Ein weiterer Türke wurde aus nächster Nähe erschossen, ein anderer ergriff die Flucht und wurde von einem Wurfmesser ereilt. Mit glühendem Hass fielen die Vermummten über die Soldaten her, und es war offensichtlich, dass sie keinen von ihnen am Leben lassen wollten.

»Fort! Fort! Fort!«, rief Perikles, und Hals über Kopf wandten sich Sarah und die anderen zur Flucht.

Alexis und zwei der Treiber rannten geradewegs in ihr Verderben. In ihrer Panik wählten sie ausgerechnet die Richtung, aus der die ersten Schüsse gefallen waren und wo offenbar noch immer die feindlichen Scharfschützen lauerten. Perikles rief seinen Leuten eine gellende Warnung hinterher – vergeblich. Im Gegenlicht des Feuers wurden sie für fliehende Türken gehalten. Schüsse krachten, und die drei Männer brachen getroffen zusammen. Während für die Walachen jede Hilfe zu spät zu kommen schien, wand sich der Koch am Boden und schrie erbärmlich.

Sarah wollte ihm zu Hilfe eilen, aber Perikles hielt sie zurück. »*Hayir!*«, zischte er. »Fliehen Sie!«

»Aber Alexis ...«

»Ich kümmere mich um ihn«, versicherte der Führer, und von Hingis gezogen, begann Sarah zu laufen, dem nahen Unterholz entgegen. Auch die verbliebenen Treiber ergriffen die Flucht und rannten schreiend davon, während das Morden auf der Lichtung weiterging.

Sarah rannte, so schnell ihre vor Kälte klammen Glieder es zuließen. Mit ausgreifenden Schritten setzte sie durch den nächtlichen Wald, hörte das Laub unter ihren Füßen rascheln, während sie weiter, nur immer weiter lief. Ein erstickter Schrei entfuhr ihr, als sie über eine Wurzel stolperte und der Länge nach hinfiel, aber sofort raffte sie sich wieder auf die Beine und rannte weiter. Von Furcht und Grauen geschüttelt, wollte sie nur möglichst viel Distanz zwischen sich und den Schauplatz des Gemetzels bringen.

Der Kampflärm und die Schreie der Verwundeten fielen hinter ihr zurück, und endlich konnte sie nichts anderes mehr hören als ihren eigenen stoßweisen Atem, der sich in weißem Dampf entlud. Da erst nahm sie zur Kenntnis, dass ihre Lungen von der kalten Luft wie Feuer brannten, und sie gönnte sich eine erste Rast.

Wie weit sie gelaufen war, war schwer zu sagen, vielleicht fünfhundert Yards, vielleicht auch mehr. Ringsum war sie von Wald umgeben, in dem es nur deshalb nicht völlig finster war, weil fahles Mondlicht durch die teils entlaubten Baumkronen sickerte. Das Rauschen des Flusses war nicht mehr zu hören. Sarahs Atem beruhigte sich, Stille kehrte ein – und erst in diesem Moment wurde ihr bewusst, dass sie allein war.

»Friedrich ...?«

Sie wagte nur zu flüstern, aus Furcht, die Aufmerksamkeit eines Scharfschützen oder eines geflüchteten Türken auf sich zu ziehen. Eine Antwort erhielt sie nicht.

»Friedrich? Bist du da?«, versuchte sie es noch einmal, mit demselben niederschmetternden Ergebnis.

Sarah war frei, aber sie hatte den Kontakt zu ihren Gefährten verloren. Trotz der Schweißperlen, die sich auf ihrer Stirn gebildet hatten, begann sie erbärmlich zu frieren.

Was sollte sie tun?

Zurückgehen und Hingis suchen und dabei womöglich dem Feind in die Arme laufen? In der Dunkelheit bestand wohl kaum Aussicht, die Spur der anderen zu finden. Auch wenn es Sarah schwerfiel – das Vernünftigste schien es zu sein, an Ort und Stelle zu bleiben und zu warten, bis die anderen sie entweder fanden, oder der Tag anbrach.

Die Jacke eng um die Schultern gezogen, sank sie am Fuß einer großen Kastanie nieder und bedeckte sich mit niedergefallenem Laub, um sich vor der Kälte der Nacht zu schützen.

So blieb sie sitzen.

Und wartete.

Wartete.

Wartete ...

5.

Reisetagebuch
Sarah Kincaid

Ich bin allein.

Seit unserer dramatischen Flucht aus der Gefangenschaft der türkischen Soldaten habe ich den Kontakt zu Friedrich und den anderen verloren. Umzukehren und nach ihnen zu suchen, wäre in der Dunkelheit wenig sinnvoll gewesen und zudem höchst gefährlich, also entschied ich mich zu bleiben.

Von Laub bedeckt, eng zusammengekauert und dennoch erbärmlich frierend durchlebe ich die längste Nacht meines Lebens. Mein Tagebuch, das ich bei mir trug, ist mir mein einziger Trost und Gefährte, auch wenn meine klammen Hände die Kohle kaum zu führen vermögen. Ihm vertraue ich meine Ängste und Nöte an, während ich den Morgen herbeisehne und den Beginn des neuen Tages, um mich auf die Suche nach meinen Gefährten zu machen …

Engen des Acheron
5. November 1884

Das Rauschen des Flusses zu ihrer Linken war wieder zu hören, was bedeuten musste, dass sie sich erneut in der Nähe der Lichtung befand, auf der die Expedition ihr Lager aufgeschlagen hatte.

Beim ersten Licht des Tages war Sarah aufgebrochen, hatte sich unter den Schichten von Laub hervorgeschält, die sie über sich gebreitet hatte. Sie fror erbärmlich und zitterte am ganzen Körper, aber sie hatte überlebt, nicht nur die Gefangenschaft und den Überfall, sondern auch die Kälte der Nacht.

Ein Stück voraus schien sich der Wald zu lichten. Sarah spürte, wie sich ihr Pulsschlag erwartungsvoll steigerte, und sie beschleunigte ihren Schritt. Was würde sie vorfinden? Waren ihre Gefährten noch am Leben? Waren sie ebenfalls zum Lager zurückgekehrt?

Sarah konnte es nur hoffen ...

Das welke Laub knirschte unter ihren Füßen, während sie die letzten Schritte zurücklegte, die sie noch von der Lichtung trennten. Schon Augenblicke später stand sie auf der freien Fläche, die ihre Gefährten und sie am Abend zuvor zu ihrem Lagerplatz erkoren hatten – und die ein Bild des Grauens bot.

Eines der Zelte hatte Feuer gefangen und war abgebrannt, bei den übrigen waren die Planen aufgeschlitzt worden und flatterten im kalten Morgenwind. Das Dreibein, das über dem Feuer gestanden hatte, war umgestürzt, der Kessel lag ausgeschüttet daneben. Trümmer der Holzkisten, in denen das Gepäck der Expedition verstaut gewesen war, waren überall verstreut, die Reagenzgläser und die Fläschchen mit den chemischen Substanzen lagen in Scherben. Was den Räubern brauchbar erschienen war, das hatten sie mitgenommen, den Rest mutwillig zerstört oder einfach zurückgelassen. Im von Stiefeltritten zerstampften Morast erblickte Sarah eines ihrer Mieder, ein geradezu bizarrer Anblick. Von den Büchern und Landkarten, die sie dabeigehabt hatte, waren nur noch Fetzen übrig, die der Wind über die Lichtung trieb.

Der materielle Verlust und die Ignoranz der Räuber ärgerten Sarah lediglich – was sie erschütterte und ihren leeren Magen rebellieren ließ, waren die leblosen Körper, die auf der Lichtung verstreut lagen und die teils entsetzlich zugerichtet waren.

Die meisten der Leichen waren türkische Soldaten, die man tatsächlich bis auf den letzten Mann niedergemetzelt hatte. Man hatte sie ihrer Waffen und teils auch ihrer Kleider und Stiefel beraubt, sodass einige von ihnen halbnackt waren. An einigen hatten die Räuber zusätzlichen Frevel begangen und ihnen die

Ohren oder einzelne Finger abgeschnitten, als grausige Trophäen. Sarah sah den Sergeanten. Er lag auf dem Rücken im Gras, statt seiner Augen klafften nur zwei dunkle Höhlen in seinem Gesicht. Obwohl Sarah keinen Grund hatte, mit ihrem Peiniger Mitleid zu empfinden, verkrampfte sich alles in ihr vor Abscheu. Wahrscheinlich, vermutete sie, waren die Vermummten griechische Freischärler gewesen. Anders ließ sich solch maßloser Hass, der selbst vor Leichenschändung nicht zurückschreckte, in ihren Augen nicht erklären.

Wie in Trance wankte sie durch den Morast, der sich an vielen Stellen dunkelrot verfärbt hatte. Auch einige Klephten waren unter den Toten, von denen Sarah insgesamt fast zwei Dutzend zählte, und am Fuß einer kahlen Ulme entdeckte sie den leblosen Körper von Alexis. Der Koch hatte die Augen geschlossen, als würde er schlafen, aber seine blutdurchtränkte Tunika sagte etwas anderes.

Sarah eilte zu ihm, Tränen in den Augen. »Ich wollte das nicht«, flüsterte sie, »das wollte ich ganz sicher nicht ...«

Ein Rascheln im nahen Wald ließ sie aufhorchen.

Aufgeschreckt fuhr sie hoch und lauschte. Zwar vernahm sie kein weiteres Geräusch, jedoch hatte sie keine Lust, erneut in Gefangenschaft zu geraten. Sich argwöhnisch umblickend huschte sie zurück ins Unterholz, während ihre Hand reflexhaft zum Holster griff. Dort fasste sie natürlich nichts als leere Luft, denn sowohl der Revolver als auch das Bowie-Messer waren ihr von den Türken abgenommen worden und befanden sich inzwischen wohl längst im Besitz der Widerstandskämpfer.

Vorsichtig zog sich Sarah Schritt für Schritt zurück – und wurde plötzlich von hinten gepackt. Der Schrei, der ihr entfleuchen wollte, endete in der groben Hand, die sich ihr auf den Mund presste, und Sarah tat das Einzige, was ihr in ihrer Not einfiel: Mit aller Kraft stieß sie den Ellbogen zurück und landete tatsächlich einen Treffer. Ein Keuchen war zu hören, und der Griff um ihren Mund lockerte sich, worauf Sarah ausholte und mit aller Macht nach hinten trat. Ein dumpfer Aufprall war zu hören, das Knacken von Zweigen und das Rascheln von Laub, begleitet von einem erbärmlichen Winseln. Sarah fuhr herum – und sah zu ihrer Verblüffung Perikles am Boden liegen, beide Hände auf seine Leibesmitte pressend und sich krümmend vor Schmerz.

»Grundgütiger!«

Sie bückte sich und half dem Führer auf die Beine, der noch immer Mühe hatte, sich aufrecht zu halten. Erst nach einigen Augenblicken und nachdem Sarah ungefähr ein Dutzend Mal ihr größtes Bedauern zum Ausdruck gebracht hatte, fasste er wieder Atem.

»Verzeih«, sagte sie noch einmal, »das wollte ich nicht.«

»Weiß«, drang es zähneknirschend zurück. »Mein Fehler ... Wollte Sie nur hindern schreien ... getötete Soldaten vermisst ... bald noch mehr von ihnen kommen ... wir verschwinden.«

»Ich verstehe«, sagte Sarah und deutete auf die Lichtung. »Sind das Klephten gewesen?«

»Wer weiß?« Er zuckte mit den Schultern. »Krieg hat viele Kinder. Gesagt, dass nie zwischen Fronten kommen, sonst *thánatos* ...«

Sarah erinnerte sich an Perikles' Worte – nun war ihr klar, was er damit gemeint hatte. Ein Konflikt wie dieser war mit dem Kampf gegen die Hydra vergleichbar, jenem vielköpfigen Untier der griechischen Mythologie, dem für jedes abgeschlagene Haupt zwei neue wuchsen: Je brutaler die Türken versuchten, die Unabhängigkeitsbestrebungen der griechischen Provinzen zu unterdrücken, desto erbitterter wurde der Widerstand. Und je größere Erfolge der Widerstand erzielte, desto maßloser wurde er in seinen Zielen. Die Folge war grausame Eskalation, Barbarei auf beiden Seiten ...

»Wo ist Hingis?«, erkundigte sie sich.

Perikles zuckte mit den Schultern. »Vielleicht tot, vielleicht noch am Leben. Weiß nicht.«

Sarah nickte betroffen, während sie gleichzeitig überlegte, was zu tun war. Sollte sie sich auf die Suche nach ihrem Begleiter begeben? Möglicherweise lag er irgendwo verwundet und brauchte ihre Hilfe. Andererseits würde sie dadurch noch mehr wertvolle Zeit verlieren – Zeit, die Kamal nicht mehr hatte ...

»Wir werden uns aufteilen«, entschied sie. »Du wirst dich auf die Suche nach Hingis und den Treibern machen, ich werde weiter flussabwärts ziehen.«

»*Ochi*«, lehnte er kategorisch ab und schüttelte den Kopf.

»Nein? Warum nicht?«

»Weil Treiber längst über alle Berge und Ihr Freund vielleicht schon tot. Sie hingegen leben – und ich sorgen, dass so bleiben.«

»Das ist gut gemeint von dir«, versicherte Sarah, »aber ich kann ganz gut auf mich auf ...«

»*Arketá!*«, schnaubte er – und es klang so endgültig, dass Sarah nicht zu widersprechen wagte. Ohnehin war alles anders gekommen, als sie es geplant hatte. Die Expedition war aufgerieben, drei ihrer Bediensteten hatten den Tod gefunden, und ob Hingis noch am Leben war, war zumindest fraglich. Vielleicht war es besser, auf Perikles zu hören ...

»Einverstanden«, sagte sie deshalb. »Aber sobald wir fündig geworden sind, wirst du umkehren und Hingis suchen.«

»*Endáxei*«, entgegnete er achselzuckend. »Packen zusammen, was noch können brauchen. Dann rasch gehen.«

Sarah nickte, und gemeinsam kehrten sie zum Ort des Grauens zurück. Von den Pferden und den Maultieren fehlte jede Spur – auf sie hatten die Räuber es vor allem abgesehen. Unter dem, was zurückgeblieben war, befand sich kaum noch etwas, das von Nutzen gewesen wäre. Immerhin trieb Sarah einen Kompass, einige Blatt unbeschriebenes Papier und Zeichenkohle sowie einige Packungen Streichhölzer auf, die allen Widerständen zum Trotz trocken geblieben waren. Die Karten und Bücher, die sich in ihrem Gepäck befunden hatten, waren allesamt nicht mehr zu gebrauchen, auch vom Proviant war nichts übrig. In einem der Dörfer, die den unteren Flusslauf säumten, würden sie sich versorgen müssen.

Schon wollten sie die Lichtung verlassen, als Sarah etwas einfiel und sie noch einmal umkehrte. Unweit der Stelle, wo sie gefangen gehalten worden waren, fand sie den Leichnam des Hauptmanns. Das Messer war aus seiner Brust gezogen und entfernt worden, eine blutige Wunde klaffte an der Stelle. Sarah kniete nieder und durchsuchte die Taschen des blutdurchtränkten Uniformmantels. Es dauerte nicht lange, bis sie fündig wurde. Erleichtert seufzend zog sie die goldene Kette hervor, an der die Taschenuhr von Gardiner Kincaid hing.

Mit einem grimmigen Grinsen wollte sie das Erbstück einstecken und sich davonmachen, als ihr auffiel, dass die Uhr stehen geblieben war, just zu der Zeit, als das Lager überfallen worden war. Ihr Verstand sagte ihr, dass es vermutlich der harte Aufprall auf dem Boden gewesen war, der das Uhrwerk beschädigt hatte – ihrem Herzen jedoch kam es so vor, als weigerte sich die Uhr, ihr weiter treue Dienste zu leisten. Ihr fiel ein, dass der Hauptmann sie zunächst zwar beraubt, sie später aber auch vor der Zudringlichkeit des Sergeanten bewahrt hatte. In einem jähen Entschluss trennte sie den Chronometer von der Kette, die ihr als Tauschobjekt vielleicht noch nützlich sein konnte, und schob ihn in die Manteltasche des Offiziers zurück.

»Danke«, flüsterte sie.

Dann erhob sie sich und folgte Perikles ins dichte Unterholz, dem Rauschen des Flusses hinterher.

6.

Reisetagebuch
Sarah Kincaid

Wir folgen dem Lauf des Acheron. Jenseits der tiefen Klüfte am Fuß des Tomaros verbreitert sich der Fluss und strebt nun ruhigeren Gefilden entgegen – und mit ihnen jenem Abschnitt, der als die »Quellen des Acheron« bezeichnet wird. Zwar wird dort der antiken Überlieferung zufolge kein Zugang zur Unterwelt vermutet, jedoch soll das Wasser, das dort unterirdischen Zuflüssen entspringt, direkt aus dem Hades stammen und von entsprechend eigenartiger Beschaffenheit sein.

Was gäbe ich dafür, noch mein Miniaturlabor zur Verfügung zu haben, mit dessen Hilfe ich derlei Aussagen leicht auf ihren Wahrheitsgehalt überprüfen könnte! Da mir diese Möglichkeit jedoch genommen ist, bleibt uns nichts, als dem Flusslauf weiter zu folgen und dabei die Augen nach allem offenzuhalten, was uns in irgendeiner Weise auffällig erscheint. Uns in südwestlicher Richtung fortbewegend, nähern wir uns damit der Ebene, die sich bis zum Meer erstreckt und in der der See von Acherousia liegt …

6. November

In Ermangelung unserer Pferde haben wir aus der Not eine Tugend gemacht und von einem der Fischer, die den unteren Flusslauf bewohnen, ein Boot erworben: einen altertümlichen, morschen Kahn, der wohl kaum dazu angetan wäre, seine Besatzung aufs hohe Meer zu tragen, uns hier jedoch zuverlässige Dienste leistet.

Getragen von der Strömung des Flusses kommen wir rasch voran.

Schon kann ich in der Ferne zwischen den roten und orangefarbenen Baumkronen die blaue Spiegelfläche des Sees erkennen, den wir noch vor Einbruch der Dunkelheit erreichen werden. An seinem westlichen Ende befindet sich das Dorf Mesopotamos, unweit dessen man die Überreste der antiken Stadt Ephyra vermutet. Das Totenorakel zu suchen und zu finden muss unser Ziel sein – vielleicht wird es uns die Antworten geben, nach denen wir bislang vergeblich suchten …

SEE VON ACHEROUSIA
7. NOVEMBER 1884

Es war am frühen Morgen, als der Kiel des Kahns das westliche Ufer des Sees erreichte und knirschend auf Grund lief.

Beim ersten Licht des Tages hatten Sarah und Perikles das Boot bestiegen und die weite Wasserfläche überquert, die sich inmitten der Ebene erstreckte und wie ein schimmernder Spiegel anmutete. Das Grau der Wolken und das kalte Blau des Himmels reflektierten sich darin, umrahmt vom fleckigen Rotbraun der Bäume und dem fernen Weiß der Berge. Dunst lag über dem Wasser, der in milchigen Fetzen landeinwärts kroch und sich als unheimlicher Schleier über das Ufer legte. Dazu war es geradezu gespenstisch still, nicht einmal das Kreischen von Vögeln war zu hören. Genauso, dachte Sarah, hatte sie sich den Eingang zum Hades immer vorgestellt …

Sie erinnerte sich gut an die Geschichten, die ihr Vater ihr erzählt hatte, als sie noch ein junges Mädchen gewesen war: Sagen von großen Helden, die den Schrecken der Unterwelt getrotzt hatten, um ihre Liebsten zu befreien oder die Schatten des Jenseits um Rat zu bitten. Sarah vermochte nicht zu sagen, warum diese Geschichten von jeher einen besonderen Reiz auf sie ausgeübt hatten. Irgendetwas daran schlug sie auf geheimnisvolle Weise in Bann.

Ein unüberschaubares, von Gras und Gebüsch überwuchertes Trümmerfeld breitete sich ein Stück landeinwärts aus: die Überreste einer antiken Siedlung. Nur noch vereinzelt ruhte ein Stein auf dem anderen; hier erhoben sich die kläglichen Reste einer einstmals stolzen Mauer, dort ragte ein viereckiger Turm mit klobigen Zinnen auf, der im Mittelalter verstärkt worden war und als Wachturm gedient haben mochte. Ansonsten waren von der einstmals ansehnlichen Siedlung nur noch verwitterte, wild durcheinander liegende Steinquader und -säulen übrig.

Das also, dachte Sarah, sind die Ruinen von Ephyra.

In antiker Zeit, so hatte sie gelesen, hatte die Stadt noch unmittelbar am Ufer gelegen. Zunehmende Verlandung hatte dafür gesorgt, dass der See kleiner und kleiner geworden war. Irgendwann würde es ihn vermutlich überhaupt nicht mehr geben. Unter den Stadtstaaten des alten Griechenland war Ephyra keiner der großen und bedeutenden gewesen. Was die Siedlung in der gesamten hellenischen Welt bekannt gemacht hatte, war das Totenorakel, das ebenso wie die Stadt angeblich von einem Baumeister namens Phidippos errichtet worden war. Von jenem wiederum wurde behauptet, dass er ein Nachkomme des großen Herakles gewesen sei, jenes antiken Helden, der der Sage nach mit Wasser aus dem Fluss Acheron vergiftet worden war.

Derlei scheinbare Zufälle waren es, die Sarahs Interesse erregt und sie zu dem Entschluss veranlasst hatten, in der realen Welt zu suchen, was andere nur für eine Sage hielten ...

»Und Sie sind sicher, dies richtiger Ort?«, erkundigte sich Perikles wenig überzeugt. Das Boot hatten sie am Ufer zurückgelassen und wanderten nun den Hügel hinauf, an dessen Fuß sich die antike Siedlung einst befunden hatte. Die Stimme des Führers hörte sich dumpf und seltsam an im Nebel, und ihm war anzusehen, dass ihm die Örtlichkeit nicht behagte.

»Ich denke, ja.« Sarah nickte. »Wenn du allerdings lieber umkehren möchtest ...«

»*Ochí*.« Er schüttelte entschieden den Kopf und packte das Seil fester, das sie zusammen mit dem Boot erworben hatten und das er über der Schulter trug. »Ich bleibe.«

»Wie du willst.« Sarah nickte ihm zu.

»Wo das Orakel der Toten einst gewesen?«

»Ich weiß es nicht.«

»Sie nicht wissen?« Überrascht blieb der Führer stehen.

»Nein.« Sie schüttelte den Kopf. »Ausgrabungen sind hier noch nie zuvor angestrengt worden.«

»Aber dann nicht wissen, wo suchen!« Er machte eine Handbewegung, die das gesamte, dicht bewachsene und unübersichtliche Gelände einschloss, ein wahrer Irrgarten aus umgestürzten und zerbrochenen Trümmern. »Suche kann ewig dauern.«

»Ich denke nicht«, widersprach Sarah.

»Aber wenn keinen Hinweis haben ...«

»Es gibt durchaus Hinweise, allerdings nicht von den Forschern unserer Tage, sondern von den antiken Geographen, von den Werken eines Erathosthenes, eines Hipparch oder Posidonios über jene eines Klaudios Ptolemaios oder Marinos von Tyros bis hin zu den ›Geographica‹ Strabons.«

»Sie alle diese Bücher gelesen?«, staunte Perikles.

»Die wenigsten davon – einige sind nicht mehr erhalten.«

»*Giatí?*«, fragte der Makedone. »Warum?«

»Weil es Mächte gibt, die alles darangesetzt haben, zu verhindern, dass jenes Wissen die Zeit überdauert.«

»Wie dann davon wissen?«

»Aus Übersetzungen und Zusammenfassungen«, erklärte Sarah, während sie weiter hinaufstiegen. »In Prag, wo ich recherchierte, fand ich mittelalterliche Handschriften, die Auszüge der genannten Werke enthielten, darunter auch einige Angaben über Ephyra. Sie waren nicht sehr ergiebig, aber einige Hinweise fand ich doch.«

»Nämlich?«

»Zum einen brachte ich in Erfahrung, dass sich der Eingang des Totenorakels einst auf einer Insel befand, die sich rund eine Drittelmeile östlich der Stadt befand.«

»Eine Insel?« Perikles schaute sie zweifelnd an. »Warum wir dann gehen an Land?«

»Weil der See damals noch sehr viel größer gewesen ist als heute«, erwiderte Sarah schlicht. »Was damals eine Insel war, ist heute nur noch ein Hügel.«

»Verstehen.« Der Makedone nickte. »Aber gibt viele Hügel ...«

»Zum anderen«, fuhr Sarah fort, »muss man wissen, dass das Christentum in seiner Frühzeit oftmals an alte heidnische Gebräuche anknüpfte, indem es die Daten von Festtagen übernahm oder Kirchen an den Stätten alter Heiligtümer errichtete.«

»Und?«, fragte der Führer.

»Sieh«, sagte Sarah und deutete zur Hügelkuppe, die sie fast erklommen hatten. Perikles stieß einen leisen Pfiff aus, als er die Überreste einer im byzantinischen Stil errichteten Kirche erblickte.

»Sie meinen ...?«, fragte er mit vor Staunen weit aufgerissenen Augen.

»Genau das«, entgegnete Sarah nur, während sie sich der Kirche näherte. Der Vorraum, der – wie bei byzantinischen Gotteshäusern üblich – gen Westen blickte, war eingebrochen, der Altarraum mit der achteckigen Kuppel darüber schien jedoch weitgehend erhalten. Die Mauerreste, die sich ringsum erstreckten, ließen darauf schließen, dass es sich bei der Kirche einst um das *katholikón* eines Klosters gehandelt hatte, das vor tausend oder noch mehr Jahren an dieser Stelle erbaut worden war.

Schon während der Überfahrt hatte Sarah den charakteristischen Kuppelbau bemerkt. Es war ihr seltsam vorgekommen, dass sich ausgerechnet hier Mönche niedergelassen hatten, deshalb hatte sie ihre Schritte zuerst hierher gelenkt. Ob sie mit ihrer Vermutung richtig lag, würde sich erst noch herausstellen müssen.

Mit einem Wink bedeutete sie Perikles, zurückzubleiben, während sie selbst auf den zerstörten Narthex* zutrat und ihn durchquerte. Es kam einem Wunder gleich, dass die Kirche überhaupt noch Türen hatte, auch wenn sie morsch und brüchig waren und schräg in den Angeln hingen. Es gelang Sarah, eine von ihnen so weit aufzustemmen, dass sie hineinzuschlüpfen vermochte. Im nächsten Augenblick fand sie sich im schummrigen Inneren der Kirche wieder, das selbst nach all der Zeit noch Ehrfurcht gebietend war.

Vollkommene Stille herrschte innerhalb der einstmals geweihten Mauern. Das Allerheiligste war schon vor langer Zeit an einen anderen Ort überführt worden, die Kerzen längst verloschen. Die Fresken an den hohen Wänden und der von vier Säulen getragenen Decke waren weitgehend zerstört, sodass kaum noch etwas zu erkennen war. Beleuchtet wurde die Kirche nur von fahlen Lichtschäften, die durch die kreisrunden Fensteröffnungen fielen und schräg durch das Halbdunkel stachen. Dennoch war Sarah überwältigt von der Würde und Majestät des Ortes. In einer respektvollen Geste bekreuzigte sie sich – und hatte plötzlich das Gefühl, nicht mehr allein zu sein.

»Wer ist da ...?«, fragte eine brüchige Stimme hinter ihr.

Erschrocken fuhr sie herum.

Im halbrunden Altarraum stand ein alter Mann, den sie vorhin entweder nicht wahrgenommen hatte oder der lautlos hinzugetreten war. Er trug eine braune Mönchskutte, die von einem um die Hüften gebundenen Strick zusammengehalten wurde. Sein Haar war ebenso schlohweiß wie sein Bart, der ihm bis auf die Brust reichte. Der Blick seiner Augen war seltsam trüb und milchig.

»Verzeihen Sie, Vater, ich wollte nicht stören«, erwiderte Sarah.

* Kirchenvorraum

»Wer bist du, mein Kind?«, fragte der alte Mönch, ohne den Blick zu wenden. Offenbar hatte er sein Augenlicht schon vor langer Zeit verloren.

»Mein Name ist Sarah Kincaid.«

»Du bist nicht von hier ...«

»Nein, Vater«, gab Sarah zu. »Ich komme von weit her ...«

»Weshalb bist du gekommen?«

»Weil ich etwas suche, Vater. Ein Relikt aus längst vergangener Zeit – das Orakel der Toten.«

Der Alte zuckte sichtlich zusammen. »Aus welchem Grund?«, fragte er mit brüchiger Stimme.

»Um ein Leben zu retten«, erwiderte sie.

»So bist du jene, von der die Prophezeiung berichtet?«

Sarah wusste mit der Frage nichts anzufangen. Sie erinnerte sich, dass der Rabbiner in Prag etwas Ähnliches angedeutet hatte, aber es wäre ihr nie in den Sinn gekommen, sich selbst als so bedeutend zu erachten, dass sie in alten Weissagungen eine Rolle spielte ...

»Ich weiß es nicht, Vater«, sagte sie deshalb ausweichend.

»Hm«, machte der Alte und wandte nun doch den Kopf, sodass der Eindruck entstand, er würde sie aus seinen milchigen Augen durchdringend ansehen. »Was genau suchst du, mein Kind? Wonach sehnst du dich am meisten?«

Sarah brauchte nur kurz zu überlegen.

»Vergebung, Vater«, gab sie zur Antwort.

»Und Vergebung sollst du finden«, erwiderte der Mönch und deutete auf den steinernen Altar. Dabei erhellte ein Lächeln seine ausgemergelten und von tiefen Falten durchzogenen Gesichtszüge, die plötzlich etwas Vertrautes zu haben schienen.

»Meister Ammon ...?«, sprach Sarah den Gedanken aus, der ihr spontan in den Sinn kam – als die Eingangstür hinter ihr laut knarrte. Sie fuhr herum und sah Perikles, der ihr gefolgt war, um nach dem Rechten zu sehen. Als sie sich wieder umwandte, war der alte Mönch verschwunden.

»Vater?«

Suchend schaute sie sich um, betrat die Apsis, deren hölzerne Trennwand vermutlich schon vor langer Zeit entfernt worden war. Von dem alten Mönch jedoch fehlte jede Spur.

»Vater, wo sind Sie ...?«

»Alles in Ordnung?« Perikles war zu ihr getreten, einen besorgten Ausdruck im Gesicht.

»Natürlich«, versicherte Sarah. »Ich habe mich nur eben mit einem Mönch unterhalten, der ...«

Sie unterbrach sich, als sie in Perikles' Blick noch mehr Verwirrung keimen sah. Konnte es sein, dass sie sich das Erscheinen des Alten nur eingebildet hatte? Dass es in Wahrheit etwas tief aus ihrem Inneren gewesen war, das zu ihr gesprochen hatte? Wenn sie darüber nachdachte, so hätte sie nicht zu sagen vermocht, in welcher Sprache sich der Alte mit ihr unterhalten hatte. Sie hatte ihn einfach verstanden ...

Derlei Gedanken behagten ihr nicht, aber sie beschloss, ihnen auf den Grund zu gehen. Sie erinnerte sich, dass der Alte auf den Altar gedeutet hatte, also forderte sie Perikles auf, ihr behilflich zu sein. Gemeinsam legten sie Hand an – und tatsächlich ließ sich der Steinblock beiseiteschieben!

Knirschend bewegte sich der Altar Stück für Stück und gab den Eingang zu einem Schacht frei, der senkrecht in die Tiefe führte und in dem gähnende Schwärze herrschte.

Während Perikles vorsichtig zurückwich, huschte ein zufriedenes Lächeln über Sarahs Züge. Für sie stand fest, dass sie gefunden hatte, wonach sie suchte.

Den Eingang zum Orakel ...

7.

Reisetagebuch Sarah Kincaid
Nachtrag

Die unverhoffte Begegnung mit dem Mönch hat ein eigenartiges Gefühl in mir hinterlassen. Wenn der alte Mann tatsächlich nur in meiner Einbildung existiert hat, wie konnte er mir dann den Weg weisen? Wie mir etwas zeigen, von dessen Existenz ich bis vor wenigen Augenblicken noch nicht einmal etwas wusste? Diese Fragen beschäftigen mich, aber ich finde keine Zeit, um ihnen nachzugehen. Denn ich bin am Ziel der Reise angelangt, und die nächsten Augenblicke werden entscheiden, ob ich einem Traum nachgejagt bin oder ob das Elixier des Lebens tatsächlich existiert.

Furcht droht mich zu überkommen, wenn ich in den dunklen Abgrund starre, aber meine Liebe zu Kamal hält mich aufrecht und lässt mich dem, was in der Tiefe lauern mag, mutig begegnen ...

»Und wollen wirklich allein dorthinab?«

Perikles machte kein Hehl daraus, dass ihm der Schacht nicht geheuer war. Sarah hingegen tat alles, um ihre wahren Empfindungen zu verbergen.

»In der Tat«, bestätigte sie, während sie dabei war, sich aus einem zwei Ellen langen Ast, den abgerissenen Ärmeln ihrer Bluse sowie etwas Öl, das sie aus den Scherben einer alten Tonlampe gekratzt hatte, eine behelfsmäßige Fackel zu bauen.

»Und Menschen wirklich hierhergekommen, um mit den Toten zu sprechen?«, fragte Perikles weiter.

»Ich weiß es nicht«, gestand sie offen.

»Aber glauben es.«

»Ich glaube, dass dort unten *etwas* ist«, verbesserte Sarah. »Was genau, das werde ich herausfinden.«

»Sein mutige Frau, Lady Kincaid«, erkannte der Makedone an.

»Mutig?« Sie hob die Brauen. »Ich dachte, ich wäre seltsam.«

»Verzeihen, dass gesagt.«

»Schon vergessen. Und nun mach dich auf den Weg.«

»Sicher, dass nicht bleiben?«

»Sicher«, bestätigte sie. »Suche Hingis, aber geh kein unnötiges Risiko ein. Wenn du herausfinden solltest, dass er gefangen wurde, so kehre zurück und erstatte mir Bericht. Versuch auf keinen Fall, ihn auf eigene Faust zu befreien, hörst du?«

»Was wollen unternehmen?«

»Ich kenne Leute, die großen Einfluss haben«, antwortete Sarah.

»Freunde von Ihnen?«

Sie schüttelte den Kopf. »Ganz sicher nicht.«

»Und wenn ... Doktor tot ist?«

Sarah zögerte nicht mit der Antwort. »Dann begrab ihn«, erwiderte sie hart, »und markiere die Stelle.«

»Verstanden.« Er nickte. »Verspreche, vorsichtig sein.«

»*Endáxei.*« Sarah rang sich ein Lächeln ab. »Keine Entlohnung der Welt kann dich für das entschädigen, was geschehen ist, aber wenn wir wohlbehalten nach Saloniki zurückkehren, werde ich die vereinbarte Summe verdreifachen.«

»*Endáxei.*« Er grinste. »Wird Ehefrau freuen.«

»Vor allem will sie, dass du am Leben bleibst, hörst du?«, schärfte Sarah ihm ein.

»Sie auch, Lady Kincaid. Soll wirklich nicht begleiten ...?«

»Nein.« Sarah schüttelte den Kopf. Auf eine unerklärliche Weise war ihr immer klar gewesen, dass sie diesen Weg allein würde gehen müssen. Entweder sie fand, wonach sie suchte, und kehrte mit einem Heilmittel für Kamal zurück, oder der graue Hades sollte sie verschlingen und nicht wieder freigeben. Die Strafe schien ihr angemessen, denn wie einst Prometheus hatte sie mit der göttlichen Flamme gespielt, ohne die Folgen zu bedenken ...

»Dann geben auf sich Acht«, meinte Perikles. »Dies« – dabei deutete er in den Schacht – »nicht nehmen leichtfertig.«

»Ich weiß«, sagte sie nur. »Leb wohl, Perikles.«

»*Hoşça kalın*, Lady Kincaid«, erwiderte er, und in einer spontanen Geste, die nicht ihrem Stand, wohl aber der Situation angemessen schien, umarmten sie einander zum Abschied. Als sie sich wieder voneinander lösten, glaubte Sarah, es in den Augen des Führers feucht blitzen zu sehen. Offenbar rechnete Perikles nicht damit, sie noch einmal lebend wiederzusehen.

Sie nickte ihm noch einmal zu, dann nahm sie die improvisierte Fackel und begab sich zum Schacht, in dessen Wand in regelmäßigen Abständen Tritte eingelassen waren. Nur einen Augenblick zögerte sie – dann hatte der dunkle Schlund sie verschlungen.

Perikles wartete noch, bis der Lichtschein der Fackel verblasst war, dann wandte er sich zum Gehen. Alles in ihm sträubte sich dagegen, die Engländerin alleine zu lassen, die er trotz eines gewissen Argwohns respektieren und schätzen gelernt hatte. Aber ihre Anweisungen waren klar, und die Belohnung, die sie ihm versprochen hatte für den Fall, dass er Friedrich Hingis fand, nicht unbeträchtlich. Was also hätte er tun sollen?

Seufzend wandte er sich ab und verließ die alte Kirche, ging zurück zum See, wo das Boot am Ufer lag. Wind strich über die Hügelkuppe und ließ die nahen Bäume rauschen, trieb welkes Laub über die Ruinen. Perikles' Gedanken schweiften ab, und alles Mögliche kam ihm in den Sinn. Vor allem an Hanna, seine Frau, musste er denken, und an seine Kinder, die zu Hause auf ihn warteten. Vielleicht, sagte er sich, war es an der Zeit, sich eine andere Arbeit zu suchen, die weniger gefährlich war und ihn weniger weit von zu Hause wegführte.

Er erreichte das Boot und stieß es vom Ufer ab. Wankend glitt es hinaus auf den See, und Perikles stieg ein. Mit kräftigen Ruderschlägen trieb er es hinaus auf die spiegelnde Wasserfläche, zurück zur Mündung des Flusses.

Der Schacht reichte nicht sehr tief. Schon nach einigen Yards endete er und ging in einen Treppengang über, der sich über zahllose Stufen nach unten wand, immer weiter hinab ins Innere des Hügels. Die Stollenwände waren gemauert und hier und dort mit griechischen Buchstaben versehen, die jemand eingeritzt hatte. Sarah wurde bewusst, dass dieser Gang seit langer, seit sehr langer Zeit nicht mehr benutzt worden war, und unwillkürlich fragte sie sich, was jene Menschen empfunden haben mochten, die ihn vor ihr beschritten hatten.

Wie sie selbst hatten auch sie nach Antworten gesucht; wie sie hatten sie sich nicht gescheut, dafür an Grenzen zu gehen und sogar noch darüber hinaus; und genau wie sie hatten sie nicht davor zurückgeschreckt, den Schatten des Jenseits zu begegnen.

Wer in antiker Zeit den Rat der Toten suchte, der brachte Opfergaben mit, die in tönernen Gefäßen dargebracht wurden: in der Hauptsache Milch, Wein, Wasser oder das Blut von Tieren, die vor dem Beginn der Zeremonie geschlachtet worden waren. Mit Interesse hatte Sarah zur Kenntnis genommen, dass es sich bei diesen Opfergaben sämtlich um Flüssigkeiten handelte – Zufall?

Für gewöhnlich hatten sich die Ratsuchenden der Antike durch tagelanges Fasten auf ihren Besuch in Ephyra vorbereitet, und natürlich konnte man die Berichte über Begegnungen mit der Unterwelt als Halluzinationen infolge des Ernährungsmangels abtun, wie es manche Gelehrte taten. Sarah jedoch vermutete dahinter mehr.

Viel mehr …

Die Treppe endete in einer Kammer, in die noch ein weiterer Stollen mündete: der Tempelraum, in den man die Ratsuchenden einst geführt hatte. In der Mitte gab es ein steinernes Becken, in das – so nahm Sarah an – einst die Opfergaben gegossen worden waren. Die Wände der Kammer bestanden aus dicht aneinander gefügten Steinen.

Mit der Fackel in der Hand trat sie vor, klopfte systematisch die Wand ab, wie der alte Gardiner es ihr beigebracht hatte. Einen Anhaltspunkt für ein Versteck oder eine geheime Öffnung fand sie jedoch nicht. Soll dies alles sein?, fragte sich Sarah beklommen. Verbarg sich hinter dem Orakel von Ephyra tatsächlich nicht mehr als dieser eine unterirdische Raum? Hatte sie vergeblich gesucht und gehofft? Existierte gar kein Geheimnis, das es zu entschlüsseln galt?

Vielleicht, überlegte sie mit wachsender Verzweiflung, musste auch sie ein Opfer bringen, so wie die Menschen der Antike es getan hatten ...

Einem spontanen Einfall gehorchend, löste sie die Feldflasche von ihrem Gürtel, öffnete sie und goss den Inhalt in das Opferbecken, dessen Gestein von Sprüngen durchzogen war. Wie zu erwarten gewesen war, versickerte das Wasser sofort – jedoch trat es nicht unter dem Becken hervor. Im Gegenteil war ein leises Plätschern zu vernehmen, das nahelegte, dass das Wasser unterhalb des steinernen Kessels in ungeahnte Tiefe troff ...

Sarah fackelte nicht lange. Mit einem Steinbrocken, den sie aus der Wand löste, schlug sie gegen die Wandung des Beckens. Die Sprünge vergrößerten sich dadurch, und mit einem markigen Knacken barst das Gestein entzwei. Die Halbschalen des Gefäßes brachen nach beiden Seiten auseinander und gaben den Blick auf einen weiteren Schacht frei, der senkrecht in die Tiefe führte.

Sarah musste einen Triumphschrei unterdrücken. Das also war wohl der *wahre* Eingang zur Unterwelt!

Ohne Zögern stieg sie in den Schacht, der ebenfalls über ausreichend Trittlöcher verfügte, und kletterte hinab. Ihrer Schätzung nach war der Schacht etwa doppelt so tief wie der erste. Er mündete in einen Gang, der schräg in die Tiefe führte. Nur zum Teil hatte Menschenhand dabei geholfen, ihn aus dem Fels zu schälen, in der Hauptsache schien er natürlichen Ursprungs zu sein.

Vorsichtig die Fackel so haltend, dass sie von ihrem Schein nicht geblendet wurde, ging Sarah durch den Stollen, der nur an den wenigsten Stellen so hoch war, dass sie aufrecht stehen konnte. Selbst in gebückter Haltung musste man aufpassen, sich nicht den Kopf an den zahllosen Unebenheiten zu stoßen, die die Decke aufwies.

In welche Richtung der Stollen führte, war schwer zu sagen; mit Betreten der unterirdischen Anlage hatte Sarah jede Orientierung verloren. Rasch griff sie in ihre Tasche, zog den Kompass hervor, den sie gefunden hatte, und wartete, bis sich die Nadel eingependelt hatte. Sofern die Anzeige verlässlich und der umgebende Fels nicht von Eisenadern durchzogen war, verlief der Stollen in nördlicher Richtung, was bedeutete, dass er unter den vom Acheron gespeisten See führte. Ob dies etwas zu bedeuten hatte, wusste Sarah noch nicht zu sagen, aber sie brannte darauf, das Geheimnis zu ergründen, dem sie in diesem Augenblick so nah war wie nie zuvor.

Sie folgte dem weiteren Verlauf des Stollens, der eine leichte Linkskurve beschrieb und dessen Ende im flackernden Fackelschein noch immer nicht zu erkennen war. Mutig drang sie weiter vor – und hörte plötzlich ein leises Geräusch. Was genau es war, vermochte Sarah nicht zu sagen, aber es hörte sich an wie ein Knirschen und Schaben, begleitet von einem leisen Klicken.

Vorsichtig ging Sarah weiter und hatte plötzlich das Gefühl, dass sich die Wände des Stollens bewegten. Schillernd wurde das

Licht der Fackel zurückgeworfen, von etwas, das sich tausendfach bewegte und durcheinanderwimmelte und dabei nicht nur die Wände, sondern auch die Decken und den Boden überzog.

Kleine, etwa zwei Inches lange Tiere, die sich auf acht Beinen bewegten, bedrohlich aussehende Scheren hatten und einen nach oben gekrümmten Schwanz, an dessen Ende ein gefährlicher Stachel prangte.

Skorpione.

Nicht nur ein paar davon – sondern unzählige.

Sarah unterdrückte den Ekel, der in ihr emporstieg. Je näher sie kam, desto deutlicher konnte sie die kleinen, schwarz gepanzerten Leiber sehen, die kreuz und quer durcheinanderkrochen und aus einer Spalte im Fels zu kommen schienen, die sie zu Hunderten auswarf. Immer wieder fielen Tiere von der Decke herab, verschwanden im tausendfachen Heer, das über den Boden wimmelte, um sogleich wieder an den Wänden emporzuklettern – ein bizarrer Vorhang, der sich beständig hob und senkte, ein Paravent des Grauens ...

Aufgrund der Strömung kam Perikles nur langsam voran. Nahe der Stelle, wo der Acheron in den See floss, steuerte er das Ufer an und ging an Land. Nachdem er den Nachen unter einigen tief hängenden Ästen versteckt hatte, kletterte er die Böschung hinauf und ging Richtung Nordwesten, geradewegs durch den Wald. Wenn er dem Verlauf des Flusses folgte, würde er wieder zurück in jene Gegend gelangen, wo sich die Spur des Schweizers verloren hatte.

Erneut musste er an zu Hause denken, als ihn das Kreischen und der Flügelschlag einiger Vögel jäh aus seinen Gedanken rissen. Abrupt blieb Perikles stehen, sah die Tiere aufgeregt über den Bäumen davonflattern. Irgendetwas hatte sie aufgeschreckt ...

Einen Augenblick lang verharrte der Makedone und lauschte.

Als er kein verdächtiges Geräusch mehr vernehmen konnte, ging er langsam weiter. Dabei schaute er sich vorsichtig um.

Plötzlich ein Knacken im Geäst über ihm, ein Fauchen und ein herabwischender Schatten. Blitzschnell fuhr Perikles herum – um sich einer blau uniformierten Gestalt gegenüberzusehen, die mit ihrem Gewehr auf ihn zielte. Mit einer Verwünschung auf den Lippen wollte sich der Makedone zur Flucht wenden, doch er gefror in seiner Bewegung – denn ringsum tauchten plötzlich noch mehr Uniformierte aus dem Dickicht auf, die ihn mit geladenen Waffen bedrohten und jeden Fluchtversuch sinnlos machten. Bereitwillig hob er die Hände, um zu signalisieren, dass er keinen Widerstand leisten wollte.

Da teilte sich das Gebüsch abermals, und ein hochgewachsener Mann trat daraus hervor, der die reich verzierte Uniform eines türkischen Obristen trug. Mit zusammengezogenen Brauen taxierte er Perikles von Kopf bis Fuß.

»Wo ist sie?«, erkundigte er sich in schlechtem Türkisch.

»Wer?«, fragte Perikles zurück.

»Sarah Kincaid«, erwiderte der Offizier – und Perikles ahnte, dass er seine Frau und Kinder nicht wiedersehen würde.

Schaudernd fragte sich Sarah, ob es die Skorpione auch schon in antiker Zeit gegeben haben mochte.

Womöglich waren sie hier angesiedelt worden, um all jene abzuschrecken, die den Stollen nur halbherzig betreten hatten. Ihr war klar, dass sie die Barriere überwinden musste, wenn sie das Geheimnis ergründen wollte, und sie besann sich der festen Stiefel und der Jacke aus Rossleder, die sie trug – was es für die Bewohner des alten Griechenlands bedeutet hatte, die selten mehr als eine Tunika und Sandalen getragen hatten, wagte sie sich nicht vorzustellen. An das Gift der Skorpione versuchte sie gar nicht erst zu denken.

Die Fackel dicht über dem Boden haltend, versuchte sie die Tiere zu vertreiben, aber die Skorpione scherten sich nicht darum. Also blieb Sarah nur, sich ein Herz zu fassen, den Kopf tief zwischen die Schultern zu ziehen – und zu laufen.

Es kostete sie alle Überwindung. Sie zwang sich, an Kamal zu denken und an die Fehler, die sie begangen hatte und die sie keinesfalls wiederholen wollte – dann rannte sie los.

Es war grauenvoll.

Augenblicke lang sah sie ringsum nichts als krabbelnde Tiere und hörte, wie einige von ihnen unter den Sohlen ihrer Stiefel zerquetscht wurden. Ein Skorpion fiel von der Decke und landete im Kragen ihrer Jacke – mit einer blitzschnellen Handbewegung bekam sie ihn zu fassen und schleuderte ihn von sich.

Im nächsten Moment war es vorbei.

Noch einige Schritte lief Sarah weiter, während sie panisch und von Ekel geschüttelt um sich schlug. Sie entdeckte zwei Skorpione an ihrem rechten Hosenbein und wischte sie ab, zertrat sie mit der Stiefelsohle. Erst als sie sicher sein konnte, dass sich nicht noch mehr Tiere auf ihr befanden, beruhigte sie sich, und ihr Atem, der rasch und stoßweise gegangen war, regulierte sich wieder.

Mit einem letzten Blick auf die Barriere, die – wie Sarah nun zugeben musste – mehr geistiger denn körperlicher Natur gewesen war, setzte sie ihren Weg durch den Stollen fort. Bange fragte sie sich, was sie als Nächstes erwarten würde, als ihre Füße gegen ein Hindernis stießen. Sie blieb stehen und hielt die Fackel so, dass sie den Boden beleuchtete.

Sarah musste alle Beherrschung aufwenden, um nicht laut zu schreien. Schon öfter hatte sie die sterblichen Überreste eines Menschen erblickt, aber diese befanden sich in einem besonders erschreckenden Zustand. Das Skelett, das Sarah aufgrund seiner Größe und des robusten Knochenbaus als das eines Mannes identifizierte, war vollständig erhalten und lag bäuchlings auf dem Boden, mit dem Kopf in Richtung Ausgang; aufgrund der Lage der Gliedmaßen hätte man vermuten können, der Mann hätte auf allen vieren kriechend versucht, aus dem Stollen zu entkommen. Was ihm wohl zugestoßen war? Vielleicht, vermutete Sarah, hatte er sich verletzt. Oder aber, ihm war in den Tiefen des Ganges etwas begegnet, das ihn …

Ein dumpfer Laut drang plötzlich aus dem ungewissen Dunkel, das jenseits des Fackelscheins herrschte.

Fast hörte es sich wie das Knurren eines der Straßenköter an, die das Londoner East End durchstreiften und – ausgehungert, wie sie waren – bisweilen sogar über Menschen herfielen, über Bettler, Betrunkene oder Kinder, die sie als leichte Beute erachteten. Und tatsächlich glaubte Sarah im nächsten Moment, ein gelb leuchtendes Augenpaar in der Dunkelheit zu erkennen.

War es möglich? Natürlich nicht! Es konnte nur eine Täuschung sein, eine Reflexion des Fackelscheins, ein …

Die Augen bewegten sich!

Langsam pendelten sie hin und her, weiteten sich im einen Moment, um sich schon im nächsten zu Schlitzen zu verengen. Unvermittelt gesellte sich noch ein zweites Paar hinzu, begleitet von einem neuerlichen, feindseligen Knurren … und noch ein drittes!

Sarahs Schritte verlangsamten sich. Der Anblick der leuchtenden Augen und die bedrohlichen Laute flößten ihr Furcht ein, und auch wenn sie nicht gewillt war, dieser Furcht nachzugeben, kam sie doch nicht umhin, beeindruckt zu sein. Was immer dort vorn im Stollen lauerte, schien tatsächlich zu leben …

Ein Schnauben war zu hören, und der beißende Geruch von Schwefel drang ihr in die Nase, der grässliche Assoziationen weckte. Irrationale Angst stieg aus ihrem Innersten empor, der mit Argumenten kaum zu begegnen war, und zu ihrem Entsetzen erkannte Sarah, dass die Augenpaare, die unverändert auf sie starrten, keineswegs von gewöhnlicher Größe, sondern geradezu riesig waren!

Wie in Trance ging Sarah weiter, zwang sich, einen Fuß vor den anderen zu setzen. Der Stollen weitete sich und ging in eine Höhle über, von deren Decke zahllose Stalaktiten hingen, tödlichen Speerspitzen gleich. Und unmittelbar darunter lauerte die bei Weitem schrecklichste und gefährlichste Kreatur, der sie in ihrem Leben bisher begegnet war:

Ein riesiger, von schwarzem Fell überzogener Körper, der auf vier pfeilerdicken Beinen ruhte und dessen geschuppter Schwanz unruhig hin und her peitschte. Ein Hals, stark wie eine Säule, der sich in der Mitte teilte, und nicht einen, sondern drei Köpfe trug – entsetzlich anzusehende Schädel, von dunklem Fell überzogen und mit dem Durchmesser eines Wagenrads. Aus den zähnestarrenden Mäulern drang schwefeliger Atem, die gelben Augen starrten in ebenso unergründlichem wie maßlosem Hass.

Obgleich Sarah einer Kreatur wie dieser noch nie zuvor begegnet war, wusste sie genau, worum es sich handelte.

Es war die Bestie, die den Eingang zur Unterwelt bewachte.

Der Kerberos …

8.

»Wo ist sie?«

Wieder und wieder erklang die Frage, hallte wie ein Echo durch Perikles' Bewusstsein, aber wie zuvor sträubte er sich mit aller Macht dagegen, sie zu beantworten.

»Ich weiß es . . . nicht«, stieß er heiser hervor, während der bittere Geruch von verbranntem Fleisch in seine Nase stieg.

Seinem Fleisch . . .

Sie hatten vier Pflöcke in den Boden geschlagen und seine Hand- und Fußgelenke daran festgebunden. Zu Beginn hatten sie sich damit begnügt, ihn mit Hieben und Tritten zu malträtieren, und er hatte gehört, wie eine Rippe nach der anderen den wütenden Schlägen nachgegeben hatte – verraten hatte er jedoch nichts.

Dann hatten sie ihm das Hemd vom Leib gerissen und damit begonnen, seine Haut mit einem Messer zu zerschneiden und Salz in die offenen Wunden zu streuen. Und obwohl der Schmerz mörderisch gewesen war und ihn fast um den Verstand brachte, hatte er sein Schweigen noch immer nicht gebrochen. Daraufhin hatten die Folterer die Methode gewechselt und ihm gezeigt, was wirkliche Qualen waren . . .

»Ich frage dich zum letzten Mal«, hörte er die Stimme des Obristen wie ein böses Omen über sich schweben – die Augen hielt er fest geschlossen, um seinen Peinigern nicht in die hämisch lachenden Gesichter sehen zu müssen. »Wo ist Sarah Kincaid?«

»Ich . . . weiß . . . es . . . nicht«, wiederholte er zum ungezählten Mal und hatte das Gefühl, vor Schmerz zu bersten, als sich die glühende Klinge ein weiteres Mal zischend in seine Gesichtshaut fraß. Der Makedone brüllte laut und konnte nicht anders, als in maßlosem Entsetzen die Augen aufzureißen.

»Lass es dich nicht dein Sehvermögen kosten«, sprach der Obrist auf ihn ein. »Oder willst du erleben müssen, wie sich die glühende Klinge in dein Auge bohrt? Wie sie ganz langsam …«

»Nein«, hauchte Perikles fast unhörbar.

»Wie war das?«

»Nein«, sagte er noch einmal, lauter diesmal – gefolgt von einem neuerlichen Schrei, als die glühende Klinge sein rechtes Ohr malträtierte. »Neeein!«

»Dann beantworte jetzt endlich meine Frage«, verlangte der Obrist unbarmherzig – und Perikles brach sein Schweigen.

Aus seinen vielen Rachen schleuderte der Kerberos ihr ohrenbetäubendes Gebrüll entgegen.

Sarah war vor Entsetzen wie erstarrt, schwärzeste Furcht saß ihr im Herzen. Reglos und mit geweiteten Augen stand sie da und starrte auf die riesige Kreatur, deren Schwefelatem ihr fast die Sinne raubte. Dampf quoll aus den Nüstern des Kerberos, Schaum stand ihm vor den Mäulern, deren gelbe Zähne gefletscht waren.

»Nein«, war alles, was sie hervorbrachte. »Bitte nicht …«

Ihr Flehen war nicht so sehr an das Untier selbst gerichtet als vielmehr an die Wirklichkeit, an Wahrheiten, an die sich Sarah bislang geklammert hatte und denen zufolge es eine Kreatur wie diese nicht geben durfte. Dennoch stand der Kerberos vor ihr, genauso, wie Friedrich Hingis ihn beschrieben hatte – und so wirklich wie sie selbst!

Die Furcht erregenden Häupter pendelten vor ihr hin und her, während die gelben Augen weiter unverwandt auf sie starrten. Etwas in ihr drängte Sarah, sich abzuwenden und die Flucht zu ergreifen, aber selbst dazu war sie nicht in der Lage – zu schrecklich und gleichzeitig zu faszinierend war das, was sie sah. Der Kerberos, ein Monstrum aus alten Mythen, existierte tatsächlich, wenngleich nur hier, in dieser uralten Höhle ...

Der Gedanke ließ Sarah innerlich aufhorchen, denn er warf Fragen auf: Wie hatte diese riesige Kreatur es geschafft, die Zeit zu überdauern? Wovon hatte sie sich in all den Jahrtausenden ernährt? Um Beute zu finden, hätte sie ihr unterirdisches Versteck verlassen müssen. Wieso aber hatte die Oberwelt dann nichts von ihr erfahren?

Zweifel keimten in Sarah auf, die sich in den Augen der Kreatur augenblicklich niederzuschlagen schienen, denn nicht länger glommen sie in blindem Hass und wilder Blutlust. Die böse Glut in ihnen schien zu verlöschen, und als wäre ihr Verstand eine Waffe, die das Untier fürchtete, wich es zurück!

Sarah hob die Fackel, die sie reglos in der Hand gehalten hatte, und schwenkte sie, worauf das Monstrum jedoch nicht reagierte. Mit jedem neuerlichen Zweifel, mit jeder weiteren Überlegung, die Sarah anstellte und die sie einen Schritt weiter der Erkenntnis entgegentrug, dass eine Kreatur wie diese allen Gesetzen der Natur und des Himmels widersprach und folglich nicht existieren konnte, schien der Kerberos jedoch an Größe und Kraft zu verlieren.

»Du hast Angst vor mir«, stellte sie mit einer Mischung aus Erleichterung und Verblüffung fest, während sie beobachtete, wie das Monstrum vor ihren Augen durchscheinend wurde und zu verblassen begann – und endlich verstand Sarah.

Der Kerberos, so Furcht erregend er auch erscheinen mochte, war lediglich eine Erscheinung, eine Wahnvorstellung, hervorgerufen durch ihre eigenen Ängste. Nur aus diesem Grund sah die Kreatur genauso aus, wie Hingis sie beschrieben hatte: Weil es Sarahs Erinnerung war, aus der sie sich nährte!

»Verschwinde!«, rief Sarah laut. »Du existierst nicht wirklich, also löse dich gefälligst in Luft auf, hörst du ...?«

Die Erscheinung tat ihr den Gefallen.

Noch einmal suchte sich der Kerberos gegen sein Schicksal zu wehren, bäumte sich auf den Hinterläufen auf und bleckte die Zähne, als wolle er sich jeden Augenblick auf Sarah stürzen – aber als sie ihrer Furcht nicht nachgab und sich auf ihre Vernunft besann, verblasste die Vision und löste sich vor ihren Augen auf. Zurück blieb nur der Schwefelgestank, und Sarah begriff, dass nicht der Kerberos die Quelle des beißenden Geruchs gewesen war, der sich in gelben Dämpfen niederschlug. Viel eher verhielt es sich umgekehrt ...

Erst jetzt nahm sie wahr, dass ihre Schläfen schmerzten. Ihr war übel, und ihre Beine wurden weich – zweifellos Anzeichen einer Vergiftung. Rasch nahm sie das Tuch, das sie um den Hals trug, befeuchtete es mit dem letzten Rest Wasser aus ihrer Feldflasche und schlug es sich mehrfach um Mund und Nase, in der Hoffnung, so die Luft ein wenig zu filtern. Noch hatte Sarah das Geheimnis der unterirdischen Höhle nicht ergründet.

Sie musste weitergehen.

Um jeden Preis ...

Die Fackel in der Hand, setzte sie ihren Weg fort, der sie immer tiefer in das unterirdische Gewölbe führte. Riesige Tropfsteine hingen von der Decke, die sich im Lauf von Jahrtausenden gebildet haben mochten. Oft waren ihnen vom steinernen Boden Stalagmiten entgegengewachsen, die sich an einigen Stellen mit ihnen zu baumdicken Säulen verbunden hatten und nun die Höhlendecke zu tragen schienen. Das Gestein war gelb, grün und lila gefärbt: Mineralien, die im Fels enthalten und von durchsickerndem Wasser ausgewaschen worden waren.

Trotz des Tuchs vor ihrem Gesicht bekam Sarah die Wirkung der Dämpfe zu spüren. Bleierne Müdigkeit befiel sie, und es fiel ihr schwerer, sich zu konzentrieren. Dennoch schleppte sie sich weiter, von Säule zu Säule wankend und sich daran abstützend. Und endlich, als sie schon nicht mehr damit rechnete und eine tödliche Gleichgültigkeit von ihr Besitz zu ergreifen drohte, gelangte sie ans Ziel ihrer Reise!

Seit ihrer Abreise aus London hatte Sarah keine rechte Vorstellung von dem gehabt, was sie eigentlich suchte. Ein Heilmittel für Kamal, ein wundertätiges Wasser, ein Elixier des Lebens – all diese Bezeichnungen trafen zu. Dennoch hatte Sarah nicht gewusst, wonach genau sie Ausschau zu halten hatte. Stets hatte sie gehofft, dass der Funke der Erkenntnis sie just in dem Moment ereilen würde, in dem sie ans Ziel ihrer Suche gelangte – und dieser Moment war gekommen.

Mit einem überraschten Ausruf trat Sarah aus dem Irrgarten der Tropfsteine und fand sich am Ufer eines unterirdischen Sees wieder. Da der Lichtschein der Fackel in der dampfgeschwängerten Luft nur wenige Yards weit reichte, war nicht zu erkennen, wie weit sich der See erstreckte; eindeutig war er jedoch der Ursprung der giftigen Dämpfe, was wiederum nahelegte, dass es sich um eine heiße Quelle handelte. Die Mineralien, die in dem Wasser enthalten waren und ihm eine trübe, fast milchige Konsistenz verliehen, schienen jedoch aus den Tropfsteinen zu stammen, die die Höhlendecke übersäten.

So also, dachte Sarah, während ihre Sinne sich immer mehr eintrübten, hing alles zusammen. Das Wasser des Acheron speiste den See Acherousia, dessen Wasser durch viele Schichten von Gestein sickerte, um hier in der Tiefe Tropfsteine in solch atemberaubender Anzahl zu formen. Durch eine Laune der Natur – oder mochte mehr dahinter stecken? – trafen diese auf eine heiße Quelle, die die Mineralien aufnahm und das entstehen ließ, was einst *hydor bíou* genannt worden war – das Wasser des Lebens. Eine einzigartige Konstellation, die nur hier vorzufinden war.

»Nur hier«, flüsterte Sarah im Widerhall ihrer eigenen Gedanken, »die Quelle des Lebens ...«

Nur mit eiserner Disziplin gelang es ihr, sich aufrecht zu halten. Ihre Bewegungen wurden zusehends fahrig und ungenau,

Eile war geboten. Indem sie ihre ganze verbliebene Konzentration darauf verwandte, gelang es ihr, die Feldflasche von ihrem Gürtel zu lösen und den Schraubverschluss zu öffnen. Die Fackel in der einen, die Flasche in der anderen Hand, wankte Sarah zum Ufer und fiel schwerfällig auf die Knie. Dann streckte sie die Hand aus und tauchte die Flasche ein. Das Wasser war warm, aber nicht heiß, die Berührung angenehm. Stieren Blickes schaute Sarah zu, wie die Luftblasen aufstiegen und sich die Flasche füllte.

»*Vraiment*, ich hätte nicht gedacht, dich so bald wiederzusehen, *chérie* ...«

Erschrocken sog Sarah die Luft ein und blickte auf – sie war nicht mehr allein. Eine Gestalt war neben sie getreten, die nicht Form, sondern nur Kontur besaß, ein lebender Schatten ohne Gesicht. An seiner Stimme freilich hatte Sarah ihn dennoch erkannt ...

»Fort«, zischte sie, während sie die Flasche aus dem Wasser hob und mit zitternder Hand zu verschließen suchte. »Du bist nicht wirklich ...«

»*Au contraire, ma chère!* Ich bin so wirklich, wie ich es nur sein kann – du hingegen wirst schon sehr bald aufhören zu existieren, *n'est ce pas?*«

»Warum sagst du das, Maurice?«

»*Pourqoui pas?* Weil es nun einmal wahr ist. Allzu oft hast du dich der Grenze zwischen Leben und Tod genähert und einen Blick auf die andere Seite geworfen – nun wirst du sie überschreiten.«

»Aber ich darf nicht sterben! Kamal braucht meine Hilfe ...«

»Kamal?« Du Gards Schatten lachte auf. »Hast du es denn noch nicht begriffen? Dein geliebter Wüstenprinz braucht dich nicht mehr. Er hat andere Arme gefunden, die ihn trösten. Ein anderes Herz, das sich für ihn erwärmt ...«

Der Schemen deutete hinaus auf den See, wo sich im nächsten Moment ein Bild zu formen begann.

»Kamal«, hauchte Sarah, als sie ihren Geliebten erblickte, reglos auf sein Lager gebettet. Im nächsten Moment jedoch erschien eine Gestalt, die sich über ihn beugte und ihn auf Stirn und Augen küsste, genau so, wie sie es stets getan hatte. Anschließend blickte sie auf und schaute Sarah unverwandt an, wobei ein böswilliges Grinsen über ihre blassen Züge huschte – und mit einem Aufschrei des Entsetzens erkannte Sarah die Gräfin von Czerny ...

»Nein!«, brüllte sie, und das Bild verblasste. Der Schatten neben ihr jedoch blieb.

»Wenn du ehrlich zu dir selbst bist, so hast du stets gewusst, dass es so kommen würde«, sagte er – nun allerdings mit einer anderen Stimme, in der Sarah zu ihrem noch größeren Entsetzen jene von Gardiner Kincaid erkannte. »Ihr seid euch zu ähnlich, um nicht dasselbe für Kamal zu empfinden.«

»Vater«, sagte sie und versuchte, sich aufzurappeln. Ihre Beine versagten ihr jedoch den Dienst, und eine Übelkeit befiel sie, die schlimmer war als alles, was sie je ertragen hatte.

»Bin ich dein Vater«, erwiderte der alte Gardiner, »oder bin ich es nicht? Laydons Worte haben dich zweifeln lassen, nicht wahr?«

»J-ja«, würgte Sarah.

»Wieder machst du dir etwas vor. Denn jener Zweifel wohnt nicht erst seit kurzer Zeit in deinem Herzen, sondern schon sehr viel länger. Sein Ursprung liegt dort, wohin deine Erinnerung nicht reicht, Sarah. In jenem Abschnitt deines Lebens, der hinter dem Vorhang des Vergessens liegt ...«

»D-Dunkelzeit«, stammelte Sarah – und übergab sich. Das karge Frühstück aus wilden Beeren, das Perikles für sie gesammelt hatte, stürzte aus ihrem Rachen, während sich ihr Magen wieder und wieder zusammenkrampfte. Auf die Ellbogen gestützt, kauerte sie auf dem Boden, inmitten ihres Erbrochenen.

Mit aller Macht zwang sie sich dazu, noch einmal aufzublicken – der Schatten des alten Gardiner jedoch, der das Totenreich verlassen hatte, um zu ihr zu sprechen, war verschwunden. Dafür hatte Sarah eine weitere Vision – und zum ersten Mal in ihrem

Leben war ihr, als würde sich das schwarze Tuch des Vergessens, das sich über ihre Vergangenheit gebreitet hatte, tatsächlich heben.

In den Träumen, die sie seit dem Tod des alten Gardiner verfolgten, hatte sie dumpfe Stimmen gehört, verschwommene Eindrücke und unbestimmbare Gerüche wahrgenommen. In diesem Moment jedoch nahmen die Dämpfe über dem See Gestalt und Farbe an, und mit geröteten Augen sah Sarah die Mauern einer alten Festung, die hoch über den Bergen thronte, an einem entlegenen Ort. Leiser Gesang und exotischer Geruch lagen in der Luft, und plötzlich, als stünde der Sprecher direkt neben ihr, hörte Sarah eine Stimme.

»Du bist es«, flüsterte sie.

Dann erloschen Sarahs Sinne.

Von einem Augenblick zum anderen verlor sie das Bewusstsein und brach zusammen. Die Fackel, die sie mit äußerster Not gehalten hatte, kippte nach vorn und fiel ins Wasser, verlosch mit leisem Zischen.

Die Höhle versank in völliger Finsternis, die alles zu verschlingen schien, einschließlich der jungen Engländerin, die wie so viele vor ihr aufgebrochen war, um das Wasser des Lebens zu finden.

Sarah lag reglos, umgeben von finsterster Nacht. Weder nahm sie die knirschenden Schritte wahr, die sich ihr näherten, noch den gelben Fackelschein.

Sie spürte nichts, als grobe Pranken sie packten und mühelos davontrugen, dem Ausgang entgegen – und sie hörte nichts, als sich in der Tiefe des Hügels eine dumpfe Explosion ereignete und den Zugang zur Quelle des Lebens für immer verschloss.

9.

Als Sarah Kincaid die Augen aufschlug, wähnte sie sich in einer anderen Welt – dass es Friedrich Hingis' kreidebleiche, von wirrem Haar umrahmte Gesichtszüge waren, in die sie ungläubig blinzelnd blickte, nahm ihr diese Illusion.

Die Blicke des Schweizer Gelehrten waren unverhohlen besorgt. Die Brille auf seiner Nase, deren linkes Glas von einem Sprung durchzogen war, bebte, wie sie es immer tat, wenn er nervös war.

»Können Sie mich hören, Sarah?«, fragte er laut und übertrieben deutlich. Jedes einzelne Wort dröhnte in Sarahs Kopf wie eine Hammerschmiede. »Verstehen Sie, was ich sage?«

»N-natürlich«, entgegnete sie krächzend. Ihr Rachen brannte wie Feuer, und ihre Zunge war zu einem dicken Kloß geschwollen, sodass ihr das Sprechen einige Mühe bereitete, aber immerhin war sie überhaupt noch in der Lage, etwas zu sagen.

»Sie ist in Ordnung!«, rief Hingis aus, und in einer Geste, die nur durch gefühlsbedingten Überschwang zu entschuldigen war, beugte er sich zu ihr hinab und küsste sie auf die Wange. »Sie ist in Ordnung ...!«

Sarah schloss die Augen.

Erst allmählich kam sie zu sich, und nach und nach kehrte auch die Erinnerung zu ihr zurück. Das Orakel von Ephyra ... der Schacht in die Tiefe ... der Eingang zur Unterwelt ...

»I-ich bin dem Kerberos begegnet«, flüsterte sie, worauf die Sorge auf Hingis' Züge zurückkehrte.

»Dem Kerberos?«, hakte er nach, als befürchtete er, sie hätte den Verstand verloren.

»Nur ein Trugbild«, versicherte sie, worauf sein Gesicht sich wieder aufhellte. »Ich habe die Quelle des Lebens gefunden ...«

»Ich weiß«, versicherte der Schweizer.

»Das Wasser, wo ...?«

»Hier«, beruhigte er sie, auf die Flasche deutend, die neben ihrem Lager stand. »Keine Sorge, es ist alles in Ordnung.«

»Aber wie ... bin ich hierhergekommen?« Verwundert schaute sich Sarah um, sah grob gemauerte, steinerne Wände und eine einfache Dachkonstruktion. Tür und Fensterläden waren geschlossen, eine Laterne verbreitete gelben Schein.

Das Letzte, dessen sich Sarah entsann, war der unterirdische See. Sie wusste noch, dass sie niedergekniet war, um die Flasche zu füllen – dann jedoch wurden ihre Erinnerungen unklar und verschwommen. Sie erinnerte sich, dass sie – wohl als Folge der von giftigen Dämpfen durchsetzten Luft – Wahnvorstellungen gehabt hatte und dass sie nicht mehr in der Lage gewesen war, Wirkliches von Unwirklichem zu unterscheiden. Aber sobald sie sich Einzelheiten ins Gedächtnis zu rufen suchte, schwoll das Hämmern in ihrem Kopf derart an, dass es jeden Gedankengang unterbrach. Es war, als wehrte sich ihr Bewusstsein mit aller Kraft dagegen, jene Trugbilder noch einmal zu sehen. Sarah stöhnte und griff sich an die Schläfen.

»Alles in Ordnung?«, erkundigte sich Hingis.

Sie nickte, worauf der Schweizer eine Feldflasche mit frischem Wasser an ihre Lippen setzte. »Trinken Sie«, forderte er sie auf. »Das Gift muss aus Ihrem Körper.«

Sie gehorchte und trank, obwohl ihr nicht danach war. Doch mit jedem Schluck schienen ihre Lebensgeister ein wenig mehr zu erwachen. Offenbar war sie infolge der Dämpfe bewusstlos zusammengebrochen, und es war Hingis gewesen, der ihr gefolgt war und sie gerettet hatte ...

»Danke«, hauchte sie nur.

»Gern geschehen.« Er lächelte.

Plötzlich dämmerte ihr, dass sie über Hingis' Anwesenheit mindestens ebenso überrascht sein musste wie über die Tatsache, dass sie selbst noch am Leben war. Immerhin hatten sie einander auf der Flucht verloren, und wenn sie ehrlich zu sich selbst war, so hatte sie kaum gehofft, ihn noch einmal lebend wiederzusehen.

»Wie sind Sie …? Ich meine …«

»In jener Nacht, als wir flüchteten, habe ich einen Streifschuss abbekommen«, erklärte Hingis und deutete auf einen notdürftigen Verband, den er am rechten Oberarm trug. »Eine verirrte Kugel.«

»Warum haben Sie nichts gesagt?«, flüsterte Sarah. »Oder wenigstens geschrien …«

»Weil ich wollte, dass Sie sich in Sicherheit bringen«, erwiderte er schlicht.

»Das war sehr edelmütig von Ihnen.«

»Vielleicht – aber wohl auch ziemlich dumm.« Ein Lächeln zerknitterte sein blasses Gesicht. »Den Rest der Nacht verbrachte ich in einem hohlen Baum, wo ich fast erfroren wäre. Gottlob erhielt ich schon bald darauf Hilfe.«

»Perikles, richtig?«, fragte Sarah.

»Nein.« Hingis schüttelte den Kopf. Ein Schatten legte sich über seine Züge und vertrieb das Lächeln. »Perikles ist tot.«

»Was?« Sarah fuhr hoch.

»Auf dem Rückweg vom Orakel fanden wir seinen Leichnam. Gesicht und Körper waren von Brandwunden übersät. Jemand hat ihn grausam gefoltert, ehe er ihm eine Kugel gab.«

Sarah schloss die Augen, und aus dem Hintergrund ihres Bewusstseins tauchte das Bild des wackeren Makedonen auf, der ihnen so treu zur Seite gestanden hatte. Um sein Leben nicht unnötig zu gefährden, hatte Sarah ihn zurückgeschickt – und damit sein Schicksal offenbar besiegelt. Nun würden seine Frau und seine Kinder vergeblich auf ihn warten …

Ihr war zum Weinen zumute, aber sie konnte es nicht. Es war, als wären ihre Tränen versiegt, angesichts all der Gräuel, deren Zeuge sie geworden waren, und der Strapazen, die sie durchlebt hatten. Unsagbare Wut keimte stattdessen in ihr auf. »Wer?«, wollte sie wissen. »Wer hat das getan? Türken oder Griechen?«

»Türken«, erwiderte Hingis. »Sie sind der Grund dafür, dass wir uns entschlossen haben, uns bis zum Einbruch der Dunkelheit in dieser schäbigen Behausung zu verbergen. Sie sind uns dicht auf den Fersen.«

Plötzlich fiel Sarah auf, dass Hingis von sich im Plural sprach. »*Uns?*«, fragte sie und hob die Brauen.

»Ich bin nicht allein gewesen«, gestand Hingis freimütig. »Weder, als ich Perikles fand, noch bei Ihrer Rettung. Jemand anderem kommt das Verdienst zu, Sie aus dieser finsteren Grotte geschleppt und Ihnen das Leben gerettet zu haben.«

»Wem?«

»Ich bin das gewesen«, kam die Antwort von jenseits des Laternenscheins. Eine dunkle, grobschlächtige Gestalt trat an Sarahs Lager, und unerwartet blickte sie in die von Brandwunden entstellten Gesichtszüge ihres geheimnisvollen einäugigen Verbündeten.

»Sie sind noch am Leben«, stellte sie erleichtert fest. »Sie haben den Sprung vom Zug überstanden.«

»Das habe ich.« Der Zyklop, der den Kopf einziehen musste, um in der Hütte aufrecht stehen zu können, deutete ein Nicken an. »Allerdings ist es nicht einfach, Ihnen auf der Spur zu bleiben, Lady Kincaid. Mehrmals dachte ich, ich hätte Ihre Fährte verloren. Aber dann hat sie mich doch noch zu Ihnen geführt.«

»Danke.« Sarah lächelte.

»Danken Sie mir nicht zu früh. Nicht nur, um Sie zu retten, bin ich Ihnen gefolgt, sondern auch, um das zu tun, wozu Sie nicht willens oder nicht mehr in der Lage gewesen sind.«

»Wovon sprechen Sie?«

»Ich habe dafür gesorgt, dass die Quelle des Lebens auf immer versiegt ist, Lady Kincaid«, antwortete der Zyklop leise. »Ich habe den Schacht gesprengt.«

»Was?« Sarah schaute ihn entsetzt an. »Aber ich habe die Quelle eben erst entdeckt! Sie birgt große Kraft, große Geheimnisse …«

»… die sich die Gegenseite zunutze machen könnte«, fügte Hingis hinzu, der über diese Entwicklung erleichtert schien. »Erinnern Sie sich an unser Gespräch im Zug?«

»Natürlich erinnere ich mich daran«, versicherte Sarah. »Aber wenn wir die Errungenschaften der Vergangenheit allesamt zerstören, sind wir nicht besser als die Gräfin und ihre Kumpane.«

»Die Bruderschaft trachtet danach, das Wissen der alten Zeit für sich allein zu gewinnen«, erklärte der Zyklop. »Wir hingegen sorgen dafür, dass es nicht in falsche Hände gerät.«

»Aber Kamal …«

»Für Kamals Genesung ist gesorgt«, versicherte Hingis und deutete auf die Flasche neben Sarahs Lager. »Mehr wollten wir nie – oder haben Sie das vergessen? Hat die Gier inzwischen auch von Ihnen Besitz ergriffen?«

Sarah schüttelte den Kopf.

Ihre Begleiter hatten Recht. Es war besser, die Quelle des Lebens für immer unzugänglich zu machen, als zu riskieren, dass sie in den Händen der Bruderschaft zum Mittel der Vernichtung wurde …

»Damit«, wandte sie sich wieder an ihren geheimnisvollen Helfer, »haben Sie mir bereits zum zweiten Mal das Leben gerettet. Und ich kenne noch nicht einmal Ihren Namen.«

»Polyphemos.«

»Ist das ein Scherz?«

»Ich scherze niemals, Lady Kincaid«, antwortete der Zyklop, dessen Gesicht Sarah erstmals eingehender betrachten konnte. In seinen Zügen glaubte sie eine gewisse Traurigkeit zu erkennen, der Blick des einen Auges verriet tief sitzenden Schmerz …

»Dann danke ich Ihnen, Polyphemos«, sagte Sarah leise, »von ganzem Herzen. Und ich bitte Sie gleichzeitig um Verzeihung für das, was ich Ihnen angetan habe.«

»Das ist nicht wichtig.«

»Wie können Sie das sagen? Ich bin es, der Sie diese Narben zu verdanken haben, aber statt mir zu zürnen, retten Sie mir mehrfach das Leben und beschützen mich.«

»Nichts anderes ist meine Aufgabe«, erwiderte der Zyklop schlicht. »Nur dazu wurde ich geboren.«

»Um mich zu beschützen?« Sarahs Stirn legte sich in Falten.

»Sie und die Ihren«, bestätigte Polyphemos.

»Aber – wer hat Ihnen diesen Auftrag erteilt?«, erkundigte sich Sarah verwundert.

»Das wissen Sie wirklich nicht mehr?«

»Würde ich sonst wohl danach fragen?«

»Lady Kincaid«, erwiderte der Zyklop und beugte sich noch weiter zu ihr herab, sodass er nur noch zu flüstern brauchte, »Sie selbst sind das gewesen.«

»Ich selbst?«

»Allerdings.«

»Aber wie …? Ich meine …« Verwirrt pendelten Sarahs Blicke zwischen dem Einäugigen und Friedrich Hingis hin und her, der über die Enthüllung nicht weniger überrascht zu sein schien als sie selbst. Sprach der Zyklop die Wahrheit? Immerhin hatte er ihr zweimal das Leben gerettet, sodass sie wenig Anlass hatte, an seinen Worten zu zweifeln. Aber wenn es so war, wie er sagte, warum wusste sie dann nichts davon?

Es gab nur eine plausible Antwort.

Die Dunkelzeit …

»Wie alt bin ich damals gewesen?«, erkundigte sie sich vorsichtig.

»Nicht sehr alt«, erwiderte Polyphemos und bestätigte damit ihre Vermutung. »Ein Mädchen noch.«

»Aber wieso ...? Wie ...?«

Sarah wusste nicht, was sie erwidern sollte. Myriaden von Fragen stürzten gleichzeitig auf sie ein. Ihr Leben lang hatte sie versucht, den Vorhang des Vergessens zu lüften und zu erfahren, was in der Vergangenheit geschehen war. Nun stand sie zum ersten Mal jemandem gegenüber, der ein Zeuge jener frühen Tage gewesen war.

Nicht, dass der alte Gardiner ihr nicht von ihrer Kindheit erzählt hätte. Aber stets hatte sie dabei das Gefühl gehabt, dass er ihr etwas verschwieg. Nun schien sich die Chance zu ergeben, Antworten auf all die Fragen zu bekommen, die sie sich insgeheim schon immer gestellt hatte, zuvorderst jene, die ihr auch Mortimer Laydon in Newgate gestellt hatte. Selbst in seinem Wahn hatte Laydon erkannt, dass es diese Frage war, die Sarah vor allen anderen bewegte.

Die Frage nach ihrer Identität ...

»Sie können sich wirklich nicht erinnern?«, fragte Polyphemos. Ernüchterung schwang in seiner Stimme mit, als wäre eine Hoffnung, die er bis zuletzt gehegt hatte, zunichtegemacht worden.

»Nein«, gestand sie flüsternd.

»Dann ist es also wahr, was sie sagen.«

»Was wer sagt?«, fragte Sarah. »Von wem sprechen Sie? Was hat das alles zu bedeuten?«

»Ruhen Sie sich noch ein wenig aus«, wechselte der Zyklop das Thema. »Sobald es draußen dunkel ist, brechen wir auf. Fühlen Sie sich stark genug, die Reise fortzusetzen?«

»Natürlich«, versicherte Sarah und richtete sich auf dem behelfsmäßigen Lager auf, das aus einer Wolldecke und einem mit Heu gestopften Kissen bestand. Dass sie sich völlig entkräftet fühlte und das Gefühl hatte, ihr Schädel wolle zerspringen, behielt sie geflissentlich für sich. »Aber Sie haben meine Frage noch nicht beantwortet. Warum bin ich hier? Warum sind Sie hier? Was hat das alles zu bedeuten?«

»Was glauben Sie?«

Sarah schnaubte. »Als ob es eine Rolle spielen würde, was ich glaube und was nicht.«

»Der Glaube spielt immer eine Rolle, Lady Kincaid. Zusammen mit der Liebe bildet er die stärkste Macht auf Erden. Ihre Feinde wissen das und haben sich dieses Wissen zunutze gemacht. Eine Verschwörung, deren Wurzeln Jahrtausende zurückreichen, nimmt ihren Gang – und ohne, dass Sie es wollten oder auch nur davon wussten, sind Sie zu ihrem Mittelpunkt geworden.«

»Ich?«, fragte Sarah. Sie hatte es aufgegeben, an den Worten des Einäugigen zu zweifeln. Sie würde keine Antworten bekommen, wenn sie nicht bereit war, Vertrauen zu schenken. »Wieso ausgerechnet ich?«

»Weil Sie als Einzige in der Lage waren, die Quelle des Lebens zu finden und das Elixier zu beschaffen.«

»Unsinn«, wehrte Sarah ab. »So schwer ist das nicht gewesen.«

»Weil Ihre Intuition Ihnen den Weg gewiesen hat«, meinte Polyphemos überzeugt. »Andere jedoch, die nach der Quelle suchten, haben sie nie gefunden, weil sie weder Ihr Wissen besaßen noch Ihre Erfahrung.«

Sarah überlegte. Sollte sie tief in ihrem Inneren tatsächlich gewusst haben, wo sich der verborgene Schacht befand? Das wäre zumindest eine Erklärung dafür gewesen, dass ihr jener rätselhafte Mönch erschienen war und den Weg gewiesen hatte.

»Aber das würde ja bedeuten, dass ... dass ich schon einmal an der Quelle des Lebens gewesen bin«, folgerte sie.

»Ist Ihnen die Erzählung von Inanna und Tammuz vertraut?«, erkundigte sich der Zyklop.

»Nicht genau«, gab Sarah zu. »Ich weiß, dass beide Götter des sumerischen Pantheon gewesen sind, aber ...«

»Tammuz war Inannas Geliebter«, sprang Hingis ihr bei, der

in den altorientalischen Mythen besser bewandert schien. »Während Inanna die Göttin der Fruchtbarkeit und des Krieges war, wachte Tammuz als Gott des Feldes und der Natur über Wälder und Fluren. Aus Gründen, die nicht näher bekannt sind, begab sich Inanna jedoch auf eine Reise in die Unterwelt, von der sie beinahe nicht zurückkehrte. Um sie zu retten, nahm Tammuz ihre Stelle ein.«

»Das ist wahr«, bestätigte Polyphemos, dessen Auge sich während Hingis' Erzählung geschlossen hatte, als könne er im Geiste alles vor sich sehen. »Um Inanna zu retten, gab Tammuz ihr das Wasser des Lebens, und die Göttin konnte in ihre Welt zurückkehren.«

»Eine schöne Geschichte«, bestätigte Sarah. »Und was hat sie mit mir zu tun?«

»Diese Geschichte«, erwiderte der Zyklop, »ist die Antwort auf Ihre Frage. Ihr Verstand und Ihr Wissen haben Ihnen den Weg zur Quelle des Lebens gewiesen. Den letzten, entscheidenden Schritt jedoch hat Ihre Erinnerung für Sie getan.«

»U-und das heißt?«, fragte Sarah, obgleich sie ahnte, dass die Antwort sie ängstigen würde.

»Das wissen Sie doch längst«, sagte der Zyklop leise und starrte sie aus seinem einen Auge durchdringend an. »Sie selbst sind Inanna.«

Sarah kam nicht dazu, über diese neue, über alle Maßen irrationale Enthüllung bestürzt oder auch nur verwundert zu sein, denn kaum hatte Polyphemos ausgesprochen, überschlugen sich die Ereignisse.

Mit lautem Bersten brach der morsche Riegel, der die Hütte verschloss, und die Tür flog krachend auf. Mehrere Männer, die den roten Fes und die blaue Uniform der osmanischen Truppe trugen, stürmten herein, schussbereite Remington-Hinterlader im Anschlag.

»Keine Bewegung!«

Trotz der Warnung fuhr Sarah hoch, während Polyphemos und Hingis herumwirbelten. Die Hand des Zyklopen wollte unter seinen Umhang gleiten, wo er die Sichelklinge verbarg – der Anblick der Gewehrmündungen, die geradezu erpicht darauf schienen, bleiernes Verderben zu spucken, ließ ihn jedoch davon Abstand nehmen. Rasch wurde er entwaffnet, dann packte man die Gefährten und bugsierte sie aus der Hütte, auch Sarah, die man kurzerhand auf die Beine zog und die auf den ersten Schritten Mühe hatte, sich aufrecht zu halten.

Draußen war es schneidend kalt. Dem Rauschen nach zu urteilen, befanden sie sich in der Nähe des Flusses. Offenbar hatte Polyphemos Sarah ein gutes Stück getragen, während sie ohne Bewusstsein gewesen war.

Die Nacht war noch nicht hereingebrochen, dennoch dunkelte es bereits. Nur vereinzelt waren orangerote und violette Flecke am Himmel zu entdecken, der Rest war von dunklen Wolken übersät, die baldigen Regen verhießen. Dichter Baumbestand umgab die einfache Hirtenbehausung, die Sarah und ihren Gefährten als Zuflucht gedient hatte. Davor hatten zwei Dutzend türkische Soldaten Aufstellung genommen, alle zu Pferde. Der Anblick entmutigte Sarah. Gegen eine solche Übermacht hatten sie nicht die geringste Chance ...

Man wies sie an, sich vor der Hütte aufzustellen, und Sarah befürchtete schon, dass man an ihnen ein Exempel statuieren und sie standrechtlich erschießen würde. Aber dann traten die Soldaten zurück und machten für ihren Anführer Platz, einen osmanischen Obristen, dessen blauer Uniformmantel nicht nur die üblichen Arabesken aufwies, sondern darüber hinaus auch mit goldfarbenen Epauletten versehen war.

»Tally-ho! Da haben wir den Fuchs also endlich gefangen ...«

Sarah stutzte, als sie die Stimme hörte, die nicht etwa türkisch, sondern in akzentfreiem Englisch sprach und ihr nur zu vertraut vorkam. Ungläubig blickte sie auf und erkannte hinter dem angeklebten Bart und der falschen Gesichtsfarbe tatsächlich altbekannte Züge ...

»Cranston«, zischte sie.

»Sehr gut.« Der Doktor nickte. »Wie haben Sie mich trotz dieser Maskerade erkannt?«

»Ihr fauliger Gestank hat Sie verraten.«

»Charmant.« Er schnitt eine Grimasse.

»Warum sind Sie hier?«, erkundigte sich Hingis aufgebracht. »Was haben Sie hier zu schaffen? Warum kümmern Sie sich nicht um Ihren Patienten, anstatt albernen Mummenschanz zu treiben?«

»Dieser Mummenschanz, wie Sie es nennen, kann in diesen unruhigen Tagen den Unterschied zwischen einem toten und einem lebenden Ausländer bedeuten«, erwiderte Cranston ungerührt. »Und was meinen Patienten betrifft – ihn kann ohnehin nur noch eines retten. Nicht wahr, Lady Kincaid?«

Sarahs Brust hob und senkte sich unter wütenden Atemzügen, aber sie erwiderte nichts.

»Nun kommen Sie schon, ich weiß, dass Sie das Wasser des Lebens gefunden haben. Oder wie wäre es sonst zu erklären, dass wir den Eingang verschlossen und den Schacht verschüttet vorgefunden haben?«

»Ich weiß nicht, wovon Sie sprechen«, behauptete Sarah.

»Leugnen Sie es nicht. Ich weiß, dass Sie in der alten Kirche gewesen sind. Ihr ach so tapferer Führer hat es mir gesagt.«

»Perikles?« Sie horchte auf.

»Zuerst wollte er nicht reden, aber dann ist es munter aus ihm herausgesprudelt – leider zu spät. Er war nicht mehr zu retten.«

»Lügner«, begehrte Sarah auf. »Sie haben ihn erschossen!«

»In seinem Zustand war es das Einzige, was ich noch für ihn tun konnte«, erklärte Cranston mit grausamem Lächeln. »Bedauerlicherweise währte seine Sturheit zu lange, als dass wir Ihren feigen Anschlag noch hätten verhindern können.«

»So ist das Leben«, stellte Hingis gleichmütig fest. »Wie gewonnen, so zerronnen.«

»Nicht ganz. Die Gräfin wird nicht begeistert darüber sein, dass die Quelle des Lebens zerstört wurde. Aber immerhin haben wir ja noch die Probe, die Lady Kincaid entnommen hat, anhand derer wir eine chemische Analyse …«

»Sie irren sich«, sagte Sarah schnell.

»Inwiefern?«

»Es gibt keine Probe.«

»Sie wollen mir weismachen, Sie hätten das Elixier des Lebens nicht beschafft? Nachdem Sie eine so weite und gefahrvolle Reise auf sich genommen haben? Nachdem Sie so kurz davorstanden, Ihren geliebten Kamal zu retten?«

»Da war kein Elixier«, behauptete Sarah, »und der Einsturz des Stollens ist nichts als ein Unfall gewesen.«

»Eine hübsche Geschichte.« Cranston nickte. »Und nun die Wahrheit: Sie sind in den Schacht gestiegen und haben das Wasser des Lebens besorgt. Anschließend haben Sie zusammen mit Ihren Kumpanen den Einstieg unzugänglich gemacht.«

»Sie phantasieren«, sagte Sarah nur.

»Vielleicht.« Er nickte. »Vielleicht aber auch nicht.«

Er wies zwei seiner Leute an, in die Hütte zu gehen und sie zu durchsuchen. Kurz darauf kehrten die beiden zurück, Sarahs Feldflasche in den Händen, die der Arzt grinsend entgegennahm.

»Sieh an«, meinte er. »Sollte es das sein, was wir suchen?«

»Nein«, widersprach Sarah, ohne mit der Wimper zu zucken. »Das ist nur gewöhnliches Quellwasser.«

»Ach ja?« Cranston grinste. »Dann wird es Ihnen sicher nichts ausmachen, wenn ich die Flasche vor Ihren Augen ausleere?«

»Warum sollte es?« Sarah verzog keine Miene, obwohl sie am liebsten laut geschrien hätte. Genau das war eingetreten, wovor sie sich die ganze Zeit über gefürchtet hatte: Sie musste Leben gegen Leben abwägen.

Was wog schwerer?

Das Wohl des Mannes, den sie über alles liebte und um den zu retten sie all dies auf sich genommen hatte? Oder das all jener unschuldigen Menschen, die zu Schaden kommen mochten, wenn der Orden seine wahnwitzigen Pläne verwirklichte?

Sarah musste entscheiden, und sie hasste sich dafür. Sie wollte Kamal nicht verlieren, aber sie wusste, dass er als stolzer Sohn der Tuareg niemals gewollt hätte, dass sein Leben mit dem Blut anderer erkauft wurde. Selbst wenn sich Sarah dazu hätte entscheiden können – Kamal hätte es ihr nie verziehen ...

Gebannt schaute sie zu, wie Cranston den Schraubverschluss öffnete und die Flasche langsam umdrehte. Jeden Augenblick würde sich der kostbare Inhalt aus dem Flaschenhals ergießen und im Morast versickern – dass er es nicht tat, lag an Polyphemos, der einen heiseren Schrei ausstieß.

»Nein!«, gebot er mit lauter Stimme, worüber Sarah gleichermaßen erleichtert wie entsetzt war. »Tun Sie das nicht!«

»Sieh an.« Mit breitem Grinsen schraubte Cranston die Flasche wieder zu. »Der Verräter zeigt sich reumütig.«

»Keineswegs«, versicherte der Zyklop. »Aber das Wasser hat seine Wirkung noch nicht getan. Noch ist die Prophezeiung nicht erfüllt.«

»Ich glaube nicht an derlei Hokuspokus«, stellte Cranston klar. »Meine Aufgabe ist es, das Zeug sicher zur Gräfin von Czerny zu bringen, nicht mehr und nicht weniger.«

»Das verstößt gegen die Abmachung«, sagte Sarah. »Ich sollte das Elixier persönlich nach Saloniki bringen.«

»Die Abmachung wurde geändert«, erklärte der Arzt, »und daran tragen Sie selbst Schuld. Sie hätten die Quelle des Lebens nicht zerstören sollen.«

»Als ob das etwas geändert hätte«, stichelte Hingis. »Ihre Anwesenheit und dieser lächerliche Aufzug sind doch Beweis genug dafür, dass Sie sich nicht an die Vereinbarung gehalten haben.«

»Genau wie Sie«, beschied Cranston ihm lächelnd. »Es herrscht also Gleichstand.« Er winkte einen seiner Leute heran, der die Flasche entgegennahm und sie zum Schutz in einen metallenen Köcher gab, den er an einem Riemen über der Schulter trug. Daraufhin schwang sich der Mann in den Sattel und gab seinem Pferd die Sporen, das sich wiehernd aufbäumte und auf donnernden Hufen davonjagte.

»Wohin reitet er?«, wollte Sarah wissen, die nicht nur den Reiter im Dunkel der Nacht entschwinden sah, sondern mit ihm auch alle Hoffnung für Kamal.

»Das werden Sie noch früh genug erfahren«, gab Cranston barsch zur Antwort. Dann wies er seine Leute an, Sarah und ihre Begleiter an den Handgelenken zu fesseln. Als Polyphemos wütend schnaubte und Widerstand zu leisten drohte, rissen die Soldaten ihre Gewehre in den Anschlag und wollten feuern.

»Nicht, Polyphemos!«, rief Sarah ihn zurück.

»Aber ich habe geschworen, Sie zu beschützen ...«

»Sie beschützen mich nicht, indem Sie sich opfern. Wenn Sie mir helfen wollen, dann bleiben Sie am Leben, haben Sie verstanden?«

Der Einäugige schien einen Moment unentschlossen. Dann nickte er und ließ die Hände sinken, um sich die Fesseln anlegen zu lassen.

Die Soldaten verloren keine Zeit und rüsteten zum Aufbruch. Während Sarah auf ein Pferd gesetzt und an Sattelknauf und Steigbügel gebunden wurde, damit sie nicht fliehen konnte, mussten Hingis und Polyphemos zu Fuß gehen. An langen, um ihre Handgelenke gebundenen Stricken würden zwei der Soldaten sie hinter sich herziehen.

Vergeblich setzte sich Sarah für ihre Freunde ein. Cranston lachte nur und murmelte etwas von Verrat und Bestrafung, ehe er selbst in den Sattel stieg und den Befehl zum Aufbruch gab.

10.

Reisetagebuch Sarah Kincaid
Nachtrag

Wieder wurden wir gefangen. Diesmal jedoch befinden wir uns nicht in der Gewalt der Türken, sondern in der meiner alten Feinde, die ich einmal mehr unterschätzt habe. Der Arm der Bruderschaft reicht weiter, als ich je vermutet hätte, selbst das osmanische Militär kann sich ihrem Einfluss nicht entziehen. Den Soldaten, die uns bewachen, scheint es einerlei zu sein, in wessen Diensten sie stehen, solange der Sold stimmt. Und Geld wiederum scheint nicht das Problem der Bruderschaft zu sein ...

Die ganze Nacht hindurch sind wir geritten. Mehrmals bin ich dabei eingeschlafen, und hätten die Fesseln mich nicht daran gehindert, wäre ich wohl aus dem Sattel gefallen. Die Schläfen schmerzen noch immer, auch die Übelkeit hat sich noch nicht gelegt, aber ich will mich nicht beklagen, denn im Vergleich zu dem Schicksal, das meine Gefährten ereilt hat, scheint mir dies ein mildes Los zu sein.

Einige Stunden lang ist Friedrich Hingis tapfer marschiert, dann brach er zum ersten Mal entkräftet zusammen. Indem sie ihn mit der flachen Säbelklinge schlugen, trieben Cranstons Schergen ihn weiter und weiter, meinen empörten Protesten zum Trotz – bis er schließlich bewusstlos niedersank. Cranston untersuchte ihn und befahl, sehr zur Erheiterung der Männer, ihn quer über den Rücken eines der Packpferde zu legen, wie einen Teppich, den man zum Basar befördert.

Polyphemos hat seinen Feinden diesen Triumph nicht gegönnt. Aus unerklärlicher innerer Kraft schöpfend, hat er die Strapaze tapfer ertragen, auch dann, als der Pfad in steilen Windungen über die südlichen Ausläufer des Tomaros führte.

Die Berge haben wir inzwischen hinter uns gelassen und den Luros überwunden, und ich frage mich, wohin die Reise uns führen wird. Zu Beginn hatte ich angenommen, dass man uns den türkischen Behörden überantworten würde, die uns nach dem Massaker im Wald mit hoher Wahrscheinlichkeit zum Tod, ganz sicher aber zu lebenslanger Kerkerhaft verurteilen würden. Doch der Plan unserer Feinde scheint ein anderer zu sein, denn als im Osten der Morgen graut, beleuchtet er das schimmernde Band des Arachthos, der die Grenze zwischen dem osmanischen Epiros und dem griechischen Thessalien bildet.

Mir wird klar, dass man vorhat, uns außer Landes zu schaffen …

Arachthos, Epiros
Früher Morgen des 8. November 1884

»Ich will absteigen«, verlangte Sarah, als der Zug endlich angehalten hatte.

»Wozu?«, fragte Cranston.

»Wozu wohl?«, schnaubte Sarah. Während des gesamten Ritts hatte sie sich tapfer beherrscht. Nun jedoch verlangte die Natur unwiderruflich nach ihrem Recht.

Cranston lachte ölig. Dann wies er zwei seiner Leute an, Sarahs Ersuchen nachzukommen.

Als man die Stricke löste, mit denen sie festgebunden war, wäre Sarah beinahe vom Pferd gefallen, so steif und durchgefroren war ihr Körper und so müde war sie vom langen Ritt. Vorsichtig ließ sie sich seitlich aus dem Sattel gleiten und sah sich von einem Pulk halbnackter Männer umgeben, die das Blau ihrer osmanischen Uniformen gegen zivile Kleidung tauschten: Hosen und Tuniken aus weichem Linnen, dazu weite Umhänge oder Westen aus Schafsfell. Den unumgänglichen Fes behielten sie meist auf oder umwickelten ihn mit hellem Stoff, sodass ein Turban daraus wurde; auch die Waffen behielten sie bei sich. Solange sie nicht sprachen, hätte sie nun jeder Beobachter für eine Bande griechischer Freiheitskämpfer halten können, was aus Sarahs Sicht nur einmal mehr den Irrsinn dieser Auseinandersetzung illustrierte.

Cranston, der den falschen Schnurrbart abgenommen und sich die Farbe aus dem Gesicht gewischt hatte, übernahm es persönlich, sie ein Stück von den anderen wegzuführen – mit vorgehaltenem Revolver.

»Fürchten Sie sich so sehr vor mir?«, erkundigte sich Sarah mit unverhohlenem Spott.

»Von Furcht kann keine Rede sein, meine Teure. Aber man hat mich gewarnt, dass Sie immer für eine Überraschung gut sind. Nach allem, was ich erlebt habe, kann ich das nur bestätigen.«

Auf einer kleinen Lichtung, die von dichtem Strauchwerk umgeben war, blieb Sarah stehen. »Drehen Sie sich um«, verlangte sie.

»Ich bin Arzt, meine Teure. Sie haben nichts, das ich nicht schon gesehen hätte.«

Sarah sandte ihm einen vernichtenden Blick. Als Cranston jedoch keine Anstalten unternahm, sich als Gentleman zu erweisen, wandte sie sich selbst ab und tat, was die Natur von ihr verlangte. Cranstons Blick dabei in ihrem Nacken zu spüren und sein hämisches Gelächter zu hören war demütigend.

»Erinnern Sie sich an den Schwur, den ich geleistet habe?«, erkundigte sie sich, nachdem sie sich wieder angekleidet hatte.

»Durchaus – Sie wollten mich zur Rechenschaft ziehen, wenn Kamal ein Leid zustößt.«

»Falsch.« Sie schüttelte den Kopf. »Ich werde Sie auf jeden Fall zur Rechenschaft ziehen, Cranston. Sie sind ein Schwein und ein gemeiner Mörder, und dafür werden Sie bezahlen.«

»Noch ein Schwur?«, fragte er unbeeindruckt.

»Nennen Sie es ein Versprechen«, sagte sie, ließ ihn stehen und ging zurück zum Rastplatz, ohne sich noch einmal umzudrehen.

Die Verwandlung der Männer war inzwischen vollzogen. Auf Cranstons Befehl hin bestiegen sie die Pferde. Durch den Wald trieben sie ihre Gefangenen die Uferböschung hinab und gelangten zu der Kiesbank, die das Flussbett zu beiden Seiten säumte und eine Furt geformt hatte.

Schon trieben die Ersten ihre Pferde in das eiskalte Nass, in dem die Tiere zunächst bis über den Bauch versanken. Dann jedoch stieg der Grund wieder an, und man gelangte ohne Mühe auf die andere Seite. Ein Soldat nach dem anderen passierte die Furt, auch Sarahs Rappe wurde am Zügel ins Wasser gezerrt. Da sie wieder an Sattel und Steigbügel gefesselt war, würde sie elend ertrinken, wenn ihr Pferd stürzte oder abgetrieben wurde, aber sie verzichtete auf jeden Protest. Cranston und seine Schergen hätten ohnehin nur darüber gelacht.

Sarah spürte das kalte Wasser, das in ihre Stiefel drang und an den Hosenbeinen emporkroch, und sie fühlte den Druck der Strömung an ihren Unterschenkeln. Der Hengst warf unruhig das Haupt zurück, und da sie ihn weder mit den Zügeln dirigieren noch beruhigend tätscheln konnte, sprach Sarah mit leiser Stimme auf ihn ein und versuchte, ihn so gut wie möglich durch Schenkeldruck zu lenken. Ein gutes Stück rechts von ihr wurde Polyphemos durch den Fluss gejagt. Wie ein Standbild ragte er inmitten des türkisgrünen Wassers auf und stemmte sich gegen die Strömung.

Endlich hatte Sarahs Pferd das gegenüberliegende Ufer erreicht, und sie blickte sich suchend nach Hingis um. Sie entdeckte den Freund mitten im Fluss, noch immer ohne Besinnung und quer über dem Rücken des Packpferdes hängend. Die Soldaten, die das Tier durch den Fluss trieben, sorgten dafür, dass Hingis sowohl mit dem Kopf als auch mit den Füßen ins eisige Wasser tauchte.

Prompt erwachte er und verfiel in heiseres Geschrei und wildes Gestrampel, was die Männer an beiden Ufern mit dröhnendem Gelächter quittierten.

»Wollt ihr wohl damit aufhören, ihr groben Kerle?«, ergriff Sarah für den Freund Partei, der weiter hilflos um sich schlug.

Die Soldaten jedoch lachten nur noch lauter – auch dann noch, als Hingis vom Pferd rutschte und im nächsten Moment kopfüber in den Fluss stürzte. Sofort erfasste ihn die Strömung und riss ihn davon.

»Hilfe!«, brüllte der Schweizer aus Leibeskräften. »Ich ertrinke ...!« Die letzten beiden Silben gingen in ein panisches Gurgeln über, als er untertauchte.

»Cranston!«, rief Sarah aufgebracht. »Worauf warten Sie? Holen Sie ihn gefälligst da raus, er kann nicht schwimmen!«

»Pech für ihn«, entgegnete Cranston kaltschnäuzig, während der jammernde Hingis weiter abgetrieben wurde, dabei in heller Todesangst schreiend und hilflos mit den Armen rudernd.

Vergeblich versuchte Sarah, die frisch geknüpften Knoten um ihre Handgelenke aus eigener Kraft zu lösen. Das Ergebnis war, dass die Stricke nur noch tiefer in ihre Gelenke schnitten. »Verdammt, unternehmen Sie doch etwas«, verlangte sie aufgebracht. »Er wird ertrinken ...«

»Sieht ganz so aus«, pflichtete Cranston grinsend bei. Noch einige quälende Augenblicke, in denen das Schreien und Gurgeln Friedrich Hingis' heiser zu ihnen herüberdrang, wartete er ab. Erst dann gab er seinen Leuten die Anweisung, sich ein Seil zu greifen und den jammernden Gelehrten aus dem Fluss zu ziehen.

Sarah atmete auf und wollte Hingis zurufen, dass Hilfe unterwegs sei – aber sie konnte den Gefährten nirgends mehr entdecken! Noch vor wenigen Augenblicken war sein durchnässter Schopf deutlich auszumachen gewesen, nun jedoch war er verschwunden. Und was noch schlimmer war: Hingis' Geschrei war jäh verstummt.

»Nein«, flüsterte Sarah flehentlich und brachte ihr Tier durch Schenkeldruck dazu, sich herumzudrehen. Aber wohin sie auch blickte, nirgendwo war eine Spur von Friedrich Hingis zu entdecken. Vergeblich hielt Sarah nach aufsteigenden Luftblasen oder anderen Lebenszeichen Ausschau – die Einsicht war so schlicht wie schockierend. Die Strömung hatte Hingis erfasst und fortgerissen.

Er war ertrunken ...

»Aufsitzen«, ordnete Cranston an. »Wir reiten weiter.«

»Sie wollen weiterreiten?«, fragte Sarah. »Und noch nicht einmal nach ihm suchen?«

»Wozu?« Cranston zuckte mit den Achseln. »Wenn er es bis jetzt noch nicht geschafft hat, wieder an die Oberfläche zu gelangen, dann ist er tot. Und ich werde seinen Leichnam gewiss nicht aus dem Fluss fischen lassen, um ihn anschließend in der Erde zu verscharren. Für derlei Unfug haben wir keine Zeit.«

»Unfug?«, fragte Sarah. »Sie bezeichnen das Begräbnis eines Menschen, den Sie selbst in den Tod getrieben haben, als Unfug?«

»Wenn man es zu etwas bringen will, muss man Prioritäten setzen, Lady Kincaid. Die Gräfin von Czerny erwartet uns so bald wie möglich.«

»Und Sie tun alles, was die Gräfin Ihnen sagt, nicht wahr?«, zischte Sarah aufgebracht, die ihre Bestürzung und die Trauer über Friedrich Hingis' ebenso plötzlichen wie sinnlosen Tod mit einem Wutausbruch zu übertünchen versuchte. »Wie ein braves Schoßhündchen.«

»Durchaus nicht«, verneinte der Arzt kopfschüttelnd. »Aber ich habe etwas begriffen, das Ihnen trotz Ihres vielgerühmten Scharfsinns noch immer nicht bewusst geworden zu sein scheint.«

»Und das wäre?«, fragte sie schnaubend.

»Dass diese Leute sehr viel größere Macht besitzen, als wir uns vorstellen können. Schon sehr bald, Sarah, werden sie die ganze

Erde beherrschen – und mit den zukünftigen Herren der Welt lässt sich nicht feilschen.«

Damit riss er sein Pferd herum und gab ihm die Sporen.

Sarah blieb schweigend zurück. Sie war dankbar dafür, dass in diesem Augenblick Regen einsetzte und die Tropfen in ihrem Gesicht die bitteren Tränen übertünchten, die ihr in gezackten Rinnsalen über die Wangen liefen.

11.

Reisetagebuch Sarah Kincaid
Nachtrag

Unsere Reise dauert an. Unerbittlich treiben unsere Häscher die Pferde an, rasten nur, um sich selbst oder den Tieren eine kurze Erholung zu gönnen. Da der Regen anhält und den gestampften Pfad in weichen Morast verwandelt, kommen wir langsamer voran als am Tag zuvor.

Zwischen den weißen Gipfeln des Lakmos im Norden und denen des Athamanon im Süden dringen wir dennoch immer weiter nach Osten vor. Über einen Bergpass, der scharf wie ein Messer durch die Gebirgszüge schneidet, erreichen wir die Weite der thessalischen Ebene, die sich im blassen Licht des Nachmittags vor uns ausbreitet, zur Linken begrenzt von riesigen, Hunderte von Yards aufragenden Felsen, die die Faust eines Titanen aus dem Berg gemeißelt zu haben scheint.

An den Fuß dieser steinernen Giganten schmiegt sich dichter Baumbewuchs, der die Farben der späten Jahreszeit angenommen hat. Auf den kahlen Kuppen jedoch sind, scheinbar allen Naturgesetzen zum Trotz, braungelbe Mauern und rote Dächer zu erkennen: Gebäude, die vor langer Zeit dort in luftiger Höhe errichtet wurden.

Die Klöster von Meteora …

Ich blicke in Cranstons Gesicht und sehe ein zuversichtliches Lächeln – und ich beginne zu ahnen, was das Ziel unserer Reise ist …

Meteora, Thessalien
9. November 1884

»Nun?«

Ludmilla von Czernys bleiche Miene war angespannt. Unverwandt starrte sie in die reglosen, vom Fieber ausgezehrten Gesichtszüge Kamal Ben Naras und wartete auf eine Regung.

Längst war der Bote eingetroffen und hatte ihr die Flasche mit dem Wasser übergeben. Dass jene unscheinbare, allenfalls etwas trübe Substanz solch denkwürdige Eigenschaften haben sollte, war schwer zu glauben, aber die Gräfin hatte gelernt, ihre Zweifel hintanzustellen. Glaubwürdig war für sie letztlich das, was ihr zu ihrem Recht verhalf.

Und sie hatte manches Recht einzufordern …

Noch einmal setzten ihre beringten Finger das Reagenzglas, in das sie einen Teil des Wassers gefüllt hatte, an Kamals Lippen und schütteten auch noch den letzten Tropfen daraus in seine Kehle, ungeduldig auf eine Veränderung wartend.

Und sie erfolgte.

Als Kamal Ben Naras Brustkorb sich dehnte und er erstmals nach vielen Wochen nicht mehr leise und flach, sondern tief und deutlich hörbar atmete, da wusste die Gräfin, dass ihr Auftraggeber sich nicht geirrt hatte. Ihre Faust ballte sich in stillem Triumph – so fest, dass das Glas darin knirschend zerbrach und die Scherben in ihre weißen Handflächen schnitten.

Ludmilla von Czerny nahm es nur am Rande wahr.

Wie gebannt starrte sie auf die Gesichtszüge Kamals, in die mit einem Mal wieder Leben zu kommen schien. Es war keine Wunderheilung, wie die Gräfin sie erwartet hatte, die ihn von einem Augenblick zum anderen genesen ließ; aber es war zu erkennen, dass das Fieber bereits ein wenig nachgelassen hatte. Kamals Züge entspannten sich, sein Brustkorb hob und senkte sich unter gleichmäßigen Atemzügen. Sein Mund öffnete sich, und seine

Zunge befeuchtete die Lippen. Auf unerklärliche Weise sah er nicht mehr wie ein Todkranker aus, sondern wie jemand, der sich auf dem Weg der Besserung befand. Die Muskeln in seinem Gesicht bewegten sich, aber es waren nicht länger unkontrollierte Zuckungen, sondern die Mimik von jemandem, der allmählich aus tiefem Schlaf erwachte.

Die Gräfin wich nicht von seiner Seite.

Wäre es nach Cranston gegangen, hätte auch er diesem denkwürdigen Vorgang beigewohnt, aus wissenschaftlichem Interesse, wie er sagte. Aber sie legte keinen Wert darauf, den Quacksalber bei sich zu haben. In ihren Augen war Cranston ein Diener, ein nützliches Werkzeug, nichts weiter. Wenn er sich Chancen ausrechnete, in der Hierarchie der Organisation aufzusteigen, so war das seine Sache. Sie, Ludmilla von Czerny, hatte einen festen Platz in der Neuen Ordnung ...

Ein süßliches Lächeln glitt über ihre blassen Züge, und sie löste die beiden Nadeln, die ihr Haar zusammengehalten hatten. Blond und offen wallte es über ihre Schultern und ließ sie in jugendlicher Schönheit erstrahlen. Sie beugte sich zu Kamal hinab und küsste ihn zuerst sanft auf die Stirn, dann auf die Augen und zuletzt auf den Mund. »Erwache«, flüsterte sie dazu – und tatsächlich regten sich die Züge des Schlafenden abermals.

Sanft streichelte sie sein bärtiges Gesicht, strich ihm eine Haarsträhne aus der Stirn – und diese Berührung war es, die ihn zu sich kommen ließ. Wie ein Schiffbrüchiger, der über Wochen auf See gewesen war und kaum mehr hoffen durfte, die Gestade der Heimat noch einmal zu sehen, kehrte Kamal Ben Nara zurück.

Einen tiefen Atemzug nehmend, schlug er die Augen auf – und blickte in Ludmilla von Czernys anmutige Züge. Ihr Lächeln schien alles Glück, ihre Tränen alle Freude und ihre Schönheit alle Verlockungen dieser Welt zu verheißen.

»Willkommen zurück, Geliebter«, hauchte sie.

»Wir sind da.«

Es war am Abend des zweiten Tages, als Horace Cranston das erlösende Signal gab. Längst hatte Sarah erkannt, wohin die Reise führte, aber auf eine geradezu bestürzende Weise war es ihr gleichgültig geworden.

Was spielte es noch für eine Rolle, wohin sie gebracht wurde? Alles, alles hatte sie verloren, sie sah keine Hoffnung mehr. Nur ihre Wut war ihr geblieben, haltloser Zorn, der sich in ihrem Unterleib ballte und den sie beinahe körperlich zu fühlen glaubte. Noch immer war ihr übel, aber sie nahm es kaum noch wahr. Das Wenige, das Cranstons Leute ihr in den vergangenen beiden Tagen zu essen gegeben hatten, in der Hauptsache altbackenes Weißbrot, hatte sie schon kurz darauf wieder von sich gegeben, zur Belustigung der Meute.

Ihr war elend zumute, auf eine Art, wie sie es nie zuvor erlebt hatte. Die Trauer über Hingis' Tod und der Verlust des Lebenswassers, das die letzte Hoffnung für Kamal bedeutet hatte, waren zu viel für sie gewesen. Zusammengesunken kauerte sie auf dem Rücken ihres Pferdes, und es war ihr egal, was mit ihr geschah.

Am Fuße eines der gewaltigen Felsentürme, die sich über die Ebene erhoben, war die Kolonne zum Stehen gekommen. Hoch über ihnen, oberhalb der schwarzgrauen Felsen, die sich in den wolkenverhangenen, von glutroten Adern durchzogenen Himmel reckten, waren die trutzigen Umrisse einiger Türme auszumachen – eines jener Klöster, die ab dem 14. Jahrhundert in luftiger Höhe errichtet worden waren und denen die Menschen der Umgegend den Namen *metéora* gegeben hatten.

Schwebende Felsen …

Insgesamt dreiundzwanzig dieser Klöster gab es, die von den kahlen Bergkuppen aus das Land überblickten. Um ungestört zu sein und sich mit ganzem Herzen der Kontemplation widmen zu können, hatten Mönche dieses freiwillige Exil gewählt, das sie dem Himmel näher sein zu lassen schien. Aber natürlich waren die Klöster von Meteora zu allen Zeiten auch ein ideales Versteck gewesen.

Nachdem die Mönche ihre einsamen Domizile nach und nach verlassen hatten, waren sie zur Zuflucht von flüchtigen Verbrechern und Wegelagerern geworden, und während der Kämpfe um Thessalien hatten sie den griechischen Freiheitskämpfern als Basis gedient. Und auch die Bruderschaft des Einen Auges schien die Vorteile eines solch entlegenen und nahezu uneinnehmbaren Stützpunkts erkannt zu haben ...

»Sie sind beeindruckt«, stellte Cranston grinsend fest, der sein Pferd an ihre Seite gebracht hatte.

Sie schüttelte den Kopf.

»Warten Sie es ab«, empfahl er ihr gönnerhaft. »Schon bald werden Sie *sehr* beeindruckt sein ...«

Er griff an das Holster an seinem Gürtel und öffnete es, zog die Armeepistole und gab einen Schuss in die Luft ab. Der Knall hallte peitschend über das Land und wurde von den umliegenden Felsentürmen zurückgeworfen. Schon kurz darauf konnte Sarah erkennen, wie sich hoch über ihren Köpfen unter dem weit vorspringenden Dach eines Eckturmes etwas löste und langsam herabgelassen wurde. Je näher es kam, desto deutlicher war zu erkennen, dass es sich um ein Netz handelte, das an einem armdicken Seil hing und das wohl die einzige Möglichkeit darstellte, auf halbwegs bequemem Wege hinaufzugelangen.

»Ein Aufzug«, erklärte Cranston überflüssigerweise. »Höchst primitiv, aber sehr nützlich.«

Eine Antwort blieb Sarah abermals schuldig. Ihr stand der Sinn nicht danach, die Sehenswürdigkeiten des Landes zu bestaunen. Ohne jede Regung wartete sie, bis sie vom Sattel losgebunden wurde, dann ließ sie sich seitlich vom Pferd gleiten. Ein Blick zu Polyphemos verriet ihr, dass der Zyklop nicht weniger erschöpft war als sie; dennoch schien der Blick seines einen Auges ihr Mut und Zuversicht zusprechen zu wollen – Eigenschaften, die Sarah irgendwo auf dem langen Ritt verloren hatte ...

Das Netz erreichte den Boden. Zwei von Cranstons Leuten nahmen es vom Haken ab und öffneten es, sodass man in das tropfenförmige Gebilde einsteigen konnte. Cranston war der Erste, gefolgt von Sarah, die man grob vorwärtsstieß. Sie stolperte und wäre gefallen, hätte sie sich nicht gerade noch an der groben Netzkonstruktion festhalten können. Zu ihnen gesellten sich zwei der Männer, von denen Sarah nicht mehr zu sagen vermochte, ob es sich nun um gekaufte türkische Soldaten handelte oder um gedungene Mörder der Bruderschaft. Möglicherweise auch eine Mischung aus beidem.

Das Netz wurde wieder eingehakt, das Seil straffte sich, und im nächsten Moment hob das Gebilde vom Boden ab.

»Faszinierend, nicht wahr?«, fragte Cranston, während sie an schroffem Gestein vorbei nach oben schwebten, umgeben von grobem Netzgewebe, das das rote Licht des Abends in glühende Schäfte teilte. »Alles, was benötigt wird, muss auf diese Weise nach oben gebracht werden. Menschen, Material, Proviant, sogar die Pferde. Haben Sie schon einmal einen Gaul in luftiger Höhe hängen sehen? Ein erhebender Anblick, kann ich Ihnen sagen.«

Sarah achtete nicht auf sein Geschwätz. Ihr Blick war gen Süden gerichtet, auf die weite Ebene, die sich dort erstreckte und im Dunst der Dämmerung verlor. Je höher sie gelangten, desto mehr Wind kam auf und desto kälter wurde es. Eisige Böen strichen an der Felswand entlang, erfassten das Netz und brachten es zum Schaukeln, was Cranstons Leute mit dumpfen Schreien quittierten.

»Nehmt euch zusammen, ihr Memmen!«, mahnte der Arzt. »Was soll Lady Kincaid von euch denken? Oder sollte Ihnen die Passage selbst nicht wohl bekommen, Mylady ...?«

Ihm war nicht entgangen, dass Sarahs Gesichtszüge immer bleicher geworden waren, seit sie den Boden verlassen hatten. Sie hatte den Fehler begangen, durch das Netz nach unten zu sehen, und angesichts des gähnenden Abgrunds, in den sie blickte, steigerte sich ihre Übelkeit nahezu ins Unermessliche.

Sie musste an sich halten, um sich nicht abermals zu übergeben. Sie schloss die Augen, dachte sich an einen anderen, weit entfernten Ort, worüber Cranston nur schadenfroh lachen konnte.

»Als Mediziner«, sagte er gelassen, »kann ich Ihnen versichern, dass Sie vom Aufprall so gut wie nichts spüren würden, wenn das Seil nachgäbe. Ist Ihnen das ein Trost?«

Sarah hörte nicht zu. Um sich zu beruhigen und wieder Herrin ihrer selbst zu werden, griff sie auf ein Ritual zurück, das sie der alte Gardiner gelehrt hatte und das beinahe so alt war wie die Menschheit – sie sprach ein Gebet. Eine ebenso knappe wie formlose Anrufung, in der sie um Vergebung bat für ihre Überheblichkeit, ihren Hochmut und die Menschenleben, die sie auf dem Gewissen hatte.

Warum, fragte sie sich, hatte sie nicht auf Hingis' Warnung gehört? Wieso war sie nicht umgekehrt, als sie noch die Zeit dazu gehabt hatte? Inzwischen war der Freund tot, genau wie du Gard und ihr Vater. Und für Kamal, der im fernen Saloniki weilte, gab es keine Hoffnung mehr. Die alte Regel, der zufolge jeder, der ihr nahestand, dafür mit dem Leben bezahlen musste, hatte sich einmal mehr bewahrheitet. Es war wie ein Fluch, der auf ihr lastete und sich einfach nicht abstreifen ließ ...

Endlich nahm die waghalsige Passage ein Ende. Die alten, teils verfallenen Gebäude des Klosters wurden sichtbar, und an der Mauer des Aufstiegsturmes glitten sie bis unter das weit vorspringende Dach. Darunter war der hölzerne Ausleger angebracht, über den der Seilzug lief. Nicht weniger als fünf Männer waren damit beschäftigt, die große Winde zu betätigen, die das Seil einholte oder abließ, und mit einem markigen Knirschen ging die Fahrt zu Ende.

Männer traten heran, die schwarze Pluderhosen und Tuniken

mit ebenso schwarzen Turbanen trugen. Zweifellos waren sie Schergen des Einen Auges, denn genauso waren auch jene Krieger bekleidet gewesen, mit denen es Sarah auf der Jagd nach dem Feuer des Re zu tun bekommen hatte. Lange schien dies zurückzuliegen, und in diesen Augenblicken kam es ihr fast vor, als wäre es nie geschehen ...

Sie leistete keinen Widerstand, als das Netz geöffnet und sie nach draußen gezerrt wurde. Sofort waren zwei Bewaffnete zur Stelle, um sie zu bewachen, während das Netz bereits wieder abgelassen wurde.

»Ein ideales Versteck, nicht wahr?«, fragte Cranston Beifall heischend. Er war an das hohe Fenster getreten und ließ seinen Blick über das weite, in Dunkelheit versinkende Land schweifen. »Wer käme schon darauf, uns hier zu suchen?«

»Ja«, sagte Sarah tonlos. »Wer wohl?«

»Offen gestanden«, meinte der Arzt und wandte sich wieder zu ihr um, »hätte ich nicht gedacht, dass Sie eine solch schlechte Verliererin sein würden. Nehmen Sie sich ein Beispiel an mir und sehen es als sportliche Herausforderung. Mal kriegen wir den Fuchs, mal entkommt er – so ist die Jagd. Tally-ho.«

Sarah blickte auf. Aus ihren dunkel umrandeten Augen, die erahnen ließen, wie krank sie sich fühlte, sandte sie ihm einen hasserfüllten Blick. »Sie sind ein Idiot, Cranston«, bescheinigte sie ihm ebenso leise wie endgültig. »Ihre ›sportliche Herausforderung‹ hat gute Menschen das Leben gekostet. Und was Kamal betrifft ...«

»Warten Sie es ab«, empfahl er ihr. »Ich sagte Ihnen doch, dass Sie noch sehr beeindruckt sein würden.«

»Inwiefern?«

»Wie ich schon sagte – warten Sie es ab.«

Da er nicht gewillt schien, mehr zu sagen, und sie weder in der Verfassung war noch die Geduld dazu hatte, ihn weiter zu drängen, schwieg sie und beschloss, einfach abzuwarten. Minuten vergingen, bis das Seil erneut abgelassen und wieder eingeholt worden war. Diesmal kauerte Polyphemos darin, in Gesellschaft zweier Wachen.

Um zu verhindern, dass er Widerstand leistete, hatte man ihm die Hand- und Fußgelenke mit Ketten gefesselt. Der Zustand des Zyklopen allerdings belegte, dass es der Ketten nicht bedurft hätte; seine hünenhafte Gestalt war zusammengesunken, der Blick des einen Auges gebrochen. Der zweitägige Marsch über die Berge hatte seine Kräfte am Ende doch ausgezehrt und ließ seine ohnehin deformierten und vom Feuer entstellten Züge noch grotesker wirken. Aus eigener Kraft schien er kaum noch in der Lage, sich zu bewegen.

Als seine Häscher ihn mit vorgehaltenen Waffen dazu aufforderten, verließ er das Netz, auf allen vieren kriechend. Sarah wollte ihm zur Hilfe eilen, aber ihre Bewacher hielten sie zurück. Der Blick, den sie Cranston daraufhin sandte, war derart wütend, dass der Arzt seine Leute anwies, sie gewähren zu lassen. Sarah stürzte zu dem Zyklopen, der sie so oft beschützt und ihr das Leben gerettet hatte, und half ihm, so gut ihre eigenen Fesseln es zuließen. Indem er sich auf sie stützte, kam er schwerfällig auf die Beine. Sein Atem ging keuchend, und seine Lungen rasselten, zum Sprechen war er nicht in der Lage.

»Ein bemerkenswerter Anblick«, kommentierte Cranston voller Häme. »Die Schöne und das Biest. Fast wie im Märchen – nur dass es für Sie beide kein glückliches Ende geben wird, fürchte ich ...«

Er wandte sich um und bedeutete den Gefangenen, ihm zu folgen. Eskortiert von den Wachen, verließen Sarah und Polyphemos den Aufstiegsturm durch einen schmalen Gang. Über eine Reihe von Stufen gelangten sie in einen langen Korridor, auf den zu beiden Seiten niedrige Türen mündeten. Einst mochten dies die Zellen der Mönche gewesen sein, inzwischen dienten die Kammern den Schergen der Bruderschaft als Quartier.

Durch den Korridor gelangten sie zu einer weiteren Tür, die in ein Treppenhaus führte. Sie folgten der Treppe in den ersten Stock, wo das Refektorium des ehemaligen Klosters untergebracht war, also jener Ort, wo sich die Mönche zu den Mahlzeiten und zu Versammlungen eingefunden hatten und der zusammen mit der Kirche den Mittelpunkt der Klosteranlage bildete.

Das Refektorium war ein weiter, jedoch vergleichsweise niedriger Raum, dessen Decke von dunklen Holzbalken getragen wurde. Nach drei Seiten hatte er Fenster, von denen zwei auf die beiden Innenhöfe der Anlage, das dritte jedoch in den gähnenden Abgrund blickten, der sich jenseits der Klostermauern erstreckte. Wie Sarah feststellte, hatte es zu regnen begonnen. Das Land versank hinter grauen Schleiern, heftiger Wind rüttelte am Fensterglas.

Eingerichtet war das Refektorium mit einer langen, von Stühlen gesäumten Tafel, die noch aus alter Zeit zu stammen schien. Am einen Ende stand ein erhöhter, mit kunstvollen Schnitzereien versehener Stuhl, auf dem einst der Abt Platz genommen hatte.

Als die Gefangenen das Refektorium betraten, saß zu ihrer Bestürzung eine ganz andere Person auf dem Stuhl, die sie bereits erwartet zu haben schien ...

»Willkommen im Meteoron«, grüßte Ludmilla von Czerny mit falschem Lächeln. »So sehen wir uns also wieder, nicht wahr?«

»Offenbar«, war alles, was Sarah darauf erwiderte.

»Was sagst du zu unserem Versteck?«, erkundigte sich die Gräfin.

»Ich würde sagen, es passt zu Ihnen.«

»Wie es heißt, wurden die Meteora-Klöster in alter Zeit mit Hilfe von Drachen errichtet, die in den Diensten der Mönche gestanden und sie an den Felswänden emporgetragen haben sollen«, erklärte die Gräfin ungerührt weiter.

»Nun«, sagte Sarah bissig, »wie es aussieht, hat zumindest einer dieser Drachen die Zeit überdauert, nicht wahr?«

Obwohl die Bemerkung auf ihre Kosten gegangen war, ließ Ludmilla von Czerny lautes Gelächter vernehmen, das allerdings ein wenig bemüht klang. »Du magst giften, wie du willst, Schwester«, konterte sie, »es ändert nichts daran, dass ich gewonnen habe.«

»Wo ist Kamal?«, wollte Sarah wissen.

»Rate«, feixte sie.

»Mir ist nicht nach Spielchen zumute«, grollte Sarah. »Wir hatten eine Abmachung ...«

»... die du gelöst hast, indem du die Quelle des Lebens zerstörtest!«, rief die Gräfin und sprang wütend auf.

»Sie war es nicht«, verschaffte sich Polyphemos Gehör und bemühte sich, seine gebückte Gestalt zu straffen. »Ich bin es gewesen. Mich allein trifft die Schuld.«

»Mit dir werde ich mich zu gegebener Zeit befassen, Verräter«, beschied sie ihm knapp. »Nicht genug damit, dass du die Bruderschaft hintergangen und dich gegen sie gewandt hast, du hast auch einen deiner Brüder getötet.«

»Und?«, fragte Polyphemos dagegen, mehr Trauer als Trotz in der Stimme. »Für ihn ist es eine Erlösung gewesen. Lieber tot als ein ewiger Sklave.«

»An diese Worte solltest du denken, wenn wir dich von den Klippen stürzen«, konterte die Gräfin gehässig. »Du hast den Tod dutzendfach verdient. Der einzige Grund, weshalb du noch am Leben bist, ist der ...«

Sie unterbrach sich, als würde ihr in diesem Augenblick bewusst, dass sie ein Geheimnis zu wahren hatte. Ihr Ärger verpuffte und ging in ein breites Lächeln über, das ebenso aufgesetzt wie böswillig wirkte. »Ihr habt alles darangesetzt, unsere Pläne zu vereiteln, aber es ist euch nicht gelungen. Und nun sind wir es, in deren Besitz sich das Wasser des Lebens befindet.«

»Das Wasser des Lebens war für Kamal bestimmt«, protestierte Sarah. »Es ist seine einzige Hoffnung auf Heilung.«

»Es *war* seine einzige Hoffnung auf Heilung«, verbesserte die Gräfin heiter.

Sarah stand wie vom Donner gerührt.

»Soll das heißen, dass er ...?«, hörte sie sich selbst sagen.

»Er lebt«, antwortete Ludmilla von Czerny ohne erkennbare Regung. »Er befindet sich auf dem Weg der Besserung.«

»Aber wie ...?«

»Du hast unsere Absichten von Beginn an missverstanden«, stellte die Gräfin fest. »Kamal zu töten war nie Teil unseres Plans.«

»Er lebt«, flüsterte Sarah, die ihr Glück in diesem Moment kaum fassen konnte. »Es geht ihm gut ...«

»In der Tat.«

»Wo ist er?«

»Nicht weit entfernt.«

»Etwa hier? Im Kloster?«

»Gut möglich.«

»Ich will ihn sehen«, verlangte Sarah, »sofort!«

»Später«, wehrte die Gräfin ab. »Es mag dir schwerfallen, es einzusehen, aber nicht du gibst hier die Regeln vor, sondern ich. Und ich sage, dass du deinen Traumprinzen erst dann wieder zu Gesicht bekommen wirst, wenn ich es dir erlaube.«

»Aber ich ...«

»Später!«, keifte die Gräfin, dass ihre Stimme sich überschlug und ihre smaragdgrünen Augen funkelten, als wollten tödliche Blitze daraus schlagen.

»Schlange!«, zischte Sarah.

»Du nennst mich eine Schlange?« Ludmilla von Czerny hob eine schmale Braue. »Ausgerechnet du, die du Lüge und Verrat für dich gepachtet hast? Aber diesmal verfangen deine Intrigen nicht, Schwester, denn mehr, als in der Flasche enthalten war, wird vom Elixier des Lebens nicht zur Verwirklichung unserer Pläne benötigt.«

»Was für Pläne?«, wollte Sarah wissen. »Was haben Sie mit dem Elixier vor? Wollen Sie einen Trank des Todes daraus machen wie einst Arsinoë?«

»Arsinoë«, echote die Gräfin. »Es ist amüsant, wie wenig du weißt – und erschreckend zugleich. Gardiner Kincaid ist dir ein schlechter Lehrer gewesen.«

»Er war der beste Lehrer, der sich denken lässt«, widersprach Sarah entschieden.

»Warum nur, frage ich mich, hat er dir dann nichts von den Dingen erzählt, auf die es ankommt?«, erkundigte sich die Gräfin spitz – und auf diese Frage wusste selbst Sarah keine Antwort.

»Offenbar hast du noch immer nicht begriffen, dass es immer nur dieses eine Elixier gegeben hat – und nicht etwa eines, das Leben spendet, und ein anderes, das Verderben bringt.«

»Wie ist das möglich?«, fragte Sarah. »Es gibt Menschen, die nach seiner Einnahme gestorben sind ...«

»Das stimmt. Die erste Einnahme sorgt dafür, dass man in totenähnliche Starre verfällt, aber man geht daran nicht zugrunde. Ein rätselhaftes Fieber hält Körper und Geist gefangen, das nur geheilt werden kann, indem man das Wasser abermals zu sich nimmt.«

»Warum sollte jemand so etwas tun?«

»Sehr einfach – weil die Einnahme des Elixiers die Gabe der Prophetie verleiht. Man beginnt, Dinge zu sehen, die einst waren oder die irgendwann sein könnten, in ferner Zukunft.«

»Darum ist es Ihnen gegangen?«, fragte Sarah ungläubig. »Sie wollten das Elixier benutzen, um in die Zukunft zu sehen ...«

Der Gräfin war nicht anzumerken, ob Sarahs Vermutung zutreffend war. »Die Gabe hat ihren Preis«, fuhr sie ungerührt fort. »Denn wer das Elixier des Lebens zu sich nimmt, wird in mancher Hinsicht neu geboren und kann sich folglich an nichts von dem erinnern, was vor seiner Genesung gewesen ist. Kommt dir das irgendwie bekannt vor?«

»Die Dunkelzeit«, entfuhr es Sarah erschrocken, die in diesem Augenblick zu ahnen begann, weshalb sie sich nicht an ihre frühe Kindheit erinnern konnte ...

»Sieh an.« Die Gräfin schürzte in geheuchelter Anerkennung die Lippen. »Allmählich gebrauchst du deinen Verstand. Auch du bist einst in jene Starre verfallen, Sarah Kincaid, und nur die Einnahme des Tranks hat dich gerettet – mit dem Ergebnis, dass du dich an nichts von dem erinnern konntest, was bis zu diesem Tag geschehen war.«

»Was ... heißt das?«, fragte Sarah verunsichert. So bestürzt sie darüber war, dass ihre Feindin ihr innerstes Geheimnis kannte – noch ungleich entsetzter war sie darüber, was all dies im Hinblick auf Kamal bedeuten mochte ...

»Ja, was heißt es wohl? Ich will es dir sagen: Es bedeutet, dass sich dein Traumprinz seit seinem Erwachen an nichts erinnern kann. Weder kennt er seine Herkunft, noch kann er sich an das entsinnen, was sich im Schatten von Thot ereignet hat – und du, Schwester, bist für ihn nichts als eine Fremde.«

»Nein!«, rief Sarah entsetzt.

»Er weiß nichts von dir oder von dem, was zwischen euch gewesen ist. Und wir haben dafür gesorgt, dass auch nichts geblieben ist, das seiner Erinnerung auf die Sprünge helfen könnte.«

»Ist das der Grund, weshalb Kincaid Manor zerstört wurde?«

»Ganz recht.«

»Allem Anschein nach«, flüsterte Sarah schaudernd, »haben Sie an alles gedacht. Aber Ihr Plan wird dennoch nicht aufgehen«, fügte sie trotzig hinzu.

»Nein? Und warum nicht?«

»Die Dunkelzeit mag Kamal davon abhalten, sich an mich zu erinnern«, meinte Sarah überzeugt, »aber er wird sich der Zuneigung entsinnen, die er empfunden hat.«

»Durchaus«, gab die Gräfin zu. »Nur ist dein guter Kamal – wie soll ich es ausdrücken? – kurioserweise auf den Gedanken verfallen, dass ich diejenige bin, für die er all diese Leidenschaft hegt.«

»Was?«, ächzte Sarah.

»Es ist ganz einfach, Schwester«, beschied sie ihr mit hochmütigem Blick. »Nicht länger mehr ist Kamal dein Geliebter, sondern der meine. Und dank des Elixiers, das du beschafft hast, ist er der Ansicht, dass es schon immer so gewesen ist.«

»Nein!«, rief Sarah entsetzt und schüttelte den Kopf, zerrte wütend an ihren Fesseln. »Das ist nicht wahr! Das ist nicht möglich ...«

»Weißt du nicht mehr? Als du aus dem Dunkelfieber erwacht bist, konntest du dich ebenfalls an nichts mehr erinnern. Verängstigt und unsicher, warst du bereit, den erstbesten Fremden, der dir sein Herz geöffnet hat, als deinen Vater anzuerkennen – dabei war Gardiner Kincaid so wenig dein Vater wie Kamal mein Geliebter ist. Aber wen interessiert schon die Wahrheit, wenn Gefühle im Spiel sind? Die Menschen glauben das, was sie glauben wollen, so ist es immer gewesen, nicht wahr?«

Die Gräfin warf den Kopf in den Nacken und lachte so laut, dass es von der niederen Decke widerhallte. Sarah jedoch spürte, wie ihr das Blut in die Beine sackte, und sie hatte plötzlich Mühe, sich aufrecht zu halten. Mit aller Kraft kämpfte sie gegen die Ohnmacht an, die sie zu überwältigen drohte.

Auf Ludmilla von Czernys Geheiß traten die Wächter vor, ergriffen die beiden Gefangenen und führten sie ab, einem ungewissen Schicksal entgegen.

12.

Reisetagebuch Sarah Kincaid

Der dritte Tag in Haft.

Das Warten ist mir unerträglich. Mein Tagebuch hat man mir gelassen, wenn auch wohl nicht aus reiner Menschenfreundlichkeit. Meine Feinde scheinen darauf aus zu sein, mich ein um das andere Mal zu demütigen. Indem sie mir das Buch lassen, zwingen sie mich, mich mit der Situation auseinanderzusetzen, und ich kann mit Fug und Recht behaupten, mich noch niemals zuvor in meinem Leben so elend und leer gefühlt zu haben wie in diesen Tagen.

Alles haben sie mir genommen.

Meinen Vater, und das gleich in zweifacher Hinsicht – nicht nur, indem sie Gardiner Kincaid das Leben nahmen, sondern auch, indem sie jene hässlichen Zweifel in mein Herz säten, die in ihm nicht den liebevollen Vater, sondern den dreisten Lügner sehen wollen.

Meinen Besitz, indem sie Kincaid Manor zerstören ließen – und mit ihm alles, was sich innerhalb seiner Mauern befand.

Meine Arbeit, denn ohne den Wissensschatz der Kincaidschen Bibliothek sehe ich mich außerstande, meine archäologischen Forschungen fortzusetzen.

Und schließlich auch meinen Geliebten …

Was ich in meinem Innersten empfinde, lässt sich mit Gefühlen wie Trauer und Schmerz nicht beschreiben. Es ist eine Leere, so abgrundtief und schrecklich, dass mir davor graut. Alles scheint sinnlos geworden zu sein, jeder Grund zum Leben wurde mir genommen. Meine Niederlage ist vollkommen, während meine Feinde triumphieren, und immerzu frage ich mich, wie es nur so weit kommen konnte.

Zu Beginn glaubte ich, alles zu kontrollieren, betrog mich mit dem Gedanken, mich der Gegenseite ebenso skrupellos und geschickt bedienen zu können, wie sie es zuvor mit mir getan hatte – nur um mir jetzt ernüchtert einzugestehen, dass ich mir etwas vorgemacht habe. Ich habe mit dem Feuer gespielt und wider besseres Wissen gehandelt, habe die Warnungen derer überhört, die es gut mit mir meinten – und bezahle nun den Preis dafür …

METEORA
NACHT ZUM 11. NOVEMBER 1884

Ihr Gefängnis war dunkel, kalt und zugig.

Zur Blütezeit des Klosters war das kleine, von einer Kuppel gekrönte Gebäude, das sich nach Westen hin an das Refektorium anschloss, eine kleine Kapelle gewesen, die dem Schutzpatron des Konvents gewidmet war und wo kleine Andachten abgehalten worden waren. Diese Zeit lag lange zurück.

Alle Wertgegenstände waren aus der Kapelle entfernt worden, die Fresken an Apsis und Kuppel zerstört, ebenso wie die hohen Fenster, die notdürftig mit kreuz und quer vernagelten Holzdielen verschlossen worden waren. Die teils fingerbreiten Fugen zwischen den Brettern ließen ein wenig Sonnenlicht hindurch, sodass die Kammer bei Tage spärlich beleuchtet war; die Ritzen hatten allerdings den Nachteil, dass der Wind hindurchpfiff und Sarahs Gefängnis des Nachts in ein eisiges Verlies verwandelte. Die Arme um die angezogenen Beine geschlungen, kauerte sie auf dem Boden und fror erbärmlich. Die Übelkeit hatte sich im Verlauf der vergangenen drei Tage nicht gelegt, sondern im Gegenteil noch zugenommen. Sarah fühlte sich matt und ausgezehrt, an Schlaf war in Anbetracht der Kälte und des heulenden Windes nicht zu denken, während nebenan, nicht weit entfernt, ihre Feindin ihren Geliebten umgarnte. Sarahs einziger Trost war es, dass

Kamal wohlauf und am Leben war. Lieber wusste sie ihn in den Armen einer anderen Frau, als mit anzusehen zu müssen, wie er krank darniederlag, dem Tode nah. Insofern – und darin lag die Ironie der zurückliegenden Ereignisse – war die Suche nach der Quelle des Lebens am Ende doch von Erfolg gekrönt gewesen.

Aber zu welchem Preis!

Abwechselnd tauchten die Gesichter von Perikles und Friedrich Hingis vor Sarah auf, die beide ihr Leben gelassen hatten auf der Suche nach jenem letzten, großen Geheimnis ... das sich nun in der Hand des Gegners befand. Einmal mehr hatte Sarah verloren, und ihre Feinde triumphierten.

War dies ihr Schicksal ...?

Sarah fieberte dem Sonnenaufgang entgegen. Dem Kalendarium ihres Reisetagebuchs zufolge war es Sankt Martini, der Tag des Schutzpatrons all jener, die sich in karger Enthaltsamkeit übten.

Wie passend, dachte Sarah bitter – als ein gellender Schrei die Stille der späten Nacht zerriss. Ein Schrei, so voller Schmerz und Todespein, dass er wie ein Messer in Sarahs Eingeweide fuhr.

Erschrocken sprang sie auf und eilte zur Tür der Kapelle, die von außen verriegelt war. Der Schrei wiederholte sich, noch lauter diesmal, und Sarah glaubte zu wissen, aus wessen Kehle er stammte.

»Polyphemos ...?«

Abermals ein Schrei, die sich überschlagende Stimme von jemandem, der unbeschreibliche Qualen litt – und Sarah war überzeugt davon, dass es der Zyklop war. Offenbar hatte ihn die Strafe ereilt, die Ludmilla von Czerny ihm angedroht hatte und die ihn für seinen Verrat zur Rechenschaft ziehen sollte ...

Nach Sarahs Schätzung war es gegen drei Uhr morgens. Was die Gräfin dazu bewog, ihn ausgerechnet jetzt zu drangsalieren, vermochte Sarah nicht zu sagen. Oder dauerte die Folter in Wahrheit schon die ganze Nacht an? Gab der Zyklop erst jetzt dem Schmerz nach und brüllte seine Qualen und seine Pein laut hinaus?

Ein neuerlicher Schrei zerfetzte die Stille, gefolgt von derbem Gelächter – und Sarah hielt es nicht mehr aus.

»Aufhören!«, blaffte sie und schlug mit den aneinandergefesselten Fäusten gegen die Tür ihres Gefängnisses. »Sofort aufhören!«

Ihre Rufe verhallten ungehört, dafür war ein weiterer Schrei zu vernehmen, der diesmal gar nicht enden wollte. Ihren Lebensretter in solcher Todespein brüllen zu hören und sich dabei noch vorzustellen, dass sie der Grund dafür war, war zu viel für Sarah. Es widersprach allem, was der alte Gardiner ihr über die Fürsorge und die Pflicht ihren Nächsten gegenüber beigebracht hatte.

»Nein!«, schrie sie außer sich und hämmerte abermals gegen die Tür. »Lasst ihn gefälligst in Ruhe! Hört ihr nicht? Ihr sollt ihn in Ruhe lassen, ihr gemeinen Kerle . . .!«

Ihre Hiebe gegen die Tür wurden schwächer, ihre Kräfte ermatteten genau wie ihre Stimme. Erschöpft sank sie am rauen Holz der Tür herab und kauerte leise schluchzend auf dem Boden.

Erst nach einer Weile fiel ihr auf, dass die Schreie ausgesetzt hatten und eisiger Stille gewichen waren, in der man nur noch das Heulen des Windes hörte.

Polyphemos war verstummt . . .

Sarah, die sich vorstellen konnte, was dies zu bedeuten hatte, fühlte Wut und Trauer zu gleichen Teilen. Mit aller Kraft hieb sie noch einmal gegen die Tür, als träfe das alte Holz alle Schuld an dem, was geschehen war – als von draußen plötzlich Schritte zu hören waren, die sich knirschend näherten.

Sarah wich von der Tür zurück, als sie hörte, wie der Riegel zurückgezogen wurde. Knarrend schwang das Blatt auf, und helles Mondlicht fiel in die alte Kapelle, das die Silhouetten zweier vermummter und mit Revolvern bewaffneter Kämpfer umrahmte.

»Mitkommen«, befahl einer von ihnen. Sarah erhob sich und wurde nach draußen geführt, in der festen Überzeugung, dass sie die Nächste wäre, die ein grausames Schicksal ereilte.

Über den von Mondlicht beschienenen Innenhof wurde sie zu einem gestreckten Gebäude geleitet, in dem früher ebenfalls Mönchszellen untergebracht gewesen waren. Ein langer Korridor mit Türen auf beiden Seiten erstreckte sich darin. Eine der Türen stand offen, der gelbe Schein einer Gaslaterne fiel auf den Gang.

»Dort hinein«, wies einer von Sarahs Bewachern sie an. Sarah näherte sich der offenen Kammer und trat ein. Was sie sah, war so entsetzlich, dass es ihr den Atem raubte!

Das Erste, was sie erblickte, war Polyphemos – allerdings nicht aufrecht und stolz, wie sie ihn in Erinnerung hatte, sondern nackt bis auf einen Lendenschurz und kopfüber von der Decke baumelnd. An einer Kette, die um die Fußgelenke geschlungen war, hatte man ihn an einem der Deckenbalken aufgehängt, seine Arme hingen schlaff herab. Wie ein Pendel schwang er träge hin und her und drehte sich dabei, sodass Sarah die grässlichen Wunden sah, die man ihm zugefügt hatte. Sein muskulöser Körper war blutüberströmt, eine grellrote Lache hatte sich auf dem Boden gebildet.

Dutzende winzig kleiner Klingen steckten in seinen Armen und Beinen, in Rücken und Oberkörper. Fraglos das Werk von jemandem, der über eine exakte Kenntnis der menschlichen Anatomie verfügte. Ein Arzt, der seinen Eid verraten und zur Schande für seine Zunft geworden war …

Sarah verzog das Gesicht vor Abscheu, als sie Cranston in der Ecke stehen sah, ein ganzes Arsenal an Folterwerkzeugen vor sich ausgebreitet. Die Gräfin von Czerny stand neben ihm. Blutspritzer verunzierten ihr Seidenkleid, was sie nicht zu stören schien.

»Er wollte dich sehen, Kincaid«, sagte sie nur, und Sarah wandte sich wieder Polyphemos zu, der, wie sie jetzt feststellte, tatsächlich noch am Leben war, wenn auch dem Tode nahe. Das eine Auge öffnete sich und sandte ihr einen Mitleid erregenden Blick, der ihr fast das Herz zerriss.

»Verzeih, Inanna«, flüsterte der Zyklop kaum hörbar. »Ich habe geschworen, dich zu beschützen ...«

»Das hast du«, versicherte Sarah. »Das hast du getan.«

Er schüttelte den Kopf »Habe versagt ... aber nichts verraten, hörst du? Habe ihnen ... nichts gesagt.«

Seine Gesichtszüge verkrampften sich, und seine Stimme wurde brüchig. Die Qualen, die er litt, mussten grässlich sein ...

»Ich verstehe«, sagte Sarah, obwohl sie in Wahrheit keine Ahnung hatte, wovon der Zyklop sprach. Vielleicht hatte die Todespein auch seine Sinne verwirrt und er delirierte ...

»Tammuz«, stieß er keuchend hervor. »Du musst ihn suchen, hörst du? Du musst ihn befreien ...«

Das letzte Wort ging in ein tonloses Keuchen über. Der Blick des einen Auges, der unverwandt auf Sarah gerichtet gewesen war, wurde starr und trübte sich.

»Polyphemos?«

Der Mund des Zyklopen war offen, aber keine Antwort kam mehr über seine Lippen.

Er war tot.

Sarah schloss ihm das eine Auge und verbrachte einen Moment in stiller Andacht. Trauer überkam sie, aber sie war nicht in der Lage, auch nur eine Träne zu vergießen. Zu groß war ihr Zorn, zu beherrschend ihr Verlangen danach, den Tod des Freundes zu rächen ...

»Keine Sorge«, versicherte Ludmilla von Czerny großmütig, »du wirst ihm schon sehr bald folgen.«

»Schlange!«, blaffte Sarah, »elende Natter! Wie hatte ich nur annehmen können, dass wir uns ähnlich wären?«

»Weil wir uns ähnlich *sind.* Du und ich, Schwester, wir sind zwei Seiten derselben Münze, ob es dir gefällt oder nicht.«

»Das ist nicht wahr«, widersprach Sarah mit zornbebender Stimme. »Ich bin kein bisschen wie Sie, denn ich würde mich niemals mit widerwärtigen Speichelleckern umgeben, die bereit sind, ihre Ideale für Geld zu verraten.«

»Das galt dann wohl mir«, meinte Cranston achselzuckend, auf den leblosen Körper des Zyklopen deutend. »Dabei erfordert es kaum weniger Sachverstand, einen Menschen zu foltern, als ihn zu heilen, das können Sie mir glauben.«

»Sind Sie etwa auch noch stolz auf das, was Sie getan haben?«

»Nun«, begann der Arzt, »gewissermaßen ...«

Sarah verlor die Beherrschung.

Jäh sprang sie vor, ihre gefesselten Fäuste wie einen Hammer schwingend, und wollte sich auf Cranston stürzen – zwei Schergen waren jedoch zur Stelle und fingen sie ab, und obwohl Sarah wild um sich schlug und sich nach Kräften wehrte, hatte sie gegen die rohe Muskelkraft der beiden Männer keine Chance.

»Wo ist er?«, fragte die Gräfin unvermittelt.

»Wovon sprechen Sie?«, fragte Sarah verwirrt.

»Was soll die törichte Frage? Vom Codicubus natürlich«, antwortete sie unwirsch.

Sarah nickte. »Also das war es, was Sie von Polyphemos wollten. Sie haben ihn zu Tode gefoltert, eines alten Artefakts wegen. Aber er hat Ihnen nicht verraten, wo es zu finden ist, richtig? Er hat der Folter bis zuletzt widerstanden.«

»Das hat er – und dabei sein Leben verloren. Es wäre äußerst unklug von dir, es ihm gleichzutun, also frage ich doch noch einmal: Wo ist der Codicubus?«

Aus der Art der Frage und der Tatsache, dass Ludmilla von Czerny erkennbar nervös war, folgerte Sarah, dass das Verschwinden des Codicubus – oder vielmehr seines Inhalts – einen herben Verlust für die Bruderschaft bedeuten musste. Was sich wohl darin befinden mochte ...?

»Wollen Sie die Wahrheit wissen?«, fragte Sarah.

»Natürlich.«

»Ich weiß es nicht«, eröffnete Sarah schlicht.

»Du lügst.«

»Keineswegs«, konterte Sarah und hielt dem prüfenden Blick der Gräfin stand. »Aber selbst wenn es nicht so wäre und ich tatsächlich wüsste, wo sich der Codicubus befindet, so würde ich lieber sterben, als es Ihnen zu verraten.«

Ludmilla von Czerny starrte sie durchdringend an.

»Sei vorsichtig, was du dir wünschst, Schwester«, sagte sie dann, »es könnte schon bald in Erfüllung gehen.«

Sie wandte sich ab und befahl, Sarah abzuführen und in ihr Gefängnis zurückzubringen.

Die Audienz war beendet.

»I-ist alles in Ordnung?«

Kamal Ben Naras Tonfall war unsicher. Verwirrt starrte er auf die Blutspritzer, mit denen das Kleid der Frau übersät war.

»Natürlich«, antwortete sie, während sie das großzügige, von Kerzenschein beleuchtete Schlafgemach betrat, das ehedem für hohe Gäste reserviert gewesen war, die dem Kloster einen Besuch abstatteten. »Was soll schon sein?«

Kamal hatte dennoch das Gefühl, dass etwas nicht stimmte. Anders als an den Tagen zuvor wirkte sie angespannt, ihre makellosen Züge waren zur Maske erstarrt. Ihr blondes Haar, das sie meist hochgesteckt trug, war in Unordnung geraten, sodass ihr einige Strähnen ins Gesicht fielen, dessen bleicher Teint sich auffallend gerötet hatte ...

»Ich habe Schreie gehört«, sagte er. »Sie haben mich geweckt ...«

»Nichts von Bedeutung.« Sie winkte ab. »Nur ein Patient, der unter Schmerzen leidet. Du weißt ja, wo wir uns hier befinden.«

»In einem Sanatorium in Griechenland«, gab Kamal wieder, was man ihm gesagt hatte – überprüfen konnte er es nicht.

»Genauso ist es. Und ich versichere dir, dass Dr. Cranston alles unternehmen wird, um dich zu heilen und dir deine Erinnerung zurückzugeben.«

»Ich weiß.« Er nickte. »Aber warum darf ich dieses Zimmer nicht verlassen?«

»Weil es für dich noch zu verwirrend wäre«, sagte sie und kam mit ausgebreiteten Armen auf ihn zu. »Verzeih meine Vorsicht, Geliebter, aber Dr. Cranston sagt, es wäre nicht gut für dich, zu rasch zu viel zu erfahren. Immerhin warst du noch vor wenigen Tagen sehr krank.«

»Aber ich fühle mich gut«, beharrte Kamal, dessen stolze, fast edel zu nennende Gesichtszüge wieder Farbe gewonnen hatten. Sein Haar war frisch geschnitten, sein Bart getrimmt und gepflegt.

»Ich weiß«, sagte sie, während sie die Verschnürung ihres besudelten Kleides löste und es langsam an sich herabgleiten ließ, den Ansatz ihrer Brüste und ihre Schenkel entblößend, die wie aus weißem Alabaster geformt schienen. »Zum Glück gibt es Dinge, die wir auch innerhalb dieses Zimmers tun können – vorausgesetzt natürlich, du fühlst dich stark genug dazu.«

»W-wovon sprichst du, Sarah?«

»Keine Sorge, Geliebter«, versicherte sie, während sie ihre schlanken Arme um seinen Hals legte und ihn langsam an sich heranzog, einem Kraken gleich, der seine Beute fängt, »ich werde dir alles zeigen . . .«

13.

Reisetagebuch Sarah Kincaid

Ich habe keine Gnade zu erwarten.

Was mit Polyphemos geschehen ist, hat mir unwiderruflich klargemacht, dass meine Feinde weder Gnade noch Nachsicht kennen und dass sie dieses Mal nicht zögern werden, auch mich zu beseitigen. Ohnehin weiß ich nicht, warum sie mich bislang geschont haben.

Ich verbringe die Zeit mit Nachdenken und im stillen Gebet, versuche die Dinge zu ordnen, die mir durch den Kopf gehen, auch wenn sie im Grunde unbedeutend geworden sind.

Was meinte Polyphemos, als er sagte, ich wäre Inanna? Und wer ist Tammuz, den ich suchen und befreien soll?

Und noch eine Frage beschäftigt mich, auch wenn sie in dieser dunklen Stunde jede Relevanz verloren hat: Wer war der Mann, den ich von Herzen liebte und den ich meinen Vater nannte, tatsächlich?

Die Gräfin von Czerny sagte, dass Gardiner Kincaid so wenig mein Vater gewesen sei wie Kamal ihr Geliebter, und während sowohl mein Herz als auch mein Verstand dies erbittert bestreiten, scheint es tief verborgen einen Teil in mir zu geben, der nicht widerspricht, wohl weil er die Wahrheit kennt.

Meine Erinnerung ...

Noch immer liegt sie hinter dichtem Nebel verborgen, und ich hege keine Hoffnung mehr, dass sich die Schleier jemals lichten werden. Auf meine Fragen bekomme ich keine Antwort, und zum ersten Mal in meinem Leben bezweifle ich ernstlich, dass ich sie finden werde – während mich gleichzeitig klamme Furcht beschleicht.

Die Angst davor, dass wahr sein könnte, was Mortimer Laydon mir in seinem Wahn sagte, nämlich dass nicht Gardiner Kincaid, sondern er mein leiblicher Vater wäre.

Der hässliche Verdacht, dass Kamal Unrecht haben könnte mit dem, was er mir immer zu sagen versuchte, nämlich dass alles auf Erden einem höheren Plan unterworfen sei.

Und schließlich die schreckliche Gewissheit, dass der neue Tag der letzte sein wird, den ich auf Erden sehe.

Mit diesem Eintrag schließe ich mein Reisetagebuch ab.

Möge es demjenigen, der es findet, eine Warnung sein, die Geheimnisse der Vergangenheit nicht anzutasten – denn einige von ihnen reichen bis in die Gegenwart …

Meteora
11. November 1884

Als sich nach endlos scheinenden Stunden des Bangens und Wartens der neue Tag ankündigte, nahm Sarah Kincaid es fast mit Erleichterung zur Kenntnis. Scheiben fahlen Morgenlichts fielen durch die Ritzen der verschlossenen Fenster und blendeten sie, und ihr war klar, dass der Tag der Entscheidung gekommen war.

Als sich diesmal Schritte näherten, war sie gelassener als in der Nacht zuvor. Der Quell ihrer Tränen war längst versiegt und sie blickte dem, was sie erwarten mochte, gefasst entgegen.

Vorbereitet war sie jedoch nicht.

Im Gebet hatte sie versucht, Vergebung zu erlangen, und in endlosen Gedankengängen hatte sie nach Antworten gesucht. Gefunden hatte sie weder das eine noch das andere, sodass sie das Gefühl hatte, dass ihr Lebenswerk unvollkommen und stümperhaft geblieben war. Was sie gewesen war – oder vielmehr zu sein glaubte – hatte sich in Wohlgefallen aufgelöst, nichts davon war geblieben. Bis auf das Tagebuch, das sie an ihrem Herzen trug und das ihr das beruhigende Gefühl gab, dass all dies wirklich geschehen war und sie bis zuletzt gekämpft hatte. Auch wenn sie am Ende besiegt worden war …

Geräuschvoll wurde der Riegel zurückgezogen und die Tür geöffnet. Grelles Licht flutete in die Kapelle und blendete Sarah. Es dauerte einen Moment, bis sich ihre Augen an die Helligkeit gewöhnt hatten. Dann sah sie, dass ihre Erzfeindin es sich nicht hatte nehmen lassen, sie persönlich abzuholen.

»Komm«, sagte sie nur.

»Es ist also so weit?«

Die Gräfin nickte.

»Was für ein Triumph dies für Sie sein muss«, sagte Sarah bitter.

»Glaub mir«, lautete die gleichgültige Antwort, »ich würde dich lieber am Leben lassen, denn nach allem, was ich dir angetan habe, wäre das Leben für dich die größere Strafe als der Tod. Aber ich habe strikte Anweisungen …«

»Bemühen Sie sich nicht«, sagte Sarah eisig und verließ ihr Gefängnis, ohne die Gräfin eines weiteren Blickes zu würdigen. Draußen warteten vier Bewaffnete, die sie in ihre Mitte nahmen.

Durch den Innenhof und am Refektorium vorbei ging es durch einen kurzen Säulengang, der in den zweiten, noch größeren Hof der Anlage führte. Zur Linken befanden sich das *katholikón* und der lange Gebäudekomplex mit den Unterkünften. Auf der anderen Seite fiel das Gelände ein wenig ab und wurde von zwei Mauerringen begrenzt, ehe es steil, fast senkrecht in die Tiefe ging.

Dorthin wurde Sarah geführt.

Bei ihrem Gang über den Hof fiel ihr auf, dass einige Dinge anders waren als am Tag ihrer Ankunft. Kisten und Packsäcke standen überall herum, schwarz gekleidete Diener der Bruderschaft huschten in geschäftiger Betriebsamkeit umher. Befehle wurden gerufen, und vom östlichen Ende der Felsplattform her war das Knarren der Seilwinde zu hören, die Menschen und Material zu Tal beförderte.

Offenbar hatten die Gräfin und ihre Schergen vor, ihren Schlupfwinkel zu verlassen – gleich nachdem sie sich ihrer hartnäckigsten Gegnerin entledigt hatten …

Vom inneren Mauerring führte eine steinerne Treppe in den äußeren Hof, dessen felsiges, nur von vereinzelten Büschen bewachsenes Terrain nach Süden hin steil abfiel. Der äußere Mauerring war nur etwa hüfthoch und die letzte Barriere vor dem gähnenden Abgrund. Dahinter erstreckte sich die Weite der thessalischen Ebene, von Dunst bedeckt und unter einem orangefarbenen, wolkenverhangenen Himmel liegend, der Schnee und Regen verhieß.

Sarah hatte sich stets gefragt, wie sich jemand fühlen musste, der im Morgengrauen zum Platz seiner Hinrichtung geführt wurde – jetzt wusste sie es.

An der Mauer wurden sie erwartet.

Cranston stand dort, mit ausdrucksloser Miene, umrahmt von vier weiteren Wächtern, die ihre Remington-Gewehre über der Schulter trugen. Ihre schwarzen Turbane hatten sie so um die Köpfe geschlungen, dass nur die Augenpartie frei blieb.

Henkersknechte, dachte Sarah unwillkürlich.

»Lady Kincaid.« Cranston nickte ihr zu. Jener Tag in London, an dem er ihr vorgestellt worden war, schien undenklich lange zurückzuliegen. Aber bereits damals, in jenem ersten, instinktiven Augenblick, hatte Sarah sein falsches Wesen durchschaut.

Sie verzichtete darauf, den Gruß zu erwidern. Stattdessen wandte sie sich Ludmilla von Czerny zu. »Hier also?«, fragte sie nur.

»In der Tat.«

Sarah nickte.

»Bist du verwundert?«

»Kaum«, verneinte Sarah. »Euer Plan ist aufgegangen, ihr habt alles bekommen, was ihr wolltet. Was euch noch fehlt zum absoluten Triumph ist meine Vernichtung.«

»In der Tat – aber dazu hätte es nicht zu kommen brauchen. Du wusstest von Beginn an, dass wir dich zu manipulieren versuchten. Hättest du kooperiert, statt dich zu widersetzen, stünden wir jetzt nicht hier. Du jedoch hast es vorgezogen, dich selbst zu betrügen, indem du dir und anderen vorgegaukelt hast, du könntest es mit der Macht des Einen Auges aufnehmen. Dabei hattest du zu keinem Zeitpunkt eine andere Wahl.«

»Was wollen Sie damit sagen?«

Die Gräfin lachte überlegen. »Wie es heißt, kehren jene, die einmal von der Quelle des Lebens gekostet haben, immer wieder dorthin zurück – wir wussten also, dass du uns früher oder später den Weg dorthin weisen würdest.«

»Sie lügen«, meinte Sarah überzeugt, »wie in so vielen Dingen.«

»Glaubst du?«

»Wenn ich als Kind tatsächlich von dem Fieber befallen und durch das Wasser wieder geheilt wurde, die Quelle des Lebens aber in all dieser Zeit verborgen war ...«

»Ja?«

»... woher kam dann das Elixier, das mich angeblich vergiftete? Und woher jenes, das mich wieder heilte?«, brachte Sarah ihre Frage zu Ende. »Sie widersprechen sich, Gräfin, mit jedem einzelnen Wort.«

»Durchaus nicht, aber dein Wissen ist zu begrenzt, um alles zu verstehen. Es existierte ein letzter Rest des Elixiers, der dazu benutzt wurde, deine Erinnerung zu löschen.«

»Von wem?«

»Vom wem wohl?« Die Gräfin lachte auf. »Von dem Mann, den du all die Jahre für deinen Vater gehalten hast – ganz einfach deshalb, weil du es nicht besser wusstest.«

»Das ist nicht wahr.«

»Es ist wahr, glaub mir.«

»Und wie wurde ich dann geheilt, wenn Gardiner angeblich den letzten Rest des Elixiers verbraucht hatte?«

»Einem ebenso brillanten wie ehrgeizigen Arzt namens Mortimer Laydon, der Zugang zu den besten Londoner Kreisen hatte und der Bruderschaft bereits seit einigen Jahren angehörte, gelang es, einen weiteren Rest auszumachen, der in alter Zeit aus Griechenland heraufgebracht worden war und an einem unbekannten Ort aufbewahrt wurde, wo das Elixier seinerseits für die Entstehung eines Mythos gesorgt hatte. Vielleicht ahnst du ja, wovon ich spreche ...«

»Prag«, sagte Sarah leise – und erinnerte sich schaudernd daran, dass der Rabbiner ihr berichtet hatte, der letzte Rest des Lebenswassers wäre vor etwa neunzehn Jahren gestohlen worden.

Just zu der Zeit, als sie vom Dunkelfieber geheilt worden war ...

»Ganz recht.« Ludmilla von Czerny nickte. »Die Agenten der Bruderschaft drangen in die Synagoge ein und entwendeten das Lebenswasser in Laydons Auftrag, der sich Gardiner Kincaid daraufhin als dein Retter präsentierte und sein Vertrauen gewann. Den Rest der Geschichte kennst du, nicht wahr?«

Sarah nickte gedankenverloren. Alles schien zusammenzuhängen und ergab auf bestürzende Weise Sinn. Keine andere als sie selbst war es gewesen, für die der letzte Rest des Elixiers aufgebraucht worden war ... Dennoch hatte Sarah das Gefühl, dass etwas nicht stimmte. Sie hörte nicht auf, in den Aussagen ihrer Feindin nach Widersprüchen zu suchen – und fand sie tatsächlich ...

»Sie sagen mir nicht die ganze Wahrheit«, beharrte sie. »Meine Heilung kann nicht das ganze Wasser aufgebraucht haben. Ein kleiner Rest muss davon verblieben sein, mit dem Ihre Leute Kamal vergiften konnten ...«

»Und?«

»... wenn aber noch etwas davon existierte, weshalb dann dieser ganze verrückte Plan? Warum haben Sie mich auf die Suche nach dem Wasser des Lebens geschickt, wenn sich noch etwas davon in Ihrem Besitz befand?«

»Zum einen«, antwortete die Gräfin ungerührt, »sind es nur ein paar Tropfen gewesen – genug für deinen geliebten Kamal, aber zu wenig für unsere Zwecke.«

»Und zum anderen?«, hakte Sarah nach.

Die Gräfin zögerte einen Moment. »Das brauchst du nicht zu wissen«, sagte sie dann.

»Da ist noch etwas anderes, nicht wahr?«, fragte Sarah. »Es geht noch um viel mehr, oder nicht? Und ich vermute, dass es mit Kamal zu tun hat. Was haben Sie mit ihm vor? Was verheimlichen Sie?«

»Wie ich schon sagte – das brauchst du nicht zu wissen. Jedenfalls jetzt nicht mehr. Hättest du dich uns beizeiten angeschlossen, hätte sich dir die Wahrheit offenbart – und noch ungleich mehr.«

»Nämlich?«, wollte Sarah wissen.

»Macht, Ruhm – und Unsterblichkeit.«

»Unsterblichkeit?«, wiederholte Sarah mit bebender Stimme. »Ist es das, worum es Ihnen geht? Sie wollen die Schöpfung für sich pachten und den Tod betrügen?«

»Warum nicht?«

»Gnädigste«, beschied Sarah ihr leise und mit einem Lächeln, in dem sich all ihr Trotz und ihre Bitterkeit niederschlugen, »ich denke, Sie überschätzen den Wert Ihrer Anwesenheit auf Erden.«

»Das geht mir mit dir nicht anders«, konterte die Gräfin und klatschte in die Hände, worauf ihre Schergen die Waffen von den Schultern nahmen und auf Sarah richteten.

»Sie wollen mich erschießen?«

»Nicht doch«, schaltete sich Cranston ein, »wir überlassen Ihnen die freie Wahl. Entweder Sie springen freiwillig in die Tiefe oder versuchen Ihr Glück mit tödlichem Blei. Aus der Sicht des Mediziners muss ich Ihnen allerdings sagen, dass bei einem Sturz aus dieser Höhe von Ihnen kaum genug übrig bleiben wird, um damit ...«

»Danke«, sagte Sarah nur und bestieg die niedrige Mauer. Unterhalb davon verliefen drei oder vier Yards steil abfallenden Felsgesteins. Danach ging es senkrecht in die gähnende Tiefe. Eisiger Morgenwind zerrte an ihr, und einmal mehr war ihr übel.

Noch einmal wandte sie sich um.

»Kamal?«, fragte sie.

»Vertrau mir«, versicherte die Gräfin mit gemeinem Grinsen, »er ist in guten Händen.«

Sarahs Lippen bebten, sie zitterte am ganzen Körper vor Kälte und Angst. »Darf ich ihn ... noch einmal sehen?«, erkundigte sie sich leise und voller Resignation, da sie die Antwort bereits ahnte.

»Vielleicht irgendwann«, beschied Ludmilla ihr spottend, »in einer anderen Welt. Leb wohl, Schwester.«

Sarah nickte nur, dann wandte sie sich wieder dem Abgrund zu. Weder wollte sie ihren Feinden die Genugtuung gönnen, die Tränen auf ihren Wangen zu sehen, noch auf den Moment warten müssen, in dem ein anderer Mensch über ihr Ende entschied.

Ein letztes Mal wollte sie frei sein und den Zeitpunkt selbst bestimmen. Sie bekreuzigte sich und sprach ein stilles Gebet, dann schloss sie die Augen, und ihr Körper straffte sich, um den entscheidenden, letzten Schritt zu tun, dem Abgrund entgegen ...

14.

Der Augenblick, in dem sich Sarah Kincaid in die Tiefe stürzen wollte, war derselbe, in dem ein peitschender Knall die Stille über dem Berg zerriss, gefolgt von einem heiseren Schrei.

Noch auf der Ummauerung stehend, riss Sarah jäh die Augen auf – um sich einem Trupp hell gewandeter, rote Westen tragender Kämpfer gegenüberzusehen, die von Südwesten her den Berg erklommen hatten und über die Ringmauer sprangen, blanke Klingen in den Händen oder Martini-Henry-Gewehre aus britischer Fertigung im Anschlag.

Griechische Soldaten!

Abermals krachte ein Schuss, und Sarah sah, wie einer ihrer Bewacher mit durchschlagener Brust zu Boden sank, wo bereits einer seiner Kumpane verwundet lag.

Dann überschlugen sich die Ereignisse.

Während die Kämpfer der Bruderschaft ihre Waffen herumrissen, um das Feuer zu erwidern und sich mit den Angreifern, von denen Sarah etwa ein Dutzend zählte, ein erbittertes Scharmützel zu liefern, warf sich Cranston hinter einem Felsblock in Deckung. Die Gräfin Czerny jedoch stieß ein wütendes Heulen aus und wandte sich zu ihrer Feindin um, um sie selbst in den Abgrund zu stoßen.

Sarah jedoch war schneller gewesen. Augenblicklich hatte sie sich abgewandt und balancierte die Mauer entlang, den fremden Kämpfern entgegen und ungeachtet des Bleigewitters, das die Luft erfüllte.

»Sarah, hierher!«, rief jemand. Sie sprang von der Mauer und flüchtete sich Haken schlagend und mit zwischen die Schultern gezogenem Kopf hinter einen großen Strauch, der sie wenn schon nicht den Kugeln, so doch den Blicken ihrer Häscher entzog – und in dessen Schutz sie eine unverhoffte Bekanntschaft machte.

Die eines tot Geglaubten ...

»Friedrich?«, fragte sie ungläubig. Das von wirrem Haar umrahmte und durch eine halbzerstörte Nickelbrille blickende Gesicht des Schweizers aus dem Kragen einer griechischen Uniform lugen zu sehen war ungewohnt. Dennoch hatte sie fraglos den verloren geglaubten Freund vor sich, wohlbehalten und am Leben.

»So ist es«, bestätigte er grinsend, während er die Fesseln um ihre Handgelenke löste.

»Aber ich dachte, Sie ... du wärst ertrunken.«

»Natürlich nicht.« Er feixte. »Alexandria hat mir klargemacht, wie wichtig es sein kann, sich im feuchten Element zu behaupten. Also habe ich mich dem Schwimmkader der Universität angeschlossen. Mit nur einer Hand reicht es zwar nicht zur Meisterschaft, aber es genügt, um nicht unterzugehen.«

»Offensichtlich«, staunte Sarah. »Und du hast Hilfe geholt ...«

»Nachdem ich zwei Tage lang hilflos umhergeirrt war, stieß ich auf eine Patrouille griechischer Soldaten. Ich hätte nie gedacht, dass meine Kenntnisse in Altgriechisch mir eines Tages einmal das Leben retten könnten.«

»Und mir«, fügte Sarah grinsend hinzu.

»Tut mir leid wegen der Verspätung. Ich hätte lieber ...«

Er verstummte, als sie sein Gesicht kurzerhand in die Hände nahm und ihn auf den Mund küsste. »Schon verziehen«, sagte sie. »Und jetzt komm mit.«

»Wohin?«

»Kamal«, sagte Sarah nur. »Czerny hat ihn in ihrer Gewalt ...«

Ein wilder Kampf war auf den beiden Innenhöfen entbrannt. Auch in den weiter westlich gelegenen Bereichen der Anlage waren plötzlich Soldaten aufgetaucht, die in einer todesmutigen Kletterpartie den fast senkrecht aufragenden Fels erklommen hatten. Weitere Kämpfer, zu denen auch Hingis gehörte, waren mit dem Aufzug heraufgekommen, in dem sie die Bodenbesatzung überwältigt und sich nach oben hatten ziehen lassen. Und nachdem sich der Aufstiegsturm unter ihrer Kontrolle befand, kamen immer noch mehr von ihnen herauf, sodass die Schergen der Bruderschaft schon bald in der Minderzahl waren.

Wohin Sarah auch blickte, sah sie schwarz gewandete Kämpfer getroffen zu Boden sinken. Vor dem Refektorium entbrannte ein blutiges Gemetzel, als sich ein ganzer Pulk von Czernys Dienern mit blanken Klingen auf einen Trupp Soldaten stürzte. Das Geklirr der Waffen und das Geschrei der Männer hallte bis zu Sarah und Hingis herüber, die sich in gebückter Haltung an der Mauer entlangbewegten in der Hoffnung, keinen der Querschläger abzubekommen, die heulend durch die Luft pflügten.

Sarah konnte ihr Glück darüber, den Freund am Leben zu sehen, kaum fassen. Es beflügelte sie und gab ihr neue Kraft, verdrängte die Übelkeit und die Schwäche. In aller Eile berichtete sie Hingis von Kamals Heilung und vom Foltertod Polyphemos', worauf den sonst so gleichmütigen Schweizer wilde Wut zu packen schien. Die Pistole, die ihm seine griechischen Verbündeten gegeben hatten, in der Hand, schlich er Sarah hinterdrein, entschlossen, jene Person zur Rechenschaft zu ziehen, die für all dies Verantwortung trug und die sich feige aus dem Staub gemacht hatte!

Wieder kam es zu einem heftigen Schusswechsel zwischen Griechen auf der einen und den Schergen der Bruderschaft auf der anderen Seite, sodass Sarah und Hingis gezwungen waren, sich in den Schutz eines Felsbrockens zu flüchten. Als eine kurze Feuerpause eintrat, wagte sich Sarah aus der Deckung und ließ ihren Blick über den Hof schweifen – von der Gräfin und Cranston war weit und breit nichts zu sehen.

»Sie sind fort«, stellte sie aufgebracht fest. »Wie vom Erdboden verschluckt.«

»Weit können sie nicht sein«, rief Hingis über den abermals aufbrandenden Schusslärm hinweg und hustete, als eine Wolke Pulverdampf zu ihnen herüberdrang. »Die Soldaten kontrollieren den Aufzug. Sie können also nicht entkommen.«

»Ich weiß«, sagte Sarah, sicher war sie sich jedoch nicht.

Obwohl Ludmilla von Czerny ihre Feindin war und in vielerlei Hinsicht ihr genaues Gegenstück, war sie ihr auf manche Weise ähnlich. Daher wusste Sarah, dass die Gräfin sich nicht so leicht geschlagen geben würde und in jedem Fall noch ein Ass im Ärmel hatte . . .

»Dort!«, rief Hingus plötzlich und deutete zur Ostseite des Plateaus, wo der Hof von einem hohen, quer stehenden Gebäude begrenzt wurde, um das ein schmaler, von einer nur kniehohen Mauer begrenzter Weg verlief. Dahinter erblickte Sarah etwas, das ihr einen heiseren Schrei entlockte: die runden Formen eines Fesselballons, der mit majestätischer Langsamkeit in den stahlgrauen Himmel stieg.

»Nein!«

Ungeachtet des Kugelhagels, der weiter die Luft erfüllte, weil ein letzter Rest von Sektierern sich unterhalb des *katholikóns* verschanzt hatte und diese Stellung erbittert verteidigte, sprang Sarah auf und rannte auf das Quergebäude zu, so schnell ihr geschwächter Zustand es erlaubte. Im Laufen hob sie einen Säbel vom Boden auf, der einem Gefallenen gehört hatte, und hetzte atemlos weiter. Hingis hatte Mühe, ihr auf den Fersen zu bleiben.

Beim Anblick des Ballons war Sarah jäh bewusst geworden, worin Ludmilla von Czernys Ass bestand. Sie erkannte, dass der Widerstand, den die Handlanger der Gräfin in blindem Gehorsam leisteten, nur dazu diente, deren Rückzug zu decken. Alles in ihr wehrte sich dagegen, die Urheberin allen Unglücks entkommen zu lassen.

»Warte!«, rief sie in rasendem Zorn, während sie mit ansehen musste, wie der Ballon immer weiter emporstieg, sodass seine immense, aus blauen und weißen Stoffbahnen zusammengefügte und mit einem engmaschigen Netz überspannte Rundung nun schon fast ganz über dem Haus zu sehen war. »Du Schlange entgehst mir nicht …!«

Sie hatte das Gebäude erreicht und bog in die Gasse, die zum Ballon führte – als ihr plötzlich jemand den Weg versperrte, breitbeinig und mit einem Revolver in den Händen, dessen Mündung auf sie zeigte.

»Cranston!«, entfuhr es Sarah atemlos.

»Ganz recht. Die Gräfin hat mich beauftragt, Ihnen mitzuteilen, dass Ihr Weg hier zu Ende ist«, beschied ihr der Arzt mit arroganter Blasiertheit.

»Richten Sie dieser elenden Schlampe aus, dass sie mich kreuzweise kann«, konterte Sarah, sich weniger der Wortwahl einer Lady befleißigend als vielmehr des Jargons, den sie als Mädchen in den Hafenkneipen New Yorks und Shanghais aufgeschnappt hatte.

Cranston reagierte nicht auf die Provokation. Ein sadistisches Lächeln spielte um seine Züge, während er den Finger am Abzug mit genüsslicher Langsamkeit krümmte.

In diesem Moment kam Hingis dazu, seine Waffe gleichfalls im Anschlag. Für den Bruchteil eines Augenblicks war Cranston abgelenkt und wusste nicht, auf wen von beiden er zielen sollte – und Sarah handelte.

Blitzschnell holte sie aus und schleuderte den Säbel. Einmal überschlug sich die Klinge in der Luft – dann fuhr sie tief in Horace Cranstons Brust.

Der Arzt zuckte zusammen und taumelte zurück. Der Schuss

aus seiner Waffe löste sich, doch die Kugel ging fehl und jagte ziellos ins Nirgendwo. Das blütenweiße Hemd unter Cranstons Gehrock färbte sich rot, der Ausdruck in seinem Gesicht verriet schieren Unglauben. Er ließ den Revolver fallen, griff mit zitternden Händen nach der Waffe in seinem Brustkorb und zog sie heraus. Klirrend landete der Säbel auf dem Boden, Cranston stieß rücklings gegen die niedrige Ummauerung.

»Sie ... Sie haben ...«, war alles, was er fassungslos hervorbrachte.

»Ich habe Ihnen ein Versprechen gegeben, wissen Sie noch?«, erkundigte sich Sarah und trat auf ihn zu – und während er noch furchtsam auf sie starrte, versetzte sie ihm einen harten Stoß, der ihn über die Brüstung und in den gähnenden Abgrund beförderte.

»Tally-ho«, sagte Sarah bitter, während er kreischend in der Tiefe verschwand. »Das ist für Perikles und Polyphemos.«

»Komm weiter«, forderte Hingis sie auf, und sie folgten der Gasse um das Gebäude herum zu einem Tor, das offen stand und auf ein kleines, abschüssiges Felsplateau führte. Es hatte die Form eines Viertelkreises. Darüber schwebte, etwa fünf Yards über dem Boden, der Ballon. Eine Strickleiter war herabgelassen, über die Cranston nach verrichtetem Mordwerk vermutlich hätte einsteigen sollen. Nun jedoch wurden die Haltetaue gekappt und der Ballast abgeworfen, sodass der Ballon weiter in die Höhe stieg.

In dem Korb, der unter dem riesigen Gebilde hing, sah Sarah drei Personen: Ludmilla von Czerny, einen ihrer vermummten Diener – sowie den Mann, dessentwegen sie die lange Odyssee, die sie von London nach Prag und schließlich bis in die Tiefen des Hades geführt hatte, überhaupt auf sich genommen hatte.

Kamal ...

Sie sah seine athletische Gestalt, seinen stolzen Wuchs und seine blassen, nichtsdestotrotz wieder von Leben erfüllten Gesichtszüge, blickte ihm in die dunklen Augen – und prallte erschrocken zurück.

Denn selbst über die Distanz konnte Sarah Kincaid erkennen, dass keine Freude in den Zügen ihres Geliebten aufflackerte, als er sie erblickte, keine Zuneigung – und kein Erkennen.

»Kamal, nein!«, rief sie, während der Mann, dem ihr Herz gehörte, wie ein Fremder auf sie starrte und der Ballon weiter in den Himmel stieg. Die einzige Antwort, die sie erhielt, war das schallende Gelächter Ludmilla von Czernys, das der Wind herantrug und dessen Echo von den Klostermauern widerhallte.

Hingis sprang vor und riss das Gewehr in den Anschlag, um der flüchtigen Schurkin eine Kugel hinterherzuschicken. Sarah jedoch fiel ihm in den Waffenarm.

»Lass mich«, verlangte er.

»Nein«, rief Sarah entschieden. »Die Gefahr, Kamal zu treffen, ist zu ...« In diesem Moment packte sie etwas am linken Arm, riss sie herum und schmetterte sie zu Boden. Erst als sie sah, wie sich der Ärmel ihrer pelzgefütterten Jacke dunkel färbte, erinnerte sie sich an den peitschenden Knall, und ihr wurde klar, dass sie getroffen worden war.

Dass Hingis mit einem Aufschrei zu ihr eilte, nahm sie nur am Rande wahr – ihr Blick galt dem Ballon, der unaufhaltsam in den Himmel entschwand, an Bord den Mann, den sie liebte. Dass von dort auch der Schuss abgegeben worden war, der sie niedergestreckt hatte, und dass Ludmilla von Czerny sie weiter mit höhnischem Gelächter überschüttete, bekam sie nicht mehr mit.

Alles, was sie sah, war der Ballon, der in unerreichbare Ferne entschwebte – auch dann noch, als sie die Augen längst geschlossen hatte und der Schmerz, der Blutverlust, aber auch die Strapazen der letzten Tage sie längst das Bewusstsein hatten verlieren lassen.

15.

PASSAGIERSCHIFF »CONCORDIA«
16. NOVEMBER 1884

»Sarah? Sarah!«

Die Stimme drang wie aus weiter Ferne an ihr Ohr, ein einsamer Ruf in der Dunkelheit.

»Sarah …?«

Die Dunkelheit verblasste und wich hellem Licht, aus dem die vertrauten Formen des Ballons auftauchten, die langsam aber stetig größer wurden und sich näherten.

Er kam zu ihr zurück …

»Sarah, bitte antworten Sie mir, wenn Sie mich hören können …«

Kamal war zurückgekehrt.

Sie brauchte nur die Augen zu öffnen, und sie würde ihm gegenüberstehen. Sie würde die Wärme seiner Küsse spüren, das Pochen seines Herzens und den Trost seiner Berührung, würde seinen Atem hören und seine beruhigend weiche Stimme …

»Sarah, wachen Sie auf! Jetzt!«

Sie schlug die Augen auf.

Das Gesicht, das über ihr schwebte, war allerdings nicht das, das sie erhofft hatte. Weder gehörte es Kamal noch sonst jemandem, den sie kannte. Weißes Haar, das die Konsistenz von Watte zu haben schien, umrahmte es, ein weißer Bart zierte das Kinn. Die ältlichen Züge des Mannes, der sie über die halbmondförmigen Gläser einer Lesebrille hinweg anschaute, waren milde und gütig – und sie verrieten Erleichterung.

»Endlich sind Sie zu sich gekommen«, stellte er fest. »Wie fühlen Sie sich?«

»E-es geht«, gab Sarah zur Antwort. Ihr Kopf schmerzte noch immer. Das Brennen in ihrem Arm hingegen war verschwunden, und auch die Übelkeit hatte nachgelassen ...

»Wo bin ich?«, fragte sie, während sie sich umblickte. Zu ihrer Verwunderung fand sie sich in einem schmalen Bett liegend, in einer winzigen Kammer, deren Wände aus lackiertem Holz bestanden. Das einzige Fenster war kreisrund und mit einer vernieteten Messingeinrahmung versehen, und Sarah glaubte zu spüren, dass sich ihr Lager sanft auf und ab bewegte. »Ein Schiff«, folgerte sie verblüfft. »Ich befinde mich auf einem Schiff ...«

»Das ist richtig.« Der Schlohhaarige, dessen Alter Sarah auf etwa fünfzig schätzte, nickte. Erst jetzt fiel ihr auf, dass er eine dunkelblaue Uniform trug, deren Ärmelabzeichen ihn als Offizier zur See auswiesen. »Sie befinden sich an Bord der ›Concordia‹, auf einem Passagierdampfschiff, das sich auf dem Weg von Piräus nach Venedig befindet. Mein Name ist Vincente Garribaldi. Ich bin der Schiffsarzt.«

»Athen? Venedig?« Indem sie die Bruchstücke ihrer allmählich wiederkehrenden Erinnerung zusammenfügte, versuchte Sarah zu verstehen, was geschehen war.

Sie entsann sich ihrer wunderbaren Rettung und des mörderischen Kampfes, der auf dem Meteoron ausgebrochen war, und sie erinnerte sich an den Ballon, der in die Weiten des Himmels entschwunden war, zusammen mit ihrem Geliebten. Dass sie ihn wiedersehen würde, sobald sie die Augen aufschlug, war nur ein Wunschtraum gewesen ...

»Wie bin ich ...?«

»Sie meinen, wie Sie an Bord gelangt sind?«

Sarah nickte.

»Ein *signore* namens Hingis hat Sie an Bord gebracht. Infolge Ihrer Schussverletzung hatten Sie viel Blut verloren, und ich weigerte mich zunächst, Sie aufzunehmen. Er machte jedoch glaubhaft, dass es überaus wichtig wäre, Sie sofort außer Landes zu schaffen, und die britische Botschaft in Athen hat sich über einen gewissen Jeffrey Hull ebenfalls eingeschaltet. Ist er Ihnen ein Begriff?«

»Durchaus.« Sarah nickte.

»Mir blieb also nichts anderes übrig, als Sie mit den bescheidenen Mitteln zu behandeln, die mir hier an Bord zu Gebote stehen.«

»Ich verstehe.« Sarah blickte an sich herab, sah den Verband um ihren linken Arm. Dass sie angeschossen worden war, hatte sie beinahe vergessen – ungleich schwerer wog der Verlust Kamals ...

»Sie können von Glück sagen, dass es ein glatter Durchschuss gewesen ist und kein Knochen getroffen wurde«, fuhr Garribaldi fort, »sonst hätte ich vielleicht nichts mehr für Sie tun können. So jedoch galt es, die Wunde zu pflegen und dafür zu sorgen, dass Sie wieder zu Kräften gelangen. Und allem Anschein nach«, fügte er lächelnd hinzu, »habe ich meine Aufgabe erfolgreich erfüllt.«

»In der Tat.« Sarah rang sich ein müdes Lächeln ab. »Ich danke Ihnen, Doktor.«

»Schon gut.« Garribaldi erwiderte das Lächeln. »Wünschen Sie Signore Hingis zu sprechen? Seit geschlagenen zwei Tagen steht er vor der Tür Ihrer Kajüte und löchert mich mit Fragen nach Ihrem Befinden. Er wird sich sehr darüber freuen, dass es Ihnen besser geht.«

»Ja, bitte«, sagte sie.

»*Va bene.*« Er nickte und wandte sich zur Kabinentür. »Ich werde in einer Stunde wieder nach Ihnen sehen. Wenn es Zeit ist für Ihre Medizin.«

»Danke, Doktor.«

»Und noch etwas ...«

»Ja?«

»Sorgen Sie sich nicht«, sagte der Arzt mit einem ermunternden Lächeln. »Sie können immer noch Kinder bekommen.«

»Was?« Sarah glaubte, nicht recht zu hören.

»Nun, ich dachte ...«

»Was soll das heißen, Doktor?«, erkundigte sich Sarah vorsichtig.

»Sie wissen von nichts?«, fragte der Schiffsarzt entgeistert.

»Wovon soll ich nichts wissen?«

»Von Ihrer Schwangerschaft natürlich.«

»Welche Schwangerschaft?«

»Aber Sarah, Ihr Zustand kann Ihnen doch unmöglich verborgen geblieben sein.«

»Mein Zustand?«, fragte Sarah verwirrt. »Wovon, in aller Welt, sprechen Sie ...?«

»Wann hatten Sie Ihre letzte Menstruation?«, erkundigte sich der Arzt mit entwaffnender Offenheit. »Können Sie sich erinnern?«

Sarah überlegte, was ihr schwerfiel, denn ihr Pulsschlag beschleunigte sich und ein dicker Kloß saß in ihrem Hals und wollte sich nicht auflösen. Es stimmte, dass ihre Zeit ausgeblieben war, aber sie hatte dies der Klimaveränderung zugeschoben, dem Mangel an Schlaf und den Strapazen, die sie während der letzten Wochen durchgemacht hatte. Niemals hätte sie angenommen, dass ...

Aber natürlich war es möglich!

Sollte sie tatsächlich, ohne es zu ahnen, die ganze Zeit über Kamals Kind unter dem Herzen getragen haben ...?

»U-und Sie sagen, ich hätte das Kind verloren?«

»Daran besteht kein Zweifel. Die Blutung, die Sie während Ihrer Bewusstlosigkeit erlitten haben, war überaus heftig. Und da waren Spuren von Gewebe, die ich ...«

Er verstummte, als Sarah die Hand hob und ihm zu schweigen gebot. Mehr brauchte sie nicht zu wissen, und mehr wollte sie auch nicht hören. Sie war schwanger gewesen, hatte ein Kind erwartet von dem Mann, den sie liebte – und es verloren!

Erst nach und nach sank der ungeheure Gedanke in ihr

Bewusstsein ein, und eine tiefe Traurigkeit ergriff von ihr Besitz. Niemals hätte Sarah gedacht, dass sie in der Lage wäre, solche Trauer für etwas zu empfinden, von dessen Existenz sie bis vor wenigen Augenblicken noch nicht einmal etwas geahnt hatte.

»Warum, Doktor?«, fragte sie mit Tränen in den Augen.

»Schwer zu sagen. Bisweilen kommt es zu solchen Reaktionen. In den meisten Fällen lässt sich kein konkreter Grund für einen Abort ausmachen.«

»Und in den restlichen Fällen?«

»War die Mutter dem Gin verfallen oder hat dem Opium gefrönt –wobei weder das eine noch das andere auf Sie zutrifft, richtig?«

Sarah nickte.

»Dann nehmen Sie es als das, was es gewesen ist, Sarah – als einen bedauerlichen Zufall.«

»Es war aber kein Zufall, Doktor«, flüsterte Sarah, von Trauer und Tränen überwältigt. »Nichts geschieht einfach zufällig ...«

»Wie Sie meinen.«

»Opium, sagen Sie?« Sarah begann nachzudenken.

»Allerdings.«

»Wäre es auch möglich, dass das Einatmen giftiger Schwefeldämpfe dazu geführt hat?«

»Zweifellos«, bestätigte Garribaldi. »Wenn Sie innerhalb der letzten Woche mit derartigen Dämpfen konfrontiert waren, würde ich dies sogar als Hauptursache annehmen. Haben Sie sich in den Tagen danach matt und abgeschlagen gefühlt?«

Sarah nickte.

»War Ihnen übel? Hatten Sie das Gefühl, etwas in Ihrem Körper zu haben, das nicht dorthin gehörte?«

Sie nickte abermals – genauso ließ sich beschreiben, was sie während des gesamten Ritts durch Thessalien, aber auch später auf dem Meteoron verspürt hatte ...

»Dann gibt es wohl keinen Zweifel.« Der Schiffsarzt nickte.

»Aber nehmen Sie es nicht zu schwer. Wie ich schon sagte, sind Sie noch immer in der Lage, Kinder zu bekommen, und das allein zählt.«

Sie nickte gedankenverloren. Was könnte sie auch erwidern, wie einem Fremden, der sie kaum kannte und nicht wusste, was sie durchlitten hatte, klar machen, welchen Verlust sie erlitten hatte?

»Weiß Hingis davon?«, fragte sie nur.

»Ja, Sarah. Wünschen Sie ihn jetzt zu sehen?«

»Bitte.«

Der Doktor nickte und verließ die Kabine durch die schmale Tür, die schon gleich darauf wieder geöffnet wurde. Es war Hingis mit reparierter Brille und wieder in altgewohnter Kleidung. Sein Haar allerdings war wirr wie ehedem.

»Sarah.« Mit einem sanften Lächeln im Gesicht trat er an ihre Koje. »Es tut so gut, dich zu sehen.«

»Geht mir genauso«, entgegnete sie und versuchte sogar das Lächeln zu erwidern, was ihr in Anbetracht all der Tränen in ihrem Gesicht jedoch nicht recht gelingen wollte.

»Hat der Doktor ... es dir gesagt?«

Sie nickte.

»Es tut mir leid, Sarah. So unendlich leid.«

»Ich war schwanger«, hauchte sie fast unhörbar. »Es war Kamals Kind, das ich in mir trug, und ich habe es selbst getötet, als ich versuchte, seinen Vater zu retten ...«

»Du *hast* Kamal gerettet«, verbesserte Hingis. »Du hast nach bestem Gewissen gehandelt, Sarah.«

»Habe ich das?« Sie schaute ihn hilflos an.

»Allerdings.«

»Und was nützt es? Sie haben mir alles genommen, Friedrich. Alles ...«

»Ich weiß. Und deshalb solltest du die Schuld nicht bei dir suchen, sondern bei denen, die für dein Unglück verantwortlich sind. Ludmilla von Czerny ist noch immer da draußen, Sarah. Sie ist entkommen und wird weiter versuchen, die Pläne der Bruderschaft Wirklichkeit werden zu lassen.«

»Und?«

»Wir müssen sie finden«, verkündete der Schweizer, und einmal mehr begann die Brille auf seiner Nase zu beben. »Wir müssen alles daransetzen, diese Pläne zu vereiteln – und wir müssen Kamal finden und ihn aus den Armen dieser fürchterlichen Frau befreien.«

»Mein guter Friedrich.« Trotz ihrer Trauer und des Schocks, unter dem sie stand, brachte Sarah nun doch ein mattes Lächeln zustande. »Wie sollen wir das bewerkstelligen? Die Czerny und Kamal sind spurlos verschwunden. Weder wissen wir, wohin der Ballon geflogen ist, noch haben wir sonst einen Hinweis darauf, wo sie sich aufhalten.«

»Vielleicht nicht« räumte Hingis gelassen ein und griff unter seinen Gehrock, um einen würfelförmigen, metallenen Gegenstand hervorzuziehen. »Aber wir haben das hier.«

»Der Codicubus!«, rief Sarah und schlug die Hände vor den Mund.

»Allerdings.«

»Du ... Du hast ihn noch?«

»Ich hatte ihn die ganze Zeit über. Man hat mich nie danach gefragt, also habe ich nichts gesagt«, erklärte Hingis in erschöpfender Logik. »Es war ein kluger Schachzug von dir, mich zum Wächter des Artefakts zu machen – offenbar hat mir das niemand zugetraut, nicht einmal unsere Feinde.«

»Aber ich dachte, du hättest ihn unterwegs verloren ...«

»Ein Schweizer Landsmann ist überaus gründlich«, stellte der Gelehrte klar. »So leicht geht ihm nichts verloren.«

»Offensichtlich.« Der Blick, mit dem Sarah sowohl ihn als auch den Würfel in seiner Hand betrachtete, war voll ehrlicher Bewunderung.

»Wenn wir also Hinweise wollen, brauchen wir nur den Codicubus zu öffnen und uns seinen Inhalt anzusehen«, schlug Hingis vor, der kaum wiederzuerkennen war. Aus dem zaudernden, intriganten Bücherwurm von einst war ein mutiger Abenteurer geworden.

»Das ist wahr«, stimmte Sarah zu. Nach allem, was die verbrecherische Gräfin unternommen hatte, um in den Besitz des Artefakts zu gelangen, war davon auszugehen, dass es brisante Informationen barg, den Schlüssel zu einem neuen Geheimnis. Gewissermaßen, dachte Sarah, war der Codicubus Polyphemos' Vermächtnis an sie gewesen, Geschenk und Auftrag zugleich ...

»Wir sind auf dem Weg nach Venedig?«, fragte sie.

Hingis nickte.

»Dann werden wir dort Quartier beziehen und den Winter über abwarten. Wir werden Wissen und Kräfte sammeln, und wenn der Frühling anbricht, werden wir die Jagd eröffnen. Ich werde nicht eher ruhen, bis ich die geheimen Pläne der Bruderschaft aufgedeckt und Kamal aus den Fängen der Gräfin befreit habe.«

»Meine Hand darauf«, sagte Hingis und streckte ihr seine Rechte hin, die sie prompt ergriff.

»Als Polyphemos starb«, überlegte Sarah, »gab er mir den Auftrag, Tammuz zu befreien. War es in Wirklichkeit Kamal, den er meinte? Aber warum dann dieser andere Name?«

»Wir werden es herausfinden«, meinte Friedrich Hingis überzeugt. »Schon sehr bald ...«

EPILOG

Unbekannter Ort
November 1884

Dieselbe der Welt entrückte Kammer, die weder Tür noch Fenster hatte. Dieselben Personen, die einander darin gegenüberstanden.

»Bericht«, verlangte die eine, die ihren Zylinder abgenommen hatte und sich auf einen hölzernen Stock mit goldenem Knauf in Form eines Drachenkopfs stützte.

»Trotz unseres überstürzten Aufbruchs«, erstattete die andere Rapport, »können wir die Mission in Griechenland als vollen Erfolg werten. Obwohl es dem Feind mit Hilfe eines Verräters gelungen ist, die Quelle des Lebens zu zerstören, ist es uns gelungen, eine genügende Menge des Elixiers in unseren Besitz zu bringen.«

»Was ist mit dem Verräter?«

»Er wurde gefangen und überwältigt. Der Arzt, den Sie mir empfahlen, hat sich als wahrer Meister in der hohen Kunst der Folter erwiesen, allerdings nichts aus ihm herausbekommen.«

»Der Codicubus bleibt also verschollen?«

»Ja, Meister.«

»Und der Arzt ist tot?«

»Bedauerlicherweise. Ich bin sicher, dass er uns noch eine ganze Weile lang von Nutzen gewesen wäre.«

»Zuerst Laydon, dann Cranston. Unser Verschleiß an Medizinern ist geradezu alarmierend ...«

»... was vor allen Dingen einer bestimmten Frau zuzuschreiben ist. Sie wissen, von wem ich spreche.«

»Kincaid.« Die Hände des Mannes befingerten unruhig den

Knauf seines Stocks. »Und Sie sind sicher, dass Sie uns nicht mehr gefährlich werden kann?«

»Völlig sicher. Die ganze Zeit über hat sie unsere Ziele nicht im Ansatz durchschaut. Sie glaubte tatsächlich, es ginge um sie, folglich wird sie sich die Schuld an allem geben, was geschehen ist. Sarah Kincaid mag am Leben geblieben sein, aber sie ist innerlich gebrochen. Ich habe ihr alles genommen, das ihr je etwas bedeutet hat – und glauben Sie mir, ich weiß, wovon ich spreche.«

»Wie Sie meinen. Und Tammuz?«

»Befindet sich in unserer Gewalt, genau wie wir es geplant haben – und kann sich an nichts erinnern, das länger als drei Wochen zurückliegt. Er ist in mancher Hinsicht wie ein Kind, naiv und voller Fragen, ein unbeschriebenes Blatt.«

»Dann beschreiben Sie ihn in unserem Sinn …«

»Das werde ich.«

»… und vergessen Sie nicht, was von Beginn an das Ziel dieser Entführung war.«

»Keine Sorge«, entgegnete die Frau, und ihre bleiche, goldberingte Hand strich sanft über ihren Unterleib. »Ich habe es keineswegs vergessen.«

»Er muss uns eine Erbin schenken, und das möglichst bald. Nur das ist unser Ziel, *n'est ce pas* …?«

ENDE

DANKSAGUNG

Die dritte Etappe von Sarah Kincaids gefahrvoller Reise ist fraglos die bislang düsterste geworden. Darin hat sich unsere Heldin mit den elementarsten Fragen der menschlichen Existenz auseinanderzusetzen und begibt sich nicht nur einmal mehr auf eine Gratwanderung zwischen Mythos und Historie, sondern auch in die Tiefen der Unterwelt, und das gleich in mehrfacher Hinsicht. Als Autor, der Sarah notgedrungen auf ihrer gefährlichen Expedition begleiten musste, war ich einmal mehr froh, wieder einige Menschen zu haben, die mir hilfreich zur Seite standen und die ich deshalb an dieser Stelle erwähnen möchte.

Zuvorderst danke ich meiner Familie – meiner wunderbaren Frau Christine und meiner Tochter Holly dafür, dass sie all dies überhaupt erst möglich machen, und meinen Eltern für ihren Zuspruch; meinen Freunden, die nie müde werden, sich meine verrückten Ideen anzuhören, und natürlich all jenen, die in direkter oder indirekter Weise an der Entstehung und Fertigstellung dieses Romans beteiligt waren: meinem Lektor Stefan Bauer, mit dem zusammenzuarbeiten stets ein Privileg und eine Freude ist; meinem erklärten Lieblingszeichner Daniel Ernle, der in den letzten Jahren eine unglaubliche Karriere hingelegt und auch für diese Ausgabe wieder den Bleistift gespitzt hat; und meinem Agenten Peter Molden, der sich stets für mich Zeit nimmt, unermüdlich tätig ist und mir dabei noch vieles beigebracht hat.

Natürlich danke ich an dieser Stelle auch meinen Lesern – sowohl jenen, die sich auf Lesungen, brieflich oder per E-Mail an mich gewandt und mir mitgeteilt haben, wie sehr sie Sarahs

Abenteuer schätzen, als auch jenen, die es vorziehen, ein Buch schweigend zu genießen und sich in Welten zurückzuziehen, wie sie nur das Kopfkino entstehen lassen kann; diese zu vermitteln ist eine der schönsten Seiten meines ungewöhnlichen, merkwürdigen, bisweilen kräftezehrenden, aber immer wunderbaren Berufes.

Dazu gehört übrigens auch, dass Figuren, die man erdacht hat, irgendwann anfangen, ein Eigenleben zu führen. So wie in Sarahs Fall, die mich, während ich diese Zeilen schreibe, bereits drängt, ihren Abenteuern und ihrer großen Reise noch eine weitere, letzte Etappe hinzuzufügen, die alle Fragen beantworten und nicht nur das Geheimnis ihrer Herkunft, sondern auch die Mysterien jener unheimlichen viktorianischen Verschwörung aufdecken wird – und wer bin ich, dass ich einer waschechten Lady diese Bitte abschlagen könnte …?

Michael Peinkofer